ERN
ORY
ALIEN
Springs
QUEENSLAND
ober Pedy
IA
Port Augusta
NEW SOUTH
WALES
Sydney
Adelaide
Melbourne

Elizabeth Haran

JENSEITS DES LEUCHTENDEN HORIZONTS

Weitere Titel der Autorin:

Im Land des Eukalyptusbaums (auch als Hörbuch erschienen)
Der Ruf des Abendvogels
Im Glanz der roten Sonne
Ein Hoffnungsstern am Himmel
Am Fluss des Schicksals
Die Insel der roten Erde (auch als Hörbuch erschienen)
Im Tal der flammenden Sonne (auch als Hörbuch erschienen)
Im Schatten des Teebaums
Der Duft der Eukalyptusblüte
Leuchtende Sonne, weites Land
Im Hauch des Abendwindes
Der Glanz des Südsterns

Titel in der Regel auch als E-Book erhältlich

ELIZABETH HARAN

JENSEITS DES LEUCHTENDEN HORIZONTS

Roman

Übersetzung aus dem australischen Englisch von Isabell Lorenz

LÜBBE

Dieser Titel ist auch als E-Book erschienen.

MIX
Papier aus verantwortungsvollen Quellen
FSC® C014496

Papier: holzfrei Schleipen - Werdruck, der Cordier Spezialpapier GmbH

Titel der australischen Originalausgabe:
»Walkabout Country«

Dieses Werk wurde vermittelt durch
die Literarische Agentur Thomas Schlück GmbH, 30827 Garbsen.

Lektorat: Melanie Blank-Schröder
Landkarten: Reinhard Borner
Umschlaggestaltung: Gisela Kullowatz
Umschlagmotiv: © shutterstock/edella
Satz: Helmut Schaffer, Hofheim
Gesetzt aus der Adobe Caslon Pro
Druck und Einband: GGP Media GmbH, Pößneck
Printed in Germany

ISBN 978-3-431-03871-2

5 4 3 2 1

Sie finden uns im Internet unter: www.luebbe.de
Bitte beachten Sie auch: www.lesejury.de

This book is for Nada.
You left us too soon but you will never be forgotten.

Dieses Buch ist für Nada.
Du bist viel zu früh von uns gegangen,
aber wir werden dich nie vergessen.

I

London, 1956

Es dauerte einen Moment, bis sich Lauren Bastions Augen an das schummrige Licht in der Bar gewöhnt hatten, dennoch machte sie ihre Beute unter dem halben Dutzend Gäste mühelos aus. Gebeugt hockte er in der Ecke über einem Drink. Er sah verletzlich aus - genau so mochte sie ihre Männer.

Lauren richtete sich auf und überzeugte sich davon, dass ihr Dekolleté gut zur Geltung kam. Dann stolzierte sie hüftschwingend auf ihn zu, im vollen Bewusstsein, dass dem Barkeeper die Kinnlade bis zum Fußboden geklappt war.

»Entschuldigung«, sagte sie in dem Tonfall, der normalerweise jeden Mann aufhorchen ließ, der auch nur etwas heißes Blut in den Adern hatte. »Ich hoffe, Sie halten mich nicht für allzu forsch, aber Sie sind doch Gareth Forsyth, oder?«

Sie sah sein Gesicht nur von der Seite, erkannte jedoch gleich, dass er noch attraktiver war als auf dem Bild in der Zeitung. Sein Teint schien ebenmäßig, sein Haar war dicht und gewellt mit leicht ergrauten Schläfen. Für seinen Anzug hatte er wahrscheinlich so viel bezahlt, wie die anderen Gäste der Bar im Jahr verdienten.

Gareth wurde von einer weniger schmerzhaften Ebene seines Bewusstseins in die Wirklichkeit zurückgezerrt. Zu einem Gespräch in geselligem Beisammensein wollte er jedoch niemanden ermutigen, deshalb löste er den Blick von seinem Whiskey nicht. Londons Schickeria traf sich nicht gerade im Slug and Lettuce, außerdem war der Pub weit genug entfernt von seinem Haus und von seiner Kunstgalerie in Knightsbridge. In den vergangenen Wochen war ihm der schmuddlige Schuppen somit zum Zufluchtsort geworden. Vor allem nachmittags war es ruhig dort und nur spärlich beleuchtet. Am Ende der Bar, wo er immer saß, hatte er sich stets unerkannt gefühlt - bis jetzt.

In Gedanken war Gareth meilenweit fort gewesen, eingehüllt in die weiche Wolldecke glücklicher Erinnerungen. Es ärgerte ihn, dass er wohl kaum umhinkam zu antworten. »Ich will ja nicht unhöflich sein, aber im Augenblick ist es in meiner Gesellschaft eher unangenehm.« Er wollte einfach nur in Ruhe gelassen werden.

»Das verstehe ich«, kam es voller Mitgefühl von dem Menschen, der ihn da störte. »Das verstehe ich voll und ganz.«

Vergeblich wartete Gareth darauf, Schritte zu hören, die sich entfernten. Vage nahm er einen hypnotisierenden Duft wahr. Als ihm klar wurde, dass man ihn nicht in Ruhe lassen würde, drehte er sich um, wollte sich beschweren – und versank in den Tiefen mittelmeerblauer Augen. Sie gehörten zu einer äußerst attraktiven Frau mit rotblondem Haar, die ihm entfernt bekannt vorkam.

»Kenne ich Sie?«, fragte er zögernd.

Er überlegte, ob sie womöglich eine Kundin der Galerie war. Aber dann glitt sein Blick über ihre kurvenreiche Figur in dem Kleid, das zwei Farbnuancen heller war als ihre Augen und vielleicht eine Größe kleiner, als angemessen gewesen wäre. Der Gedanke war absurd. Eine Frau mit dem Gesicht eines Engels und dem Körper einer Göttin hätte er so leicht nicht vergessen.

»Kennengelernt haben wir uns bisher nicht, leider«, sagte die hübsche Rotblonde und zog einen Schmollmund.

Gareth schätzte sie auf Ende dreißig. Das hieß, sie war wohl gut zehn Jahre jünger als er.

»Ich bin Lauren Bastion«, fuhr sie fort. »In der Zeitung las ich vom Tod Ihrer Frau. Ich möchte Ihnen mein aufrichtiges Beileid aussprechen. Ich weiß, was solch ein Verlust bedeutet. Ich verstehe Ihren Kummer also nur zu gut.«

Gareth nickte. »Danke, Miss … oder muss es Mrs. Bastion heißen?«

»Miss. Im Augenblick befinde ich mich zwischen zwei Ehemännern.« Sie lächelte ohne die Spur eines Bedauerns angesichts solch eines Geständnisses.

Gareth' Blick fiel auf ihre langen, schlanken Beine, als sie sich neben ihn auf einen Barhocker setzte. Ihm ging durch den Kopf, dass die Formulierung »zwischen zwei Ehemännern« irgendwie nahelegte, es gäbe weitere.

»Haben Sie Jane gekannt?«

»Nicht persönlich, aber in den Häusern zweier meiner Ehemänner hingen ihre Bilder an den Wänden. Und so habe ich irgendwie das Gefühl, als hätte ich sie gekannt.«

Ihr erster und ihr zweiter Ehemann hatten mehrere Gemälde von Jane Forsyth besessen. Beide hatten bei der Scheidung darauf bestanden, die Bilder zu behalten. Damals hatte ihr das nichts ausgemacht, da sie nicht nach ihrem Geschmack waren, jetzt jedoch erwies sich das als großes Unglück. Der Wert der Bilder war mit dem Tod der Künstlerin immens in die Höhe geschossen.

»Sie sind Witwe?«, fragte Gareth und bezog sich auf das, was sie vorhin über ihr Verständnis für seinen Verlust gesagt hatte.

»Das Glück hätte ich gern«, gab Lauren verächtlich zurück. »Ich bin geschieden. Ich weiß, das hört sich herzlos an, aber Barry, mein letzter Mann, hat dem Wort ›herzlos‹ wirklich eine völlig neue Bedeutung gegeben.« Schon beim Gedanken an ihren dritten Mann und ihre erbitterte Scheidung kochte alles in ihr hoch. Ihr fiel auf, dass Gareth ihr einen seltsamen Blick zuwarf, also lieferte sie eine Erklärung. »Einmal hat er mich im Winter, mitten in der Nacht, aus unserem Haus ausgesperrt.«

Gareth riss die Augen auf. »Wieso hat er das getan?«

»Wir hatten einen dummen kleinen Streit«, sagte Lauren, die heftige Auseinandersetzung, bei der Glas zu Bruch gegangen und Beschimpfungen hin und her geflogen waren, verharmlosend. »Ich hatte nur ein hauchdünnes Negligé an«, fügte sie aufgebracht hinzu. »Es hatte stark geschneit, also musste ich bis zum nächsten Morgen Unterschlupf in der Garage suchen, sonst wäre ich womöglich noch erfroren.«

Sie beabsichtigte nicht, Gareth zu erzählen, welch wunderbare Idee ihr gekommen war, um sich warm zu halten. Sie hatte einen Eimer Farbe gefunden und Barrys Rolls-Royce, seinen ganzen Stolz, leuchtend rot angemalt.

Gareth zuckte ob so viel Gefühlskälte eines Ehemanns zusammen, doch vor seinem inneren Auge stand deutlich das Bild von Lauren in einem hauchdünnen Negligé. Ob sie das beabsichtigt hatte?

»Würden Sie mir gern einen Drink spendieren?«, gurrte sie.

Gareth wollte sich nicht unterhalten, nicht einmal mit dieser äußerst attraktiven Frau, doch da ihre Offenheit ihn überrascht hatte, fiel ihm so schnell keine glaubwürdige Ablehnung ein. Sie schien sein Schweigen als Aufforderung aufzufassen und wandte sich an den Barkeeper, dessen Blick anerkennend auf ihren Brüsten ruhte.

»Ich nehme einen Campari Soda auf Eis bitte«, sagte sie.

»Sie wirken irgendwie fehl am Platz hier«, murmelte Gareth, um im selben Augenblick zu registrieren, dass diese Bemerkung unangemessen war. »Tut mir leid, so habe ich das nicht gemeint …«, entschuldigte er sich deshalb gleich darauf.

»Und Sie sehen wie der einzige reinrassige Hund in einem Heim für streunende Katzen aus«, gab Lauren schlagfertig zurück, kein bisschen beleidigt. Missbilligend sah sie sich um. Als der Barkeeper ihren Campari vor sie hinstellte, nahm sie einen großen Schluck.

Beinahe hätte Gareth gelächelt. »Das Lokal ist ein bisschen heruntergekommen, aber es passt zu meiner momentanen Stimmung«, antwortete er leise. Er stellte fest, dass er gern mehr über diese Frau erfahren wollte, die wie aus dem Nichts in dem Pub aufgetaucht war.

»Sie erwähnten, Sie hätten einen Verlust erlitten …«, sagte er deshalb.

»Ich habe kürzlich meinen Vater verloren. Ich weiß, das ist nicht dasselbe, doch Verlust ist Verlust.«

»Das stimmt.« Gareth seufzte.

Lauren behielt für sich, dass sie ihren Vater, der Christ gewesen war, weder gesehen noch gesprochen hatte, seit sie fünfzehn Jahre zuvor ihren ersten Mann geheiratet hatte. Damals war sie zum Judentum übergetreten. Ihre Mutter hatte den Kontakt zu ihr gehalten, doch die Beziehung zu ihrem Vater hatte sich nicht wieder gebessert, auch nicht, als sie sechs Jahre darauf für ihren zweiten Mann Baptistin geworden war. Ihr zweiter Ehemann war Amerikaner und hatte im tiefen Süden der Staaten mit dem Export von Baumwolle ein Vermögen gemacht. Doch als sie entdeckt hatte, dass er spielsüchtig war, hatte sie sich von ihm scheiden lassen. Er hatte nach und nach sein Vermögen verloren und ihr den Lebensstil, an den sie gewöhnt war, nicht mehr bieten können. Lauren hatte so schnell wie möglich ihre Sachen gepackt und sich mit dem, was von seinem Geld noch übrig war, aus dem Staub gemacht.

Barry war ihr dritter Mann, ungeheuer reich, doch er knauserte mit jedem Penny. Er war der Meinung, sie könne sich die Nägel selbst maniküren und sich auch die Haare selbst waschen und schneiden. Und ein neues Kleid sei nur für ganz besondere Gelegenheiten nötig. Und dann wurde von ihr auch noch erwartet, dass sie es öfter als nur einmal trug. Und was Schuhe anging, so konnte er sich nicht vorstellen, wieso eine Frau mehr als zwei oder drei Paar wollen oder brauchen sollte. Er dagegen sammelte Autos, sieben, um genau zu sein. Und das war der Grund für all ihre Streitigkeiten und die Scheidung. Zum Glück musste er ihren Anwalt bezahlen, also kam sie recht gut weg. Doch weil sie nicht gern arbeitete, schwand das Geld rapide.

»Was führt Sie denn in dieses Lokal?«, erkundigte sich Gareth nun.

»Ich wollte nur nach dem Weg fragen«, log sie mühelos. »Dann habe ich Sie bemerkt. Sie wirkten so verloren, dass ich gleich mit Ihnen fühlte.« In den Gesellschaftsnachrichten der Tageszeitung hatte sie einen Artikel über den Tod von Jane Forsyth gelesen und beschlossen, den leidtragenden Witwer kennenzulernen. Um in Erfahrung zu bringen, wie er seine Tage verbrachte, hatte sie jemanden bezahlt - gut investiertes Geld, entschied sie jetzt. »Nun haben wir also festgestellt, dass dieses Lokal weder zu Ihnen noch zu mir passt«, fuhr sie fort. »Wie wäre es dann, wenn Sie mich zum Abendessen einladen würden? Im Landau Dining Room vom Hotel Langham wären wir bestimmt nicht deplatziert. Und der Lachs, den sie da servieren, zergeht einem auf der Zunge, dafür garantiere ich.«

Erst vor Kurzem hatte sie dort zu Abend gegessen, und zwar mit dem sehr attraktiven Howard Duffield, dem Eigentümer des *Daily Mirror.* Seine immens reiche Frau war einige Monate zuvor bei einem tragischen Unglücksfall ums Leben gekommen. Der Blitz hatte Susan erschlagen, als sie einen Strandspaziergang in Cape Cod mit ihrer besten Freundin Patricia Kennedy Lawford, der amerikanischen Society Lady, gemacht hatte. Der Bruder jener Dame war Senator John F. Kennedy, und verheiratet war sie mit dem Schauspieler Peter Lawford. Susan war Brautjungfer bei Pats Hochzeit gewesen.

Beim Abendessen mit Howard im Hotel Langham hatte Lauren erfahren, dass Susan Duffields Familie rechtliche Schritte eingeleitet hatte, damit Howard nicht in den Genuss von Susans Vermögen kam. Außerdem hatten sie Vorkehrungen bezüglich des Geldes, das er während der Ehe verdient hatte, getroffen – er sollte möglichst wenig davon behalten dürfen. Den ganzen Abend hatte Howard über diese Probleme gejammert, vor allem hatte er sich darüber beklagt, dass er die Zeitung verlieren könnte. Also hatte Lauren beschlossen, dass es zu einer zweiten Verabredung nicht mehr kommen würde.

Ihr Vorschlag verwirrte Gareth. »Das wäre kaum angemessen, Miss Bastion.«

»Sagen Sie Lauren zu mir«, schnurrte sie, fest entschlossen, ein Nein als Antwort nicht gelten zu lassen. »Und wieso nicht?«

»Es ist erst einen Monat her, dass meine Frau gestorben ist. So bald schon mit einer anderen Frau auszugehen würde keinen guten Eindruck machen, vor allem, wenn diese andere Frau so überwältigend attraktiv ist wie Sie.«

Lauren strahlte. Nicht lange, und Gareth würde Wachs in ihren Händen sein. »Wir wären einfach zwei Freunde, die einander Trost spenden«, setzte sie ihre Überredungskunst ein. Sanft legte sie die Hand auf seinen Arm. Eine intime Geste, die die Sache besiegeln sollte.

»Bis vor ein paar Augenblicken waren wir einander noch völlig fremd«, protestierte Gareth, doch es klang eher schwach.

»Ja, und jetzt sind wir Freunde. Übrigens, vielleicht irre ich mich, aber Sie machen mir nicht den Eindruck eines Mannes, der allzu viel auf die Meinung anderer gibt.«

Gareth sah Lauren nachdenklich an.

»Hab ich recht?« Sie beugte sich weiter vor, ihre blauen Augen funkelten nun schelmisch.

Plötzlich dachte er an die vielen Male, die seine Frau ihm vorgeworfen hatte, er kleide sich zu bestimmten Anlässen nicht richtig und verstoße damit gegen die Regeln des Anstands. »Ja, Sie haben recht«, antwortete er. »Normalerweise würde ich darauf nichts geben, aber …« Er dachte an Bradley und Erin, seinen Sohn und seine Tochter.

»Worauf warten wir dann noch?« Lauren trank ihren Campari Soda aus und stand auf.

Gareth zögerte.

»Es ist doch nur ein Abendessen unter Freunden«, drängte Lauren.

Der Not gehorchend stand nun auch Gareth auf. Als die beiden aus dem Lokal schlenderten, schaute der Barkeeper ihnen hinterher. Er hatte so ein Gefühl, dass Gareth nicht ahnte, auf was er sich da einließ.

2

Erin Forsyth stand an ihrem Schlafzimmerfenster auf der zweiten Etage ihres Elternhauses in Knightsbridge. Es war später Nachmittag und ungewöhnlich warm für englische Verhältnisse. Bisher war der Sommer schön gewesen, doch das Wetter war das Letzte, woran sie in diesem Moment dachte.

Erin beobachtete ihren Vater auf dem Bürgersteig unten, wie er Lauren Bastion in ein Taxi am Straßenrand half. Mit ihrer engen cremefarbenen Hose zog sie etliche anerkennende Blicke männlicher Passanten auf sich. Die obersten Knöpfe ihrer hellroten Bluse waren geöffnet und gaben die Sicht auf ihr beeindruckendes Dekolleté frei. Es sah aus, als ob der feine Stoff unter der Last ihrer üppigen Brüste jeden Moment reißen würde.

Erin hatte Lauren immer nur in Kleidung gesehen, die ihre Kurven betonte, und das ärgerte sie. Als sie sah, dass Lauren ihrem Vater über die Wange strich und ihn kokett anlächelte, stöhnte sie und drehte sich zutiefst angewidert weg. Ihr Bruder erschien an der offenen Tür zu ihrem Zimmer. Bradley war zwei Jahre jünger als sie, und sie standen einander sehr nah. Seit sie ihre Mutter verloren hatten, fühlten sie sich noch verbundener.

»Ist sie weg?«, fragte Bradley. Er wollte nicht einmal den Namen der Frau aussprechen, die ihren Vater nicht mehr aus den Augen ließ, geschweige denn sie sehen, also war er in seinem Zimmer geblieben, solange sie im Haus gewesen war.

»Ja, zum Glück. Ich verstehe einfach nicht, was Dad in ihr sieht«, zischte Erin. »Er ist so intelligent, und jetzt benimmt er sich wie ein Idiot.« Sie wusste, sie hörte sich eher wie ein bockiger

Teenager an als eine junge Frau von Anfang zwanzig, sie konnte jedoch nichts dagegen tun.

»Ich verstehe ihn auch nicht«, sagte Bradley aufgebracht. »Dad muss doch gemerkt haben, dass wir damit nicht einverstanden sind. Das haben wir doch nun wirklich klargemacht, vor allem heute. Aber ihm scheint das egal zu sein. Was wir denken, spielt offenbar keine Rolle für ihn.«

Ihr Bruder wollte nicht mehr kämpfen, Erin mochte sich allerdings nicht geschlagen geben. Ihr Vater und Lauren hatten sie beide zu einem Picknick-Lunch eingeladen. Lauren hatte einen Korb mit einer guten Flasche Wein und lauter gekauften Delikatessen mitgebracht – sie konnte nicht einmal ein Ei kochen. Erin und Bradley hatten sich herausgeredet – Bradley hatte Kopfschmerzen vorgetäuscht, dabei litt er nur sehr selten unter Kopfschmerzen. Erin hatte behauptet, es sei noch viel Papierkram für die Galerie zu erledigen, der nicht warten könne. Lauren hatte sich trotz zur Schau gestellter Enttäuschung sichtlich gefreut, ihren Vater für sich zu haben. Erin und Bradley hatten sich geärgert, aber es war ihnen darum gegangen, ihren Standpunkt deutlich zu machen.

»Ich rede mit ihm und sage ihm in aller Deutlichkeit, was ich denke«, zischte Erin wütend. »Und diesmal werde ich keine Rücksicht auf seine Gefühle nehmen. Es ist erst ein paar Monate her, dass Mom gestorben ist. Er kann sich doch nicht jetzt schon mit einer Frau treffen, erst recht nicht mit einer angeblichen Lady der Gesellschaft, die eine ganze Sammlung von Exmännern und einen Hang zu viel Geld hat. Ich weiß ja, er liest die Gesellschaftsnachrichten nicht, trotzdem ist mir schleierhaft, dass ihm entgangen sein soll, was für einen Ruf diese Lauren hat. Die ganze Stadt spricht über sie. Die sogenannte ›Freundschaft‹ der beiden hat es schon in die Klatschblätter geschafft. Das ist so peinlich!«

Als Mann verstand Bradley weit besser als seine Schwester, was Männer an Lauren anziehend fanden. Für ihr Alter war sie ausgesprochen attraktiv. Sie hatte etwas von einem Pin-up-Girl – die langen Beine, das rotblonde Haar und dieses üppige Dekolleté, das sie ständig voller Stolz präsentierte. Er konnte sich gut vorstellen, dass sie die meisten Männer mit ihrem Charme um den Finger wickelte. Dass sein Vater sich von diesem verführerischen Getue blenden ließ, machte ihn jedoch ganz krank. Er fand, dass damit das Andenken an seine Mutter in den Schmutz gezogen wurde. Jane war eine Frau voller Eleganz und Anmut gewesen, das genaue Gegenteil von Lauren Bastion.

Erin hörte die Haustür ins Schloss fallen und ging zur Treppe. »Dad«, rief sie ihrem Vater vom Treppenabsatz zu, als er gerade in seinem Arbeitszimmer verschwinden wollte. »Ich muss mit dir reden.«

»Vorsicht, Erin«, warnte Bradley sie. »Dad trauert immer noch, auch wenn er es nicht zeigt.«

Erin achtete nicht auf ihren Bruder. Sie war wild entschlossen, ihren Vater zur Vernunft zu bringen.

»Was gibt es denn, Erin?«, fragte Gareth gut gelaunt.

Er und Lauren hatten in der Nachmittagssonne wunderbar gepicknickt. Es hatte ihn etwas enttäuscht, dass Erin und Bradley sich ihnen nicht angeschlossen hatten, aber Lauren hatte es offenbar nichts ausgemacht, und in ihrer Gesellschaft war es wie immer zauberhaft gewesen.

Erin polterte die Treppe hinunter. Sie konnte sich nicht mal zurückhalten, bis sie unten angekommen war. »Bradley und ich sind alles andere als glücklich darüber, dass du dich mit dieser Frau triffst. Das ist nun wohl kein Geheimnis mehr.«

Gareth schien verblüfft vom Ausmaß der Wut seiner Tochter. Er schaute Erin fragend an, als ob er keine Vorstellung davon hätte, weshalb genau sie so aufgeregt war.

»Ich weiß, es steht mir nicht zu, das zu sagen, doch du solltest noch nicht wieder mit einer Frau ausgehen, dafür ist es zu früh«, erklärte Erin mit Nachdruck. »Damit ziehst du das Andenken an Mom in den Schmutz.«

»Ich gehe nicht mit ihr aus, Erin. Wir sind einfach nur Freunde.« Inzwischen war ihm klar, dass sich Lauren mehr wünschte, aber er war noch nicht bereit für eine neue Beziehung, und Lauren schien Verständnis dafür zu haben.

»Ach, Dad, eure sogenannte Freundschaft wird schon in den Klatschblättern breitgetreten«, sagte Erin gekränkt.

»Das hab ich nicht gewusst … Nun, da kann ich nichts machen. Die Leute glauben, was sie glauben wollen, du hingegen weißt, wie sehr ich eure Mom geliebt habe.«

»Ja, das weiß ich. Und deshalb kann ich auch gar nicht glauben, dass du dich mit einer Frau wie Lauren Bastion triffst. Nach allem, was ich über sie gelesen habe, ist sie ein regelrechter Profi darin, reiche Männer zu heiraten und sich bald danach wieder von ihnen scheiden zu lassen.«

»Mir ist klar, dass das so aussieht, Erin, tatsächlich hat sie mit der Liebe einfach nur Pech gehabt.«

»Bist du sicher, dass das alles ist, Dad? Du kennst nur ihre Seite der Geschichte.«

»Ich weiß, aber hinter der Fassade steckt in Wirklichkeit eine sehr patente, vernünftige Frau. Sie ist nett. Ihre Freundschaft hat meinen Schmerz über den Verlust eurer Mutter ein wenig gelindert. Sei bitte nicht so böse mit mir, Erin.«

»Ich bin enttäuscht, Dad, und ich traue Lauren nicht über den Weg. Ich denke, du willst ihre Fehler einfach nicht sehen. Vielleicht kommt das durch den Kummer über Moms Tod. Oder vielleicht ist Lauren einfach eine Expertin, wenn es darum geht, Männer zu manipulieren. Wie auch immer, du musst endlich deine Augen öffnen, nicht dein Herz.«

»Ich glaube, beides stimmt so nicht, Erin. Lauren ist sehr großzügig, und sie ist rücksichtsvoll und lieb. Wenn du sie nur endlich kennenlernen wolltest …«

Erin konnte nicht länger an sich halten. »Ich will sie aber nicht kennenlernen«, fauchte sie. Dann besann sie sich und versuchte es auf einem anderen Weg. »Du warst in letzter Zeit immer so beschäftigt. Du hast mich die Galerie in Knightsbridge praktisch allein führen lassen. Und Phil hat mir erzählt, dass du dich seit vierzehn Tagen auch nicht mehr in der Galerie in Whitechapel hast sehen lassen. Er ist nur der Geschäftsführer. Er sollte nicht die ganze Verantwortung allein tragen müssen.«

»Phil hat es noch nie gefallen, wenn ich mich in Whitechapel in die Leitung der Galerie eingemischt habe. Deshalb bin ich mir sicher, dass er nur froh über meine Abwesenheit ist. Was die Filiale dort angeht, hat Lauren übrigens einen Vorschlag gemacht, über den ich ernsthaft nachdenke.«

Verblüfft sah Erin ihren Vater an. »Was denn für einen Vorschlag?«

»Sie meinte, es sei eine gute Idee, sie zu verpachten, vielleicht an Phil, und gleichzeitig eine prozentuale Beteiligung am Gewinn zu behalten. So könnten wir uns darauf konzentrieren, das Geschäft in der bedeutend größeren Galerie in Knightsbridge auszuweiten. Wir haben über die Vorteile gesprochen, und ich glaube, es ist eine fabelhafte Idee.«

»Was weiß Lauren denn schon über den Kunsthandel? Und seit wann hat sie ein Mitspracherecht bei dem, was wir tun?«, fauchte Erin.

»Es war ja nur ein Vorschlag. Sie wollte bloß helfen.«

Erin war sprachlos. Sie mochte kaum glauben, dass ihr Vater über die Galerien mit Lauren diskutierte oder dass er gar auf ihren Rat hörte. Ihre Bedenken nahmen schlagartig zu.

»Tut mir leid, dass ich dich in den letzten Wochen mit der Leitung der Galerie in Knightsbridge ganz allein gelassen habe. Ich musste einfach mal Abstand gewinnen«, erklärte Gareth. »Ich verspreche dir, das wird sich ab jetzt ändern.«

Erin sah ihren Vater bekümmert an. Einen Moment zögerte sie noch, dann entschied sie, ihrem Vater eine weitere bittere Wahrheit mitzuteilen. »Vorige Woche habe ich *Joyful Afternoon* verkauft.«

Gareth verzog das Gesicht.

»Das war eines von Moms Lieblingsbildern«, fuhr Erin fort. Ihre Stimme brach. Es hatte ihr fast das Herz gebrochen, als sie hatte mit ansehen müssen, wie das Bild zur Tür hinausgetragen wurde. »Seitdem fragen die Kunden in der Galerie nach weiteren Gemälden von Mom. Und in Whitechapel ist das offenbar genauso.«

»Das musste doch passieren, Erin. Kunstliebhaber sind, was die Werke eurer Mutter angeht, im Moment sehr empfindsam. In ein paar Wochen werden sie ihr Interesse auf etwas anderes verlagern.«

Erin mochte ihren Ohren kaum trauen. »So wie du dein Interesse auf etwas anderes verlagerst, Dad.«

»Erin!«, empörte sich Gareth. »Wie kannst du so etwas sagen? So redest du mit mir nie wieder, hast du verstanden? Eure Mutter hat mir unendlich viel bedeutet. Ich würde sie auf der Stelle zurückholen, wenn ich nur könnte. Aber wir beide wissen, dass das nicht möglich ist.«

Erin wünschte, sie wäre nicht so aufbrausend gewesen, doch sie war einfach zu verletzt. »Wenn du Mom wirklich geliebt hättest, dann hättest du dich nach so kurzer Zeit nicht mit dieser Frau eingelassen, Dad.« Sie drehte sich auf dem Absatz um und lief weinend die Treppe wieder hoch.

Als Erins Onkel Cornelius seine Wohnungstür aufschließen wollte und seine Nichte auf der Treppe sitzen sah, konnte er deutlich erkennen, dass sie geweint hatte.

Sie war erleichtert, dass sie ihn antraf, denn er war geschäftlich in Thailand gewesen, und sie hatte nicht genau gewusst, wann er wieder zurück sein wollte. Als Erstes fiel ihr seine tiefe Bräune auf. Wie ein Thai sah er aus.

»Hallo, Onkel«, sagte sie. »Seit wann bist du zurück?«

»Seit gestern Abend, Erin. Geht es dir nicht gut?« Cornelius bat sie in die Wohnung.

»Ich bin … einfach nur froh, dich zu sehen«, sagte Erin. Ihr war klar, dass ihr Onkel in den Zeitungen noch nichts über ihren Vater und Lauren gelesen haben konnte, wenn er gerade erst zurück war. »Wie war Thailand?«

»Brüllend heiß, aber die Reise war ein Riesenerfolg. Ich habe ein paar herrliche Saphire gekauft.«

Cornelius wusste, dass Erin ihre Mutter vermisste. Auch er vermisste seine einzige Schwester schrecklich. Zu wissen, dass sie bei seiner Rückkehr nach London nicht da sein würde, war kaum zu ertragen gewesen. Er und Jane hatten einander sehr nahegestanden, vor allem seit er seine Frau Corinna nach deren drei Jahre andauerndem Kampf gegen den Krebs verloren hatte. Der Tumor war entdeckt worden, nachdem sie jahrelang vergeblich versucht hatte, schwanger zu werden, und sich schließlich gründlich hatte untersuchen lassen.

»Möchtest du einen Brandy?« Cornelius fand, dass seine Nichte so aussah, als ob sie eine kleine Stärkung gebrauchen könnte. Sich selbst schenkte er auch ein.

Erin spürte, dass Cornelius darauf wartete, dass sie etwas sagte, nachdem sie angestoßen hatten, aber das fiel ihr schwer. Sie wusste, ihr Onkel wäre wütend auf ihren Vater, er hatte ihr jedoch immer solch wunderbare, hilfreiche Ratschläge gegeben. Und genau das brauchte sie jetzt mehr denn je.

»Du vermisst deine Mom sehr, stimmt's?«, fragte Cornelius.

Erin nickte unter Tränen. »Ich kann einfach nicht glauben, dass sie für immer fort ist.«

»Ich vermisse sie auch«, gab Cornelius zu. »Ich wünschte, ich könnte sagen, dass die Zeit alle Wunden heilt, aber das trifft auf mich anscheinend nicht zu.« Die Zeit hatte den Schmerz über Corinnas Verlust nicht gelindert. Wenn überhaupt, vermisste er sie mit jedem Jahr nur noch mehr.

Seine Schwester Jane war jünger gewesen als er, ihr Tod war plötzlich gekommen und ein schwerer Schock für alle gewesen. Sie hatte in ihrem Atelier im Dachgeschoss an ihrer Staffelei gesessen und gemalt und war einfach tot umgefallen. Bei der Obduktion hatte sich herausgestellt, dass sie ein Aneurysma im Gehirn gehabt hatte, das gerissen war. Der Tod war sofort eingetreten. Niemand hatte ahnen können, dass so etwas passieren würde, in den Stunden davor hatte sie kaum mehr als leichte Kopfschmerzen verspürt.

»Ja, es ist schrecklich, deswegen bin ich jedoch nicht so aufgeregt, Onkel Cornelius«, sagte Erin.

»Was ist denn dann? Geht es Bradley nicht gut?«

Bradley war ein vollkommen gesundes Kind gewesen, bis er mit sieben Jahren an Kinderlähmung erkrankt war. Die Ärzte hatten Gareth und Jane gesagt, er würde nie wieder gehen können. Gareth hatte beschlossen, diesen Schicksalsschlag zu akzeptieren und mit Würde zu tragen, und seine Traurigkeit nicht gezeigt. Doch Jane hatte sich voller Wut geweigert hinzunehmen, dass ihr Sohn dauerhaft mit einer Behinderung leben sollte. Tag für Tag hatte sie mit Bradley gearbeitet, hatte einen eigens auf ihn zugeschnittenen Therapieplan entworfen. Ihre harte Arbeit und Bradleys starker Wille hatten sich ausgezahlt, als er sich entgegen allen ärztlichen Prognosen auf wundersame Weise erholt hatte. Das einzige Anzeichen dafür, dass er je Kinderlähmung gehabt hatte, war ein leichtes Hinken. Er war wild entschlossen gewesen, nichts auszulassen, und so hatte er begeistert am Schulsport teilgenommen und später solch abenteuerliche Dinge wie Bergsteigen und Wasserskilaufen zu seinem Hobby gemacht – sehr zum Missfallen seiner Mutter. Cornelius bewunderte seinen Neffen unendlich, aber das hielt ihn nicht davon ab, sich um dessen Gesundheit zu sorgen.

»Bradley geht es gut. Wir machen uns beide Sorgen um Dad.«

»Er wird eine ganze Weile nicht mehr der Alte sein«, sagte Cornelius. »Der Trauerprozess ist schwierig, ihr müsst ihn ermutigen, aus dem Haus zu gehen und sich mit Leuten zu treffen. Wenn er sich vergräbt, so wie ich das eine Zeit lang gemacht habe, oder sich in die Arbeit stürzt, wird ihm das auf Dauer nicht guttun.«

»Ich wünschte, er würde genau das machen, aber das ist es leider nicht«, sagte Erin.

»Was meinst du damit?«

»Er hat eine neue Freundin, die seine ganze Zeit in Anspruch nimmt.«

Cornelius war verwirrt. »Eine Freundin?«

»Er trifft sich mit einer geschiedenen Frau namens Lauren Bastion. Dreimal war sie verheiratet. Bradley und ich glauben, sie ist hinter reichen Männern her und hat ein Auge auf Dad geworfen.«

Cornelius verzog bekümmert das Gesicht. »Willst du damit sagen, dein Vater verabredet sich mit dieser Frau und geht mit ihr aus?«, erkundigte er sich verärgert. »Deine Mutter ist gerade mal ein paar Wochen unter der Erde.«

»Dad sagt, sie sind nur Freunde, sie treffen sich allerdings ziemlich oft. Letzte Woche war ich fast die ganze Zeit allein in der Galerie in Knightsbridge, während Dad mit Lauren durch die Gegend gezogen ist.«

Cornelius spürte, wie Zorn in ihm aufkochte, er wollte Erin jedoch nicht noch weiter aufregen. »Du solltest die Verantwortung für die Galerie nicht ganz allein tragen«, sagte er mit zusammengebissenen Zähnen. »Das ist ziemlich rücksichtslos von deinem Vater. Du trauerst schließlich auch.«

»Die Arbeit macht mir nichts aus, Onkel Cornelius. Es hat mir sogar gutgetan, so beschäftigt zu sein. Und allein in der Galerie zu arbeiten ist eine Herausforderung und eine gute Übung für die Zukunft.« Dass sie hoffte, die Galerien eines Tages zu leiten, wenn ihr Vater sich zur Ruhe gesetzt haben würde, war ein offenes Geheimnis. »Nur Lauren Bastions Anwesenheit in Vaters Leben macht mir Kummer. Ich will damit nicht sagen, dass er für den Rest seines Lebens allein bleiben sollte. Eines Tages, so hoffe ich, wird er die Liebe wiederfinden, denn ich glaube, das hätte Mom für ihn gewollt. Nur … Bradley und ich trauen dieser Lauren nicht über den Weg. Und wenn einer von uns etwas Schlechtes über sie sagt, hört Dad einfach nicht hin. Er glaubt, dass sie bisher nur Pech in der Liebe hatte. Dass er ihren schlechten Ruf ignoriert, begreife ich nicht. Es sind schon Bekannte in die Galerie gekommen, die mir von ihr erzählt haben. Und alles, was sie gesagt haben, hat mich beunruhigt. Ich mache mir Sorgen, wenn ich sehe, wie viel Zeit er mit ihr verbringt. Ich bin schon ganz verzweifelt.«

Erin sah ihrem Onkel an, dass er sehr aufgewühlt war. »Tut mir leid, ich hätte dir das nicht erzählen sollen. Wie rücksichtslos von mir. Mom war deine Schwester. Ich hatte nur gehofft, du könntest mir einen Rat geben.«

»Sie hat in seinem Leben nichts zu suchen, aber du bist nicht diejenige, die sich darum kümmern muss, dass sie daraus verschwindet, Erin.« Cornelius überlegte, dass er das Gareth in sehr naher Zukunft von Angesicht zu Angesicht sagen musste.

»Ich weiß, nur … er sieht nicht, dass sie die Falsche ist. Das will er einfach nicht sehen.«

»Wenn es dir nichts ausmacht, würde ich jetzt gern über etwas anderes reden, Erin«, sagte Cornelius freiheraus.

Erin verstand. »Entschuldige, Onkel Cornelius. Ich freue mich für dich, dass deine Reise erfolgreich war. Hast du schon einen Käufer für die Saphire im Sinn?«

»Ja, in der Tat. Ein Goldschmied aus Malaysia sieht sie sich morgen an. Er hat früher schon Edelsteine von mir gekauft. Ich schätze, ich kann einen schönen Gewinn einstreichen. Die Qualität und die Reinheit der Steine ist außergewöhnlich.« Er versuchte, ruhig zu sprechen, tatsächlich brodelte die Wut über Gareth direkt unter der Oberfläche.

»Willst du bald wieder auf Reisen gehen?«

»Etwas hat da mein Interesse geweckt. Auf dem Rückflug von Thailand saß ich neben einem Australier«, erklärte Cornelius. »Er erzählte mir, der größte je auf der Welt gefundene Opal sei gerade auf den Opalfeldern von Coober Pedy in Australien entdeckt worden. Man gab ihm den Namen Olympic Australis, zu Ehren der Stadt Melbourne, die dieses Jahr Gastgeber der Olympischen Spiele ist.«

Erins Interesse erwachte. »Davon habe ich letzte Woche im *Enquirer* gelesen. Den Artikel habe ich für dich aufgehoben, dann habe ich nicht mehr dran gedacht und vergessen, ihn mitzubringen. Der Stein muss eine Sensation sein.« Edelsteine hatte Erin immer schon faszinierend gefunden.

»Es ist der größte und wertvollste Opal, der je gefunden wurde. Den würde ich wahnsinnig gern mal sehen.«

»Würdest du ihn gern besitzen?«, fragte Erin, die Cornelius' Aufregung spürte.

»Jeder Edelsteinhändler träumt davon, solch ein wertvolles Stück zu besitzen, aber der muss ein Vermögen kosten«, antwortete Cornelius. »Jedenfalls weit mehr, als ich mir leisten kann.« Er war erfolgreich in seinem Geschäft, solch eine Riesensumme für einen einzigen Edelstein auszugeben war allerdings ein enormes Risiko. »Ich habe beschlossen, in ein paar Wochen nach Australien zu fliegen. Ich bin schon mal in Andamooka gewesen und habe Opale gekauft, dieses Mal will ich nach Coober Pedy. Der Arbeitswille und die Aufregung in der Stadt sind so groß wie noch nie. Alle, die in einer Mine arbeiten, denken, sie fänden den nächsten Opal.«

Erin wurde von der Begeisterung ihres Onkels angesteckt. »Am liebsten würde ich mit dir fliegen«, sagte sie.

»Die Minen sind kein Ort für eine Frau wie dich, Erin«, erwiderte Cornelius ernst.

»Gibt es denn keine Frauen in Städten wie Andamooka und Coober Pedy?«

»Doch, aber das sind keine Stadtmenschen so wie du.« Er wies auf Erins modische Kleidung. »Nach allem, was ich gesehen habe, gibt es in den Minen nur wenige Frauen, die meisten davon Aborigines. Es ist ein hartes Leben dort mit vielen Entbehrungen. Ich kann mir nicht vorstellen, dass du es länger als nur einen Tag aushalten würdest.«

»Ich bin zäher, als du denkst, Onkel Cornelius«, beharrte Erin. »Ich bin schon mal zelten gewesen. Ich habe auf einem Feldbett geschlafen und über offenem Feuer gekocht.«

Beinahe hätte Cornelius gelacht. »Ein Wochenende im Ferienlager von Butlins kannst du nicht vergleichen mit dem primitiven Leben in den Opalminen. Die letzte Reise nach Spanien, während der du in einem Fünfsternehotel gewohnt hast, zählt übrigens auch nicht. Das Leben im Outback von Australien kannst du dir gar nicht vorstellen.«

Erin wusste, dass ihr Onkel recht hatte. Es erschien ihr jedoch gerade jetzt sehr reizvoll, ganz weit weg reisen zu können.

»Wie geht es Andy Stanford? Trefft ihr euch noch?«

»Ja, wir treffen uns noch. Er war vierzehn Tage weg, wird aber morgen Abend wieder zurück sein. Wir sind für Samstag verabredet.« Andy hatte versprochen, es würde ein ganz besonderer Abend werden.

»Er ist ziemlich oft unterwegs, was?«

»Ja, geschäftlich. Er will sein Hotelimperium vergrößern, also prüft er Hotels, die eine rentable Investition sein könnten. Er war diese Woche in Wales und in Schottland.«

»Man sollte meinen, er hätte genug damit zu tun, sich um das Langham mit seinen vierhundert Zimmern und fünfzig Suiten zu kümmern«, bemerkte Cornelius sarkastisch.

»Er ist eben ehrgeizig«, erklärte Erin stolz.

»Und? Wie benimmt er sich? Ich weiß noch, als du anfingst, mit ihm auszugehen, warst du nicht so sicher, ob er treu sein kann, denn er hatte einen ziemlich üblen Ruf, was die Frauen anging.«

»In der Vergangenheit hat er es wohl ganz schön wild getrieben, ich hätte mich allerdings nicht regelmäßig mit ihm getroffen, wenn ich nicht sicher gewesen wäre, dass er zu einer ernsthaften Beziehung fähig ist. Bis jetzt ist er treu gewesen. Jedenfalls habe ich keine Gerüchte gehört, die etwas anderes hätten vermuten lassen. Weißt du, ich bin nicht die Art Frau, die sich hintergehen lassen würde.« Tatsächlich war Erin überzeugt davon, dass Andy vernünftig geworden war.

»Ich weiß. Ich hätte richtig Mitleid mit ihm, wenn du ihn dabei ertappen würdest, dass er irgendwas hinter deinem Rücken anfängt.« Cornelius zwinkerte Erin zu.

»Dazu hättest du auch allen Grund«, feixte sie.

3

»Musst du mir denn wirklich die Augen zubinden?«, jammerte Erin und betastete den Schal, den Andy ihr umgebunden hatte.

Er führte sie zum Aufzug in der Halle des Hotel Langham, und ihr war es peinlich, von den Hotelgästen so gesehen zu werden. Andy hatte ihr mehr als einmal erzählt, dass sein Hotel als erstes in England einen hydraulischen Aufzug hatte, der von allen bewundert wurde, und darauf war er sehr stolz.

»Ja, das muss sein«, sagte Andy geduldig, als er den Knopf für die gewünschte Etage drückte und beobachtete, wie die Tür sich schloss. »Entspann dich und vertrau mir, Erin. Meine Überraschung wird dir gefallen.«

»Ich fühle mich nicht wohl, wenn ich nicht sehe, wohin ich gehe«, beklagte sich Erin. Sie drückte Andys Hand, als der Aufzug sich in Bewegung setzte. Sie fand es furchtbar, sich so ausgeliefert zu fühlen.

»In einer Minute sind wir da«, beruhigte Andy sie und lächelte verstohlen. Er fand es schön, dass Erin stark und unabhängig war, aber manchmal wollte er gern das Sagen haben, und das fand sie schwierig.

Der Aufzug hielt, und Erin hörte, wie die Tür sich öffnete. Andy führte sie auf den Korridor hinaus. Sie gingen nach rechts und dann eine Weile geradeaus, so lange, dass es Erin wie eine Ewigkeit vorkam. Sie war nur dankbar, dass sie niemanden vorbeigehen hörte.

»Habe ich dir erzählt, dass Mark Twain mal auf dieser Etage übernachtet hat, und Napoleon III. und Oscar Wilde auch?«

»Sind wir ganz oben?«, fragte Erin, die sich nicht ablenken lassen wollte.

Wieder lächelte Andy. Erin schien nie beeindruckt, wenn er die Namen berühmter Gäste seines Hotels erwähnte. »Hinweise gebe ich keine«, sagte er. Er hatte seinen Spaß daran, es spannend für sie zu machen. »Jetzt heb den Fuß, denn wir müssen ein paar Stufen hoch«, sagte Andy.

»Stufen! Wohin bringst du mich?«

»Entspann dich, es wird dir gefallen«, beruhigte Andy sie, als er Erin die kleine Treppe hochführte. »Jetzt werde ich ganz kurz deine Hand loslassen und eine Tür öffnen, also halt dich am Geländer fest. Und nicht schummeln!«

»Jetzt reicht es aber, Andy! Ich nehme das Tuch ab«, schimpfte Erin.

»Wag das ja nicht!«

Sie hörte ihn eine offenbar schwere Tür öffnen. Dann nahm er wieder ihre Hand und führte sie weiter. Frische Luft schlug ihr entgegen, und sie hörte Straßenlärm.

»Wo sind wir?«, fragte Erin jetzt neugierig. Sie hörte, wie die Tür hinter ihr schwungvoll ins Schloss fiel.

»An einem Ort, der für alle anderen verboten ist, kaum einer ist je hier gewesen«, antwortete Andy geheimnisvoll. Offenbar war er sehr zufrieden mit sich.

Erin war alles andere als beruhigt. Andy nahm ihr jetzt vorsichtig das Tuch ab. Er bedachte sie mit einem strahlenden Lächeln, dann trat er zur Seite.

Erin hielt die Luft an. »Wir sind auf dem Dach!«, rief sie, verblüfft über die Aussicht.

»Stimmt genau«, erklärte Andy stolz.

Erin kannte London gut, schließlich hatte sie ihr ganzes Leben hier verbracht. Die Dächer der Gebäude von so hoch oben zu sehen hatte jedoch etwas Magisches. Die Lichter funkelten wie Sterne in der Dunkelheit. Es war, als sähe sie die Stadt zum ersten Mal.

»Das habe ich lange geplant und gebetet, dass das Wetter heute Abend mitspielt«, erklärte Andy fröhlich. »Und es hätte gar nicht besser kommen können.« Er nahm Erins Hand und führte sie weiter vor bis zum Geländer. Menschen und Fahrzeuge auf dem Portland Place und der nahegelegenen Oxford Street wirkten wie Miniaturen, die Straßen sahen ganz schmal aus. Das Hotel Langham lag im Marylebone District, von hier aus sah man in der Ferne den Regent's Park.

»Was für ein fantastischer Ausblick, Andy«, sagte Erin aufrichtig. »Wieso hast du mich nicht früher schon mal hierhergebracht?«

»Ich habe auf einen besonderen Abend gewartet«, sagte er.

Im Erdgeschoss des Hotels gab es eine elegante Halle, den berühmten Palm Court Tearoom, das noble Restaurant Landau und eine Bar. Darüber gab es vier Etagen mit Zimmern und Suiten, sodass sie hier auf dem Dach fünf Etagen über dem Erdboden waren.

»Aber dafür musstest du mir doch nicht die Augen verbinden«, schalt Erin sanft. »Ich hatte keine Ahnung, wohin du mich bringst.«

»Genau das war meine Absicht, und es ist erst ein Teil der Überraschung«, sagte Andy.

Er führte sie weg vom Geländer, hin zu einem anderen Teil des Daches, und wieder hielt Erin die Luft an. Bunte Lampions beleuchteten einen mit einem frisch gestärkten weißen Tischtuch belegten Tisch, der mit edlem Porzellan, glänzendem Silber und Kristallgläsern gedeckt und mit einer roten Rose in einer schmalen, hohen Vase sowie Kerzen dekoriert war. Ein Servierwagen stand neben dem Tisch, darauf Teller mit Speiseglocken abgedeckt und eine Flasche Champagner in einem Sektkühler voller Eis.

»Ach du meine Güte, Andy«, entfuhr es Erin. Sie nahm das Aroma von etwas Köstlichem wahr. Ihre Augen füllten sich mit Tränen. »Das ist wunderschön«, sagte sie überwältigt. »Was ist denn der Grund für das alles? Geburtstag habe ich heute nicht, und seit einem Jahr gehen wir auch noch nicht miteinander.«

»Ich brauche doch keinen besonderen Grund, um meine wunderschöne Freundin zu überraschen«, sagte er.

»Nein, wohl nicht, das hier ist jedoch wirklich etwas Besonderes«, erwiderte Erin und lachte glücklich.

»So sollte es auch sein«, sagte Andy. Er zog ihren Stuhl vor, damit sie sich setzen konnte, dann nahm er ihr gegenüber Platz. Sehnsuchtsvolle Klänge erfüllten plötzlich die Luft.

»Wo kommt die Musik denn her?« Erin schaute über die Schulter. Am anderen Ende des Daches stand ein Klavier, daran saß ein Mann im Abendanzug und spielte. Wieder lachte sie entzückt auf. »Wie hast du denn ein Klavier hier hoch bekommen?«, fragte sie ungläubig.

»Das war ein bisschen kompliziert«, gab Andy zu, womit das Drama deutlich heruntergespielt war. Zum Glück lebte er auf, wenn er sich einer Herausforderung stellen musste.

»Du hast ja wirklich an alles gedacht«, sagte sie.

Andy stellte einen Teller vor Erin und hob die Cloche. Zum Vorschein kamen Hummer Thermidor, Folienkartoffeln und knackige grüne Bohnen. Erin lief das Wasser im Mund zusammen. Das Essen sah fantastisch aus.

»Mein Lieblingsessen«, freute sie sich.

»Natürlich«, sagte Andy. Dann hob er eine weitere Cloche und enthüllte eine Auswahl aufwendiger hausgebackener kleiner Teekuchen und Miniaturpastetchen, alles aus dem Palm Court. »Lass dir Platz fürs Dessert«, riet er.

Erin fand keine Worte. Schon mehrmals hatte sie im Palm Court beim Tee gesessen, jedes Mal war es ein wirklich überwältigendes Erlebnis gewesen. Der Teesalon war elegant wie ein Palast, und der Chefpâtissier war ein Meister im Erschaffen beeindruckender Kuchenkreationen. Seine Torten waren so imposant, dass sie beinahe zu schade zum Essen waren.

»Hat dir schon mal jemand gesagt, was für ein aufmerksamer Freund du bist?«

»Ein oder zwei meiner letzten Freundinnen haben so was in

der Art erwähnt«, sagte Andy und lachte, als sie die Augen aufriss. »Ich mache doch bloß Spaß«, fügte er hinzu. »Du bist die einzige Frau für mich, Erin Forsyth.«

»Na gut«, sagte Erin und verbannte die Gedanken an seine Schürzenjägerzeiten in die hinterste Ecke ihres Bewusstseins, damit sie den herrlichen Abend genießen konnte. »Als du sagtest, du hättest etwas Besonderes geplant, habe ich mir nicht vorstellen können, dass es so etwas sein würde.«

»Freust du dich?«

»Das wäre untertrieben, Andy. Du hast dir richtig viel Mühe gemacht. Ich kann dir gar nicht sagen, wie beeindruckt ich bin.«

Erin sah in Andys attraktives Gesicht, lächelte und dachte, wie erwachsen er doch geworden war, seit sie sich kennengelernt hatten. Gesehen hatten sie sich das erste Mal ein paar Jahre zuvor, als Erin achtzehn gewesen war. Sie war mit ihren Eltern auf einer Party seiner Eltern im Hotel gewesen. Ihr erster Eindruck von Andy war, dass er unreif und ein ziemlicher Casanova war. Aber der Mann von damals war Lichtjahre entfernt von dem Mann, der er heute war.

»So schön wie heute Abend hast du noch nie ausgesehen«, sagte er. Sie trug ein blassrosafarbenes Kleid, das ihr langes dunkles Haar und ihre dunkelbraunen Augen betonte.

»Das macht die schummrige Beleuchtung, die schmeichelt mir«, erwiderte Erin und lächelte scheu.

»Nein, das ist es nicht«, erwiderte Andy. »Du bist bei jeder Beleuchtung wunderschön.«

Er hatte sie immer schon für eine der attraktivsten Frauen Londons gehalten, und für eine der intelligentesten, doch als sie einander dann vorgestellt wurden, fand er, dass sie nicht die Art Frau war, mit der er normalerweise ausging. Sie studierte Kunstgeschichte und verkehrte mit Künstlern wie Malern und Bildhauern. Andy ging mit den typischen Partymädchen aus und trieb sich bis in die frühen Morgenstunden in Nachtclubs und Bars herum.

Ein Jahr zuvor hatten sie sich dann bei einer Wohltätigkeitsveranstaltung wiedergetroffen, und da hatte Andy Erin in einem völlig anderen Licht gesehen. Sie hatte Humor, aber auch ihre Intelligenz fand er inzwischen deutlich anziehender – die vielen sinnlosen kurzen Beziehungen und die nächtelangen Partys im Alkoholrausch war er endgültig leid geworden. Er bat sie, mit ihm auszugehen, aber zu seiner großen Überraschung, ja beinahe Bestürzung, lehnte sie rundheraus ab. Das bestärkte ihn nur noch in seinem Entschluss und machte Erin für ihn umso attraktiver.

Also bat er sie Woche für Woche erneut um ein Rendezvous. Davon, dass sie immer wieder ablehnte, ließ er sich nicht abschrecken. Fast täglich schickte er ihr Blumen und Geschenke, bis sie schließlich nachgab und mit einem gemeinsamen Abendessen einverstanden war. Was Andy allerdings nicht wusste, war, dass nicht sein Charme und seine Beharrlichkeit sie mürbe gemacht hatten – Erin war von ihrem Vater überredet worden, ihm eine Chance zu geben.

»Ich bin bloß froh, dass ich es nicht aufgegeben habe mit dir«, sagte Andy, als er ihr nun ein Glas Champagner einschenkte.

»Und ich bin ganz genauso froh darüber«, erwiderte Erin und dachte voller Dankbarkeit an ihren Vater. »Oh, der Hummer ist göttlich«, seufzte sie, nachdem sie genüsslich ein großes Stück davon gegessen hatte. »Ich glaube, ich muss wohl gestorben und im Himmel gelandet sein.« Fröhlich lachte sie.

Plötzlich wurde Andy ernst. »Ich habe über die Zukunft nachgedacht, Erin«, sagte er sichtlich nervös.

»Ach ja?«, erwiderte sie. »Hast du wieder mal ein Hotel entdeckt, das du gern kaufen würdest?« Sie konnte sich gut vorstellen, dass die Übernahme eines weiteren Hotels mit einer immensen Verantwortung verbunden sein würde.

»Das wäre tatsächlich nicht ganz abwegig, aber nein, es geht eher um mein Privatleben. Ich möchte sesshafter werden. Arbeit ist einfach nicht alles. Es hat eine Weile gedauert, bis ich erkannt habe, dass das Wichtigste doch die Familie ist.«

»Das ist dir sicher bewusst geworden, als du deinen Vater so plötzlich verloren hast«, erwiderte Erin, die an ihre Mutter dachte und daran, wie viel die Familie ihr immer bedeutet hatte, mitfühlend.

Zweieinhalb Jahre zuvor war Kevin Stanford gestorben, und Andy hatte das Hotel geerbt. Seine einzige Schwester war nach Rhodesien gezogen, wo ihr Mann einen Posten als Wildhüter in der Hwange Safari Lodge angenommen hatte.

Kevin hatte das Hotel nach der Weltwirtschaftskrise sehr günstig erworben. Das Gebäude sollte der BBC angeboten werden, die dort ihr Büro einrichten wollte, aber sie hatte auf einem Grundstück gegenüber gebaut. Im Zweiten Weltkrieg war das Hotel teilweise vom Militär genutzt und dann durch Bomben beschädigt worden. Es hatte umfangreich saniert, umgestaltet und renoviert werden müssen, was Kevin Stanford innerhalb von fünf Jahren gelungen war. Jetzt war das Langham ohne jeden Zweifel das prächtigste Hotel Londons.

»Ja, da ist sicher was dran, aber ich habe das Gefühl, dass ich inzwischen bereit bin, die Verantwortung für eine eigene Familie zu tragen«, sagte Andy.

Erin war perplex. Andy kümmerte sich intensiv um sein Geschäft, rein privat jedoch, so hatte sie immer gedacht, lebte er für den Augenblick. Wenn er auch nicht mehr jeden Abend mit seinen Freunden in die Nachtclubs ging, wollte er doch trotzdem noch seinen Spaß haben.

»Ich hätte gedacht, so etwas Ernstes würde ich dich erst sehr viel später sagen hören«, bemerkte sie lächelnd.

»Du hast mich verändert, Erin«, sagte Andy und schaute in ihre dunklen Augen. »Ich bin reifer geworden, das Zusammensein mit dir hat einen besseren Menschen aus mir gemacht. Ohne dich kann ich mir das Leben nicht mehr vorstellen.«

»Es ist lieb, dass du so was sagst, Andy.« Erin war ehrlich gerührt.

»Deshalb … will ich dich heiraten«, platzte Andy heraus.

»Du willst … du willst was?« Ungläubig sah Erin, wie Andy

aufstand und auf sie zukam. Gebannt hielt sie die Luft an, als er sich auf die Knie fallen ließ. »Was … was machst du da, Andy?«, stammelte sie.

»Erin Forsyth, willst du mir die Ehre erweisen, meine Frau zu werden?«, fragte Andy ernst.

Erin mochte nicht glauben, was sie da hörte. Fassungslos starrte sie den jungen Mann an. Der Augenblick hatte etwas Unwirkliches.

Andy griff in seine Jackentasche und holte ein kleines schwarzes Samtschächtelchen hervor. Er öffnete es, und zu sehen war ein Weißgoldring mit einem funkelnden Diamanten, eingefasst von winzigen Rubinen. Fasziniert betrachtete Erin das Schmuckstück.

»An Hochzeit habe ich noch gar nicht gedacht«, gestand sie aufrichtig. Sie fühlte sich noch so jung, frühestens in ein paar Jahren, so hatte sie immer gedacht, würden sie übers Heiraten reden, wenn sie dann immer noch zusammen waren. Es kam alles so unerwartet.

»Heirate mich, Erin«, bat Andy.

»Wir sind doch erst seit einigen Monaten zusammen«, erwiderte Erin. »Woher willst du wissen, dass ich die Frau bin, mit der du den Rest deines Lebens verbringen möchtest?«

»Ich weiß es ganz sicher, denn ich liebe dich so sehr. Daran ändert sich auch dann nichts, wenn wir noch warten. Ich will jetzt mein Leben als dein Ehemann beginnen. Willst du nun meine Frau werden?«

Erin war zu überrascht, um etwas sagen zu können.

»Liebst du mich?«, fragte Andy. Allmählich machte er sich Sorgen, dass sie ihn abweisen würde.

»Ja, aber … wir müssen das mit der Hochzeit doch nicht übereilen«, antwortete Erin.

»Wieso denn warten, Erin?«, fragte Andy. »Ich verspreche, ich werde dich jeden Tag glücklich machen, wenn wir verheiratet sind. Was ich heute Abend für dich getan habe, ist nur ein Vorgeschmack auf das, was noch kommen wird. Also: Willst du mich heiraten, willst du Mrs. Andrew Stanford werden?«

Erin war ganz gefangen von dem Augenblick – der verzauberten Umgebung, den glitzernden Lichtern, dem funkelnden Diamantring. Es war alles so perfekt.

»Bitte sag Ja, bevor mein kaputtes Knie noch ganz gefühllos wird«, sagte Andy und verzog das Gesicht. Bei einem Skiunfall hatte er sich eine Knieverletzung zugezogen, mit der er immer noch Probleme hatte.

Erin lächelte, nickte aber zu ihrer eigenen Verblüffung.

»Soll das ein Ja sein?«, fragte Andy, um ganz sicherzugehen.

»Ja«, sagte Erin. »Ich will deine Frau werden.«

»Oh, Gott sei Dank!« Andy rappelte sich auf und rieb sich das schmerzende Knie. Dann riss er Erin an sich, wirbelte sie herum und lachte überglücklich. Er küsste sie leidenschaftlich und steckte ihr den Ring an den Finger. »Dann sind wir jetzt verlobt«, sagte er fröhlich.

»Ja, verlobt«, erwiderte Erin wie in Trance.

Gareth wollte gerade die Haustür aufschließen, als er sich einer Gestalt bewusst wurde, die im Dunkel der Veranda lauerte.

»Wer ist da?«, fragte er. Sein Herz raste.

»Ich muss mit dir reden«, hörte er die ungehaltene Stimme eines Mannes.

»Cornelius! Du hast mich zu Tode erschreckt.« Es war spät, weshalb es Gareth überraschte, seinen Schwager zu sehen, aber dessen Anspannung entging ihm nicht. »Komm rein und trink einen Brandy mit mir.«

»Ich will nicht hereinkommen, und ich will ganz bestimmt keinen Brandy mit dir trinken«, gab Cornelius bissig zurück.

»Stimmt was nicht?«, fragte Gareth. Sie hatten sich immer gut verstanden, deshalb hatte er keine Ahnung, weshalb Cornelius so offen feindselig war.

»In der Tat. Da stimmt etwas ganz und gar nicht. Der Leichnam meiner Schwester ist noch nicht einmal kalt, und schon hältst du eine andere Frau in den Armen.« Cornelius hatte das Bedürfnis,

Gareth zu schlagen, doch aus Respekt vor dem Andenken an seine Schwester hielt er sich zurück.

»Ich weiß nicht, was du gehört hast, aber du musst etwas falsch verstanden haben«, erwiderte Gareth.

»Ganz London spricht darüber«, zischte Cornelius. Er hatte Erkundigungen eingezogen, und was er herausgefunden hatte, machte ihn noch wütender, als er ohnehin schon war. »Wie konntest du das Andenken an Jane so in den Schmutz ziehen?«

»Ich bin nicht verliebt, Cornelius. Ehrenwort.«

»Das glaube ich dir nicht. Wo bist du heute Abend gewesen?«

»Ich habe im Astoria gegessen«, antwortete Gareth, der sich darüber ärgerte, sich rechtfertigen zu müssen. »Essen muss ich schließlich mal was.«

»Allein?«

»Nein«, sagte Gareth ehrlich. »Miss Bastion und ich sind trotzdem nur Freunde. Wir haben nichts miteinander.«

»Nach allem, was ich höre, verspeist sie Männer wie dich zum Frühstück.«

»Du weißt doch, wie Gerüchte aufgebauscht werden. Sie ist in einer schwierigen Phase meines Lebens freundlich zu mir«, erklärte Gareth. »Das ist alles.«

Cornelius schnaubte. »Du entehrst das Andenken an meine Schwester und verspottest ihre tiefe Zuneigung zu dir. Ohne ihre Bilder wäre es mit dem Geschäft vor Jahren schon den Bach runtergegangen. Du wärst ein Niemand. Und Anerkennung hast du ihr nie dafür gezollt.«

Diese rüden Bemerkungen verletzten Gareth, aber er konterte nicht, denn er wusste, dass Cornelius nicht er selbst war. »Es scheint, du glaubst sowieso nur, was du glauben willst. Deshalb ist es wohl sinnlos, das Gespräch heute Abend fortzusetzen. Vielleicht, wenn du wieder etwas klarer denken kannst …«

»Wenn du schon nicht an meine Schwester denkst, dann überleg wenigstens mal, wie schäbig du dich Erin und Bradley gegenüber verhältst«, sagte Cornelius vorwurfsvoll.

Gareth verlor die Geduld. »Ich habe Jane geliebt, und das weißt du ganz genau, Cornelius. Doch was ich jetzt tue, geht dich nichts an.« Er schloss die Haustür auf, ging in den Flur und warf die Tür hinter sich zu, und damit ließ er Cornelius schäumend vor Wut und alles andere als zufriedengestellt zurück.

»Onkel Cornelius! Was machst du denn hier um diese Zeit?«

Als Erin und Andy Cornelius vor dem Forsyth'schen Haus entdeckten, gingen sie verblüfft auf ihn zu.

Cornelius hörte seine Nichte nicht, und wenn doch, gab er das nicht zu erkennen. Er war so wütend auf Gareth, dass er kaum klar denken konnte. Mit gesenktem Kopf stapfte er davon.

Erin stand da und sah seiner sich entfernenden Gestalt hinterher. »Er hat mich gar nicht beachtet«, sagte sie ungläubig zu Andy.

»Ich glaube, er hat dich nicht gehört.«

Andy fand, dass Erins Onkel wie in Trance gewirkt hatte. Cornelius war normalerweise ein sehr höflicher Mensch, er würde seine Nichte nicht einfach so ignorieren, wenn es nicht einen triftigen Grund dafür gäbe.

»Er muss mich doch gehört haben. Da stimmt etwas nicht.« Erin ging die Stufen zum Haus hoch und öffnete die Tür. »Dad«, rief sie.

»Hier bin ich, Erin«, rief Gareth von der Wohnzimmertür her. Er hielt ein großes Glas Whiskey in der Hand und leerte es nun in einem Zug.

Erin sah deutlich, dass auch ihr Vater verstört wirkte. »Ich habe gerade Onkel Cornelius draußen gesehen. Hat er dich besucht? Stimmt irgendwas nicht?«

»Es ist unwichtig.« Gareth machte eine wegwerfende Handbewegung. »Hallo, Andy. Wie geht es Ihnen?«, wandte er sich scheinbar gelassen an den Begleiter seiner Tochter.

»Sehr gut, danke, Sir«, antwortete Andy. Er lächelte Erin an. »Wir haben gute Neuigkeiten, Sir«, sagte er. »Wenigstens hoffen wir, dass Sie das auch so sehen.«

Gareth schaute Andy und seine Tochter fragend an. »Gute Neuigkeiten, sagen Sie. Das kann ich wirklich gebrauchen«, erwiderte er.

»Andy hat mich heute Abend gebeten, seine Frau zu werden«, erklärte Erin aufgeregt. Sie hob die Hand, um ihrem Vater den Verlobungsring zu zeigen.

Gareth riss die Augen auf. »Das ist ja wunderbar«, rief er erfreut. Er nahm Erin in die Arme, dann schüttelte er Andy die Hand und klopfte ihm auf die Schulter. »Herzlichen Glückwunsch. Ich wünschte, Ihr Vater wäre hier und könnte das miterleben.«

»Ich auch, Sir«, sagte Andy. Seine Mutter war nach dem Tod des Vaters nach Schottland gezogen, um in der Nähe seiner Großmutter zu sein.

»Wissen Sie, ein Jahr vor dem Tod Ihres Vaters haben wir oft darüber geredet, dass unsere Kinder mal heiraten würden. Natürlich seid ihr damals noch nicht zusammen gewesen.«

»Ich hatte keine Ahnung, Dad«, sagte Erin.

»Damals war Andy ein ziemlicher Charmeur, aber sein Vater wusste, er würde eines Tages solide, und er dachte, du wärst diejenige, die ihn zähmen könnte. Offenbar hat er richtiggelegen. Das muss begossen werden. Champagner wäre jetzt wohl angebracht. Hol doch Bradley, er soll sich zu uns gesellen.«

»Ich gehe ihn holen, wenn Sie erlauben, Sir«, sagte Andy und lief die Treppe hoch.

»Das kommt ja ziemlich überraschend«, sagte Gareth, während er eine Champagnerflasche entkorkte. »Hast du das geahnt, Erin?«

»Nein, überhaupt nicht. Andy hat auf dem Hoteldachgarten ein wunderbares Abendessen herrichten lassen. Es gab Lampions, Kerzen, Champagner und Hummer. Es war so romantisch, Dad! Aber dass er vor mir auf die Knie gehen würde, damit hatte ich nicht gerechnet. Ich wusste gar nicht, was ich sagen sollte.«

»Na, zum Glück ist dir ja noch was eingefallen, sonst würdest du jetzt nicht diesen hübschen Ring tragen.« Gareth lächelte, dann runzelte er die Stirn. »Warst du denn sicher?«

»Als verheiratete Frau hätte ich mich frühestens in ein paar Jahren gesehen«, gestand Erin. »Andy will jedoch ziemlich bald heiraten.« Erin senkte ihre Stimme. »Ich hoffe bloß, dass nichts mehr von dem alten Andy übrig ist. Es scheint, er hat sich geändert. Wie du gesagt hast – er war ein Herzensbrecher, und wir gehen ja erst seit ein paar Monaten miteinander aus.«

»Er ist jetzt erwachsen, Erin. Er weiß, was im Leben wirklich wichtig ist.«

»Das hat er heute Abend auch gesagt. Er hat gesagt, das Wichtigste im Leben sei die Familie.«

»Na bitte, da hast du es. Das ist doch eine wirklich erwachsene Haltung. Weißt du, Andy ist wahrscheinlich der begehrteste Junggeselle Londons«, sagte Gareth, der sich aufrichtig für seine Tochter freute. »Seine Zukunftsaussichten sind fabelhaft, und ich bin sicher, dass er meinem kleinen Mädchen ein wunderbares Leben bieten wird.« Er legte Erin einen Arm um die Schulter. »Ich weiß, du bist längst erwachsen, aber du wirst immer mein kleines Mädchen bleiben, Erin.« Er küsste sie auf die Wange.

Andy, der eben mit Bradley die Treppe herunterkam, hatte Gareth' letzte Worte gehört. »Davon, dass ich Erin ein wunderbares Leben bieten werde, Sir, können Sie unbesorgt ausgehen. Ihr wird es an nichts fehlen.« Er strahlte seine Verlobte an.

»Herzlichen Glückwunsch, Schwesterchen«, rief Bradley und küsste Erin auf die Wange. Er mochte Andy, dennoch fühlte er sich immer auf besondere Art für seine ältere Schwester verantwortlich.

»Danke, Bradley«, gab Erin zurück.

»Wir planen gleich die große Verlobungsfeier«, schlug Gareth vor und schenkte ihnen allen Champagner ein. Auf einmal musste er an Jane denken, und sein Lächeln schwand.

»Du denkst an Mom, oder?«, fragte Erin, der die Tränen kamen. Sie wünschte, ihre Mutter könnte diesen Moment mit ihnen teilen.

»Ja. Sie würde sich voller Begeisterung an die Vorbereitung machen«, sagte Gareth.

»Ich weiß«, erwiderte Erin.

Beinahe hätte Gareth vorgeschlagen, dass Lauren ja helfen könne, aber er überlegte es sich im letzten Moment anders.

Als Andy gegangen war, lief Erin ins Wohnzimmer zurück, um ihrem Vater eine gute Nacht zu wünschen. Sie fand ihn allein im Wohnzimmer beim Licht nur einer einzigen kleinen Lampe. Er trank ein Glas Whiskey.

»Nun sag schon, was wollte Onkel Cornelius, Dad?«, fragte sie.

»Nichts eigentlich«, antwortete Gareth. Er wollte diesem besonderen Abend keinen Dämpfer versetzen.

»Er war wegen Lauren hier, oder?«, fragte Erin unverblümt.

Gareth nickte. »Ich verstehe ja, dass er wütend ist. Jane war seine Schwester, und die beiden standen sich sehr nahe. Ich habe ihm gesagt, da läuft nichts zwischen Lauren und mir, das könnte sich in Zukunft allerdings ändern.«

»Meinst du das im Ernst, Dad?«, fragte Erin besorgt. Das war nicht das, was sie gern gehört hätte.

»Ich mag Lauren wirklich gern, Erin. Ich weiß, ich bin noch nicht so weit, dass ich eine neue Beziehung eingehen könnte, aber das ändert sich womöglich bald.« Sehr bald, dachte er.

Erin hatte Mühe, ihre Wut unter Kontrolle zu halten. »Gute Nacht, Dad«, sagte sie beherrscht, um einem Streit aus dem Weg zu gehen. Dann ging sie nach oben.

Erin lag noch lange wach und dachte nach. Irgendwann fasste sie einen Entschluss. Sie musste ihren Vater vor Lauren Bastion retten.

4

»Erin!« Andy war überrascht, als Erin mitten am Vormittag in sein Büro gestürmt kam. »Was machst du denn hier?«

Er steckte wie immer bis über beiden Ohren in Papierkram, aber das war Erin egal. Sie war aufgebracht und brauchte seine Schulter zum Anlehnen.

»Ich musste einfach weg aus der Galerie«, fauchte sie und lief aufgeregt hin und her. »Lauren ist mal wieder da! Ich fand ja schön, dass Vater zur Arbeit zurückgefunden hat, doch diese schreckliche Frau kreuzt jeden Tag bei uns auf und steckt ihre Nase mehr und mehr ins Geschäftliche. Und was noch schlimmer ist - sie beeinflusst meinen Vater. Er hört immer öfter auf das, was sie sagt! Ich weiß, sie will mich rausekeln, ich durchschaue allerdings ihren perfiden Plan.«

Erin war überzeugt, dass ihr Vater und Lauren inzwischen intim miteinander waren, denn sie hatte Veränderungen in der Körpersprache der beiden wahrgenommen. Es machte sie krank.

Andy hatte Lauren auch kennengelernt. Wegen Erin war er entschlossen gewesen, sie nicht zu mögen, das war ihm jedoch schwerer gefallen als erwartet. Sie war nicht nur äußerst attraktiv, sie war ihm auch sehr sympathisch. Als er ihr vorgestellt worden war, war er distanziert gewesen, Minuten später hatte sie ihn schon dazu gebracht, dass er mit ihr lachte und rot wurde wie ein Schuljunge. Erin war nicht erfreut gewesen, aber wenn man ein Mann war, musste man Lauren Bastion einfach mögen. Bradley war da wohl die einzige Ausnahme.

Andy sagte nichts, also blieb Erin stehen, sah ihn an und versuchte einzuschätzen, wie er über das Thema dachte. Wütend schien er jedenfalls nicht zu sein. Wenn überhaupt, wirkte er gleichgültig.

»Ja siehst du denn nicht, wie schrecklich das ist, Andy? Würde es dir gefallen, wenn ein anderer das Hotel übernehmen wollte?«

»Natürlich nicht, Erin. Nur … bald werden wir verheiratet sein, und dann brauchst du dir um die Galerie keine Sorgen mehr zu machen.«

Eine Woche zuvor hatten sie im Hotel Verlobung gefeiert. Erin hätte gern eine bescheidene Feier gehabt, irgendetwas Kleines und Intimes mit dreißig, vierzig Verwandten und engen Freunden. Aber Andys Mutter Sharon war aus dem Anlass eigens aus Schottland gekommen, und aus den dreißig, vierzig waren sehr bald vierhundert Leute geworden, von denen Erin viele nicht einmal kannte. Das Fest war ausgeufert – ein Zirkus einschließlich Pressefotografen. Sie hatte Andy nicht erzählt, dass ihr das überhaupt nicht gefallen hatte.

Erin sah Andy irritiert an. Ein Datum für die Hochzeit hatten sie noch nicht festgelegt. Was meinte er mit »bald«? »Was hat unsere Ehe denn mit meiner Arbeit in der Galerie zu tun?«

»Alles!«

»Ich weiß nicht, was du meinst, Andy.«

»Wenn wir verheiratet sind, brauchst du nicht mehr zu arbeiten«, erklärte Andy.

Erin setzte sich auf den Stuhl vor seinem Schreibtisch, holte tief Luft und versuchte, ganz ruhig zu werden. »Ob ich es brauche, ist ja wohl nicht die Frage. Ich würde mich zu Tode langweilen, wenn ich nichts zu tun hätte. Ich liebe meine Arbeit in der Galerie.« Es kam ihr in den Sinn, dass Andy vielleicht von ihr erwartete, in irgendeiner Funktion im Hotel zu arbeiten. »Um dir hier zu helfen, fehlen mir die Kenntnisse, Andy. Die Welt der Kunst ist mein Metier«, sagte sie. »Du weißt, ich bin ehrgeizig und arbeite darauf hin, eines Tages die Galerie in Knightsbridge zu leiten – natürlich erst, wenn Dad sich zur Ruhe gesetzt hat.«

»Nein, nein, jetzt, da du bald Mrs. Andrew Stanford sein wirst, ist das ganz anders«, sagte Andy. »Mit der nächsten Generation der Stanfords wirst du alle Hände voll zu tun haben. Ich kann es kaum abwarten!«

»Mit der nächsten Generation der Stanfords … Meinst du etwa … Babys?«, stieß Erin entgeistert aus. Der mütterliche Typ war sie nie gewesen. Die Vorstellung von kleinen strampelnden Dingern, die spuckten und pupsten, fand sie alles andere als reizvoll.

»Natürlich meine ich Babys«, erwiderte Andy lachend. »Wir begeben uns sofort an die Familiengründung«, fügte er fröhlich hinzu.

Erin schüttelte ungläubig den Kopf. »Sofort? Wir haben ja noch nicht einmal über einen Termin für die Hochzeit gesprochen, geschweige denn davon, dass wir eine Familie gründen wollen.«

»Ich weiß, aber Kinderkriegen ist ja nichts, worüber man groß diskutieren muss«, sagte er mit einem Glitzern in den Augen. »Babys kommen einfach, oder? Ich will mindestens vier Kinder. Und du wirst eine wunderbare Mutter sein, Erin.«

»Vier Kinder!«, Erin schluckte. »Das sehe ich noch nicht, Andy. In ein paar Jahren haben wir vielleicht ein Kind, und dann können wir über ein zweites nachdenken …« Sie nahm sich vor, dass etliche Jahre zwischen den beiden Kindern liegen würden. Dann würde sie einen Hund anschaffen und hoffen, dass Andy sich damit zufriedengab.

»Ich will Erben für mein Hotelimperium«, erklärte Andy, der offenbar alles längst durchdacht hatte.

Erin erschrak. Ein Hund war kein Ersatz für einen Erben. Sogar sie musste das zugeben.

»Die Familie wird für mich ein noch größerer Anreiz sein, hart zu arbeiten«, fuhr Andy aufgeregt fort. »Ich möchte mindestens einen Sohn, mehrere Jungen wären sogar noch besser. Und Töchter, die wie ihre Mutter aussehen, wären der Traum.« Er lächelte voller Vorfreude.

»Ich will mindestens noch ein paar Jahre in der Galerie arbeiten, ehe ich ans Schwangerwerden denke, Andy«, sagte Erin rasch, in der Hoffnung, dass er das begriff. »Ich bin davon ausgegangen, du wärst damit einverstanden.«

Und wenn sie dumm genug wäre, irgendwann in Zukunft ein Kind zu bekommen, würde sie nicht ganz aufhören zu arbeiten, sondern sich eine Haushaltshilfe nehmen. Wozu sollte sie einen reichen Mann heiraten, wenn sie sich dann doch nur um ihn und seinen Nachwuchs kümmern musste?

»Du brauchst dir deinen hübschen Kopf nicht über die Galerie zu zerbrechen, Erin. Wir nehmen uns die schönste und geräumigste Suite im Hotel und engagieren ein paar Kindermädchen. Du wirst ein herrliches Leben haben, das verspreche ich dir.«

Ungläubig riss Erin die Augen auf. Das ist nicht das Leben, das ich haben will, dachte sie unglücklich. Sie hatte sich vorgestellt, sie würden ein eigenes Haus mit Garten haben, vielleicht in einem Vorort von London. Sie sah sich schon mit Chauffeur und Wagen, sodass sie täglich in die Galerie fahren konnte.

»Ich habe mir etwas überlegt, Erin. Wir heiraten dieses Jahr noch«, sagte Andy. »Lass uns den Hochzeitstermin auf das letzte Wochenende im September festsetzen.«

»Aber … aber … das ist ja schon …« Sie rechnete. »Das ist ja schon in sechs Wochen, Andy«, rief Erin entsetzt.

»Ich weiß, die Hochzeitsfeier kann hier stattfinden, im Hotel. Die Verlobungsfeier haben wir in zwei Wochen auf die Beine gestellt und dennoch vierhundert Leute beköstigt und unterhalten. Stell dir doch bloß mal vor, was wir alles fertigbringen, wenn wir sechs Wochen Zeit zum Planen haben.« Die so kurzfristig angesetzte Verlobungsfeier war tatsächlich ohne Probleme über die Bühne gegangen. »Bloomsbury Flowers machen seit Jahren hier im Hotel die Blumendekoration, und die Leute sind richtig gut. Die Küchenchefs können mühelos ein großes Abendessen oder ein Buffet vorbereiten. Du müsstest dich um nichts anderes kümmern als um dein Hochzeitskleid und die Kleider für die Brautjungfern.

Reverend Sutcliffe, der Geistliche meiner Familie, wird uns trauen. Ich sehe keinen Grund, weshalb wir warten sollten.«

»Deine Großmutter hatte einen Schlaganfall, als deine Mutter zu unserer Verlobung hier war. Du willst doch sicher warten, bis sie sich so weit erholt hat, dass deine Mutter sie allein lassen und zu unserer Hochzeit kommen kann.«

»Das könnte Monate dauern. Die Genesung schreitet nur langsam voran.«

Und deshalb, so hoffte Erin insgeheim, würde Sharon nicht wieder nach London kommen, und wenn doch, dann wenigstens nur zur Hochzeit.

»Ganz ehrlich, ich glaube, meine Großmutter wird sich nie wieder ganz erholen«, sagte Andy resigniert. »Sie ist über achtzig.«

Erin sah ein, dass Andy fest entschlossen war, sein Vorhaben durchzuziehen. »Ich will auf keinen Fall noch einmal so eine große Feier mit vierhundert Gästen«, erklärte sie strikt. Andys Mutter hatte sie mit der Verlobungsfeier total überrollt. Sie hatte es gut gemeint und gedacht, sie würde helfen, aber so weit wollte Erin es nicht noch einmal kommen lassen. »Ich will nur Verwandte und enge Freunde einladen, etwas Intimes und ganz Besonderes.«

»Ich verstehe ja, dass du keine große Feier haben willst, Schatz, nur … das ist ein bisschen unrealistisch. Schließlich sind wir sehr bekannt in London. Ich verspreche dir, dass es höchstens hundertfünfzig Leute werden.«

»Nein, Andy! Das ist immer noch zu viel. Mit der Hälfte bin ich einverstanden.«

»Hm … Wenn ich mir große Mühe gebe, kann ich die Liste auf hundertzwanzig Leute zusammenstreichen, und da werden sich einige auf die Zehen getreten fühlen.«

»Du hörst mir nicht zu, Andy«, beschwerte sich Erin. Du …«

»Einige werden schrecklich gekränkt sein, wenn sie keine Einladung bekommen«, unterbrach Andy sie.

»Dann sollen sie eben gekränkt sein«, konterte Erin. »Es ist schließlich unsere Hochzeit. Fünfundsiebzig«, sagte sie entschieden. »Das ist mein letztes Wort!«

Andy warf ihr seinen flehendsten Hundebabyblick zu. »Können wir uns auf hundert einigen, Liebes?«

Erin zögerte einen Moment. »Na gut«, erwiderte sie dann. »Hundert Gäste, aber definitiv keine weiteren mehr.«

Es klopfte an der Bürotür, und Andy sprach mit einem seiner Angestellten. Erin hörte kaum ein Wort von dem, was gesagt wurde. In ihrem Kopf drehte sich alles.

»Tut mir leid, Erin«, sagte Andy in ihre Gedanken. »Ich muss jetzt los.« Er küsste sie auf die Wange. »Wir sehen uns heute Abend beim Essen, dann besprechen wir alles Weitere. Es wird fantastisch, du wirst es sehen«, rief er und war schon durch die Tür.

Erin beschloss, an diesem Tag nicht mehr in die Galerie zurückzugehen. Sie war verblüfft, als sie Bradley zu Hause antraf. Er kümmerte sich um die gekauften und verkauften Kunstwerke beider Galerien, passte auf, dass alles sicher verpackt und unversehrt abgegeben wurde. Normalerweise war er an einem Vormittag niemals zu Hause anzutreffen.

»Was machst du denn hier?«, fragte Bradley seine Schwester, als sie durch die Tür kam.

»Ich gehe Lauren Bastion aus dem Weg«, antwortete Erin entnervt. »Sie ist mal wieder in der Galerie. Beinahe jeden Tag kreuzt sie dort auf und übernimmt klammheimlich mehr und mehr meiner Aufgaben. Doch Dad sieht das nicht, Bradley. Das macht mich so wütend. Aber was machst du zu Hause?«

»Ich habe ein paar Bilder nach Whitechapel gebracht. Die nächste Auslieferung ist erst heute Nachmittag.«

»Du meidest die Galerie in Knightsbridge auch wegen Lauren?«, vermutete Erin.

Bradley seufzte. »Ich bin gerade in Dads Arbeitszimmer gewesen. Auf seinem Schreibtisch lagen zwei Flugtickets nach Mailand für kommendes Wochenende.«

Ungläubig starrte Erin ihren Bruder an. »Dad wird doch sicher nicht mit Lauren nach Mailand reisen, oder?«

»Uns zwei hat er jedenfalls nicht eingeladen, also nehme ich schon an, dass er mit ihr fliegen will. Er hat in Mailand im Westin Palace Hotel Zimmer reserviert.«

»Was?« Erin ließ sich aufs Sofa fallen. »Das ist eines der luxuriösesten Hotels Italiens. Und eines der teuersten!«

Bradley runzelte die Stirn. »Trägt sie heute eine wunderschöne Armbanduhr mit Diamanten?«, fragte er.

Die Uhr war Erin aufgefallen, doch sie hatte angenommen, dass einer ihrer reichen Ehemänner sie Lauren geschenkt hatte. »Ja, wieso?«

»Ein Geschenk von Dad«, erklärte Bradley.

Erin hielt die Luft an, in ihren dunklen Augen blitzte die Wut auf. »Woher willst du das wissen?«

»Ich habe die Quittung auf seinem Schreibtisch gesehen. Ich habe nicht geschnüffelt. Die Quittung und die Tickets lagen ganz offen herum. Wie teuer die Uhr war, willst du sicher nicht wissen.«

»Was denkt er sich eigentlich dabei?«, brach es aus Erin heraus. »Begreift er denn nicht, dass sie ihn nur ausnimmt?«

Bestürzt schüttelte Bradley den Kopf. Er wusste, sein Vater dachte nicht, jedenfalls nicht mit dem Kopf. Er betete nur, dass er nichts wirklich Unüberlegtes machte, zum Beispiel um Laurens Hand anhalten.

Erin sank in sich zusammen. »Was soll denn heute noch alles passieren?«, jammerte sie.

»Wieso? Was ist denn los?«, fragte Bradley und setzte sich neben sie.

»Ich hatte gerade ein Gespräch mit meinem Verlobten«, antwortete Erin. »Er meinte, er wolle mindestens vier Kinder.«

»Ist das ein Problem? Du wirst doch bestimmt Kindermädchen engagieren können.«

»Die Kindermädchen werden die kleinen Bälger aber nicht zur Welt bringen und sie auch nicht stillen«, stieß Erin ungehalten aus.

Bradley stutzte. Erin verfiel nie ins Träumen, wenn es um Babys ging, dass sie das Mutterwerden jedoch derart ablehnte, hatte er nicht gewusst.

»Ach, Bradley, ich war nie der mütterliche Typ«, erklärte Erin. »Nicht mal Haustiere mag ich besonders. Sei ehrlich, siehst du mich als Mutter von vier Kindern?«

Bradley konnte sich das Grinsen kaum verkneifen. »Nein«, gab er zu. »Aber ob du schwanger wirst oder nicht, liegt doch bei dir. Es ist dein Körper, und du hast die Macht über gewisse Dinge.«

Nachdenklich musterte Erin ihren Bruder. »Wie kommt es, dass du über *gewisse Dinge* so genau Bescheid weißt?«

»Ich … ich lese ziemlich viel«, antwortete Bradley feixend.

»Das muss wohl stimmen. Du hast recht. Andy mag mich ja überredet haben, ihn zu heiraten und zur Feier hundert Gäste einzuladen, aber Kinder werde ich erst bekommen, wenn ich dazu bereit bin - wenn überhaupt«, sagte sie schmunzelnd.

»Genau, Schwesterchen«, erwiderte Bradley.

5

Am Mittwoch vor ihrer Hochzeit öffnete Erin die Galerie Forsyth früher als üblich, denn sie wollte früh schließen und ihr Hochzeitskleid abholen, das nach einer letzten Anprobe geändert worden war. Ihr Vater hatte versprochen, sich den ganzen Donnerstag und Freitag, wenn sie mit den allerletzten Hochzeitsvorbereitungen beschäftigt sein würde, um die Galerie zu kümmern.

Für die Flitterwochen hatte Andy eine Woche in Firostefani gebucht, einer sehr abgeschiedenen und exklusiven Gegend auf der griechischen Insel Santorin. Erin freute sich schon sehr auf die Reise, weil er ihr versprochen hatte, sie würden von der Terrasse ihrer Villa, die der Tante eines Freundes gehörte, einen großartigen Blick auf den Vulkan und die Ägäis haben. Die Villa, so wusste Andy zu erzählen, war mit jedem nur erdenklichen Komfort ausgestattet, auch mit einem steinernen Kamin, für die kühlen Septemberabende ideal. Andy hatte schon einmal in den Semesterferien mit seinem Freund ein paar Wochen in der Villa verbracht, und er hatte Erin versichert, er werde für einen sehr romantischen Beginn ihres Ehelebens sorgen.

Erin seufzte. Ihr Vater war wieder einmal einige Tage mit Lauren unterwegs gewesen – dieses Mal in Paris und Monaco. Erin war erneut wütend auf ihn, aber die Galerie allein zu leiten war immer noch besser, als ständig Lauren um sich zu haben, die sich in ihre Geschäfte einmischte.

»Hallo, Herzchen«, rief Gareth fröhlich, als er eine Stunde später in die Galerie gestürmt kam. »Du bist früh heute.«

Leider war er nicht allein. Lauren trug enge schwarze Hosen

und eine weiße, sehr eng anliegende Bluse, ein Wunder, dass sie überhaupt atmen konnte. Natürlich kam ihr Dekolleté wie immer voll zur Geltung.

»Ich dachte, du wolltest erst heute Abend kommen, Dad«, sagte Erin. Lauren warf sie nur einen flüchtigen Blick zu.

»Wir wissen, du hast noch viel zu erledigen für die Hochzeit am Samstag, also sind wir etwas früher gekommen als geplant. Tatsächlich war Lauren so rücksichtsvoll, daran zu denken.« Sanft berührte er Laurens Kinn mit dem Zeigefinger, und sie lächelte ihn verführerisch an.

Entnervt verdrehte Erin die Augen. Sie wandte sich wieder den Papieren zu, die vor ihr lagen, und tat, als wäre sie ganz darin versunken.

»Lauren dachte, ich könnte vielleicht noch bei den letzten organisatorischen Dingen helfen«, bemerkte Gareth.

»Ach, dachte Lauren das?« Erin tat, als wäre Lauren gar nicht anwesend.

»Ich bin sicher, Andy und du, ihr kommt zurecht, aber wenn ihr Hilfe braucht, egal bei was, bei etwas, das noch in letzter Minute erledigt werden muss, brauchst du es bloß zu sagen«, bot Gareth an.

»Es ist alles erledigt, danke, Dad«, erwiderte Erin, die Einzelheiten der Hochzeitsfeier nicht vor Lauren besprechen wollte, für den Fall, dass von dieser Seite unverlangte Vorschläge kämen.

»Kein großes Zittern in letzter Minute?«, fragte Lauren fröhlich.

»Nein«, antwortete Erin und funkelte sie wütend an. Beinahe hätte sie gefragt: Was geht Sie das denn an?

Lauren ließ sich nicht abschrecken. »Und wohin geht die Hochzeitsreise?«

»Nur Familienmitglieder werden das erfahren«, antwortete Erin, den Blick wieder auf ihre Unterlagen gerichtet. Aus den Augenwinkeln nahm sie wahr, dass ihr Vater ein finsteres Gesicht machte, doch das beachtete sie nicht weiter.

»Eine Braut hat in letzter Minute noch tausend Dinge zu erledigen«, sagte Lauren.

»Na, Sie müssen es ja wissen«, gab Erin sarkastisch zurück.

Lauren ignorierte die Bemerkung. »Die Galerie für Sie zu übernehmen und Ihnen so die Zeit freizuhalten ist das Geringste, was wir für Sie tun können«, sagte sie. »Na los, gehen Sie schon, und verschwenden Sie keinen Gedanken mehr an die Arbeit.«

»Sie müssen hier gar nichts übernehmen, Lauren«, erwiderte Erin bissig. »Dass Sie sich in Angelegenheiten der Galerie einmischen, will ich nun wirklich nicht.«

Lauren warf Gareth einen flehenden Blick zu. »Ich wollte ja nur behilflich sein«, jammerte sie.

»Ich weiß«, sagte Gareth verärgert. »Es war nicht die Absicht meiner Tochter, so gedankenlos zu sein, stimmt's, Erin?«

Erin sah auf. »Falls Sie wirklich helfen wollen, Lauren, halten Sie sich von der Galerie fern«, schlug Erin vor. »Und eine noch größere Hilfe wäre es, wenn Sie sich auch von meinem Vater fernhielten.«

Lauren holte tief Luft, dann brach sie in Tränen aus und lief in Richtung Tür. »Ich … ich sehe dich dann später, Gareth«, sagte sie in ein Taschentuch schluchzend.

Gareth schien zu schwanken, ob er hinter Lauren herlaufen oder ein ernstes Wort mit seiner Tochter reden sollte. Letzteres hielt er offenbar für wichtiger.

»Musstest du wirklich so unhöflich sein?«, fragte er schroff.

Erin blitzte ihren Vater an. »Das sieht doch ein Blinder, dass diese Tränen nur eine große Show waren, speziell für dich, Dad!«, spie sie aus. »Wärst du nicht hier, hätte sie mir vermutlich die Augen ausgekratzt.«

»In dem Punkt irrst du dich gründlich. Lauren ist eine sehr sensible Frau, und du hast ihre Gefühle schrecklich verletzt«, entrüstete sich Gareth.

»Sie hatte drei Ehemänner, Dad. Die ist wahrscheinlich dickhäutiger als ein Rhinozeros. Aber wenn ich gewusst hätte, dass ich sie so leicht loswerde, hätte ich das schon vor einer halben Ewigkeit gemacht.«

»Es besteht keinerlei Notwendigkeit, dass du dich Lauren gegenüber so unausstehlich verhältst. Sie dachte, sie täte dir einen Gefallen, indem sie dir ihre Hilfe anbietet.«

»Hast du denn Scheuklappen, Dad? Seit Wochen versucht Lauren, sich hier einzuschmeicheln und mich zu verdrängen.«

»Die Annahme, dass sie irgendeinen Plan verfolgt, ist nun wirklich lächerlich, Erin.«

»Du siehst das einfach nicht, oder? Blenden dich ihre übermäßig zur Schau gestellten Brüste?«

»Um Himmels willen, Erin! Deine bevorstehende Heirat bedeutet sicher viel Stress für dich, solch einen Mangel an Respekt hätte ich allerdings nicht erwartet. Ich weiß nicht, was in letzter Zeit in dich gefahren ist. Ich erkenne dich kaum wieder.«

Erin war normalerweise nie unhöflich, ihr Vater benahm sich jedoch dermaßen unangemessen, dass sie sich völlig vergaß. »Soll ich etwa ignorieren, dass du Lauren mit auf Reisen nimmst und ihr teure Geschenke machst? Du weißt, wie viel wir in den Galerien zu tun haben, und trotzdem nimmst du dir immer wieder frei und turtelst mit dieser Frau!«

»Ja, ich bin auf Reisen gewesen, und auf diesen Reisen habe ich Kunstwerke gekauft«, erwiderte Gareth ungehalten. »Ich habe mir weitere zeitgenössische Kunst angesehen. In Paris haben Lauren und ich Galerien besucht, die abstrakte Landschaftsbilder verkaufen. Die scheinen sehr beliebt zu sein. Ich weiß, solche Sachen haben mich früher nie sonderlich interessiert. Ich habe ein Gemälde von Henri Matisse gekauft und eines von Raoul Dufy. Die habe ich günstig bekommen. Albert soll sie jetzt begutachten und sehen, was für einen Profit wir damit machen können.« Albert Howell war ihr Kunsteinkäufer und Gutachter. Ihm gehörte auch eine Werkstatt für Restaurierungen, er verfügte also über immenses Wissen.

Erin war klar, dass Lauren dafür verantwortlich war, dass ihr

Vater seinen Geschmack verändert hatte. Er trug helle, bunte Hemden, etwas, das er vorher nie gemacht hatte, und italienische Schuhe. Er frisierte sich sogar anders und hatte sich einen Schnauzer à la Clark Gable wachsen lassen. Sie kniff die Augen zusammen.

»Für die modernen Expressionisten hast du dich doch sonst nie interessiert«, brummte sie. »Ist das Laurens Werk, genau wie deine neue Kleidung, deine Frisur und dein Filmstarschnauzbärtchen?«

Gareth wurde rot. »Vielleicht ist es an der Zeit, dass ich mich ändere, mich und die Galerie.«

»Raus mit dem Alten, her mit dem Neuen«, sagte Erin sarkastisch.

»Die Art Bemerkung ist nun wirklich nicht nötig, Erin«, gab Gareth hörbar gekränkt zurück.

»Vielleicht nicht, Dad, aber du musst das auch mal von meiner Warte aus sehen. Ich will ja nicht, dass du für den Rest deines Lebens allein bleibst, andererseits fasse ich es nicht, dass du so dumm bist und dich von einer Frau einwickeln lässt, die es sich zum Lebensinhalt gemacht hat, reiche Männer zu heiraten.«

»Du hast Lauren doch noch gar keine Chance gegeben, Erin. Sie ist anders als deine Mutter, und sie könnte sie auch nie ersetzen, auf ihre Art ist sie dennoch eine ganz wundervolle Frau.«

Erin bekam plötzlich Gewissensbisse. Sie fragte sich zum ersten Mal, ob sie womöglich unfair ihrem Vater gegenüber war. Es war zwar zu früh für eine neue Beziehung, unglücklich wollte sie ihn aber auch nicht sehen.

»Ich hoffe, du bringst uns auf deiner Hochzeitsfeier nicht mit einem dieser Ausbrüche in Verlegenheit«, unterbrach Gareth ihre Gedanken.

Erin zuckte zusammen. »Du hast doch nicht etwa vor, *diese* Frau auf meine Hochzeitsfeier mitzubringen, oder?«

»Ich habe sie gebeten, mich zu begleiten.«

»Wie konntest du das nur tun?«, brach es aus Erin heraus. »An meinem Hochzeitstag werde ich nur daran denken können, dass meine Mutter nicht bei mir ist und mich heiraten sieht. Und da besitzt du die Rücksichtslosigkeit, eine fremde Frau zu bitten, dich zu begleiten?«

Erin konnte ihre Tränen nicht mehr zurückhalten. Sie griff nach ihrer Handtasche und lief zur Tür. Dass ihr Vater ihr hinterherrief, hörte sie nicht mehr.

Erin schluchzte die ganzen fünfzehn Minuten Fahrt, die es dauerte, bis das Taxi das Hotel Langham erreichte. Sie puderte sich das gerötete Gesicht, bezahlte den Fahrer und steuerte dann auf Andys Büro im Erdgeschoss zu. Andy war wieder einmal geschäftlich unterwegs gewesen, dieses Mal in Glasgow, wo er ein zum Verkauf stehendes Hotel begutachtet hatte. Sie hatte mit ihm telefoniert, ihn aber seit seiner Rückkehr noch nicht gesehen. Zum Glück war es nur eine kurze Reise gewesen.

In seinem Büro war Andy nicht, also ging Erin in die Hotelhalle zurück. An der Rezeption sah sie Melanie Sinclair. Sie war noch jung, gab sich jedoch alle Mühe, tüchtig zu sein und ihre Arbeit mehr als gut zu erledigen. Ihr Vater war seit der Renovierung des Hotels Oberkellner im Restaurant Landau.

»Guten Morgen, Melanie«, sagte Erin in der Hoffnung, man sähe ihr nicht an, dass sie geweint hatte. »Wissen Sie, wo ich Andy finde?«

Melanie merkte sofort, dass etwas nicht stimmte. Erin war sonst immer beherrscht und tadellos zurechtgemacht. »Nein, Erin, wenn er nicht im Büro ist, weiß ich auch nicht, wo er sein könnte. Ist alles in Ordnung?«

»Ja, danke. Aber Andy ist im Hotel, oder?« Erin war am Boden zerstört.

»Soweit ich weiß, ist er hier, Erin«, antwortete Melanie. »Soll ein Page ihn suchen?«

»Nein, ich warte in seinem Büro.«

Die Gefühle nahmen wieder überhand, und ihre Überreaktion kam Erin plötzlich albern vor. Sie wollte sich erst einmal wieder beruhigen, am Ende hielt Andy seine zukünftige Frau noch für hysterisch.

»Gut«, erwiderte Melanie. »Oh, einen Moment bitte. Ich habe hier etwas für Sie. Es ist vorhin bei mir abgegeben worden.«

Ein Hochzeitsgeschenk – Erin war sich sicher. Die ganze letzte Woche schon waren Geschenke eingetroffen. »Wenn es ein Geschenk ist, nehme ich es später mit«, sagte sie und wandte sich zum Gehen um.

»Ich glaube nicht, dass es ein Geschenk ist«, sagte Melanie. »Ein Kurier hat es gebracht. Er meinte, es sei vom Highlander Hotel in Schottland und solle unbedingt der Verlobten von Mr. Stanford übergeben werden.«

»Oh.«

Erin war verwirrt, sie kannte außer Andys Mutter niemanden in Schottland. Sie nahm das kleine Päckchen und ging in Andys Büro, wo sie es öffnen wollte. Andy hatte im Hotel Glaswegian übernachtet, er hatte sie von dort angerufen. Weshalb schickte man ihr etwas vom Highlander Hotel?

Erin riss das Päckchen auf. Zu ihrem Erstaunen entdeckte sie eine Damenarmbanduhr, doch dann las sie das kurze Begleitschreiben. Darin hieß es, sie habe die Uhr im Hotel liegen lassen. Ihr erster Gedanke war, dass jemand einen Fehler gemacht haben musste. Im Highlander Hotel war sie nie gewesen. Sie beschloss, Melanie zu bitten, die Uhr zurückzuschicken, entschied jedoch spontan, den Irrtum selbst aufzuklären.

Erin bat von Andys Telefon aus die Telefonistin im Hotel, sie mit dem Highlander Hotel in Glasgow zu verbinden. Als sich die Angestellte an der Rezeption dort meldete, erklärte Erin, wer sie war.

»Ach, wie schön, dann haben Sie Ihre Uhr bekommen«, sagte die Rezeptionistin.

»Ich habe eine Uhr bekommen, ja, aber …«

»Die Putzfrau hat sie unter dem Bett gefunden. Sie muss vom Nachttischchen gefallen sein«, erklärte die Empfangsdame. »Eine so schöne Uhr, da dachte ich, Sie würden sich freuen, wenn Sie sie wiederbekommen.«

»Da muss ein Irrtum vorliegen, ich ...« Es knackte und rauschte in der Leitung. »Ich bin nie in ... Hören Sie mich noch? Hallo?«

»Sie müssen etwas lauter sprechen, bitte, ja? Es ist ziemlich stürmisch seit Ihrer Abreise, es ist geradezu gespenstisch, wie der Wind ums Haus heult. Der Aufenthalt hier bei uns mit Ihrem Verlobten war doch angenehm, ja? Es war doch wohl hoffentlich alles zu Ihrer Zufriedenheit, ja?«

»Ich bin nicht ...«, begann Erin. Wieder rauschte es in der Leitung.

»Sie waren also nicht zufrieden, nein? Mr. Stanford meinte, der Bückling zum Frühstück hätte Ihnen besonders gut geschmeckt«, sagte die Empfangsdame.

»Bückling zum Frühstück!« Erin verabscheute Bückling. »Da ... da muss einfach ein Irrtum vorliegen«, stammelte sie. Auf einmal fiel ihr Andys Onkel Luke ein. Sicherlich hatte er ein Stelldichein mit einer jungen Frau in Schottland gehabt. Seit seine Frau ihn verlassen hatte, weil er hinter jedem Rockzipfel her war, hatte sein Ruf als Schürzenjäger nur noch größere Dimensionen angenommen. Es sah ihm ähnlich, eine seiner Gespielinnen als seine Verlobte auszugeben. »Mein Verlobter ist Andrew Stanford, nicht Luke Stanford«, erklärte sie. »Offenbar war Luke Gast in Ihrem Haus.«

Eine Weile herrschte Schweigen am anderen Ende der Leitung.

»Sind Sie noch da?«, fragte Erin.

»Ja, ja, ich bin noch da. Und nein, es war Andrew Stanford, der bei uns übernachtet hat«, erwiderte die Empfangsdame. »Er war mit seiner Verlobten hier. Das wären dann doch wohl Sie, oder?«

Die Gedanken in Erins Kopf überschlugen sich. Sie wusste nicht, was sie sagen sollte.

»Stimmt was nicht? Ich hoffe, ich war nicht indiskret.«

Erin fühlte sich wie betäubt. »Es ... es ist alles in Ordnung«, stammelte sie und legte auf.

Sie starrte die goldene Uhr an. Wem gehörte sie? Mit zitternden Händen sah sie sich das Schmuckstück genauer an. Die Uhr war offensichtlich sehr kostbar, denn sie war aus Gold, das Zifferblatt besetzt mit Diamanten. Als Erin sie umdrehte, entdeckte sie eingraviert auf der Rückseite die Initialen E. J. K. Ihr Herz raste, auf einmal war ihr ganz schlecht. Sollte Andy nur wenige Tage vor ihrer Hochzeit mit einer anderen Frau in einem Hotel gewesen sein? Das konnte doch nicht sein! Sie fühlte sich betrogen, sie hatte ihm vertraut und ihm ihr Herz geschenkt. Das passiert doch nicht wirklich, dachte sie. Eine Zeit lang waren ihre Beine ganz schwach, und beinahe wäre sie zusammengebrochen. Erin hielt sich an Andys Schreibtisch fest und gewann das Gleichgewicht wieder, aber zum zweiten Mal an diesem Vormittag brach sie in Tränen aus. Sie wartete einen Moment, bis sie sich ein wenig gefasst hatte, dann steckte sie die Uhr, die Verpackung und das Begleitschreiben in ihre Handtasche und stürmte aus Andys Büro vorbei an der Rezeption aus dem Hotel.

Erin hörte kaum, dass Melanie ihr etwas zurief. Sie lief und lief so schnell sie konnte, nahm jedoch nicht wahr, wohin. Sie merkte auch nicht, wie kühl es geworden war. Kurz darauf fand sie sich im Regent's Park wieder. Über die York Bridge rannte sie zum Inner Circle und weiter zu Queen Mary's Gardens. Rostrotes Laub wirbelte um sie her auf, aber Erin hatte keinen Blick für die Schönheit dieses Herbsttages. Schließlich gelangte sie an eine Bank mit Blick auf den kleinen See. Völlig außer Atem ließ sie sich darauffallen.

Enten und zwei schwarze Schwäne hockten am Ufer, einige kleine Boote dümpelten auf dem Wasser, doch auch davon nahm Erin nichts wahr. Nach einer ganzen Zeit wurde ihre Atmung wieder regelmäßiger, die Tränen, die ihr übers Gesicht strömten, waren jedoch nicht aufzuhalten. Es konnte einfach nicht wahr sein. Andy würde sie doch nicht betrügen. Er liebte sie, sie wollten in ein paar Tagen heiraten. Sicherlich hatte sie nur einen bösen Albtraum, gleich würde sie aufwachen und … Aber sie träumte nicht.

Erin trocknete sich zornig die Wangen mit einem Taschentuch ab und holte tief Luft. Ich dachte, Andy hätte sich geändert, fuhr es ihr durch den Kopf. Ich dachte, er liebt mich genug, um mir treu zu sein. Sie hatte sich geirrt, doch bemitleiden würde sie sich nicht. Ganz bestimmt nicht! Sie hatte zu viel Selbstachtung, als sich mit der Rolle des Opfers zufriedenzugeben. Und sie hatte den Beweis.

Erin fröstelte. Die Sonne hatte sich hinter dicken grauen Wolken verzogen. Wenn sie noch länger sitzen blieb, würde sie sich eine Erkältung holen. Kurz überlegte sie, was sie tun sollte, dann entschied sie sich, nach Hause zu fahren.

Schnell ging sie zur Straße zurück und nahm ein Taxi. Zu Hause angekommen, ging sie direkt ins Arbeitszimmer ihres Vaters und versuchte, Andys Onkel Luke zu erreichen. Seine Sekretärin teilte ihr mit, er sei in einer Sitzung und deshalb nicht zu erreichen. Erin erkundigte sich, ob er kürzlich in Schottland gewesen sei, aber die Sekretärin war krank gewesen und erst an dem Tag wieder zur Arbeit gekommen, also wusste sie es nicht. Erin hinterließ eine Nachricht mit der Bitte, Onkel Luke möge sie so schnell wie möglich zurückrufen.

»Erin? Erin, bist du da?« Erin legte rasch den Hörer auf die Gabel, als Bradley den Kopf zur Tür hereinsteckte. »Ich dachte, du arbeitest heute in der Galerie«, sagte er stirnrunzelnd. Das hatten sie am Morgen besprochen.

»Wollte ich auch, Dad ist jedoch früher zurückgekommen, also habe ich ihm die Galerie überlassen. Ich habe noch jede Menge zu erledigen.« Erin vermied es, ihrem Bruder in die Augen zu schauen. Sie wollte ehrlich zu Bradley sein, aber das konnte noch etwas warten. Sie tat so, als ob sie Papiere ordnen müsste. »Stehen heute keine Lieferungen an?«

»Doch, in einer Stunde. Du siehst irgendwie erschöpft aus. Geht es dir gut?«, fragte Bradley besorgt.

»Ich bin nur müde, ich muss allerdings noch ein paar letzte Sachen erledigen«, gab Erin bemüht lässig zurück. »Nachher hole ich mein Kleid ab. Hast du deinen Smoking?« Bradley sollte einer der Trauzeugen sein.

»Ich treffe mich nachher mit Andy und Ben, wir wollen die Anzüge abholen. Apropos Andy, er hat vorhin angerufen und nach dir gefragt. War er das gerade, da am Telefon?«

»Nein«, antwortete Erin.

»Andy meinte, du hättest im Hotel nach ihm gefragt und dich offenbar über irgendwas aufgeregt. Ist was passiert, Erin?«

Bradleys Sorge um sie hätte die Fassade beinahe zum Bröckeln gebracht. »Ich … ich hatte einen Streit mit Lauren, was in letzter Zeit nichts Ungewöhnliches ist«, erklärte sie. »Ich habe Lauren verärgert, und sie hat unter Tränen die Galerie verlassen. Deshalb war Dad nicht ganz so gut auf mich zu sprechen.«

»Wieso unter Tränen?«

»Ich habe ihr gesagt, sie soll sich nicht in die Angelegenheiten der Galerie einmischen, und sie soll sich von Dad fernhalten. Das waren nur Krokodilstränen, alles nur Show wegen Dad, aber natürlich glaubt er das nicht. Er ist davon überzeugt, dass sie eine empfindsame Seele ist. Lauren hält ihn ganz schön zum Narren.«

»Ist es möglich, dass wir uns in ihr irren, Erin?«

»Auf keinen Fall«, erklärte Erin mit Nachdruck. »Dir sind doch wohl keine Zweifel gekommen?«

»Dad hat sie inzwischen gut kennengelernt, deshalb will ich einfach nicht glauben, dass er sie nicht durchschaut.« Bradley sagte Erin nichts, doch er hatte begonnen, ein bisschen herumzuschnüffeln.

»Das ist auch schwer zu glauben. Ich bin trotzdem wütend darüber, dass er auf eine wie Lauren Bastion reingefallen ist.« Erin stutzte. War sie eine Heuchlerin, wenn sie das sagte? Jeder konnte doch von einem, der nur clever genug war, hinters Licht geführt werden, oder?

Sie zuckte zusammen, als das Telefon klingelte.

»Das wird Andy sein«, sagte Bradley und verließ das Arbeitszimmer. »Ich gehe, dann könnt ihr ungestört telefonieren.«

Erin verspürte ein Brennen im Magen, am liebsten hätte sie sich übergeben. Sie schloss die Augen und holte tief Luft, dann nahm sie den Hörer ab. »Hallo«, sagte sie, überrascht, wie ruhig ihre Stimme klang.

»Hallo, meine kleine Verlobte«, säuselte Andy fröhlich. »Tut mir leid, dass ich dich verpasst habe, Liebes. Melanie meinte, du hättest nach mir gefragt. Ist alles in Ordnung? Sie sagte, du seiest irgendwie aufgeregt gewesen.«

Erin bildete sich ein, eine Spur Sorge in seinem Tonfall zu hören.

»Ich hatte einen Streit mit Lauren und meinem Vater«, sagte sie gefasst.

»Ach«, erwiderte Andy. »Ich hoffe, es war nichts Ernstes.«

Er schien erleichtert, dass nichts anderes sie aufgeregt hatte.

»Dad weiß genau, ich kann Lauren nicht ausstehen, und trotzdem hat er sie zu unserer Hochzeit eingeladen«, bemerkte Erin.

»Tja, da können wir wohl nichts machen.«

»Wahrscheinlich nicht. Offenbar denkt er nur an sich selbst und nicht daran, wie ich mich fühle, wenn diese Frau statt meiner Mutter da ist.«

»Du Arme«, sagte Andy voller Verständnis. »Ich werde dich heute Abend aufheitern. Wir gehen in dieses neue Restaurant auf der Oxford Street. Caruso. Ben meint, das Essen dort sei fantastisch.«

»Sei mir nicht böse, Andy, aber daraus wird nichts«, erwiderte Erin tonlos. Sie wusste, sie könnte ihn nicht anschauen und so tun, als wäre alles in Ordnung. »Ich habe nicht so gut geschlafen, und morgen Abend will ich mit Emma und Carmel ausgehen, deshalb würde ich heute lieber früh ins Bett gehen.«

»Oh!« Andy war verwirrt, denn seit das Caruso eröffnet hatte, wollte Erin unbedingt einmal dorthin. Außerdem hatten sie sich ein paar Tage nicht gesehen. »Am Freitag können wir uns nicht treffen, das ist gegen die Tradition. Das heißt, ich sehe dich erst wieder an unserem Hochzeitstag.«

Er klingt beinahe traurig, dachte Erin. Beinahe!

»Ich weiß«, sagte Erin mit pochendem Herzen. »Ab Samstag wirst du dich dann beschweren, weil du mich viel zu oft zu sehen bekommst.«

»Zu viel kann ich von dir gar nicht bekommen, mein Schatz.«

Erins Hand verkrampfte sich um den Telefonhörer. »Wie war es denn im Hotel Glaswegian? Da bist du doch abgestiegen, oder?«

»Ja. Es war sehr angenehm. Ich habe allerdings beschlossen, es nicht zu kaufen. Ich müsste zu viel Geld hineinstecken, um es auf heutigen Standard zu bringen.«

»Oh!«, rief Erin scheinbar bedauernd aus.

Andy klang aufrichtig. War er solch ein guter Lügner? Sie begriff das nicht. Auf einmal fuhr Erin etwas durch den Kopf. Ob sein Onkel Luke sich vielleicht Andy genannt hatte, als er im Highlander Hotel übernachtet hatte? Das hatte er schon öfter gemacht. Wenn er die eine Frau mit einer anderen betrog, trug er sich unter Andys Namen ein, um keine Spuren zu hinterlassen.

»Bist du sicher, dass alles in Ordnung ist, Erin? Du klingst so … so anders«, bemerkte Andy.

»Ich bin … einfach nur erschöpft«, antwortete Erin wahrheitsgemäß. Sie fühlte sich ganz ausgelaugt.

»Dann solltest du vielleicht wirklich früh ins Bett gehen. Ich kann doch nicht zulassen, dass die zukünftige Mutter meiner Kinder sich überanstrengt.« Er lachte.

In Erin stieg die Wut hoch. Es ärgerte sie maßlos, dass sie wie die Babyfabrik seiner künftigen Erben behandelt wurde.

»Hör zu, der Florist ist gekommen und braucht noch ein paar letzte Anweisungen. Ich muss jetzt Schluss machen. Wir sehen uns dann am Samstag. Komm bloß nicht zu spät«, ermahnte er sie zum Spaß.

»Es ist so üblich, dass die Braut zu spät kommt«, erwiderte Erin.

»Das stimmt! Aber du bist nicht so eine. Lass mich ja nicht einfach am Altar stehen!« Andy lachte wieder.

Erin legte ohne noch etwas zu sagen den Hörer auf. Sie wusste, dass Andy sich nicht vorstellen konnte, von ihr sitzen gelassen zu werden. Und noch vierundzwanzig Stunden zuvor hätte auch sie sich das nicht vorstellen können.

Sie nahm die Uhr aus ihrer Handtasche und musterte sie. Samstag würde ein Tag werden, den keiner so schnell vergessen sollte.

6

Am Tag der Hochzeit war das Restaurant Landau für die Öffentlichkeit geschlossen, man hatte alles für eine märchenhaft schöne Hochzeitsfeier vorbereitet. Erins und Andys Trauung sollte ganz romantisch unter einem mit einer Vielfalt duftender Blumen in Weiß und Violetttönen dekorierten Bogen stattfinden. Die Vorhänge hatte man zugezogen, damit sie den grauen Tag fernhielten, gut hundert flackernde Kerzen verbreiteten eine festliche Atmosphäre.

Andy schaute zum hundertsten Mal, so kam es ihm jedenfalls vor, auf seine Armbanduhr. Es war schon deutlich nach elf, und er machte sich allmählich Sorgen, weil die Braut immer noch nicht da war.

Obwohl es für September relativ kühl war, spürte Andy, dass ihm das Hemd am Rücken klebte. Warum nur hatte er das Gefühl, der Kragen würde ihn erwürgen? Am Morgen war es ihm blendend gegangen, geradezu euphorisch hatte er sich gefühlt, aber während der letzten zwanzig Minuten war aus der Euphorie ein Gefühl der Erniedrigung geworden.

Die Organistin Mrs. Shepherd spielte dasselbe Stück wieder und wieder, um den Wartenden die Zeit zu verkürzen. Das ging ihm allmählich auf die Nerven.

»Geht meine Uhr vor?«, flüsterte Andy seinem Trauzeugen Ben Asher zu. »Ich habe zwanzig nach elf. Das kann doch wohl nicht sein.«

»Die geht nicht vor«, antwortete Ben, der auf seine eigene Uhr geschaut hatte. Er wusste, dass Andys Uhr in Wirklichkeit nachging, denn er hatte die richtige Zeit, es war genau 11:25 Uhr. Irgendetwas stimmte ganz entschieden nicht.

Andy begann sich nun doch zu sorgen, nach außen hin versuchte er dennoch, Geduld und Zuversicht zur Schau zu tragen. Das war nicht leicht, vor allem, da gut einhundert Gäste ihre mitleidigen Blicke auf ihn gerichtet hatten. Es wurde immer offensichtlicher, dass man ihn versetzt hatte. Auf einmal wünschte er, er hätte auf Erin gehört und weniger Leute eingeladen. Am schlimmsten war, dass er einen Zeitungsreporter vom *Herald* hergebeten hatte, der über die Hochzeit als Londons gesellschaftliches Ereignis des Jahres berichten sollte. Jetzt würden alle hautnah miterleben, wie er gedemütigt wurde! Er verstand einfach nicht, wie Erin ihm das antun konnte. Er würde wie ein Volltrottel dastehen.

Ben entging das Missbehagen seines besten Freundes nicht. Es sah tatsächlich so aus, als hätte man Andy den Laufpass gegeben. »Erin kommt bestimmt bald«, sagte er in einem Tonfall voller gespielter Zuversicht. »Du weißt doch, wie die Frauen sind. Wahrscheinlich hat es irgendeine kleine Katastrophe gegeben. Vielleicht hat sich ein Reißverschluss verklemmt, oder sie hat sich etwas übers Kleid geschüttet.« Die Möglichkeit, dass das Hochzeitsauto eine Panne hatte, konnte er nicht in Betracht ziehen, denn Erin und die Brautjungfern Emma und Carmel kleideten sich in einer Suite zwei Etagen über dem Restaurant an.

»Um so was in Ordnung zu bringen, braucht man doch keine halbe Stunde«, erklärte Andy ungehalten.

»Vielleicht ist der Aufzug stecken geblieben, und sie kommen nicht raus«, versuchte Ben noch einmal, seinen Freund zu beruhigen.

»Wenn der Aufzug nicht funktionieren würde, wäre das einem der Angestellten aufgefallen«, erwiderte Andy gereizt, nachdem er diese Möglichkeit sowie etliche andere Desaster, die ihm in den Sinn gekommen waren, bereits verworfen hatte.

Andy warf Reverend Sutcliffe einen Blick zu. Dessen Reaktion war ein zaghaftes, peinlich berührtes Lächeln, was es für Andy nur noch schlimmer machte. Der Geistliche hatte bestimmt schon verspätete Bräute erlebt, aber Bräute mit einer Verspätung von einer halben Stunde waren seiner Erfahrung nach sicher ein Zeichen dafür, dass sie es sich anders überlegt hatten.

»Sie kommt nicht, oder?«, flüsterte Andy dem Reverend zu, in der Hoffnung auf Trost der göttlichen Art.

Der Gesichtsausdruck des Reverends wurde mitfühlend. »Gibt es irgendeinen Grund, weshalb sie nicht kommen sollte, Andrew?«, fragte er sanft.

»Nein, Reverend«, antwortete Andy besorgt. Er wandte sich an Bradley, der bei Ben stand. »Erin ist doch im Hotel, oder?«, versicherte er sich. Er ging davon aus, dass sie mit ihrem Bruder gekommen war wie vorgesehen, er wollte sich jedoch noch einmal vergewissern.

»Ja, wir sind heute morgen zusammen mit dem Taxi gekommen«, antwortete Bradley.

»In was für einer Verfassung war sie denn? Als ich vor drei Tagen mit ihr sprach, hatte Erin sich darüber geärgert, dass euer Vater mit Lauren Bastion zur Hochzeit kommen wollte.« Jetzt fragte er sich, ob er womöglich das Ausmaß ihrer Wut unterschätzt hatte.

»Dad hat ihr gestern Abend gesagt, dass Lauren nun doch nicht kommt.«

»Ach ja?« Das war eine Überraschung und eine Sorge weniger.

»Sie wollte der Hochzeit fernbleiben, um Erins großen Tag nicht zu ruinieren.« Bradley glaubte, dass sie noch einen ganz anderen Grund hatte, was er natürlich für sich behielt.

Es freute Andy zu hören, wie Lauren entschieden hatte. Er fand sie sympathisch, und ihr Verhalten bewies, dass sie nicht das intrigante Biest war, das Erin in ihr sah. »Das hat Erin doch sicher gefreut, oder nicht?«

»Ich denke schon. Allerdings hat sie kaum etwas dazu gesagt. Ich weiß nur, dass sie nicht gerade glücklich darüber war, dass Onkel Cornelius nicht kommen wollte«, fügte Bradley hinzu.

»Was?« Das hatte Erin ihm gar nicht gesagt. »Und wieso kommt er nicht?«

»Er hat sich mit Dad zerstritten, weil der so bald nach Moms Tod schon anfing, sich mit Lauren zu treffen«, sagte Bradley.

»Glaubst du, Erin will ihn womöglich überreden, doch noch zu unserer Hochzeit zu kommen?« War Erin etwa zu Cornelius gefahren?

»Nein, sie weiß, er ändert seine Meinung nicht. Ich glaube, das hat sie akzeptiert.«

Andy fand das nicht sehr überzeugend. Erin konnte nämlich sehr dickköpfig sein, vor allem, wenn sie sich im Recht glaubte. »Hatte sie wegen sonst irgendwas Sorgen?«

Am Tag zuvor hatte er mehrmals versucht, sie zu erreichen, aber sie war nicht da gewesen. Das hatte ihn nicht sonderlich beunruhigt, denn er wusste, dass sie noch einiges zu erledigen hatte. Am Abend hatten die Hotelangestellten darauf bestanden, dass er mit ihnen etwas trinken ging. Er hatte sich vorgenommen, Erin anschließend anzurufen, als er endlich dazu kam, war es jedoch schon spät gewesen, und Bradley hatte ihm gesagt, sie sei zu Bett gegangen. Jetzt ärgerte es ihn, dass er nicht hartnäckiger gewesen war.

»Sie schien ein bisschen nervös wegen der Trauung, das ist doch normal«, sagte Bradley.

»Ja, ich denke schon. Aber … Bist du sicher, dass sie wirklich nur nervös war?«

»Doch, ich meine ja«, antwortete Bradley. Wenn er jetzt allerdings daran dachte, schien ihm, sie war weniger nervös als mit den Gedanken woanders gewesen. »Soll ich mal nachsehen?«

Andy überlegte. Wenn die Gäste Bradley fortgehen sahen, würde das einen sehr schlechten Eindruck machen. »Warten wir noch zwei Minuten«, sagte er.

Die zwei Minuten fühlten sich wie zwei Stunden an. Im Geiste ging Andy alle nur denkbaren Möglichkeiten durch, weshalb Erin nicht zu ihrer Trauung erschienen war. Er dachte an die letzte

Unterhaltung mit ihr. Sie hatte irgendwie fremd geklungen, aber es hatte eine plausible Erklärung dafür gegeben, dass sie so aufgeregt gewesen war. Gott sei Dank hatten Gareth und Lauren Erins Glück über alles andere gestellt. Also wo blieb sie nur?

»Ich kann nicht mehr länger warten, Andrew«, sagte der Reverend entschuldigend. »Ich muss noch zu einer anderen Trauung nach Cambridge. Tatsächlich bin ich jetzt schon ein bisschen spät dran. Ich muss mich beeilen, wenn ich rechtzeitig dort sein will.«

Andy geriet in Panik. »Tut mir leid, Reverend Sutcliffe«, sagte er. »Warten Sie nur noch zwei Minuten, *bitte.*« Er wollte sich nicht der Tatsache stellen, dass seine Verlobte zu spät oder gar überhaupt nicht kommen würde!

Wieder schaute er auf die Uhr. Es war nach halb zwölf! »Ich glaube, ich gehe jetzt mal nachsehen, wo sie bleibt«, zischte er Ben zu.

Er ertrug die mitleidigen Blicke der Gäste nicht länger. Die demütigende Schlagzeile der morgigen Zeitung konnte er sich gut vorstellen. Mindestens ein Jahr lang würde er sich in der Öffentlichkeit nicht zeigen können!

»Ich gehe«, bot Bradley an, der das als Bruder der Braut für seine Pflicht hielt.

»Nein, ich gehe selbst«, beharrte Andy und tupfte verstohlen die Schweißperlen auf seiner Stirn ab. »Wenn deine Schwester mich nicht heiraten will, dann soll sie mir den Grund dafür ins Gesicht sagen.«

Plötzlich begann Mrs. Shepherd den Hochzeitsmarsch zu spielen. Emma und Carmel betraten das Restaurant in ihren hübschen lavendelfarbenen Seidenkleidern. Andy hörte deutliche Seufzer der Erleichterung von den Männern, die um ihn herumstanden, und begriff, dass sie ihm gut zugeredet hatten, obwohl sie in Wirklichkeit davon überzeugt gewesen waren, dass Erin ihm den Laufpass gegeben hatte. Jetzt fühlte er sich noch schlechter.

Die Gäste erhoben sich, und die Mädchen schritten langsam auf den Bogen zu, wo die Trauzeremonie stattfinden sollte. Sie wirkten gelöst. Andy sah auf die Gäste, sie schienen nun endgültig sicher, dass Erin es sich nicht anders überlegt hatte. Er sah auf die Tür, und sein Herz raste. Warum nur konnte er nicht auch so zuversichtlich sein? Er musste Erin mit eigenen Augen sehen, ehe er glaubte, dass sie wirklich kam.

Endlich nahmen die Mädchen ihren Platz zur Linken von Reverend Sutcliffe ein. Es entstand eine lange, qualvolle Pause. Ein Blick auf den Reverend und die Trauzeugen sagte Andy plötzlich, dass er nicht der Einzige war, der Zweifel hegte, ob Erin die Zeremonie zu Ende führen würde.

Andy war nicht bewusst gewesen, dass er den Atem angehalten hatte, bis Erin mit ihrem Vater in der Tür erschien und er die bewundernden Seufzer der Gäste hörte. So groß war die Spannung bis zu diesem Moment gewesen und so gewaltig die anschließende Erleichterung, dass ihm die Beine beinahe weggesackt wären.

Andy richtete den Blick fest auf Erin, während sie wie ein Engel auf einer flauschigen weißen Wolke auf ihn zuzugleiten schien. Ein Schleier bedeckte ihr Gesicht, sodass er nicht sehen konnte, ob sie lächelte oder ob sie ängstlich war. Er hatte keine Ahnung, was in ihr vorging. Er selbst hatte Angst zu blinzeln, weil er fürchtete, sie könnte dann verschwunden sein.

»Wusste ich doch, dass sie kommen würde.«

Bens Worte brachten Andy ruckartig in die Realität zurück. Jetzt war es tatsächlich so weit. Er würde heiraten! Andy bemühte sich um Fassung. Sein Blick fiel auf Erins Vater. Gareth war sichtlich stolz auf Erin, wirkte aber alles andere als gelöst. Er denkt daran, dass Jane in der ersten Reihe sitzen und die Eheschließung ihrer Tochter sehen sollte, fuhr es Andy durch den Kopf. Für die Forsyths ist dies ein Fest, in das sich auch Traurigkeit mischt, der Verlust schmerzt sie alle so sehr. Oder gab es einen anderen Grund für die sichtliche Anspannung seines zukünftigen Schwiegervaters? Besorgt fragte Andy sich, ob Gareth die letzte halbe Stunde vielleicht damit verbracht hatte, Erin klarzumachen, dass sie kurz vor dem entscheidenden Schritt nur die übliche Nervosität empfand.

Als Vater und Tochter den Bogen erreichten, drehte Gareth sich zu Erin um, hob vorsichtig ihren Schleier und küsste sie auf die Wange. Einen bedeutsamen Augenblick lang schauten die beiden sich an. Andy konnte Gareth' Gesicht nicht sehen, bemerkte jedoch, dass Erin kurz davor stand, die Fassung zu verlieren. Noch einmal stieg Panik in ihm auf. Doch jetzt atmete Erin tief ein und richtete sich gerade auf. Eine gewisse Ruhe schien über sie zu kommen. Nein, sie machte nicht den Eindruck, flüchten zu wollen. Andy gewann etwas von seiner angeschlagenen Zuversicht zurück.

Seine Bedenken schwanden ganz dahin, als er in Erins dunkle Augen schaute. Vom Beginn ihrer Beziehung an war Erin sein sicherer Hafen gewesen, sein Fels und sein unerschütterlicher Verbündeter. Dass sie so spät gekommen war, spielte keine Rolle mehr.

»Du siehst hinreißend aus«, flüsterte er und dachte, es sei jeden qualvollen Moment des Wartens wert gewesen.

»Wir sind heute hier versammelt, um Erin Jane Forsyth und Andrew Kevin Stanford dabei zu begleiten, den Bund der Ehe einzugehen …«, begann Reverend Sutcliffe.

Andy hörte kaum ein Wort. Es fehlte nicht viel, und er wäre in Tränen ausgebrochen, was ganz unerwartet für ihn kam. Am Morgen war er der glücklichste Mensch auf der Welt gewesen, in der vergangenen halben Stunde war er in die finstersten Tiefen der Verzweiflung gestürzt worden. Jetzt wurde er schier überwältigt von Erleichterung und Freude. Ihm war auf einmal schwindlig, und er fühlte sich ganz schwach. Andy versuchte, sich auf Erins und seine gemeinsame wundervolle Zukunft zu konzentrieren und auf die Familie, die sie hoffentlich gründen würden, auf die Erben seines Hotelimperiums. Auf ihr vollkommenes Leben!

Erin schaute ihn an, sie hatte ihre Haltung wiedergewonnen. Ihr Gesichtsausdruck verriet ihm nichts von dem, was sie empfand. Er hatte erwartet, sie würde schon jetzt in Tränen ausbrechen, sie war immer ein sehr gefühlsbetonter Mensch gewesen. Nun war er enorm stolz auf ihre Selbstbeherrschung und auch ein bisschen beschämt, weil ihm diese Charakterstärke fehlte. Er gab sich große

Mühe, sich zusammenzureißen, und konzentrierte sich auf Erins schönes Gesicht. Ja, ihre ruhigen braunen Augen gaben ihm Kraft.

Erin gab Carmel ihren Brautstrauß, dann reichte sie Andy die Hände. Sie bereitete sich darauf vor, ihr Ehegelöbnis abzulegen. Andy wurde gebeten, die Worte des Reverends zu wiederholen.

»Ich, Andrew, nehme dich, Erin«, sagte er mit zitternder Stimme, »zu meiner mir angetrauten Frau. Von diesem Tage an, in guten und in schlechten Zeiten, in Armut und in Reichtum, in Krankheit und Gesundheit, will ich dich lieben und ehren, bis dass der Tod uns scheidet. Nach Gottes Gebot und Verheißung …« Andy sah, dass Erin die rechte Hand aus seinem festen Griff zog, sein Blick blieb an der Armbanduhr an ihrem Handgelenk hängen. »… gelobe ich dir ewige Treue«, fuhr er irritiert fort.

Erin musterte ihn.

»Stimmt was nicht, Andy?«, flüsterte sie ihm zu.

Er wandte sich von der Uhr ab und sah in ihre dunklen Augen. »N… nein«, stammelte er.

»Ganz sicher?«

Unverwandt schaute Erin ihn an. Ihr Blick schien seine Seele zu durchdringen und all seine Sünden bloßzulegen. Sie wusste Bescheid, sie wusste, was er getan hatte. Das konnte er in ihren Augen lesen. In seiner Panik sah er zu den Hochzeitsgästen, besonders nach einer Person hielt er Ausschau.

Erin brach es das Herz. Sie wusste, dass sie nun den Beweis hatte, den sie für Andys Untreue brauchte. Luke Stanford hatte nicht zurückgerufen, deshalb hatte sie beschlossen, die Uhr zu tragen. Sie hatte Andy absichtlich so lange warten lassen, um ihn zu verunsichern, um sein überbordendes Selbstvertrauen zu erschüttern und Schuldgefühle in ihm zu wecken. Es hatte fantastisch geklappt. Sie hatte gewusst, dass Andys Lügenhaus zusammenbrechen würde, wenn er die Uhr sah – vorausgesetzt er hatte tatsächlich zwei Nächte im Highlander Hotel mit einer anderen Frau verbracht. Und sein Lügenhaus war jämmerlich zusammengebrochen.

Der Reverend forderte nun Erin auf, ihr Ehegelöbnis zu wiederholen. Erin wiederholte seine Worte nicht, und es entstand ein langes, quälendes Schweigen. Die Gäste hielten vor Erwartung den Atem an, und Andy wand sich vor Scham.

»Bitte, Erin, sprechen Sie mir nach«, sagte der Reverend geduldig. Er schien zu glauben, die Nervosität habe ihr die Zunge gelähmt, und wollte ihr auf die Sprünge helfen. »Ich, Erin, nehme dich, Andrew, zu meinem mir angetrauten Mann.«

»Das werde ich nicht tun«, unterbrach Erin ihn kühl. Ihre Unterlippe zitterte, das einzige sichtbare Zeichen dafür, dass sie nur mit Mühe die Fassung wahrte.

Ein Stöhnen lief durch die Menge.

»Ich verstehe nicht, Erin«, sagte der Reverend. »Stimmt etwas nicht?«

»Wollen Sie etwa, dass ich einen Mann heirate, der gerade ein paar lustvolle Nächte in einem schottischen Hotel mit einer anderen Frau verbracht hat?«

Dem Reverend blieb der Mund offen stehen. Er schaute zu Andy hinüber, dessen Gesicht die Farbe des Teppichs und der Vorhänge annahm, ein tiefes Dunkelrot. »Andrew, ist das … ist das wahr?«

»Das würde ich auch gern wissen«, fiel Gareth wütend ein.

Er hatte nicht begriffen, wieso Erin so getrödelt hatte, wo sie doch sonst gesteigerten Wert auf Pünktlichkeit legte. Mehrmals hatte er sie gebeten, sich zu beeilen, hatte ihr ins Gedächtnis gerufen, dass Andy wartete. War das der Grund dafür?

»Was tust du da, Erin?«, fragte Andy leise. »Die Presse ist hier …«

Erin ließ sich nicht beeindrucken. »Ich tue nichts, Andy. Du tust etwas, du hast etwas getan.« Mit zitternden Fingern gab sie den Blick auf die Uhr frei. »Das ist der Beweis.«

»Eine Uhr …«, meinte der Reverend verwirrt.

»Nicht irgendeine Uhr«, sagte Erin. »Meine Initialen sind das nicht, die auf der Rückseite eingraviert sind. Und trotzdem schickte man mir die Uhr aus dem Highlander Hotel, da man glaubte, ich hätte sie dort vergessen.«

»Ich habe im Glaswegian übernachtet«, sagte Andy. »Und das weißt du. Ich hab dich von da angerufen.«

»Ich sollte das glauben, ja, aber die junge Dame von der Rezeption des Highlander Hotel hat nachdrücklich erklärt, dass du dort mit deiner ›Verlobten‹ übernachtet hast. Und diese ›Verlobte‹ war nicht ich.« Erin sah, dass der Reverend jetzt völlig verwirrt war. »Ich bin definitiv nicht mit meinem Verlobten im Highlander Hotel gewesen, Reverend«, erklärte sie.

»Also … dann war Andrew da … mit einer anderen Frau?« Der Reverend schaute zuerst zu Erin, dann zu Andy.

»Genau«, erwiderte Erin voller Groll. Tränen schossen ihr in die Augen.

Andy riskierte einen Blick auf den Reporter, der über diese skandalträchtige Entwicklung entzückt war. Andy betete, er würde ihn überreden können, die Story nicht zu bringen, die Wahrscheinlichkeit, dass ihm das gelang, war jedoch gering.

»Das ist ein Irrtum«, sagte er. »Aber jetzt ist nicht der rechte Augenblick, darüber zu reden. Ich kläre dieses Missverständnis nach der Trauung. Vertrau mir bitte einfach, und gib mir eine Chance, Erin.«

»Ich will eine Erklärung, Andy, und zwar jetzt«, verlangte Gareth wütend und sprang auf. »Stimmt es, dass du meiner Tochter untreu gewesen bist?«

»Ich … nein, das stimmt nicht, Sir«, antwortete Andy. »Ich liebe Erin.«

Erin warf Andy einen verächtlichen Blick zu, dann ging sie mit der Uhr in der Hand zu den Hochzeitsgästen. Sie kannte nicht alle, die Andy eingeladen hatte, also hatte sie sich gründlich die Gästeliste angeschaut und den Namen gefunden, der zu den Initialen passte. Jetzt musste sie nur noch nach der Person Ausschau halten, der Andy zuvor einen erschrockenen Blick zugeworfen hatte. Das Gesicht gehörte zu einer Brünetten, die sich furchtbar unwohl zu fühlen schien. Sie saß in der dritten Reihe und stand gerade auf, wohl um zu flüchten.

Erin lief auf die Frau zu. »Moment!«, sagte sie. »Ich glaube, diese Uhr gehört Ihnen, Erica Joy Knight.«

Von der Gästeliste wusste sie, dass der Mann, der an ihrer Seite saß, ihr Ehemann war. Wendell Knight war der Eigentümer etlicher Gastronomiebetriebe. Zwei Jahre zuvor war seine erste Frau gestorben und hatte ihn mit drei halbwüchsigen Kindern zurückgelassen, die ihm eine Menge Sorgen bereiteten. Vor einiger Zeit hatte er dann Erica geheiratet, eine ehemalige Angestellte und fünfzehn Jahre jünger als er. Erin kannte beide nicht, sie erinnerte sich jedoch, dass sie Wendells erste Frau einmal bei einer Kunstausstellung gesehen hatte. Sie war mit einer ihrer Schwestern gekommen. Erin hatte gefunden, dass sie ihrer Mutter Jane sehr ähnlich war, eine Frau, die man nicht so schnell vergaß, eine wirkliche Dame. Erica war bereits geschieden gewesen, als sie Wendell geheiratet hatte. Gerüchte besagten, dass ihre kurze Ehe wegen einer Affäre beendet worden war.

»Das ist tatsächlich deine Uhr, Erica«, rief Wendell ungläubig und starrte seine Frau an. Dann warf er Erin einen Blick zu und wurde rot. »Ich habe Erica die Uhr zu unserem ersten Hochzeitstag geschenkt. Wenn es stimmt, was Sie sagen, ist das auch unser letzter Hochzeitstag gewesen.«

Wütend sah er auf Erica, aber es kam kein Wort der Erklärung von ihr. Alle sahen Erica an, sie wäre am liebsten im Boden versunken.

»Du hast doch gesagt, du besuchst deine Mutter in Bristol«, warf Wendell Erica anklagend vor. Er konnte es nicht fassen, dass sie tatsächlich gelogen und ihn betrogen hatte.

»Sie ist definitiv nicht in Bristol gewesen«, sagte Erin. »Offenbar ist ihre Uhr in einem der Zimmer des Highlander Hotel vom Nachtschränkchen gefallen und unter das Bett gerutscht, unter das Bett des Zimmers, das sie mit meinem Verlobten geteilt hat.« Sie warf Erica einen vernichtenden Blick zu, während diese sich an ihr vorbeidrängte und unter Tränen das Restaurant verließ. Wendell folgte seiner Frau laut lamentierend.

Erin wandte jetzt wieder Andy ihre volle Aufmerksamkeit zu. Mitleid hatte sie kein bisschen mit ihm. »Hast du gedacht, du kämst damit durch, mir vor der Hochzeit untreu zu werden?«

Andy schwieg. Er überlegte, ob er durch die Küche flüchten sollte, um nicht an all den Gästen vorbeilaufen zu müssen, vor allem nicht an dem Reporter, der bestimmt Fragen haben würde.

»Gerade hast du gelobt, treu zu sein. Wärst du an deinen Worten nicht beinahe erstickt, Andy?« Vor Wut darüber, dass er weder eine Entschuldigung noch eine Erklärung vorbrachte, war Erin laut geworden.

»Nein«, antwortete Andy. Die Gäste waren ganz still geworden, sie wollten nichts von dem Drama versäumen. »Ich … ich habe gemeint, was ich gesagt habe, Erin.«

»Ein Lügner bis zum bitteren Ende«, fauchte Erin giftig. Sie gab sich alle Mühe, nicht zu weinen, aber es war unmöglich, die Tränen zurückzuhalten. Sie hatte von einer glücklichen Zukunft mit Andy geträumt, und dieser Traum war nun zerplatzt. Konnte sie ihm glauben, dass er sie liebte, wenn er ihr nur wenige Tage vor der Hochzeit untreu geworden war?

Gareth stürzte sich auf Andy. Bradley hielt ihn zum Glück zurück.

»Bemüh dich nicht, Dad«, stieß Erin unter Tränen aus. »Das ist er nicht wert.« Sie nahm ihren Verlobungsring ab und warf ihn Andy vor die Füße.

Erin war klar, dass sie ihren Gästen allen Grund gab, in den kommenden Wochen über sie zu lästern, doch das war ihr egal. Hätte sie die Hochzeit platzen lassen, als sie die Uhr erhalten hatte, hätten die Spekulationen kein Ende gefunden. So brauchte niemand zu spekulieren. Andy war bloßgestellt als der hinterhältige, untreue Lügner, der er war.

7

Erin konnte die Tränenflut nun nicht länger zurückhalten. Sie wollte nur noch flüchten und ganz allein den Verlust der Zukunft betrauern, die ihr hätte gehören sollen. Sie hörte Bradley rufen, sie solle auf ihn warten, doch sie ging mit gesenktem Kopf in Richtung Tür. Sie war schon fast da, als sie sich mit einer Schuhspitze im Saum ihres Kleides verfing und stolperte. Nur starke Arme, die sie von hinten umfingen, bewahrten sie vor dem Sturz und der letzten Demütigung. Sie schaute auf und sah, dass ihr Retter ihr Onkel Cornelius war. Er legte stützend den Arm um sie und führte sie zur Tür hinaus.

»Du bist gekommen, Onkel Cornelius«, schluchzte sie, so froh wie nie, ihn zu sehen.

»So wütend ich auch auf deinen Vater bin, du bist die Tochter meiner Schwester, und ich hab dich lieb, also musste ich einfach zu deiner Hochzeit kommen.«

Cornelius hatte damit gerechnet, Lauren Bastion gemeinsam mit Gareth bei der Feier zu sehen, deshalb hatte er sich in die letzte Reihe gesetzt und sich vorgenommen, nach der Trauung klammheimlich zu verschwinden. Er wollte einer Konfrontation aus dem Weg gehen, die Erins großen Tag hätte verderben können.

Sie gingen auf den Aufzug zu.

»Ich hatte doch stark sein wollen. Ich bin so wütend auf mich. Dass Andy mich zusammenbrechen sieht, war wirklich das Letzte, was ich wollte«, sagte Erin unglücklich. »Der betrügerische Mistkerl sollte nicht die Genugtuung haben zu wissen, dass er mir das Herz gebrochen hat«, jammerte sie, am ganzen Körper zitternd.

Cornelius fasste Erin an den Schultern. »Jetzt hör mir mal zu, Erin Forsyth«, sagte er streng. »Du bist großartig da drin gewesen.« Er hatte seine ganze Willenskraft aufbringen müssen, um Andy nicht zu erwürgen. Er hatte sich nur zurückhalten können, weil er wusste, dass das Gareth' Aufgabe war. Und Gareth schien mehr als bereit, diese Aufgabe zu erfüllen. »Du konntest deine Würde wahren, als du Andy bloßgestellt hast. Unter den Gästen ist keiner, der deine Stärke nicht bewundert. Andy Stanford ist der größte Idiot ganz Londons, und jetzt wissen alle, dass er außerdem ein skrupelloser Mistkerl ist. Du hast ja keine Ahnung, wie stolz ich in diesem Moment auf dich bin. Und ich weiß, deine Mutter würde mir recht geben, wenn sie jetzt hier wäre.«

Erin fiel ihrem Onkel in die Arme. »Ich wünschte, sie wäre jetzt hier, Onkel Cornelius. Es tut so weh«, schluchzte sie.

»Ich weiß«, erwiderte Cornelius und strich ihr übers Haar. Er hätte alles getan, um ihr den Schmerz zu nehmen, aber das konnte er nicht.

»Bitte bring mich hier weg«, schluchzte Erin.

Es tat Erin kein bisschen leid, dass Andy nun allein mit ihren bestürzten Gästen und einem Bombardement von Kritik und Vorwürfen umgehen musste. Der Reporter vom *Herald* würde die aufgebrachten Gäste befragen und ein paar prickelnde Details für seinen Artikel herauszulocken versuchen. Andy würde sich Fragen über seine Affäre gefallen lassen müssen, was sicher dazu führte, dass Gareth und Bradley erneut in Wut gerieten. Erin sah in Gedanken ein heilloses Chaos.

»Wo bleibt denn nur der Aufzug?«, rief sie entnervt und drückte immer wieder auf den Knopf. »Ich will endlich aus diesem schrecklichen Kleid heraus und dann den Tag nur noch vergessen.« Natürlich würde das nicht so einfach sein, das wusste sie.

»Ich habe meinen Wagen am Portland Place geparkt«, sagte Cornelius. »Ich bringe dich zu mir nach Hause.«

»Das Warten auf den Aufzug dauert mir zu lange, ich gehe zu Fuß«, sagte Erin. »Ich ziehe mich um und nehme dann den

Hinterausgang. Wir treffen uns auf der Straße.« Sie lief zur Treppe.

In diesem Moment kamen Carmel und Emma aus dem Restaurant und steuerten auf den Aufzug zu. Cornelius fing sie ab. Sie waren sehr aufgebracht.

»Wir haben uns schon gedacht, dass etwas nicht in Ordnung ist«, sagte Carmel. »Erin war beim Ankleiden so aufgeregt.«

»Keiner von uns konnte verstehen, warum Erin so gezögert hat, rechtzeitig zur Zeremonie zu kommen«, fügte Emma erklärend hinzu. »Ob sie zweifle, dass die Ehe mit Andy richtig sei, haben wir wissen wollen, aber Erin hat nur ausweichend geantwortet. Wir haben ihr sogar vorgeschlagen, die Sache lieber abzublasen, das wollte sie jedoch nicht.«

»Ja, und alles ergab schließlich einen Sinn, als bei der Trauzeremonie die Wahrheit ans Licht kam«, endete Carmel. »Weil wir Andy eigentlich ganz gern mögen, waren wir völlig schockiert. Damit hat niemand gerechnet.«

»Hören Sie zu«, sagte Cornelius. »Ich brauche Ihre Hilfe. Wir müssen Erin unbedingt vor den Hochzeitsgästen schützen, besonders vor dem Reporter. Natürlich darf sie auch Andy auf keinen Fall begegnen. Am besten, Sie stehen am Aufzug und bei der Treppe Wache, während ich den Wagen hole.«

Erins Freundinnen waren froh, dass sie behilflich sein konnten.

Erin zog sich so schnell sie konnte um und verließ dann fluchtartig das Hotel durch den Notausgang, der sie über den Hinterhof auf die Straße führte. Ohne einen Moment zu zögern, lief sie zum Portland Place, wo Cornelius den Motor seines Wagens schon angelassen hatte.

Den ganzen Weg zur Wohnung ihres Onkels weinte Erin. Er sagte nichts, denn er wusste, die Tränen mussten sein.

Kaum hatten sie die Wohnung betreten, trocknete Erin sich entschieden das Gesicht und sah ihren Onkel an. »Ich weiß jetzt, was ich mache. Ich fahre mit dir nach Australien«, platzte sie atemlos heraus.

Ohne darauf einzugehen, goss Cornelius eine großzügige Portion Brandy in einen Cognacschwenker und führte Erin zu seinem Sofa. Er drückte ihr das Glas in die zitternden Hände.

»Setz dich!«, forderte er sie auf.

Erin war so angespannt, dass sie sich nur auf den Rand des Sitzkissens hockte. Sie nahm einen großen Schluck von ihrem Brandy. Als ihre Kehle zu brennen begann, verzog sie das Gesicht und schüttelte sich.

»Erzähl mir, was passiert ist. Wie hast du herausgefunden, dass Andy dir untreu ist?«

Cornelius nahm sich vor, geduldig zu sein, als er sich neben seine Nichte setzte. Er war überzeugt, sie würde zuerst mal ihre Gedanken sortieren müssen. Mit ihm nach Australien zu reisen war nicht die Lösung ihres Problems.

Erin nahm noch einen Schluck Brandy und schien sich etwas zu entspannen. »Die Armbanduhr, die ich heute trug, wurde mir aus dem Highlander Hotel in Schottland geschickt. Es hieß, ich hätte sie in einem der Zimmer liegen lassen, als ich dort mit meinem Verlobten übernachtet hätte. Andy war auf Reisen, und zwar allein, wie ich dachte.«

»Wieso hast du ihn nicht sofort zur Rede gestellt?«

»Er sollte keine Gelegenheit haben, seine Spuren zu beseitigen. Ich musste auch erst ganz sicher sein, dass er mir wirklich untreu gewesen war. Und dann wollte ich ihn nicht so leicht davonkommen lassen.«

»Das hast du nun ganz bestimmt nicht …« Cornelius grinste. Andy hatte genau die Behandlung bekommen, die er verdiente.

»Andy ist sehr selbstbewusst, fast schon ein bisschen großspurig«, sagte Erin. »Das habe ich immer an ihm geschätzt, aber ich musste ihn ein wenig mürbe machen, wenn mein Plan gelingen sollte. Deshalb habe ich ihn absichtlich eine halbe Stunde vor dem Altar warten lassen. Dann kam mein Auftritt, mit der Uhr am Handgelenk. Zuerst hat er die gar nicht gesehen, also habe ich seine Aufmerksamkeit darauf gelenkt, als er sein Ehegelöbnis sprach. Seine Reaktion gab mir Gewissheit. Ich hatte gehofft und gebetet, ich möge mich irren, er möge nicht darauf reagieren, doch das schlechte Gewissen stand ihm im Gesicht geschrieben. Er hat sogar in Erica Knights Richtung gesehen. Ich fasse es nicht, dass Andy sie an der Rezeption im Highlander Hotel als seine Verlobte ausgegeben hat. Ich glaube, das zu verkraften, wird das Schmerzlichste sein.«

»Das ist unverzeihlich«, stimmte Cornelius Erin zu.

»Ich habe im Hotel angerufen. Ich wollte sagen, dass da wohl ein Irrtum vorliege. Die Empfangsdame erzählte mir, eine der Putzfrauen habe die Uhr auf dem Fußboden unter dem Bett gefunden.« Ihre Unterlippe zitterte jetzt wieder.

Cornelius legte ihr den Arm um die Schulter. »Hattest du zu dem Zeitpunkt schon einen Anhaltspunkt, wem die Uhr gehören könnte?«

»Nein, aber auf der Rückseite waren Initialen eingraviert. So habe ich herausgefunden, wer es ist.«

»Da hätte sich Andy doch bestimmt nicht rausreden können, wenn du ihn zur Rede gestellt hättest«, brummelte Cornelius.

»Mir fiel ein, dass vielleicht Andys Onkel Luke im Highlander Hotel war und Andys Namen benutzt hat. So was hat er offenbar schon mal gemacht.« Das hatte Andy jedenfalls behauptet. Sicher konnte sie sich dessen nun nicht mehr sein.

»War sein Onkel heute da?«, fragte Cornelius.

»Ja«, antwortete Erin. »Hätte ich Andy die Uhr gezeigt, hätte er womöglich seinen Onkel als Ausrede benutzt. Er hätte sogar seinen Onkel bitten können, ihn zu decken. Zu lügen wäre wohl keine allzu große Herausforderung für Luke Stanford gewesen. Also habe ich mir überlegt, es anders anzugehen.«

»Was für ein schlaues Mädchen du bist, Erin«, sagte Cornelius bewundernd. »Und als was für ein Mistkerl hat sich Andy doch entpuppt!«

Wie alle, die Andy kannten, hatte auch er um Erins willen glauben wollen, dass Andy reif genug für die Ehe und die Verantwortung für eine Familie war. Doch wenn er ehrlich war, hatte tief in ihm immer ein leiser Zweifel genagt. Andy sah gut aus, was die Frauen anzog. Sein Reichtum machte ihn nur noch attraktiver. Die Versuchung war also groß. Er hatte gehofft, Andy empfände Liebe genug zu Erin und hätte auch die Charakterstärke, um der Versuchung zu widerstehen.

»Sollte von Andy noch etwas übrig sein, wenn dein Vater und dein Bruder mit ihm fertig sind, würde ich ihm gern den Hals umdrehen«, fügte Cornelius hinzu.

»Die Demütigung, die er heute einstecken musste, reicht mir. Mehr Genugtuung brauche ich nicht. Und er wird noch lange zu leiden haben. Warte nur, bis der *Herald* die Geschichte druckt. Der Skandal wird noch wochenlang die Gerüchteküche anfeuern. Eine ganze Weile wird er sein Gesicht nicht so gern in der Öffentlichkeit zeigen.«

»Auch wenn du das Opfer bist, wird die Presse dich genauso jagen. Ich verstehe schon, dass du am liebsten wegwillst«, sagte Cornelius mitfühlend. »Das Problem ist nur, dass ich schon morgen reise, und außerdem …«

»Das hält mich nicht ab«, erwiderte Erin. »Ich habe einen gültigen Pass. Ich brauche mir also nur noch ein Flugticket zu kaufen, dann können wir los.«

»… und außerdem solltest du wirklich nicht nach Australien, Erin«, erwiderte Cornelius.

Erin war völlig überrascht. »Wieso denn nicht?«

»Coober Pedy ist kein Ort für eine Frau wie dich, das habe ich dir doch letztens schon erklärt. Ich denke nicht im Traum daran, dich mitzunehmen.«

Erin war am Boden zerstört. »Aber Onkel Cornelius, ich will mit dir gehen.«

»Ich verstehe voll und ganz, dass du aus London weg möchtest, Erin. Spanien oder die griechischen Inseln wären zum Beispiel was. Du solltest irgendwo in einem Liegestuhl sitzen, Margaritas trinken und aufs Meer schauen. Coober Pedy ist der letzte Ort auf der Welt, an dem du Trost fändest.«

»Ich suche nicht nur Trost. Ich will etwas Sinnvolles tun, etwas Aufregendes, etwas anderes. Mutter hat mir ein bisschen Geld hinterlassen. Ich könnte mich an deinem Geschäft beteiligen und Opale kaufen.«

»Das ist aber ein ganz spontaner Einfall, oder, Erin? Das leugnest du wohl nicht. Heute Vormittag solltest du noch Mrs. Andrew Stanford werden.«

»Daran musst du mich nicht erst erinnern«, sagte Erin, und wieder kamen ihr die Tränen.

»Ich will dir nicht wehtun, Erin. Ich wollte nur … Du hast das Ganze offenbar nicht so richtig durchdacht. Und auch wenn es kein spontaner Einfall wäre – eine schöne, makellos gekleidete junge Frau gehört nicht in eine Bergarbeiterstadt im australischen Outback. Wenn Coober Pedy auch nur ungefähr wie Andamooka ist, und da bin ich ziemlich sicher, sind die Männer da rau, viele von ihnen verzweifelt. Etliche Kerle in solchen Städten sind auf der Flucht vor dem Gesetz. Und die meisten sind Ausländer mit einer ziemlich rüden Sprache.«

»So behütet, dass ich noch nie einen Mann hab fluchen hören, bin ich nun wirklich nicht, Onkel Cornelius. Du solltest meinen Vater hören, wenn mal nicht alles so läuft, wie er sich das vorstellt.«

Cornelius wusste, dass Gareth manchmal unbeherrscht war. Aber ein Gentleman, der gelegentlich fluchte, war nicht mit einem grobschlächtigen Minenarbeiter zu vergleichen. »Die meisten Frauen in Städten wie Coober Pedy sind wie gesagt Ureinwohner. Nur wenige Minenarbeiter haben ihre Ehefrauen bei sich. Deshalb verdienen auch die Prostituierten so gut.«

Erin machte große Augen, aber sie war keineswegs schockiert. Ihr Interesse erwachte jetzt erst richtig.

Cornelius sah, dass er seine Nichte noch immer nicht entmutigt hatte. »Kannst du dir Milliarden von Fliegen vorstellen, Erin? Wenn man draußen isst, schluckt man unweigerlich welche.«

»Dann essen wir eben drinnen«, schlug Erin gut gelaunt vor. »Picknicken wird sowieso überschätzt.«

»Das ist kein Scherz, Erin. Bald ist Sommer in Australien, und Coober Pedy liegt im Landesinneren, genau wie Andamooka. Im Sommer steigen die Temperaturen bis auf fünfzig Grad. In den Häusern ist es dann stickig heiß.« Dass viele Minenarbeiter in der Stadt unter der Erde wohnten, wo es wesentlich kühler war, erwähnte er lieber nicht. Er hatte Angst, das könnte Erin nur noch mehr reizen. »Der schneidende Wind, der aus der Wüste kommt, bläst die ganze Zeit Staub auf. Der Staub ist überall. Ich glaube, viel mehr als ein paar Tage im Jahr regnet es nicht, aber wenn es regnet, verwandelt sich der Staub in Schlamm. Glaub mir, das ist kein Ort, an dem du sein möchtest. Ich hab dich von Herzen lieb, doch du bist nicht vorbereitet auf einen Ort wie Coober Pedy.«

Erin dachte einen Moment über das, was ihr Onkel ihr erzählt hatte, nach. Sie glaubte, dass er übertrieb, weil er sie von der Idee, mit ihm zu reisen, abbringen wollte. »Vielleicht ist es Zeit für eine Veränderung, Zeit zu sehen, wie andere Menschen leben. Wenn du die Hitze und die Fliegen erträgst, kann ich das auch.«

»Das ist nicht dein Ernst, Erin!«, gab Cornelius zurück. »Deine Kleider kommen aus den teuersten Geschäften Londons. Die Vorstellung, wie du in Coober Pedy auf diesen schicken hochhackigen Schuhen herumstolzierst, ist einfach grotesk.«

»So ziehe ich mich da natürlich nicht an, Onkel Cornelius. Ein bisschen gesunden Menschenverstand solltest du mir schon zubilligen. Ich würde lange Hosen und Blusen tragen und flache, bequeme Schuhe. Flache Schuhe habe ich tatsächlich, weißt du.«

»Selbst wenn, du bist viel zu hübsch. Die Minenarbeiter würden dich umschwärmen wie Bienen einen Honigtopf. Ich hätte ja Angst, dich nur fünf Minuten allein zu lassen.«

Erin fand, ihr Onkel ging jetzt etwas zu weit, aber sie begriff, dass er sich ernsthaft Sorgen machte. »Ich kann ja auf Lippenstift verzichten und die Haare unter einem Hut verstecken. Ich wäre nicht mehr wiederzuerkennen.«

»Du kannst nicht mitkommen, Erin«, erklärte Cornelius entschieden. »Coober Pedy ist kein Ort für eine Frau wie dich. Ich kann das nur noch einmal sagen.«

Als er sah, dass Erin schmollte, war er sicher, dass sie ihre lächerliche Idee aufgegeben hatte. »Tut mir leid, Erin. Ich wollte dir nicht wehtun«, sagte er etwas sanfter. »Geh ins Bad, und mach dich frisch. Ich bereite uns etwas zu essen. Hast du Hunger?«

Erin nickte. »O ja. Ich habe seit heute Morgen nichts mehr gegessen.«

»Ein Omelett?«

»Ein Omelett wäre wunderbar«, sagte sie.

Erin brauchte lange im Bad. Bestimmt vergießt sie noch ein paar Tränen, dachte Cornelius. Er wusste, sie würde noch oft weinen in der nächsten Zeit, er hoffte, sie käme schnell über Andy hinweg und fände jemanden, der ihre Liebe mehr verdiente. Cornelius schlug ein paar Eier auf und erhitzte Fett in einer Pfanne, deckte dann den Tisch für sie beide.

»Onkel Cornelius?«

Cornelius war gerade dabei, die Eiermasse in die Pfanne zu geben. Er drehte sich um und riss die Augen auf, als er Erin auf der Türschwelle stehen sah. »Was … hast du denn gemacht?«, fragte er verwirrt.

Erin hatte eine seiner Hosen, ein Hemd und seine Schuhe angezogen. Sie hatte ihr Haar unter seinen breitkrempigen Hut gesteckt. Und sie hatte sich das Make-up aus dem Gesicht gewaschen. Die Verwandlung war verblüffend. Eine ganze Weile starrte Cornelius seine Nichte einfach nur schweigend an, musterte sie von Kopf bis Fuß. Seine Kleidung war ihr natürlich zu groß, aber er verstand, was sie ihm sagen wollte.

»Jetzt würde ich doch gar nicht weiter auffallen, oder, Onkel Cornelius?«, fragte Erin voller Hoffnung.

Cornelius zögerte mit einer Antwort. Er musste zugeben, dass sie kaum wiederzuerkennen war. Ihr jugendlich frisches Gesicht hätte für das eines jungen Mannes durchgehen können, wenn auch eines sehr hübschen jungen Mannes.

»Ich muss das einfach machen«, sagte sie. »Ich muss irgendwo anders hin, irgendwas tun, das mich fordert. Ich kann jetzt nicht einfach weiter in der Galerie arbeiten. Bitte lass mich mitkommen.«

Jane, dachte Cornelius, Jane hätte gewollt, dass ich mich um ihr kleines Mädchen kümmere. »Ich will dich doch nur schützen, Erin«, sagte er.

»Ich weiß, aber ich brauche mehr, Onkel Cornelius. Ich will mich nützlich machen und etwas Neues lernen. Das kann ich, wenn ich mit dir fahre. Hier in London werden alle über mich reden, und auch wenn sie anfangs viel Verständnis haben werden, stehe ich doch immer noch da wie jemand, der so dumm war, sich betrügen zu lassen. Das will ich mir nicht antun. Ich will auch nicht an die Geschichten denken, die in den Klatschblättern über mich stehen werden. Es war schon schlimm genug, das alles über Dad und Lauren Bastion zu lesen.«

Cornelius zögerte immer noch. Es stimmte, Erin hatte viel wegen Gareth aushalten müssen, und die Situation jetzt mit Andy würde ihr Leben noch unerträglicher machen.

»Ich bin eine erwachsene Frau, Onkel Cornelius. Ich habe einen Pass und Geld, um mir ein Flugticket zu kaufen. Du kannst mich nicht davon abhalten, nach Australien zu fliegen, also können wir genauso gut zusammen reisen.«

Cornelius wusste, dass er geschlagen war. Erin war eine starke junge Frau, und sie hatte recht. Er konnte noch so viele Bedenken haben, doch er konnte sie nicht davon abhalten, das Flugzeug zu besteigen. »Na schön, dann komm mit«, sagte er.

»O danke, Onkel Cornelius«, rief Erin und warf ihm die Arme um den Hals.

»Ich wette, du hältst keine Woche im australischen Outback durch«, gab Cornelius zu bedenken. »Also kaufst du dir besser gleich ein Ticket für den Rückflug.«

»Vielleicht«, gab Erin trotzig zurück. Dann schaute sie auf die Pfanne, die auf dem Herd stand. »Pass auf, dass mein Omelett nicht verbrennt«, rief sie, »ich habe einen Bärenhunger!«

Erin fuhr nach Hause, um ihren Koffer zu packen. Ihr Vater und ihr Bruder waren nicht da. Sie nahm an, sie wären noch im Hotel Langham, was sie ein bisschen beunruhigend fand, aber den Gedanken verbannte sie schnell wieder. Hastig schrieb sie ihrem Vater eine Nachricht. *Liebster Dad! Es tut mir leid, dass ich Dich in solch eine prekäre Lage gebracht habe*, entschuldigte sie sich, *aber ich war nicht sicher, wie sich die Trauung entwickeln würde. Ich verspreche Dir, dass ich Dir alles erkläre, sobald ich in besserer Verfassung bin. Ich gehe fort und schreibe Dir bald, um dich Genaueres wissen zu lassen. In Liebe, Deine Tochter Erin.*

Ihr Brief an Bradley war anders. *Geliebter Bruder*, schrieb sie, *ich fahre mit Onkel Cornelius nach Australien. Bitte erzähl noch niemandem davon, weder Dad noch Andy, vor allem der Presse nicht. Ich weiß, dass ich Dir vertrauen kann. Ich verspreche, bald zu schreiben und Dir alles zu erklären. Dann werde ich Dir auch meine Adresse mitteilen, damit wir in Kontakt bleiben können. Es tut mir unendlich leid, dass ich Dich die Sache mit Lauren allein durchstehen lassen muss, halt mich über neue Entwicklungen auf dem Laufenden. Ich hoffe sehr, dass Du mich verstehst. In großer Zuneigung, Deine Schwester Erin*

Trotz ihres schrecklichen Kummers nahm Erin sich vor, die nächste Phase ihres Lebens voller Optimismus anzugehen. Doch sie war auch realistisch. Es würde eine ganze Weile dauern, all das zu verarbeiten, was in den letzten Tagen passiert war. Sie wollte nur, dass ihre Seele wieder heilte, und sie wollte vergessen, dass Andy Stanford je existiert hatte.

8

Cornelius versuchte am Abend wiederholt, Erin klarzumachen, dass die Reise lang und beschwerlich sein würde, weit schlimmer, als sie sich das vorstellte. Er wollte ihr die Möglichkeit geben, sich noch einmal zu überlegen, ob sie wirklich mit ihm fahren wollte, aber sie weigerte sich beharrlich, überhaupt nur in Erwägung zu ziehen, wie sich gut zwei Tage ohne Schlaf und ohne Waschmöglichkeit anfühlen mussten. Sie war erst zweimal mit dem Flugzeug unterwegs gewesen, allerdings waren es nur kurze Reisen von einer europäischen Großstadt in die andere gewesen, also erwartete sie aufgeregt wie ein kleines Kind das, was sie als großes Abenteuer empfand. Was immer Cornelius sagte, dämpfte weder ihre Vorfreude noch ihre Entschlossenheit.

Der Flug von London nach Istanbul dauerte fünf Stunden. Am Sonntagnachmittag starteten sie vom Flughafen Heathrow mit einer Maschine der BOAC und kamen um acht Uhr abends Ortszeit in der Türkei an. Erin war begeistert, an solch einem exotischen Ort zu sein, man sagte ihnen jedoch nicht, wie lange es genau dauern würde, um das Flugzeug aufzutanken, und riet ihnen, das Flughafengebäude nicht zu verlassen. Also hatten sie nicht die Möglichkeit, sich die Stadt anzusehen. Nach einer Stunde Wartezeit in der fast menschenleeren, nur schwach beleuchteten Abflughalle verflog Erins Begeisterung bald, doch sie ließ sich nichts anmerken.

Die zweite Etappe der Reise von Istanbul nach Hongkong dauerte sechzehn ermüdende Stunden, unterbrochen von kurzen Schlafphasen, die ihnen wegen der unbequemen Sitzposition einen steifen Nacken bescherten. So erschöpft hatte Erin sich noch nie gefühlt, aber sie wollte unbedingt beweisen, dass sie alles ertragen konnte, was es auch sei. Sie lächelte tapfer und beschwerte sich nicht.

Gegen Ende dieser Reiseetappe tat Erin der Rücken weh, und immer wieder hatte sie Krämpfe in den Beinen. Auch ihr Kopf pochte vom Brummen der Flugzeugmotoren. Am Montag kamen sie um zehn Uhr abends Ortszeit in Hongkong an. Dort mussten sie im Flughafengebäude völlig übermüdet drei Stunden auf harten Stühlen ausharren. Die Halle war menschenleer bis auf einige Putzfrauen, die jedoch nicht Englisch sprachen. Die Cafés hatten geschlossen, deshalb waren die Passagiere schlecht gelaunt. Doch auch hier sagte man ihnen, es sei nicht der Mühe wert, das Flughafengebäude zu verlassen, um diese Zeit hätte kein Geschäft geöffnet. Um ein Uhr morgens bestiegen sie wieder eine Maschine und machten sich bereit für den langen Flug nach Sydney.

Am Dienstagabend erreichten sie Sydney. Sie waren mehr als fünfzig lange Stunden unterwegs gewesen. Noch nie zuvor hatte sich Erin so verzweifelt nach einem heißen Bad und einem weichen Bett gesehnt. Gute Laune konnte sie jetzt nicht einmal mehr vortäuschen. Aber das spielte keine Rolle, denn Cornelius war zu erschöpft, als dass ihm das aufgefallen wäre.

In einem Hotel in der Innenstadt quartierten sie sich ein. Schweigend aßen sie ein paar Sandwiches, deren Geschmack sie nicht einmal wahrnahmen, badeten und schliefen dann tief und fest zehn herrliche Stunden. Erst am Donnerstagmorgen sollte ihr Flug nach Adelaide gehen, also hatten sie reichlich Zeit, sich die Füße zu vertreten und die Stadt und den Hafen zu erkunden.

Cornelius war beeindruckt von Erins Durchhaltevermögen, doch das behielt er für sich. Er wusste, die schwerste Prüfung stand ihnen noch bevor, sie würde kaum eine Chance haben, die zu bestehen.

Für Erin war die Reise so unerträglich gewesen, dass sie beinahe alles auf sich genommen hätte, um das nicht noch einmal mitmachen zu müssen. Allein deshalb wollte sie unter keinen Umständen aufgeben und nach Hause zurückkehren. Sie nahm sich vor, das Beste aus dem zu machen, was vor ihr lag. Was konnte schon schlimmer sein, als zwei volle Tage in einem Flugzeug zu sitzen? Das einzig Positive war gewesen, dass sie kaum an Andys gedacht hatte.

Cornelius hatte den Hafen von Sydney schon bei früheren Reisen erkundet, deshalb bot er sich jetzt gern als Reiseleiter für Erin an. Es war Frühling in Australien, die Sonne schien, und es war warm. Die leichte Brise vom Meer war angenehm erfrischend. Im leuchtend blauen Wasser des Naturhafens lagen Schiffe aus etlichen Häfen überall auf der Welt, aber auch zahlreiche Freizeitboote. Das Wetter war ideal zum Segeln, Angeln und für Besichtigungstouren. Sie machten eine Bootsfahrt, die sie unter der prächtigen Harbour Bridge durchführte, die von den Leuten scherzhaft »Kleiderbügel« genannt wurde. Mit der Fähre fuhren sie nach Mosman, wo sie einige Stunden im Taronga Zoo verbrachten. Sie spazierten durch die Straßen in der Nähe des Hafens, wo Erin die prachtvollen Häuser bewunderte. Es war ein wunderschöner Tag, bald hatte sie die Unannehmlichkeiten der vielen Stunden im Flugzeug vergessen.

Cornelius behielt seine Nichte genau im Auge. Manchmal ertappte er sie bei einem sehnsuchtsvollen Blick in die Ferne. Dann wusste er, dass sie an Andy dachte, und er lenkte sie mit Erzählungen von seinen früheren Australienreisen ab. Auf einer Bank mit Blick über den Hafen aßen sie Fish and Chips, dann fuhren sie mit dem Bus ins Geschäftsviertel der Stadt. Cornelius sah, dass Erins Augen leuchteten, als sie an den Boutiquen mit Damenbekleidung vorbeikamen. Wieder fragte er sich, wie lange sie das harte Leben, das ihnen bevorstand, durchhalten würde.

Vor einem Café blieb Erin stehen. »Setz dich da hinein, Onkel Cornelius. Dort kannst du ein wenig Zeitung lesen und etwas trinken, und ich werde ein paar Einkäufe erledigen.«

»Darüber haben wir doch gesprochen, Erin. Elegante Mode

kannst du in Coober Pedy nicht tragen«, sagte Cornelius streng. »Es ist keine gute Idee, die Aufmerksamkeit mit hübscher Kleidung auf sich zu ziehen …«

»Mir hat da ein Paar Schuhe gefallen«, beharrte sie. »Ich bleibe nicht lange«, erwiderte Erin und schoss davon.

Cornelius war erbost. Er hatte Ärger vorausgesehen, aber nicht so bald. Nun bestätigten sich seine Befürchtungen, und er war alles andere als glücklich darüber.

Als Erin eine halbe Stunde später zurückkam, hatte sie eine prall gefüllte Einkaufstüte dabei. »Willst du sehen, was ich gekauft habe?«, fragte sie ihren Onkel aufgeregt.

»Nein, das will ich nicht«, gab Cornelius zurück, verschränkte die Arme vor der Brust und schaute seine Nichte grimmig an. »Erin, ich dachte, du hättest mich verstanden.«

»Das habe ich doch«, sagte Erin und nahm eine Hose aus leichtem Baumwollmaterial und solide braune Stiefel aus der Tüte. Dann zog sie zwei khakifarbene Hemden und einen Hut mit breitem Rand heraus.

»Die Sachen sind aus einem Laden für Armeebedarf. An dem sind wir vorhin vorbeigekommen«, erklärte Erin fröhlich.

Ungläubig starrte Cornelius auf die Einkäufe. »Aus einem Laden für Armeebedarf!«

»Hast du etwa gedacht, ich würde mir hochhackige Schuhe kaufen?« Frech zwinkerte sie ihm zu.

»I… ich …«, stotterte er.

»Gib es doch zu, das hast du gedacht, oder?«, beharrte Erin.

»Ja, allerdings. Das habe ich gedacht«, gestand er verlegen. »Nie im Leben hätte ich geglaubt, dass du in einen Laden für Armeebedarf gehst, geschweige denn dort etwas kaufst.«

Erin war glücklich, ihren Onkel eines Besseren belehrt zu haben. »Du hast mich nur mit nach Australien kommen lassen, weil du mich in dieser Art Kleidung gesehen hast, nicht? Und ich hatte keine Gelegenheit, mir vor unserer Abreise noch etwas Praktisches zu kaufen.«

Cornelius lächelte. Erin wollte ihn unbedingt davon überzeugen, dass sie es mit diesem Abenteuer ernst meinte. Und das gelang ihr tatsächlich immer besser. Eine Weile überlegte er, ob er sie womöglich unterschätzt hatte. Aber dann beschloss er, zu warten, ehe er sich eine Meinung bildete. Hosen, Stiefel und ein Hut allein würden seiner Nichte nicht helfen, in der rauen Umgebung zu bestehen, doch es war ein erster Schritt.

Am nächsten Morgen nahmen sie einen Flug nach Adelaide, das nur etwa ein Sechstel der Größe von Sydney hatte. Der malerische Fluss Torrens wand sich auf seinem Weg von den Hügeln zum Meer durch die reizende Küstenstadt. Das Ufer mit seinen Rasenflächen, der Rotunde, den Schatten spendenden Bäumen, den Paddelbooten und Enten war für die Besucher der Stadt das ideale Erholungsgebiet. Die Anlage der Stadt folgte einem Rechteckschema – es gab breite Alleen und weitläufige Plätze und Parklandschaften.

Auf der North Terrace fragten Cornelius und Erin nach dem Weg zum Bahnhof. Dort kaufte Cornelius Fahrkarten für den Ghan, wie der Afghan Express genannt wurde, der bis Alice Springs im Herzen des Landes fuhr. Sie hatten Glück, dass sie noch Plätze in dem Zug bekamen, der am frühen Nachmittag abfahren sollte. Cornelius hatte Erin erzählt, dass Coober Pedy gut vierhundert Meilen südlich von Alice Springs und gut fünfhundert Meilen nördlich von Adelaide lag.

Der Mann am Fahrkartenschalter informierte Cornelius darüber, dass der Zug nicht bis Coober Pedy fahre. Er erklärte, sie müssten in Manguri aussteigen.

»Und wie weit ist der Bahnhof dort von Coober Pedy entfernt?«, erkundigte sich Cornelius, in der Hoffnung, sie könnten zu Fuß weiter.

»So um die dreißig Meilen«, antwortete der Fahrkartenverkäufer.

Cornelius erschrak. »Dreißig Meilen! Da gibt es dann doch wohl einen Bus, der in die Stadt fährt?«

»Einen Bus?« Der Fahrkartenverkäufer lachte, doch sein Gesicht wurde schnell wieder ernst, als er begriff, dass Cornelius keinen Scherz gemacht hatte. »Sie müssen dem Besitzer vom Opal Hotel in Coober Pedy ein Telegramm schicken. Teilen Sie ihm mit, wann Sie am Bahnhof Manguri ankommen. Er wird aus der Stadt wen schicken, der Sie abholt.«

»Woher soll er denn wissen, wann wir ankommen? Das weiß ja nicht mal ich«, gab Cornelius zurück.

»Der Zug braucht ungefähr zwanzig Stunden von Adelaide bis Manguri. Wenn es unterwegs keine unvorhergesehenen Probleme gibt, zum Beispiel Wassermassen, die die Gleise weggespült haben, oder extreme Hitze, die die Gleise verformt.« Der Fahrkartenverkäufer schrieb den Namen des Hotels und seines Besitzers Cyril Davidson auf ein Stück Papier und zeigte Cornelius den Weg zum Telegrafenamt. »Schicken Sie das Telegramm am besten sofort«, riet er.

Cornelius schickte ein Telegramm ins Opal Hotel, dann mussten sie auch schon ihr Gepäck holen und zum Bahnhof zurück. Der Zug sollte bald abfahren.

Erin und Cornelius waren schon über hundert Meilen mit dem Afghan Express gefahren, als sie die Flinders Ranges vom Zugfenster aus sahen. Zweihundertsiebzig Meilen weit erstreckte sich die Bergkette, sie bot einen grandiosen Anblick. Der Zug fuhr in Richtung Port Augusta, Hafenstadt und Verkehrsknotenpunkt am Spencer Gulf und letzter Außenposten der Zivilisation vor dem Outback. Unterwegs machten sie in kleinen Ortschaften Halt, wo Postsäcke und Vorräte abgeladen wurden.

Nach einem leichten Mittagessen im Speisewagen entschuldigte sich Erin. Als sie ein paar Minuten später wieder in ihrem Abteil erschien, trug sie ihr neues, extra für Coober Pedy angeschafftes Outfit. Cornelius verbarg seine Verblüffung darüber, wie verändert sie aussah, doch ein Grinsen konnte er sich nicht verkneifen.

»Was findest du denn so komisch?«, fragte Erin empört.

»Gar nichts«, antwortete Cornelius und wurde wieder ernst. »Ich werde einfach ein bisschen Zeit brauchen, um mich an dein neues Aussehen zu gewöhnen. Wäre ich auf der Straße an dir vorbeigegangen, hätte ich dich wohl nicht erkannt.«

»Das ist doch der Sinn der Sache, oder?« Erin fiel auf, dass einige Passagiere sie neugierig beäugten, sie ließ sich jedoch nicht verunsichern.

Bald fuhren sie durch flaches, karges Land, nur hier und da sah man ein paar Sträucher. Erin wurde müde, und ihr Kopf sank auf die Schulter ihres Onkels, kurz darauf nickte sie ein. Sie schlief noch, als es dunkel wurde und sie einen kurzen Zwischenaufenthalt in Port Augusta hatten. Eine Stunde später weckte Cornelius sie, und sie beide gingen zum Abendessen in den Speisewagen. Erin fühlte sich in ihrer Kleidung etwas unwohl, aber sie gab sich Mühe, die missbilligenden Blicke der elegant gekleideten weiblichen Fahrgäste zu ignorieren.

Es war alles andere als bequem, während der langen Fahrt nur zu sitzen, doch ein Schlafwagen war so kurzfristig nicht verfügbar gewesen, und immerhin hatten sie mehr Beinfreiheit als im Flugzeug. Außerdem konnten sie sich die Beine vertreten und in den Speise- oder Salonwagen gehen oder auch an die frische Luft, wenn der Zug in einem Ort etwas länger hielt.

Als Erin und Cornelius am nächsten Tag von einem späten Frühstück zurückkamen, teilte der Schaffner ihnen mit, sie hätten ihr Ziel bald erreicht. Erin schaute aus dem Zugfenster und stellte zu ihrer großen Enttäuschung fest, dass die Gegend landschaftlich reizlos war, die grelle Sonne schien alles Grün versengt zu haben. Kurze Zeit später hielt der Zug. Der Schaffner kletterte auf die hölzerne Plattform, auf der ihre Koffer verstaut waren, und hievte sie herunter, dann half er Erin und Cornelius beim Aussteigen.

Gespannt und in der Erwartung, ihre Transportmöglichkeit zu entdecken, sah Erin sich um, doch sie sah niemanden. Ein verwittertes, wenig einladendes Schild auf dem kleinen improvisierten Bahnsteig verkündete, dass sie sich am Bahnhof Manguri befänden. Ehe der Schaffner wieder in den Zug stieg, ermahnte er sie, vorsichtig zu sein.

»Hier ist kein Mensch, Onkel Cornelius«, sagte Erin in Panik. »Sollte uns hier nicht jemand abholen?«

Cornelius wandte sich an den Schaffner. »Sind Sie sicher, dass wir hier richtig sind?«, fragte er, in der Hoffnung auf Bestätigung. Einen großen Bahnhof hatte er nicht erwartet, aber einen Bahnsteig, an dem es nicht mal eine Unterstellmöglichkeit gab, auch nicht.

»Aber ja, Sir. Sie haben an den Hotelbesitzer in Coober Pedy doch ein Telegramm geschickt, damit er weiß, dass Sie ankommen, oder?«

»Ja«, antwortete Cornelius. »Ich hatte allerdings nicht die Zeit, auf Antwort zu warten. Ist er ein zuverlässiger Mensch?«

»So genau weiß ich das auch nicht. Hier steigen nicht gerade oft Leute aus.«

Cornelius war alles andere als beruhigt. »Könnten Sie nicht vielleicht noch einen Moment warten und schauen, ob jemand kommt? Ich bin nicht gerade versessen darauf, hier mit meiner Nichte in der sengenden Sonne festzusitzen.«

»Tut mir leid, Sir, wir können den Zug hier nicht warten lassen. Wir müssen uns an den Fahrplan halten.«

»Danke«, sagte Cornelius.

Der Schaffner schloss die Tür. Ein Schwall Dampf schoss unter dem Fahrgestell vor, der Zug setzte sich langsam in Bewegung und gewann an Tempo. Verstört sahen Erin und Cornelius die Waggons an sich vorbeibrausen. Der Lärm der Lokomotive verlor sich allmählich in der Ferne, dann war nur noch Stille, eine Stille, wie Erin sie niemals zuvor erlebt hatte.

»Ist es möglich, dass dein Telegramm den Hotelbesitzer in Coober Pedy gar nicht erreicht hat?« Erin hatte ihre Ängste nicht aussprechen wollen, konnte sich dann jedoch nicht zurückhalten.

»Ich weiß, es geht alles ein bisschen langsamer hier in Australien«, sagte er. »Aber ganz bestimmt kommt uns jemand abholen, irgendwann.« Er konnte sich nicht vorstellen, dass man sie am Bahnhof sitzen lassen oder ganz vergessen würde.

»Und was machen wir bis dahin?«

»Wir müssen uns setzen und abwarten. Was anderes können wir nicht tun.«

»Musstest du auch irgendwo im Niemandsland aus dem Zug aussteigen, als du nach Andamooka gefahren bist?« Erin setzte sich im Schneidersitz an den Rand des kleinen Bahnsteigs.

»Nach Andamooka bin ich nicht mit dem Zug gefahren. Auf dem Flug von Sydney nach Adelaide habe ich jemanden kennengelernt, der mit seinem Bruder nach Alice Springs wollte, in einem Truck. Sie boten mir an mitzufahren, dann haben sie mich in der kleinen Ortschaft Pimba abgesetzt. Sie hatten mir gesagt, dass mich sicher jemand aus dem Ort mit dem Wagen nach Andamooka bringen würde.«

»Eine kleine Ortschaft – immerhin besser als das hier«, bemerkte Erin. Sie schlug die lästigen Schmeißfliegen weg, die wie aus dem Nichts aufgetaucht waren und sie attackierten. Erin war dennoch entschlossen, sich nicht zu beklagen, ihr war klar, dass ihr Onkel genau das erwartete.

»Das könnte man meinen, die kleine Ortschaft bestand allerdings gerade einmal aus ein paar Häusern, einem kleinen Laden und einem Pub.«

»Na wenigstens waren da Menschen«, sagte Erin.

»Nein! Es hätte genauso gut eine Geisterstadt sein können, ich habe keine Menschenseele gesehen.«

»Wo waren die denn alle?«

»Ich bin um neun Uhr abends angekommen. Das ist ja nicht gerade spät, aber der Pub hatte schon geschlossen und der Laden auch. Wenn da Leute in den paar Häusern waren, dann lagen sie schon im Bett. Zum Glück kreuzte gerade der Postbote auf, er wollte die Post holen, die am frühen Abend aus dem Zug geworfen worden war. Er brachte mich in seinem alten Truck nach Andamooka. Um ehrlich zu sein, die Zugfahrt hierher war wesentlich angenehmer als die Autofahrt nach Andamooka. Der Stuart Highway ist voller Schlaglöcher. Nach Einbruch der Dunkelheit ist das brandgefährlich. Hunderte von Kängurus sind auf der Straße, die springen dir einfach so vors Auto. Man fährt andauernd im Zickzack, um ihnen auszuweichen, und das zerrt ganz schön an den Nerven.«

»Besteht die Chance, dass ein Postbote herkommt?«, fragte Erin voller Hoffnung.

»Ich denke nicht«, erwiderte Cornelius, und auf einmal fiel ihm ein, dass der Schaffner überhaupt keinen Postsack dagelassen hatte.

Erin wurde ganz unbehaglich zumute. »Der Halt hier heißt Manguri Station. Nennt man in Australien nicht auch eine Farm ›Station‹?«, fragte sie leise.

Seltsamerweise hatte sie das Bedürfnis, in dieser unheimlichen Stille zu flüstern. Es war irgendwie albern, schließlich war kein Mensch da, der sie hören könnte. Sie war nur einfach nicht an solch eine Stille gewöhnt. Sie zerrte regelrecht an den Nerven.

»Ja«, antwortete Cornelius.

»Dann sind wir auf einer Farm, diese kleine Plattform hier kann ja wohl kein Bahnhof sein.«

»Doch, ich glaube schon, dass das ein Bahnhof ist, aber ich habe auch ein paar Passagiere von einer Farm hier in der Gegend reden hören«, erwiderte Cornelius.

»Dann sollten wir mal gucken, ob wir ein Farmgebäude sehen, und dorthin gehen. Vielleicht fährt uns ja der Farmer nach Coober Pedy.«

»Das Farmgebäude könnte hier überall sein, und wer weiß, wie viele Meilen es entfernt ist.« Cornelius sah sich um. »Wir würden uns nur verlaufen, wenn wir danach suchen.« Ihm war klar, das wäre ihr Ende. »Wir müssen hierbleiben und warten, bis uns einer holen kommt.«

Erin bezweifelte, dass sie einer holen kam, aber sie wollte nicht pessimistisch erscheinen, also schwieg sie. Eine hilfreiche Idee hatte sie auch nicht.

Cornelius setzte sich neben Erin, und gemeinsam starrten sie in die Ferne. Das Land war so flach, dass der Horizont mit dem Himmel zu verschmelzen schien, was Erin noch nie zuvor gesehen hatte.

»Wer um alles in der Welt kommt denn bloß auf die Idee, hier einen Bahnhof hinzusetzen?«, fragte Erin.

Sie sah ihren Onkel an, und plötzlich mussten sie beide lachen. Die Situation war so grotesk! Es war unbeschreiblich heiß, und so fühlten sie sich bald, als würden sie dahinschmelzen. Eine Luftspiegelung gaukelte ihnen einen einladenden See vor. Das machte ihnen Durst und weckte ihre Sehnsucht, in kühlem Nass zu schwimmen. Sie hatten überhaupt nicht daran gedacht, sich mit Wasser zu versorgen. Erin war froh, dass sie wenigstens lange Hosen, ein Hemd und einen Hut trug. Sie hatte sehr empfindliche Haut und hätte sich sonst schnell einen Sonnenbrand geholt. Cornelius trug ein Kurzarmhemd, er war jedoch von seinen vielen Reisen stark gebräunt.

»Es gibt nicht mal einen Baum, in dessen Schatten wir uns vor der Sonne schützen können«, sagte Erin und ließ den Blick erneut in die Ferne schweifen.

»Tut es dir schon leid, dass du mitgekommen bist?«, fragte Cornelius.

»Nein«, antwortete sie, ohne zu zögern. »Ich musste diesen Weg gehen.«

Wieder war ihr Blick ganz traurig, und Cornelius bedauerte fast, dass er sie provoziert hatte. »Das verstehe ich«, sagte er. »Du glaubst es mir jetzt sicher nicht, aber der Schmerz wird mit der Zeit nachlassen, Erin. Darauf gebe ich dir mein Wort.«

Erin nickte. »Ich weiß. Allein die Ablenkung ist schon eine große Hilfe.«

»Ich denke, das hier ist ein bisschen schlimmer als eine kleine Ablenkung.« Cornelius lächelte ironisch. »Glaub es oder nicht, es wird ziemlich kalt hier, wenn die Sonne erst einmal untergegangen ist«, fügte er hinzu. »Nachts friert es sogar manchmal.«

Erin sah ihren Onkel erschrocken an. »Du denkst doch wohl nicht, dass wir nach Einbruch der Dunkelheit noch hier sitzen, oder?«, fragte sie besorgt. »Ohne Lampen ist es hier doch stockfinster.«

»Ich hoffe nicht«, erwiderte Cornelius und wischte sich den Schweiß von der Stirn. »Es wird allerdings früh dunkel hier.«

Er wusste, sie mussten aus der Sonne heraus, ehe sie noch dehydrierten oder einen Hitzschlag bekamen. Er kletterte von der Plattform und schaute darunter, aber alles, was er sah, war dorniges Gestrüpp, zu dicht, als dass man es hätte entfernen können, um Platz für sie zu schaffen. Cornelius trug ihre Koffer an den Rand der Plattform und stapelte sie übereinander, sodass ein provisorischer Sonnenschutz entstand.

»Wir setzen uns hier auf den Boden in den Schatten, den unsere Koffer spenden«, erklärte er.

Bequem war es nicht, doch schon besser, als der prallen Sonne ausgesetzt zu sein. Sie mussten nur nach Ameisen und anderen kriechenden Insekten Ausschau halten, von denen einige bissen. Je nachdem, wie die Sonne weiterwanderte, versetzten sie die Koffer und rückten ein Stück nach. Erin schrie auf, als sie eine Art Eidechse entdeckte, die in ihren Augen gefährlich aussah, aber sie verscheuchte das Tier, und es huschte schnell davon. Die Sonne war zu grell, als dass sie den Himmel beobachten konnten, an dem Adler und andere Raubvögel kreisten, um den Boden nach einer schmackhaften Mahlzeit wie einer Maus oder einer kleinen Eidechse abzusuchen und dann hinunterzuschießen und sie mit ihren scharfen Krallen zu packen.

Die Stunden zogen sich in die Länge, vor lauter Durst waren sie ganz geschwächt. Sie konnten nur noch ans Trinken denken.

»Bald wird es dunkel, Onkel Cornelius«, bemerkte Erin.

So besorgt sie auch war, sie bewunderte den Himmel, der ein atemberaubendes Farbenspiel bot. Am westlichen Horizont ging die Sonne unter. Weiße Wolken hatten sich in rotgoldene verwandelt. Die Farbkontraste waren überwältigend. Die Hitze ließ nach, es kam sogar ein leichter Wind auf. Erin hörte die Vögel zwitschern, und die Fliegen waren verschwunden, was eine große Erleichterung war. Beinahe hätte sie vergessen, dass sie in ernsten Schwierigkeiten steckten. Aber nur beinahe!

»Ich denke, wir sollten uns damit abfinden, dass uns keiner holen kommt.«

Cornelius war in großer Sorge. Er hatte überlegt, Hilfe zu suchen, doch meilenweit waren kein Haus und kein Baum zu sehen, und er hatte keine Ahnung, in welche Richtung er gehen sollte. Dass irgendwann ein Zug vorbeikommen würde, war das Einzige, womit er fest rechnen konnte.

»Es tut mir leid, Erin. Ich hatte angenommen, dass bald jemand kommen würde«, sagte er. »Du hast bestimmt großen Durst.«

»Ich bin regelrecht ausgetrocknet«, gestand Erin. »Du doch sicher auch.«

»Vielleicht sollte ich einfach die Gleise entlanggehen, und du bleibst hier bei den Koffern. Ich komme bestimmt irgendwann an eine Stadt.« Dass Erin dehydrierte, war seine größte Furcht, das konnte tatsächlich sehr gefährlich werden. Irgendetwas musste er tun, denn er fühlte sich für sie verantwortlich.

Erin geriet in Panik. »Ich will nicht allein hierbleiben.« Sie konnte kaum fassen, wie schnell es dunkel wurde. Es kam ihr vor, als hätte jemand eine Decke über die Sonne geworfen. Auch die Temperatur sank rasend schnell, womit sie eine neue Sorge hatte. Sie hatte keine warme Jacke eingepackt. »Der Zug kommt doch wieder vorbei, oder? Wir könnten einsteigen und mit zurückfahren.«

»Ja, daran habe ich auch schon gedacht. Ich bin allerdings nicht sicher, wann das sein wird. Der Ghan zwischen Alice Springs und Adelaide verkehrt nicht täglich.«

Eine Weile schwiegen sie beide. »Ist dir kalt?«, fragte Cornelius dann, als er sah, dass sie die Arme um ihren Körper schlang.

»Ein bisschen. Ich habe nichts Warmes zum Anziehen mitgenommen, weil du gesagt hast, es könnte hier bis zu fünfzig Grad heiß werden.«

»Ich hätte dir erzählen sollen, dass es in der Wüste nachts kalt wird.« Cornelius ärgerte sich über sich selbst. Er hatte seine Nichte nicht genügend auf das vorbereitet, was sie erwartete. »Ich habe eine Jacke in meinem Koffer. Ich hole sie heraus.«

»Nein, nein, es geht schon«, sagte Erin tapfer.

»Dann werde ich sie suchen, wenn es noch kälter wird«, versprach Cornelius. »Wir setzen uns Rücken an Rücken auf die Plattform und lehnen uns aneinander. So haben wir es wärmer und können uns gegenseitig trösten.«

»Hast du das gehört?«, fragte Erin. Sie hatte einen dumpfen Schlag vernommen und kurz darauf ein Rascheln. Nun starrte sie ins Dunkel, konnte jedoch nichts erkennen.

»Ja«, sagte Cornelius. »Das wird ein Tier gewesen sein.«

Plötzlich kam Erin ein furchtbarer Gedanke. »Es gibt doch viele Schlangen in Australien, nicht?«

»Ja, die gefährlichsten der Welt leben hier.« Cornelius hatte schon den ganzen Nachmittag nach ihnen Ausschau gehalten, Erin aber nichts erzählt, um sie nicht noch mehr zu beunruhigen.

»Ist das dein Ernst?«

»Allerdings«, erwiderte Cornelius. »Nachts regen die sich allerdings nicht, vor allem wenn es kalt ist.«

Erin war sich nicht sicher, ob sie das glauben sollte. »Und was ist mit den Spinnen?«

»Was soll mit ihnen sein?«

»Regen die sich nachts?« Erin hatte gerade das Gefühl, als krieche ihr etwas das Hosenbein hoch, und sie fing an zu kreischen.

»Ja, auch die Spinnen sind nicht ungefährlich.«

»Das sagst du mir jetzt«, jammerte Erin ängstlich. Sie richtete sich auf und schaute auf ihre Stiefel hinunter, aber in der Dunkelheit konnte sie nichts erkennen. Sie fing an, mit den Füßen aufzustampfen.

»Was machst du da?«, fragte Cornelius verblüfft. Er überlegte, ob ihr seltsames Benehmen wohl damit zu tun hatte, dass ihr Körper ausgetrocknet war. »Das Geräusch gerade, das war höchstwahrscheinlich ein Känguru«, beruhigte Cornelius sie deshalb schnell. »Die sind nachtaktiv. Hätte auch ein Emu sein können. Beide sind harmlos.«

»Bist du sicher?«

Cornelius schwieg eine Weile. Auf einmal kam Erin in den Sinn, dass ihr Onkel womöglich nur ihren Mut auf die Probe stellte. Oder stimmte es wirklich, was er ihr da erzählte?

»Onkel Cornelius, was verheimlichst du mir?«

»Nichts.«

Seine Antwort kam sehr schnell. Erin meinte auch, eine Spur Unsicherheit in seinem Ton wahrzunehmen. »Das glaube ich dir nicht.«

»Ich habe nur gerade an eine Geschichte gedacht, die mir mal jemand in Andamooka erzählt hat.«

»Was für eine Geschichte?«

»Es ging um ein großes Kängurumännchen, das eine Farmersfrau angriff, als die gerade draußen Wäsche aufhängte. Aber so was passiert wohl nur sehr selten.«

Die schrecklichen Verletzungen, die die Frau davongetragen haben sollte, erwähnte er nicht, auch nicht die Tatsache, dass der Farmer das Känguru erschoss, nachdem es auch noch seinen Hund angegriffen hatte, der die Frau hatte verteidigen wollen.

Erins erste Reaktion war Entsetzen, dann lachte sie. Wieder fand Cornelius ihre Reaktion seltsam.

Was er nicht wissen konnte, war, dass Erin überzeugt war, ihr Onkel wolle ihr nur Angst einjagen. Sie hatte Bilder von Kängurus gesehen und fand, sie sahen harmlos aus, beinahe zum Knuddeln.

»Wieso haben wir eigentlich tagsüber keine Kängurus gesehen?«, fragte sie.

»Während der größten Hitze des Tages halten sie sich normalerweise von der Sonne fern, sie suchen sich einen schattigen Platz und legen sich hin. Erst bei Einbruch der Dämmerung, wenn sie Hunger bekommen, werden sie aktiv.«

»Ich schätze, jetzt willst du mir erzählen, dass auch Emus Menschen angreifen«, sagte Erin.

»Nein, das wollte ich bestimmt nicht«, antwortete Cornelius.

Der Mond zeigte sich am samtig schwarzen Himmel und tauchte die Landschaft mit seinem silbrigen Glanz in weiches Licht. Erin erschauerte. Auf einmal wurde ihre Aufmerksamkeit auf etwas Großes, Dunkles weit in der Ferne gelenkt. Sie war verwirrt, tagsüber hatte sie nichts Derartiges bemerkt. Erlag sie einer Sinnestäuschung?

»Was ist das da drüben, Onkel Cornelius?« Sie zeigte in die Richtung, in der sie das dunkle Unbekannte entdeckt hatte. Es schien sich zu bewegen, oder bildete sie sich das nur ein?

»Ein Wagen ist es nicht«, sagte Cornelius und kniff die Augen zusammen. »Ich höre nämlich keinen Motor.«

»Was ist es dann?«

»Vielleicht eine kleine Rinderherde oder Pferde.«

Neugierig hielten Erin und Cornelius Ausschau nach dem, was da langsam näher kam.

»Haben wir eine Halluzination?«, fragte Erin nach einer Weile. Ihr Mund war so trocken wie der Staub um sie herum, und sie hatte hämmernde Kopfschmerzen.

»Nein, das glaube ich nicht«, antwortete Cornelius. »Ich bin ziemlich sicher, dass es Rinder sind, Rinder oder Pferde.« Er schwieg einen Moment, dann fuhr er zu sprechen fort. »Ich möchte dir noch etwas sagen, Erin. Es hat mich sehr beeindruckt, wie du das alles bis jetzt geschafft hast. Ich hatte schon lange den Eindruck, dass du Mumm hast, auch wenn du bisher vom Leben verwöhnt wurdest. Aber was auch immer an Charakterstärke ich dir zugetraut habe, du hast meine Erwartungen noch weit übertroffen. Ich bin so stolz auf dich. Ich will nur, dass du das weißt. Hörst du?«

Erin war gerührt, sie wusste die freundlichen Worte ihres Onkels zu schätzen, sie machten ihr Mut. »Heißt das, du glaubst, ich komme mit Coober Pedy klar?«

»Wir haben den ganzen Tag hier in der sengenden Sonne gesessen, und du hast dich kaum beklagt. Also ja, ich glaube, die Chancen stehen gut, dass du mit Coober Pedy klarkommst.« Er grinste. »Eine Weile jedenfalls.« Er hoffte bloß, dass sie überhaupt nach Coober Pedy kamen.

Auf einmal hörten sie kehlige Brummlaute.

»Seit wann brummen denn Rinder und Pferde?«, fragte Erin besorgt.

»Das müssen Kamele sein«, sagte Cornelius aufgeregt. Das würde bedeuten, sie konnten sich neue Hoffnung machen.

»Kamele! Ich hatte ja keine Ahnung, dass es in Australien Kamele gibt«, rief sie begeistert und sprang auf.

»Die Afghanen haben Kamele hergebracht, um das Outback für die neuen Siedler zu erschließen. Kamele können größere Entfernungen zurücklegen als Pferde oder Ochsen, und das ohne zu trinken. Kamele können eine Menge Wasser auf einmal aufnehmen und es im Körper speichern. Es muss noch etliche in den Ortschaften hier im Outback geben.«

Die Tiere hatten sie jetzt erreicht, und der Reiter winkte ihnen zu. Wir sind gerettet, war alles, was Cornelius noch denken konnte. Er winkte zurück.

»Ein Glück, dass Sie noch hier sind«, rief der Kameltreiber. »Ich hatte keine große Lust, auf der Suche nach verloren gegangenen Leuten überall in der Gegend herumzutrotten.«

Cornelius war verwirrt. Er war sicher, der Mann, der sich wie ein Waliser anhörte, war auf der Suche nach jemand anderem, aber er hatte kaum die Kraft, eine Unterhaltung zu führen.

»Nicht alle Touristen sind so vernünftig und bleiben an dem verabredeten Ort. Hier sind jede Menge Gräber, die das bezeugen«, fügte der Kameltreiber hinzu. Dann brüllte er: »Husch!«

Sein Kamel beklagte sich heftig grummelnd, dann gehorchte es, ebenso wie die drei anderen, die hinterhergetrottet kamen.

Fasziniert sah Erin zu. Sie fand, die Kamele hörten sich furchterregend an.

»Wir sind keine Touristen«, rief Cornelius dem Kameltreiber empört zu. Er war zu müde und zu durstig, um diplomatisch zu sein. »Wir sind Juwelenhändler.«

»Oh«, rief der Kameltreiber und sprang aus dem Sattel, mit einer Energie, die eher zu einem Jüngeren gepasst hätte.

Cornelius schätzte den Mann auf Mitte sechzig, wenn nicht gar siebzig Jahre. Als Erstes fiel ihm auf, dass er sich seit mindestens zehn Jahren nicht mehr rasiert hatte. Sein langer Bart schimmerte silbern im Mondlicht. Er trug einen zerbeulten Hut, der aussah, als ob er ihn nicht einmal in der Nacht abnähme. Seine Beine, die in verblichenen Shorts steckten, waren bedeckt mit einem Flaum weißer Haare. Trotz seines Alters machte er den Eindruck, als wäre er zäh wie ein altes Stück Leder. Cornelius sah Erin an. Sie schien dasselbe zu denken wie er.

Ein schwacher Windstoß wehte zu ihnen herüber und mit ihm der Geruch nach abgestandenem Schweiß und Tierkot. Das war äußerst unangenehm, gleichzeitig war es wundervoll, einen anderen Menschen zu Gesicht zu bekommen.

»Haben Sie vielleicht etwas Wasser für uns?«, fragte Cornelius. »Wir haben furchtbaren Durst.«

»Ja, klar«, antwortete der Mann. Er zog zwei Feldflaschen aus seiner Satteltasche und hielt sie ihnen hin. »Trinken Sie, so viel Sie mögen. Ich habe genug Wasser dabei.«

Als der Kameltreiber ihnen den Rücken zukehrte, sahen sie, dass er die Haare zu einem langen Pferdeschwanz gebunden hatte. Bei jedem anderen hätte das merkwürdig ausgesehen, zu seiner exzentrischen Art passte es jedoch irgendwie.

Cornelius und Erin tranken durstig. Nie hatte ihnen Wasser so gut geschmeckt.

»Ich bin Willy Wilks«, sagte ihr Retter. »Davo bat mich, herzukommen und Sie abzuholen, weil sein dummer Truck mal wieder nicht anspringen wollte.«

»Davo?« Cornelius war zu erschöpft, um zu begreifen, wer damit gemeint sein konnte. Auch er stand jetzt auf. Er war ganz steif vom langen Sitzen.

»Cyril Davidson vom Opal Hotel in Coober Pedy. Sie haben ihm doch ein Telegramm geschickt, oder?«

»Ach so, ja, aber wir sind schon seit Stunden hier. Er hätte doch wissen müssen, dass der Zug am Vormittag an der Station ankommt. Wir haben angenommen, dass er uns hier erwartet.«

»Das war auch so geplant. Nur ist etwas dazwischengekommen. Davo und ein paar Jungs aus dem Ort haben gestern Nachmittag versucht, den Truck wieder in Gang zu kriegen«, sagte Willy. »Als er nicht ansprang, hat Davo Mick Huxley gebeten, mich anzufunken, nachdem der Pub abends geschlossen hatte. Mick hat ein Funkgerät. Ich war bei Doris, einer Freundin, die einen Zweistundenritt von hier entfernt, mit dem Kamel, meine ich natürlich, eine Farm hat, und ich sollte Sie an seiner Stelle abholen. Als Mick aus dem Pub rauskam, hatte er leider ganz schön was intus. Wenn Mick zu tief ins Glas guckt, macht sein Orientierungssinn nicht mehr mit. Irgendwie ist er auf Boot Hill gelandet und eingeschlafen.«

»Boot Hill?«

»Ja, Boot Hill, das ist der Friedhof im Ort. Da hat er sicher nicht zum ersten Mal geschlafen. Einmal hätte er Bertie Hobson fast zu Tode erschreckt, als der das Grab von seiner Nellie besuchte. Bertie legte gerade Blumen darauf, als er aus dem Augenwinkel heraus eine Bewegung wahrnahm. Mick war aufgewacht, da, wo er eingeschlafen war, auf dem Grab von Vaselko Bujuvic. Als er sich aufsetzte, hätte sich der arme alte Bertie beinahe zu Nellie ins Jenseits gesellt. Na, jedenfalls glaube ich nicht, dass Mick so schnell wieder auf dem Friedhof liegt, es sei denn, sie begraben ihn. Er ist übersät mit Bulldoggenameisenstichen, weil er erst irgendwann heute gegen Mittag aufgewacht ist. Dann ist er nach Hause und hat völlig vergessen, dass er mich gestern Abend eigentlich bei meiner Freundin hätte anfunken sollen.«

»Was sind denn Bulldoggenameisen?«, fragte Erin mit weit aufgerissenen Augen. Ob es Ameisen gab, die so riesig und wild wie eine Bulldogge waren?

»Das sind gemeine Dinger. Die werden bis zu fünf Zentimeter lang. Sie beide waren wenigstens so vernünftig und sind auf der Plattform geblieben, sonst wären Sie jetzt auch total zerstochen. Mick, der dumme Hund, hat außerdem einen Sonnenbrand.«

Erin und Cornelius warfen sich einen Blick zu, dankbar, dass sie von den Ameisen nicht schon eher gewusst hatten.

»Wenn dieser Mick auf dem Friedhof eingeschlafen und dann nach Hause gegangen ist, woher wissen Sie dann, dass wir hier sind?«, erkundigte sich Cornelius.

»Davo kennt Mick gut. Also dachte er sich, er schaut mal nach, ob Mick mir auch wirklich Bescheid gesagt hat. Er fand ihn in einem fürchterlichen Zustand vor. Also holte er den Doktor für ihn und funkte mich dann selbst an. Nun bin ich hier, ich hab allerdings Ihre Namen nicht behalten, ich hab ein entsetzliches Namensgedächtnis.«

»Ich bin Cornelius Wilder, und das ist meine Nichte Erin Forsyth.«

Cornelius begriff, dass sie beide wirklich großes Glück gehabt hatten, dass Willy sich noch vor Anbruch der Nacht auf die Suche nach ihnen gemacht hatte.

»Nichte …«, sagte Willy und musterte Erin überrascht. Ziemlich sanfte Stimme für ein männliches Wesen, hatte er zuvor gedacht, dann jedoch den Schluss gezogen, dass sie wohl ein junger Mann war, bei dem der Stimmbruch nicht eingesetzt hatte. »Freut mich, Ihre Bekanntschaft zu machen«, fügte er hinzu. »Und jetzt mal rauf mit Ihnen auf die Mädels. Dann können wir los.«

Er griff nach ihren Koffern, nachdem Cornelius eine warme Jacke für sich und eine für Erin herausgeholt hatte, und trug sie zu dem vierten Kamel. Das Tier grummelte, als er näher kam, und wollte beißen. Willy fluchte, schaffte es dann aber, das Gepäck auf dem Höcker festzubinden.

Erin sah erst ihren Onkel, dann Willy an. »Sie erwarten doch nicht, dass wir … dass wir auf diesen Bestien reiten, oder?« Den Gedanken allein fand sie furchterregend.

»Nicht, wenn Sie auf dreißig Meilen Fußmarsch Lust haben.«

»Oh, das habe ich natürlich nicht. Ich war nur davon ausgegangen, dass wir mit einem Wagen in die Stadt gebracht würden«, erwiderte Erin.

»Meine Kamele sind die besten Transportmittel weit und breit. ›Wüstenschiffe‹ nennt man die Tiere hier. Den Ausdruck haben Sie doch wohl schon gehört, was?« Willy lachte.

Erin war nicht zum Lachen zumute. Sie fühlte sich ganz elend. Und plötzlich sackten die Beine unter ihr weg.

9

Sie waren schon zwei Stunden unterwegs, als Erin sich auf dem Kamel langsam zu entspannen begann. Als sie sich von ihrer Beinaheohnmacht erholt und ihrem Onkel versichert hatte, es gebe keinen Grund zur Aufregung, war sie in den Sattel gehoben worden. Willy hatte ihr erklärt, wie sie sich verhalten sollte, wenn das Tier aufstand, aber sie war von den grummelnden Klagelauten abgelenkt gewesen und wäre fast heruntergefallen, als das Kamel unerwartet zuerst die Hinterbeine streckte.

Nach diesem Vorfall hatte Erin sich so krampfhaft an den Sattel geklammert, dass ihre Fingerknöchel weiß hervortraten. Es dauerte nicht lange, und sie war seekrank von dem Geschaukel. Nachdem sie sich einmal daran gewöhnt hatte, genoss sie den Ritt jedoch.

Der Anblick des nächtlichen Himmels war atemberaubend. Er war mit Myriaden von Sternen übersät, Erin hatte noch nie so etwas gesehen. Ungewollt stieß sie einen Seufzer der Bewunderung aus.

»Der Himmel ist unglaublich, nicht?«, bemerkte Willy. »Ursprünglich komme ich aus Swansea in Wales, wie Sie ja wahrscheinlich bereits an meinem Akzent gemerkt haben, aber ich lebe schon zwanzig Jahre in Australien. Ich liebe Wales, der Himmel ist allerdings am schönsten in der südlichen Hemisphäre. Aus der ganzen Welt kommen Astronomen ins australische Outback, um die Sterne zu beobachten. Viele von ihnen habe ich an entlegene Orte gebracht, wo sie ihr Lager aufschlugen und manchmal mehrere Monate blieben.«

»Mehrere Monate?«, rief Erin ungläubig.

Im Mondlicht konnte man kleine Akazienwäldchen erkennen, ab und zu hüpfte ein Känguru zwischen den Sträuchern hervor, ohne sich um die kleine Karawane zu kümmern. Emus stolzierten durchs Gras. Cornelius erklärte, dass man es Spinifex nannte und dass die großen Laufvögel die gelblich braunen Halme als Versteck für ihre flauschigen Küken nutzten.

Erin genoss die kühle Nachtluft auf ihrem Gesicht. Ihr Onkel drängte sie immer wieder zu trinken. Er behauptete, sie habe einen Schwächeanfall bekommen, weil ihr Körper ausgetrocknet gewesen sei. Erin dagegen war sich sicher, dass sie nur Angst vor dem Ritt gehabt hatte. Cornelius amüsierte sich köstlich. Immer, wenn er sie fragte, ob mit ihr alles in Ordnung sei, überzog ein breites Grinsen sein Gesicht. Seine Freude war schließlich ansteckend, was ihn richtig glücklich machte. Hätte jemand Erin eine Woche zuvor erzählt, sie würde mitten in Australien auf einem Kamel reiten, statt in den Flitterwochen Ouzo in einer Villa auf Santorin zu trinken, hätte sie das nie geglaubt. Allerdings hätte sie auch nie im Leben geglaubt, dass Andy sie nur wenige Tage vor ihrer Hochzeit betrügen würde. Das Leben konnte wirklich unerwartete Wendungen bereithalten.

»Wie lange werden wir brauchen, um nach Coober Pedy zu gelangen, Willy?«, fragte Erin.

»Wir sollten morgen um diese Zeit dort angekommen sein«, antwortete Willy.

»Was?«, rief Erin entsetzt. »Ich dachte, wir wären in ein paar Stunden da.«

Willy lachte. »Wenn Sie wollen, kann ich die Kamele zum Rennen bewegen. Die kommen auf ein Tempo von bis zu vierzig Meilen pro Stunde! Aber ich bin mir ziemlich sicher, dass Sie da nicht mithalten könnten.«

»O mein Gott, machen Sie das nur nicht«, erwiderte Erin schnell. »Es ist schon gut, wenn sie langsam laufen.«

Willy musste wieder lachen. »Das dachte ich mir.«

Nach einer Weile beschloss Willy, anzuhalten und das Lager für die Nacht aufzubauen. Der Kameltreiber wusste, dass Erin Angst hatte, beim Absteigen zu fallen. Er gab ihr wieder genaue Anweisungen, wie sie sich verhalten sollte, und rief dann erneut »Husch«. Die Kamele fielen auf die Knie. Beim Hinunterklettern stellte Erin sich schon viel geschickter an, dennoch war sie ganz wacklig auf den Beinen.

Willy hatte etwas Brot und kaltes Lammfleisch von Doris mitgebracht. Er machte Feuer und kochte Tee, und sie setzten sich und genossen das provisorische nächtliche Mahl. Der Kameltreiber erzählte ihnen, dass Doris eine gute Freundin sei. Ihr Ehemann hatte sie ein paar Jahre zuvor auf ihrer kleinen Kamelfarm allein zurückgelassen. Da sie keinerlei Erfahrung gehabt habe, habe er sich seitdem um die Farm gekümmert. Erin und Cornelius waren so erschöpft, dass sie gar nicht mehr zuhören konnten. Ihnen fielen schon im Sitzen die Augen zu.

»Am besten, wir legen uns jetzt ein paar Stunden aufs Ohr und reiten morgen in aller Frühe weiter«, schlug Willy vor.

Er hatte ein einfaches Zelt mitgebracht, das in ein paar Minuten aufgeschlagen war. Erin und Cornelius krabbelten dankbar hinein – und hofften, geschützt vor allerlei Getier und dem Staub, wenigstens ein wenig Schlaf zu finden.

Erin hatte das Gefühl, sich gerade erst hingelegt zu haben, als ein tiefes Knurren sie und Cornelius weckte. Als sie den Kopf aus dem Zelt streckte, sah sie, dass es schon dämmerte. Willy hatte bereits Tee gekocht und sattelte die Kamele. Und Willy hatte …

Verwirrt rieb Erin sich die Augen. Sah sie richtig? »Ist das … das an Ihrem Hut, das, was ich denke?«, fragte sie Willy und gab sich Mühe, ihren Abscheu zu verbergen, als sie auf den anstößigen Gegenstand deutete, der in der Nacht wie ein Pferdeschwanz ausgesehen hatte.

»Was denken Sie denn?«, fragte Willy feixend.

Im Licht wirkte sein Gesicht wie eine abgenutzte Landkarte.

Die unzähligen kleinen Fältchen sahen aus wie unebene Straßen, die einander kreuzten, allerdings ohne irgendwohin zu führen. Willys Augen funkelten verschmitzt, als hätten sie Tausende spannender Geschichten mit angesehen.

»Es sieht aus wie ein ... aber das kann doch kein Schwanz sein«, sagte sie und hoffte, dass sie sich irrte. »Der ist doch nicht von einem Ihrer ... Kamele, oder?«

»O doch«, antwortete Willy grinsend. »Sheeba war mein erstes und mein Liebling, und sie ist vor sechs Monaten gestorben. Jetzt habe ich immer etwas von ihr bei mir.«

»Wie ... gefühlvoll von Ihnen«, bemerkte Erin. Sie verstand nicht, wie er glauben konnte, dass er dem Tier Tribut zollte, wenn er sich dessen Schwanz hinten an den Hut hängte.

»Heute Nacht sind Sie auf einem von Sheebas Nachkömmlingen geritten. Aber Bessy ist nicht so gutmütig wie ihre Mutter«, sagte Willy.

»Gutmütig haben die Kamele sich alle nicht angehört«, erwiderte Erin, und auf einmal fühlten sich ihre Knie wieder schwach an.

Doch die Männer packten schon zusammen. Rasch tranken sie einen Tee, dann setzten sie ihre Reise unter der sengenden Sonne fort. Die Stunden vergingen nur langsam, die monotone Landschaft bot wenig Abwechslung, dennoch sprachen sie kaum. Gegen Mittag machten sie erneut Rast und vertraten sich die Beine. Sie teilten sich das bisschen Essen, das Willy noch übrig hatte. Danach stiegen sie gleich wieder auf die knurrenden Kamele und brachen zur letzten Etappe auf. Die Luft war fast unerträglich trocken, Erleichterung brachte erst die Abenddämmerung. Aber schon bald wurde es sehr kalt. Die Extreme im Outback erstaunten Erin. Sie würde sich noch an vieles gewöhnen müssen.

Und schließlich rief Willy, der auf dem Leittier saß, Coober Pedy sei nicht mehr weit. Erin kniff die Augen zusammen. Sie konnte keine Lichter sehen, auch nicht die Silhouetten von Häusern. Kurze Zeit später blieb Willy dennoch schon stehen.

»So, da wären wir!«, rief er.

Um sie herum war es stockfinster, Wolken hatten sich vor den Mond geschoben. »Am Opal Hotel?«, fragte Erin. Sie schaute ungläubig. »Ich dachte, Sie hätten gesagt, das Hotel sei in der Stadt.« Sie erkannte weder ein Gebäude, das nach einem Hotel aussah, noch irgendwelche Fahrzeuge.

»Wir sind in der Stadt«, erwiderte Willy.

Erin kniff die Augen zusammen. Sie erkannte nur einen Eingang, über dem ein großes Schild hing. »In der Stadt?« Erin wusste nicht, was sie sich vorgestellt hatte, aber ihre Enttäuschung war kaum zu überhören.

»Der größte Teil der Stadt liegt unter der Erde«, erklärte Willy. »Das ist praktisch, wegen der Hitze. Sogar im Winter bleibt die Temperatur unter der Erde konstant.«

Erin war verwirrt. Die Minenarbeiter wohnten tatsächlich in ihren Minen? War es das, was Willy ihr gerade klarmachen wollte?

»Vorsicht, die Tiere knien sich jetzt hin. Sie müssen sich gut festhalten«, sagte Willy. »Husch!«, rief er dann wieder.

Erin klammerte sich erneut an den Sattel, als die Kamele sich unter Knurren und Grummeln auf die Knie sinken ließen. Sie war froh, dass sie lange Hosen trug, ihr Abstieg hatte die Eleganz eines Betrunkenen, der aus einer Kneipe stolperte, und hier in der Stadt beobachtete sie vielleicht jemand. Erin konnte kaum glauben, wie steif ihre Beine waren und wie ihr Gesäß schmerzte, das wollte sie jedoch lieber nicht sagen. Es war allerdings zu spät! Willy lachte wieder einmal über sie. Er dachte sich wohl seinen Teil.

Willy und Cornelius stiegen ebenfalls von ihren Tieren und luden gleich die Koffer ab. Willy ging ihnen voraus zum Hoteleingang. Drinnen brannte Licht, man hörte Männerstimmen, sicherlich von der Bar.

Kaum waren sie eingetreten, erregten die Wände Erins Aufmerksamkeit. »Ist das Haus ganz aus Stein gebaut?«, fragte sie erstaunt.

»Das hier ist kein Haus. Wir sind in einem Hügel«, antwortete Willy.

»In einem Hügel?«

Erin schaute sich um. Eine Ecke war mit Damenunterwäsche in allen Formen, Farben und Größen dekoriert. Ungläubig sah sie ihren Onkel an. Die Unterwäsche hatte auch seine Aufmerksamkeit erregt, aber im Gegensatz zu ihr lächelte er nur. Vergnügt nahm Willy die unterschiedlichen Reaktionen der beiden zur Kenntnis.

»Viele Männer hier haben monatelang keine weibliche Gesellschaft«, erklärte Willy. »Manchmal jahrelang. Außer, man denkt an die …« Abrupt brach er ab. Er wollte offenbar lieber nicht aussprechen, was er im Sinn hatte.

Fragend musterte Erin den Kameltreiber. Wäre sie in guter Verfassung gewesen, hätte sie wohl geahnt, was gemeint war.

»Die meisten haben eine Ehefrau in England oder in einer größeren Stadt irgendwo in Australien«, fuhr Willy fort. »Die Trennung ist schwer zu ertragen, und die Einsamkeit hier auch. Mit den Sachen da halten sie sich bei Laune. Es mag ja nur Unterwäsche sein, aber sie erinnert die Männer daran, dass sie noch am Leben sind.«

»Wo kommen die Sachen denn her?«, fragte Erin, die nicht gerade viel Verständnis für diese Geschichte aufbringen konnte.

»Von Besuchern. Nicht dass wir viel Damenbesuch hätten. Es hat Jahre gedauert, das alles zu sammeln.«

Erin war schockiert. Eine anständige Frau stellte ihre Unterwäsche nicht zur Schau. »Ich würde so etwas nie tun«, rief sie empört.

Willys Mund verzog sich zu einem breiten Grinsen. Als er Erins Gesichtsausdruck sah, wurde er jedoch schnell wieder ernst. Sie hielt die Idee offensichtlich für grotesk, denn sie drehte sich weg.

Erin spürte plötzlich, wie erschöpft sie war. Ihr Magen grummelte, ihr war nicht gut. Der Schwanz eines toten Kamels und eine Auswahl an Damenunterwäsche an der Wand eines Hotels, das sich in einem Hügel befand, waren da keine große Hilfe.

In diesem Moment wurde die Tür zur Bar geöffnet. Ein Mann kam heraus, um sie zu begrüßen. Erin konnte einen kurzen Blick auf die lärmenden Hotelgäste werfen. Es waren grobschlächtige Typen, genau wie ihr Onkel gesagt hatte. Dass sie Pistolen bei sich trugen, hatte sie allerdings nicht erwartet. Erin kam sich vor, als wäre sie im Wilden Westen.

»Tag, Davo«, sagte Willy. »Hier sind deine Gäste, Mr. Wilder und seine Begleitung. Hab sie sicher und wohlbehalten hergebracht. Zum Glück sind sie nicht in der Gegend herumgelaufen, dann hätte ich sie nämlich nie im Leben gefunden.«

Der Mann gab Cornelius und Erin die Hand. »Ich bin Cyril Davidson. Und danke, Willy. In der Bar steht ein Bier für dich«, sagte er.

Der Kameltreiber leckte sich die Lippen und verschwand. Und Erin konnte einen weiteren beängstigenden Blick auf die rüden Bewohner der Stadt werfen.

»Tut mir leid, Leute, dieses ganze Chaos«, entschuldigte sich Cyril. »Aber wir sind im Outback. Nach Plan läuft hier gar nichts.«

Der Hotelbesitzer hatte breite Schultern, ein ärmelloses Unterhemd gab den Blick auf behaarte Arme frei. Sein Bauch sah aus, als wollte er jeden Moment platzen, und bezeugte so seine Vorliebe für große Mengen Bier. Cyril hatte blitzende blaue Augen, auch er war unrasiert. Erin glaubte allmählich, dass Rasierklingen im Outback schwer zu bekommen waren.

»Wir sind froh, dass uns am Ende doch noch jemand abgeholt hat, Mr. Davidson«, sagte Cornelius. »Seit dem Frühstück im Zug hatten wir nichts mehr getrunken – bis Willy am Abend kam.«

»Sie haben die goldene Regel gebrochen«, erwiderte Cyril tadelnd. »In Australien darf man sich nie ohne Wasser von der Zivilisation entfernen. Ohne Wasser geht man hier nirgends hin. Das kann über Leben oder Tod entscheiden.«

»Wir sind davon ausgegangen, dass uns jemand am Bahnhof abholt«, verteidigte Erin sich und ihren Onkel.

Wie konnte er sie tadeln! Es lag ihr auf der Zunge zu sagen, dass er sich als Hotelbesitzer besser angemessener kleiden sollte, doch sie hatte nicht mehr die Kraft. Erin nahm den Hut ab, und ihr dunkles Haar ergoss sich über ihre Schultern. Sie war so müde, dass ihr nicht auffiel, wie Cyril sie musterte, doch Cornelius entging die Reaktion des Hotelbesitzers nicht. Auch wenn sie müde war und dringend ein Bad brauchte, war Erin immer noch attraktiv.

»Man muss stets mit dem Unvorhergesehenen rechnen«, sagte Cyril jetzt. »Na ja, die Lektion haben Sie eben auf die harte Tour gelernt, nun sind Sie ja hier. Denselben Fehler machen Sie sicher nicht noch mal, oder?«

Er führte sie zu ihrem Zimmer auf der Rückseite des Hotels. Es war hinreichend sauber und bequem, die beiden Einzelbetten trennte ein schmaler Schrank.

»Ich hoffe, Sie und die Missus werden es bequem haben«, sagte Cyril.

»Missus!«, entgegnete Cornelius überrascht. »Sie denken doch nicht, dass wir … Erin ist meine Nichte.«

»Oh.«

Wieder musterte Cyril Erin interessiert. Cornelius bedauerte schon, dass er Erin nicht als seine Frau vorgestellt hatte. Es wäre womöglich sicherer für sie gewesen.

»Da ist noch ein freies Zimmer nebenan«, sagte Cyril. »Für zwei Zimmer zahlen Sie allerdings dann auch doppelt.«

»Ist schon in Ordnung«, mischte Erin sich ein. »Wir wollen ja nur irgendwo schlafen und ein Bad benutzen können.«

»Bäder haben wir nicht, aber meine Frau wird sich um Sie kümmern und Ihnen sagen, wo Sie sich waschen können«, sagte Cyril. »Im Moment schlichtet sie allerdings gerade einen Streit zwischen den zwei verstocktesten Minenarbeitern der Stadt.«

Sie hörten ein lautes, verärgertes Aufbrüllen, und Erin riss die

Augen auf. »Die Männer können einem ja Angst machen«, sagte sie. »Sind Sie sicher, dass Ihrer Frau nichts passieren wird?«

»Das war wahrscheinlich Aimee, die Sie da gerade gehört haben.« Cyril lachte. »Streit schlichten ist ihre Spezialität. Die Männer haben Respekt vor ihrer Meinung, die sie normalerweise mit einigem Nachdruck vorbringt. Ich schicke sie Ihnen gleich mit einem Tablett Sandwiches und Tee her.«

»Wir wollen ihr keine Mühe machen«, sagte Erin ängstlich.

»Das ist keine Mühe«, entgegnete Cyril. »Es ist Aimees Aufgabe, sich um die zahlenden Gäste zu kümmern.« Er wandte sich an Cornelius. »Wenn Sie statt Tee lieber einen Drink hätten, Sie wissen ja, wo die Bar ist«, sagte er.

»Tee wäre schön«, erwiderte Cornelius. Er verspürte nicht den Wunsch, sich unter die streitenden Gäste der Bar zu mischen.

»Na dann …« Cyril ging hinaus.

»Hast du nicht gesagt, es gebe nur weibliche Ureinwohner in der Stadt, Onkel Cornelius?«, erkundigte sich Erin, als sie sich erschöpft aufs Bett fallen ließ. Sie hatte immer noch Kopfschmerzen, und so massierte sie sich die Schläfen.

»Es gibt sicher auch ein paar Europäerinnen. Aimee hat sich allerdings angehört wie ein Grizzlybär, der gerade übel gelaunt aus dem Winterschlaf erwacht ist. Sie wird also genauso sein, wie ich dir Frauen in Städten wie Coober Pedy beschrieben habe. Knallhart und zäh wie Leder. Es spielt keine Rolle, woher sie stammen.«

»Brauchen Sie etwas gegen Ihre Kopfschmerzen, Herzchen?«, ließ sich ein paar Minuten später eine heisere Stimme von der Tür vernehmen.

Erschrocken richtete Erin sich auf. »Ich … ja, wenn Sie etwas haben …«

In der offenen Tür stand eine Frau. Erin nahm an, dass es Aimee war, denn sie trug ein Tablett. Cornelius warf ihr einen Blick zu. Hab ich es dir doch gesagt!, sollte er wohl bedeuten.

Wenn Erin glaubte, sie sähe unweiblich aus in ihrer neuen Kleidung, schlug Aimee sie um Längen. Cyrils Frau hätte jederzeit als Mann durchgehen können. Sie trug die Haare kürzer als die meisten Männer und hatte ein schlichtes eurasisches Gesicht. Sie hatte keinerlei weibliche Rundungen, und sie trug Männerkleidung – Shorts, ein ärmelloses Unterhemd und Stiefel. Kleine Hände und Füße und ein zierliches goldenes Kruzifix um den Hals waren die einzigen Hinweise darauf, dass sie ein weibliches Wesen war.

»Ich habe Sandwiches und Tee gebracht«, sagte sie. »Ich hole Ihnen gleich was gegen die Kopfschmerzen, aber zuallererst zeige ich Ihnen, wo Sie sich frisch machen können.« Aimee setzte das Tablett auf einem der Betten ab. »Kommen Sie mit«, befahl sie. Erin und Cornelius sprangen sofort auf.

Am Hinterausgang griff Aimee nach einer Taschenlampe. »Nehmen Sie immer eine Taschenlampe mit, wenn Sie nachts mal raus aufs Häuschen müssen. Man kann nie wissen, auf wen oder was man im Dunkeln stößt.«

Erin war zu ängstlich, um nachzufragen, was sie damit meinte.

»Passen Sie auf, wo Sie hintreten«, riet Aimee, als sie sich auf den Weg machten.

Die Frau des Hotelbesitzers führte sie zu einem kleinen Lehmziegelhäuschen einige Meter vom Hotel entfernt. Im Mondlicht erkannten sie, dass hier etliche Autos parkten, die sicher den Männern in der Bar gehörten.

Als Aimee die Tür zur Damentoilette öffnen wollte, schien sie zu klemmen. Sie fluchte leise, dann stieß sie kraftvoll mit dem Fuß dagegen. Die Tür gab nach. Wieder warfen sich Cornelius und Erin einen verdutzten Blick zu. Aimee hätte man bei einem Streit sicher lieber nicht als Gegnerin.

»Die Tür der Männertoilette ist immer auf, aber ich rate auch den männlichen Gästen im Hotel, die Damentoilette zu benutzen. Die ist sauberer«, sagte Aimee und verzog das Gesicht zu einer Grimasse, als sie aus der Herrentoilette rauschendes Wasser und einen Seufzer der Erleichterung hörten. »Jede Wette, dass er danebengepinkelt hat«, fügte sie hinzu und verdrehte die Augen.

»Von der Bar aus gibt es eine Hintertür. Die Männer kommen also regelmäßig hier lang. Deshalb brauchen Sie die Taschenlampe«, sagte sie zu Erin. »Sie wollen ja keinen Betrunkenen anrempeln, der sich gerade mühsam die Hose hochzieht.«

»Allerdings nicht«, erwiderte Erin. Ohne ihren Onkel würde sie im Dunkeln bestimmt nicht hinausgehen.

»Seien Sie sparsam mit dem Wasser«, riet Aimee, als sie Licht gemacht hatte, und wies auf zwei Duschen. »Es regnet selten hier. Wir müssen das Wasser auf Lastwagen herschaffen, und das ist teuer.«

»Kann ich mir die Haare waschen?«, fragte Erin. Den ganzen Tag hatte sie geschwitzt, ihre Haare fühlten sich klebrig und verstaubt an.

»Wenn es sein muss. In der Duschkabine sind Eimer. Stellen Sie die beim Waschen um sich herum. Mit dem aufgefangenen Wasser können Sie sich dann die Haare spülen. Aber nicht länger als ein paar Minuten«, verlangte Aimee.

Erin wies auf ihre langen Haare. »Das wird kaum reichen«, gab sie zurück. Sie liebte es, lange unter der Dusche zu stehen.

Aimee warf ihr einen strafenden Blick zu, und sofort bereute Erin, was sie gesagt hatte.

»Du schaffst das schon«, ermutigte Cornelius sie.

»Ja, ich schaffe das ganz bestimmt«, versicherte Erin schnell.

»Der Mangel an Wasser ist der Grund, weshalb ich meine Haare kurz trage«, sagte Aimee. »Wie lange wollen Sie denn in Coober Pedy bleiben?«

»Das wissen wir noch nicht genau«, antwortete Cornelius. »Wir wollen hier Opale kaufen. Ich nehme also an, das hängt davon ab, wie lange wir brauchen, um qualitativ hochwertige Steine zu finden.«

Aimee warf Erin einen Blick zu. »Dann sind Sie ja wohl eine Weile hier. Ich rate Ihnen, schneiden Sie sich die Haare ab.«

Erin war entsetzt. »Ich … ich mag meine langen Haare«, stammelte sie.

»Die können Sie nur einmal in der Woche waschen«, sagte Aimee ohne eine Spur von Mitgefühl. »Vielleicht ändern Sie Ihre Meinung ja doch noch.«

Als Erin am nächsten Morgen aufwachte, war Cornelius schon fortgegangen. Auf einem Tablett im Zimmer standen eine Kanne Tee und ein Teller mit Toast. Der Tee war wie der, den Aimee ihnen am Abend zuvor gebracht hatte, so schwach, dass es schon ein Kompliment war, ihn überhaupt Tee zu nennen. Außerdem war er lauwarm. Der Toast war verbrannt und kalt. Erin aß und trank mit Verachtung, weil sie Hunger und Durst hatte. Rasch duschte sie und zog sich an, dann kam Cornelius auch schon zurück. Er teilte ihr mit, er habe eine Erdwohnung gemietet.

Erin war zu ängstlich, um zu fragen, was genau das war. Es hörte sich primitiv an – wie eine Höhle. Sollte sich also herausstellen, dass es besser als eine Höhle war, wäre sie angenehm überrascht. Cornelius suchte ihre Sachen zusammen und packte, und gleich machten sie sich auf den Weg.

Jetzt sah Erin die Stadt zum ersten Mal bei Tageslicht. Es war ein fürchterlicher Schock. So musste eine Mondlandschaft aussehen. Es gab kleine Hügel mit versteckten Eingängen, in die, wie Cornelius erklärte, die Erdwohnungen hineingebaut waren. Hier schienen die meisten Bewohner der Stadt zu leben, unter der Erde waren sie am besten vor Hitze und Wind geschützt.

Cornelius und Erin gingen die Hauptstraße hinunter. Der Wind wirbelte den roten Staub auf, der sich in der trostlosen Landschaft verflüchtigte. Sie kamen an einem Gemischtwarenladen vorbei, danach an einer Tankstelle mit nur einer Zapfsäule und an einem Restaurant mit dem Namen The Star of Greece, das allerdings geschlossen hatte. Seltsamerweise gab es eiserne Gitterstäbe an allen Fenstern. Erin überlegte, ob die Gitter die Fenster vor aufwirbelnden Gegenständen oder vor Einbrüchen schützen sollten. Erin sah ein Schild, das auf eine Kirche hinwies, auch diese befand sich unter der Erde. Die Straßen waren schmutzig, es gab keinen einzigen Baum, keine einzige Pflanze oder Rasenfläche, so weit das Auge reichte. Es war sehr seltsam, kein Grün zu sehen, vor allem für jemanden, der aus England kam.

Klapprige Fahrzeuge rumpelten an ihnen vorbei und wirbelten ganze Wolken aus Staub auf, der sich auf sie legte und sie zu ersticken drohte. Die Wagen waren so schmutzig, dass ihre Farbe nicht mehr zu erkennen war. Sie schienen sich der Landschaft angepasst zu haben. Die meisten waren verrostet und zerbeult, viele hatten keinen Auspuff. Es gab Jeeps und Kombis, Pick-ups und Kleinlaster, kaum einer davon jedoch im Originalzustand. Erin vermutete, dass die langen Fahrten über holpriges Gelände ihr Übriges getan hatten oder dass die Fahrzeuge so umgebaut worden waren, dass sie den Anforderungen der Gegend entsprachen.

Plötzlich blieb Erin wie angewurzelt stehen. Eine Gruppe Aborigines stand bei den Minenarbeitern, alle debattierten miteinander, Kinder, Erwachsene und Greise. Sie redeten in ihrer Stammessprache, und Erin verstand natürlich nicht, was sie sagten. Sie vermutete, dass sie stritten. Manche riefen den Minenarbeitern, die ihren Geschäften nachgingen, etwas zu. Es war beängstigend anzusehen, denn die Aborigines schienen aufgeregt oder sogar wütend zu sein. Die Haare standen ihnen wild vom Kopf ab, nur wenige trugen Strickhüte. Erin wunderte das, denn schon die Morgensonne brannte erbarmungslos. Alle trugen sie bunt zusammengewürfelte Kleidung, aber keine Schuhe an den breiten, schwieligen Füßen, obwohl der Boden steinig und ganz bestimmt auch sehr heiß war. Ein paar dürre Hunde liefen um die Gruppe herum.

Erin und Cornelius liefen weiter, von den Minenarbeitern skeptisch beäugt. Cornelius grüßte, doch als Antwort gab es nur zurückhaltendes Schweigen und warnende Blicke. Die meisten schienen Ausländer zu sein, sie wirkten einschüchternd. Waffen sah Erin bei keinem, aber ihr war klar, dass die sehr wohl unter der Kleidung verborgen sein konnten.

»Vielleicht sprechen sie nicht Englisch«, sagte sie leise.

»O doch, bestimmt«, erwiderte Cornelius. »Die Minenarbeiter bleiben gern unter sich. Die glauben immer, alle wären hinter ihren Opalen her, vor allem Leute, die fremd in der Stadt sind. Ich werde sie dennoch ansprechen. Sie sollen uns kennenlernen, damit sie uns ihre Opale verkaufen. Allerdings wird es eine Weile dauern, bis sie ihre Vorsicht ablegen.«

Erin war heilfroh, dass sie sich nicht wie eine Frau angezogen hatte, denn Aufmerksamkeit erregen wollte sie nun wirklich nicht. Sie fand Coober Pedy fürchterlich, weit schlimmer, als sie erwartet hatte. Das sagte sie nicht, ihr Onkel konnte es ihr jedoch vom Gesicht ablesen.

Cornelius führte Erin zu einem steinernen Hügel ein Stück von der Hauptstraße zurückversetzt. Einige zähe graue Unkrauthalme kämpften hier ums Überleben, sonst gab es kein bisschen Grün.

»So, da wären wir«, sagte Cornelius fröhlich und lief auf eine Tür zu, die in den Hügel gebaut war. »Ich habe für einen Monat bezahlt. Danach werden wir überlegen, wie es weitergehen soll.«

Man hatte ein wackliges Vordach aus Eisen über dem Eingangsbereich angebracht, Fenster gab es jedoch zu beiden Seiten nicht. Cornelius öffnete die Tür, und Erin folgte ihm hinein. Nachdem sie Licht gemacht und die Tür geschlossen hatten, stellten sie dankbar fest, dass die Fliegen und der Staub draußen geblieben waren.

»Hier drin ist es viel kühler als draußen, noch kühler als in dem Hotel«, bemerkte Erin. Sie mochte gar nicht daran denken, wie es wohl bei fast fünfzig Grad draußen war. Auf jeden Fall würde sie dann keinen Fuß mehr vor die Tür setzen!

»Unter der Erde zu wohnen ist ziemlich praktisch, was?«, sagte Cornelius und musterte die Waagschalen auf dem Tisch im Eingangsraum. »Der letzte Mieter war Edelsteinhändler. Hier hat er seine Geschäfte abgewickelt.« Er nahm ein Schild vom Tisch und hängte es an die Außenseite der Tür. Auf dem Schild stand:

EDELSTEINHÄNDLER – WETTBEWERBSFÄHIGE PREISE.

Erin ging durchs Haus und sah sich alles genau an. Es gab eine winzige, mit dem Nötigsten ausgerüstete Küche und einen Wohnraum mit einem Sofa, zwei Sesseln und einem Couchtisch. Die zwei kleinen Schlafzimmer waren mit schmiedeeisernen Bettgestellen und jeweils einem Schrank ausgestattet. Es gab sogar einen Waschraum. Die Idee, unter der Erde zu wohnen, fand Erin wirklich faszinierend, doch daran, dass es keine Fenster und somit keine frische Luft und keine Aussicht gab, musste sie sich erst gewöhnen. Nicht dass es in Coober Pedy viel zu sehen gegeben hätte. Sie hatte sich bis zum Tag zuvor nicht einmal vorstellen können, dass so etwas wie eine Erdwohnung überhaupt existierte, jetzt würde sie darin leben.

»Nicht ganz das, woran du gewöhnt bist, was?«, fragte Cornelius von der Küchentür her. »Mit Knightsbridge kann man es natürlich nicht vergleichen.«

»Nein, aber ich wollte ja eine Veränderung, oder?« Erin war klar, dass ihr Onkel ihre Reaktion genauestens in Augenschein nahm. »Es ist wirklich in Ordnung«, fügte sie hinzu, entschlossen, ihn nicht merken zu lassen, wie viel Heimweh sie jetzt schon hatte. »Hier können wir es uns sicher ganz gemütlich machen.«

»Ja, und dann werden wir uns um die Minenarbeiter kümmern, damit wir bald mit ihnen ins Geschäft kommen.«

Cornelius stellte eine große Blechdose zu den wenigen Vorräten, die der Vormieter zurückgelassen hatte, in den Küchenschrank. Auf der Dose stand »Mehl«.

»Wie wollen wir das anstellen?«, fragte Erin.

»Wir müssen in die Minen und uns vorstellen und den Männern erklären, wer wir sind.«

»Du wirst mir alles über Opale beibringen müssen, Onkel Cornelius«, sagte Erin.

»Mit dem Unterricht fangen wir in einer der Minen an«, antwortete Cornelius. »Aber zuerst kaufen wir mal im Laden ein paar

Lebensmittel und machen uns ein ordentliches Frühstück. Aimee hat keine Ahnung, wie man anständigen Tee kocht, von dem Toast heute Morgen will ich gar nicht sprechen. Wir werden in nächster Zeit also wohl nicht zum Abendessen ins Opal Hotel gehen.«

Erin war erleichtert, als sie das hörte. »Warum hast du eigentlich dein eigenes Mehl mitgebracht, Onkel Cornelius?«, fragte sie jetzt.

Cornelius lächelte verschmitzt. »Die Dose ist leer. Ich werde die Opale, die wir kaufen, darin aufbewahren.«

»Was?«, rief Erin aus. »Und das soll ein sicheres Versteck sein? Du hast doch eine stabile Metallkassette mitgebracht, die sogar abschließbar ist. Warum verwahren wir die Edelsteine nicht darin?«

Cornelius holte die Kassette aus seinem Koffer und schloss sie auf. »Ich habe Steine und Kiesel hineingelegt. Jeder, der hier eindringt, wird denken, die Opale lägen darin, bis er die Kassette dann zu Hause aufbricht und eine Überraschung erlebt. Unsere Opale werden sicher in der Mehldose im Küchenschrank verstaut sein.«

Erin musste lachen. »Du bist ganz schön clever, Onkel Cornelius.«

10

Jonathan Maxwell schaute in die knisternden Flammen seines Lagerfeuers, wie er das seit drei Wochen jeden Abend tat. Er war unglücklich und mutlos, und das Herz tat ihm weh vor Einsamkeit, einer Einsamkeit, wie er sie nie für möglich gehalten hatte. Das Opalfeld Eight Mile war gesprenkelt mit Opalsuchern, aber sein Gefühl des Verlassenseins war so intensiv, dass er genauso gut Hunderte von Meilen weit von jeder Menschenseele hätte entfernt sein können.

Das Licht des Feuers schien auf das Briefpapier in seinen blasenübersäten, rissigen und schwieligen Händen, Händen, die er längst nicht mehr als seine eigenen erkannte. Mit gezücktem Stift überlegte er, wie er beginnen sollte. Dies sollte der dritte Brief an seine Verlobte Liza Hastings werden, die zu Hause in London auf ihn wartete, doch er erwies sich als der am schwierigsten zu schreibende. Die beiden ersten Briefe waren noch voller Optimismus gewesen, Hoffnung und Idealismus waren allerdings inzwischen mit einer beträchtlichen Dosis brutaler Wirklichkeit befleckt. Ein Vermögen als Opalsucher zu machen war schwieriger, als er sich vorgestellt hatte, nur … wie sollte er Liza das erklären?

Die anderen Arbeiter auf den Feldern bereiteten gerade ihr Abendessen zu. Der verführerische Duft von Fleisch, das über dem Feuer gegrillt wurde, vermischte sich in der Luft mit dem Aroma der Holzkohle und dem von heißem Fladenbrot. Jonathans Magen knurrte, und das Wasser lief ihm im Mund zusammen, doch er hatte nichts zu essen. Obwohl er das eine Woche zuvor im Gemischtwarenladen gekaufte Brot gut rationiert hatte, war nichts mehr davon übrig. Zu Mittag hatte er das letzte Stückchen gegessen. Er kochte sich ein Gebräu aus Teeblättern, die er schon mehrmals verwendet hatte, doch auch darauf freute er sich nicht – Zucker und Milch waren ein Luxus, den er sich nicht leisten konnte.

Jonathan hatte mit der Arbeit erst aufgehört, als es dunkel geworden war und er nichts mehr sah. Er schürfte in einem fast zehn Meter tiefen Schacht. Jeder Muskel und jeder Knochen in seinem Körper schmerzte. Im Schacht war es stickig heiß, und er sehnte sich nach einem Bad oder zumindest der Möglichkeit, sich zu waschen, um seinen Körper von übel riechendem Schweiß und rotem Staub zu befreien, aber er hatte nur sehr wenig Wasser, und eine Quelle gab es im Ort nicht. Das Wasser musste an einem riesigen Tank gekauft werden, den die Regierung hatte bauen lassen. Tanklastwagen befüllten ihn regelmäßig, einer Lösung des Wasserproblems der Stadt war man damit allerdings nicht näher gekommen. Das Wasser, das sich Jonathan leisten konnte, verwendete er nur als Trinkwasser.

Nachdem die Sonne untergegangen war, ließ auch die Hitze nach, und die Luft kühlte sich sehr schnell ab. Jonathan fröstelte und warf noch ein paar Holzstücke ins Feuer. Dann sah er in den Himmel. Wie immer boten die Sterne einen grandiosen Anblick, und auch wenn er nicht in der Stimmung war, das Schauspiel zu genießen, fühlte er sich ein wenig getröstet.

Meine liebste Liza, begann Jonathan und hielt dann inne. Er war heilfroh, dass sie nicht sah, in welchem Zustand er war. Den eleganten Großstädter, in den sie sich verliebt hatte, würde sie nicht in ihm erkennen. *Es war wieder einmal eine harte Woche*, fuhr er fort, *und ich muss gestehen, dass ich im Grunde gar nicht weiß, was ich hier mache. Ich habe meine Nachbarn um Rat und Hilfe gebeten, aber den Minenarbeiter, der gewillt ist, mir überhaupt nur zu sagen, wie spät es ist, den muss ich noch finden. Wie schon erwähnt, sind die meisten hier Ausländer, ich bin jedoch sicher, sie sprechen alle etwas Englisch, wenn auch viele so tun, als wäre das nicht der Fall. Und das nur, damit sie mich links liegen lassen können.*

Mein nächster Nachbar bei den Minen ist ein Mann namens Andro Drazan. Ich glaube, er ist aus Kroatien. Er ist ein wahrer Hüne, und wenn er herumbrüllt, was er oft tut, zittert die ganze Umgebung, als gäbe es ein Erdbeben. Er macht mir Angst, also halte ich mich von ihm fern. Aber hier ist noch ein Kroate, der Bojan Ratko heißt und keine Hemmungen hat, sich mit Andro anzulegen. Er ist nicht ganz so groß, allerdings ähnlich muskulös und ziemlich einschüchternd. Die beiden Männer scheinen einen Hass aufeinander zu haben. Sie trinken beide reichlich Alkohol. Seit ich hier bin, sind sie schon zweimal heftig aneinandergeraten. Ich glaube, sie streiten über einen Opalfund, genau weiß ich das nicht, da ich ihre Sprache natürlich nicht verstehe. Andro ist mit einer Aborigine namens Gedda verheiratet, das ist hier nichts Ungewöhnliches, wie ich festgestellt habe. Die weiße Frau, die mit dem Leben hier klarkommt, die möchte ich sehen.

Die Prostituierten, die Jonathan mit den Männern gesehen hatte, erwähnte er nicht. Dass sie Prostituierte waren, hatte er erst gemerkt, als er sie mit immer anderen Männern gesehen hatte. Es gab fünf Frauen, die dauerhaft bei den Minen lebten. Eine war Mitte zwanzig und sah wie eine Mischung aus einer Aborigine und einer Afghanin aus. Die anderen vier waren, so vermutete er, Europäerinnen. Eine ungefähr in seinem Alter, zwei sahen sich so ähnlich, dass sie Schwestern sein mussten, die Letzte, eine Schottin, war mittleren Alters – sie schien die Jüngeren zu bemuttern. Die Frauen lächelten, wenn sie mit den Männern flirteten, doch in ihrem Blick lag Traurigkeit, und, so nahm Jonathan an, sie hatten alle eine tragische Geschichte. Wieso sonst sollten sie sich zu einem derart erniedrigenden Leben entschlossen haben?

Gedda ist viel jünger als Andro und eine nette, gutmütige Frau. Ich habe keine Ahnung, wie sie die Ehe mit Andro erträgt. Vielleicht liebt er sie ja und verhält sich ihr gegenüber anders. Sie haben eine Tochter namens Marlee. Sie ist schüchtern, aber kein Kind ist so lieb wie sie. Marlee ist klein und zierlich wie ihre Mutter. Wenn Andro nicht in der Nähe ist, unterhält sich Gedda mit mir in gebrochenem Englisch. Manchmal ist Marlee neugierig und kommt zu meinem Lager. Ist ihr Vater in der Nähe, befiehlt er ihr lautstark zurückzukommen, doch wenn er nicht hersieht, lächle ich und winke, und dann kichert sie. Neulich habe ich ein hübsches geflecktes Vogelei gefunden, als ich in der Nähe des Friedhofs nach Feuerholz suchte, das habe ich Marlee geschenkt, als Andro unten in seiner Mine war. Sie strahlte, so begeistert war sie. Es tat mir gut, sie so fröhlich zu sehen. Als Andro an dem Abend in den Pub ging, gab mir Gedda eine Portion Fleisch, das sie gekocht hatte. Ich weiß nicht, was es war, ich vermute, es war eins der Tiere, die hier in der Wildnis herumlaufen, aber es schmeckte verdammt gut.

Ich vermisse Dich so sehr, meine liebste Liza. Ich hatte mir vorgenommen, ein Jahr zu bleiben, manchmal denke ich jedoch, ich komme früher zurück. Ich habe nicht das richtige Werkzeug und auch nicht die richtige Arbeitsmethode, um einen großen Fund zu machen. Wenn mir doch nur einer zeigen würde, wie ich es besser machen könnte! Leider hat bisher keiner auch nur das geringste Interesse an einer Freundschaft mit mir gezeigt. Das macht mich ganz mutlos. Alle sind so geheimniskrämerisch und argwöhnisch und bewachen ihre Minen mit wahrem Ingrimm. Aber ich gebe nicht auf. Ich habe Dir mein Wort gegeben. Ich komme zurück mit so viel Geld, dass wir heiraten können, und ich halte mein Versprechen. Ich brauche nur an Dich und an unsere baldige Hochzeit zu denken, mehr Motivation zum Durchhalten ist nicht nötig.

Pass gut auf Dich auf, mein Liebling, und grüß Deine Eltern herzlich von mir. In Liebe, Jonathan, endete er.

Jonathan wurde auf zwei Fremde aufmerksam, die sich ihren Weg über das Feld bahnten, was im Dunkeln wegen der vielen offenen Minenschächte, die von großen Gesteinshaufen umgeben waren, nicht ungefährlich war. Wenigstens hatten sie eine Taschenlampe dabei. Sie hielten sich jeweils eine Weile bei einem Lagerfeuer auf, ehe sie zum nächsten weitergingen. Das machte Jonathan allmählich neugierig. Was machten die zwei? Bald schon sprachen sie Andro an, der nicht weit von ihm entfernt lagerte. Jetzt hörte er auch schon ihre Stimmen in der Abendstille.

»Guten Abend, Sir«, sagte der Mann zu dem Kroaten. »Ich bin Cornelius Wilder, Edelsteinhändler, und das ist mein Assistent.«

Jonathan fiel auf, dass dieser kein Wort sagte. Er trug einen Hut, der sein Gesicht verbarg, das Einzige, was man erkennen konnte, war, dass er deutlich jünger als besagter Mr. Wilder zu sein schien.

Andro gab keine Antwort. Gedda und das kleine Mädchen saßen da und hörten ruhig zu. Ihre Augen schimmerten im Schein des Feuers. Sie waren sicher zu ängstlich, um etwas zu sagen.

»Ich möchte alle Minenarbeiter in Coober Pedy wissen lassen, dass wir Opale kaufen und einen guten Preis zahlen«, sagte der Mann, der sich als Cornelius Wilder vorgestellt hatte.

Andro grunzte. Er zeigte keinerlei Interesse an den beiden Fremden.

»Kommen Sie zu uns und vergleichen Sie die Preise, die wir für Ihre Opale bieten, mit den anderen Angeboten. Wir wohnen Ecke Hutchinson Street und Post Office Hill Road.«

Wieder grunzte Andro nur und widmete sich weiter genüsslich seinem Abendessen. Auf seinem Teller lag ein riesiges Stück Fleisch, den Fleischsaft tunkte er mit Fladenbrot auf.

Jonathan war es peinlich, wie Andro die Besucher behandelte. Er legte seinen Brief zur Seite, als die beiden sich seinem Lagerfeuer näherten.

»Guten Abend, Sir«, sagte der Edelsteinhändler, als er zu ihm kam. In seinem Ton lag etwas weniger Begeisterung als zuvor noch. Inzwischen schien er kaum mehr zu erwarten, dass man seinen Gruß erwiderte.

»Guten Abend«, erwiderte Jonathan enthusiastisch.

Der Mann war angenehm überrascht. Dass ein Minenarbeiter nicht nur freundlich war und gute Manieren hatte, sondern auch noch Engländer war, freute ihn sichtlich.

»Ich bin Cornelius Wilder, Sir«, sagte er.

»Ein neuer Edelsteinhändler in der Stadt«, erwiderte Jonathan mit einem Lächeln.

»Entweder spricht sich so etwas hier schnell herum, oder Sie haben mich mit Ihren Nachbarn reden hören«, sagte Cornelius.

»Es ist ruhig hier, da hört man oft mehr, als einem lieb ist.« Jonathan senkte die Stimme. »Machen Sie sich nichts aus meinem Nachbarn Andro. Sonderlich gastfreundlich ist er leider nicht gerade.«

»Das habe ich gemerkt.« Cornelius warf dem Kroaten einen verstohlenen Blick zu.

»Wenigstens hat er Sie nicht weggejagt«, sagte Jonathan. »Ich dachte, das würde er machen. Einmal wollte ich mir ein Werkzeug von ihm ausleihen. Er reagierte, als hätte ich ihn gebeten, mir seine Frau zu leihen. Er hat mich dermaßen angebrüllt, dass ich stolperte. Beinahe wäre ich in meinem Feuer gelandet. Den Fehler habe ich kein zweites Mal gemacht.«

»Ich schätze, dann haben wir wohl Glück gehabt«, sagte Cornelius und schaute seine Begleitung an, die nicht verbergen konnte, wie witzig sie das Ganze fand.

»Ich bin Jonathan Maxwell, auch aus London«, sagte Jonathan. »Ich liege doch richtig, oder? Es ist schön, den vertrauten Akzent zu hören. Leider bin ich zu schmutzig, um Ihnen die Hand zu geben.«

Cornelius streckte dennoch die Hand aus. »Ein bisschen ehrlicher Schmutz macht mir nichts aus, Mr. Maxwell. Freut mich, Sie kennenzulernen. Bitte kommen Sie zu uns, wenn Sie Opale zu verkaufen haben.« Er merkte, dass der junge Minenarbeiter zusammenzuckte, als er ihm die Hand drückte, und begriff zu spät, dass er Blasen hatte.

»Das täte ich nur zu gern, aber verschwenden Sie mit mir lieber nicht Ihre Zeit«, sagte Jonathan.

Cornelius war verwirrt. »Haben Sie einen Exklusivvertrag mit einem anderen Händler?«

»Schön wär's. Um ehrlich zu sein, ich habe noch keinen Stein gefunden«, gab Jonathan zu. »Und ganz im Vertrauen, das werde ich wohl auch nie. Ich glaube, ich habe nicht mal das richtige Werkzeug.«

»Gibt Ihnen denn keiner von den alten Hasen in der Stadt einen Rat?«, fragte Cornelius besorgt.

»Ich glaube nicht, mit denen habe ich allerdings noch gar nicht gesprochen. Hier auf dem Feld sagt mir jedenfalls nicht mal einer, wie spät es ist.«

Das konnte Cornelius sich gut vorstellen. Erin und er hatten tagsüber und am Abend etliche Männer angesprochen, und kaum einer von ihnen hatte viel geredet. »Ich werde mich mal für Sie umhören, wenn es Ihnen recht ist«, schlug er vor.

»Danke, das weiß ich sehr zu schätzen«, erwiderte Jonathan dankbar. »Wenn ich irgendwas für Sie tun kann, fragen Sie einfach.« Er sah im flackernden Schein des Lagerfeuers, dass der junge Begleiter des Händlers jeden Augenkontakt vermied und sich hinter seinem Arbeitgeber versteckte. Gesprächig war er nicht gerade.

»Da wäre tatsächlich etwas«, sagte Cornelius. »Ich hätte gern, dass mein Assistent mal in eine Mine geht und sieht, wie die Männer die Opale herausholen und wie eine Opalader überhaupt aussieht. Wenn Sie irgendwann ein paar Minuten Ihrer Zeit erübrigen könnten, wären wir sehr dankbar.« Bisher hatte Cornelius noch keinen getroffen, mit dem er Erin in eine Mine gehen lassen würde, aber Jonathan hielt er für aufrichtig.

»Das mache ich nur zu gern«, erwiderte Jonathan bereitwillig. »Ich bin nur nicht sicher, ob ich groß was erklären könnte, ich habe ja selbst ziemliche Wissenslücken. Und was eine Opalader angeht … Ich bezweifle, dass ich überhaupt eine erkennen würde.«

»Verstehe«, sagte Cornelius. »Dann wollen wir mal wieder. Ich wünsche Ihnen viel Glück, Mr. Maxwell.«

»Ich heiße Jonathan, und danke noch mal. Es war sehr schön, jemanden aus London zu treffen.«

»Das finde ich auch«, sagte Cornelius. »Guten Abend.«

»Guten Abend.« Am liebsten hätte Jonathan noch hinzugefügt, wie schön es war, überhaupt einmal mit jemandem zu reden, aber die beiden sollten nicht denken, dass er jammerte. »Passen Sie auf, wo Sie hintreten«, warnte er sie. »Sie wollen doch nicht in einen Minenschacht fallen.«

»Mr. Maxwell muss wohl einsam sein«, sagte Erin, als sie außer Hörweite waren.

»Das glaube ich auch«, stimmte Cornelius zu. »Ich kann mir schon vorstellen, dass die anderen Minenarbeiter nicht allzu freundlich zu ihm sind. So sind die nun mal.« Cornelius blieb stehen. »Vielleicht sollten wir ihn zu einem Abendessen einladen, wenn wir uns häuslich eingerichtet haben«, schlug er vor.

»Das ist eine gute Idee, Onkel Cornelius«, sagte Erin. »Er hat wohl wenig Geld, sonst hätte er sich was gekocht wie die anderen.«

Cornelius empfand auf einmal großes Mitleid mit dem jungen Engländer. »Wir werden uns ein bisschen um ihn kümmern«, sagte er.

Jonathan schlief schon einige Stunden, als er davon geweckt wurde, dass jemand gegen seinen Stiefel trat. Erschrocken fuhr er hoch. »Was ist?«, rief er und wollte die Augen öffnen, aber er war zu müde. Bestimmt träume ich, dachte er, bis er erneut einen Tritt verspürte, fester dieses Mal. Er stöhnte, öffnete die Augen jetzt doch und blinzelte. Ein mächtiger dunkler Schatten ragte über ihm auf. »Was ist denn los?«, fragte er ängstlich. »Wenn Sie mich ausrauben wollen … ich habe nur ein schmutziges Hemd am Leib, Ehrenwort.«

»Meine Frau ist krank. Ich muss sie zum Arzt bringen«, zischte Andro.

Jonathan wurde augenblicklich hellwach. Sein Nachbar trug Gedda auf seinen kräftigen Armen, als sei sie eine Stoffpuppe. Sie schien bewusstlos zu sein. Er rappelte sich auf.

»Passen Sie auf Marlee auf, ja? Aber wecken Sie sie nicht.« Das kam eher wie ein Befehl, nicht wie eine Bitte.

»Ich kümmere mich um sie«, sagte Jonathan. »Was ist denn mit Gedda?«

»Passen Sie auf, dass Marlee nichts passiert«, polterte Andro nur, ohne auf Jonathans Frage einzugehen.

»Ja … ja, sicher«, stammelte Jonathan. Ihm war klar, dass der letzte Satz als Warnung gemeint war.

»Und stehlen Sie nichts. Ich merke das«, setzte Andro hinzu.

»Nie im Leben würde ich etwas stehlen«, erwiderte Jonathan gekränkt.

Der Kroate verschwand in der Dunkelheit.

Jonathan ging auf Andros Zelt zu und schaute nach Marlee. Sie schlief tief und fest. Er setzte sich ans Feuer und legte Holz nach, damit ihm nicht kalt wurde. Ein Feldkessel hing über dem Feuer, also ging er seinen Blechbecher von seinem Schlafplatz holen. Dann goss er sich aus Andros Kochgeschirr eine starke Tasse Tee ein. Als er sie halb ausgetrunken hatte, überlegte er, ob Andro den Tee wohl als gestohlen betrachten würde. Besorgt kippte er den Rest Tee weg und brachte die Tasse zu seinem Platz zurück. Eine Stunde später kam der Hüne mit Gedda wieder. Sie war bei Bewusstsein, stöhnte jedoch.

Jonathan stand auf, als Andro Gedda ins Zelt brachte. »Kommt alles in Ordnung mit Ihrer Frau?«, fragte er besorgt. Sie hörte sich nicht gut an.

Andro deckte Gedda mit einer Decke zu. »Sie können jetzt gehen«, sagte er ungeduldig zu Jonathan.

»Marlee ist nicht wach geworden«, murmelte Jonathan.

Andro beachtete ihn nicht, aber Jonathan begriff, dass er sich Sorgen um seine Frau machte, also ging er zurück zu seinem Platz und kroch unter seine Decke. Einschlafen konnte er lange nicht.

Am nächsten Morgen machte sich Andro wie üblich an seine Arbeit, ging allerdings nicht in die Mine hinunter. Also konnte Jonathan auch nicht nachsehen, ob es Gedda gut ging. Ein paarmal schaute er hinüber, doch Andro vermied den Augenkontakt, und Jonathan war klar, dass er ihn lieber nicht noch einmal nach Gedda fragen sollte.

Später, als Jonathan von seiner Mine zurückkam, sah er Andro mit gesenktem Kopf am Lagerfeuer sitzen. Marlee saß weinend neben ihm. Besorgt ging er auf den Hünen und das Kind zu.

»Ist … ist alles in Ordnung mit Ihrer Frau?«, fragte er, damit rechnend, angebrüllt zu werden. Er hielt sich bereit, sofort wegzulaufen, falls nötig.

Andro schüttelte den Kopf, ohne aufzuschauen.

»Geht es ihr … schlechter?«, fragte Jonathan zögernd.

»Sie ist gestorben«, murmelte Andro.

Jonathan hielt die Luft an. Er sah ins Zelt. Es war leer. »Wo … ist sie?«

»Der Bestatter hat sie gerade abgeholt«, flüsterte Andro bewegt.

Es schien ihm unangenehm, Gefühle zu zeigen, bestimmt glaubte er, das würde ihn schwächen.

»Was … ich meine, was ist denn mit ihr passiert?«

»Irgendwas in ihr ist geplatzt«, antwortete Andro, der das wohl selbst nicht ganz verstanden hatte. Dann versteinerte sein Gesichtsausdruck.

Jonathan beschloss, jetzt lieber keine weiteren Fragen zu stellen. »Das tut mir wirklich sehr leid«, sagte er bewegt. Wie sollte er nur sein Mitgefühl für Andro und die kleine Marlee, die immer noch schluchzte, zum Ausdruck bringen? Er wünschte bloß, Andro würde die Kleine in die Arme nehmen und sie trösten. »Wenn Sie irgendwas brauchen … Ich helfe, so gut ich kann.«

Andro sah plötzlich auf und warf ihm einen furchterregenden Blick zu. Jonathan fragte sich, ob er nun wohl doch eine Grenze überschritten hatte.

»Wieso sollten Sie mir helfen wollen?«, fragte Andro.

»Weil Sie ein Mann sind, der gerade seine Frau verloren hat«, gab er zurück. Das war schlicht und einfach die Wahrheit.

Der Hüne schien Jonathans Antwort sorgfältig zu überdenken. Einen Moment lang dachte Jonathan, er würde etwas sagen, aber offenbar hatte er es sich anders überlegt. Eine Weile verging in verlegenem Schweigen.

»Gehen Sie jetzt«, sagte Andro schließlich abweisend.

Jonathan drehte sich um und ging in Richtung seines Zelts, dann schaute er noch einmal zu Andro hinüber. Er wollte ihm so gern signalisieren, dass er für ihn da war, wenn er ihn brauchte. Andros Schultern zuckten, so als ob er quälende Schluchzer zurückhalten wollte. Jonathan ließ ihm diesen privaten Moment. Er wollte ihm zuerst die Ruhe gönnen, die er nun brauchte. Er würde seine Hilfe in den kommenden Tagen noch einmal anbieten.

11

Jonathan beobachtete Andro ein paar Tage lang und sorgte sich immer mehr. Der Kroate trank viel, weit mehr als sonst. Auch Jonathan hatte in seinem Leben schon Familienangehörige verloren, vor vielen Jahren seine kleine Schwester, was eine furchtbare Tragödie gewesen war, und in jüngster Zeit seine Großeltern und eine Großtante. Seine Eltern und der Rest der Familie waren unter stillen Tränen mit ihrer Trauer umgegangen, deshalb hatte er nie zuvor jemanden auf diese dramatische Weise leiden sehen. Als Andro anfing, wütend Selbstgespräche zu führen, fragte sich Jonathan, ob er womöglich den Verstand verlor oder einen Nervenzusammenbruch erlitt.

Am Abend zuvor war Andro in betrunkenem Zustand gestürzt und hatte sich am Kopf verletzt. Blut war ihm das Gesicht hinuntergelaufen, er hatte es nicht einmal bemerkt. Jonathan hätte ihm gern geholfen, aber Andro verfluchte jeden, der ihm zu nahe kam. In seiner Wut warf er mit allem um sich, was ihm in die Finger kam, also hielt er sich lieber fern.

Jonathans Hauptsorge galt jedoch Marlee. Andro ignorierte die Kleine vollkommen. Sein Verhalten machte ihr sichtlich nur noch mehr Kummer. Gerade jetzt hätte sie ihren Vater so dringend gebraucht. Sie blieb die meiste Zeit im Zelt und weinte um ihre Mutter. Jonathan nahm an, dass sich Andro nicht zu helfen wusste. Verständlicherweise empfand er Schmerz und Wut darüber, dass das Schicksal ihm Gedda genommen hatte. Doch sein unberechenbares Verhalten würde dazu beitragen, dass Marlee sich nicht nur vor einer Zukunft ohne ihre Mutter ängstigte, sondern auch noch um ihren Vater fürchten musste. Das mit anzusehen war schrecklich.

Jonathan machte sich solche Sorgen, dass er nicht mehr in seine Mine hinunterging. Von seinem Platz aus beobachtete er Andro, und er war fest entschlossen einzugreifen, sollte Marlee in Gefahr sein, ganz egal, was das für ihn für Folgen haben würde.

Am Abend des fünften Tages nach Geddas Tod versuchte Andro zum ersten Mal, Fleisch über dem Feuer zu braten, was immer Geddas Aufgabe gewesen war. Er war so betrunken, dass er schwankte und fiel. Jonathan sah, dass die Pfanne kippte, und das Fleisch in die Asche kullerte. Andro rappelte sich mühsam auf, dann versuchte er ungeschickt, das Fleisch wieder einzusammeln. Er spießte Stück für Stück mit einem Messer auf, klopfte die Asche ab und warf es in die Pfanne zurück, die er wieder aufs Feuer setzte. Die ganze Zeit fluchte er vor sich hin. Nach einer Weile kauerte er sich auf der Erde zusammen und schlief gleich darauf ein. Bald fing das Fleisch an zu verkohlen.

Jonathan beschloss, dass es an der Zeit war einzugreifen. Rasch sprang er auf, ging zu Andros Zeltplatz und nahm die Pfanne vom Feuer. Er bezweifelte, dass das Fleisch noch essbar war, doch da sonst nichts da war, was man dem hungrigen Kind hätte geben können, versuchte Jonathan, es zu retten. Er spülte sowohl Fleisch als auch Pfanne mit kochendem Wasser ab und entfernte die verkohlte Kruste. Dann zog er den schnarchenden Andro vom Feuer weg, was keine leichte Aufgabe war, denn Marlees Vater wog fast doppelt so viel wie die anderen Männer im Camp. Er protestierte brummend, schlief jedoch weiter.

Jonathan sah ins Zelt. »Marlee!«, rief er sanft. »Marlee, komm heraus. Du musst etwas essen.«

Die Kleine hockte auf ihrem Lager, die Beine angezogen. Im Arm hielt sie einen kleinen braunen Teddy, den ihre Mutter ihr aus Lumpen genäht hatte. Sie rührte sich nicht. Tränen liefen ihr über die Wangen. Jonathan ging zu seinem Zelt zurück und schnitt zwei Scheiben von dem Laib Brot, den er am Morgen gekauft hatte. Wieder bei Andro, zerteilte er das Fleisch und legte ein Stück auf das Brot. Dann setzte er sich an die Zeltöffnung.

»Schau, Marlee, ich hab dir ein Sandwich gemacht. Du bist doch bestimmt ganz ausgehungert. Ich weiß, wenn man traurig ist, hat man nicht viel Appetit, aber ein bisschen muss man essen.«

Marlee nahm die Hände vom Gesicht und sah Jonathan mit großen Augen an.

»Alles wird gut«, versprach er der Kleinen.

Zögerlich griff sie nach dem Sandwich. Dann ließ sie erneut den Kopf sinken, und noch mehr Tränen rannen ihr die samtigen Wangen hinunter. Es war herzzerreißend anzusehen.

»Meine Mommy kommt nicht mehr wieder, oder?«, fragte sie leise schluchzend.

»Nein«, antwortete Jonathan. »Aber sie schaut dir vom Himmel aus zu.« Er kam sich wie ein Betrüger vor, als er ihr das versprach. Wer wusste schon, was nach dem Tod auf die Menschen wartete?

Marlee hielt den Kopf schräg und sah ihn wieder an. »Himmel? Was ist das?«, fragte sie neugierig.

Zu spät wurde Jonathan klar, dass so etwas wie der Himmel in der Kultur der Aborigines nicht existierte und er womöglich einen Fehler gemacht hatte. Er hatte keine Ahnung, ob Andro religiös war, vom Himmel schien er seiner Tochter jedoch nichts erzählt zu haben. Wie kann ich sie nur trösten?, dachte er. Er war sieben Jahre alt gewesen, als seine kleine Schwester an Hirnhautentzündung gestorben war, ungefähr so alt wie Marlee jetzt war. Als seine Mutter ihm erzählt hatte, Julia sei im Himmel bei den Engeln, hatte ihn das beruhigt und seine Traurigkeit gemildert. Wenn er dasselbe bei Marlee bewirken konnte, dürfte das doch wohl nicht so verkehrt sein. Aber wie erklärte man einem Kind den Himmel?

»Wenn wir sterben, wird unser Leichnam in der Erde begraben, ein Teil von uns, die Seele, geht jedoch in den Himmel. Das ist ein wunderschöner Ort, weit über den Wolken, viel prächtiger, als du dir das vorstellen kannst. Alle sind glücklich da. Ich habe eine kleine Schwester im Himmel. Sie ist vor vielen Jahren gestorben, und ich vermisse sie immer noch, aber wenn ich eines Tages auch sterbe, werden wir wieder zusammen sein.«

Marlee kniff die Augen zusammen. »Werde ich eines Tages wieder mit meiner Mommy zusammen sein?«

»Ja, ganz bestimmt.«

Jonathan sah, dass Marlee sich entspannte. Die Vorstellung, dass sie ihre Mutter im Himmel wiedersehen würde, war offenbar ein Trost für sie.

»Regnet es im Himmel? Mommy mag Regen.«

Ihre kindliche Unschuld entlockte Jonathan ein Lächeln. »Ich glaube, das Wetter im Himmel ist immer ideal. Ob es regnet, weiß ich nicht. Wenn es regnet, dann wird es ein weicher Regen sein. Es ist jedenfalls nie zu heiß oder zu kalt.«

»Wird Mommy im Himmel nach Essen jagen?«

»Nein, Seelen brauchen keine Nahrung. Keiner ist krank im Himmel, und es gibt kein Leid. Du kannst deine Mommy nicht sehen, aber sie ist immer bei dir. Sie ist wie ein Engel.«

»Also ist sie gar nicht ganz weg?«, fragte Marlee und riss die Augen weit auf.

»Nein, nicht ganz. Sie wacht über dich, und sie liebt dich, wie sie dich immer geliebt hat.«

»Vielleicht solltest du meinem Dad sagen, dass meine Mommy immer noch bei uns ist«, sagte Marlee und schaute an Jonathan vorbei zu ihrem Vater, der wie ein trauriges, jämmerliches Bündel zusammengerollt auf der Erde neben dem Feuer lag. »Dann wäre er nicht mehr so wütend.«

»Vielleicht sollte ich das wirklich«, sagte Jonathan, überwältigt von Traurigkeit. »Du hast ein paar schlimme Tage hinter dir, was?«, fragte er freundlich. »Aber es wird wieder besser. Dein Dad ist aufgebracht, und er weiß nicht, was er jetzt machen soll. Das findet er jedoch bald heraus. Ehrenwort.«

Marlee sah auf ihr Sandwich und nahm einen großen Bissen. Es schien ihr zu schmecken.

»Hier, trink auch etwas Wasser, Marlee«, sagte Jonathan und reichte ihr einen Becher. »Brauchst du sonst noch etwas?«

Marlee schüttelte den Kopf.

»Wenn doch, ich bin ganz in der Nähe. Und wenn du dir Sorgen um deinen Dad machst, hol mich einfach oder ruf nach mir. Ich werde euch helfen, so gut ich es kann. Einverstanden?« Sie sollte wissen, dass sie nicht allein war, mehr wollte Jonathan nicht. Es gab jemanden, auf den sie sich verlassen konnte.

Wieder nickte sie.

»Wenn dein Dad ausgeschlafen hat, geht es ihm gut. Du brauchst dir keine Sorgen um ihn zu machen.« Das Feuer war kurz vor dem Verlöschen, die Kälte würde Andro sicher bald wecken.

Marlee nahm den letzten Bissen von ihrem Sandwich, krabbelte unter ihre Decke und schloss die Augen. Jonathan sah, wie erschöpft sie war. Er hoffte, sie würde die ganze Nacht durchschlafen.

Erleichtert ging er zu seinem Schlafplatz zurück. Kurz darauf hörte er ein Würgen, Andro übergab sich. Er hoffte, der Kroate hatte seine Lektion gelernt und würde in Zukunft weniger trinken – wenn schon nicht für sich, dann wenigstens seiner Tochter zuliebe.

Am nächsten Morgen in aller Frühe wurde Jonathan dadurch geweckt, dass jemand ihn in die Seite stieß. Er schaute auf und sah Andro direkt in die Augen.

»Komm mit!«, ranzte der Hüne ihn an.

Jonathan sprang von seinem Lager auf und folgte ihm. Er traute sich nicht, Nein zu sagen. Jetzt würde er erklären müssen, was er am Vorabend getan hatte.

»Setz dich«, schnauzte Andro und stieß mit dem Fuß einen Hocker in Jonathans Richtung.

Jonathan setzte sich ans Feuer, und Andro gab ihm einen Becher Kaffee. Er roch köstlich. Kaffee hatte er seit seiner Abreise aus England nicht mehr getrunken. Trotzdem konnte er sich nicht entspannen, nicht in Gesellschaft dieses Mannes, der so unberechenbar war.

Jonathan sah, dass Andro den Lagerplatz aufgeräumt hatte. Er stellte eine Pfanne auf das Feuer und schlug drei Eier auf. Dann schnitt er ein paar Brotscheiben ab. Jonathan sah zu, wusste nicht, was er zu erwarten hatte. In diesem Moment kam Marlee aus dem Zelt gekrabbelt. Die Kleine wirkte nicht mehr so verängstigt wie am Abend zuvor, auch wenn man ihr die Traurigkeit immer noch anmerkte.

Andro setzte sich Jonathan gegenüber ans Feuer und wendete die Eier. Er konnte seinem Nachbarn kaum in die Augen schauen. Schließlich begann er zu sprechen.

»Was Sie gestern Abend getan haben, für meine Tochter … ich weiß das zu schätzen«, sagte er verlegen. »Ich war zu betrunken, um mich zu rühren, aber ich hab mitbekommen, was Sie da gesagt haben.«

Andro wusste, dass er an seinem Zelt gewesen war? Jonathans Herz begann schneller zu schlagen. Ob er sich jetzt Sorgen machen musste?

»Letzte Nacht hat Marlee zum ersten Mal nicht um ihre Mutter geweint«, fügte Andro hinzu und sah seine Tochter liebevoll an.

Jonathan war irritiert. An dem Tag, als Gedda starb, hatte er Andros verletzliche Seite erlebt, jetzt entdeckte er, dass er sogar zärtlich sein konnte. Er begriff allmählich, dass Andro ein Mann mit menschlichen Schwächen war, womöglich gar nicht so furchteinflößend, wie er immer gedacht hatte.

»Ich helfe gern«, sagte er zögerlich. »Ich habe es ernst gemeint, als ich sagte, ich würde helfen, wenn Sie irgendetwas brauchen.«

Andro musterte ihn aufmerksam. Die Vorstellung, dass ihm tatsächlich jemand Hilfe anbot, schien ihn zu verwirren. »Ich bin viele Jahre schon auf den Opalfeldern«, erklärte er. »Es ist ungewöhnlich, dass hier einer einem anderen hilft, es sei denn, es ist zu seinem Vorteil. Eine Weile hatte ich einen Partner, einen Landsmann, dem ich vertraute. Wir hatten vereinbart, den Gewinn zu teilen, aber es stellte sich heraus, dass er ein Dieb war.« Andros Verbitterung darüber war immer noch zu spüren.

Deshalb also war Andro so vorsichtig und misstrauisch anderen gegenüber. »Ist das der Mann, der ab und zu herkommt und mit Ihnen streitet?« Gerüchten zufolge sollte er gefährlich sein.

»Ja, genau der«, erwiderte Andro, erneut feindselig, »Bojan Ratko. Was wollen Sie von mir?«

»Was ich will?« Jonathan schüttelte den Kopf. »Ich will gar nichts«, sagte er verwirrt.

»Wollen Sie kein Geld?«

»Ganz bestimmt nicht«, entgegnete Jonathan empört.

»Ich war nie freundlich zu Ihnen, also weshalb sollten Sie etwas für mich tun und kein Geld dafür verlangen?«

»Wenn ich sehe, dass jemand leidet und Hilfe braucht, dann helfe ich eben. Das würde ich für jeden tun, ohne Geld zu nehmen.«

»Einem wie Ihnen bin ich noch nie begegnet«, sagte Andro. Er schien immer noch zu glauben, dass Jonathan etwas von ihm wollte. »Seien Sie ehrlich, Sie wollen Hilfe bei Ihrer Mine, oder?«, fragte er so aggressiv, dass Marlee sich duckte.

»Nein«, erklärte Jonathan ruhig. Er hoffte, wenn er ruhig blieb, würde sich auch Andro beruhigen. »Ich brauche einen Rat, weil ich nicht so recht weiß, wie ich vorgehen soll bei meiner Suche, ich bin mir nicht mal sicher, ob ich das richtige Werkzeug habe. Doch keiner will mich unterweisen, also werde ich allein klarkommen müssen.«

Andro schwieg eine Weile. »Ratschläge kann ich Ihnen geben«, sagte er vorsichtig.

»Dafür wäre ich dankbar«, erwiderte Jonathan erfreut. »Aber auch wenn Sie mir keinen Rat geben, werde ich Ihnen helfen, wenn ich kann.«

Andro sah aus, als hätte er auf einmal verstanden. »Sie sind einer, der gute Taten vollbringt, ein Kirchgänger. Sie sind Christ«, rief er.

»Ich denke schon«, antwortete Jonathan. »Ich bin als Katholik erzogen worden, ich war allerdings schon ewig nicht mehr in der Kirche.«

Jetzt war Andro vollständig verwirrt. »Ich habe gehört, was Sie meiner Tochter über den Himmel erzählt haben.«

»Ist es in Ordnung, dass ich ihr gesagt habe, ihre Mutter ist im Himmel? Ich habe nicht gepredigt, ich dachte nur, die Vorstellung tröstet sie vielleicht.«

»Ich glaube, es hat ihr geholfen.«

Wieder starrte Andro Jonathan mit seinen dunklen Augen an. Die vielen Fältchen zeugten von einem harten Leben. Er arbeitete meist draußen, wo er ständig der Witterung ausgesetzt war. Mit seinem dichten Haar, das dringend geschnitten werden musste, wirkte er wild und ungezähmt. Jonathan sah, weshalb die anderen Minenarbeiter auf dem Feld Angst vor Andro hatten, vor ihm und vor Bojan Ratko. Doch er hatte nun eine andere Seite an dem Kroaten kennengelernt.

Andro legte ein Spiegelei auf ein Stück Brot und reichte es Jonathan. »Hier!«, sagte er. »Essen Sie das. Sie haben sicher Hunger.«

Marlee rutschte zaghaft auf den Platz neben Jonathan. Andro gab auch ihr ein Stück Brot mit Ei, dann nahm er sich seine Portion. Seine Tochter hatte Angst vor ihm, so große Angst, dass sie sich lieber neben einen Fremden setzte. Das brachte ihn zum Nachdenken. Etwas musste sich ändern.

»Danke«, sagte Jonathan anerkennend. Ihm lief das Wasser im Mund zusammen. »Ich hab schon seit Wochen kein Ei mehr gegessen.«

Marlee schaute mit ihren riesigen braunen, fragenden Augen zu ihm auf. Als sie sah, dass Jonathan genüsslich zu essen begann, folgte sie seinem Beispiel.

Andro frühstückte schweigend. Es kränkte ihn, dass Marlee ihn nicht auch so ansah und dass sie offenbar nur deshalb aß, weil Jonathan das tat. »Meine Tochter mag Sie wohl«, brummelte er.

Jonathan musterte den Kroaten. Ob er verärgert darüber war? »Sie ist ein liebes Mädchen«, sagte er mit vollem Mund. Noch nie hatte ein Ei auf Brot ihm so gut geschmeckt.

»Es ist nicht richtig, dass ein kleines Mädchen ohne Mutter aufwächst«, erklärte Andro. »Ein Vater kann die Mutter nicht ersetzen.«

Jonathan suchte nach den richtigen Worten. Genau das hatte er auch gedacht – Andro würde sich unzureichend vorkommen als alleinerziehender Vater. »Das ist wirklich traurig«, sagte er. »Das Schicksal hat es nicht gut mit Ihrer kleinen Familie gemeint. Sie müssen das Beste daraus machen, obwohl ich natürlich auch die Probleme sehe, mit denen Sie zu kämpfen haben. Die Opalfelder sind eine Gefahrenquelle für ein kleines Mädchen, das allein ist, wenn sein Vater arbeitet.«

Es gab Hunderte von verlassenen Minen, Schächte, die sehr tief waren. Wenn Marlee in einen dieser Schächte fiele, würde man sie nie wiederfinden. Nicht wenige Menschen waren so ums Leben gekommen.

»Das stimmt«, erwiderte Andro. Diese Sorge ließ ihn schon seit Geddas Tod nicht mehr zur Ruhe kommen. Er hatte keine Ahnung, was er tun sollte.

»Sollte sie nicht in die Schule gehen? Ich habe gesehen, es gibt eine in der Stadt.« Dort gab es nur einige wenige Schüler, aber das war eher von Vorteil.

»Meine Frau hat sie unterrichtet, sie wollte ihr alles beibringen, was sie wissen muss«, erklärte Andro. »Von Schule habe ich keine Ahnung. Und ich traue keiner Sache, von der ich nichts weiß.«

Jonathan war sich im Klaren darüber, dass jetzt nicht der richtige Zeitpunkt war, ein Loblied auf die Schule zu singen. Aber ihm kam eine Idee. »Ich hätte da einen Vorschlag zu machen«, sagte er.

»Und der wäre?«, fragte Andro argwöhnisch.

»Ich könnte ein paar Stunden am Tag auf Marlee aufpassen, während Sie in Ihrer Mine sind.«

Überrascht blinzelte Andro. »Nein«, sagte er, ohne zu zögern.

»Sie kann doch nicht allein bleiben, und Sie müssen arbeiten«, erklärte Jonathan. Warum war Andro nur so stur?

»Das ist mein Problem, ich komme schon damit zurecht«, erwiderte Andro.

»Haben Sie Familie irgendwo in Australien, Verwandte, die sich um Marlee kümmern können?«

»Nein, ich habe niemanden in Australien. Und es kommt nicht infrage, dass ich sie nach Kroatien schicke, zu Verwandten, die sie nicht kennt, die ich seit Jahren nicht mehr gesehen habe.«

»Dann sitzen Sie in der Klemme. Ich weiß, Sie kennen mich noch nicht richtig, aber ich würde wirklich gern helfen. Wir könnten doch mal einen Versuch wagen. Wir probieren es ein paar Tage und sehen, wie es klappt.«

Andro kniff die Augen zusammen. »Und was ist mit Ihrer Mine?«

»Wenn Sie bis Mittag arbeiten, arbeite ich am Nachmittag.«

Andro zögerte. Dieser Vorschlag war sehr großzügig. Es steckte sicher irgendetwas anderes dahinter.

»Wir können es gleich heute Vormittag versuchen, wenn Sie wollen«, schlug Jonathan vor.

»Heute?«

»Marlee kann einen Spaziergang mit mir machen, und Sie gehen in Ihre Mine.«

»Ihnen ist klar, dass ich Sie kaltmache, wenn meiner Tochter was passiert?« Andro spürte, dass er Jonathan vertrauen konnte, aber der Engländer sollte trotzdem wissen, was für ihn auf dem Spiel stand.

Jonathan wurde blass, ließ sich jedoch nicht verunsichern. »Das ist mir klar. Ich gebe Ihnen mein Wort, dass ich gut auf sie aufpassen werde.«

Andro antwortete nicht sofort.

Jonathan ahnte, dass er sich Gedanken darüber machte, wie seine Tochter es aufnehmen würde, dass ein Fremder sie betreuen sollte. Bisher war sie nur mit ihren Eltern zusammen gewesen. Er sah die Kleine an.

»Was hältst du von dem Vorschlag, dass wir beide den Vormittag gemeinsam verbringen? Du kannst mir helfen, Feuerholz zu sammeln, Marlee. Würdest du das gern tun?«

Begeistert nickte das Mädchen, es lächelte sogar – zum ersten Mal seit Tagen.

Andro fühlte, wie ein riesiges Gewicht von ihm abfiel. Er brauchte unbedingt wieder Normalität in seinem Leben. Obwohl er immer nur Bergarbeiter gewesen war – in Kroatien hatte er in Quarzminen gearbeitet –, hatte er schon überlegt, ob er die Opalfelder wegen Marlee verlassen sollte. Doch etwas anderes als schürfen konnte er nicht, und er war längst nicht mehr in der Blüte seiner Jahre. Also beschloss er, Jonathans Vorschlag zuzustimmen.

»Also gut«, sagte er. »Ich werde Ihnen ein paar Tipps geben, wie Sie bei Ihrer Arbeit vorgehen können, um fündig zu werden, und Sie passen auf, dass meiner Tochter nichts passiert. Wenn ihr was zustößt, sind Sie ein toter Mann.«

»Ich bin mir der Verantwortung bewusst. Und ich gebe Ihnen mein Wort, dass sie bei mir in Sicherheit ist«, versprach Jonathan.

Während der nächsten Tage verlief ihr Leben so, wie sie es verabredet hatten. Andro lud Jonathan morgens sogar zum Frühstück ein, ehe er zum Arbeiten in seine Mine ging. Das Frühstück gehörte eigentlich nicht zu ihrer Abmachung, er merkte jedoch, dass Jonathans Gesellschaft ihm ein wenig die Einsamkeit nahm. Andro hatte seinen Frieden mit dem Arrangement gemacht. Wenn Jonathan in der Mine arbeitete, kam Andro immer mal wieder vorbei und begutachtete dessen Arbeitsweise. Abends gab er ihm dann den einen oder anderen Ratschlag, er lieh ihm sogar Werkzeug.

Jonathan stellte fest, dass Marlee ein kluges Kind war, das ständig Anregungen brauchte. Er fing an, mit einem Stöckchen das Alphabet in den Sand zu zeichnen, nach kurzer Zeit schon kannte sie die Buchstaben. Jonathan schrieb fortan kurze Wörter und malte die entsprechenden Bilder dazu. Marlee lachte über seine Zeichnungen, das Lernen machte ihr großen Spaß, und sie kam schnell voran.

Eines Nachmittags machte Jonathan einen Fund in seinem Schacht. Er kletterte heraus und lief zu Andro.

»Sehen Sie sich das an!«, rief er aufgeregt. »Ich glaube, ich bin auf einen Opal gestoßen.«

Der Kroate musterte den Fund mit geübtem Blick. »Das ist nichts«, sagte er spöttisch. »Bloß ein Stückchen Stein.«

Jonathan war erschüttert. »Bloß ein Stein?« Er hörte das Gelächter der Minenarbeiter in der Nähe und kam sich gedemütigt vor. »Aber er sieht aus wie ein Opal. Sie haben mir doch gesagt, ich soll nach Gestein Ausschau halten, das abgerundet ist und eine glasähnliche Substanz umschließt. Schauen Sie doch, sehen Sie, wie die Farben durchschimmern. Ich war sicher, ich hätte etwas Gutes gefunden«, sagte er bestürzt.

»Das ist gar nichts. Sie werden nie etwas Gutes finden. Diese Mine ist wertlos, und Sie haben keine Ahnung von dem, was Sie da machen«, erklärte Andro mit Nachdruck.

Verwirrt sah Jonathan den Kroaten an. Bisher hatte er ihn ermutigt. Wieso riss er ihm denn jetzt das Herz aus dem Leib? »Ich glaube Ihnen nicht«, stieß er wütend aus.

»Pst«, machte der Kroate und schaute sich um. »Sie haben etwas Gutes gefunden, aber das soll doch nicht jeder hören. Die erste Regel bei der Edelsteinsuche ist, dass Sie keinem erzählen, was Sie gefunden haben. Hier gibt es überall gespitzte Ohren und scharfe Augen. Zum Glück halten die Sie alle für den schlechtesten Opalsucher im Umkreis von hundert Meilen. Die werden also nur zu gern glauben, dass Ihr Fund wertlos ist.«

Jonathan wusste nicht, ob er empört oder froh sein sollte. Verstohlen blickte er sich um, tatsächlich beachteten die anderen Minenarbeiter ihn schon nicht mehr. Er begriff, dass es beim Schürfen in den Minen nicht nur um die Suche nach Opalen ging.

»Das ist Opalgestein«, erklärte Andro ihm leise, während er unauffällig den wertvollen Stein begutachtete. »Ein gutes Stück.«

»Wirklich?« Jonathan hatte schon nicht mehr gedacht, dass dieser Tag je kommen würde.

»Tun Sie, als wären Sie wütend und enttäuscht.«

Andro verdrehte die Augen, als er Jonathan bei seinen komischen Bemühungen, seine Enttäuschung zu zeigen, beobachtete. Er freute sich, dass der junge Engländer, der ihm und seiner Tochter irgendwie das Leben gerettet hatte, auch einmal Glück hatte.

12

Kaum war Andro am nächsten Morgen zur Arbeit in seine Mine gegangen, machte sich Jonathan mit Marlee auf den Weg in die Stadt. Seinen Opal hatte er in der Tasche versteckt. Da er oft mit der Kleinen spazieren ging, hoffte er, dass die anderen Minenarbeiter nicht Verdacht schöpften und dass niemand sah, dass er auf dem Weg zu Cornelius Wilder war, dem einzigen Edelsteinhändler, den er bisher kannte. Marlee hatte Jonathan die Hand gegeben und stapfte zufrieden neben ihm her. Sie hatte angefangen, mehr zu reden, mehr von ihrer Persönlichkeit preiszugeben, was ihn freute. Oft ließ sie Worte aus der Sprache der Aborigines in die Unterhaltung einfließen. Da musste er dann lachen und versuchen herauszufinden, was sie gemeint hatte.

Cornelius Wilder freute sich sehr über das Wiedersehen. Andro hatte einen anderen Händler empfohlen, aber Jonathan wollte seinen ersten Opal an einen Landsmann aus London verkaufen.

»Guten Morgen, Mr. Maxwell«, sagte Cornelius mit breitem Lächeln.

»Sie wissen noch, wie ich heiße?«, rief Jonathan erfreut.

»Natürlich. Sie sind der einzige freundliche Minenarbeiter in ganz Coober Pedy. Bitte kommen Sie doch herein.«

Mehr und mehr Minenarbeiter brachten Cornelius ihre Fundstücke, weil er gute Preise zahlte. Er hatte sogar schon ein paar Stammkunden, was er als gutes Omen deutete. So leicht schenkte ihm jedoch keiner sein Vertrauen.

Jonathan und Marlee betraten die Erdwohnung, und Cornelius

schloss die Tür hinter ihnen. »Ja, wen haben wir denn da?«, fragte er und schaute zu dem kleinen Mädchen hinunter.

In diesem Moment kam Erin in den Eingangsraum. »Hast du etwas gesagt, Onkel Cornelius?« Als sie Jonathan sah, blieb sie abrupt stehen. »Oh, tut mir leid«, sagte sie. »Ich wusste nicht, dass du mit einem Kunden im Gespräch bist.«

Erin trug Hose und Hemd, aber am Morgen hatte sie die Haare gewaschen und noch nicht hochgesteckt, damit sie trockneten. Seidig glänzend fielen sie ihr auf die Schultern. Sie konnte sie nicht oft waschen, weil es im Haus nur einen kleinen Wassertank gab, und der war fast leer. Cornelius hatte schon Vorkehrungen dafür getroffen, dass er demnächst gefüllt würde. Verlegen schaute sie Jonathan an. Sie sorgte sich nicht, dass er sie so sah, er war Engländer und ein Gentleman, er würde sie nicht belästigen. Aber er war sehr attraktiv.

»Erinnerst du dich noch an Mr. Maxwell?«, fragte Cornelius, dem die Unsicherheit seiner Nichte nicht entging.

»O ja«, erwiderte Erin und musterte sein dunkles Haar und die langen Wimpern, die jede Frau neidisch gemacht hätten. Außerdem hatte er ein äußerst entwaffnendes Lächeln. Ihr Herz begann zu rasen. »Hallo, Mr. Maxwell.«

»Sie erinnern sich noch an meinen Assistenten, Mr. Maxwell?«, fragte Cornelius. Er sah, dass Jonathan verwirrt war, und verstand gleich, wieso.

»Ihren … Assistenten«, stammelte Jonathan. »Denselben Assistenten, den Sie neulich abends dabeihatten, als Sie im Camp waren?«

»Stimmt genau«, erwiderte Cornelius.

Er konnte sich nicht vorstellen, dass er sich so geirrt hatte. »Ja, ja«, fügte er hinzu. »Aber vorgestellt worden sind wir einander noch nicht.«

»Erin Forsyth«, sagte Erin und streckte ihm die Hand hin.

»Bitte nennen Sie mich Jonathan.«

»Erin ist meine Nichte«, gab Cornelius zu.

»Ach«, meinte Jonathan.

Er hatte sich schon gefragt, wie eine junge Frau seine Assistentin sein konnte. Kurz, ganz kurz, hatte er sogar überlegt, ob sie wohl eine Beziehung hatten. Cornelius war alt genug, um ihr Vater zu sein, oder ein Onkel, wie sich ja nun herausstellte.

»Und Sie wollten gerade erklären, wer dieses hübsche kleine Mädchen ist«, bemerkte Cornelius.

Auch Erin musterte das Kind nun neugierig.

»Marlee ist die Tochter meines Nachbarn«, erwiderte Jonathan.

»Wollen Sie sagen, sie ist die Tochter von diesem fürchterlichen Kroaten?«, fragte Erin, ohne groß nachzudenken. Von all den rüden Minenarbeitern auf den Opalfeldern war Andro der schlimmste gewesen.

Jonathan war sichtlich unangenehm berührt. »Ja«, sagte er. »Er ist vor Kurzem Witwer geworden«, fügte er hinzu, im Wissen, dass Marlee die Bedeutung dieses Wortes nicht kannte.

»Oh!« Erin schrak zusammen. »Das tut mir leid.« Wieder schaute sie das kleine Mädchen an, und dann erinnerte sie sich an die Aborigine-Frau im Camp. Sie und Marlee hatten ihr leidgetan. »Und wieso haben Sie Marlee dabei?«

»Das geht dich nichts an, Erin«, schalt Cornelius leise.

»Ist schon in Ordnung«, sagte Jonathan. »Das ist eine durchaus berechtigte Frage.«

»Meine Mommy ist im Himmel«, erklärte Marlee zur Überraschung aller.

Cornelius und Erin sahen sie an, für den Moment fehlten ihnen die Worte. Sogar Jonathan war verblüfft darüber, dass sie über ihre Mutter sprach.

»Ist das so, Süße?«, fragte Cornelius freundlich. »Dann passt sie ja gut auf dich auf.«

»Das hat Jonathan auch gesagt«, bemerkte Marlee und schaute bewundernd zu ihm hoch.

Jonathan lächelte die Kleine traurig an und tätschelte ihr sanft den Kopf. »Andro und ich sind zu einer Übereinkunft gekommen.«

»Was für einer Übereinkunft?«, fragte Erin, gerührt, wie freundlich der Minenarbeiter mit der Kleinen umging.

»Vielleicht sollten wir uns da lieber nicht einmischen«, schlug Cornelius vor. Erin war seiner Meinung nach viel neugieriger, als ihr guttat.

»Ich erkläre Ihnen das gern«, sagte Jonathan. »Andro kann Marlee schlecht sich selbst überlassen, während er in der Mine arbeitet. Sie ist noch zu klein, und auf einem Opalfeld gibt es viele Gefahrenquellen. Also kümmere ich mich um sie, wenn er arbeitet.«

»Bezahlt er Sie dafür?«, wollte Erin wissen.

»Erin! Das ist nun wirklich eine zu persönliche Frage.« Cornelius war erschüttert, wie direkt seine Nichte war.

»Tut mir leid, Onkel Cornelius, aber diese *Übereinkunft* scheint ziemlich einseitig zu sein.«

»Ich will kein Geld dafür, dass ich mich um Marlee kümmere«, antwortete ihr Jonathan.

»Dann nutzt er Ihre Gutmütigkeit aus.«

Cornelius verdrehte die Augen, war aber derselben Meinung. »Meine Nichte hat recht, Jonathan. Für Sie scheint diese Übereinkunft keine Vorteile zu haben.«

»Wenn Sie sich um sein Kind kümmern, kommen Sie doch gar nicht dazu, in Ihrer eigenen Mine zu arbeiten«, fügte Erin hinzu. »Gibt es keine Verwandten, die sich um die Kleine kümmern können?«

»Nein. Mittags hört Andro auf zu arbeiten, dann gehe ich in meine Mine hinunter. So ist Marlee nie allein.« Wieder schaute er auf die Kleine. Sie lehnte sich Schutz suchend an ihn. Zärtlich lächelte er sie an. »Marlee ist eine angenehme Gesellschaft«, fügte er hinzu. »Vor allem, da ich noch keinerlei Freundschaften geschlossen habe, seit ich in Coober Pedy bin.«

Die Kleine lächelte glücklich.

Jonathans Großzügigkeit und Fürsorge verblüfften Erin. Trotzdem sorgte sie sich darum, dass Andro ihn zum Narren hielt. »Ich verstehe nicht viel von Kindern, aber Marlee scheint schon im schulreifen Alter zu sein. Wieso ist sie denn nicht in der Schule?«

»Das habe ich mich auch gleich gefragt. Offenbar hat ihre Mutter sie unterrichtet«, antwortete Jonathan. »Sie ist sehr wissbegierig. Ich habe ihr schon das Alphabet beigebracht, jetzt lernt sie schreiben.«

Er hatte keine Ahnung, worin Gedda Marlee unterrichtet hatte, nahm jedoch an, dass es mehr mit der Aborigine-Kultur zu tun gehabt hatte. Sicher hatte sie ihr Fertigkeiten beigebracht, die sie in Zukunft gut gebrauchen konnte, wenn sie sich um sich selbst kümmern musste.

»Es ist hochanständig von Ihnen, dass Sie helfen«, erklärte Cornelius. »Hoffentlich werden Sie nicht zu sehr von der Arbeit in Ihrer Mine abgehalten, das wäre nicht gut.«

»Seit Wochen arbeite ich an jedem Tag, den der liebe Gott mir gab, und ich habe nicht einen einzigen Opal gefunden. Ich wusste nämlich nicht so recht, was ich da überhaupt machte. Ich glaube, das habe ich Ihnen schon letztens im Camp erzählt. Seit einer Woche steht mir Andro mit Rat und Tat zur Seite, er leiht mir sogar sein Werkzeug, und schon habe ich Glück.« Jonathan war sehr stolz auf sich, und Andro war er sehr dankbar.

»Oh, das sind ja wirklich gute Neuigkeiten«, rief Cornelius aus. »Haben Sie etwas mitgebracht, das Sie uns verkaufen wollen?«

Jonathan holte den Opal aus seiner Tasche und beobachtete den Edelsteinhändler erwartungsvoll.

»Ein heller Opal, typisch für diese Gegend, und ein sehr schönes Stück«, sagte Cornelius, während er den Stein begutachtete.

Nachdem er ihn gewogen hatte, machte er Jonathan ein Angebot. Cornelius wusste nicht, dass der junge Mann beinahe jeden Preis akzeptiert hätte, weil er das Geld wirklich dringend brauchte, obwohl Andro ihn auch hier beraten hatte. Jetzt war Jonathan hocherfreut, denn das Angebot war mehr als fair.

»Dann sind wir im Geschäft«, sagte er glücklich, und die beiden Männer schüttelten sich die Hand.

Aufgeregt sah Jonathan Marlee an. »Wie wäre es mit einem Eis?«, fragte er. »Auf meine Kosten natürlich«, fügte er strahlend hinzu.

Das Gesicht der Kleinen hellte sich auf. Eis hatte sie erst ein einziges Mal gegessen.

Erin schaute ihren Onkel an und schüttelte ungläubig den Kopf. Jonathan war nicht nur großzügig mit seiner Zeit, er war auch großzügig mit seinem Geld. Es verblüffte sie, dass jemand, der so wenig besaß, dieses Wenige auch noch teilte.

»Erin und ich haben bisher noch nie im Restaurant hier gegessen, im Star of Greece, und wir wollten es immer schon mal ausprobieren, Jonathan«, sagte Cornelius nun. »Wenn wir heute Abend hingehen, möchten Sie sich nicht anschließen? Als unser Gast?«

»Ich habe gar keine Kleidung, um vornehm essen gehen zu können«, erwiderte Jonathan verlegen. »Trotzdem danke für die nette Einladung. Ich mache mich dann jetzt lieber mal auf den Weg. Hoffentlich sehen wir uns bald wieder, denn dann habe ich bestimmt noch mehr Opale zu verkaufen.« Er öffnete die Tür und führte Marlee hinaus.

»Das hoffen wir auch«, gab Cornelius zurück.

Als Jonathan gegangen war, prüfte er noch einmal den Opal, den er gerade gekauft hatte. »Was für ein netter junger Mann«, sagte er dann. »Ich hätte ihm anbieten sollen, unser Bad zu benutzen, und ihm dann fürs Restaurant etwas zum Anziehen leihen müssen. Es wäre sicher angenehm, in seiner Gesellschaft zu essen.«

»Und er könnte sich mal ein paar Stunden von diesem fürchterlichen Kroaten erholen«, sagte Erin.

War seine Nicht enttäuscht? Oder hatte er den Unterton in ihrer Stimme missverstanden? »Das ist ein großartiger Opal«, bemerkte er dann. »Jonathan hat da womöglich eine gute Ader entdeckt. Das hoffe ich für ihn, denn ein Mann mit einem so großen Herzen verdient auch ein großes Glück.«

Erin nickte. »Ich kann es immer noch nicht fassen, dass er sich um die Kleine kümmert, damit ihr rüpelhafter Vater arbeiten kann. Das ist mehr als nur großzügig.«

»Es zeigt, was für einen guten Charakter er hat«, entgegnete Cornelius. »Und ein attraktiver junger Mann ist er noch dazu, meinst du nicht?« Er war sicher, dass Erin diese Tatsache nicht entgangen war.

»Ich ... ich denke, er hat ganz annehmbare Gesichtszüge«, sagte sie, als ob ihr das völlig gleichgültig wäre, doch die Röte auf ihren Wangen sprach eine andere Sprache. Als Erin das belustigte Aufblitzen in den Augen ihres Onkels sah, wurde sie ärgerlich. »Ich suche keinen Mann. Nicht nach allem, was ich in letzter Zeit durchgemacht habe.«

»Natürlich nicht«, erwiderte Cornelius. Dass er ihren Protest eher halbherzig fand, sagte er lieber nicht.

»Die Eier sind niemals frisch!«

Erin stand im Gemischtwarenladen an einem der Regale, als sie eine ihr bekannte Stimme hörte. Sie gehörte zu Aimee, die sich vorn an der Theke beim Besitzer des Laden zu beschweren schien.

»Ach, Aimee, Sie wissen doch, Ware bekommen wir nur donnerstags«, konterte Billy Brown. »Wenn Sie frischere Eier wollen, sollten Sie sich ein paar eigene Hühner anschaffen.«

»Wenn ich sarkastische Kommentare will, kaufe ich mir welche«, schimpfte Aimee.

Erin fuhr zusammen. Schnell duckte sie sich hinter das nächste Regal, um von der furchteinflößenden Frau nicht gesehen zu werden.

»Hoppla, da hat es aber jemand eilig!«

Verlegen richtete Erin sich wieder auf. Jonathan! Ausgerechnet ihm musste sie in dieser peinlichen Situation begegnen.

»Hallo, Erin«, sagte er mit warmherzigem Lächeln.

»Hallo«, flüsterte sie und lugte verstohlen um die Ecke.

Jonathan war verwirrt. »Stimmt was nicht?«, erkundigte er sich flüsternd.

Sie schaute zwischen den Saucenflaschen, die auf dem Regal neben ihr standen, hindurch zur Theke. Aimee und Billy befanden sich in einer hitzigen Debatte über die Preise für Hühnerfutter.

»Es ist alles in Ordnung. Ich will nur nicht von dieser Frau gesehen werden«, sagte sie leise und zeigte nach vorn. Irritiert nahm sie wahr, dass Jonathan frisch rasiert war und saubere Kleidung trug. Erin fand, dass er so noch attraktiver wirkte. »Als wir in der Stadt ankamen, haben wir im Opal Hotel übernachtet. Aimee ist die Frau des Hotelbesitzers, aber ich habe das starke Gefühl, dass sie in der Ehe die Hosen anhat. Nach allem, was ich gesehen habe, traut sich kein Mann in der Stadt, sich mit ihr anzulegen. Ich kann kaum glauben, dass der Ladenbesitzer derart mutig ist.«

»Ich bin alle paar Tage hier und habe die zwei schon oft beobachtet. Sie kabbeln sich andauernd«, erwiderte Jonathan.

»Wirklich?«

»Ja. Und ich glaube, das ist nur Spaß.«

Erin fand, sie hörten sich gar nicht spaßig an. Jetzt wurden sie sogar noch lauter. »Wie kommen Sie darauf?«

»Das ist wie ein Spiel zwischen den beiden. Das meinen die nicht ernst.«

»Da bin ich aber froh. Ich habe schon damit gerechnet, dass jeden Moment Eier durch die Gegend fliegen.«

Marlee lachte.

»Hallo, Marlee. In der Aufregung habe ich ganz vergessen, dich zu begrüßen«, sagte Erin und lächelte der Kleinen zu.

»Woher genau aus London sind Sie?«, fragte Jonathan jetzt neugierig. »Irgendwie kommen Sie mir bekannt vor, mir fällt nur nicht ein, wo wir uns schon einmal begegnet sein könnten.«

»Da müssen Sie mich mit jemandem verwechseln, denn so laufe ich in London normalerweise nicht herum«, erwiderte Erin und wies auf ihren Hut.

»Ich verstehe, dass Sie sich hier so anziehen«, sagte Jonathan.

»Es gibt ein paar üble Typen in der Stadt, und die sollte man lieber nicht reizen.«

Erins Augenbrauen schossen in die Höhe, und Jonathan begriff, was er da gesagt hatte.

»Das war nicht richtig gesagt«, fuhr er schnell fort und wurde rot vor Verlegenheit. »Sie sind immer noch sehr, sehr hübsch, aber ich kann mir vorstellen, dass Sie in einem Kleid noch viel hübscher sind. Sie wären ein richtiger Blickfang.«

Jetzt war es an Erin, rot zu werden. »Danke«, sagte sie.

»Also woher sind Sie? Vielleicht sind wir uns ja wirklich schon mal begegnet.« Jonathan konnte sich nicht vorstellen, dass er sie vergessen haben könnte, deshalb wollte er dem unbedingt nachgehen.

»Haben Sie schon einmal Kunst gekauft? Meiner Familie gehören zwei Kunstgalerien. In der in Knightsbridge habe ich gearbeitet«, erklärte Erin.

»Nein, Kunst habe ich nie gekauft«, erwiderte Jonathan. »Ich könnte nicht mal einen Rembrandt und eine Zeichnung von Marlee auseinanderhalten.«

Erin und er lachten, dann duckten sie sich wieder hinter das Regal. Erin hatte nicht den typischen Londoner Cockney-Akzent, so viel war Jonathan klar. Deshalb wunderte es ihn auch nicht, dass sie in Knightsbridge zu Hause war.

»Woher kommen Sie denn?«, fragte Erin.

»Aus Barnet. North Finchley, um genau zu sein. Die Kunstwelt ist ganz schön weit weg, wenn man Assistent eines Edelsteinhändlers ist. Wie lange arbeiten Sie schon mit Ihrem Onkel?«

»Für Edelsteine habe ich mich immer schon interessiert, aber diese Reise ist die erste, die ich mit meinem Onkel mache. Ich schätze, Sie sind auch noch nicht lange Minenarbeiter.«

»Wie kommen Sie bloß darauf?« Jonathan grinste. »Ich war Barkeeper in London. Im Stadtteil North Finchley habe ich erst in verschiedenen Restaurants gearbeitet, dann habe ich es in einige der besten Londoner Hotels geschafft.«

»Ach ja?« Erins Herz begann auf einmal zu hämmern. Sie überlegte, ob er sie wohl im Langham gesehen hatte. »In welchen Hotels?«, fragte sie deshalb.

»Eine Weile war ich im Savoy. Zwei Jahre habe ich im Cavendish gearbeitet und dann ein Jahr im Hotel Langham. Vielleicht kommen Sie mir ja deshalb so bekannt vor. Vielleicht habe ich Ihnen schon mal einen Drink serviert.«

Erin spürte, wie ihr die Röte ins Gesicht stieg. »Das bezweifle ich«, bemerkte sie verlegen.

»Sie trinken nicht?«

»Nur gelegentlich. War das Hotel Langham Ihr letzter Arbeitsplatz?«

»Nein, die letzten Monate habe ich für einen Freund in dessen Bäckerei gearbeitet. Eine höllische Arbeitszeit und auch nicht gerade toll bezahlt, meine Verlobte war allerdings glücklich, weil sie mehr von mir zu sehen bekam.«

»Sie sind … verlobt?« Erin war überrascht, dass sie einen ganz kleinen Stich verspürte.

»Ja, ich bin hergekommen, um ein Vermögen zu machen. Liza und ich wollten einen guten Start in die Ehe haben. Aber wie Sie wissen, habe ich erst einen Opal gefunden. Es geht alles langsam an hier für mich. Liza erwartet mich in einem Jahr zu Hause.« Er fügte nicht hinzu, dass sie gesagt hatte, sie wolle nur ein Jahr warten. »Ich will gleich noch zum Postamt, um nachzusehen, ob ein Brief von ihr gekommen ist.«

»Dann will ich Sie nicht länger aufhalten«, sagte Erin rasch. »Bis bald, Marlee. Wir sehen uns sicher demnächst noch einmal hier im Ort.«

Als Erin zu ihrer Wohnung zurückkam, erzählte sie ihrem Onkel, dass sie Jonathan und Marlee im Gemischtwarenladen getroffen hatte.

»Ach!« Cornelius zwinkerte ihr zu.

Erin ignorierte ihren Onkel. »Er hat mir erzählt, er will hier ein Vermögen machen, damit er und seine Verlobte Liza einen guten Start in die Ehe haben«, sagte sie.

»Tja, das ist wohl kaum eine Überraschung. Jonathan ist so ein netter junger Mann. Ich bin sicher, er hat eine ganze Reihe gebrochener Herzen in England zurückgelassen.«

»Er hat mir auch erzählt, dass er mal als Barkeeper im Hotel Langham gearbeitet hat und dass ich ihm irgendwie bekannt vorkomme.«

»Glaubst du, er hat dich erkannt?«

»Ich bezweifle, dass wir uns jemals im Langham gesehen haben. In den vergangenen Monaten in England hat Jonathan in einer Bäckerei gearbeitet. Um die Zeit hat Andys und meine Beziehung ja erst so richtig begonnen.«

»In den Zeitungen gab es oft Fotos von dir«, sagte Cornelius.

Erin erstarrte. »Ja, und meistens war ich darauf mit Andy zu sehen. Es wäre demütigend für mich, wenn Jonathan wüsste, dass ich mit Andy Stanford verlobt war und dass er mich betrogen hat. Ich habe nun wirklich nicht damit gerechnet, dass meine Vergangenheit mich hier in Australien einholen würde.«

»Jonathan ist schon ein bisschen länger hier als wir, wenn ich das richtig verstanden habe«, sagte Cornelius.

»Nur eine Woche länger«, erwiderte Erin besorgt. »Angst sollte ich deswegen aber nicht haben. Es ist ja wohl unwahrscheinlich, dass ein Barkeeper die Gesellschaftsnachrichten liest.«

»Das stimmt.«

»Und es ist noch unwahrscheinlicher, dass ich mich an einen Barkeeper erinnern würde«, sagte Erin.

Cornelius sah Erin an. »Er mag nur Barkeeper gewesen sein, er ist dennoch ein grundanständiger Mensch. Ich glaube kaum, dass er seine Verlobte betrügen würde.«

Erin erwiderte nichts, aber sie wusste, dass ihr Onkel recht hatte. Jonathan war tatsächlich ein grundanständiger Mensch. Er hatte weit mehr Charakterstärke als Andy Stanford.

13

Während Cornelius im Eingangsraum auf Kundschaft wartete, sortierte Erin mit seiner Hilfe die Opale, die er in den vergangenen Tagen gekauft hatte. Jedes Stück wurde einzeln verpackt, mit einer Nummer versehen und in einem Buch mit einem Eintrag gekennzeichnet. Erin notierte Wert, Gewicht, Qualität und Aussehen des Opals – Farbspiel, Transparenz, Musterung und Leuchtkraft eines Opals konnten sehr unterschiedlich sein. Erin prüfte jedes Stück, besprach es mit ihrem Onkel und lernte auf diese Weise viel über den Edelstein, dem besondere Heilkräfte zugesprochen wurden und den die Aborigines »Stein der tausend Lichter« nannten. Wenn sie genug Kenntnisse gesammelt hatte, würde Cornelius sie beim Einkauf der Opale einbeziehen, bis sie sich zutraute, es ganz allein anzugehen. Bis jetzt, das hatte er am Morgen noch gesagt, war er sehr beeindruckt von dem Tempo, mit dem sie lernte.

Erin räumte die Opale beiseite und begann, einen Brief an Bradley zu schreiben. Sie sehnte sich nach Neuigkeiten von zu Hause und wusste, dass Bradley das Bedürfnis hatte, Neues von ihr zu hören. Sorgsam vermied sie Fragen nach Andy in ihrem Brief, allerdings schrieb sie, sie hoffe, die Presse verfolge ihn nicht. Bei der Beschreibung von Coober Pedy und ihrer Behausung wählte sie ihre Worte mit Bedacht, sie wollte nicht, dass sich Bradley Sorgen um sie machte.

Plötzlich klopfte es an der Tür und einen Augenblick später kam ein Mann in den Eingangsraum gestürzt.

»Haben Sie den Olympic Australis von diesem Dieb Andro

Drazan gekauft? Sagen Sie mir die Wahrheit«, rief er ohne eine Begrüßung.

Cornelius schaute zu dem großen, kräftigen Mann auf, und der Mund blieb ihm offen stehen. »Den Olympic Australis! So etwas Wunderbares hat mir niemand angeboten«, erklärte er und stand auf.

»Ich glaube Ihnen kein Wort«, brüllte der Mann, beugte sich über den Tisch und bedrohte Cornelius mit seinen Fäusten. »Sagen Sie mir die Wahrheit, sonst mache ich Sie auf der Stelle kalt!«

Erin mochte kaum glauben, was sie da hörte. Ihr Herz fing an zu hämmern, sie wusste nicht, was sie tun sollte. Sie fuhr hoch, aber ihre Knie zitterten so sehr, dass sie kaum stehen konnte.

»Ich habe doch gesagt, dass mir keiner diesen Opal angeboten hat«, erklärte Cornelius ruhig.

Erin hörte an seiner Stimme, dass er zu Tode erschrocken war, aber er bemühte sich, die Fassung zu wahren. Der Mann war hochgewachsen und von kräftiger Statur, sein Gesicht war gerötet. Die Kinnpartie bedeckte ein buschiger Bart, dunkel wie sein Haar. Doch am meisten erregten seine Arme Erins Aufmerksamkeit. Es waren die gewaltigsten Arme, die sie je bei einem Mann gesehen hatte. Er sah aus, als könnte er ihren Onkel mit bloßen Händen in Stücke reißen. Sie selbst beachtete er gar nicht.

Erin geriet in Panik. Ohne auch nur einen Augenblick zu überlegen, schlich sie auf Zehenspitzen rückwärts zur Eingangstür und schlüpfte hinaus. Dann rannte sie so schnell sie konnte die Hauptstraße hinunter. Sie hatte keine Ahnung, wohin sie sich wenden, wo sie um Hilfe bitten sollte. Also steuerte sie den einzigen ihr vertrauten Ort in der Nähe an, den Gemischtwarenladen.

»Helfen Sie mir«, schrie sie hysterisch, als sie durch die Tür gestürmt kam.

Billy Brown stand hinter der Theke und wog Zucker ab. Besorgt schaute er auf.

»Jemand will meinen Onkel umbringen. Bitte retten Sie ihn«, bat Erin.

Billy Brown erkannte Erin sofort. Sie war schon viele Male in seinem Laden gewesen, allein oder mit Cornelius. »Sie haben Glück«, erwiderte er und kam rasch hinter der Theke hervor. »Constable Spender ist heute in der Stadt. Sie finden ihn auf der anderen Straßenseite in dem kleinen Gebäude neben dem Restaurant«, sagte er. Der Ladenbesitzer ging zur Tür und zeigte auf ein Gebäude, das Erin bisher noch gar nicht aufgefallen war. »Er wird Ihnen helfen.«

Erin rannte hinüber. Sie klopfte nicht einmal an die Tür, sondern platzte einfach in das kleine Büro. Zu ihrem großen Entsetzen saß niemand hinter dem Schreibtisch.

»Hilfe!«, schrie sie. »Jemand muss mir helfen!«

Ein Mann in Uniform, kaum älter als Erin, kam von einem angrenzenden Raum in das Büro gestürzt.

»Was ist passiert?«, wollte er wissen.

»Sie müssen schnell mitkommen«, verlangte Erin. »Jemand will meinen Onkel umbringen.«

»Wer sind Sie?«, fragte der Mann.

»Was spielt das für eine Rolle?«, kreischte Erin. »Ein Verrückter bedroht meinen Onkel.«

Sie drehte sich um und lief hinaus. Constable Spender brauchte nur einen Moment, dann reagierte er und lief ihr hinterher. Er holte Erin ein, als sie gerade durch die Eingangstür ihrer Behausung stürzen wollte, aber er hielt sie zurück.

»Warten Sie hier, Miss.«

»Das werde ich ganz bestimmt nicht. Ich muss zu meinem Onkel.«

»Lassen Sie mich erst nachsehen, ob keine Gefahr droht.«

Vorsichtig betrat der Constable die Türschwelle, Erin schaute ihm über die Schulter. Als sie ihren Onkel nirgends im Eingangsraum entdeckte, geriet sie erst richtig in Panik. Sie drängte sich an dem Polizisten vorbei.

»Onkel Cornelius!«, schrie Erin. In Gedanken sah sie ihn tot in einer Blutlache auf dem Boden liegen.

In diesem Moment kam Cornelius aus der Küche. Constable Spender zückte seine Dienstpistole. »Bleiben Sie, wo Sie sind«, befahl er.

»Onkel Cornelius, du lebst!« Erin warf sich ihrem Onkel vor Erleichterung in die Arme.

»Erin!«, rief Cornelius. »Gott sei Dank ist mit dir alles in Ordnung«, sagte er und umarmte sie fest. »Ich wäre fast umgekommen vor Angst, als ich dich in keinem der Zimmer fand. Ich habe gar nicht mitbekommen, dass du hinausgelaufen bist.«

»Ich habe Hilfe geholt. Ich dachte, dieser Kerl brächte dich um.« Ein Schluchzer entfuhr ihr, und dann flossen die Tränen.

»Das dachte ich auch«, gab Cornelius erschüttert zu. »Aber ich habe mir mehr Sorgen um dich gemacht.« Über ihre Schulter schaute er zu dem Constable, der seine Waffe jetzt wegsteckte und ein Notizbuch aus seiner Hosentasche holte.

»Ich bin Constable Will Spender, Sir. Darf ich Sie um Ihren Namen bitten?«, sagte er.

»Ich bin Cornelius Wilder«, entgegnete Cornelius. »Meine Nichte Erin Forsyth haben Sie ja bereits kennengelernt.«

»Miss Forsyth behauptet, man habe Ihnen Gewalt angedroht, Sir«, sagte Constable Spender.

Ungläubig drehte Erin sich um. »Gewalt? Der Kerl wollte meinen Onkel kaltblütig ermorden.«

»Du kannst dich jetzt entspannen, Erin«, sagte Cornelius ruhig und legte einen Arm um ihre Schultern. »Der Constable tut nur seine Pflicht.« Er sah Will an. »Ein Mann stürmte zur Tür herein, stellte Fragen und drohte mir, mich zu ermorden«, fügte Cornelius hinzu.

»Hatte er ein Motiv?«, fragte Will.

»Ein Motiv?«

»Ja. Denken Sie, er wollte Sie ausrauben?«

»Nein, es hatte nicht den Anschein. Er hat ganz präzise gesagt, was er wollte.«

»Und das wäre?«

»Er wollte wissen, ob ich einen Opal gekauft hätte, der unter dem Namen Olympic Australis bekannt ist.«

»Aha«, sagte Will und schien sich zu entspannen. Erin und Cornelius waren überrascht, als er seinen Notizblock zuklappte und ihn zurück in seine Hosentasche steckte. »War er groß und kräftig, hatte er dunkles Haar und einen dunklen Bart?«

»Ja. Sie kennen ihn wohl.«

»Ja, allerdings. Es gibt nur einen, auf den diese Beschreibung passt, und das ist Bojan Ratko. Er und ein Mann namens Andro Drazan waren früher mal Partner. Die ganze Geschichte kenne ich nicht, aber die Leute erzählen sich, dass Bojan den Olympic Australis allein gefunden habe. Überall auf der Welt wurde über den Fund berichtet, und Bojan wurde viel Aufmerksamkeit zuteil. Eines Tages verschwand der Opal. Bojan behauptete, Andro habe ihn gestohlen. Andro behauptete, Bojan habe von Anfang an nicht vorgehabt, den Erlös aus dem Verkauf, der ihnen beiden zustehe, zu teilen. Jetzt sind sie erbitterte Feinde und streiten in einem fort.«

»Andro Drazan hat er erwähnt, stimmt«, sagte Cornelius stirnrunzelnd. »Und kaum war er hier, ist er auch schon wieder hinausgerannt.«

»Die Wahrheit lässt sich nicht so leicht feststellen, aber der Olympic Australis, der angeblich kostbarste je in Coober Pedy gefundene Opal, ist immer noch verschwunden. Sollte jemand tatsächlich versuchen, Ihnen den Stein zu verkaufen, lassen Sie es mich bitte sofort wissen.«

»Verhaften Sie diesen Bojan Ratko jetzt, weil er meinen Onkel bedroht hat?«, wollte Erin wissen.

»Leider gibt es kein Gesetz, das Drohungen verbietet. Wenn er sie ausgeführt hätte – tja, das wäre dann eine ganz andere Geschichte.«

»Wenn er sie ausgeführt hätte ... Er kommt also ungeschoren davon, obwohl er uns zu Tode erschreckt hat?«, fragte Erin fassungslos.

»Dasselbe hat er auch mit den anderen Opalhändlern in der Stadt gemacht, und ganz bestimmt wird er sich noch einmal bei Ihnen blicken lassen. Mein Vorschlag ist: Verhalten Sie sich ruhig und versichern Sie ihm, dass Sie den Olympic Australis nicht angeboten bekommen haben. An seine Ausbrüche werden Sie sich gewöhnen. Er ist wie ein Hund, der viel bellt, aber nicht beißt, zum Glück. So was gibt es oft. Meine Pflichten als Constable erstrecken sich über ein Gebiet von mehreren Hundert Meilen um Coober Pedy. Im Norden bis zur Siedlung Marla und im Süden bis nach Andamooka, und dazwischen liegen viele Siedlungen. Und wenn es neue Edelsteinhändler irgendwo gibt, suche ich sie auf, also kenne ich all die Geschichten.«

»An einen wie Bojan Ratko werde ich mich nie gewöhnen«, sagte Erin, »und ich glaube, auch meinem Onkel wird das nicht gelingen.«

»Tut mir leid, Miss Forsyth. Wenn ich etwas tun könnte, würde ich natürlich helfen.«

»Sie könnten wenigstens mal ein ernstes Wort mit ihm reden und ihn verwarnen. Mit solch einem beängstigenden, asozialen Verhalten sollten wir uns nicht abfinden müssen.«

»Das kann ich tun, dass es jedoch viel bewirken wird, kann ich Ihnen nicht versprechen.«

»Vielleicht sind Sie nicht streng genug. Drohen Sie ihm doch an, dass Sie ihn einsperren werden. Dann überlegt er sich das Ganze bestimmt noch mal«, bemerkte Erin erzürnt. Dann wischte sie ihre Tränen weg. »Ich glaube, ich brauche jetzt einen starken Tee.«

»Trinken Sie eine Tasse Tee mit uns, Constable«, schlug Cornelius vor.

»Ich hab noch viel Papierkram zu erledigen«, antwortete er, »aber mit einer so attraktive Frau Tee zu trinken … Da sag ich nicht Nein.«

Wenn Jonathan Erin in der Stadt sah, unterhielten sie sich eine Weile, und sie drückte stets ihre Verblüffung darüber aus, wie gut er mit Marlee zurechtkam. Erin hatte ihm gesagt, sie habe noch nie einen Mann gekannt, der so einfühlsam mit einem Kind umgegangen sei. Auch wenn sie ein gutes Verhältnis zu ihrem eigenen Vater gehabt habe, als sie klein gewesen sei, habe sie ihn als streng und autoritär empfunden. Erst als Erwachsene habe sich ihre Beziehung verändert, und sie seien sich nähergekommen.

»Wie laufen die Geschäfte?«, fragte Jonathan Erin eines Nachmittags, als er sie wieder einmal traf.

»Wir bekommen mit jedem Tag mehr Kunden«, erwiderte sie. »Mein Onkel ist also zufrieden. Aber vor ein paar Tagen hatten wir ein erschreckendes Erlebnis mit einem Mann namens Bojan Ratko. Er kam ins Geschäft und drohte meinem Onkel, er werde ihn umbringen.«

Jonathan war empört. »Wollte er Sie und Ihren Onkel ausrauben?«

»Das hätte er womöglich getan, hätten wir einen Opal gehabt, der als Olympic Australis bekannt ist. Er wollte wissen, ob Marlees Vater meinem Onkel den Opal verkauft hat. Er ist ein sehr aggressiver Mensch und wirklich furchteinflößend. Der Constable meint, dieser Ratko wende sich immer wieder an die Edelsteinhändler in der Stadt, und er habe eine Art, die jeden erschrecke.«

»Ich habe ihn mit Andro streiten sehen. Ich kann mir also vorstellen, wie viel Angst Sie hatten. Ein wirklich furchterregender Typ. Ich bin bloß froh, dass er in letzter Zeit nicht mehr ins Camp gekommen ist. Und ich hoffe sehr, dass das so bleibt«, sagte Jonathan.

Bojan Ratkos Besuch würde Marlee ängstigen, und er fürchtete nichts mehr als das.

Jonathan genoss die Spaziergänge mit Marlee. Nicht nur sie lernte eine Menge dabei, auch er profitierte davon. Eines Tages kamen sie an ein, wie er meinte, ausgetrocknetes Bachbett, aber Marlee zeigte ihm eine Stelle mit Sickerwasser, das unter dem heißen Sand verborgen war und das er allein nie entdeckt hätte. Sie erzählte ihm, dass Kängurus zwischen Sand und Steinen nach der kostbaren Flüssigkeit, die ihr Überleben sicherte, scharrten. Marlee wusste auch, dass durstige Vögel von den Bäumen aus die Kängurus beobachteten und dann hinunterschossen und mit ihnen gemeinsam tranken.

Als sie an diesem Tag vom Feuerholzsammeln zum Lagerplatz zurückgingen, blieb sie plötzlich bei einem Baum stehen und horchte. »Hörst du das, Jonathan?«, fragte sie.

Alles, was Jonathan hörte, war ein Minenarbeiter, der in der Ferne mit seinem Werkzeug hantierte. Sonst nichts als Stille.

»Was denn, Marlee?«, fragte er.

»Horch doch«, sagte sie und drückte ihr Ohr an den Baum.

Auch Jonathan presste sein Ohr an den Stamm. Zu seiner Verblüffung hörte er ein leises Piepsen. »Was ist das?«, flüsterte er.

»Babykakadus«, antwortete Marlee lächelnd. »Die sind in dem Baumstamm.«

Jonathan schaute hoch in die Krone des Gummibaums und sah einen ausgewachsenen Galah, wie man die Papageienart in Australien auch nannte. Er schaute von einem Ast auf sie hinunter.

Marlee lächelte Jonathan an. Sie konnte ihre Freude kaum verbergen, wenn sie wieder einmal etwas gewusst hatte, wovon er keine Ahnung hatte. »Die Galaheier schmecken echt lecker«, sagte sie und rieb sich den Bauch.

Jonathan verzog das Gesicht. »Findest du?«, fragte er und schüttelte den Kopf. »Ich mag sie nicht, überhaupt nicht.«

»Schlangeneier sind auch gut«, behauptete Marlee. »Aber zurzeit legen sie keine Eier.«

Jonathan sah, dass sie aufmerksam auf den Boden schaute, und war froh, dass das kleine Mädchen den Ausdruck des Ekels auf seinem Gesicht nicht bemerkte.

»Schlangen sind gefährlich, Marlee«, erklärte er und hoffte, sie würde niemals versuchen, einer Schlange ihre Eier wegzunehmen.

»Für mich nicht«, antwortete sie. »Meine Mommy hat mir beigebracht, wie man mit ihnen umgeht.«

Jonathan seufzte. Marlee schien unbelehrbar, wenn es um die Gefahren im Outback ging. Schweigend setzten sie ihren Weg zum Camp fort. Sie hatten seinen Schlafplatz gerade erreicht, als eine Stimme Jonathan aus seinen Gedanken riss.

»Guten Morgen«, sagte eine junge Frau.

Irritiert sah er sie an. Sie hatte zu ihm gesprochen, aber nun glitt ihr Blick hinüber zu Marlee. Jonathan erkannte die Frau sofort. Sie war eine der fünf Prostituierten, die in der Nähe des Camps bei den Opalfeldern lebten, die mit den traurigsten Augen.

»Guten Morgen«, erwiderte er. Er hatte keine Ahnung, weshalb sie bei ihnen stehen geblieben war.

»Hallo«, sagte die Frau nun zu Marlee und beugte sich zu ihr hinunter. »Wie heißt du?« Sie lächelte freundlich.

Jonathan fiel auf, dass sie ihr Kleid sorgsam über die Knie zog, als sie sich bückte, was ihn neugierig machte.

»Marlee«, antwortete das Kind leise und drückte seinen Teddy fest an sich.

»Das ist ein sehr hübscher Name. Wie alt bist du, Marlee?«

»Bin ich sechs?«, fragte Marlee Jonathan.

»Wie dein Vater sagt, bist du vor einem Monat sechs geworden«, erwiderte er. Er sah die Frau an. »Ich glaube, sie ist groß für ihr Alter, aber ihr Vater ist ja auch sehr groß.«

»Nein, sie hat genau die richtige Größe für ihr Alter«, sagte die Frau immer noch lächelnd.

»Und wie heißt du?«, fragte Marlee. Sie war ganz fasziniert von dem roten Lippenstift, den die Frau aufgelegt hatte, und dem breitkrempigen Hut mit dem roten Band, den sie trug.

»Clementine.«

»Das ist ja ein ulkiger Name«, sagte Marlee und rümpfte die Nase.

»Marlee!«

Jonathan machte die Bemerkung der Kleinen verlegen, aber zu seiner großen Überraschung lachte Clementine. Auch wenn sie lachte, meinte Jonathan Traurigkeit in ihren Augen zu sehen.

»Ich glaube, der Name ist wirklich ulkig«, sagte sie.

»Ich mag das Band an deinem Hut«, erklärte Marlee. »So etwas Hübsches habe ich noch nie gesehen.«

»Tatsächlich?« Clementine nahm ihren Hut ab, und eine Fülle braunen Haars fiel ihr auf die Schultern. Sie knüpfte das Band auf, legte es dem Teddy um den Hals und band es zu einer Schleife. »So«, sagte sie. »Sieht dein Teddy nicht hübsch aus?«

Marlee strahlte. »Ja«, antwortete sie und verzog den Mund zu einem breiten Lächeln. »Danke.«

Sie so glücklich zu sehen wärmte Jonathans Herz.

»Wie heißt dein Teddy denn?«, fragte Clementine.

»Gula«, antwortete Marlee und drückte den kleinen Bären voller Besitzerstolz wieder an sich.

»Ah«, erwiderte Clementine. »Gula.« Sie sah Jonathan an. »Sie hat ihren Teddy richtig gern, was?«

Dem Bär fehlte ein Auge, ein Ohr war eingerissen. Seine Nähte sahen aus, als seien sie viele Male erneuert worden.

»Sie lässt Gula kaum aus den Augen«, sagte er. »Auch wenn er so aussieht, als hätte er schon längst die Reise in den Teddybärenhimmel antreten sollen.«

Marlee umklammerte den Teddy noch fester, ihre Augen wurden ganz groß.

»Der verlässt dich schon nicht«, versicherte ihr Jonathan. »Vor allem jetzt nicht, wo er so ein wunderschönes Band um den Hals hat.« Er sah Clementine an. »Es war sehr nett von Ihnen, dass Sie ihr das Band geschenkt haben«, sagte er. »Sie hatte es in letzter Zeit ziemlich schwer, deshalb bedeutet es ihr so viel.«

»Kuscheltiere sind wichtig für Kinder«, sagte Clementine wehmütig, dabei warf sie Marlee einen warmherzigen Blick zu. »Sie geben ihnen ein Gefühl von Sicherheit, und die brauchen sie so sehr. Sie haben ja sonst über nicht vieles in ihrem Leben die Kontrolle.«

Jonathan hätte am liebsten gefragt, wie Clementine zu dieser Erkenntnis gekommen war, aber da war etwas Unnahbares an der jungen Frau.

»Was haben Sie da in den Sand gezeichnet?«, fragte Clementine neugierig.

»Es soll ein Haus sein, mit einem Hund davor. Ich unterrichte Marlee ein wenig«, antwortete Jonathan. »Meine Zeichenkünste sind leider furchtbar. Es sieht eher aus wie eine wacklige Kiste mit einer Art Eidechse daneben.«

»Lassen Sie mich mal versuchen.«

Clementine nahm einen Stock, und in kaum einer Minute hatte sie ein richtig schönes Haus mit Fenstern und einer Eingangstür gemalt, dazu noch einen Kamin, aus dem Rauch aufstieg. Ihr Hund hatte spitze Ohren und einen langen Schwanz, und er sah aus wie ein richtiger Hund.

»Das ist unglaublich!« Jonathan bewunderte das kleine Kunstwerk. »Sie sind ja begabt.«

Schüchtern lachte Clementine. »Na, das weiß ich nicht so recht«, erwiderte sie. »Ich habe bloß ein bisschen Übung im Zeichnen.« Auf einmal veränderte sich ihr Gesichtsausdruck, als wäre ihr eine traurige Erinnerung durch den Sinn gegangen. »Ich gehe dann mal lieber«, sagte sie, wandte sich um und lief in Richtung Stadt davon.

Wann immer Clementine im Laufe der nächsten Zeit vorbeikam, blieb sie stehen und sagte Hallo. Ganz offensichtlich fühlte sie sich zu Marlee hingezogen. Jonathan schloss daraus, dass sie Kinder einfach gern mochte. Er bedauerte, dass sie die Gelegenheit verpasst hatte, eine eigene Familie zu gründen, ein normales Leben mit Ehemann, Kindern und einem Zuhause zu haben. Marlee freute sich über die Besuche, und Jonathan ging es genauso. Manchmal zeichneten sie gemeinsam für Marlee, dann lachte Clementine über Jonathans Bemühungen und zeigte ihm, wie er es besser machen konnte. Clementine schien sich in seiner Gesellschaft immer wohler zu fühlen.

Eines Tages, als sie sich einmal wieder auf der Hauptstraße begegneten, sah Jonathan zufällig Erin aus dem Laden kommen. Er hob die Hand und winkte.

Erin wollte die Geste erwidern, ließ ihre Hand jedoch sinken, als sie Clementine sah. Sie hatte die Prostituierten schon in der Stadt gesehen, hätte aber nie erwartet, Jonathan mit einer dieser Frauen zu sehen, zumal er in Begleitung von Marlee war. Sie senkte sichtlich schockiert den Kopf, drehte sich um und ging in die entgegengesetzte Richtung davon, um nur nicht mit Jonathan zusammenzutreffen.

Verwirrt schaute Jonathan ihr hinterher.

Clementine wusste sofort, was in Jonathan vorging. »Kennen Sie die Dame?«, fragte sie, seinetwegen peinlich berührt.

»Sie ist mit einem der Edelsteinhändler in der Stadt«, antwortete Jonathan und versuchte, eine Ausrede für Erins Benehmen zu finden. »Ich glaube, sie hat uns nicht gesehen«, fügte er hinzu.

»Das glaube ich nicht«, sagte Clementine, die an die Reaktionen ehrbarer Frauen gewöhnt war. »Mit mir gesehen zu werden hat Ihnen Unannehmlichkeiten bereitet. Das tut mir leid.« Sie senkte den Kopf. »Ich werde gehen.«

»Warten Sie, Clementine. Es ist mir nicht unangenehm, mit Ihnen gesehen zu werden«, protestierte Jonathan. Erst in diesem Moment kam ihm in den Sinn, wie demütigend es für Clementine gewesen sein musste, dass Erin ihretwegen so abweisend reagiert hatte, und er schämte sich für sie.

»Lassen Sie nur, ich gehe allein weiter.«

Den meisten Minenarbeitern machte es nichts aus, auf den Opalfeldern mit den Prostituierten gesehen zu werden, denn entweder hatten sie keine Frau, oder ihre Familie lebte in einem anderen Bundesstaat oder in einem anderen Land. Nachts benutzten sie die Frauen, dann schickten sie sie weg, und in der Stadt taten sie meist so, als würden sie sie nicht kennen. Inzwischen hatte Clementine begriffen, dass Jonathan anders war. Er behandelte sie voller Respekt und sah, dass sie eine verletzliche Frau war wie jede andere auch, daran war sie nicht gewöhnt. Ihre Dienste wollte er auch nie in Anspruch nehmen. Anfangs dachte sie, er wäre einfach nur schüchtern und würde irgendwann schon vorschlagen, dass sie einmal eine Nacht miteinander verbrachten. Aber dazu war es bisher nie gekommen. Clementine vertraute ihm mehr und mehr.

»Nein, wir gehen zusammen weiter«, beharrte Jonathan. »Es ist mir nicht peinlich, für Peinlichkeit gibt es auch keinen Grund.«

Clementine war verwirrt. »Wenn man Sie mit mir sieht, verderben Sie sich Ihre Chancen bei jeder ehrbaren Frau, und das will ich nicht, denn Sie sind immer nett zu mir gewesen.«

»Wieso sollte ich auch nicht nett zu Ihnen sein? Wir kennen uns ja noch nicht lange, aber wir sind inzwischen doch Freunde, oder?«

Clementine kamen die Tränen. »Ich kann nicht Ihre Freundin sein«, sagte sie.

»Warum nicht?«

»Weil ich …« Clementine senkte den Kopf. Sie war sicher, Jonathan wusste von ihrem Beruf. So naiv konnte er nicht sein. »Weil ich mich Männern anbiete, für Geld.« Sie wurde rot.

»Was Sie machen, um Ihr Überleben zu sichern, hat mit unserer Freundschaft nichts zu tun, Clementine. Das ist das, was Sie tun, nicht das, was Sie sind.« Als sie ungläubig aufsah, fuhr Jonathan zu reden fort. »Coober Pedy ist nicht die Art Stadt, in der man freiwillig lebt. Es haben also alle einen Grund dafür, dass sie hier sind, ich auch. Ich kenne Ihre Lebensumstände nicht, aber was sie auch sein mögen, ich verurteile Sie nicht.«

»Sie wollen also immer noch mein Freund sein?«

»Ja natürlich«, antwortete Jonathan, ohne auch nur eine Sekunde zu zögern.

Clementine konnte ihr Glück kaum fassen. Tränen liefen ihr die Wangen hinab. In Coober Pedy hatte sie, abgesehen von zwei der anderen Prostituierten, den Schwestern Daisy und Pansy, keine Freunde. Dabei war sie schon seit zwei Jahren in der Stadt.

»Sie sind ein ganz besonderer Mensch, Jonathan«, sagte sie und wischte sich die Tränen ab. Sie wusste, sie würde seine Freundlichkeit nie vergessen, und deshalb wollte sie jetzt das tun, was für ihn am besten war. »Aber ich muss allein gehen. Glauben Sie mir, es ist besser für Sie, wenn wir nicht mehr zusammen gesehen werden.« Sie wandte sich um und ging weg, und Jonathan stand da und sah ihr hinterher.

»Warum weint Clementine denn?«, fragte Marlee. »Ist sie traurig?«

»Ja, ich glaube schon«, antwortete Jonathan. »Ich wünschte, ich könnte sie froh machen.«

14

Bojan Ratko besuchte Cornelius noch zwei Mal in den kommenden Wochen. Beide Male war er betrunken und gab sich äußerst feindselig. Cornelius folgte Constable Spenders Rat und blieb ruhig und gefasst, jedenfalls gab er es vor. Er leugnete, etwas von dem berühmten Opal zu wissen, von dem Bojan behauptete, er sei ihm gestohlen worden.

»Wenn ich rausfinde, dass Andro Drazan den Olympic Australis hat, bringe ich ihn um«, schwor Bojan bei seinem zweiten Besuch. »Wenn er es wagt, den an einen Opalhändler zu verkaufen, reiß ich ihn mit bloßen Händen auseinander und den Händler auch.«

Erin, die sich in der Küche hinter einer Tür versteckt hatte, begann zu zittern. Sie nahm eine der gusseisernen Pfannen vom Herdofen und horchte an der Tür. So viel Angst sie auch hatte, sie war bereit, von der Pfanne Gebrauch zu machen, sollte Bojan ihren Onkel angreifen, aber sie betete, es möge nicht dazu kommen.

Cornelius zweifelte nicht daran, dass der kroatische Minenarbeiter seine Drohung wahrmachen würde. »Haben Sie schon einmal daran gedacht, dass ein anderer Ihnen den Stein gestohlen haben könnte?«, wagte er sich vor. »Es ist ein sehr kostbarer Opal, deshalb bin ich sicher, dass viele in Versuchung sind.«

Bojan beugte sich über den Tisch, um seiner Drohung Nachdruck zu verleihen. Aber dann merkte Cornelius, dass der Kroate völlig betrunken war. Er musste sich stützen, sonst wäre er umgefallen.

»Andro hat ihn«, brüllte Bojan und versuchte, sich aufzurichten. »Ich weiß das. Keiner außer ihm würde es wagen, Bojan Ratko in die Quere zu kommen.« Er schlug sich auf die vorgestreckte Brust und strauchelte. »Wenn er herkommt und den Stein verkaufen will, müssen Sie mir das sagen. Ich habe ihn gefunden, und ich will ihn wiederhaben!«

»Ich werde es Sie wissen lassen, wenn ich etwas über den Opal höre«, versprach Cornelius.

»Ihr Wort!«, polterte Bojan und schlug mit der Faust auf den Tisch.

»Sie haben mein Wort«, erwiderte Cornelius.

Er war sicher, dass ihm der Opal nie angeboten werden würde, also hatte er kein Problem damit, dem Mann ein Versprechen zu geben. Cornelius wollte nur, dass er endlich ging. Bojan erschreckte nicht nur Erin zu Tode, seine Anwesenheit war auch schlecht fürs Geschäft. Schließlich wankte Bojan zur Tür und stolperte hinaus.

Erin stürzte in den Eingangsraum und sperrte die Tür hinter ihm zu. »Ich muss unbedingt noch mal mit Constable Spender reden«, sagte sie wütend. »Wenn er dem Mann verboten haben sollte herzukommen, wie er versprach, hat das offensichtlich nicht gewirkt. Er muss härter durchgreifen.«

»Bojan scheint nicht der Typ Mann zu sein, der vor irgendjemandem oder irgendetwas Angst hat, Erin«, sagte Cornelius. Die Angst stand ihm noch im Gesicht geschrieben.

»Dann sollte er eingesperrt werden. Und das werde ich dem Constable jetzt höchstpersönlich sagen.« Ehe ihr Onkel noch etwas antworten konnte, sperrte Erin die Tür wieder auf und stürmte hinaus.

Constable Spender verließ gerade sein Büro, als Erin auf ihn zugerannt kam. »Guten Tag, Miss Forsyth«, sagte er. »Ist schon wieder etwas passiert, oder warum haben Sie es so eilig?« Sichtlich erfreut darüber, Erin zu sehen, doch auch besorgt, sah er sie an.

»Bojan Ratko hat uns gerade wieder einen Besuch abgestattet«, sagte Erin atemlos. »Dieser Mann macht uns Angst.«

»Tut mir leid, das zu hören, aber ich hatte Sie ja vorgewarnt, dass das passieren würde«, sagte Will. Er sah, dass sie mit den Nerven am Ende war.

»Haben Sie mit ihm gesprochen?«

»Hab ich. Wie ich es nicht anders erwartet hatte, hat er mich jedoch ignoriert. Er war betrunken wie so oft, also wird er wohl nicht mal mehr wissen, dass ich bei ihm war.«

»Können Sie ihn nicht ins Gefängnis stecken, bis er wieder nüchtern ist? Dann haben Sie ein klares Zeichen gesetzt, und er merkt es sich vielleicht endlich.«

»Ich kann ihn nicht dafür einsperren, dass er jemandem droht, Miss Forsyth. Und um ehrlich zu sein, ich bezweifle, dass ich ihn allein inhaftieren kann, wenn er nicht willens ist. Um mit ihm fertig zu werden, braucht man Unterstützung.« Will war recht groß und durchtrainiert, konnte aber nicht mit Bojan mithalten, der doppelt so schwer war wie er und ein gutes Stück größer. »Wie schon gesagt, Auseinandersetzungen gibt es viele auf den Opalfeldern. Tut mir leid, wenn er Ihnen und Ihrem Onkel Angst macht, das Leben hier draußen ist nicht gemacht für die Ängstlichen.«

Erin stutzte. Wollte der Constable tatsächlich andeuten, dass sie am besten nach London zurückkehrte? »Wenn er noch einmal zu uns kommt, dann können Sie mich einsperren, denn ich habe vor, ihm das nächste Mal eine gusseiserne Pfanne über den Schädel zu hauen!«, erklärte sie. Der Mann sollte ruhig wissen, dass sie sich und ihren Onkel verteidigen würde, wenn es denn sein musste.

Zu ihrer großen Überraschung lachte Constable Spender. »Das hört sich doch schon viel besser an«, sagte er beeindruckt. »Wenn Sie das tun müssen, verspreche ich, dass ich einfach nicht hinschaue.« Er glaubte kaum, dass eine junge Frau wie sie es fertigbringen würde, sich dem Hünen entgegenzustellen. »Machen Sie sich keine Sorgen. Schwer verletzen werden Sie ihn schon nicht. Bojan hat einen harten Schädel.«

Erin konnte sich ein Lächeln nicht verkneifen. Auf einmal fiel ihr auf, dass Will Spender ein attraktiver Mann war, wenn er lächelte, und dieses Lächeln schien ansteckend zu sein.

»Ich war gerade auf dem Weg ins Restaurant, um zu Mittag zu essen«, sagte Will. »Christos und Thelma Georgiou servieren eine köstliche mediterrane Platte. Ihr wunderbares Essen ist der einzige Grund dafür, dass ich ganz gern in dieser Stadt arbeite«, gab Will zu. »Wollen Sie mir nicht Gesellschaft leisten? Ich würde mich freuen, wenn Sie mitkämen.«

Die Einladung kam für Erin überraschend. »Es … es tut mir leid, aber … aber nein danke«, sagte sie rasch.

»Haben Sie schon zu Mittag gegessen?«, fragte Will und musterte sie genau. Ihre dunklen Augen irritierten ihn.

»Nein … nein, hab ich nicht …«, stammelte Erin. Mit jemandem, der mit ihr ausgehen wollte, hatte sie in Coober Pedy nun wirklich nicht gerechnet.

»Vielleicht sollte ich mich entschuldigen. Ich glaube, ich habe gar nicht gefragt, ob Sie schon vergeben sind«, sagte Will, der nun auf ihre Hände schaute. Erleichtert nahm er wahr, dass sie keinen Ring trug.

»Bin ich nicht … nicht mehr«, erwiderte Erin impulsiv. Sofort ärgerte sie sich. Warum musste sie so viel von sich preisgeben? Aber es war zu spät. Sie hatte die Neugier des jungen Constable geweckt. »Tut mir leid, mein Onkel wartet auf mich«, sagte sie und ging schnell davon.

Will war völlig in Gedanken, als er im Restaurant an einem Ecktisch beim Fenster Platz nahm. Er bemerkte nicht einmal die anderen Gäste.

Christos brachte das Essen und eine halbe Karaffe Wein, doch Will nahm ihn kaum wahr. Er reagierte nicht mal gleich, als der griechische Einwanderer ihn ansprach.

Christos und Thelma Georgiou hatten das Restaurant Star of Greece 1947 eröffnet. Achtzehn Monate zuvor waren sie aus

Griechenland ausgewandert, unmittelbar nach dem Ende des Zweiten Weltkriegs. Mit ihren drei erwachsenen Söhnen hatten sie ein kleines Reihenhaus in Yarraville in der Nähe von Port Melbourne gemietet. Christos fand Arbeit in einer nahegelegenen Fischfabrik. Während der ersten Wochen versuchten sie, sich einzuleben, doch sie stammten aus Parikia, einer kleinen Stadt am Meer auf der griechischen Insel Paros, und Christos und Thelma stellten rasch fest, dass Melbourne ihnen zu hektisch war. Ihre Söhne dagegen waren mit der Arbeit, die sie gefunden hatten, glücklich und schlossen bald Freundschaften mit den Einheimischen. Nach einigen Monaten zogen sie aus dem gemieteten Reihenhaus aus, das für fünf Erwachsene sowieso zu klein war, und Christos und Thelma blieben unglücklich zurück.

Bei seiner Arbeit in der Fabrik hörte Christos dann von anderen griechischen Einwanderern, die ein gutes Auskommen auf den Opalfeldern im Outback hatten. Er brauchte ein paar Wochen, um Thelma zu überreden, mit ihm nach Coober Pedy zu gehen, weil sie das völlig verrückt fand, aber schließlich gelang es ihm. Christos musste feststellen, dass die Arbeit in den Opalminen zu hart für ihn war, außerdem hatte er kaum Erfolg. Bald kam der Grieche zu dem Schluss, dass er zum Minenarbeiter nicht geschaffen war. Thelma und er überlegten, ob sie nach Melbourne zurückkehren sollten, dann jedoch hatten sie eine andere Idee. Wie viele Einwanderer in der Stadt ärgerten sie sich darüber, dass es so wenige Möglichkeiten gab, gut zu essen. In Griechenland hatten sie oft für ihre Großfamilie gekocht, nie waren sie glücklicher gewesen als beim Servieren der wunderbaren Gerichte, die sie stets mit Liebe zubereitet hatten. Und so war es kein großer Schritt bis zur Eröffnung eines Restaurants.

Das Star of Greece war von Anfang an ein Erfolg. In Coober Pedy lebten Menschen fast fünfzig verschiedener Nationen, ein Großteil davon Griechen, doch alle wussten die von Christos und Thelma bereiteten Gerichte zu schätzen. Obwohl die Georgious das Leben am Meer vermissten, hatten sie nun doch im Umkreis von Hunderten von Meilen das einzige Restaurant, und das gab ihnen das Gefühl, wenigstens der Gemeinschaft einen guten Dienst zu erweisen.

»Den Blick kenne ich«, sagte Christos, als er Will einschenkte. »Sie denken an eine schöne Frau, ja?«

»Ja, da haben Sie recht, Christos«, gab Will, der aus dem Fenster geschaut hatte, lächelnd zu.

»Ah.« Christos seufzte und legte die Hand aufs Herz. »Sie bringen sie zum Essen her, und wir machen etwas ganz Besonderes.« Er küsste seine Fingerspitzen und ließ seine Zähne unter dem grauen Schnurrbart aufblitzen. »Wir stellen sogar eine Kerze auf den Tisch.«

Wills Lächeln wurde breiter, dann wurde er ernst. »Ich glaube, man hat ihr das Herz gebrochen, und jetzt hat sie Angst, sich wieder in Gefahr zu begeben.« Er hatte nur kurz mit ihr geredet, aber er war sich sicher, dass Erin Schlimmes durchgemacht hatte.

»Dann müssen Sie Geduld haben«, sagte Christos. »Eine gute Frau ist es wert, dass man auf sie wartet.« Liebevoll schaute er die Frau an, mit der er seit zweiunddreißig Jahren verheiratet war.

»Das stimmt«, erwiderte Will. »Und Zeit habe ich ja genug.«

Als Erin zu ihrem Onkel zurückkam, war sie ganz durcheinander.

»Hast du mit Constable Spender gesprochen?«, fragte Cornelius.

»Ja, hab ich«, antwortete Erin. »Offenbar hat er mit Bojan Ratko geredet, der war jedoch betrunken wie immer und erinnert sich vermutlich nicht mal mehr daran. Ich habe von Constable Spender verlangt, dass er ihn einsperrt und ihm, wenn er wieder nüchtern ist, sagt, dass er sich von uns fernhalten soll. Er hält es allerdings nicht für möglich, Bojan ohne Unterstützung zu verhaften.«

»Das kann gut sein. Constable Spender kann es mit Bojan bestimmt nicht allein aufnehmen«, sagte Cornelius.

»Ich will ja auch nicht, dass er verletzt wird, der Constable ist so ...« Erin hielt mitten im Satz inne.

Cornelius musterte sie. »Ist etwas, Erin? Ist der Constable dir zu nahegekommen?«

»Nein, nein, das ist er nicht. Er …«, sie zierte sich weiterzusprechen, »er ist ganz liebenswert eigentlich.«

»Liebenswert?«

Erin konnte ihrem Onkel kaum in die Augen schauen. »Er hat mich zum Mittagessen eingeladen«, sagte sie leise.

»Oh.« Cornelius lächelte. »Das war doch nett von ihm.«

Erin verzog das Gesicht. »Ich bin noch nicht so weit, dass ich wieder ausgehen möchte, Onkel Cornelius.«

»Nicht mal mit einem, der so nett ist wie Constable Spender?«

»Es ist zu früh. Mein Herz ist gebrochen, und ich habe keine Ahnung, wann es heilen wird.«

Cornelius dachte einen Moment nach. »Weißt du, Erin, es gibt nur einen Weg, ein gebrochenes Herz zu heilen. Man muss sich wieder verlieben.«

Skeptisch sah Erin ihren Onkel an.

»Ehrenwort, das ist die beste Medizin«, bekräftigte Cornelius.

Eines Abends, als Marlee eingeschlafen war, rief Andro Jonathan zu sich herüber.

»Ich möchte etwas mit Ihnen besprechen, Jonathan«, sagte er.

Jonathan war erschöpft. Am Nachmittag hatte er hart gearbeitet und tatsächlich ein paar kleinere Stücke gefunden, weißen Opal, den man auch Milchopal nannte. Er galt leider als nicht sehr wertvoll. Und nun war ihm so gar nicht nach einem Gespräch zumute. Viel lieber wollte er in den Nachthimmel mit seinen funkelnden Sternen schauen und dem Halbmond zusehen, wie er immer höher stieg. Wenn sich die Dunkelheit über die Landschaft senkte, bot sie einen ganz anderen, viel weicheren Anblick. Die Gesteinshaufen neben den Schächten sahen aus wie winzige Hügel, dazwischen die rotgolden glühenden Lagerfeuer, deren Rauch nach Eukalyptus duftete. Bisweilen mischte sich der Duft nach brutzelndem Fleisch oder Eintopf hinein. Die Silhouetten der

Minenarbeiter, die vor ihren Feuern saßen, hatten etwas Romantisches, vor allem, wenn aus dem einen oder anderen Zelt Musik erklang oder einer der Männer ein Lied aus seinem Heimatland sang. Jonathan wusste, dass sich diese Bilder, Gerüche und Klänge für immer in sein Gedächtnis einbrennen würden.

Andros Stimme hatte ernst geklungen, und so setzte Jonathan sich an das knisternde Feuer des Kroaten. Neben ihm stand eine Flasche Wein. Andro trank oft Wein. Alle paar Wochen kamen Weinhändler den Stuart Highway herauf, um den Minenarbeitern auf den Opalfeldern in Coober Pedy, Andamooka und sogar Lightning Ridge Wein zu verkaufen. Es war ein kräftiger Wein, und Andro liebte ihn, aber es sah nicht so aus, als hätte er an diesem Abend schon etwas getrunken.

»Stimmt was nicht, Andro?«, fragte Jonathan besorgt. »Ist alles in Ordnung mit Marlee?«

»Ihr geht es gut«, versicherte Andro, sichtlich gerührt von Jonathans Sorge um sein kleines Mädchen. »Und das nur dank Ihnen, Jonathan. Nach Geddas Tod wusste ich einfach nicht mehr weiter. Ich hatte keine Ahnung, was ich mit Marlee anfangen sollte. Wären Sie nicht gewesen, weiß ich nicht, was aus uns geworden wäre.«

»Sie hätten das schon irgendwie geschafft.«

»Da bin ich mir nicht so sicher. Ich kann eigentlich nicht gut mit Kindern umgehen. Wäre Marlee ein Junge, hätte ich ihr alles über die Arbeit in der Mine beibringen können, mit einem Mädchen jedoch … Sie dagegen kommen gut mit ihr klar, und Marlee ist gern mit Ihnen zusammen. Sie sind wirklich ein Gottesgeschenk.«

Jonathan wollte das Lob wegwischen, aber Andro ließ ihn nicht zu Wort kommen.

»Wenn ich Ihnen meine Tochter anvertrauen kann, dann kann ich Ihnen auch bei allem anderen trauen«, sagte Andro.

»Worauf soll dieses Gespräch hinauslaufen?«, fragte Jonathan irritiert. Er hatte Mühe einzuschätzen, was in Andros Kopf vorging.

»Ich glaube, wir sollten Minenpartner werden«, sagte Andro.

»Partner!« Jonathan war verblüfft. »Das ist beim vorigen Mal nicht so gut für Sie ausgegangen.«

»Da haben Sie recht«, stimmte Andro verbittert zu. »Aber mit Ihnen ist es etwas anderes.«

»Selbst wenn Sie das glauben, sind Sie sicher, dass Sie wieder einen Partner wollen? Meinen Sie nicht, es wäre besser für Sie, allein zu arbeiten?« Andro konnte gut vom Ertrag seiner Mine leben.

»Ich hätte nicht gedacht, dass ich je wieder einen Partner wollen würde, dank Ihnen habe ich jedoch meine Meinung geändert. Sie arbeiten härter als sonst einer hier, und Sie kümmern sich um meine Tochter, als wäre sie Ihr eigen Fleisch und Blut. Jetzt will ich auch was für Sie tun.«

»Das ist wirklich nicht nötig, Andro. Sie haben schon genug für mich getan. Ohne Ihre Hilfe hätte ich niemals auch nur einen Fund gemacht. Dafür bin ich Ihnen dankbar. Sie schulden mir nichts.«

Jonathans Worte bestätigten Andro, was er sich ohnehin schon gedacht hatte. Er musste sich nicht verpflichtet fühlen, doch Jonathan war ein guter, aufrichtiger Mann. Er wäre der ideale Partner. »Zusammen werden wir noch viel mehr Erfolg haben«, sagte er. Er senkte die Stimme und schaute sich um, weil er sichergehen wollte, dass keiner der anderen Männer in der Nähe war. »Ich schlage vor, wir verbinden unsere Minen durch einen horizontalen Tunnel. Keiner wird davon erfahren. Ich glaube, wir werden Glück haben. Was sagen Sie? Sollen wir es angehen?«

Der Vorschlag war verlockend, doch Jonathan sorgte sich auch. Wenn es nicht gut lief, hätte er Andro zum Feind. Die Auseinandersetzungen zwischen Andro und Bojan hatte er mitbekommen. Sie waren fürchterlich gewesen.

»Wir machen so weiter wie bisher«, flüsterte Andro. »Ich arbeite vormittags in der Mine und Sie am Nachmittag. Was immer wir finden, teilen wir. Ich habe jede Menge Werkzeug. Das können wir beide benutzen. Und die Mine horizontal zu verbinden ist eine gute Idee, glaube ich.«

»Also, Andro, ich hatte nicht vor, länger als ein Jahr in Coober Pedy zu bleiben.«

»Ist mir recht. Aber wieso wollen Sie dann wieder weg?«

»Ich habe eine Verlobte in London. Ich habe ihr versprochen, nach einem Jahr nach Hause zu kommen und sie dann zu heiraten.«

»Dann sind wir eben so lange Partner, und anschließend gehen Sie mit einer Riesenmenge Geld nach Hause. Darauf gebe ich Ihnen mein Wort.«

Diese Aussage besiegelte den Handel für Jonathan. Mit Andro als Partner würde er sicherlich größere Chancen haben, das Geld zu verdienen, das er für einen guten Start ins Eheleben mit Liza brauchte.

»Na schön, dann sind wir also Partner«, sagte Jonathan und streckte die Hand aus, die gleich darauf von Andros riesiger, schwieliger Pranke umklammert wurde.

»Wunderbar«, sagte Andro glücklich. Er griff nach der Flasche Wein, zog den Korken mit den Zähnen heraus und spie ihn ins Feuer. »Dann feiern wir jetzt. Und wir lassen ab sofort alle Förmlichkeiten weg.«

15

Zwei Wochen voller Schweiß und harter Arbeit dauerte es, dann waren Jonathans und Andros Minen durch einen horizontalen Gang miteinander verbunden. Die Schächte lagen nur wenige Meter auseinander, doch das Heraustragen der Erde war sehr mühsam. Jeder einzelne Eimer musste mithilfe einer Seilwinde nach oben gehievt werden. Die Männer schufteten jeweils sechs Stunden täglich, um das Tageslicht auszunutzen. Nach Einbruch der Dunkelheit arbeiteten sie noch ein paar Stunden beim Licht einer Laterne weiter. War der eine in der Mine, hievte der andere die Erde hoch. Dann begann die mühselige Prozedur, die ausgegrabene Erde durchzusieben – für den Fall, dass sie beim Abtragen etwas übersehen hatten. Wegen der Wasserknappheit konnten Gestein und Erde nicht ausgewaschen, sondern mussten mit den Händen durchsucht werden. Es war harte und staubige Arbeit, aber schließlich hatten sie die ersten Tailings, wie man die Rückstände mit noch verwertbarem Gestein nannte, aufgehäuft.

Wenn Andro vormittags in der Mine arbeitete, saßen Jonathan und Marlee zusammen und siebten die Tailings durch, ehe es zu heiß wurde. Jonathan machte für Marlee ein Spiel daraus, damit es ihr nicht langweilig wurde. Während er selbst die Erde in das große Sieb schaufelte, ließ er Marlee mit einem kleinen Blechnapf helfen. Er gab ihr Aufgaben, wie fünf Näpfe und noch einmal zehn Näpfe hineinzufüllen, und ließ sie dann das Ergebnis errechnen. Wenn er es überprüfte, tat er manchmal so, als verzählte er sich, damit sie über ihn lachen konnte. Dann suchten sie sorgfältig das ausgesiebte Gestein nach Opalstückchen durch, und immer wieder fanden sie einige kleine Stücke in schönen Farben.

Andro war guten Mutes. Er glaubte fest daran, auf der Spur einer Opalader zu sein, also schlug er vor, in den Seitenwänden des neuen Tunnels zu graben und danach zu suchen. Er erklärte Jonathan, dass es ein anderes Geräusch mache, wenn man beim Schlagen in den Fels auf Opal stieß.

»Wie Schlagen auf Glas klingt das«, sagte er, und seine dunklen Augen leuchteten. »Opale bilden sich«, erklärte er Jonathan, »wenn Wasser durch Gestein sickert und sich mit Kieselsäure anreichert. Das Wasser verdunstet, und es entsteht ein Gel. Wenn dieses trocknet, bildet sich der Edelstein. Rohopale enthalten immer noch bis zu zwanzig Prozent Wasser.« Beim Graben zeigte Andro Jonathan versteinerte Lebewesen und Pflanzen im Felsgestein.

»Wie alt mag das wohl sein?«, fragte Jonathan seinen Partner, als er das Fossil eines Fisches von der Größe seiner Hand musterte.

»Millionen von Jahren«, antwortete Andro. »Damals bedeckte ein Binnenmeer dieses trockene Land, deshalb finden sich auch so viele Fossilien von Meeresbewohnern. Manche sind sogar zu Opalen geworden«, erklärte er. »Immer wieder finde ich Muscheln, und dabei sind wir Tausende von Meilen von jeder Küste entfernt. Wusstest du, Jonathan, dass Opale viel wertvoller sind als Diamanten?«

»Nein«, erwiderte Jonathan aufrichtig verblüfft.

»Opale gehören zu den seltensten Edelsteinen der Welt, und die kostbarsten findet man in Australien.«

Sie siebten gerade taubes Gestein durch, und Andro erklärte Jonathan, wie man die Opale erkannte, wenn die Farben nicht zu sehen waren.

»Man braucht schon ein geübtes Auge, um die winzigen Bruchstellen im Stein zu finden. Opale kommen oft ganz dicht bei solchen Bruchstellen vor, dort kann man das Gestein leicht vom Edelstein wegschlagen. Manchmal muss man auch kräftig draufhauen, um den Opal herauszubrechen«, fügte er hinzu.

Leichter gesagt als getan, dachte Jonathan, schließlich hatte Andro die kräftigsten Hände, die er je gesehen hatte.

Eines Morgens, Andro war schon in aller Frühe in der Mine, rief er Jonathan nach unten. Marlee schlief noch.

»Siehst du das, Jonathan?«, fragte Andro und deutete auf eine kleine Unebenheit im Felsgestein. »Ich glaube, das ist die Spitze eines richtig guten Opals.« Er hätte ihn allein ausgraben können, aber Jonathan sollte erleben, wie spannend der Fund von etwas besonders Wertvollem war.

»Was meinst du mit ›richtig gut‹?«, fragte Jonathan aufgeregt.

»Wir werden sehen«, antwortete Andro geduldig. Nach jahrelanger Arbeit in den Minen ging er gelassener mit einem Fund um. »Ein zweiter Olympic Australis ist es mit Sicherheit nicht, es könnte allerdings ein kostbares Stück sein«, bemerkte er.

Gemeinsam bearbeiteten sie den Fels. Sie lockerten das Gestein um ihren Fund herum, der qualvoll langsam zum Vorschein kam. Jonathan konnte seine Aufregung kaum verbergen. Ihm zitterten die Hände so sehr, dass er immer wieder innehalten musste. Andro schien ganz ruhig und arbeitete stetig weiter. Schließlich löste sich ein größeres Stück brüchiges Felsgestein. Mit seinen kraftvollen Daumen brach Andro den äußeren Teil weg, und der Edelstein, der darin eingeschlossen gewesen war, lag in seiner Hand. Eine ganze Weile starrten Jonathan und er schweigend darauf. Der Opal war dreimal so groß wie das erste Stück, das Jonathan gefunden hatte, und er war das Schönste, was Jonathan im Leben je gesehen hatte. Ein Freudenschrei war seine erste Reaktion. Dann überwältigten ihn seltsamerweise starke Gefühle. Er war den Tränen nah. Auf diesen Moment hatte er seit seiner Ankunft auf den Opalfeldern und dem Abstecken seines Claims gewartet. Jetzt endlich Erfolg zu haben war etwas ganz Besonderes.

Andro schaute ihn an. Er sah, wie überwältigt sein Partner war, und fühlte sich an den Tag zehn Jahre zuvor erinnert, als er seinen ersten richtig wertvollen Opal gefunden hatte.

»Sieh nur die Farben«, sagte er und drehte den Stein in seiner

Hand hin und her. Der Opal funkelte in allen Farben des Regenbogens.

»Ist das gut?«, fragte Jonathan.

»Ja, das ist gut«, erklärte Andro. »Wie man den Stein auch dreht, von jeder Seite sieht man die immense Leuchtkraft, wir können sie selbst im Dämmerlicht hier unten sehen. Das alles ist sehr gut. Wirklich sehr gut!«

»O Mann«, brüllte Jonathan vor lauter Freude.

»Denk an das, was ich gesagt habe, Jonathan«, rügte Andro ihn. »Zeig keine Gefühle, wenn wir raufgehen. Wir sehen uns den Opal in meinem Zelt näher an, dann wissen wir Genaueres.« Noch immer drehte er den Stein hin und her. Das Farbspiel war überwältigend.

Jonathan konnte sich kaum beherrschen, als sie den Schacht verließen. Er wäre vor lauter Glück beinahe geplatzt.

Im Zelt, Marlee schlief glücklicherweise immer noch, wusch Andro den Opal in einer Schüssel mit Seifenwasser und inspizierte ihn dann genauer. Es war ein Kristallopal, der beinahe durchsichtig war. Andro hatte eine kleine Waage, auf der er den Stein wog.

»Dreiunddreißig Gramm«, sagte er. »Ein Gramm entspricht fünf Karat. Wir haben hier einhundertfünfundsechzig Karat.«

Jonathan hielt die Luft an.

»Ehe er geschliffen ist, kann man das nur schwer sagen, aber ich glaube, die Körperfarbe entspricht etwa mittlerer Güte.«

»Die Körperfarbe?«, fragte Jonathan.

Andro hatte ihm das alles schon einmal erklärt, jetzt war es zum Greifen nah, und er wollte es endlich richtig verstehen.

»Ich hab dir doch erzählt, dass die Grundfarbe Körperfarbe genannt wird. Die hat mit den Farbspritzern nichts zu tun«, erklärte Andro geduldig. Er suchte in seiner Werkzeugkiste nach einem Gegenstand, den er viele, viele Jahre schon nicht mehr benutzt hatte. Endlich fand er ihn. Es war ein Holzstab, auf dem in einer bestimmten Reihenfolge kleine Opalstückchen minderer Qualität aufgeklebt waren. Sie hatten keinerlei Farbsprengsel. »So bestimmt man die Körperfarbe«, erklärte er und hielt den Opal an den Holzstab. Der Opal passte genau zur Farbe des fünften Stückes. »Die Leuchtkraft entspricht fünf von fünf. Man bekommt wohl kaum einen Stein mit leuchtenderen Farben. Das ist sehr gut, Jonathan. Wir haben hier einen großartigen Edelstein. Der ist mindestens tausend Pfund wert.«

Jonathan wäre beinahe von seinem Hocker gefallen. »Tausend Pfund!«

Andro hielt Jonathan die Hand auf den Mund, um ihn zum Schweigen zu bringen. »Pst. Du willst doch nicht, dass dich einer hört«, ermahnte er ihn. »Heute Abend werden wir für uns feiern«, versprach er Jonathan. »Aber erst mal gibt es noch eine Menge Arbeit für uns.«

Die Minenarbeiter konnten an kaum etwas anderes denken als an die Olympischen Spiele in Melbourne. Nachmittags versammelten sie sich im Opal Hotel. Mit ihren Drinks in der Hand drängten sie sich um das Radio, hörten sich die Übertragung der Wettbewerbe an und jubelten für ihre Landsleute, wenn sie eine Medaille gewannen. Es wurde heftig gestritten und eifrig gewettet. Wenn sie spätabends lärmend und meist völlig betrunken ins Camp zurückwankten, sangen sie patriotische Lieder, grölten ausgelassen oder stritten sich.

Auch an diesem Abend war das wieder so. Andro und Jonathan waren froh, dass Marlee so einen festen Schlaf hatte. Sie lag im Zelt und bekam von dem Lärm nichts mit. Die beiden Männer saßen am knisternden Lagerfeuer und feierten ihren Fund. Seit Einbruch der Dunkelheit hatten sie schon drei Flaschen Wein geleert. Obwohl Andro den Löwenanteil getrunken hatte, wirkte sich der Alkohol bei Jonathan stärker aus. In den erstklassigen Hotels in London hatte er kaum trinken dürfen, es war ihm also zur Gewohnheit geworden, sich vom Alkohol fernzuhalten. Außerdem hatte er vor lauter Freude über ihren Opalfund den ganzen Tag über kaum etwas essen können.

»Sieh mal dort«, sagte Andro und wies auf zwei Prostituierte, die ganz in der Nähe mit einem Minenarbeiter sprachen. »Vielleicht solltest du dir eine ganz besondere Feier gönnen, Jonathan.« Er hatte den Blick fest auf die beiden Frauen gerichtet.

»Eine besondere Feier?« Jonathan war verwirrt. »Was meinst du?«

»Brauchst du zwischendurch nicht mal eine Frau?«

»Ob ich eine Frau brauche?«

Nun sah auch Jonathan zu den Frauen hinüber. Eine von ihnen war Daisy, die andere Clementine. Sofort stieg ihm die Hitze ins Gesicht.

»Ich ruf sie rüber, und du suchst dir eine aus«, lallte Andro und pfiff den Prostituierten zu.

Jonathan geriet in Panik. »Nein, Andro. Ich hab dir doch gesagt, dass ich verlobt bin.«

»Aber verheiratet bist du noch nicht. Und hast du nicht gesagt, deine Zukünftige ist in England?«

»Ja, Liza lebt in London.«

»Dann kann dich doch nichts davon abhalten, deine Bedürfnisse zu befriedigen«, drängte Andro.

»Das würde ich Liza niemals antun«, erwiderte Jonathan ungläubig.

Nicht mal im Traum hätte er daran gedacht, sie zu betrügen, und er konnte kaum fassen, dass Andro ihn dazu ermutigte. Jonathan sah, dass Clementine und Daisy zu ihrem Lagerplatz kamen. Daisy war ein paar Jahre älter als Clementine, und mit ihren blonden Haaren und ihrem hellroten Lippenstift wirkte sie auch ein bisschen frecher. Sie zeigte gern ihren großen Busen und trug kurze Röcke, damit man ihre Beine sah. Clementine schien das unangenehm zu sein.

»Wollt ihr Gesellschaft, Jungs?«, fragte Daisy und sah die Männer herausfordernd an. »Wir würden gern ein bisschen Zeit mit euch verbringen.«

»Ich hab gedacht, mein Freund hätte gern Gesellschaft, aber

ich habe mich geirrt«, sagte Andro. Vom vielen Wein sah er nur noch verschwommen.

»Und was ist mit dir?«, wollte Daisy von Andro wissen.

»Ich bin zu betrunken«, sagte er und lachte.

»Ich bin sicher, ich könnte dir da behilflich sein«, drängte Daisy keck.

»Heute Abend nicht«, erwiderte Andro.

»Hallo, Clementine«, sagte Jonathan nun und schaute die junge Frau an.

Er hatte keine Ahnung, wie man sich unter den gegebenen Umständen korrekt verhielt, und er genierte sich. Aber einfach ignorieren wollte er sie nicht. Jonathan hoffte, dass Clementine wusste, dass es nicht seine Idee gewesen war, die Frauen zu sich zu rufen.

»Hallo, Jonathan«, antwortete sie leise.

»Ihr zwei kennt euch?«, fragte Andro belustigt. »Vielleicht bist du ja doch nicht so ein braver Junge.« Er beugte sich vor und fuhr Jonathan durch die Haare.

»Auf diese Weise kennen wir uns nicht«, gab Jonathan zurück und richtete den Blick auf die flackernden Flammen des Feuers.

»Bist du sicher?«, reizte Andro ihn.

»Ja, ganz sicher«, beharrte Jonathan.

»Na schön.« Andro freute sich sichtlich, als er sah, wie Jonathan sich wand. »Es scheint, wir kommen nicht ins Geschäft, also ab mit euch, Ladys.«

Clementine drängte Daisy zum Aufbruch, und bald verschluckte die Dunkelheit die beiden.

»Also, woher kennst du diese Prostituierte, wenn du als Verlobter derart treu bist?«, wollte Andro wissen.

»Sie kommt vormittags oft hier vorbei. Einmal blieb sie stehen und grüßte. Sie mag Marlee, sie ist wohl sehr kinderlieb. Clementine hat Marlee übrigens das rote Band für ihren Teddy geschenkt.«

»Bist du sicher, dass sie nur Marlee mag? Du bist ein attraktiver

Mann, Jonathan.« Andro öffnete eine vierte Flasche Wein und schenkte ihnen beiden noch einen Becher ein.

»Ja, ich bin sicher. Ich weiß nicht, was sie zum Arbeiten in diese Stadt gebracht hat, aber ich glaube, es muss was ziemlich Übles gewesen sein. Sie hat so traurige Augen. Keine so nette Frau entscheidet sich für ein Leben als Prostituierte, es sei denn, sie ist völlig verzweifelt.«

Andro musterte Jonathan nachdenklich. »Du bist wirklich ein ungewöhnlicher Mann, mein junger Freund«, sagte er voller Bewunderung.

»Ich bin kein Heiliger, Andro. Doch ich bemühe mich, das Richtige zu tun.«

Andro tätschelte Jonathan liebevoll die Schulter. »Ich glaube, genau deshalb bist du mein Partner«, sagte er.

Jonathan rieb sich erschöpft die Augen. »Ich muss jetzt schlafen, Andro«, sagte er müde. »Und ich finde, das solltest du auch, mein Freund.«

»Ja, ja, gleich«, brummelte Andro.

Jonathan stand auf. »Wir hatten Glück heute, Andro«, sagte er immer noch voller Hochgefühl.

»Und morgen werden wir noch mehr Glück haben«, versprach Andro. »Wir sind da einer richtigen Ader auf der Spur. Das spüre ich, und Andro Drazan irrt sich nie.« Er lachte, und sein Lachen klang überheblich, aber es war eine Überheblichkeit, die er sich redlich verdient hatte.

Als glücklicher Mann ging Jonathan zu seinem Schlafplatz. Er dachte an Liza. Er hätte ihr gern geschrieben und ihr von seinem und Andros Fund erzählt, doch das musste bis zum Morgen warten.

Jonathan lag im Tiefschlaf, als er von wütendem Geschrei geweckt wurde.

»Verdammt!«, brummte er müde und horchte.

Ein paar betrunkene Minenarbeiter stritten sich wohl darüber, wer der bessere Olympiakämpfer war. Das passierte seit einer Woche oft. Jonathan drehte sich auf die Seite und versuchte, wieder in den Schlaf zu finden. Erst als jemand über sein kleines Zelt stolperte, begriff er, dass etwas geschehen war, und war im Nu hellwach.

Das Geschrei wurde erbitterter, die brüllenden Männer waren ganz in der Nähe. Mühsam richtete Jonathan sich auf und lugte durch die Plane. Ein paar Männer hatten sich um Andros Lagerplatz versammelt. Wieder trampelte einer im Dunkeln über seinen Schlafplatz.

»He«, beschwerte er sich. »Was ist hier los?«

»Andro und Bojan sind aufeinander losgegangen«, erklärte ein Minenarbeiter ihm aufgeregt, dann versuchte er, über die Köpfe der versammelten Zuschauer hinweg eine gute Sicht zu bekommen.

»Sie streiten sich wieder?«, fragte Jonathan.

»Nein, sie prügeln sich, sie schlagen sich windelweich«, rief der Mann begeistert.

»Was?«

Jonathan rappelte sich auf und suchte hektisch nach seinen Stiefeln. Einen fand er neben dem Schlafsack, den anderen sah er nirgends. Er musste auf allen vieren zwischen den Beinen der Männer vor seinem Zelt herumkriechen, um ihn zu finden. Kaum hatte er seine Stiefel angezogen, versuchte er, sich durch die Minenarbeiter zu Andros Lagerplatz vorzuarbeiten, aber die Männer kämpften um einen guten Platz, von dem aus sie alles mitbekamen. Jonathan wurde immer wieder zurückgestoßen. Er hörte Geschrei und Gejohle und Schläge. Er wusste, Andro war sehr betrunken, und er war krank vor Sorge, dass er deshalb bei der Schlägerei benachteiligt sein würde.

Jonathan stellte sich auf einen Eimer, um über die Köpfe der Minenarbeiter schauen zu können. Tatsächlich entdeckte er Andro und Bojan, die wie zwei Stiere mit gesenkten Köpfen aufeinander losrannten und sich mit den Fäusten schlugen. Andro hielt gut mit und teilte tüchtig aus. Sofort dachte Jonathan an Marlee und sprang von seinem Eimer herunter, aber er versuchte vergebens, sich durch die Menge zu kämpfen. Immer wieder wurde er zurückgedrängt, sodass er schließlich aufgeben musste. Er lief an den Minenarbeitern vorbei auf die Rückseite von Andros Zelt zu, löste einen der Haken, mit denen das Zelt befestigt war, hob die Zeltplane an und kroch hinein.

»Marlee«, rief er und tastete sich durch die Dunkelheit. »Ich bin es, Jonathan.« Er geriet in Panik, als er nur die Decke auf ihrem Feldbett fühlte.

In diesem Augenblick reckte ein Minenarbeiter den Kopf durch den Zelteingang.

»Raus hier, sofort«, brüllte Jonathan wütend.

»He, Kumpel, wir teilen die Beute, wie wär's?«, schlug der Mann vor.

»Hier gibt es keine Beute, und jetzt raus«, brüllte Jonathan wieder und drängte den Mann zurück.

War der Minenarbeiter tatsächlich zum Plündern gekommen? Jonathan wusste, dass Andro seine Opale gut versteckt hatte. Nicht einmal er hatte eine Ahnung, wo, doch die Vorstellung, dass jemand auf der Suche nach den Steinen das Zelt auf den Kopf stellte, während Marlee hier lag, entsetzte ihn.

»Marlee«, rief Jonathan noch einmal ängstlich. »Wo bist du?« Wie aus weiter Ferne hörte er ein Wimmern von dort, wo Andros Feldbett stand. Und tatsächlich lag Marlee zusammengerollt in ihrem Schlafsack darauf und weinte.

»Komm her, Marlee«, sagte Jonathan und nahm sie in seine Arme. »Es ist alles gut.«

»Jono«, schluchzte sie und klammerte sich an ihn. Jono war der Kosename, den sie ihm gegeben hatte. Nur Marlee nannte ihn so.

»Ist ja gut.« Jonathan umarmte die Kleine fest. Er spürte, wie ihr schmächtiger Körper zitterte.

»Ich will meinen Daddy«, jammerte Marlee.

»Ich weiß.«

Jonathan lugte durch den Eingang hinaus. Im schwachen

Lichtschein der Glut sah er, dass Andro und Bojan noch immer erbittert kämpften. Blut lief ihnen über die Gesichter. Die Menge spornte sie an, forderte sie auf, mit ihren Gürteln aufeinander einzupeitschen. Auf keinen Fall wollte Jonathan, dass Marlee das sah oder hörte. Er wusste nicht, was er tun sollte, aber etwas musste getan werden.

»Bleib hier, Marlee. Hier bist du sicher«, sagte er.

Das kleine Mädchen wollte ihn nicht gehen lassen. »Ich hab Angst«, schluchzte es.

»Ich bleibe in der Nähe, und ich bleibe nicht lange weg«, versprach Jonathan. »Ich hole deinen Daddy.«

Jonathan verließ das Zelt und zog die Klappe vor den Eingang. Um das Lagerfeuer herum war ein einziges Chaos. Männer schoben und drängten, sie genossen das Kampfspektakel zwischen den zwei Feinden, die so viel stärker als sie selbst waren. Andros Habseligkeiten – Töpfe, Pfannen, Hocker, Kochgeschirr – lagen überall verstreut.

Als Jonathan noch einmal einen kurzen Blick auf Andro und Bojan erhaschte, sah er, dass die beiden Männer am Ende ihrer Kräfte waren. Das war die Gelegenheit, sie auseinanderzubringen, aber die Wahrscheinlichkeit, dass ihm das gelingen würde, war dennoch gering. Einer der Minenarbeiter mischte sich ein und wurde mit einem einzigen Hieb niedergestreckt.

Jonathan drängte sich vorsichtig weiter nach vorn. Die beiden Kämpfenden achteten nicht mehr darauf, wohin sie traten, was bei den offenen Minenschächten ringsum sehr gefährlich war. Wenn Bojan etwas passiert, wird man Andro verhaften, dachte Jonathan. Und was soll dann mit Marlee geschehen? Er wusste, Andro konnte nicht klar denken, dazu war er zu betrunken.

Jonathan wagte sich so nahe wie möglich an die beiden Kampfhähne heran und sah jetzt, wie Bojan Andro an seinem zerrissenen, blutbespritzten Hemd packte. Mit Schwung schwenkte er herum und versuchte, Andro zu Boden zu werfen. Doch Andro stand fest mit beiden Füßen auf der Erde. Einen Mann, der gut zweihundertfünzig Pfund wog, aus dem Gleichgewicht zu bringen, war nicht so leicht. Das Hemd gab nach und zerriss ganz.

»Hört auf!«, brüllte Jonathan.

Die beiden Männer umkreisten den Haufen tauben Gesteins neben der Mine und waren fast aus seinem Blickfeld verschwunden. Jonathan wusste, dass auf der anderen Seite der Schacht war. Er sah die Zuschauer flehentlich an.

»Wir müssen sie aufhalten«, rief er. »Bitte, helft mir, sie aufzuhalten.«

»Lass sie doch«, schrie jemand zurück. »Ich habe einen Schilling auf Bojan gesetzt.«

Jonathan wusste, er war der Einzige, der den Versuch wagen würde, die beiden auseinanderzubringen, aber er musste es tun, wegen Marlee. Er nahm ein Holzscheit vom Lagerfeuer, das an der Spitze rot glühend war. Wie eine Waffe schwenkte er es vor Bojan und Andro hin und her und drängte sie damit zurück, doch einer der Männer schlug ihm das Holzscheit aus der Hand. In dem Moment sah er, wie Bojan Andro ein Bein stellte. Diesmal traf der Angriff Andro unerwartet. Er verlor das Gleichgewicht und ging zu Boden. Die Schaulustigen drängten nach vorn, und Jonathan verlor Andro aus den Augen. Er sah nur Bojans Kopf.

Verzweifelt drängte er sich erneut zwischen die Minenarbeiter, und irgendwie gelang es ihm, die Wand der Schaulustigen zu durchbrechen. Plötzlich sah er sich Bojan gegenüber.

»Genug jetzt! Hör auf mit der Streiterei«, brüllte er. »Denk doch an Marlee und an das, was du ihr damit antust.«

Keuchend holte Bojan Luft, sein Gesicht war besudelt von Blut. Er schien Jonathan gar nicht zu hören.

Jonathan fragte sich, ob Bojan wohl auch ihn angreifen würde, wenn er sich jetzt um Andro kümmerte. Dann nahm er wahr, dass die Schaulustigen ganz still geworden waren, und er folgte ihrem Blick. Es dauerte eine ganze Weile, ehe ihm bewusst wurde, was er da sah. Anstelle von Andro war da nur die gähnende Öffnung ihres Minenschachts.

16

Jonathan erstarrte. Er war zu schockiert, um sich bewegen zu können, seine Glieder waren vollkommen taub. Auch sonst rührte sich keiner, niemand gab einen Laut von sich. Alle Augen waren auf den düsteren Schacht gerichtet, in dem Andro verschwunden war.

Jonathan sank auf die Knie und schaute in die Grube. »Andro! Andro, ist alles in Ordnung mit dir?«, rief er und horchte aufmerksam auf Geräusche – ein Murmeln, ein Stöhnen, irgendetwas als Beweis dafür, dass Andro den Sturz überlebt hatte.

Das einzige Geräusch, das er hörte, war das Pochen seines eigenen Herzens in seinen Ohren. Ein alles übertönender Lärm. Er schaute hoch zu den Schaulustigen, die ihn in stillem Entsetzen anstierten.

»Holt eine Laterne!«, verlangte er. »Bring mir doch einer eine Laterne.« Er kletterte auf die Leiter und stieg einige Stufen nach unten.

»Andro war ein kräftiger Mann, aber solch einen Sturz kann er nicht überlebt haben«, sagte einer der Minenarbeiter. »Der ist ganz sicher tot.«

Das wollte Jonathan nicht hören. »Holt mir jetzt endlich einer eine Laterne?«, brüllte er wütend.

Jemand drückte ihm eine Laterne in die Hand, und er kletterte die Leiter ganz hinunter. Als Jonathan Andro auf dem Boden des Schachts ausgestreckt liegen sah, wäre ihm beinahe das Herz stehen geblieben. Der hünenhafte Kroate lag auf dem Rücken, die Arme zu beiden Seiten ausgestreckt, ein Bein in einem seltsamen Winkel unter dem anderen. Da der Schacht nun von der Laterne erleuchtet war, versammelten sich die Minenarbeiter oben an der Öffnung und starrten hinunter.

»Ist er tot?«, rief einer.

Jonathan sank auf die Knie und hielt die Laterne dicht an Andros Gesicht.

»Andro«, sagte er. »Andro, hörst du mich?«

Es kam keine Antwort, aber Jonathan wollte nicht glauben, dass sein Partner, der erst vor so kurzer Zeit sein Freund geworden war, tot war. Andro war einer der kräftigsten Männer, die er kannte. Tief in seinem Innern wusste Jonathan jedoch, dass niemand einen Sturz in einen so tiefen Schacht überleben konnte, erst recht niemand, der von einer Prügelei geschwächt war.

»Nein«, entfuhr es Jonathan gequält.

Die arme Marlee tat ihm unendlich leid. Am liebsten hätte er sich zu Boden geworfen und wegen der Kleinen geweint. Was würde sie ohne ihren Vater anfangen? Wie konnte das Leben nur so grausam sein?

»Ach, Andro, weshalb musstest du dich denn nur mit Bojan prügeln?«, flüsterte er. »Weshalb? Du wusstest doch, dass das ein böses Ende nehmen würde, und Marlee braucht einen Vater.«

Er legte dem Kroaten seine Hand auf die Brust, dann schloss er die Augen und senkte den Kopf. Noch spürte er die Körperwärme seines Partners … und … und das Schlagen seines Herzens, langsam und regelmäßig. Jonathan riss die Augen auf. Andro war nicht tot!

»Du lebst«, sagte Jonathan unglaublich erleichtert.

Wohl zum Zeichen, dass er ihn gehört hatte, bewegte Andro fast unmerklich seinen Arm.

»Er lebt«, rief er voller Freude den Männern oben am Schachtrand zu.

»Andro hat überlebt«, riefen die Minenarbeiter verblüfft. Die Nachricht verbreitete sich schnell unter den Schaulustigen. Keiner konnte es glauben.

Bojan hielt sich im Hintergrund und machte ein Wechselbad

der Gefühle durch. Er war erleichtert, dass Andro den Sturz überlebt hatte, denn irgendwie war es nicht richtig, dass die Dinge zwischen ihnen so enden sollten. Aber soweit es ihn betraf, hatten sie immer noch etwas zu bereinigen, und das wollte er nicht auf sich beruhen lassen.

In dem Moment erschien Will Spender am Ort des Geschehens. Ein Minenarbeiter hatte ihn aus dem Pub geholt, der Mann hatte nicht zu Unrecht befürchtet, dass Bojan und Andro einander umbringen würden. Einige der Gäste waren dem jungen Constable hinaus zum Eight Mile Field gefolgt. Will erhob keine Einwände, da er damit rechnete, dass er Unterstützung brauchen würde. Für den Fall, dass die Situation tatsächlich außer Kontrolle geriet, hatte er eine geladene Waffe dabei. Als er zu Andros Lagerplatz kam, konnte er den Kroaten nirgends entdecken. Er fragte jemanden aus der Menschenmenge, was passiert sei, und man erzählte ihm, Andro sei im Verlauf des Kampfes in seine eigene Mine gestürzt.

Constable Spender war klar, dass er eine Untersuchung des Vorfalls durchführen musste, doch zuerst musste man sich um Andro kümmern. »Wir werden eine Schlaufe binden, um die Leiche nach oben zu holen«, sagte er und drängte sich durch die Menge, um an den Rand des Minenschachts zu gelangen. Seit er ein Jahr zuvor seinen Dienst in Coober Pedy aufgenommen hatte, waren drei Leute in einen offenen Schacht gestürzt und hatten sich das Rückgrat gebrochen.

»Er lebt«, erzählte ihm einer der Minenarbeiter. »Andro hat den Sturz überlebt.« Der Kroate war zum Held des Tages geworden.

Will war verblüfft. »Er lebt, sagen Sie!« Er wusste, das grenzte an ein Wunder. Ungläubig schaute er in den Schacht hinunter und sah Jonathan, der sich über Andro beugte. »Dann gehen Sie schnell Dr. Jones holen«, rief er dem Minenarbeiter zu. »Er wird nach Andros Verletzungen sehen und uns dann raten, wie wir ihn am besten nach oben holen.«

Andros Gesicht war voller Blut, die Haut abgeschürft. Auf der Stirn hatte er eine Platzwunde. Ein Auge war fast zugeschwollen, ein Vorderzahn herausgebrochen. Das überraschte Jonathan nicht, aber als er bemerkte, dass seinem Partner aus Mundwinkel, Nase und Ohren Blut lief, erschrak er. Instinktiv wusste er, dass dies nichts Gutes bedeutete. Er musste innere Verletzungen haben.

»Das kommt schon alles wieder in Ordnung, Andro«, sagte er beruhigend. »Ich hol dich hier raus«, versprach er. »Ich muss jetzt Hilfe holen.«

Jonathan wollte aufstehen, doch Andro klammerte sich sichtlich verzweifelt an seinen Arm.

»Was ist denn, Andro?«, fragte Jonathan.

»Es bleibt … bleibt nicht viel Zeit«, stieß Andro mit rauer Stimme aus. Er bekam kaum Luft.

»Du solltest nicht reden, Andro«, sagte Jonathan, voller Angst, dass sein Partner es nicht schaffen würde. »Sei sparsam mit deinen Kräften. Ich denke, deine Rippen sind gebrochen.«

»Es ist … keine Zeit mehr«, flüsterte Andro und bedeutete Jonathan mit einer Geste näher zu kommen. »Versprich mir … dass du dich um Marlee kümmerst«, keuchte er. »Du bist … der einzige Mensch, dem ich vertraue.«

»Natürlich. Aber das wirst du selbst tun können, wenn du dich erst mal erholt hast, Andro.«

Andro schüttelte den Kopf. »Bitte, Jonathan, ich … ich flehe dich an«, stammelte er, würgte und spuckte Blut. »Gib mir … gib mir dein Wort … dass du dich um mein kleines Mädchen kümmerst, wenn ich nicht mehr da bin.«

Jonathan erkannte, wie ernst es Andro war. Er war schwer verletzt und rechnete mit dem Schlimmsten. Er brauchte jetzt seinen Seelenfrieden. Brauchte Zuversicht. »Du hast mein Wort, Andro. Mach dir keine Sorgen, du erholst dich schon wieder. Keine Menschenseele auf dieser Welt ist stärker als du.«

Sie hörten Stimmen oben am Schachtrand, dann wurde eine Schlinge in den Schacht hinuntergelassen.

»Hör zu«, flüsterte Andro drängend. »Meine Opale sind in einer Dose unter Marlees Feldbett vergraben.« Er stöhnte, als ihn ein quälender Schmerz durchzuckte. »Grab alles aus«, drängte er Jonathan und hustete. Keuchend versuchte er, Luft zu holen. »Verkauf alles … ehe die Aasgeier kommen. Nimm das Geld … und … kümmere dich damit um Marlee. Versprich mir das, Jonathan.« Tränen rannen ihm aus den Augen.

»Na schön«, sagte Jonathan. Es schmerzte ihn, einen so starken, stolzen Mann wie Andro in Tränen zu sehen. »Ich kümmere mich um sie, du hast mein Wort. Halte durch, Andro. Ich gehe jetzt Hilfe holen.« Wieder wollte er aufstehen.

Andro verstärkte den Griff um seinen Arm erneut. »Dazu ist es zu spät«, flüsterte er.

»Nein, Andro. Ist es nicht. Ich weiß, du hast Schmerzen, doch du wirst wieder gesund.«

»Nein! Pass auf. Was ich dir jetzt sage, ist … ist wichtig.«

Jemand stieg die Leiter zu ihnen herunter.

»Achte drauf, dass Marlee nie ihren Teddy verliert«, flüsterte er, und erneut rann Blut aus Andros Mundwinkeln. »Niemals! Hast du … verstanden?«

Jonathan konnte nicht fassen, dass sich Andro Sorgen um einen Teddy machte. »Ja, gut«, sagte er.

»Schwör es mir«, keuchte Andro, und ein rasselndes Geräusch löste sich aus seinem Brustkorb.

»Ich schwöre«, erwiderte Jonathan und hielt eine Hand aufs Herz.

In diesem Moment bäumte Andro sich auf, dann schloss er die Augen, brach zusammen und regte sich nicht mehr.

»Andro«, sagte Jonathan, und seine Stimme war vor Angst ganz brüchig. »Andro, geh nicht.« Er schaute auf Andros Brustkorb, er hob sich nicht mehr.

»Lebt er noch?«, hörte er die Stimme des Constable neben sich.

Jonathan konnte nicht sprechen.

Auch Dr. Jones kam herunter und kniete sich mit seinem Arztkoffer neben Andro. Er hob Andros Handgelenk und fühlte nach dem Puls. Nach ein paar Sekunden ließ er das Handgelenk des

Kroaten auf dessen Brust sinken. »Er ist tot«, sagte er. Der Arzt tastete Andros Rippen ab. »Er hat innere Verletzungen«, sagte er. »Die Rippen sind gebrochen. Sie haben zweifellos seine Lunge durchstochen. Er muss unglaubliche Schmerzen gehabt haben.«

»Was für eine Tragödie, dass er in seine eigene Mine gefallen ist«, sagte Will.

»Er ist nicht gefallen«, sagte Jonathan wütend. »Bojan hat ihn in die Mine gestoßen.«

»Haben Sie gesehen, wie es passiert ist?«

»Ja, und all die Schaulustigen da oben auch.«

»Einer der Männer hat mir gerade erzählt, dass Andro gestürzt ist«, sagte Will Spender.

»Das ist er nicht. Bojan hat ihn gestoßen, und er ist rücklings in die Mine gefallen. Ich habe es mit eigenen Augen gesehen.«

»Das ändert die Sachlage allerdings«, sagte der junge Constable. Wenn das stimmte, musste er Bojan festnehmen und verhören. Falls jemand Jonathans Version der Vorkommnisse stützte, könnte Bojan wegen Mordes verhaftet werden.

An das, was danach geschah, konnte sich Jonathan kaum erinnern. Irgendwie schaffte er es zurück zu Marlee, nahm sie in die Arme und versuchte, ihr so vorsichtig er konnte zu erklären, was passiert war. Er hielt sie, während sie um ihren Daddy weinte, und versicherte ihr, er werde sich um sie kümmern. Die Verantwortung, nun dauerhaft für Marlee zu sorgen, ihr Vormund zu werden, wog schwer. Doch ein Versprechen war ein Versprechen, und Jonathan wusste, dass er es halten würde.

»Alle in der Stadt reden über eine Schlägerei auf den Opalfeldern gestern Nacht, und nach allem, was ich im Laden gehört habe, ist dieser furchtbare Bojan Ratko in die Sache verwickelt«, berichtete Erin ihrem Onkel aufgeregt, als sie am folgenden Vormittag mit einem Brief von Bradley von der Post zurückkam. Sie machte sich daran, den Brief zu öffnen. »Constable Spender hätte ihn verhaften sollen, als ich ihm das nahelegte. Der Kerl ist offenbar ein Unruhestifter, der sich mit jedem anlegt.«

»Ich habe auch von der Schlägerei gehört, es heißt, Bojan sei verhaftet worden«, sagte Cornelius. »Offenbar musste Constable Spender ihm mit der Waffe drohen, um ihn ins Gefängnis bringen zu können.«

»Das überrascht mich nicht«, erwiderte Erin. »Es wäre für alle das Beste, wenn er dauerhaft eingesperrt bliebe. Nur ... ich bezweifle, dass eine Schlägerei auf den Opalfeldern eine ernste Straftat ist.«

»Er wurde wegen Mordes verhaftet.«

Erin holte hörbar Luft. »Wegen Mordes!«

»Als du weg warst, ist ein Kunde gekommen. Offenbar endete die Schlägerei mit dem Tod von Andro Drazan.«

»Andro Drazan? Das habe ich gar nicht gehört. Ist er nicht der Vater der kleinen Marlee?«

»Ja. Jetzt hat das arme Kind Mutter und Vater verloren«, sagte Cornelius.

»Was wird nun mit ihr?«

»Keine Ahnung. Vielleicht hatte Drazan Familie.«

»Das hoffe ich sehr«, gab Erin zurück.

Sie setzte sich an den Küchentisch, um den Brief von Bradley zu lesen.

Liebe Erin,

es war so wunderbar, von Dir zu hören. Und wie schön, dass Du Dich an das doch offenbar sehr ungewöhnliche Leben in Coober Pedy gewöhnt hast. Ich habe überhaupt keine Vorstellung von einem Ort wie diesem. Ich musste Dad erzählen, dass Du mit Onkel Cornelius in Australien bist, denn er hat sich so große Sorgen gemacht, dass er einen Privatdetektiv engagieren wollte, der nach Dir suchen sollte. Einzelheiten habe ich ihm nicht erzählt, aber dass Du mit einem Verwandten unterwegs bist, war ihm ein großer Trost. Ich bin sicher, er würde sich über einen Brief von Dir sehr freuen.

Du wolltest wissen, wie es mit den Galerien läuft. Seit Du weg bist, gehen die Geschäfte leider gar nicht mehr gut. Ich würde gern sagen, dass es nur ein Rückgang der Verkaufszahlen ist, doch das ist nicht alles. Dad vernachlässigt die Arbeit. Anfangs waren Deinetwegen täglich Reporter vom Herald *in der Galerie, also hat Dad das Geschäft einfach geschlossen. Nach einiger Zeit haben sich die Reporter auf eine andere Story gestürzt. Ich dachte, danach würde alles wieder so laufen wie vorher, aber so ist es nicht. Die Galerie in Knightsbridge ist nur ein paar Stunden am Tag geöffnet. An den Wochenenden fahren Dad und Lauren aufs Land oder ins Ausland. Manchmal fahren sie schon freitags los, dann bleibt die Galerie drei Tage geschlossen. Und Du weißt ja, der Samstag ist unser bester Verkaufstag. Ich habe angeboten zu öffnen, wenn Dad weg ist, das lehnt er allerdings ab. Dass Dad Laurens Vorschlag gefolgt ist und die Filiale in Whitechapel an Phil verpachtet hat, wird Dir sicher nicht gefallen. Dieses Arrangement tritt Ende des Monats in Kraft. Phil möchte, dass ich mich weiterhin um die Lieferungen kümmere, also werde ich wenigstens noch für ihn arbeiten.*

Liebe Erin, ich glaube, es wird Dich nicht allzu sehr überraschen, doch neulich habe ich Lauren dabei erwischt, wie sie in unseren Geschäftsbüchern schnüffelte. Ich habe es Dad erzählt, ihm schien das jedoch nichts auszumachen. Jetzt misstraue ich ihr nur umso mehr. Was ich auch sage, Dad lässt sich nicht überzeugen, dass sie niedere Motive hat. Ich fürchte, er wird sie bald bitten, ihn zu heiraten.

Tut mir leid, dass ich keine besseren Neuigkeiten habe. Bitte schreib bald mal wieder, denn ich vermisse Dich schrecklich.

Alles Liebe, Bradley

Erin faltete den Brief zusammen.

»Und? Wie steht es in London?«, fragte Cornelius.

»Nicht so gut«, antwortete Erin. Sie wollte die Gefühle ihres Onkels nicht verletzen und beschloss deshalb, Lauren nicht zu erwähnen. »Die Geschäfte laufen im Moment etwas schleppend«, sagte sie ausweichend.

»Dein Vater ist sicher abgelenkt und vernachlässigt die Galerien«, bemerkte Cornelius, der den Unterton in ihrer Stimme wahrnahm. »Das überrascht mich nicht.« Doch er hatte sich schnell wieder unter Kontrolle. Er wollte nicht über Lauren reden, weil ihn das nur wütend machte. »Meinst du, Erin, dass du hier ein paar Tage ohne mich zurechtkommst?«, fragte er.

Einen Moment war Erin perplex. Er hatte sie stets beim Kauf von Opalen überwacht und sie für die Genauigkeit ihrer Schätzungen gelobt, sie hätte jedoch nicht gedacht, dass er ihr zutraute, das schon allein zu schaffen. »Fährst du irgendwo hin?«

»Der Minenarbeiter, der vorhin hier war, bat mich, morgen mit ihm nach Andamooka zu fahren. Offenbar lebt sein Bruder dort, und er soll wirklich gute Opale zu verkaufen haben.«

Nie im Leben wäre es Cornelius in den Sinn gekommen, Erin allein zu lassen, doch nun, da er von Bojans Verhaftung erfahren hatte, sah das anders aus. Während ihre Kunden sich in der Gegenwart von Männern wie Rüpel benahmen, zeigten sie sich seltsamerweise in Erins Nähe von ihrer besten Seite. Cornelius sah ihnen fasziniert zu, wie sie den »Gentleman« unter der rauen Schale mimten.

»Aha.«

»Ich will höchstens drei Tage wegfahren, aber wenn du glaubst, du kommst allein nicht zurecht, bleibe ich natürlich hier.« Er hatte vor, Will Spender zu bitten, nach Erin zu sehen, falls sie einverstanden war.

»Ein paar Tage komme ich schon klar, Onkel Cornelius. Wenn mir ein Minenarbeiter etwas ganz Unbekanntes anbietet, kann ich ihn immer noch bitten, noch mal vorbeizukommen, wenn du wieder da bist.«

»Das wollte ich auch gerade vorschlagen. Du könntest ja mit uns nach Andamooka fahren, wir nehmen allerdings einen Geländewagen, in dem es nur zwei bequeme Sitze gibt. Wir könnten dich bestimmt irgendwie hineinquetschen, aber die Straßen sind in keinem sonderlich guten Zustand, die Fahrt würde also eher unbequem sein.«

»Fahr du nur. Ich komme schon klar«, sagte Erin.

17

Bradley kam gerade die Treppe vom Dachboden seines Elternhauses herunter, als er Lauren in der Küche entdeckte. Sie stand, anscheinend unentschlossen, am Telefon, dann griff sie nach dem Hörer und wählte eine Nummer. Verstohlen sah sie über die Schulter, wohl um sicherzugehen, von niemandem beobachtet zu werden. Bradley duckte sich rasch in eine Nische in der Diele.

»Ich bin's«, sagte Lauren leise, als jemand am anderen Ende der Leitung ihren Anruf entgegennahm. »Ich kann nur kurz reden. Ich werde versuchen, dich mittags zu treffen, im Dorchester.« Es entstand eine Pause, dann sagte sie: »Ich hab dich auch vermisst.«

Bradley war überzeugt davon, dass Lauren nicht mit einem Verwandten oder einer Freundin sprach. Sie kicherte wie ein Schulmädchen. Er war von Anfang an argwöhnisch gewesen, doch jetzt bezweifelte er nicht mehr, dass sie seinen Vater zum Narren hielt, und das ließ erneut Zorn in ihm aufsteigen.

Sein Vater, der in seinem Büro saß, rief nach Lauren.

»Ich muss Schluss machen«, flüsterte sie panisch. »Bis später.« Dann legte sie auf, kam aus der Küche und lief ins Arbeitszimmer.

»Da bist du ja, Lauren«, sagte Gareth. »Wo hast du denn gesteckt?«

»Ich hab die Haushälterin gesucht. Ich wollte sie bitten, uns eine Kanne Kaffee zu machen«, sagte Lauren. »Ich dachte, du kümmerst dich um deinen Papierkram.«

»Ich bin ein paar Papiere durchgegangen, ja. Ich suche Katalognummern für einen Kunden, dessen Werke wir vor einigen Monaten in einer Ausstellung hatten. Normalerweise bewahren wir so was in der Galerie auf. Jane muss die Unterlagen aus irgendeinem Grund mit nach Hause genommen haben, aber ich finde sie nicht. Erin weiß, wo ihre Mutter diese Dinge aufbewahrt hat, ich habe leider keine Ahnung, wann sie zurückkommt, und Bradley weiß das auch nicht.«

»Machst du dir immer noch Sorgen um sie?«

»Bradley hat mir versichert, dass es ihr gut geht, ich wünschte, sie würde mir auch schreiben.« Gareth seufzte. Er musste sich hörbar anstrengen, wieder heiterer zu wirken. »Ich habe mir überlegt, heute zum Mittagessen auszugehen«, sagte er. »Ich habe im Dorchester reserviert.«

»Heute!« Lauren wurde hektisch. »Machst du denn heute die Galerie nicht auf?«

»Doch, am Nachmittag für einige Stunden, das wird reichen.«

»Tut mir leid, Liebling, aber ich kann heute nicht mit dir essen gehen. Ich treffe mich mit einem alten Bekannten. Ich würde ja absagen, wir haben uns jedoch schon eine Ewigkeit nicht gesehen.«

Bradley fiel auf, dass Lauren geflissentlich verschwieg, dass ihr »Bekannter« ein Mann war, mit dem sie offenbar mehr als nur eine Bekanntschaft verband.

»Ach, wie schade«, sagte Gareth bedauernd.

»Ich weiß, aber er ist dummerweise nur diesen einen Tag in London. Das verstehst du doch, oder?«

»Natürlich. Ich bin trotzdem enttäuscht.«

»Lass uns stattdessen heute Abend zum Essen ausgehen«, schlug Lauren vor. »Wir könnten dieses neue französische Restaurant in Whitechapel ausprobieren. Das Guillotine.«

Bradley verdrehte die Augen. Das Guillotine hatte sich schon nach kurzer Zeit den Ruf als eines der teuersten und exklusivsten Restaurants Londons erworben.

»Mhm. Ich bin nicht sicher, ob wir so kurzfristig noch einen Tisch bekommen. Ich habe gehört, das Restaurant ist sehr beliebt«, gab Gareth zu bedenken.

»Du schaffst das bestimmt, Liebling«, schnurrte Lauren.

»Du bist doch schließlich einer der angesehensten Kunsthändler Londons.«

Gareth grinste jungenhaft. »Ich tue mein Bestes, nur für dich«, antwortete er.

Bradley schäumte vor Wut. Auch seine Mutter hatte die französische Küche geliebt. Lauren brauchte nur dem Ego seines Vaters zu schmeicheln, schon war er leichter zu bearbeiten als ein Stück Knetgummi.

»Sollen wir ins Corner Café gehen, Lauren?«, fragte Gareth. »Wir könnten dort unseren Kaffee trinken und ein Stück Kuchen essen. Du magst den köstlichen Kuchen dort doch so gern.«

»Tut mir leid. Ich muss mich jetzt wirklich beeilen«, hörte Bradley Lauren sagen.

»Wieso?«

»Mir ist gerade eingefallen, dass ich noch einen Termin beim Friseur haben«, antwortete sie und schaute auf die Uhr. »Ruf im Guillotine an und frag, ob wir noch einen Tisch bekommen können, ja? Und vergiss nicht, den Tisch im Dorchester abzusagen.«

»Ich kümmere mich gleich drum«, versprach Gareth. »Ich ruf dich dann später an.«

Bradley vernahm Schritte, die sich entfernten. Kaum war die Haustür zugeschlagen worden, ging Bradley zum Arbeitszimmer seines Vaters. Er würde ihm erzählen, was er mit angehört hatte. Er rechnete zwar fest damit, dass sein Vater das Ganze wieder als bedeutungslos abtun würde, trotzdem hoffte er, zumindest Zweifel zu säen. Gareth durfte einfach nicht mehr alles für bare Münze nehmen, was Lauren sagte.

Sein Vater telefonierte, als er eintrat. Ah, er bestellt einen Tisch im Guillotine, dachte Bradley, merkte aber bald, dass das nicht der Fall war.

»Hallo, Albert«, sagte Gareth. »Ich kann mich heute doch mit dir treffen.«

In der vergangenen Woche hatte sich ihr Einkäufer und Gutachter mehrfach an seinen Vater gewandt, weil er mit ihm über den jüngsten Trend aus den USA sprechen wollte. Pop-Art, wie sich die Kunstrichtung nannte, war in Amerika der Renner. Gareth war davon nicht so angetan, hielt die Idee allerding für wert, besprochen zu werden. Er schwieg, hörte zu.

»Na gut. Nein, komm nicht in die Galerie. Treffen wir uns doch zum Mittagessen im Dorchester. Einen Tisch habe ich schon reserviert. Passt es dir um zwölf Uhr?«

Bradley konnte sein Glück kaum fassen. Sein Vater würde Lauren dabei erwischen, wie sie ihn betrog. Besser hätte es gar nicht kommen können.

Gareth legte auf. »Wolltest du was von mir, Junge? Ich muss nur noch schnell einen Anruf machen, dann bin ich für dich da.«

»Ach nein, Dad. Ich wollte dir nur sagen, dass ich kurz mal wegmuss.«

»Hast du eine Lieferung für Phil?«

»Ja. Ich sehe dich dann später.«

Natürlich wusste Bradley längst, wo Lauren wohnte. Er fuhr direkt zu ihrer Wohnung in Paddington, weil er sehen wollte, ob sie schon zu Hause war. Wie er erwartet hatte, stand ihr Wagen vor dem Haus. Er parkte in diskreter Entfernung, um zu beobachten, ob sie abgeholt wurde oder ob sie selbst ins Dorchester fuhr. Eine halbe Stunde später sah er sie herauskommen und in ihren Wagen steigen. Sie hatte sich umgezogen, trug aber wie üblich etwas sehr eng Anliegendes, Aufreizendes – ein Kleid mit passendem Blazer in Fuchsienrot und hochhackige Schuhe. Vorsichtig folgte er ihr durch London. Er war nicht überrascht, dass sie statt in einen Friseursalon in ein Dessousgeschäft ging und mit einem sehr kleinen Päckchen wieder herauskam. Bradleys Argwohn bestätigte sich einmal mehr. Lauren stieg erneut in ihren Wagen, fuhr ins Dorchester und parkte dort. Bradley sah sie mit ihrem Päckchen in der Hand das Hotel betreten. Es war kurz nach elf.

Als er endlich seinen Van geparkt hatte und ihr vorsichtig folgte, war sie nirgends mehr zu sehen. Er suchte in den Teesalons, in der Cocktailbar und der Lounge. Es ärgerte ihn, dass er sie verloren hatte, doch er konnte ja kaum die junge Frau an der Rezeption fragen, ob Lauren sich ein Zimmer genommen hatte.

Bradley setzte sich ins Hotelfoyer neben eine ausladende Palme. Er nahm eine der Zeitungen, die auf einem kleinen Beistelltisch lagen, und tat, als ob er läse. Es war nicht gerade eine originelle Idee, sich hinter einer Zeitung zu verstecken, das Foyer war hingegen der einzige Platz, von dem aus er sehen konnte, ob Lauren vielleicht in Begleitung eines Mannes die Treppe herunterkam oder das Hotel verließ. Zum Glück saßen genügend andere Leute in der Nähe, er würde also nicht weiter auffallen.

Bradley wartete eine ganze Weile, doch von Lauren war weit und breit nichts zu sehen. Sie musste oben in einem der Zimmer sein, und er befürchtete, dass sie in den nächsten Stunden nicht herunterkommen würde. Seine Uhr zeigte kurz vor zwölf, und Bradley wusste, dass es besser war zu gehen, ehe er noch seinem Vater über den Weg lief.

Gerade in diesem Moment betrat Gareth das Hotelfoyer. Er schien ganz in Gedanken, als er an seinem Sohn vorbeiging, der den Kopf wieder hinter der Zeitung vergraben hatte. Gareth ging in die Cocktailbar, die zum Speisesaal führte. Kaum zwei Minuten später traf Albert ein und betrat ebenfalls die Cocktailbar. Bradley riskierte einen Blick durch die Glastür und sah die beiden Männer den Speisesaal betreten. Sie setzten sich an einen Tisch in der Nähe des Fensters. Dort waren sie vor neugierigen Blicken durch Topfpflanzen und einer Säule geschützt, ein idealer Platz, um in Ruhe etwas zu besprechen.

Aus dem Augenwinkel heraus nahm Bradley etwas Fuchsienrotes wahr. Er drehte sich um und sah Lauren, die gerade mit der Angestellten an der Rezeption sprach. Sie hielt einen Schlüssel in der Hand. Bradley duckte sich erneut hinter seine Zeitung. Einen Moment später ging Lauren an ihm vorbei in die Cocktailbar, wo sie auf einen Barhocker glitt und sich einen Martini bestellte. Ihr Päckchen hatte sie nicht dabei, Bradley vermutete, dass sie das, was sie gekauft hatte, entweder trug oder oben in einem der Zimmer gelassen hatte. Bradley konnte seinen Zorn kaum zurückhalten. Zu wissen, dass sie sich mit einem Mann traf, bestätigte seine Überlegungen, und sein Vater würde sie nun höchstwahrscheinlich hier sehen. Er hoffte bloß, dass er so klug war und einsah, dass der fragliche Mann nicht der »alte Bekannte« war. Allerdings traute er Lauren zu, dass sie sich mit ihrem Charme auch aus dieser prekären Lage befreien würde.

»Amerikanischen Trends laufen wir normalerweise nicht hinterher, Albert. Also weshalb meinst du, dass Pop-Art hier erfolgreich sein könnte?«, fragte Gareth, als sie beim Kellner ihre Drinks bestellt hatten. »Wir Briten sind immer schon traditionsbewusster gewesen und bisher gut damit gefahren.« Sein Magen meldete sich knurrend, also nahm er die Speisekarte und schlug sie auf.

»Ich finde, es ist an der Zeit für eine Veränderung, Gareth. Und Pop-Art ist offen für alle Richtungen. Sogar in der Werbung wird sie mit großem Erfolg eingesetzt.«

»Werbung!«

»Pop-Art ist Avantgarde, und ich weiß, das ist normalerweise nicht dein Geschmack, doch die jungen Leute mögen so was.«

»Kunstkäufer sind sie ja wohl kaum, oder?«

»In diesem Fall schon. Pop-Art kaufen sie. Ich glaube, das könnte der Galerie in den nächsten zehn Jahren das große Geld bringen. Wir versuchen doch immer, Zukunftstrends für die Kunst vorauszusagen. Pop-Art gehört dazu, davon bin ich überzeugt.«

»Ich bin da nicht so sicher«, erwiderte Gareth.

Er wünschte, Lauren würde mit ihnen essen. Sie war sehr offen und intuitiv, wenn es um neue Ideen ging. In Paris hatte sie ihm empfohlen, einen Matisse und einen Raoul Dufy zu kaufen, und beide hatte er verkaufen können, kaum dass er sie in der Galerie ausgestellt hatte.

»Ich glaube, wenn du das Risiko eingehst, werden andere Galerien deinem Beispiel bald folgen. Da bin ich mir ganz sicher«, sagte Albert. Irritiert beobachtete er, dass Gareth aufstand, sein Jackett auszog und es nervös über die Stuhllehne hängte. »Was ist denn, Gareth?«, fragte er.

»Ich … ich sehe da jemanden, den ich kenne«, sagte er und verschwand.

Lauren saß mit Blick auf die Glastür auf ihrem Barhocker und wurde allmählich ungeduldig. Sie schaute auf die Uhr, ein Geschenk von Gareth.

»Lauren!«, rief Gareth. »Dachte ich mir doch, dass du es bist.«

Lauren hielt die Luft an und drehte sich auf ihrem Barhocker um. »Gareth!«

Gareth war verwirrt. »Triffst du dich hier mit deinem alten Bekannten?« Er musterte ihre Aufmachung. Sie sah noch reizvoller aus als sonst.

»Mit meinem Bekannten! Nein!« Lauren wurde blass. »Ich wollte mich mit dir treffen, Liebling.« Sie glitt vom Hocker und küsste ihn auf die Wange, ihr hypnotisierendes Parfüm erregte seine Sinne.

»Aber … aber wir wollten uns hier doch gar nicht treffen«, sagte Gareth perplex.

Lauren tat, als wäre sie verwirrt. »Als mein Bekannter absagte, hab ich bei dir zu Hause angerufen und bei deiner Haushälterin eine Nachricht hinterlassen. Hat sie dir nichts ausgerichtet?«

»Nein. Das passt so gar nicht zu Muriel. Und ich war den ganzen Vormittag zu Hause, in meinem Arbeitszimmer am Schreibtisch«, sagte er.

»Na ja, egal. Jetzt bist du ja hier. Und ich bin auch hier. Hat doch noch alles geklappt.«

»Tatsächlich habe ich mir gerade gewünscht, du wärst hier. Albert und ich haben ein paar neue Ideen für die Galerie besprochen, und ich hätte gern deine Meinung gehört. Setz dich doch zu uns.«

Lauren zögerte. »Ich will kein Geschäftsessen stören, Liebling.«

»Unsinn. Wir beide werden uns ganz sicher nicht über diese

Art Störung beklagen.« Gareth lachte. Dann fiel sein Blick auf die Eingangstür. »Ja, ist das denn zu glauben? Das ist doch Luke Stanford, der da gerade hereinkommt.« Gareth ging auf seinen alten Freund zu, der über das unerwartete Treffen genauso überrascht zu sein schien. »Luke! Wie schön, dich zu sehen.«

»Gareth! Ich hätte nicht gedacht, dass ich dir hier über den Weg laufe.«

»Nein, ich allerdings auch nicht«, erwiderte Gareth und schüttelte Luke die Hand. »Ist deine Frau auch hier?« Er schaute sich um.

»Margaret und ich sind nicht mehr zusammen, erinnerst du dich nicht?«, entgegnete Luke verlegen. »Wahrscheinlich sitzt sie gerade bei ihrem Anwalt und sucht nach Tricks, mit denen sie noch mehr Geld aus mir herausschlagen kann«, fügte er mit gequältem Blick hinzu.

»Ach, stimmt ja. Tut mir leid. Das hatte ich vergessen.«

Dass ihm solch ein Fehler unterlaufen war, konnte Gareth kaum glauben, andererseits hatte es in Margarets und Lukes Beziehung stets ein ständiges Auf und Ab gegeben. Jedes Mal, wenn sie von einer neuen Geliebten erfuhr, verließ sie ihn. Gareth glaubte, dass sich Luke nur deshalb immer wieder mit ihr aussöhnte, weil er es sich ersparen wollte, sein Kapital mit ihr zu teilen. Diesmal schien es, als wäre Margaret nicht in versöhnlicher Stimmung.

»Schon in Ordnung. Ich versuche ja auch, es zu vergessen«, sagte Luke verlegen. »Aber sie plündert mein Bankkonto, also ist das nicht so leicht. Ich hatte übrigens geschäftliche Probleme in Cardiff, deshalb konnte ich nicht zu Andys und Erins Hochzeit kommen. Nach allem, was ich hörte, muss ich allerdings kein schlechtes Gewissen haben, nicht wahr? Ich hoffe, du wirfst mir nicht vor, dass ich mit Andy verwandt bin.«

»Nein. Und ich hoffe, du nimmst es mir nicht übel, wenn ich dir sage, dass er ganz auf dich kommt, wenn es um Frauen geht.«

»Touché.«

Verlegen schaute Luke über Gareth' Schulter auf Lauren, die sich ebenfalls unbehaglich zu fühlen schien.

»Ich bin hier mit Albert Howell, meinem Gutachter«, sagte Gareth. »Und gerade habe ich eine sehr gute Freundin hier getroffen. Komm, ich will euch bekannt machen.« Noch immer war es ihm unangenehm, Lauren als mehr als eine sehr gute Freundin vorzustellen. »Lauren, darf ich dir meinen Freund Luke Stanford vorstellen?« Er lächelte. »Luke, das ist Lauren Bastion.«

»Oh!« Luke zog eine Augenbraue hoch. Er musterte Lauren. »Und was für eine attraktive Freundin!«

»Guten Tag«, sagte Lauren. Wie gut er aussieht, dachte sie und gab Luke die Hand.

»Lauren wird sich zu uns setzen. Magst du nicht auch kommen, Luke?«

»Ich … warte eigentlich auf einen Freund. Er scheint … nicht zu kommen.«

»Ach, setz dich doch zu uns«, bat Gareth. »Wenigstens, bis dein Freund auftaucht. Wir haben uns einiges zu erzählen.«

»Ich will wirklich nicht stören.«

»Nein, nein, komm mit an unseren Tisch. Ich bestehe darauf«, sagte Gareth. »Du hast einen ganz ausgezeichneten Geschäftssinn. Deshalb würde ich sehr gern deine Meinung zur Pop-Art hören.«

18

Erin verabschiedete gerade einen der Minenarbeiter, als sie Jonathan und Marlee auf der Straße entdeckte.

»Hallo, Jonathan«, rief sie.

Sie hatten sich einige Tage nicht gesehen. Sie und ihr Onkel waren nicht bei Andros Beerdigung gewesen, die wegen der Hitze schon am Morgen nach seinem Tod stattgefunden hatte. Cornelius war bei Sonnenaufgang mit dem Minenarbeiter nach Andamooka aufgebrochen, aber offenbar waren ein paar Männer hingegangen sowie einige Leute aus der Stadt – diejenigen, die vor Bojan Ratko keine Angst hatten.

Erin schaute Marlee, auf deren kleinem Gesicht ein trauriger, verlorener Ausdruck lag, berührt an. Das Mädchen klammerte sich an Jonathans Hand, als fürchte es sich davor, sie loszulassen.

»Hallo, Marlee«, sagte Erin, aber die Kleine ließ den Kopf sinken und antwortete nicht.

Voller Mitgefühl sah Erin zu Jonathan. »Ich habe gehört, was passiert ist«, sagte sie. »Es tut mir so leid.« Wieder schaute sie zu Marlee.

Jonathan nickte. »Es war ziemlich schlimm«, erwiderte er und sah auf die Kleine hinunter.

»Hat Marlee Verwandte in Australien?«, fragte Erin.

»Ich glaube nicht. Ihr …« Jonathan verschluckte im letzten Moment das Wort ›Vater‹, denn er hatte Angst, Marlee könnte wieder anfangen zu weinen. »Ich bin gebeten worden, ihr Vormund zu sein, also werde ich mich um sie kümmern«, erklärte er ernst.

»Oh!« Erin hielt diese Verantwortung für eine riesige Last. Sie hatte angenommen, dass ein Verwandter die Kleine abholen und sich um sie kümmern würde. »Wie können Sie dann in Ihrer Mine arbeiten?«

»Wir sind gerade auf dem Weg in die Schule, um Marlee anzumelden. Sie ist ein wirklich kluges Kind, das Lernen wird ihr ganz guttun. Außerdem braucht sie unbedingt den Kontakt zu anderen Kindern. Ich glaube, so was kannte sie bisher noch gar nicht.«

Jonathan kam gerade aus dem Büro der Opalminenverwaltung. Nachdem sich mehrere Minenarbeiter bei ihm erkundigt hatten, ob Andros Mine nun frei war, hatte er beschlossen nachzuhören. Der Pachtvertrag für eine Mine musste jährlich erneuert werden, und Jonathan wusste nicht, wann Andros Vertrag auslief oder ob er eventuell berechtigt war, ihn zu verlängern. Der Verwaltungsbeamte hatte gute Nachrichten für ihn gehabt. Ohne Jonathans Wissen war Andro den ungewöhnlichen Schritt gegangen, ihn mittels eines formalen Antrags zum offiziellen Partner zu machen. Bei Bojan Ratko hatte er das nicht getan, was ihm eine Lehre gewesen sein musste. Falls ihm etwas passiere, so hatte er zu dem Beamten gesagt, wolle er, dass Jonathan auch ohne ihn in seiner Mine arbeiten könne. Jonathan empfand immense Erleichterung darüber, dass er jetzt legal in beiden Minen arbeiten konnte, er fragte sich dennoch, ob Andro, was seinen Tod anging, wohl eine Vorahnung gehabt hatte.

»Das mit der Schule ist eine gute Idee«, sagte Erin. Jonathan konnte so ein paar Stunden am Tag sorglos arbeiten, eine dauerhafte Lösung war das jedoch nicht. Er war nichts weiter als ein junger Mann, der nach Coober Pedy gekommen war, weil er genug Geld verdienen wollte, um sein zukünftiges Eheleben auf einer soliden Grundlage zu beginnen. Stattdessen hatte er nun die Verantwortung für ein Waisenkind übernommen. So viel Mitleid Erin auch mit Marlee hatte, dass Jonathans Leben und seine Pläne nun völlig auf den Kopf gestellt waren, tat ihr sehr leid. »Die Arbeit in einer Mine bringt aber doch kein regelmäßiges Einkommen«, fügte sie leise hinzu. Sie war sicher, dass ihm das bewusst war, trotzdem schien er mit seinem Herzen, nicht mit seinem Kopf zu denken.

»Das ist mir in den letzten Wochen auch klar geworden«, sagte Jonathan.

»Das glaube ich gern«, erwiderte Erin entschuldigend. »Ich denke nur … Es ist schwieriger, wenn man sich noch um jemand anderen kümmern muss.«

»Ich habe einen Opal zu verkaufen, das sollte uns eine Weile über Wasser halten«, erklärte Jonathan. Er wusste, dass ihm noch eine große Aufgabe bevorstand, er hatte Liza noch nicht berichtet, was passiert war.

»Leider ist mein Onkel nicht hier. Er ist nach Andamooka aufgebrochen, um Opale zu kaufen«, sagte Erin.

»Ach.« Jonathan war sichtlich enttäuscht. »Dann gehe ich zu einem anderen Händler.«

»Nein, warten Sie. Ich tätige während der Abwesenheit meines Onkels eigenständig die Käufe«, erklärte Erin. »Er hat mir einiges beigebracht, also wenn Sie mir Ihren Opal anvertrauen wollen, sehe ich ihn mir mal näher an.«

Jonathan holte den Opal hervor, den Andro und er freigeschlagen hatten. Er hatte vor, die Steine, die unter Marlees Feldbett versteckt waren, so lange wie möglich unangetastet zu lassen, lange genug, so hoffte er, um ihre Zukunft sichern zu können. Andros und seinen besonderen Fund hatte er in ein feuchtes Tuch eingewickelt und in eine Blechbüchse gelegt. Andro hatte ihm beigebracht, dass es wichtig war, Opale feucht zu halten. Wenn der Feuchtigkeitsgehalt im Stein abnahm, war er nicht mehr so wertvoll.

»Der ist unglaublich!«, rief Erin aus, als sie den Stein aus der Dose nahm und sorgfältig begutachtete. »Bisher habe ich noch keinen Opal von solch hoher Qualität gekauft. Ich kann Ihnen ein Angebot machen, aber vielleicht möchten Sie lieber warten, bis mein Onkel zurückkommt, der natürlich viel mehr Erfahrung hat. Ihnen steht selbstverständlich auch frei, ihn einem anderen Händler zu zeigen.«

»Ich würde Ihr Angebot gern hören«, antwortete Jonathan. Er hoffte, er klang nicht allzu verzweifelt, aber Marlee zu ernähren würde kostspielig sein, und ihm war das Geld ausgegangen.

Erin ahnte Jonathans Notlage. Er war überglücklich, als sie ihm ein mehr als großzügiges Angebot machte, und schlug gleich zu.

Erin hatte an diesem Tag viel Zeit, über Jonathans prekäre Lage nachzudenken, denn es kamen nur wenige Kunden. Sie traute sich aber auch nicht, spazieren zu gehen und so vielleicht einen wichtigen Kauf zu verpassen. Die Stunden zogen sich endlos dahin, doch irgendwann war es sechs Uhr, und sie lief zur Vordertür, um abschließen, wie ihr Onkel ihr das gesagt hatte. In diesem Moment klopfte es, und Will Spender trat ein.

»Guten Abend, Miss Forsyth«, sagte er.

»Was führt Sie denn hierher, Constable?«, fragte Erin.

»Ich wollte hier nur mal nach dem Rechten sehen, wo Ihr Onkel doch nicht da ist.« Er hatte immer mal wieder ein Auge auf die Wohnung geworfen, wie er es Cornelius versprochen hatte.

»Ich hatte nur wenige Kunden, und keiner hat mir Ärger gemacht. Sie waren alle sehr höflich.«

Erin hielt einige Minenarbeiter für reichlich exzentrisch. Einer hatte ihr erzählt, er sei früher Krokodiljäger gewesen. Die meisten Narben auf seinem Körper hatte er ihr gezeigt, und zu jeder gab es eine Geschichte. Da war zum Beispiel eine furchtbare Narbe an seinem Bein, wo sich ein Krokodil festgebissen und versucht hatte, ihn in einen Seitenarm eines Flusses zu zerren.

»Ich glaube, so eine hübsche Frau haben die ewig lange nicht mehr zu Gesicht bekommen«, sagte Will.

»Hübsch! So angezogen komme ich mir nun wirklich nicht hübsch vor. Wenn ich in London so herumliefe, würde mich niemand anschauen.« Wenn sie ehrlich war, vermisste Erin ihre schönen Kleider und auch die Geschäfte, sie hatte jedoch begriffen, dass es reine Zeitverschwendung wäre, sich an einem Ort wie Coober Pedy nett zurechtzumachen.

»Ich bin sicher, diese Aufmachung ist Lichtjahre entfernt von allem, was Sie in England je getragen haben«, gab Will zurück. »Aber es ist das Richtige für das Leben hier in Coober Pedy. Trotzdem sieht man noch, wie hübsch Sie sind. Ich glaube, keine Verkleidung könnte das verbergen.«

Erin wurde rot.

»Tut mir leid. Ich wollte Sie nicht in Verlegenheit bringen. Ich halte einfach nur eine Tatsache fest. So was tun Constables nun mal … sie setzen sich mit Tatsachen auseinander.«

Erin musste lächeln, begann dann jedoch, den Tisch aufzuräumen, wo sie ihre Geschäfte getätigt hatte. Sie hoffte, dass Constable Spender den Hinweis verstehen und gehen würde.

»Sind Sie fertig für heute?«, fragte Will.

»Ja.«

»Was sind Ihre Pläne fürs Abendessen?«

»Ich … wollte mal nachsehen, was so im Kühlschrank ist.«

»Das klingt ja nicht sehr aufregend.«

Erin zuckte mit den Schultern. »Ich bin nicht allzu wählerisch«, erklärte sie. Sie hatte großen Hunger, also war ihr alles recht.

»Ich wollte ins Star of Greece. Möchten Sie mich nicht begleiten? Montags ist es immer ganz ruhig da.«

Will spürte, dass Erin kurz davor war abzulehnen, also sprach er schnell weiter. »Sicherlich wäre ich heute der einzige Gast. Sie würden mir also einen Gefallen tun.«

»Danke, ich sollte besser katalogisieren, was ich heute gekauft habe.«

»Vielleicht können Sie das ja später noch tun. Thelma und Christos geben sich für mich allein immer genauso viel Mühe wie für viele Gäste, dabei habe ich allerdings immer ein schlechtes Gewissen«, erklärte Will. »Wahrscheinlich haben sie den ganzen Tag schon lauter Köstlichkeiten zubereitet. Denken Sie doch nur, wie enttäuscht die zwei sein werden, wenn ich der Einzige bin, der heute Abend bei ihnen essen will.« Erin schien das gleichgültig zu sein, also fuhr Will fort. »Die beiden lieben ihre Arbeit, aber wenn die Bewohner der Stadt sie nicht unterstützen, werden sie schließen müssen.«

Erins Widerstand ließ allmählich nach. Cornelius und sie hatten eigentlich vorgehabt, das Restaurant bei seiner Rückkehr zu besuchen. Sie waren tatsächlich immer noch nicht dort gewesen. »Ein Gast mehr würde doch wohl kaum einen großen Unterschied machen«, sagte sie dennoch.

»Da bin ich anderer Meinung«, erwiderte Will.

Erin hatte tatsächlich großen Hunger, und der Gedanke an griechisches Essen ließ ihr nun das Wasser im Mund zusammenlaufen. Dass Will Spender so hartnäckig war, war ihr hingegen mehr als unangenehm. Sie mochte sich noch nicht wieder vorstellen, dass so etwas wie Liebe in ihr Leben zurückkehren könnte. »Danke, nein danke«, sagte sie.

Will ahnte, woran Erin dachte. »Nur um das klarzustellen, mit Ihnen essen gehen sehe ich nicht als Rendezvous an«, sagte er. »Wir wären einfach nur zwei Bekannte, die im selben Restaurant essen, mehr nicht. Sie können sich sogar an einen anderen Tisch setzen, wenn Sie möchten.«

»Das ginge dann wohl doch ein bisschen zu weit«, entgegnete Erin lachend.

»Dann kommen Sie also?«

»Wir treffen uns in einer halben Stunde dort, aber Sie müssen mir versprechen, dass dies wirklich kein Stelldichein ist«, sagte sie.

»Versprochen«, sagte Will. Er konnte kaum verbergen, wie sehr er sich freute.

»Und wir zahlen getrennt«, beharrte Erin.

»Darüber reden wir dann später«, erwiderte Will und ging, ehe Erin noch etwas dagegen sagen konnte.

Erin lief rasch in ihr Schlafzimmer. Was sollte sie nur anziehen? Sie hatte vor allem praktische Sachen eingepackt wie lange Hosen und Blusen. Ein wirklich schönes Kleid und dazu passende Schuhe hatte sie zwar mitgenommen, doch wenn sie das trug, würde Will ganz entschieden einen falschen Eindruck bekommen.

Schließlich entschied sie sich für eine leichte weiße Bluse und eine schwarze Hose, dazu flache schwarze Sandalen.

Will Spender traf als Erster im Restaurant ein. Er hatte sich hastig gewaschen und sein einziges sauberes Hemd und seine einzige saubere Hose angezogen. Christos erzählte er, dass er mit dem neuen Edelsteinhändler der Stadt zu Abend essen werde.

»Aha. Ich habe ihn schon gesehen«, erwiderte Christos.

»Ach ja?«, fragte Will. Er war ziemlich sicher, dass Christos nicht Erin meinte. »Welchen denn?«

»Gibt es denn mehr als einen?«

Einer der Mittagsgäste hatte ihm ein paar Tage zuvor erzählt, dass er Opale an den neuen Edelsteinhändler der Stadt verkauft hatte, und ihm den Mann dann gezeigt, als der am Restaurant vorbeiging.

»Ja, es gibt einen Edelsteinhändler, und dann ist da noch dessen Assistent.«

»Ist der Edelsteinhändler etwa in meinem Alter?«, erkundigte sich Christos.

»Ja, er heißt Cornelius Wilder. Meine Begleitung heute Abend ist ein Verwandter, der für ihn arbeitet.«

Christos sah, dass Will auf einmal ganz verlegen wirkte, und er wurde skeptisch. »Aha, und für diesen Assistenten haben Sie sich ein sauberes Hemd angezogen«, meinte er ironisch.

»Das stimmt«, erwiderte Will.

»Hat dieser Assistent einen Namen?«

»Natürlich. Der Name ist … Erin Forsyth«, sagte Will, den Augenkontakt mit dem Restaurantbesitzer tunlichst meidend.

»Aha«, sagte Christos wieder. »Erin ist ein Frauenname, oder?«

»Das wissen Sie doch ganz genau«, erklärte Will.

»Woher soll ich das denn so genau wissen? Ein griechischer Name ist es jedenfalls nicht«, sagte Christos lebhaft.

»Ich glaube, es ist ein irischer Name«, erklärte Will geduldig. »Aber Erin kommt aus London.«

Christos grinste. »Thelma, unser junger Constable hat ein Rendezvous mit einer Londonerin, die einen irischen Namen hat«, rief er aufgeregt. »Bring eine Kerze für den Tisch.«

»Moment mal, Christos.« Will geriet in Panik. »Ich habe kein Rendezvous. Wir sind bloß zwei Leute, die zusammen essen gehen, das ist alles.«

»Wenn ein Mann und Frau zusammen essen gehen, ist das ein Rendezvous«, beharrte Christos.

»In diesem Fall nicht. Ich will keine romantische Musik, keine Kerzen, kein Gerede über Liebe. Ist das klar?«

»Ist sie sehr hübsch?«, fragte Christos gemeinerweise. Seine dunklen Augen funkelten.

»Ja, sie ist hübsch, doch es hat ihr jemand das Herz gebrochen, und sie läuft auf und davon, wenn Sie mit dem ganzen sentimentalen Kram anfangen.«

»Ah. Sie ist also die schöne Frau, die Ihnen den Kopf verdreht hat«, sagte Christos und grinste.

»Bitte halten Sie sich zurück, Christos«, flehte Will. »Sie verschrecken sie bloß.«

»Na schön, ich reiße mich zusammen«, sagte Christos.

Er zwinkerte seiner Frau gut gelaunt zu, als er eilig in die Küche lief, um das Essen vorzubereiten.

Als Erin das Restaurant kurze Zeit später betrat, sprang Will aufgeregt auf und schob einen Stuhl für sie zurecht. Anerkennend betrachtete sie die Dekoration, darunter Fotos von reizenden Buchten, in denen Fischerboote dümpelten, und steilen Klippen, auf denen wie hingetupft hübsche weiße Häuser mit blauen Dächern, Türen und Fensterrahmen standen. An der Decke war ein großes Fischernetz angebracht, darin lagen Treibholzstücke, die Verwandte von zu Hause als Erinnerung geschickt hatten. An der Wand hinter der Bar hing eine Busuki, ein Instrument, das Christos spielte, wenn er betrunken war und sich nach der Heimat sehnte.

Auf einmal war Erin mehr als froh, dass sie gekommen war.

Ohne ihren Onkel fühlte sie sich richtig einsam. Die Erdwohnung gab einem zudem ein Gefühl des Eingeschlossenseins. Sterne und den Mond durch ein Fenster sehen zu können war etwas, das sie nie mehr als Selbstverständlichkeit ansehen würde. Wills offensichtlich anerkennende Blicke nahm sie nicht zur Kenntnis.

Will sah Christos an, der hinter der Bar stand und begeistert den Daumen hob. Er verdrehte die Augen und setzte sich, froh, dass Erin mit dem Rücken zur Theke saß. Er hätte ihr gern gesagt, wie wunderhübsch sie aussah, aber er war entschlossen, einen gleichgültigen Tischgefährten darzustellen, nicht einen, der ihr den Hof machte.

»Sie hatten recht«, sagte Erin und nahm die Speisekarte zur Hand.

Will sah sie fragend an. »Womit?«

»Damit, dass wir die einzigen Gäste sind.«

»Ach, das meinen Sie. Das war mir klar. Danke, dass Sie gekommen sind. Jetzt komme ich mir nicht mehr fehl am Platz vor, wenn ich hier allein esse.«

»Ich bin froh, dass ich gekommen bin«, bemerkte Erin, und Wills Herz schlug schneller. »Ich habe nämlich einen Riesenhunger«, fügte sie hinzu und versetzte ihm damit einen kleinen Dämpfer.

Thelma und Christos eilten mit einer Karaffe Wein und Gläsern an den Tisch, und Will stellte sie und Erin einander vor.

»Was haben Sie für schönes Haar!«, bemerkte Thelma.

Erin wurde bewusst, dass sie ihr Haar zum ersten Mal seit der Ankunft in Coober Pedy offen trug, und lächelte innerlich, als sie Christos' bewundernden Blick sah. Er grinste sie an, als wäre sie ein Mitglied der königlichen Familie.

Wann immer Christos neue Gäste im Restaurant hatte, tat er, als spräche er nur Griechisch. So gaben seine Gäste Kommentare ab, von denen sie meinten, er könnte sie nicht verstehen. Dieses Spiel amüsierte ihn köstlich. Dann plötzlich brachte er die Gäste in Verlegenheit, indem er Englisch zu sprechen begann.

»Sie ist wunderschön, Will, Sie sollten sie auf der Stelle heiraten, ehe ein anderer sie Ihnen noch wegschnappt!«, sagte er nun.

Etliche Minenarbeiter auf den Feldern waren Griechen, deshalb beherrschte Will ihre Sprache ein wenig, wenn auch nicht gut. Er verstand Christos also.

»Zählt Christos uns auf, was die besonderen Angebote des Tages sind?«, fragte Erin Will und schaute dann wieder auf die Speisekarte.

»Er sagt, er hat heute wunderbare Fleischklößchen gemacht«, antwortete Will. Es duftete verlockend aus der Küche nach Fleischklößchen, und da er Stammkunde war, nahm er an, dass er recht hatte.

»Dann nehme ich die«, sagte Erin und klappte die Speisekarte zu.

»Ich habe einen köstlichen griechischen Salat vorbereitet«, erklärte Thelma. Ihr Englisch war recht gut. »Und ein wenig *eliopsomo*, das ist Olivenbrot.«

»Das klingt wunderbar!« Erin lächelte.

Thelma ging in die Küche zurück, aber Christos dachte gar nicht daran. Grinsend blieb er am Tisch stehen, bis Will taktvoll vorschlug, er solle doch seiner Frau helfen.

»Wie kommt es, dass Thelma so gut Englisch spricht, Christos jedoch nicht?«, fragte Erin, als er gegangen war.

»Das ist eine berechtigte Frage, leider kann ich sie nicht beantworten«, entgegnete Will und schenkte ihr Wein ein. »Na dann, auf einen schönen Abend.«

»O ja, ich bin ganz ausgehungert.« Erin nahm einen Schluck. »Mein Onkel hat mir übrigens erzählt, dass Sie Bojan Ratko verhaftet haben.«

»Das stimmt. Ich habe einen Zeugen, der behauptet, Bojan habe Andro Drazan bei einer Schlägerei in den Minenschacht gestoßen. Ich habe Bojan wegen Mordes festgenommen.«

»Gibt es nur einen Zeugen? Die halbe Stadt hat doch bei der Schlägerei zugesehen, oder?«

»Es waren tatsächlich viele Männer dort, aber nur einer von ihnen war bereit auszusagen. Die anderen haben Angst.«

Erin schüttelte den Kopf. »Wie tragisch, dass Andros Tochter innerhalb so kurzer Zeit Mutter und Vater verloren hat«, sagte sie.

»Ja, wirklich. Ich hätte sie ins Waisenhaus bringen müssen. Wie es aussieht, waren Andros letzte Worte kurz vor seinem Tod jedoch die Bitte an seinen Partner, die Verantwortung für das Kind zu übernehmen. Zufällig ist dieser Mann auch der Tatzeuge.«

»Jonathan!«

»Sie kennen ihn?«

»Ja, wir sind uns ein paarmal begegnet. Gerade heute hat er mir einen Opal verkauft. Ich habe großen Respekt vor dem, was er da macht – die Verantwortung dafür zu übernehmen, das Kind eines fast Fremden großzuziehen … Ich kann mir nicht vorstellen, dass viele das auf sich genommen hätten.«

»Das ist wirklich erstaunlich«, bestätigte Will.

»Ich bin nicht gerade der mütterliche Typ, deshalb fällt es mir umso schwerer zu begreifen, dass ein so junger Mann wie Jonathan so etwas tut.«

Will wusste nicht, was er sagen sollte.

»Wird Bojan hier in Coober Pedy wegen Mordes vor Gericht gestellt?«, fragte Erin nun.

»Nein. In den nächsten Tagen soll er abgeholt und nach Alice Springs gebracht werden, wo er auf den Prozess warten muss. Es kann eine Zeit dauern, ehe ein Verhandlungstermin festgesetzt wird.«

»Trotz der tragischen Umstände fühle ich mich doch sicherer, jetzt, da ich weiß, dass er in Haft ist.«

»Ich bin überzeugt, Ihr Onkel wäre nicht nach Andamooka gefahren, wäre Bojan noch auf freiem Fuß.«

»Ich weiß«, erwiderte Erin. Sie musste daran denken, wie schwer es gewesen war, Cornelius zu überreden, sie mit nach Coober Pedy zu nehmen. Er sorgte sich so sehr um ihr Wohlergehen. »Auch Jonathan und Marlee können sich jetzt sicherer fühlen. Da Andro tot ist, würde Bojan bestimmt seine Aufmerksamkeit auf die beiden richten. Er glaubt, Andro hätte ihm den Olympic Australis gestohlen, jetzt ist er wahrscheinlich davon überzeugt, dass Jonathan den Stein in seinem Besitz hat.«

»Daran hatte ich noch gar nicht gedacht«, sagte Will stirnrunzelnd.

Thelma brachte einen Salat und einen Korb mit *eliopsomo*, Christos servierte Fleischbällchen in einer Sauce aus Tomaten und Oliven, dazu einen Teller mit Gemüse.

»Ich sehe, sie mag Sie wirklich«, sagte er auf Griechisch zu Will.

Erin sah Will um Übersetzung bittend an.

»Er sagt, er hofft, dass uns das Essen schmeckt«, erklärte Will, und wieder wurde er verlegen.

»Es schmeckt bestimmt herrlich«, rief Erin hocherfreut aus.

»Danke, Christos.« Will warf dem Restaurantbesitzer einen Blick zu, der ihm nahelegte, besser schnell wieder in die Küche zurückzugehen.

»Sie werden herrlich Liebe zusammen machen«, sagte Christos und küsste sich die Fingerspitzen, als er sich zurückzog.

Will schoss das Blut in die Wangen. »Das war die griechische Version von ›Guten Appetit‹«, erklärte er auf seinen Teller starrend.

»Aha.« Erin lächelte. »Wie nett.«

Das Essen war fantastisch, aber Erin bemerkte, dass Will immer wieder einen Blick in Richtung Bar warf, als würde er von etwas, das dort vorging, abgelenkt.

»Alles in Ordnung?«, fragte sie schließlich.

»Ja, ja.«

Will versuchte, sich auf sie und sein Essen zu konzentrieren, während Christos und Thelma sich hinter der Bar herausfordernd küssten und wie zwei Jungverliebte tanzten. Christos fiel auf die Knie und tat so, als machte er Thelma einen Heiratsantrag. Pantomimisch steckte er ihr einen Ring an den Finger. Will drohte, an seinem Essen zu ersticken.

Erin war irritiert. Was hatte er nur? Neugierig drehte sie sich um.

Thelma gab Christos rasch einen Schubs, um ihn zu warnen. Er tat nun so, als hätte er etwas fallen gelassen. Mit theatralischer Geste gab er vor, Thelmas Ring gefunden zu haben.

Erin hörte Will stöhnen und wandte sich wieder um. Er hustete, weil er sich an seinem Wein verschluckt hatte. Verschämt lächelte er sie an.

Sie unterhielten sich über die großen Temperaturschwankungen in der Wüste und darüber, wie froh man doch sein konnte, wenn man in einer Erdwohnung lebte. Cornelius hatte den Mietvertrag auf unbestimmte Zeit verlängert, nachdem er gemerkt hatte, wie tapfer Erin sich in der rauen Gegend schlug.

»Es hat ausgezeichnet geschmeckt!«, sagte Erin, als Thelma kam, um die Teller abzuräumen. »Ich werde sicherlich noch einmal herkommen.«

Nun eilte auch Christos an den Tisch. »Sie müssen sie mit Ihrem leidenschaftlichen Liebesspiel völlig erschöpfen, dann wird sie Sie nie mehr verlassen«, sagte Christos auf Griechisch, begleitet von einem breiten Grinsen und diversen merkwürdigen Gesten.

Will versuchte, ernst zu bleiben, aber ein Lächeln konnte er sich nicht verkneifen.

»Erkundigt er sich, wie es uns geschmeckt hat?«, fragte Erin.

»Er fragt, ob wir ein Dessert möchten oder nur Kaffee«, erwiderte Will.

»Und dabei muss er so gestikulieren?«

»Er ist sehr leidenschaftlich … was seine Desserts angeht«, erklärte Will.

»Ja, offenbar.« Auch Erin lächelte nun. »Nur Kaffee bitte. So viel habe ich seit meiner Ankunft in Australien nicht mehr gegessen. Ich fühle mich, als würde ich jeden Moment platzen. Wenn Sie können, sagen Sie Christos bitte, dass ich in diesem Land noch nie so gut gegessen habe. Es war wirklich fantastisch.«

In seinem rudimentären Griechisch versuchte Will, Christos zu erklären, er habe doch versprochen, sich zu benehmen. Die einzige Antwort des Restaurantbesitzers war ein Grinsen, bei dem er sich die Hand aufs Herz legte.

Als Thelma den Kaffee servierte, begann Christos im Hintergrund Mundharmonika zu spielen.

»Besitzen Sie eigentlich Schmuckstücke aus Opal?«, fragte Will unvermittelt.

»Noch nicht, aber vielleicht behalte ich einen der Opale, die ich heute gekauft habe, und lasse mir einen Anhänger oder einen Ring daraus machen. Dann habe ich immer etwas, das mich an meinen Aufenthalt hier erinnert.«

Will nahm einen Schluck Kaffee. »Wussten Sie, dass man allgemein annimmt, Opale besäßen Heilkraft?«

»Ja, das habe ich gehört.«

»Angeblich helfen sie bei Depressionen. Und sie sollen dem Träger helfen, die wahre Liebe zu finden.«

Erin neigte den Kopf zur Seite. »Das glaube ich nicht«, erwiderte sie.

Will zuckte mit den Schultern. »Das habe ich mir nicht ausgedacht«, bemerkte er. »Glauben Sie an Astrologie?«

»Warum fragen Sie?«

»Weil Opale die positiven Charaktereigenschaften bei den im Sternzeichen Krebs Geborenen verstärken sollen.«

»Ich bin Krebs«, sagte Erin erstaunt.

»Na sehen Sie mal!« Will lächelte. »Da bin ich aber froh, dass ich Ihnen das erzählt habe. Schwarzer Opal ist besonders gut für Skorpione, ich bin Skorpion. Und Boulder-Opal gilt als hilfreich für Widder.«

»Mein Onkel ist Widder, mein Bruder auch. Was können Sie mir sonst noch erzählen?« Erin war fasziniert.

»Der Begriff Opal kommt aus dem Lateinischen, von dem Wort Opalus, was ›wertvoller Stein‹ bedeutet. Früher glaubten die Träger von Opalen, der Stein bewahre ein kräftiges Herz und verhindere Ohnmachten. Opale sollten auch vor ansteckenden Krankheiten schützen und übel riechende Luft reinigen.«

»Wie interessant«, rief Erin aus. »Da kann ich meinem Onkel bei seiner Rückkehr ja einiges erzählen.«

»Im vierzehnten Jahrhundert ging es mit dem guten Ruf der Opale allerdings steil bergab«, sagte Will.

»Wieso das denn?«, fragte Erin neugierig.

»Man glaubte, Opale seien die Ursache für die Pest, die in Europa ein Viertel der Bevölkerung auslöschte.«

Erin war verblüfft. »Wie soll denn der Opal daran schuld gewesen sein?«

»Opale reagieren höchst empfindlich auf Temperaturschwankungen. Es heißt, wenn der Träger des Steins Fieber hatte, habe das kostbare Juwel hell geleuchtet. Im kalten Hauch des Todes wurde es dann angeblich ganz trüb.«

»Unglaublich.« Erin trank den Rest ihres Kaffees.

Will zahlte nach einem kleinen Streit mit Christos, der im Namen der neu erwachten Liebe eigentlich kein Geld nehmen wollte, die Rechnung, und die beiden Georgious verabschiedeten Erin und ihn an der Tür. Noch einmal bedankte sich Will bei Christos und Thelma für das Essen. Und das tat dann auch Erin – auf Griechisch. Übersetzt hieß das, was sie sagte, so viel wie: Nochmals danke für das wunderbare Essen. Ich komme wieder.

Christos, der sich schon darauf gefreut hatte, den verblüfften Ausdruck auf Erins Gesicht zu sehen, wenn er ihr nun erzählte, dass er sehr wohl des Englischen mächtig war, war einen Moment verblüfft. Dann lachte er zu ihrer aller Überraschung schallend.

»Sie sprechen Griechisch«, rief er entzückt. »Und ich habe mich so flegelhaft benommen.«

»Ich hatte eine griechische Freundin in der Schule, sie hat mir ein bisschen was beigebracht, aber fließend spreche ich die Sprache nicht«, erklärte Erin. »Allerdings hat es dafür gereicht mitzubekommen, was Sie zu Will gesagt haben. Sie sind wirklich sehr unartig.«

Erin lachte mit den Georgious, während Will vor Verlegenheit wieder einmal rot wurde, als sie das Restaurant verließen.

»Ich mag die Frau, Will. Lass sie bloß nicht entwischen!«, rief Christos ihnen nach.

19

Cornelius saß an seinem Arbeitsplatz und begutachtete die Opale, die er in Andamooka gekauft hatte, als die Tür aufflog und Jonathan aufgeregt hereinstürmte.

»Haben Sie Marlee gesehen?«, fragte er atemlos.

»Marlee! Nein, ich war den ganzen Vormittag hier. Ist sie denn nicht in der Schule?« Erin hatte ihm erzählt, dass Jonathan sie dort angemeldet hatte.

»Heute Morgen habe ich sie hingebracht, aber sie ist weggelaufen, und ich kann sie nirgends finden.«

Erin kam mit zwei Tassen Tee aus der Küche. »Jonathan!«, rief sie. »Haben Sie wieder …?« Sie unterbrach sich, als sie seine Anspannung bemerkte. »Stimmt was nicht?«

»Marlee ist verschwunden«, klärte Cornelius sie auf.

»Sie ist schon wieder aus der Schule weggelaufen, und ich kann sie nicht finden«, fügte Jonathan hinzu.

»Wieder?«, fragte Erin ungläubig. »Wollen Sie sagen, das ist schon mal vorgekommen?«

»Es ist das zweite Mal. Das letztes Mal ist sie zum Camp zurückgekommen. Diesmal ist sie schon zwei Stunden weg, und weit und breit ist nichts von ihr zu sehen. Ihre Lehrerin, Miss Simpson, hat keine Ahnung, wo sie sein könnte.« Jonathan geriet in Panik. »Ich hatte gehofft, sie wäre hierhergekommen. Jetzt weiß ich nicht mehr, wo ich noch suchen soll. Ich muss weiter«, sagte er und war im nächsten Moment zur Tür hinaus.

»Mein Gott, der Arme«, bemerkte Cornelius mitfühlend.

»Vielleicht sollte ich suchen helfen«, sagte Erin.

»Ob er wohl Constable Spender benachrichtigt hat?«, überlegte Cornelius.

»Sicher nicht. Aber das ist eine gute Idee. Das mache ich jetzt sofort«, sagte Erin.

Jonathan stand da und starrte auf die Felder mit ihren offenen Minenschächten, die sich über viele Meilen erstreckten. Allein die Vorstellung, was einem kleinen Kind passieren konnte, das hier umherwanderte, reichte schon aus, um ihm eine Höllenangst einzujagen. Immer wieder sah er Marlee vor seinem geistigen Auge in einen Schacht stolpern oder ausrutschen und hinfallen. Er fragte sich, was passieren würde, wenn er sie bis Einbruch der Dunkelheit nicht gefunden hätte, und bis dahin waren es nur noch wenige Stunden. Wieder und wieder rief er ihren Namen und fragte alle, die er traf, ob sie ein kleines Mädchen gesehen hatten.

Jonathans Verzweiflung nahm immer mehr zu. Er gab sich die Schuld, er hatte das Versprechen, das er Andro gegeben hatte, nicht gehalten. Er hatte nicht gut genug auf sein kleines Mädchen aufgepasst. Jonathan dachte an Marlees niedliches kleines Gesicht, ihr Lächeln. Er hörte, wie sie über seine Witze lachte. Er sah sie auch um Mutter und Vater weinen. In seiner Einbildung rief sie um Hilfe, doch er konnte nichts tun. Er quälte sich mit der Vorstellung, dass sie womöglich verletzt irgendwo in einem der Schächte lag, und er war sich darüber bewusst, dass es praktisch keine Chance gab, einen Sturz in eine Mine zu überleben.

»O mein Gott, wo ist sie nur, meine kleine Marlee?«, betete Jonathan. Seine Stimme war inzwischen ganz heiser, so oft hatte er schon nach ihr gerufen. »Bitte, bitte, lass alles gut mit ihr sein.«

Immer wieder lief Jonathan zurück zum Camp, für den Fall, dass Marlee dort nach ihm suchte. Er hatte die Minenarbeiter in der Nähe seines Claims gebeten, sie aufzuhalten, falls sie während seiner Abwesenheit zurückkäme, aber die meisten waren mit ihren eigenen Claims beschäftigt, und dass sie eine große Hilfe sein würden, traute er ihnen ohnehin nicht zu. Alle hatten seine

Sorgen als übertrieben abgetan und ihm gesagt, Marlee sei sicher irgendwo in der Nähe und werde schon zurückkommen, wenn sie Hunger bekomme. Ihr mangelndes Interesse an der Kleinen war darauf zurückzuführen, dass sie eine Halb-Aborigine war, davon war er überzeugt. Es wurde allgemein angenommen, dass Aborigines, sogar Kinder, in der Wildnis gut zurechtkamen. Sie waren es von klein auf gewohnt, mit ihren Eltern umherzuziehen. »Auf Walkabout gehen« nannten sie das.

Als es fast dunkel war, stand Jonathan kurz vor einem Nervenzusammenbruch. Ich muss Constable Spender benachrichtigen, dachte er, ich werde ihn bitten, eine Suchaktion zu organisieren. Mit gesenktem Kopf machte er sich auf den Weg.

»Jono?«, vernahm er da eine Stimme.

Jonathan sah auf, und eine unendliche Erleichterung überfiel ihn, als er Constable Spender und Erin, die Marlee an der Hand hielt, auf sich zukommen sah.

»Marlee!«, rief er. »Marlee, wo hast du nur gesteckt? Gott sei Dank ist dir nichts passiert.« Jonathan sank auf die Knie, zog die Kleine in seine Arme und drückte sie fest an sich. »Wo war sie denn?«, fragte er Will.

»Ich habe sie in der Nähe des Friedhofs gefunden«, antwortete dieser.

»In der Nähe des Friedhofs! War sie am Grab ihres Vaters?«

»Nein, sie war in einem Aborigine-Lager.«

Jonathan war verblüfft. »Was hat sie denn da gemacht?« Es wäre ihm nie in den Sinn gekommen, Marlee bei den Aborigines zu suchen.

»Sie saß auf der Erde und spielte mit den Kindern und den jungen Hunden«, erklärte Will.

»Ist denn keiner von den Erwachsenen auf die Idee gekommen, sich zu erkundigen, woher sie stammt?«, fragte Jonathan verärgert. Hätte das jemand getan, wären ihm viele Sorgen und Ängste erspart geblieben.

»Aborigines sind Nomaden, Mr. Maxwell. Sie wandern. Ihre

Kinder wandern. Für sie war es nichts Ungewöhnliches, ein fremdes Kind in ihrem Lager zu haben, zumal es ein Aborigine ist.«

Jonathan schüttelte ungläubig den Kopf und sah das kleine Mädchen an. »Warum bist du aus der Schule weggelaufen, Marlee?«, fragte er. »Lernst du denn nicht gern? Bist du denn nicht gern mit anderen Kindern zusammen?«

Marlee senkte den Kopf, sagte aber nichts.

»Sind da noch andere Aborigine-Kinder in der Schule?«, fragte Erin. »Vielleicht fühlt sie sich fehl am Platz.«

»Das könnte sein, nur wenige Kinder besuchen diese Schule. Die meisten Schüler sind Jungen, und die sind alle älter als Marlee«, antwortete Jonathan. »Ein kleines Mädchen gibt es noch, das aber sehr scheu ist. Ich dachte, die beiden würden sich vielleicht anfreunden.«

»Wissen Sie, Mr. Maxwell«, mischte Will sich ein, »das Umherziehen, das liegt ihr nun mal im Blut. Wirklich niederlassen wird sie sich später vielleicht nirgends. Das machen Aborigines nun mal nicht.«

»Ihr Vater war kein Aborigine«, protestierte Jonathan. Die Minenarbeiter hatten ihm so etwas ja schon gesagt, aber er konnte es nicht glauben.

»Trotzdem, vielleicht hat sie mehr von der Mutter als vom Vater. Aborigines sind es nicht gewohnt, eingeschränkt zu werden. Deshalb spricht sie auch nicht so gut auf die Schule an. Mit so was habe ich Erfahrung. Wenn wir einen Aborigine ins Gefängnis sperren, wird der fast verrückt.«

»Sie ist intelligent, also wird sie sich an die Schule gewöhnen müssen«, beharrte Jonathan. »Ich verstehe ja, dass das anfangs ein bisschen fremd ist, zumal ihr Leben in den vergangenen Wochen ziemlich auf den Kopf gestellt wurde. Sie muss dennoch lernen, sich anzupassen.«

»Sie werden schon sehen, dass ich recht habe«, erwiderte Constable Spender.

Erin warf Will einen warnenden Blick zu. Jonathan hatte

schon genug Sorgen, er konnte wirklich nicht noch mehr gebrauchen. »Ich glaube eher, Jonathan hat recht«, sagte sie.

Will zuckte mit den Schultern und ging verstimmt fort. Erin hatte Jonathans Partei ergriffen, und das gefiel ihm gar nicht.

In der folgenden Woche lief Marlee jeden Tag aus der Schule weg. Fünf Mal fand er sie in einem der Aborigine-Lager in der Nähe der Stadt. Sie spielte mit den Kindern und den jungen Hunden, lief lachend umher, als ob sie auf dieser Welt keine Sorgen hätte. Seltsamerweise schienen die Erwachsenen sie nicht zu bemerken. Was Jonathan am meisten Sorgen machte, war allerdings die Tatsache, dass die Gruppen, zu denen sie sich gesellte, nicht immer dieselben waren. Er hatte große Angst, dass sie eines Tages einfach mit auf eine ihrer Wanderungen gehen und dass er sie nie wiedersehen würde. Einmal brachte Constable Spender Marlee zur Mine zurück, bevor Jonathan überhaupt erfahren hatte, dass sie vermisst wurde. Er erklärte, sie sei mit den Aborigines in der Stadt gewesen.

»Ich habe Ihnen ja gesagt, sie wird nicht in der Schule bleiben«, sagte Will. »Sie möchte mit ihren Leuten zusammen sein, will frei umherziehen.«

Jonathan war maßlos enttäuscht, aber er erwiderte nichts. Er war sicher, dass seine Beharrlichkeit sich am Ende auszahlen würde. So sollte es jedoch nicht kommen. Als er Marlee am darauffolgenden Montag zur Schule brachte, erklärte Miss Simpson, sie könne sich nicht mit einer Schülerin belasten, die gar nicht in die Schule wolle.

»Ich trage Verantwortung für meine Schüler. Dass Marlee ständig fortrennt, verstört die anderen«, sagte sie.

Jonathan versuchte, die Lehrerin davon zu überzeugen, dass sich Marlee bald einleben würde, Miss Simpson wollte allerdings nicht nachgeben, und er nahm Marlee mit zurück ins Camp.

Auf dem Weg begegneten sie Clementine.

»Heute nicht bei der Arbeit, Jonathan?«, fragte sie. Er sieht aus, als trüge er alle Last der Welt auf den Schultern, dachte sie. Sie hatte natürlich von Andros Tod gehört und wusste auch, dass Jonathan jetzt Marlees Vormund war, deshalb war sie nicht verwundert.

»Die Lehrerin will Marlee nicht in der Klasse behalten, weil sie aus dem Unterricht wegläuft«, erklärte Jonathan mutlos.

Er hatte, wenn auch nur kurz, in Erwägung gezogen, die Kleine mit hinunter in die Mine zu nehmen. Aber er wollte nicht, dass sie den Staub einatmete, und außerdem gab es immer das Risiko eines Einsturzes. »Jeden Tag läuft sie weg. Meistens finde ich sie bei den Aborigines hier in der Gegend.«

»Dann können Sie ja gar nicht arbeiten«, bemerkte Clementine.

»Nein«, erwiderte Jonathan. Für eine Weile würde sein Geld reichen, jedoch nicht ewig.

Clementine erkannte seine Notlage. »Ich würde ja meine Hilfe anbieten«, sagte sie verlegen. »Aber ich muss tagsüber schlafen.«

»Danke, Clementine, das Problem muss ich allein lösen.«

»Haben Sie schon mal darüber nachgedacht, dass Marlee vielleicht irgendwo eine Aborigine-Familie haben könnte?«, fragte Clementine.

»Nein«, antwortete Jonathan. Darüber hatte er tatsächlich noch gar nicht nachgedacht.

»Eigentlich können Sie sicher sein, dass es so ist. Ihre Mutter kommt, wie ich hörte, aus irgendeinem großen Clan. Vielleicht von einem Stamm aus der Gegend hier. Ihre Leute können aber auch Hunderte von Meilen entfernt von Coober Pedy leben.«

Jonathan wurde hellhörig. »Woher wissen Sie das alles, Clementine?«

»Eine junge Aborigine wohnte mal eine Weile bei mir und den anderen Mädchen. Sie hat uns viel von ihrem Leben erzählt. Sie wissen doch vom Walkabout der Eingeborenen, oder?«

»Ja, davon habe ich gehört.«

»Manchmal ziehen sie monatelang umher, sie können innerhalb kurzer Zeit gewaltige Entfernungen zurücklegen.«

»Jetzt, da Sie es sagen, fällt mir ein, dass ich Gedda immer mal wieder Geschichten von ihrer Familie habe erzählen hören«, sagte Jonathan. »Mehr als einmal erwähnte sie Ayers Rock. Also kommt ihre Familie vielleicht aus der Gegend.« Ihm fiel wieder ein, dass er sich schon öfter gefragt hatte, wieso sie sich mit Andro in Coober Pedy angesiedelt hatte.

»Na sehen Sie, das ist gut vierhundert Meilen entfernt von hier«, sagte Clementine.

»Ach ja?« Jonathans Gedanken überschlugen sich.

»Vielleicht sollten Sie mal überlegen, ob Sie Marlee nicht in die Obhut einer Frau aus ihrer Familie geben könnten, einer Tante zum Beispiel oder der Großmutter. Ich weiß, Sie tun für sie, was Sie können, aber ein kleines Mädchen ist besser aufgehoben bei den Frauen der Verwandtschaft.«

»Da könnten Sie recht haben.« Jonathan fühlte sich hin und her gerissen. »Dann würde ich mir allerdings vorkommen, als hätte ich Andro im Stich gelassen.«

»Sie lassen ihn doch nicht im Stich, wenn Sie tun, was für Marlee das Beste ist«, gab Clementine zurück. »Und Andro hätte gewollt, dass Sie das Beste für seine Tochter tun.«

An diesem Nachmittag wandte Jonathan sich an Will Spender und fragte, ob er von einem Aborigine wisse, der für ihn dolmetschen könne. Er war nicht sicher, ob er Clementines Rat annehmen sollte, zog ihn jedoch in Erwägung.

»Klar. Aber wieso brauchen Sie einen Dolmetscher?«, fragte Will.

»Ich möchte mit ein paar Leuten von den hiesigen Stämmen reden. Vielleicht finde ich so heraus, woher Marlees Mutter stammte«, erklärte Jonathan.

Will fand Jonathans Idee gut. »Ich kenne einen schwarzen Fährtensucher, der Englisch spricht. Er heißt Tommy Werannabe. Ich sehe mal, ob ich ihn in der Stadt finde, dann schicke ich ihn zu Ihnen ins Camp.«

An dem Abend saß Jonathan an seinem Lagerfeuer, als plötzlich ein schlaksiger Aborigine vor ihm stand. Jonathan schreckte hoch, als der Mann ihm auf die Schulter klopfte. Er hatte ihn weder jemals gesehen noch von ihm gehört. Es war, als wäre er wie aus dem Nichts erschienen.

»Jonathan Maxwell?«, fragte der Mann und zeigte mit einem seiner langen Finger auf ihn. Er war hochgewachsen, sein drahtiges Haar fiel ihm bis auf die Schultern.

»Ja«, sagte Jonathan, und sein Herz raste. »Der bin ich. Sind Sie Tommy Werannabe?«

»Ja. Constable Spender sagt, Sie wollen, dass ich für Sie mit den hiesigen Stämmen spreche. Ja?«

»Ja, genau. Ich brauche ein paar Informationen. Werden Sie mir helfen?«

»Klar. Jetzt?«

»Jetzt!«

»Warum nicht?«

Marlee schlief im Zelt und würde wohl vor dem Morgen nicht aufwachen, Jonathan wollte sie trotzdem nicht gern allein lassen. Da entdeckte er Clementine, die gerade aus einem der Zelte in der Nähe kam. Er rief sie herüber und fragte, ob sie eine Weile bei Marlee bleiben könne. Fragend sah Clementine Tommy an.

»Ich möchte mit den Eingeborenen hier über Gedda reden. Tommy hilft mir«, erklärte Jonathan. »Vielleicht bekomme ich ein paar Informationen.«

»Das ist eine gute Idee«, stimmte Clementine zu. »Lassen Sie sich Zeit«, fügte sie hinzu.

»Sicher? Ich will Sie nicht bei irgendwas …« Er wusste nicht weiter, ihm war sichtlich unbehaglich zumute.

»Sicher«, erwiderte Clementine.

Tommy führte Jonathan in Richtung Friedhof. In der Stadt war es nachts schon recht dunkel, doch kaum hatten sie sie verlassen, konnte man kaum sehen, wohin man trat. Nur der Mond spendete ein wenig Licht. Tommy ging sorglos voraus, er trug nicht mal Schuhe.

»Tun Ihnen die Füße nicht weh, wenn Sie barfuß über die Steine gehen?«, konnte Jonathan sich nicht verkneifen zu fragen. Obwohl er Schuhe trug, hatte er Mühe, mit dem Aborigine Schritt zu halten.

Tommy lachte. »Nein«, antwortete er. »Meine Füße sind stärker als Schuhe, und sie nutzen sich nie ab.« Wieder lachte er. »Alle Europäer stellen diese Frage.«

»*Kupa Piti* ist Kathatha-Land«, erklärte Tommy, als sie sich dem Schein eines Lagerfeuers der Aborigines näherten.

»*Kupa Piti?*«, fragte Jonathan. »Meinen Sie Coober Pedy?«

»*Kupa Piti*. Das ist das Aborigine-Wort für ›weißer Mann in Loch‹«, erklärte Tommy.

»Oh, natürlich.« Jonathan begriff, dass damit die Minenarbeiter gemeint waren. »Heißt der hiesige Clan Kathatha?«

»Ja, überall hier ist Kathatha-Land. Was wollen Sie von diesen Leuten wissen?«

»Ich suche Informationen über ein kleines Mädchen. Seine Mutter war Aborigine. Sie starb vor ein paar Wochen. Der Vater war ein kroatischer Minenarbeiter, auch er ist … gestorben. Ich will wissen, wie der Stamm der Mutter heißt und wo ich die Leute finden kann. So kann ich vielleicht Verwandte der Kleinen aufspüren. Ich hoffe, die hiesigen Aborigines können mir helfen.«

Tommy blieb abrupt stehen. Jonathan spürte, dass er auf einmal nervös war.

»Wenn sie gestorben ist, dürfen Sie ihren Namen nicht laut aussprechen.«

Jonathan war verwirrt. »Wieso denn nicht?«

»Sobald ein Aborigine gestorben ist, darf man niemals mehr den Namen dieses Menschen aussprechen. Wenn man es dennoch tut, kommt sein Geist nicht zur Ruhe.«

»Wie kommen wir dann an Informationen über sie und ihren Stamm?«

»Wie heißt denn das kleine Mädchen?«

»Marlee.«

Tommy nickte. »Das genügt.« Sie gingen weiter auf das Lager zu.

Die Stammesmitglieder, junge Frauen, Kinder und Männer etwa in Tommys Alter, begrüßten ihn freundlich. Einer der Männer bot ihm selbst gekelterten Wein an, den er von einem Minenarbeiter als Gegenleistung für Fleisch bekommen hatte. Tommy lehnte ab, setzte sich aber mit einigen Männern ans Lagerfeuer und begann, sich mit ihnen zu unterhalten. Jonathan blieb im Hintergrund, wo die Frauen und Kinder saßen. Er fühlte sich unbehaglich, vor allem weil die Frauen ihm seltsame Blicke zuwarfen. Trotzdem versuchte er, freundlich zu erscheinen, indem er lächelte.

Zwischen Tommy und den Aborigines flogen die Worte wie Schnellfeuer hin und her. Immer wieder kam es zu heftigen Gesten, die Jonathan verwirrten. Dann mischte sich eine der Frauen in die Unterhaltung ein und zeigte auf Jonathan.

»Hat Marlee mit den Kindern hier gespielt?«, fragte Tommy.

»Ja«, antwortete Jonathan. »Sie ist aus der Schule weggelaufen und hierher gegangen.«

Tommy übersetzte, und es entspann sich eine weitere Diskussion.

»Sie kennen Marlees Mutter«, sagte Tommy zu Jonathan.

»Das ist gut, oder nicht?« Jonathan hoffte mehr denn je, die benötigten Informationen zu bekommen.

Nun stand Tommy auf. »Ich muss mit den Ältesten reden«, sagte er.

»Und wo sind die?«, fragte Jonathan.

»Nicht weit von hier. Wir gehen jetzt.«

»Weshalb müssen Sie mit den Ältesten reden?«, fragte Jonathan, als sie wieder durch die Dunkelheit marschierten. »Können uns denn die Leute, mit denen Sie gerade geredet haben, nicht weiterhelfen?«

»Nur die Ältesten haben die Informationen, die Sie benötigen«, sagte Tommy.

»Was hatten die Gesten zu bedeuten?«

»Es gab verschiedene Meinungen darüber, wo die Ältesten sein könnten.«

»Wie können Sie dann sicher sein, dass wir in die richtige Richtung gehen?«

Tommy blieb kurz stehen. »Ich bin sicher«, sagte er.

Er führte Jonathan über den Friedhof, der nachts besonders unheimlich war. Man konnte die weißen Steine, die die Gräber markierten, schemenhaft in der Dunkelheit erkennen. Sie überquerten den Stuart Highway, auf dem nur ab und zu ein Känguru umherhüpfte, und gingen auf der anderen Seite weiter in westliche Richtung, aufs offene Land. Bald war von der Stadt nichts mehr zu sehen. Eine große Wolke schob sich vor den Mond, und es wurde stockdunkel. Jonathan verlor die Orientierung. Er hatte das Gefühl, dass sie mehrmals die Richtung wechselten. Ihm war klar, er würde, sollte Tommy ihn allein lassen, nie mehr zurück in die Stadt oder zum Camp finden. Ein beunruhigender Gedanke.

Jonathan war ängstlich darauf bedacht, achtzugeben, wohin er im Dunkeln trat. Einmal wäre er beinahe gefallen – er war über einen Mulga-Strauch gestolpert, den er nicht gesehen hatte. Tommy schritt schnell voran, manchmal verlor er ihn kurz aus den Augen. Dann horchte er aufmerksam auf die Schritte des Aborigines, um zu wissen, in welche Richtung er gehen musste.

»Können Sie etwas langsamer gehen?«, rief er Tommy schließlich atemlos zu. Er hatte solche Angst, allein zurückzubleiben oder zu stürzen und sich die Knochen zu brechen. Als kein Laut zu hören war, geriet Jonathan in Panik. »Tommy? Tommy! Sind Sie noch da?« Er starrte in die Dunkelheit, hören konnte er jedoch nichts.

»Ja, ich bin hier. Wir sind fast da«, sagte Tommy.

Jonathan folgte dem Klang der Stimme. Als er aufgeholt hatte, gingen sie ein kurzes Stück zusammen. Wie aus dem Nichts kam ein Lagerfeuer in ihr Blickfeld. Wie Tommy den Weg hierher hatte finden können, blieb Jonathan ein Rätsel.

Drei ältere Männer und vier alte Frauen saßen um das Feuer. Jonathan erkannte hinter ihnen einfache Behausungen im Lichtschein. Es roch nach angebranntem Fleisch.

»Warten Sie hier«, sagte Tommy zu Jonathan.

Er ging und stellte sich den Männern vor, die ihm mit Gesten zu verstehen gaben, dass er sich zu ihnen setzen solle, und die Frauen entfernten sich vom Feuer. Jonathan, der nicht wusste, was er tun sollte, setzte sich ebenfalls und sah Tommy und den Männern zu, die eine Weile miteinander redeten.

Der Feuerschein erhellte die Gesichter der Ältesten, die von tiefen Furchen durchzogen und von grau melierten Bärten bedeckt waren. Es ist etwas Ehrfurchtgebietendes an ihnen, dachte Jonathan. Wenn die Männer Tommy ansahen, schienen ihre Augen von Weisheit zu leuchten. Nun sahen sie zu ihm herüber, und er hatte das Gefühl, dass sie ihm direkt in die Seele schauen konnten.

Tommy winkte ihn heran, und Jonathan trat vor. Als die Männer ihn musterten, blieb er still. Er wusste nicht, was er sonst tun sollte. Jonathan hörte, dass Tommy Marlees Namen erwähnte, und dann folgte eine lange Debatte. Anschließend gab Tommy Jonathan mit einer Geste zu verstehen, er solle sich zu ihnen ans Feuer setzen. Er erzählte Jonathan, dass die Ältesten glaubten, Marlees Mutter gehöre zum Anangu-Stamm aus dem Gebiet des Ayers Rock.

»Das ist durchaus möglich«, sagte Jonathan. »Ich habe gehört, dass ...«, beinahe hätte er ihren Namen gesagt, »ich weiß, dass Marlees Mutter Ayers Rock erwähnte, wenn sie Geschichten von ihrer Familie erzählte.«

Tommy übersetzte für die Ältesten. Sie alle stimmten zu und schienen froh, dass sie zur richtigen Schlussfolgerung gelangt waren.

»Bitte fragen Sie, ob ... ob Marlees Mutter Verwandte hat«, bat Jonathan.

Tommy sprach mit den Ältesten, die nickten. Einer der Männer hatte zu dem Thema etwas zu sagen.

»Sie hat eine große Familie, viele, viele Verwandte«, übersetzte Tommy für Jonathan. »Einer der Ältesten glaubt, dass ihre Mutter noch lebt, ihr Vater aber nicht. Sie hat etliche Geschwister, Tanten und Onkel auf Anangu-Gebiet.«

Jonathan war erleichtert. Jetzt musste er eine schwere Entscheidung fällen, eine, die das Leben des kleinen Mädchens für immer verändern konnte.

20

Als Jonathan ins Camp zurückkam, saß Clementine am Feuer. Er setzte sich zu ihr und erzählte, was er herausgefunden hatte.

»Wollen Sie Marlees Familie ausfindig machen?«, fragte sie.

»Ich weiß nicht«, antwortete Jonathan. »Ich muss es mir noch einmal durch den Kopf gehen lassen.«

Vor seinem geistigen Auge sah er Marlees Gesicht, als sie mit den Aborigine-Kindern in deren Lager gespielt hatte. Auch wenn da eine Sprachbarriere war, hatte sie in ihrer Gesellschaft fröhlich und entspannt gewirkt, als wäre sie an einem Platz, an den sie gehörte. Daran musste er immer wieder denken. Dann dachte er auch wieder daran, wie klug sie war und wie wertvoll Bildung und Erziehung für sie wären. Er wollte nur das Beste für sie. Nur was das war, wusste er nicht.

Als Clementine fort war, schrieb Jonathan einen Brief an Liza. Er erzählte ihr darin von Marlee und von den Entscheidungen, die er die Zukunft des Kindes betreffend fällen musste. Es tat gut, jemandem sein Herz auszuschütten, dem er sich so nah fühlte, auch wenn es nur mittels eines Briefes möglich war und die Adressatin eine halbe Reise um die Welt entfernt. Es half ihm, die Dinge für sich klarzubekommen.

Am nächsten Morgen, Jonathan hatte seinen Brief an Liza gerade in den Postkasten geworfen, traf er Erin in der Stadt.

»Warum ist Marlee nicht in der Schule?«, fragte sie und sah zu der Kleinen, die fröhlich auf eine Bank kletterte, die vor dem Gemischtwarenladen stand.

»Miss Simpson will sie nicht mehr in der Schule. Offenbar ist sie ein Störfaktor«, sagte Jonathan leise, darauf bedacht, dass Marlee ihn nicht hörte.

»Was werden Sie jetzt machen?«, fragte Erin besorgt.

»Ich werde ein Auto kaufen und die Familie von Marlees Mutter ausfindig machen«, antwortete Jonathan. Am Morgen hatte er entschieden, dass es das Beste für die Kleine war. »Ich habe erfahren, dass ihre Großmutter noch am Leben ist und dass sie auch sonst noch viele Verwandte hat.«

Erin war überrascht. »Wollen Sie Marlee ihrer Familie überlassen?«

»Das weiß ich noch nicht genau. Sie scheint sich zu den Aborigines hingezogen zu fühlen. Clementine glaubt, es wäre gut, sie statt mit mir mit den Frauen aufwachsen zu lassen, mit denen sie verwandt ist.«

»Clementine?«, fragte Erin stirnrunzelnd.

»Sie ist … eine Freundin«, sagte Jonathan verlegen, als er sich daran erinnerte, dass Erin ihn mit Clementine gesehen hatte und ihm absichtlich aus dem Weg gegangen war. »Eine wirklich nette Frau, und sie mag Marlee sehr. Sie kommt oft an unserem Lagerplatz vorbei, um ihr Hallo zu sagen.«

»Oh«, machte Erin, die kaum verbergen konnte, dass sie nicht sicher war, ob Jonathan einen Rat von einer Frau wie Clementine annehmen sollte. »Wie wollen Sie Marlees Familie finden?«

»Mithilfe eines Dolmetschers, eines Aborigines, habe ich herausgefunden, dass Marlees Familie aus der Gegend um den Ayers Rock stammt. Tatsächlich habe ich Marlees Mutter Geschichten über den Berg erzählen hören.«

»Wie weit ist das denn entfernt?«

»Oh, einige Hundert Meilen. Der Postmeister hat mir erzählt, dass ein paar Autos hier in der Gegend zum Verkauf stehen. Die werde ich mir heute mal ansehen. Sobald ich eines finde, das ich mir leisten kann und das so aussieht, als könnte es die Reise überstehen, machen wir uns auf den Weg.«

Wieder einmal war Erin höchst beeindruckt davon, wie sehr Jonathan sich engagierte. Marlee hatte großes Glück, dass er ihrem Vater begegnet war.

»Und Sie wissen nicht, was Sie dort erwartet?«, fragte Erin.

»Nein, aber für Marlee muss ich das Abenteuer auf mich nehmen.«

»Dann wünsche ich Ihnen ganz besonders viel Glück«, sagte Erin aufrichtig. »Was Sie für Marlee tun, ist einfach großartig.«

So großartig kam Jonathan sich gar nicht vor. Marlee war ihm ans Herz gewachsen, er würde alles für sie tun. »Vielleicht komme ich später noch mal bei Ihnen vorbei und verkaufe noch einen Opal«, sagte er.

Ein paar Stunden später hörte Erin draußen einen Wagen vorfahren. Dann klopfte es, und Jonathan und Marlee betraten den Eingangsraum.

»Sie sind fündig geworden«, sagte Erin. Ehe er die Tür schloss, konnte sie einen flüchtigen Blick auf einen schlichten, ältlichen Kombi werfen.

»Ja, ich habe einen Oldsmobile erstanden. Macht nicht viel her, läuft jedoch einwandfrei. Und hinten ist genug Platz für uns zum Schlafen. Der Wagen war nicht gerade günstig, von den anderen, die ich mir angesehen habe, war allerdings keiner in einem ausreichend guten Zustand. Er muss schließlich eine lange Fahrt überstehen.«

»Wie alt ist er?«, fragte Erin, ging zur Tür und öffnete sie, um einen weiteren Blick auf den Wagen zu werfen. Unter dem Staub war es fast unmöglich, die Farbe auszumachen – Grün meinte sie zu erkennen.

»Sechzehn Jahre«, antwortete Jonathan.

»Auf den Straßen hier draußen entspricht das eher sechsundzwanzig Jahren«, erwiderte Erin lachend und schloss die Tür schnell wieder, um Staub und Hitze draußen zu halten.

»Da haben Sie sicher recht, leider sind meine Möglichkeiten

begrenzt. Ich würde Ihnen deshalb gern noch ein paar Opalstücke zeigen.« Er holte ein zusammengefaltetes Tuch aus der Hosentasche und legte es vorsichtig auf den Tisch. Dann klappte er es auf, und fünf Opale kamen zum Vorschein. Er hatte sie selbst gefunden, es waren nicht die, die Andro Marlee hinterlassen hatte. Die Steine waren nichts Besonderes, aber er musste sie verkaufen, um die Reise zu finanzieren.

Während Erin die Opale begutachtete, fiel Jonathan auf, dass Marlee mit ihren großen braunen Augen zu ihr hochschaute, ihren Teddy hielt sie fest im Arm.

»Jono macht mit mir und Gula eine lange Reise in seinem Auto«, erklärte sie Erin.

»Ich weiß.« Erin lächelte die Kleine an. Dann wurde sie wieder ernst. »Wissen Sie denn überhaupt, wie Sie zum Ayers Rock kommen?«, fragte sie Jonathan. »Auf so einer weiten Strecke kann alles Mögliche passieren.«

Besorgt dachte sie daran, dass er diese Reise mit dem kleinen Mädchen unternahm, und das durch unbekanntes Land und in unbarmherziger Hitze.

»Ja, das weiß ich von Mick Huxley, von dem ich den Wagen gekauft habe. Der Postmeister wusste, dass er ihn loswerden wollte, und er hat mir eine abenteuerliche Geschichte erzählt. Mick war zum Fahren meist zu betrunken. Vor ein paar Wochen hätte er, als er eines Abends in umnebeltem Zustand von der Kneipe nach Hause fahren wollte, beinahe Willy auf seinem Kamel überfahren. Sie kennen Willy, oder? Mick geriet beim Ausweichen mit dem Wagen jedenfalls ins Schlingern und fuhr eine Mülltonne um. Als er am nächsten Morgen aufwachte und die Beule in seinem Auto sah, versuchte er, sich daran zu erinnern, was passiert war. Da fiel ihm ein, dass er Willy mit dem Kamel auf der Straße gesehen hatte. Er folgerte, dass er sie angefahren hatte, dass sie vielleicht dabei umgekommen waren. In seiner Panik verkroch er sich in seiner Wohnung. Da fand Willy ihn dann drei Tage später, zitternd und schwitzend. Als Mick ihn beschuldigte, ein Geist zu sein, erzählte ihm Willy, was vorgefallen war, und schlug vor, er solle entweder den Alkohol oder das Fahren aufgeben. Die Entscheidung ist Mick nicht schwergefallen.« Jonathan grinste. »Wenn man in Richtung Norden will, kann man sich praktisch nicht verfahren«, erklärte er Erin. »Es gibt nur eine Straße. Und wenn ich über die Grenze ins Northern Territory gefahren bin, kommt fünfzig Meilen später eine Abzweigung, die uns nach Curtin Springs leitet. Der Ayers Rock ist dann nicht mehr weit.« Mick hatte ihm erklärt, er könne in Curtin Springs tanken und Vorräte kaufen, und da sei dann auch ein Campingplatz. »Mick sagt, das klappt schon alles, wenn wir nur genug Lebensmittel, Wasser und Benzin im Wagen haben. Allerdings hat er uns geraten, im Fall einer Panne unbedingt beim Wagen zu bleiben und zu warten, bis jemand vorbeikommt. Wenn wir vom Auto weggehen, haben wir offenbar kaum eine Chance, am Leben zu bleiben.«

»Das klingt nach einem guten Rat«, sagte Erin. »Und es erinnert mich an den Tag, an dem mein Onkel und ich mitten in der Wüste an einem kleinen Bahnsteig standen und darauf warteten, von jemandem abgeholt zu werden … Ich wünsche Ihnen viel Glück.«

Noch am Spätnachmittag desselben Tages verließen Jonathan und Marlee Coober Pedy in dem Oldsmobile. Jonathan hatte all ihre Habseligkeiten zusammengepackt. Die Steine, die unter Marlees Feldbett versteckt gewesen waren, hatte er ausgegraben. Er würde sie für Marlee verwahren oder sie verkaufen und das Geld anlegen. Wenn sie alt genug war, konnte sie darüber verfügen. Falls sie sich je entscheiden sollte, doch nicht bei den Aborigines leben zu wollen, würde sie nicht mittellos dastehen.

Es war immer noch sengend heiß, doch sie öffneten die Autofenster, sodass die Luft zirkulieren konnte. Marlee saß ruhig neben Jonathan auf ihrem Sitz, ihren Teddybär im Arm. Er wusste, sie verstand nicht, weshalb sie unterwegs waren, deshalb war sie verwirrt. So vieles hatte sich in kurzer Zeit in ihrem Leben verändert. Das brach ihm das Herz, und er war sicherer denn je, die richtige Entscheidung getroffen zu haben.

»Warst du schon mal so lange mit dem Auto unterwegs, Marlee?«, fragte er.

»Nein, Jono. Mein Daddy hat nie ein Auto gehabt«, antwortete Marlee.

Jonathan schwenkte den Wagen herum, um einem riesigen Schlagloch auszuweichen, und der Reifen stieß gegen einen Steinbrocken. An vielen Stellen war die Straße so schmal, dass zwei Wagen kaum aneinander vorbeifahren konnten. Zum Glück gab es nicht viel Verkehr. Wenn sie ein anderes Fahrzeug passierten, wurde Jonathan oft von dem Fahrer angehalten und gegrüßt.

»Tag. Wo soll's denn hingehen, Kumpel?«, war die übliche Frage.

Beide Fahrer tauschten die jeweiligen Fahrtziele und ein paar Informationen über den Zustand der Straße aus, dann fuhren sie weiter. Auch jetzt winkte ihm der Fahrer eines entgegenkommenden Wagens zu und hielt dicht neben Jonathans Fahrzeug an. Er musterte Marlee.

»Wo haben Sie denn Ihre Abo-Frau?«, fragte er.

Jonathan war ratlos. »Abo-Frau?«

»Na, die Kleine ist doch Halb-Aborigine, oder?«

Verwirrt sah Jonathan Marlee an. »Ja, allerdings. Aber ich habe keine Abo-Frau.«

Der Fahrer des anderen Wagens runzelte die Stirn. »Was machen Sie dann mit einem Abo-Kind?«

»Ich bringe sie zum Ayers Rock«, antwortete Jonathan, fest entschlossen, dem Fremden gegenüber keine weiteren Erklärungen abzugeben.

Der Fahrer kratzte sich am Kopf, zuckte mit den Schultern und fuhr dann grußlos weiter.

Wegen des schlechten Zustands der Straße kamen sie nur langsam und mühselig voran. Bei Regen wäre die Straße wohl gar nicht passierbar, dachte Jonathan. Der aufwirbelnde Staub nahm ihnen den Atem, die Hitze war unbarmherzig. Die Sonne heizte die Sitze so sehr auf, dass sie es kaum darauf aushalten konnten. Als die Schatten des frühen Abends über die Landschaft krochen, kühlte es zum Glück rasch ab. Bei Sonnenuntergang stellte Jonathan den Wagen an den Straßenrand. Er gab Marlee eines der mitgebrachten Sandwiches und etwas Wasser, auch er aß und trank etwas und vertrat sich die Beine.

»Jono, schau!«, rief Marlee auf einmal.

Zwei ausgewachsene Emus und ihre gefleckten Jungen kamen auf ihren Wagen zu. Marlee lächelte, als die Tiere so dicht herankamen, dass man die Hand hätte ausstrecken und sie hätte berühren können. Die Kleine saß ganz still und gab keinen Mucks von sich. Die einheimischen Tiere waren ihr zwar nicht neu, doch sie liebte es, sie zu beobachten und so der Natur nahe zu sein, wie sie es von ihrer Mutter kannte. Das beruhigte Jonathan. Er tat also das Richtige, wenn er Marlee zu ihrer Aborigine-Familie brachte.

Jonathan fuhr noch eine weitere Stunde und lenkte den Wagen dann an die Seite, um ein Lager aufzuschlagen. Der Zustand der Straße war so schlecht, dass sie im Dunkeln nicht weiterfahren konnten. Es war schon schwierig genug, am Tag den Schlaglöchern und Steinbrocken auszuweichen. Allerdings nahm er sich vor, am nächsten Morgen in aller Frühe wieder aufzubrechen, um die morgendliche Kühle auszunutzen.

Jonathan legte einen Kreis aus Steinen und machte sich dann in der Umgebung auf die Suche nach Feuerholz. Marlee half ihm. Sie war sehr geschickt im Feuermachen, weil sie ihrer Mutter dabei geholfen hatte, seit sie laufen konnte. Als das Feuer hell brannte, hängte Jonathan das Kochgeschirr darüber auf, um Tee zu kochen. Er öffnete eine Dose Cornedbeef und eine Dose mit gebackenen Bohnen und erhitzte beides in einer Pfanne. Während sie aßen, versuchte Jonathan Marlee zu erklären, wohin er sie brachte. Er versuchte ihr begreiflich zu machen, dass ihre Mutter ebenfalls eine Mutter gehabt habe, die Marlees Großmutter sei.

»Und deine Mutter hat Schwestern«, erklärte er. »Das sind deine Tanten. Weißt du noch? Die Emus, die wir vorhin gesehen haben? Das waren Eltern mit ihren Jungen. So ist es auch bei den Menschen.«

»Ja, Jono. Emueier sind echt lecker.« Marlee kicherte.

Jonathan konnte nicht anders, er musste lachen. Er wollte die Jungen des Emu als Beispiel dafür benutzen, dass es so etwas wie Geschwister gab, aber da die Vögel für die Kleine eine ganz andere Bedeutung hatten, war er sich nicht mehr so sicher, dass es mit dieser Erklärung funktionieren würde.

Sie räumten ihr Geschirr zusammen und säuberten es, dann öffnete Jonathan die Heckklappe des Wagens und richtete ihren Schlafplatz. Jetzt, da es dunkel geworden war, wurde es rasch kühl. Sie krochen unter ihre Decken und schlossen die Heckklappe.

»Ist alles in Ordnung mit dir, Marlee?«, fragte Jonathan und überzeugte sich davon, dass die Kleine gut zugedeckt war.

»Ja, Jono«, sagte sie.

Im Mondlicht, das durch die Fenster zu ihnen hereinschien, sah er, dass sie ihn mit ihren großen braunen Augen vertrauensvoll ansah.

»Dann ist es gut«, erwiderte Jonathan.

Er lag noch lange, nachdem Marlee eingeschlafen war, wach und dachte über die Zukunft der Kleinen nach. Was sollte er tun, wenn ihm der Gedanke, sie bei ihren Verwandten zu lassen, nachdem er sie kennengelernt hatte, nicht behagen würde? Er wollte sie nicht bei ihnen abgeben, um es sich bequem zu machen. Er wollte das tun, was Marlee guttat. Würde ihre Familie sich wehren, wenn er sie wieder mitnahm, weil er den Eindruck hatte, Marlee fühlte sich nicht wohl mit ihnen? Würde er ihnen überhaupt begreiflich machen können, dass sie Geddas Tochter war? Und was, wenn sie Marlee nicht wollten?

Ein neuer Gedanke kam ihm plötzlich. Was, wenn er sie mit nach England nehmen müsste, wenn er wieder zurückging? Wie würde sie es verkraften, fortgebracht zu werden von allem, was ihr vertraut war? Wäre das gut für sie, oder wäre das das Schlimmste, was er tun könnte? Er wusste es einfach nicht.

21

»Ich glaube, so gut hat mir noch nie ein Essen geschmeckt«, sagte Cornelius anerkennend und legte sich die Hand auf seinen Bauch.

Erin und er hatten bei Thelma und Christos gegessen – Hühnchen in einer Sauce aus Tomaten, Basilikum, Chili und Oliven, dazu gab es heißes, krosses Brot, einen wunderbaren grünen Salat und einen sehr guten Rotwein.

»Sie kommen zum Film heute Abend, ja?«, erkundigte sich Christos, als er die Teller abräumte.

Cornelius hatte in Andamooka sehr gute Opale gekauft, aber er hatte zwei Nächte lang auf dem Boden eines Zelts mit den übelsten Schnarchern geschlafen, und was noch schlimmer gewesen war, er hatte nicht besonders gut gegessen. Das saß ihm immer noch in den Knochen.

»Was für einen Film?«, fragte Erin verblüfft. Sie hatte gar nicht gewusst, dass es ein Kino in der Stadt gab.

Constable Will Spender kam gerade rechtzeitig herein, um Erins Frage noch zu hören. *»Das Fenster zum Hof«*, erklärte er. »Bill und Barbys Open-Air-Kino ist in die Stadt gekommen!«

»Meinen Sie den Hitchcock-Film mit James Stewart und Grace Kelly?«, fragte Erin ungläubig.

»Genau. Haben Sie den schon gesehen?«

»Ja, vor zwei Jahren. Ich hätte nicht gedacht, dass man in dieser Stadt Filme zu sehen bekommt!«

»Alle paar Monate. Völlig abgeschnitten von aller Kultur sind wir hier nicht, müssen Sie wissen.« Will versuchte, ernst zu bleiben, konnte sich ein freches Grinsen aber nicht verkneifen. »Also eigentlich sind wir doch so ziemlich abgeschnitten von allem, also ist es schon ein Glücksfall, wenn Bill und Barby uns mit einem Film verwöhnen.«

»Wenn Sie ›Open-Air-Kino‹ sagen, meinen Sie dann, dass der Film unter freiem Himmel gezeigt wird?«

»Stimmt genau. Einen Saal, groß genug, um ihn als Kino zu benutzen, haben wir in dieser Stadt nicht. Außerdem finden es fast alle besser, draußen zu sein, natürlich nur an den schönen Sommerabenden. Bill baut in der Nähe der Kneipe eine große Leinwand auf, damit die Zuschauer ein Bier trinken und gleichzeitig den Film sehen können. Sie brauchen bloß noch einen Stuhl mitzubringen.«

»Es ist so schön draußen unter den Sternen«, fügte Thelma hinzu.

»Was für eine originelle Idee«, bemerkte Cornelius. »Die würde in England leider keine Anhänger finden, bei unseren launischen Sommern.«

»Ich schließe das Restaurant bald, damit ich meine zauberhafte Frau ins Kino führen kann«, verkündete Christos stolz.

»Ich hoffe, ich bekomme vorher noch was zu essen«, sagte Will erschrocken.

»Bedaure«, erklärte Christos streng. »Ich muss noch sauber machen …«

Will schaute betreten drein. »Aber …«

»Natürlich bekommen Sie noch etwas zu essen, Will!« Thelma drohte ihrem Mann strafend mit dem Finger.

Der lachte nur. Ganz selten einmal gelang es Christos, Will zum Narren zu halten.

»Bitte setzen Sie sich doch zu uns, Will«, forderte Erin ihn auf.

»Sind Sie sicher? Sie haben schon gegessen. Ich will Sie nicht aufhalten.«

»Ich schaffe bestimmt noch ein Stück von Thelmas Schokoladenkuchen«, erwiderte Erin.

»Ein großes Stück«, sagte Thelma.

»Ein *sehr* kleines Stück«, erklärte Erin entschieden. »Ich habe schon zu viel Hühnchen gegessen, es war einfach zu köstlich.«

Cornelius fiel die Unbeschwertheit zwischen seiner Nichte und dem attraktiven Constable auf. Sie hatte ihm erzählt, dass sie während seiner Abwesenheit mit Will essen gegangen war. Dass sie so leichtherzig mit ihm umging, erstaunte ihn dennoch.

»Ich bin ziemlich müde heute, du könntest dir den Film mit Constable Spender ansehen, Erin«, schlug er vor.

Argwöhnisch musterte Erin ihren Onkel. »So müde kannst du doch gar nicht sein, Onkel Cornelius«, sagte sie.

»Ich möchte noch katalogisieren, was ich heute gekauft habe, ehe ich die Einzelheiten vergesse.«

Christos kam gerade mit einem Stück Kuchen für Erin an den Tisch. Sie merkte, dass er Cornelius einen anerkennenden Blick zuwarf, doch Erin behagte es nicht, so offensichtlich verkuppelt zu werden, es war ihr peinlich.

»Vielleicht geht Will ja schon mit jemand anderem in den Film«, sagte Erin, die sah, dass der Constable schon wieder verlegen wurde.

Beinahe wäre es aus Will herausgeplatzt, dass alleinstehende Frauen in Coober Pedy seltener seien als Eisbären, aber der Gedanke, dass Erin sich verpflichtet fühlte, mit ihm ins Kino zu gehen, behagte ihm tatsächlich ganz und gar nicht. »Ich wollte allein gehen, doch ich setze mich gern zu Ihnen, wenn Sie wollen. Den Film habe ich noch nicht gesehen, und ich mag die Filme von Alfred Hitchcock. *Der Fremde im Zug* hat mir unglaublich gut gefallen.«

»Den habe ich auch gesehen«, rief Erin. »Der war sehr gut.«

»Würden Sie sich denn *Das Fenster zum Hof* gern noch einmal ansehen? Bill und Barby hinken mit den Filmen meist zwei Jahre hinterher. Für die Leute, die kaum je in die Großstadt kommen, ist ein Film, der dort schon seit Jahren in den Kinos läuft, meistens trotzdem noch etwas Neues. Also, wie wär's, wollen wir uns den Film ansehen?«

»Ja, sehr gern. Es kommt mir vor, als wäre es Monate her, dass ich ein bisschen Kultur erlebt habe. Ich würde mir auch einen Zeichentrickfilm von Walt Disney anschauen, wenn nichts anderes liefe.«

Eine Stunde später hatten Erin und Will es sich auf ihren Stühlen vor der provisorischen Kinoleinwand bequem gemacht. Die Natur bot ein unvergleichliches Schauspiel. Die untergehende Sonne verwandelte den westlichen Himmel in ein prächtiges Spiel feuriger Rot- und Goldtöne. Noch waren längst nicht alle Stadtbewohner erschienen, die beiden hatten also noch viel Zeit, den Himmel zu bewundern, ehe sie von den anderen Leuten abgelenkt wurden. Es war ein Anblick, der Erin den Atem raubte.

»So was bekommen Sie in London wohl nicht zu sehen, was?«, fragte Will, belustigt von ihrem ehrfurchtsvollen Gesichtsausdruck. Lässig legte er den Arm auf die Rückenlehne ihres Stuhls.

Ob er das bewusst macht?, dachte Erin, ging aber nicht weiter darauf ein. »Nein«, gab sie zu. »Einen grauen Himmel bekommen wir gut hin, solch einen Himmel leider nicht.« Sie spürte, dass Will seinen Blick nicht von ihr abwandte, und so drehte sie sich zu ihm. Seine Lippen verzogen sich zu einem kleinen Lächeln, er sagte jedoch kein Wort. War da eine Spur von Begehren in seinen Augen zu erkennen? Wollte Will sie küssen? Erin spürte einen Anflug von Panik, etwas hielt sie dennoch davon ab, sich abzuwenden.

»Oh, tut mir leid«, sagte jemand, der gegen ihren Stuhl gestoßen war.

Dankbar für die Ablenkung sah Erin zu dem Minenarbeiter, der sich neben sie setzen wollte.

»Macht nichts«, erwiderte sie und nutzte die Gelegenheit, ihren Stuhl etwas zu verrücken, was dazu führte, dass Will seinen Arm wegnahm.

Schon bald waren sie von sicherlich zweihundert Menschen umgeben. Sie alle zur selben Zeit am selben Platz versammelt zu sehen war in dieser Stadt im Outback etwas Neues für Erin. Es fühlte sich merkwürdig an. Die meisten Zuschauer waren Minenarbeiter, aber auch der Postmeister war mit seiner Frau gekommen. Ted und Jenny Silverman, ein Paar Anfang siebzig, hatten früher einmal das Postamt in Peterborough geleitet, einer kleinen Stadt mit noch weniger Einwohnern. Für sie war es ein Fest, unter so vielen Menschen zu sein. Der Ladenbesitzer Billy Brown, der mit seinen fast sechzig Jahren die Suche nach einer Braut und die Hoffnung auf eine Familie noch nicht aufgegeben hatte, saß ganz in der Nähe. Er unterhielt sich mit Daisy. Auch Clementine war gekommen. Als Erin Clementine sah, musste sie an Jonathan und Marlee denken und daran, wie ihre Reise wohl verlief. Sie konnte nicht anders, sie machte sich Sorgen.

Einige der Minenarbeiter erkannte Erin als ihre Kunden. Außerdem sah sie Cyril und Aimee Davidson vom Pub. Sie waren vollauf damit beschäftigt, Bier zu verkaufen, das schneller getrunken wurde, als sie es einschenken und servieren konnten. Willy Wilks war mit einem seiner Kamele gekommen. Sie hatte schon gehört, dass er für eine Weile in der Stadt war. Erin mochte ihren Augen kaum trauen, als sie sah, wie er ein paar Gläser Bier in einen Eimer kippte und dem Kamel anbot. Das Kamel soff geräuschvoll, das Bier schien ihm zu schmecken. Die Stammkunden der Kneipe feuerten das Tier sogar an.

Als Erin hörte, dass Willy sich lautstark mit einem Mann namens Mick unterhielt, überlegte sie, ob das wohl der Mick Huxley war, der Jonathan sein Auto verkauft hatte. Sie fragte den Constable, der bestätigte, dass der Mann tatsächlich Mick Huxley war. Und so erzählte Erin ihm, dass Jonathan Mick ein Auto abgekauft hatte.

»Jonathan hat Micks Oldsmobile gekauft?«, fragte er ungläubig. »Hat er den Wagen von Walter Ball durchchecken lassen?«

»Wer ist das denn?«

»Der Automechaniker hier im Ort«, erklärte ihr Will. »Das heißt, was wir uns eben als Automechaniker so leisten können. Er hat sich alles selbst beigebracht, aber er macht seinen Job wirklich gut.«

»Dass Jonathan den Wagen hat durchchecken lassen, davon hat er nichts gesagt. Er ist auf dem Weg zum Ayers Rock, um nach Marlees Aborigine-Familie zu suchen«, fügte Erin hinzu.

»Ich weiß, dass er Informationen von den Stämmen hier aus der Gegend wollte, also habe ich den Kontakt zu einem Aborigine-Fährtensucher vermittelt. Dass er aus der Stadt weg ist, das wusste ich nicht.« Will runzelte die Stirn. »Bis zum Ayers Rock ist es eine ganz schön weite Fahrt.«

»Ist Micks Wagen wohl zuverlässig?«, fragte Erin besorgt.

Sie sah, dass sich mehrere Aborigines neben den Stuhlreihen auf dem Boden niedergelassen hatten, um sich den Film anzusehen. Es schien ihnen nichts auszumachen, dass sie ihn nicht verstanden. Die Filmvorführung durchbrach ihr tägliches Einerlei, wie es auch bei den anderen Stadtbewohnern war.

»Mick hat ab und zu mal den Motor gestartet, damit die Batterie nicht den Geist aufgibt. Er hat den Wagen nicht oft gefahren, und wenn, dann betrunken. Ich glaube, er hat ihn ganz schön malträtiert.«

»Wie das denn?«, erkundigte sich Erin. Ihr schwante nichts Gutes.

»Er hat andauernd irgendwas umgenietet. Ich weiß, Sie denken, das ist hier draußen ziemlich unwahrscheinlich, aber glauben Sie es nur, es ist möglich.«

»Was hat er denn angefahren? Kängurus?« Allein bei der Vorstellung gruselte es sie.

»Sicher auch«, sagte Will. »Von Tieren und anderen Autos abgesehen waren da noch Zäune, Mülltonnen, Felsen, Grabsteine und eine Wäscheleine. Einmal hat er sogar ein ganzes Haus zum Einsturz gebracht.«

»Ein Haus!« Erin fragte sich, ob Will wohl übertrieb.

»Doch, doch. Zum Glück waren die Kenricks gerade auf dem Weg nach Adelaide, zur Hochzeit ihres Sohnes. Kaum einen Tag weg, da pflügt Mick geradewegs durch das Haus und richtet einen Totalschaden an. Mick hatte den Fund seines bisher besten Opals gefeiert und drei Tage lang ohne Unterbrechung durchgesoffen. Sein Pech war, dass der Erlös aus dem Opalverkauf für den Kauf der Materialien, die zum Neubau von Sid und Beryl Kenricks Haus gebraucht wurden, draufgegangen ist. Die ganze Stadt kam zusammen und hat es wieder aufgebaut, ehe die zwei zurück waren.«

»Ein Glück, dass die Kenricks gerade weg waren. Aber das Auto war doch sicher kaputt, oder?«

»Das sollte man meinen, tatsächlich hat das Auto die Sache fast unbeschadet überlebt. Das Haus war aus Asbestfaserzement gebaut, das leistet solidem Metall keinen ernsthaften Widerstand. Ich würde mir eher Sorgen darüber machen, dass Mick den Motor oft die ganze Nacht hat laufen lassen, wenn er am Steuer eingeschlafen ist. Und jetzt verstehen Sie wohl, weshalb ich für die Zuverlässigkeit des Autos nicht garantieren möchte. Ich bin bloß froh, dass Mick von der Straße runter ist, so ist es hier sicherer für alle.« Es gab ihm einen Stich, dass Erin sich solche Sorgen um Jonathan und Marlee machte.

Bill Smithson führte den Film aus dem Heck eines Vans vor, auf dessen Seite in bunten Lettern die Aufschrift *Bill und Barbys Open-Air-Kino* prangte. Die Hecktüren standen weit offen, und drinnen brannte eine Petroleumlampe, sodass Bill besser mit Projektor und Filmrolle hantieren konnte.

Während Bill seine Vorbereitungen traf, unterhielten sich die Zuschauer aufgeregt. Vor Erin und Will saßen zwei Männer, die lebhaft den Bau eines Golfplatzes diskutierten. Ungläubig schaute Erin Will an. Ob sie sich verhört hatte?

»Ein Golfplatz, hier draußen?«, staunte sie. »Wie kann man denn ohne einen einzigen Grashalm Golf spielen?«

Einer der Männer hatte ihre Bemerkung wohl gehört und drehte sich um. Aus der Hosentasche zog er ein quadratisches Stück grünen Teppichboden. »Gras brauchen wir nicht«, erklärte er aufgeregt. »Abschlagen können wir von dem hier.«

Erin lachte. »Das meinen Sie nicht im Ernst, oder?«

»Glauben Sie mir, Des macht keine Witze«, teilte Will ihr mit. »Seit mindestens zwei Jahren spricht er über den Golfplatz, und ich glaube, er ist fest entschlossen, sich von der Idee nicht abbringen zu lassen. Des McCarthy, das ist Erin Forsyth, eine Opalhändlerin.«

»Noch vor Jahresende spielen wir Golf auf unserem eigenen Platz, Miss Forsyth«, erklärte Des beharrlich und gab Erin die Hand. »Und Sie, Constable Spender, werden doch sicher auch Mitglied im Coober Pedy Golfclub, oder?«

»Einen Satz Schläger habe ich mir schon gekauft«, antwortete Will.

Des strahlte, unter seinem buschigen Bart war sein Mund kaum zu sehen. »Auch Sie sind herzlich eingeladen, unserem Club beizutreten, kleine Lady. Die Damen schließen wir nicht aus.«

»Aber hier ist es doch viel zu heiß zum Golfspielen«, protestierte Erin. Sie war sicher, dass die Männer sie nur zum Narren hielten.

»Für den Sommer haben wir schon einen Ausweichplan. Abschlag erfolgt bei Sonnenuntergang, gespielt wird dann im Mondschein«, erklärte Des zuversichtlich. »Die weißen Golfbälle wird man im Mondlicht gut erkennen.«

Erin begriff, dass es Des tatsächlich ernst war. »Ich glaube kaum, dass das klappen wird«, sagte sie dennoch. Bei der Vorstellung, dass die Männer die halbe Nacht damit verbringen würden, im Staub nach den weißen Bällen zu suchen, hätte sie beinahe laut aufgelacht.

Von Zweiflern und Kritikern ließ Des sich aber offensichtlich nicht aus dem Konzept bringen. »Wir haben es ausprobiert, und es klappt einwandfrei. Denken Sie an meine Worte, der Coober Pedy Golfplatz wird einer der bemerkenswertesten der Welt sein.«

»Also, davon bin ich auf jeden Fall überzeugt«, sagte Erin. Sie musste zugeben, dass sie Des für seinen unerschütterlichen Glauben trotz ihrer Zweifel bewunderte.

»Die Hitze hält die Einheimischen nicht davon ab, etwas zu unternehmen«, sagte Will. »Es gibt hier mehrere Veranstaltungen im Jahr.«

»Was für Veranstaltungen?« Erin wurde neugierig.

»Da gibt es den Opal Cup, ein Pferderennen, das jedes Jahr im Januar stattfindet, und ein Reiterfest. Die Leute bringen extra dafür ihre Stockhorses in die Stadt, obwohl diese Gebrauchspferde eigentlich nicht an dem Rennen teilnehmen dürfen. An dem Tag finden auch Kamelrennen, Ziegenrennen, ja sogar Eidechsenrennen statt. Da haben alle immer viel Spaß. Und im April gibt es eine Art Marathonlauf nach Breakaways. Das ist ein großer Zuschauermagnet, er bringt viel Geld in die Stadt.«

Breakaways, so hatte sich Erin erzählen lassen, war eine ganz einzigartige Gegend etwa zwanzig Meilen von Coober Pedy entfernt. Von den Hügelkuppen aus hatte man über Hunderte von Meilen einen herrlichen Blick auf die Umgebung. Eine beeindruckende Pflanzenvielfalt fand sich am Fuß der Hügel, vor Millionen von Jahren war dort einmal ein Binnenmeer gewesen. Die Region hatte eine besondere Bedeutung für die Aborigines.

»Im Mai richten wir eine Edelsteinausstellung aus«, fügte Will hinzu. »Eine sehr interessante Veranstaltung. Aus ganz Australien reisen Opalkäufer an.«

»Vergessen Sie nicht den Ball, der nach dem Pferderennen in der Kneipe stattfindet«, mischte sich Des ein.

»Wegen des Frauenmangels in der Stadt ist das keine sonderlich aufregende Veranstaltung«, warf Will ein.

»Was sagen Sie denn da? Vergangenes Jahr hatten wir jede Menge tolle Bienen da«, rief Des.

»Männer, die sich als Frauen verkleiden, zähle ich nicht mit.« Will war wieder einmal peinlich berührt, als Erin große Augen machte.

»Wieso denn nicht?«, fragte Des empört. »Wenn man ein paar Bier intus hat, sind manche von denen ganz passabel, sogar attraktiv!« Er lachte. »Für den nächsten Ball rasiere ich mich und leihe mir ein Kleid. Ich habe eine prima Figur, um die würde mich manche Frau beneiden.« Er stand auf und posierte wie ein Fotomodell.

»Mal ehrlich, Des. Du gäbst eine echt hässliche Biene ab«, sagte der Mann neben ihm und verzog das Gesicht zu einer Grimasse.

»Ja, wohl wahr«, sagte ein anderer. »Selbst wenn ich ein ganzes Fass leer gesoffen hätte, würde ich dich nicht mit dem Hintern angucken.«

Entrüstet setzte Des sich wieder. »Das werden wir dann ja sehen, Kev«, sagte er lachend.

Jetzt dauerte es nicht mehr lange, bis die Vorstellung begann. Erin dachte auf einmal an die Kinos in London mit ihren weichen Ledersitzen, den Teppichböden, den Kristalllüstern und den kostbaren Samtvorhängen. Vor allem das Astoria auf der Charing Cross Road, das Platz für zweitausend Zuschauer bot, hatte sie geliebt, und das Windmill im Londoner West End, das früher Palais de Luxe geheißen hatte und sechshundert Zuschauer fasste. Das Open-Air-Kino von Coober Pedy ließ sich damit natürlich nicht vergleichen, doch Erin musste zugeben, dass sie gerade etwas Einzigartiges erlebte. Als der Schatten eines hüpfenden Kängurus auf der angestrahlten weißen Leinwand zu sehen war, schienen London und ihr erbärmlicher Hochzeitstag auf einmal Lichtjahre entfernt zu sein.

Die Lichter erloschen, der Film begann, und fast sofort vergaß Erin, dass sie im Freien saß. Es war ein besonders heißer Tag gewesen. Nun kühlte die Luft sich ab, und ein leichter Wind kam auf, was sehr angenehm war.

Der Film hatte gerade begonnen, als ein Minenarbeiter Will auf die Schulter klopfte. »Sie werden auf dem Eight Mile Field gebraucht«, sagte er besorgt.

»Was ist denn los?«, flüsterte Will. Er ärgerte sich, denn er hatte sich auf den Film gefreut, und er war offiziell nicht im Dienst.

»Drago Milesovic beschuldigt Harry Cornish, ihn betrogen zu haben.«

»Ich kümmere mich später drum«, sagte Will.

Betrugsvorwürfe kamen regelmäßig vor, das wusste Erin schon. Will schien sich also nicht sehr zu sorgen.

»Aber Drago droht damit, Harry zu erschießen«, drängte der Minenarbeiter. »Er fuchtelt mit seiner Waffe herum und ängstigt die Männer, die noch bei ihren Claims sind.«

»Ach je!« Will wandte sich Erin zu. »Tut mir leid. Ich muss mich darum kümmern, ehe noch einer umgebracht wird. Drago ist der Typ, der zuerst schießt und danach Fragen stellt. Ich bin so bald wie möglich wieder da.«

»Ich komm schon klar«, sagte Erin verständnisvoll.

Obwohl sie nun allein war, genoss sie das Schauspiel der über ihr funkelnden Sterne und auch den Film, obwohl sie ihn schon einmal gesehen hatte. Will tat ihr leid, er würde wahrscheinlich so schnell keine Gelegenheit haben, ihn sich anzuschauen.

Als der Abspann lief, wurden die Lichter erneut angezündet, und die Zuschauer brachen auf. Da tauchte Will wieder auf – und er schaute mehr als besorgt drein.

»Tut mir leid, dass ich so lange weg war«, sagte er und nahm seinen und Erins Stuhl. »War der Film gut?«

»Ja. Schade, dass Sie ihn versäumt haben«, erwiderte Erin. »Ist alles in Ordnung?«

»Ich musste Harry Cornish wegen Diebstahls verhaften. Der besagte Opal befand sich in seinem Besitz, ich hatte also keine andere Wahl. Drago hätte ihn beinahe erschossen. Es war nicht ungefährlich«

»Vor Kurzem wurde meinem Onkel von Mr. Milesovic ein Opal angeboten«, sagte Erin. »Der Name kam mir gleich bekannt vor, und jetzt fällt es mir wieder ein. Ich denke, es besteht die Möglichkeit, dass es sich um denselben Opal handelt.«

»Vielleicht. Aber gekauft haben Sie ihn nicht.«

»Nein. Mr. Milesovic war mit der von meinem Onkel angebotenen Summe nicht einverstanden. Er meinte, bei der Qualität des Steins müsse er mehr bekommen.«

Erin erinnerte sich daran, dass sie den Mann unsympathisch

gefunden hatte, und ihrem Onkel war es genauso gegangen. Cornelius hatte sogar gesagt, dass Drago seiner Meinung nach ein Unruhestifter sei und dass er hoffe, er käme in Zukunft nicht mehr zu ihnen, um seine Steine zu verkaufen.

»Ach ja? Das ist ja interessant. Ich bin kein Experte für Opale, aber der Stein, den Harry gestohlen hat, scheint von besonders guter Qualität zu sein, das betonte er auch mehrfach. Würden Sie ihn sich mal ansehen und prüfen, ob es derselbe ist?«

»Ja, natürlich.«

Erin ging mit Will zum Polizeirevier. Drago stand draußen und verlangte aufgebracht seinen Opal und die Waffe zurück, die der Constable konfisziert hatte.

»Ich habe Ihnen doch gesagt, Sie bekommen den Opal später, wenn ich mich endgültig davon überzeugt habe, dass er Ihnen gehört«, sagte Will. »Und wann ich Ihnen Ihre Waffe zurückgebe, entscheide ich ganz allein. Sie können schließlich nicht durch die Gegend laufen und den Leuten drohen, sie abzuknallen.«

»Ich muss verteidigen, was mir gehört. Und Sie haben Harry, diese Ratte, verhaftet. Also sollte ich doch wohl meinen Opal zurückbekommen«, wütete Drago.

»Auch wenn ich ihn verhaftet habe, muss ich die Sache erst untersuchen«, beharrte Will.

Drago funkelte Erin finster an, und in seinen Augen blitzte kurz Angst auf.

Will nahm Erin mit in sein Büro und führte sie in einen angrenzenden Raum. Erin durchlief es kalt, als sie sah, dass ein Teil des Raumes aus einer Zelle bestand. Harry saß auf einer hölzernen Bank, die als Bett diente, ein Kissen und eine zusammengefaltete Decke lagen neben ihm. Will öffnete nun einen Wandsafe und holte den Opal heraus.

Erin begutachtete ihn. »Er sieht aus wie der Opal, den Mr. Milesovic uns zu verkaufen versuchte. Er ist ähnlich in Größe und Farbe, aber ich kann nicht mit Sicherheit sagen, dass es sich um denselben Stein handelt«, sagte Erin vorsichtig.

»Es ist ja auch nicht derselbe«, brüllte Harry.

»Seien Sie still!«, befahl Will.

»Kann ich meinen Onkel holen? Er hat ihn sich genauer angesehen als ich, und er dokumentiert alles.«

»Ja, natürlich«, sagte Will. »Das wäre eine große Hilfe.«

»Das ist mein Opal«, rief Harry aus seiner Zelle. »Ich habe ihn gefunden.«

»Jetzt ist aber mal Ruhe, Harry«, brummte Will. »Sie können sich vor Gericht dazu äußern.«

Während Erin ihren Onkel holte, ging Will nach draußen, um Drago weiter zu verhören.

»Haben Sie den fraglichen Opal jemandem gezeigt, der ihn als Ihren Besitz identifizieren könnte?«, fragte Will den Mann.

»Ja. Ich hab ihn zu einem Opalhändler gebracht, aber der hat versucht, mich übers Ohr zu hauen, also hab ich ihn behalten«, behauptete er aufgebracht. Dass er erfolglos versucht hatte, von einem anderen Opalhändler mehr Geld zu bekommen, erwähnte er nicht.

»Glauben Sie, der Opalhändler erkennt den Stein wieder?«, fragte Will.

»Würde ich denken«, antwortete Drago. »Der erinnert sich womöglich, dass er mich reinlegen wollte, ich bezweifle allerdings, dass er das zugeben würde.«

Natürlich ahnte Drago nicht, dass Cornelius den Stein noch einmal begutachten würde und dass er sich beim ersten Mal sorgfältig Notizen gemacht hatte. Also ging er davon aus, der Händler würde nicht leugnen können, dass es derselbe Opal war, den man ihm angeboten hatte.

In diesem Moment kam Erin mit Cornelius aufs Polizeirevier zurück. Drago erschrak. Er wollte Cornelius und Erin ins Büro folgen, aber Will ließ ihn draußen warten.

Cornelius begutachtete den Stein sehr sorgfältig und konsultierte seine Notizen.

»Also, was meinen Sie, Mr. Wilder?«, fragte Will. »Ist das derselbe Opal, den Drago Milesovic Ihnen verkaufen wollte?«

»Nein. Das ist nicht derselbe Stein«, erklärte Cornelius überzeugt. »Dieser Opal ist von weit besserer Qualität. Die Farben haben mehr Tiefe, und der Stein hat mehr Karat.«

»Sind Sie sicher?«

»Ja, allerdings«, antwortete Cornelius.

»Hab ich Ihnen doch gesagt!«, rief Harry aus seiner Zelle erleichtert.

Will dankte Erin und Cornelius für ihre Hilfe und bat sie zu gehen. Drago warf ihnen draußen einen wütenden Blick zu.

»Ich hoffe, wir bekommen mit dem keinen Ärger«, sagte Cornelius, als sie ein Stück gegangen waren. Nervös blickte er sich noch einmal um.

Will wartete, bis er sicher war, dass Erin und Cornelius zu Hause angekommen waren, dann rief er Drago in sein Büro. »Das ist nicht Ihr Opal, Drago«, sagte er. »Das ist nicht der, den Sie an die Opalhändler verkaufen wollten, also nach Ihrer Aussage der Stein, den Harry Ihnen gestohlen haben soll.«

»Doch, das ist er«, beharrte Drago ärgerlich.

»Der Opalhändler hat eine Beschreibung von Farbe und Gewicht Ihres Opals notiert. Deshalb bin ich überzeugt, dass dies ein anderer Opal ist.«

»Der Opalhändler lügt! Das ist mein Opal«, brüllte Drago und drohte Will mit der Faust.

»Ich gebe Harry den Stein zurück und will nichts mehr darüber hören. Ich kann Sie jetzt verhaften, weil Sie eine Falschaussage gemacht und ihn bedroht haben. Doch das mache ich nicht, wenn Sie mir Ihr Wort geben, dass Sie die Sache auf sich beruhen lassen.«

Drago schäumte vor Wut. Er hatte keineswegs die Absicht, die Sache auf sich beruhen zu lassen. »Ich will meine Waffe zurück«, stieß er zwischen zusammengepressten Zähnen hervor.

»Die halte ich noch eine Weile bei mir«, sagte Will. »Also, werden Sie jetzt Ruhe geben, Drago? Oder muss ich Sie einsperren?«

Drago schoss Will einen wütenden Blick zu und verließ das

Polizeirevier ohne ein weiteres Wort. Will ließ Harry Cornish frei und gab ihm seinen Opal zurück.

Cornelius hatte mit Ärger gerechnet, deshalb hatte er die Tür gleich abgeschlossen, nachdem er und Erin nach Hause gekommen waren, und tatsächlich hämmerte es jetzt gegen ihre Tür.

»Das war mein Opal«, hörten sie Drago brüllen. »Es ist Ihre Schuld, dass ich ihn nicht zurückbekommen habe.«

Erin fing an zu zittern. »Kaum ist Bojan weg, müssen wir uns schon den nächsten wütenden Minenarbeiter vom Leib halten«, klagte sie.

»Ich glaube, es ist an der Zeit, dass wir zwei uns einen Urlaub gönnen«, sagte Cornelius. »Was hältst du von Alice Springs?«

»Wirklich?«

»Ja. Wir haben viel geleistet in der kurzen Zeit, die wir hier sind. Ein Urlaub ist genau das, was wir jetzt brauchen.«

22

Es war später Nachmittag und stickig heiß im Wagen, außerdem stand die Sonne am westlichen Horizont tief und blendete Jonathan, der schon genug damit zu tun hatte, die vielen Schlaglöcher auf der Straße und die anderen Hindernisse – umherziehende Kamele, Kängurus, Eidechsen, Adler und Krähen, die an Kadavern pickten – rechtzeitig zu erkennen.

Seit der Abfahrt aus Coober Pedy hatten sie gut dreihundert Meilen zurückgelegt, zweieinhalb lange, heiße Tage. Sie waren vom Stuart Highway auf den Lasseter Highway nach Westen abgebogen. Hier, irgendwo zwischen Erldunda und Curtin Springs, war die Straße in einem noch schlimmeren Zustand. Die Landschaft war flach und monoton und kochte unter der gnadenlosen Sonne. Über viele Meilen weit sah man nichts als roten, pulvrigen Staub, hier und da Flecken von vertrocknetem Spinifex und immer wieder abgestorbenes Holz. Ein paar genügsame Bäume kämpften ums Überleben, sie boten den Schatten suchenden Kängurus ein wenig Schutz. Jonathan wusste, sie würden Curtin Springs nicht vor Einbruch der Dunkelheit erreichen, also würden sie bald ihr Lager aufschlagen.

Plötzlich gab es einen lauten Knall, und das Auto kam abrupt zum Stehen. Der Aufprall schleuderte Marlee auf ihrem Sitz nach vorn, und sie prallte gegen das Armaturenbrett.

»O mein Gott, Marlee, bist du verletzt?«, rief Jonathan panisch.

»Nein, ich hab mir nur ein bisschen wehgetan«, antwortete sie mit vor Schreck geweiteten Augen.

»Zum Glück sind wir nicht schnell gefahren.«

Jonathan nahm die Kleine tröstend in den Arm, dann stieg er aus dem Oldsmobile und besah sich den Schaden.

»Wir sind in ein Schlagloch gefahren«, erklärte er Marlee.

Er rechnete mit einem Platten und war erleichtert, als er sah, dass der Reifen noch intakt war. Jonathan stieg wieder ein und versuchte, den Wagen nach vorn und dann zurück zu fahren, er rührte sich jedoch nicht von der Stelle. Er beschloss, unter dem Wagen nachzusehen, und entdeckte zu seinem Schrecken einen großen, scharfkantigen Steinbrocken, der aus dem Schlagloch herausragte und sich unter dem Wagen verkeilt hatte. Was noch schlimmer war, der Steinbrocken hatte die Unterseite des Kühlers aufgerissen, Wasser lief heraus.

»Mist«, brummelte Jonathan. Er überlegte, ob er das kostbare Wasser irgendwie auffangen konnte, aber es fiel ihm keine Möglichkeit ein. Es versickerte sofort im Sand.

»Was ist denn los, Jono?«, fragte Marlee. Sie reckte den Kopf aus dem Fenster und kniff die Augen zusammen, um sie vor der unbarmherzigen Sonne zu schützen.

»Irgendwas am Wagen ist kaputt«, antwortete Jonathan.

»Reparierst du das jetzt?«

»Ich weiß nicht, ob ich das kann«, gestand Jonathan besorgt.

Seit sie vom Stuart Highway abgefahren waren, hatten sie kein anderes Auto gesehen, er nahm also an, dass nicht viele Leute diese Straße benutzten. Das hieß, sie könnten eine ganze Weile feststecken. Wenn sie Lebensmittel und Wasser rationierten, hätten sie vielleicht genug für zwei Tage, mehr aber nicht.

Bald brach die Nacht herein, also schlugen Jonathan und Marlee am Straßenrand ihr Lager auf. Die ganze Zeit dachte Jonathan darüber nach, wie er das Auto reparieren könnte. Eine Schaufel hatte er nicht dabei, er konnte also nicht die Erde um den Wagen herum ausgraben und versuchen, den Steinbrocken dann fortzubewegen. Doch auch wenn er das gekonnt hätte, sah er keine Möglichkeit, das Loch im Kühler zu flicken. Er überlegte, ob sie in Richtung Curtin Springs zu Fuß gehen sollten, man hatte ihm gesagt, er könne dort Lebensmittel und andere Vorräte kaufen, es gab dort also offenbar eine Siedlung. Doch Mick Huxley hatte ihm eindringlich geraten, aus Sicherheitsgründen beim Wagen zu bleiben, wenn sie eine Panne hatten, und auf Hilfe zu warten. Er hatte ihm gruselige Geschichten über Leute erzählt, die umgekommen waren, weil sie das Auto verlassen hatten. Außerdem konnte er kaum von Marlee erwarten, gut fünfzig Meilen zu marschieren, und er würde sie ganz bestimmt nicht allein lassen.

Nach einer schlaflosen Nacht machte Jonathan sich beim ersten Morgenlicht auf die Suche nach einem starken Ast. Er wollte versuchen, das Ende mit seinem Messer zu schärfen, um den Ast zum Graben benutzen zu können. Marlee wollte helfen, also sagte er ihr, was er brauchte. Zu seiner großen Überraschung war sie es, die ein geeignetes Stück Holz fand. Und dass sie gleich noch Buschpflaumen entdeckt hatte, freute sie sehr.

Jonathan kannte die seltsamen Früchte nicht, und er machte sich Sorgen.

»Die Pflaumen sind gut. Mommy und ich haben sie ständig gegessen. Du kannst ruhig eine probieren«, ermutigte Marlee ihn.

Sie lachte, als Jonathan ihren Vorschlag beherzigte und das Gesicht verzog, weil die Frucht so bitter war. Doch er musste zugeben, dass es eine schöne Abwechslung war, mal etwas Frisches in den Magen zu bekommen.

Mit dem Stock versuchte Jonathan nun, um das Vorderrad des Oldsmobile herum eine Art Graben zu schaufeln, allerdings mit geringem Erfolg. Unter dem pulvrigen Staub befanden sich harter Lehm und Steine. Bald hatte er Blasen an den Händen, und der Ast brach. Er war zu kurz, um ihn weiter zu gebrauchen.

Jonathan war aufs Äußerste besorgt. Die Möglichkeit, dass die erhoffte Hilfe zu spät käme, verdrängte er, warf sich jedoch vor, dass er Marlee auf eine Reise mitgenommen hatte, die ihr Leben in Gefahr bringen konnte, obwohl sie so gänzlich unbesorgt war und sich in dieser trostlosen Umgebung sogar wohlzufühlen schien. Er musste sie immer wieder ermahnen, sich nicht zu weit vom Wagen zu entfernen.

Jonathan öffnete die Motorhaube des Oldsmobile. Am Motorblock vorbei hatte man eine gute Sicht auf den am unteren Rand des Kühlers verkeilten Steinbrocken. Er starrte auf den Motor und den Kühler und überlegte, was er ohne brauchbares Werkzeug tun konnte, als er aus dem Augenwinkel heraus eine Bewegung wahrnahm.

Er wandte sich um und fuhr vor Schreck zusammen. Ein Aborigine stand hinter ihm, er trug einen Speer bei sich. Jonathan hatte den Mann nicht kommen hören, obwohl es keinerlei Lärm gab, der das Geräusch von Schritten gedämpft hätte.

»Bitte, tun Sie uns nichts«, begann er mit vor Angst pochendem Herzen zu stottern.

Dann sah er etwas, das ihn noch viel mehr entsetzte. Der Mann war nicht allein. Ein Stück hinter ihm standen einige wild aussehende Gefährten, ebenfalls mit Speeren bewaffnet.

Die Aborigines schienen verwirrt von Jonathans Benehmen. Abgesehen von einem Lendenschurz aus Tierhäuten, der ihre Genitalien verdeckte, waren sie nackt, ihre schlanken schwarzen Körper waren muskulös. Der Gesichtsausdruck der Männer verriet nichts von ihren Absichten. Sie fingen an, sich zu unterhalten, aber natürlich verstand Jonathan kein einziges Wort – sie beachteten ihn auch gar nicht. Zwei von ihnen schauten nun auf den Motorblock, ein anderer warf einen Blick in den Wagen und überprüfte die Wasserbehälter, der nächste inspizierte die Unterseite des Oldsmobile. Jonathan lief zu Marlee und stellte sich schützend vor sie. Was passierte nun mit ihnen? Sie würden weder verhungern noch verdursten, nein, wahrscheinlich würden die Eingeborenen ihn aufspießen und Marlee zu irgendeinem Zweck, den er sich nicht vorstellen mochte, entführen.

»Hast du eine Ahnung, was sie reden, Marlee?«, flüsterte Jonathan der Kleinen zu. Es war dumm, dass er flüsterte, da die Aborigines kein Englisch verstanden. »Wollen sie das Auto stehlen?«

»Sie gucken nach, wieso es kaputt ist«, antwortete Marlee.

»Damit sie es stehlen können?«

Marlee zuckte mit den Schultern. Jonathan wusste eigentlich, dass sie zu jung und unwissend war, um über so etwas nachzudenken und zu einem vernünftigen Ergebnis zu kommen.

Einer der Männer sprach Marlee jetzt direkt an, was Jonathan nur noch mehr Angst machte. Marlee schüttelte den Kopf, und der Mann redete mit den anderen.

»Was hat er gesagt?«, fragte Jonathan die Kleine.

»Er wollte wissen, ob meine Mommy irgendwo in der Nähe ist«, erwiderte sie traurig.

Jonathan legte den Arm um sie, seine Gedanken gingen immer wirrere Wege. Die Aborigines schienen einen Beschluss gefasst zu haben, sie wurden aktiv. Ein Mann machte sich daran, Holz zu sammeln und es auf das verlöschende Lagerfeuer zu werfen. Ein anderer ging fort. Ein dritter durchsuchte Jonathans Habseligkeiten.

»Was macht er da?«, fragte Jonathan Marlee. Er wäre am liebsten eingeschritten, hielt sich wegen Marlee aber zurück.

»Ich weiß nicht«, antwortete das Mädchen.

Der Mann fand Jonathans Bratpfanne und setzte sie auf das Feuer. Der Aborigine, der fortgegangen war, kam mit einer Handvoll Blätter zurück, die er in die Pfanne warf.

Jonathan fragte sich, ob sie sich etwas zu essen machen wollten. »Das glaub ich einfach nicht«, murmelte er. Wie konnte er sie nur loswerden?

Seine Aufmerksamkeit wurde jetzt von einem der Männer, der einen großen, schweren Ast von einem Busch heranzerrte, in Anspruch genommen. Jonathan konnte sich nicht vorstellen, was er damit anfangen wollte. Die Eingeborenen unterhielten sich in einem fort, dann machten sie sich wie geschäftige Ameisen gemeinsam ans Werk. Drei von ihnen hievten den Ast unter die Vorderseite des Autos und setzten all ihre Kraft ein, um den Wagen mit seiner Hilfe anzuheben. Einer kroch nun darunter und machte sich an dem Steinbrocken zu schaffen. Ein anderer gab ein wenig Wasser zu den Blättern in der Bratpfanne und rührte alles mit einem kleinen Stöckchen um.

Verängstigt sah Jonathan zu. Er fürchtete, der Ast könnte zersplittern und den Mann unter dem Auto zerquetschen. Er dachte, der Mann, der sich mit dem Steinbrocken abmühte, wollte versuchen, ihn herauszuheben, doch er kippte ihn nur um, sodass die flache Seite oben lag. Der Aborigine kletterte wieder unter dem Wagen hervor, sagte etwas, und die drei Männer ließen den Wagen herunter. Der Reifen stand nun auf der flachen Seite des Steinbrockens – auf einem Niveau mit der Straße. Jonathan war beeindruckt von ihrem Geschick, und die Männer lächelten beglückt, auch sie waren mit sich zufrieden.

Dann wandten sie alle ihre Aufmerksamkeit den in der Pfanne dampfenden Blättern zu. Die Blätter rochen entsetzlich, Jonathan konnte sich nicht vorstellen, dass man sie essen konnte. Er beobachtete, wie einer der Männer die Pfanne vom Feuer nahm. Ein anderer versuchte, eine Unterhaltung mit Marlee zu beginnen. Jonathan hörte zu. Sie schien einiges von dem, was gesagt wurde, zu verstehen. Ein paar Aborigine-Wörter hatte sie ihm sogar beigebracht. Er vermutete, dass sie sich erkundigten, ob er Marlees Vater sei. Sie musste ihnen wohl übermittelt haben, dass er das nicht war, denn die Männer beäugten ihn nun misstrauisch. Zweifellos wollten sie wissen, was ein Kind mit Aborigine-Blut bei einem weißen Mann machte, der nicht ihr Vater war, Marlee war offenbar zu jung, um ihnen erklären zu können, dass Jonathan ihr Vormund war.

Als die Blätter abgekühlt waren, machte sich einer der Aborigines daran, sie mit den Fingern zu zerquetschen und so eine Art Paste herzustellen. Fasziniert sah Jonathan zu. Dann entspann sich erneut eine Diskussion zwischen den Männern. Einer holte einen von Jonathans Wasserkanistern aus dem Wagen. Er kippte etwas Wasser in den Kühler. Jonathan protestierte, aber keiner beachtete ihn. Ein anderer legte sich auf den Boden und beobachtete, an welcher Stelle das Wasser aus dem Kühler leckte. Dann reichte man ihm die Pfanne mit der Paste, und er trug sie an der Stelle auf, an der sich das Loch im Kühler befand. Jonathan beugte sich über die Motorhaube und sah zu. Die Aborigines schienen genau zu wissen, was sie taten, und wieder war er höchst beeindruckt von ihrer Findigkeit. Allerdings war ihm nicht klar, woher sie diese Fertigkeiten hatten. Sie lebten im Busch und besaßen keine Autos.

Einer der Aborigines sprach Marlee an und zeigte auf Jonathan.

Marlee schaute zu Jonathan auf. »Er hat gesagt, du sollst das Auto erst fahren, wenn die Sonne schon fast über unseren Köpfen ist«, übersetzte sie.

»Aha …« Jonathan nickte den Aborigines zu. »Kennst du das Wort für ›danke‹?«, fragte er Marlee.

Sie schüttelte den Kopf.

Jonathan blickte die Männer an und bedankte sich bei ihnen auf Englisch. Er nickte, lächelte sie an und hoffte, sie verstanden. Seltsamerweise wirkten sie gleichgültig.

»Soll ich warten, ehe ich Wasser in den Kühler fülle?«, fragte er und überprüfte, wie viel Wasser noch in den Behältern war. Er hoffte, dass der Wagen nicht noch einmal liegen bleiben würde, ehe sie Curtin Springs erreichten.

Als Marlee nicht antwortete, schaute er hoch. Die Männer waren verschwunden. Er sah in alle Richtungen, schaute hinters Auto. Weit und breit war nichts von ihnen zu sehen. Er konnte es einfach nicht glauben.

»Wohin sind sie verschwunden?«, fragte er Marlee. Sie spielte mit einer Eidechse, die sie gerade entdeckt und gefangen hatte.

Die Kleine sah sich um und zuckte dann mit den Schultern, ehe sie ihre Aufmerksamkeit wieder der Eidechse zuwandte. »Vielleicht sind sie auf die Jagd gegangen, Jono«, sagte sie.

Jonathan schüttelte ungläubig den Kopf. Er sammelte ihre Habseligkeiten ein und belud den Wagen. Immer wieder sah er in die Ferne. Ob die Aborigines vielleicht noch in der Nähe waren und sie eventuell beobachteten? Er hockte sich mit Marlee in den Schatten, sie aßen und tranken ein wenig, bis die Sonne noch ein wenig höher stand, dann füllte Jonathan den Kühler. Zuerst gab er nur ganz wenig Wasser hinein und überzeugte sich davon, dass es nicht wieder herauslief, dann füllte er ihn ganz, ließ den Motor an und überprüfte alles noch einmal. Er rechnete fest damit, dass der Stopfen aus Blätterpaste herausbrechen würde, wenn sich im Kühler Druck und Hitze aufbauten. Als das zu seinem Erstaunen nicht passierte, machten sie sich auf den Weg.

Während der weiteren Fahrt nach Curtin Springs machte Jonathan sich Sorgen, aber schließlich kam die Siedlung in Sichtweite, und er konnte wieder tief durchatmen. Der Stopfen hatte gehalten.

Curtin Springs bestand aus einer Tankstelle mit einem kleinen Laden nebendran, einem Wohnhaus und einem Campingplatz. Auf einem Abstellplatz hinter dem Haus gab es einen Autofriedhof mit etlichen Autowracks. Die Siedlung war mehr als klein, doch so sehr wie in diesem Moment hatte Jonathan sich noch nie über ein Zeichen von Zivilisation gefreut. Als er vor der Zapfsäule vorfuhr, kam ein Mann aus dem Tankstellengebäude heraus und wischte sich die Hände an einem Tuch ab. Ihm folgte ein alter Heeler, ein australischer Hütehund, der hinkte und sich dann keuchend dicht neben der Zapfsäule fallen ließ.

»Tag, Kumpel«, sagte der Mann freundlich.

Jonathan schätzte ihn auf ungefähr fünfzig Jahre. Er hatte schütteres graues Haar und einen Dreitagebart. Er trug ein kurzärmliges Hemd, das offen stand, weil alle Knöpfe außer einem abgefallen waren. Es gab den Blick auf seinen dicken gebräunten Bauch frei. Der Mann hatte ein offenes, fröhliches Gesicht.

»Hallo«, erwiderte Jonathan den Gruß.

»Ein Engländer! Hier draußen! Das ist ja mal was, das man nicht alle Tage zu sehen kriegt«, begeisterte sich der Tankwart.

»Allzu viele Londoner haben Curtin Springs bestimmt noch nicht besucht«, erwiderte Jonathan erschöpft lächelnd.

»Das können Sie laut sagen. Ganz schön weit weg von zu Hause, was, Kumpel?« Der Tankwart warf einen Blick in Jonathans Wagen.

»Wir sind ganz schön weit weg von allem«, antwortete Jonathan und wedelte sich eine Fliege vom Gesicht. Es war so unglaublich still hier, verglichen mit der Londoner City.

»Wohl wahr. Ich bin Bernie Edwards, Eigentümer und einziger Betreiber dieses erstklassigen Unternehmens. Ich und meine bessere Hälfte, wir sind seit zwanzig Jahren hier, haben hier vier Kinder großgezogen, alle zu Hause unterrichtet. Jetzt sind sie erwachsen und arbeiten in der Stadt. Aber ich und meine Tillie, wir wollen nirgendwo anders leben, und hier«, er wies auf das Haus, »wollen wir auch mit den Füßen voran rausgetragen werden.«

Jonathan hätte gern gefragt, wieso, befürchtete jedoch, die Erklärung würde ganz Bücher füllen. Er schwitzte auch zu sehr und war zu müde zum Zuhören. »Ich bin Jonathan Maxwell, und die junge Dame hier ist Marlee Drazan.«

»Tag, Marlee. Wie wär's, hättest du gern ein Eis?« Marlees Augen leuchteten. »Darf ich, Jono?«

»Klar«, erwiderte Jonathan.

»Geh rein und sag Tillie, ich hätte gesagt, du kannst ein Eis haben«, sagte Bernie.

Marlee gehorchte allzu gern. Sie nahm ihren Teddy und rannte ins Haus. Wohl auf der Suche nach Schatten trottete ihr der Hund hinterher.

»Wollen Sie tanken?«, fragte Bernie Jonathan.

»Ja«, antwortete Jonathan. »Und ich möchte meine Benzinkanister auffüllen.«

Bernie begann, den Oldsmobile zu betanken. »Wo sind Sie denn her?«

»Coober Pedy«, sagte Jonathan. »Wir sind auf dem Weg zum Ayers Rock.«

»Bisher alles glattgegangen unterwegs?«

»Kann man nicht gerade sagen. Etwa fünfzig Meilen von hier

bin ich gegen einen Steinbrocken gefahren und habe mir den Kühler aufgerissen.«

»So ein Pech aber auch. Wie haben Sie das repariert?«

»Ich hab es gar nicht repariert. Ein paar Aborigines sind wie aus dem Nichts aufgetaucht und haben den Kühler in Ordnung gebracht. Ich kann immer noch nicht glauben, dass sie das geschafft haben.«

»Wie haben sie das denn gemacht?«

Jonathan erklärte es dem Tankwart. »Ich hätte nicht gedacht, dass der Stopfen hält. Er hat gehalten.«

»Wird wahrscheinlich ein Leben lang halten«, erklärte Bernie voller Zuversicht.

»Woher wissen sie bloß, wie man so was macht? Die haben selbst doch gar keine Autos.«

»Sie finden Fahrzeuge, die liegen geblieben sind und die man verlassen hat, und die bringen sie wieder in Ordnung. Die sind hier schon mit Autos vorgefahren, die einen Platten gehabt haben. Sie flicken die Reifen mit Spinifex. Manchmal fehlen die Türen oder das Dach ist weggeschnitten. Mich überrascht gar nichts mehr. Aber eins muss man ihnen lassen, die kommen immer wieder mit cleveren Ideen. Als Automechaniker hier draußen, wo man nur schwer an Ersatzteile kommt, muss ich mir selbst oft was Cleveres einfallen lassen. Sie können mir glauben – von denen hab ich mir ein paar Ideen abgeguckt, auf die ich allein nie im Leben gekommen wäre. Ich hab schon erlebt, wie die einen Ast von einem Baum als Querträger benutzt haben. Einige von denen sind die geborenen Buschmechaniker.«

»Ich bin so dankbar, dass sie vorbeigekommen sind. Als ich die Speere sah, hab ich schon das Schlimmste befürchtet.«

»Die Speere hatten sie bloß dabei, weil sie auf der Jagd waren. Die laufen nicht durch die Gegend und bringen Weiße ohne guten Grund um, meistens jedenfalls nicht. Wo ist Ihre Frau?«

»Ich habe keine Frau. Ich bin Marlees Vormund.«

»Wie kommt das denn?«

»Ihre Eltern sind vor Kurzem gestorben. Ihre Mutter war eine Aborigine, ihr Vater ein kroatischer Minenarbeiter. Ich bin auf dem Weg zum Ayers Rock, weil ich glaube, dass die Kleine da Verwandte bei den Aborigines hat.«

»Da tun Sie gut dran. Abo-Kindern geht es am besten bei ihren eigenen Leuten.«

»Meinen Sie wirklich?« Bei dem Gedanken daran, Marlee an Verwandte zu übergeben, die sie gar nicht kannte, wurde Jonathan immer noch mulmig.

»Klar doch. Die brauchen ihre eigene Kultur. Meine Tillie wird Ihnen das bestätigen. Sie hat versucht, sich um ein paar Abo-Kinder hier zu kümmern, aber die sind immer zurück zu ihren Familien. Die werden nicht vernachlässigt, nur weil sie mal hier rumhängen und um was zu essen und Eiscreme betteln, oder weil sie keine Erziehung bekommen. Tillie wollte sich mit ihnen beschäftigen, hat sogar angefangen, ihnen lesen und schreiben beizubringen – es hat nicht funktioniert.«

Jonathan freute es zu hören, was Bernie da zu erzählen hatte. Genau diese Bestätigung hatte ihm gefehlt, um etwas zuversichtlicher zu werden.

»Kommen Sie rein, essen Sie einen Happen mit uns und trinken Sie was Kaltes, ehe Sie weiterfahren. Tillie ist wirklich eine gute Köchin. Sie macht Ihnen den besten Hamburger diesseits von Alice Springs.«

Jonathan lächelte. »Das hört sich verlockend an«, sagte er. »Das Angebot nehm ich gern an.«

23

Jonathan musste Tillie nur einmal anschauen, und schon war ihm klar, dass sie über große Ausdauer, ein umgängliches Gemüt und ein mitfühlendes Herz verfügte. Sie war die ideale Ehefrau für einen Mann, der an einem Ort wie Curtin Springs leben wollte, wäre da nur nicht ihr pausenloses Geplapper gewesen. Zum Glück war sie sehr amüsant, und die Entbehrungen, die das Leben in solch einer Abgeschiedenheit mit sich brachte, beschönigte sie nicht. Jonathan war erfreut darüber, dass sie sich auch für die einheimische Tierwelt begeisterte, und vor allem, dass sie ein umfangreiches Wissen über die Aborigines der Gegend besaß, genau das brauchte er.

»Inzwischen kommen einige Leute hier vorbei, aber das war nicht immer so«, erzählte sie Jonathan. »In unserem ersten Jahr hier sahen wir, von uns beiden abgesehen, nur sechs andere Menschen. Stimmt's, Bernie?«

»Sechs Leute? Waren es tatsächlich so viele?«, fragte er lachend.

»Das Eheleben hinten in einem Van zu beginnen war das eine, an einem Ort praktisch ohne andere Menschen zu wohnen ist für eine jung verheiratete Frau aus Manchester, die zehn Geschwister hat, allerdings ziemlich merkwürdig. Ich kam mir vor wie auf dem Mond ausgesetzt. Und um ehrlich zu sein, ich hatte damals keine Ahnung, ob ich das schaffen würde. Aber Bernie hat das Problem gelöst.« Tillie kicherte. »Ein paar Monate nach unserer Ankunft hier habe ich ein Baby zur Welt gebracht, das von üblen Koliken geplagt wurde. Tag und Nacht schrie die Kleine sich die Seele aus dem Leib. Ich hätte Gott weiß was für die Stille gegeben, die wir vorher hier hatten. Sogar die Tiere sind aus der Gegend verschwunden. Kaum war mit der kleinen Susan alles in Ordnung, kam das nächste Baby. Zum Glück war Charles kein Schreihals. Es folgten zwei weitere Kinder, aber hier draußen, mit dem vielen Platz um uns herum, waren die vier Kinder nie im Weg. Sie kamen nur ins Haus, wenn sie Hunger hatten, und dann waren sie so schmutzig, dass ich sie von den Aborigine-Kindern kaum unterscheiden konnte. Ich hab mich an all das gewöhnt. Jetzt käme ich wahrscheinlich nicht mehr klar, wenn ich in einer richtigen Stadt mit Nachbarn in nächster Nähe und viel besuchten Geschäften leben müsste.«

»Ich weiß, was Sie meinen. Ich weiß auch nicht, wie ich auf die Menschenmengen in London reagieren werde, wenn ich wieder nach Hause fahre«, gab Jonathan zu. An manchen Tagen vermisste er London schrecklich. An anderen Tagen, wenn er in den endlosen blauen Himmel schaute, konnte er sich nicht vorstellen, wie er sich je wieder an das Grau des heimischen Himmels gewöhnen sollte. »Ich denke, ich würde mich bald wieder in mein früheres Leben hineinfinden, aber eine ganze Weile wird mir sicher alles ziemlich fremd vorkommen.«

Bernie hatte nicht übertrieben, was Tillies Kochkünste anging. Der saftige Hamburger, den sie Jonathan zubereitete, schmeckte ihm ausgezeichnet. Und das umso besser, als ihm ein eiskaltes Bier dazu serviert wurde. Auch Marlee war mehr als zufrieden mit ihren frittierten Kartoffeln und der Flasche roter Limonade dazu.

»Ich hätte mir nie träumen lassen, dass ein kaltes Bier einmal zu einer Delikatesse für mich werden könnte«, meinte Jonathan.

»Ich bin mit Bernie nur unter der Bedingung hierhergekommen, dass er mir einen brandneuen Kühlschrank kauft«, erwiderte Tillie. »Das war wirklich das Einzige, worauf ich bestanden habe. Und ich habe ihn immer noch. Es ist ein Frigidaire aus dem Jahr 1937. Er funktioniert noch genau wie an dem Tag, als ich ihn bekam.«

»Sechs Monate hat es gedauert, bis der hier war«, sagte Bernie. »Bis dahin musste ich mich mit einem altmodischen Eisschrank begnügen, der ganz und gar mit Kork ausgekleidet war, weil man hier weit und breit kein Eis bekam. Ich habe schreckliche Erinnerungen daran. In diesem ersten Jahr hatten wir auch noch einen der heißesten Sommer, die ich je erlebt habe«, sagte Tillie. »Wenn wir die Lebensmittel nicht innerhalb von zwei Tagen verbrauchten, wurden sie schlecht.«

»Hatten Sie denn damals Strom für den Kühlschrank?«, fragte Jonathan.

»Bis vor einem Jahr, als wir richtigen Strom bekamen, mussten wir einen Generator benutzen. Ich habe ihn mit der Windmühle verbunden«, erklärte Bernie. »Jetzt benutze ich ihn nur, wenn der Strom mal ausfällt. Ich betreibe ihn mit Benzin.«

»Und dieser Kühlschrank? Wie ist der hergekommen?«, fragte Jonathan.

»Er musste mit dem Zug von Adelaide transportiert werden«, antwortete Bernie.

»Aber der Zug hält hier in der Nähe doch gar nicht, oder?«

»Nein, und ich konnte den Kühlschrank nicht mit einem Lastwagen herbringen lassen, weil die Lkw-Fahrer sich alle weigerten, von der Hauptstraße runterzufahren, und selbst die war damals nicht viel mehr als ein unbefestigter Pfad. Also musste der Afghan-Expresszug einen Extrahalt etwa dreißig Meilen östlich von Erldunda einlegen. Der Kühlschrank wurde ausgeladen und auf eine Art Einspänner verfrachtet, den normalerweise Kamele ziehen. Vor zwanzig Jahren ist praktisch alles mit Kamelen zu uns befördert worden. Es gab viele Verzögerungen, Tillie hat mir schon gedroht, sich scheiden zu lassen. Wahrscheinlich hat der Kühlschrank unsere Ehe gerettet.«

»Das war so ein aufregender Tag, als mein Frigidaire eintraf«, sagte Tillie zärtlich.

»Man hätte meinen können, es hätte mitten im Sommer geregnet«, meinte Bernie lachend.

Tillie zwinkerte Marlee zu. »Hat's dir geschmeckt, Süße?«, fragte sie.

Marlee nickte und strahlte. »Ich mag Limonade«, sagte sie.

Normalerweise war die Kleine schüchtern und zurückhaltend, vor allem Weißen gegenüber, die sie nicht kannte. Aber mit Tillie lachte und plauderte sie, als würden sie sich schon jahrelang kennen.

»Wissen Sie, ob zu den Stämmen um den Ayers Rock herum auch die Anangu gehören?«, fragte Jonathan nun die Edwards.

»Der Rock ist das Stammesgebiet der Anangu Pitjantjatjara«, erklärte Tillie.

»Ich glaube, dass Marlee Onkel, Tanten und eine Großmutter bei einem Anangu-Clan hat«, bemerkte Jonathan, während Marlee draußen mit dem alten Hund spielte. »Ich habe leider keine Ahnung, ob sie wissen, dass ihre Mutter gestorben ist. Wenn ich es schaffe, mich mit ihnen zu verständigen, könnte das ein richtiger Schock für sie sein.«

»Ich bin sicher, sie wissen es«, erwiderte Tillie. »Diese Art Nachrichten verbreiten sich unter den Eingeborenen sehr schnell. Selbst wenn die Verwandten Hunderte von Meilen entfernt sind, werden sie es erfahren haben. Es dürfte eine große Freude für sie sein, wenn Sie ihnen Marlee bringen.«

»Das will ich hoffen«, sagte Jonathan.

»Sie scheinen sich nicht sehr sicher zu sein«, meinte Tillie. »Machen Sie sich Sorgen, dass Sie womöglich nicht das Richtige tun?«

»Ja. Ich mache mir tatsächlich große Sorgen. Ich habe keine Ahnung, wie ich es schaffen soll, mich von ihr zu verabschieden. Und ich weiß nicht, wie sie darauf reagieren wird, wenn ich sie bei fremden Leuten lasse. Ich wäre gern sicher, dass man sich gut um sie kümmert, auch wenn ich nicht weiß, wie ich das in Erfahrung bringen soll. Ich habe ihrem Vater versprochen, dass ich mich seiner Kleinen annehme. Ich habe ihm mein Wort gegeben. Also, um ehrlich zu sein, ich habe nicht das Gefühl, dass ich das Richtige tue.«

»Die Zuneigung, die Sie für die Kleine empfinden, beruht offenbar auf Gegenseitigkeit. Es ist also ganz normal, dass Sie beide sich sehr nahestehen. Anfangs wird es für Marlee bestimmt merkwürdig sein, bei dem Stamm zu leben. Sie müssen die Situation, die Sie vorfinden, irgendwie einschätzen, mehr können Sie nicht tun. Geben Sie dem Kind Gelegenheit, seine Familie kennenzulernen. Beobachten Sie, ob sie eine Bindung zu Marlee aufbaut. Wenn Sie feststellen, dass sie sich wohl bei ihren Verwandten fühlt, wird es Ihnen leichter fallen, sich von ihr zu verabschieden. Auf lange Sicht gesehen wird sich die Kleine auf jeden Fall bei ihren eigenen Leuten wohler fühlen. Die Lektion habe ich auf die harte Tour gelernt.«

Jonathan wusste, dass Tillie recht hatte. Er musste eben improvisieren, wenn es so weit war. Er musste sehen, was passierte, wenn Marlee ihre Verwandten traf. »Mir wird ein bisschen komisch, wenn ich daran denke, wie ich mich den Clanmitgliedern verständlich machen soll«, sagte er. »Besteht die Aussicht, dass einer von denen Englisch spricht?«

»Das ist unwahrscheinlich, es sei denn, einer wäre mal als Farmarbeiter beschäftigt gewesen. Aber vielleicht haben wir da ja eine Lösung«, erwiderte Bernie. »Ich sehe mal nach, ob der alte Burnum irgendwo hinterm Haus ist.« Er stand auf und ging raus.

»Der alte Burnum?« Jonathan runzelte fragend die Stirn.

»Um diese Uhrzeit ist er meistens nicht weit weg«, erwiderte Tillie, als ob Jonathan wissen müsste, über wen sie da sprach.

Bernie kam durch den Fliegenvorhang an der Hintertür, ihm folgte ein alter Aborigine. Er trug einen zerbeulten Hut, ein derart verblichenes Hemd, dass man nicht mehr sagen konnte, welche Farbe es ursprünglich gehabt hatte, lange Hosen in ähnlichem Zustand und keine Schuhe. An der linken Seite des Körpers und auf der linken Gesichtshälfte war er ganz staubig, es sah aus, als wäre er gerade erst wach geworden.

»Am Nachmittag kommt Burnum immer vorbei«, erklärte Bernie. »Er wohnt mit seiner Familie in einer Siedlung etwa fünf

Meilen entfernt. Er kommt zu Fuß nach Curtin Springs, legt sich auf ein Nickerchen unter seinen Lieblingsbaum und trinkt dann ein Bier mit mir, ehe er wieder nach Hause geht.« Bernie grinste. »Das ist unsere Tagesroutine. Burnum hat sich bereit erklärt, mit Ihnen zum Rock zu fahren und zu dolmetschen. Sofern Sie ihm eine Flasche Bier für die Fahrt spendieren.«

Burnum sagte etwas, und Bernie lachte. Er hatte Englisch gesprochen, sein Kauderwelsch hatte Jonathan jedoch nicht verstanden. »Burnum will was klarstellen. Ein Bier für die Hinfahrt zum Rock, eins für die Rückfahrt«, erklärte Bernie.

»Ich kaufe ihm gern ein paar Bier«, sagte Jonathan, der dankbar für die Hilfe war. »Ich wollte allerdings ein paar Tage am Ayers Rock zelten.« Er würde Marlee ja nicht einfach so allein lassen können.

»Dagegen hat Burnum nichts, stimmt's, Burnum?«, fragte Bernie.

»Nee, Sie mehr Bier bringen, wir bleiben«, sagte er.

Diesmal verstand Jonathan ihn. »Nur … das Bier wird warm in dieser Hitze«, sagte er. Es war ja in Ordnung, in einem englischen Winter warmes Bier zu trinken, aber nicht im Sommer in Australien.

»Burnum wird das Bier in einem Camperkühlschrank kühlen«, erklärte Bernie.

»In einem Camperkühlschrank?«

»Einem Wasserloch«, erklärte Tillie.

Jonathan kaufte ein paar Flaschen Bier für Burnum, dann machten sie sich auf den Weg zum Ayers Rock. Es waren noch gut fünfzig Meilen bis dorthin.

»Sehen Land da?«, fragte Burnum vom Rücksitz, als sie über die staubige Straße fuhren.

Jonathan schaute nach Westen. »Ja«, antwortete er dann.

»Das Land Connor Station. Ich Farmarbeiter da. Lange Zeit. Zehn Jahre«, sagte Burnum. »Boss nicht viel gut.«

»Ich hätte nicht gedacht, dass das Farmland ist.« Jonathan sah keine Zäune und Vieh auch nicht. Es sah einfach aus wie weites, offenes Land.

»Connor Station eine Million Hektar Land. Ich hart Arbeit. Boss, Mr. Lucas, er Weißen zahlen viel Geld. Ich nur bekommen Lebensmittel. Bisschen Tee. Bisschen Zucker. Und bisschen Fleisch. Kein Geld, nicht wie weiße Männer. Also ich gehen. Und nie zurück.«

»Das kann ich Ihnen nicht übel nehmen«, sagte Jonathan. Er fand, dass es eine Schande war, wie man den Mann ausgebeutet hatte.

»Jetzt junge Schwarze stehlen Vieh von Boss«, sagte Burnum und lachte. »Ich Ältester. Können ihr Gewissen sprechen. Ich aber machen nicht. Boss, er behandeln schwarze Farmarbeiter schlecht. Also er muss zahlen mit Vieh.«

Sie fuhren weiter, Burnum trank sein Bier und sang Lieder in seiner Stammessprache. Immer wieder lachte er. Er wirkte sehr entspannt und vergnügt. Marlee kicherte, und Jonathan lächelte und schüttelte den Kopf.

Sie hatten den Mount Connor passiert, einen nierenförmigen Berg mit flacher Kuppe, und der Ayers Rock war seit vielen Meilen schon zu sehen. Ein Landvermesser hatte der Sandsteinformation im Jahr 1873 ihren Namen gegeben – nach Sir Henry Ayers, dem Staatssekretär von Südaustralien.

»Wie viele Meilen sind es um den Fuß des Berges herum, Burnum?«, fragte Jonathan.

»Weißer Mann sagen sechs Meilen, Schwarze sagen zwei Stunden Fußmarsch.«

»Tillie sagt, da gebe es Trinkwasser, ein Wasserloch, ja?«

Das Gelände um den Berg herum war flach, nichts als roter Staub, gelegentlich durchbrochen von niedrigen Mulga-Sträuchern. Eine raue Landschaft.

»Wasserlöcher am Berg«, sagte Burnum.

Es war entsetzlich heiß. Jonathan hätte nichts lieber gemacht, als schwimmen zu gehen und sich zu erfrischen. Er hielt den Wagen ganz in der Nähe des Berges an.

»Sollen wir ein Lager aufschlagen und dann nach Angehörigen der Anangu suchen?«, fragte Jonathan.

Burnum stieg aus und schaute reglos in die Ferne. Er schien auf etwas zu horchen oder in Trance zu sein. Jonathan und Marlee schwiegen voller Respekt und sahen ihm zu. Nach einer Weile machte Burnum sich schweigend auf den Weg zum Berg. Jonathan und Marlee folgten ihm. Ob er wusste, wo die Anangu ihr Lager hatten?

Jonathan legte die Hand auf den rauen Fels und betrachtete ihn ehrfürchtig. Bernie hatte ihm erzählt, dass er unter der Erde noch einmal so groß war. Wo die Sonne, die schon recht tief stand, auf den Sandstein traf, schien der Berg einen rötlichen Erdton zu haben, die Teile des Berges, die im Schatten lagen, hatten eine ganz andere Farbe. Jonathan schaute hoch und fühlte beinahe körperlich eine spirituelle Gegenwart. Er sah zu Marlee. Zu gern hätte er gewusst, ob sie spürte, dass ihre Vorfahren aus der Gegend stammten, aber das schien nicht der Fall zu sein. Jonathan wusste nicht, ob er enttäuscht oder erleichtert sein sollte.

Einige Bäume wuchsen am Fuß des Berges, und bald entdeckte Jonathan einen Tümpel. Es war kein großer Tümpel, aber er sah zu einladend aus. Jonathan schaute hoch und sah Spalten im Felsgestein, aus denen Regenwasser heruntergesickert sein musste. Marlee war ganz aufgeregt, als sie das Wasserbecken entdeckte. Als sie ihre Zehen hineintauchen wollte, hielt Burnum sie zurück. Er sagte etwas in der Sprache der Aborigines, und seine Augen weiteten sich wie vor Angst. Dann schüttelte er den Kopf.

»Ist dies ein Ort von besonderer Bedeutung für die Aborigines?«, fragte Jonathan.

Burnum nickte. »Ort hier heilig«, sagte er.

»Und wir dürfen in diesem Wasserbecken nicht schwimmen?«, fragte Jonathan enttäuscht.

»Hier nicht.«

Burnum gab ihnen mit Zeichen zu verstehen, dass sie ihm folgen sollten. Er führte Jonathan und Marlee weiter um den Berg herum. Sie kamen an kleinen Höhlen vorbei, und Burnum deutete auf Aborigine-Zeichnungen, die in die Felswand gekratzt waren. Zu sehen waren Eidechsen, Feuer, die Sonne, Menschen, Speere und *nulla nulla*, Keulen, die als Waffe benutzt wurden. Burnum versuchte, die Bedeutung der Zeichnungen zu erklären, aber Jonathan fand es schwierig, ihn zu verstehen. Jonathan beeindruckte, mit wie viel Ehrfurcht der Aborigine den Überzeugungen des anderen Stammes begegnete. Er hatte erklärt, er selbst gehöre zu einem Stamm, dessen Gebiet sich bis zum Lake Eyre erstrecke.

Schließlich gelangten sie zu einem weiteren Tümpel. Er war größer und tiefer. Am Vormittag, wenn die sengende Sonne im Osten stand, spendeten Bäume mit ausladenden Ästen Schatten. Nun, am späten Nachmittag, stand die Sonne am westlichen Himmel, der Tümpel und die nähere Umgebung lagen vollständig im Schatten des Berges. Burnum hatte zwei Flaschen Bier mitgenommen. Am seichten Ende des Tümpels stellte er sie in das kühle Wasser.

»Ihr hier trinken Wasser und schwimmen«, sagte er zu Jonathan und Marlee.

»Das ist ja ein wunderbarer Platz für ein Lager«, rief Jonathan aufgeregt. Bei Tillie hatte er ein paar tiefgefrorene Würstchen gekauft, die sie in einer Pfanne über dem Feuer braten könnten. »Aber jetzt will Marlee sicher erst einmal ins Wasser.« Sie saß bereits am Rand des Tümpels, platschte mit den Füßen aufs Wasser und lachte verzückt.

Während Burnum Feuerholz sammelte, gingen Jonathan und Marlee ins Wasser. Der Tümpel war nicht sehr tief, die Kleine konnte also darin stehen. Doch da sie nicht schwimmen konnte, behielt Jonathan sie sorgsam im Auge. Als Burnum ein Feuer in Gang gebracht hatte, kletterte Jonathan aus dem Wasser, und der Aborigine ging zu Marlee hinein. Vögel zwitscherten in den Bäumen, wohl darauf wartend, aus dem Tümpel trinken zu können, und Kängurus kamen ganz dicht heran. Als Jonathan die Würstchen über dem Feuer briet, entdeckte er ein paar Dingos. Sicher rochen sie das Fleisch.

Als sie gegessen hatten, gingen sie zum Auto, um ihre Schlafdecken zu holen, dann kehrten sie zu ihrem Lagerplatz am Wasser zurück. Marlee war ganz verzückt, als Jonathan vorschlug, in dieser Nacht draußen am Feuer zu schlafen.

Bald nach Einbruch der Dunkelheit wurde die Kleine müde. Es war ein anstrengender Tag für sie gewesen. Sie kuschelte sich unter ihre Decke und schlief fast sofort ein. Jonathan und Burnum saßen da, schauten in die Flammen des knisternden Feuers und hingen ihren Gedanken nach. Von nun an könnte jeder Tag für Marlee so sein, überlegte Jonathan.

»Wann werden wir die Anangu-Leute sehen?«, fragte er Burnum.

»Sie bald kommen.«

»Woher wissen sie denn, dass wir hier sind?«, erkundigte Jonathan sich verblüfft.

Aus seinen dunklen, im Feuerschein leuchtenden Augen sah Burnum ihn an, und Jonathan wusste, dass er eine dumme Frage gestellt hatte.

»Komm«, sagte er und stand auf. »Wir Feuerholz zu suchen, damit genug für Nacht.«

Abseits des verlöschenden Feuers war es sehr dunkel, und es war kaum etwas zu sehen. Jonathan setzte seine Schritte vorsichtig. Er hatte eine Taschenlampe dabei, aber die Batterien waren fast leer, das Licht reichte gerade, um den Boden zu sehen.

Jonathan war noch nicht weit gegangen, als er glaubte, ein Heulen zu hören. Wie angewurzelt blieb er stehen. Die Dingos, dachte er, ich muss sofort zu Marlee. So schnell es in der Dunkelheit möglich war, lief er los. Da hörte er Marlee schreien.

»Marlee!«

Jonathan wusste nicht genau, in welche Richtung er laufen sollte, in der Dunkelheit konnte er sich nicht mehr orientieren.

Er strauchelte und stolperte über einen Busch, blieb erneut stehen. Lieber Gott, betete er, lass mich rechtzeitig bei ihr sein.

»Marlee«, brüllte er panisch. »Ich komme.«

Endlich sah er die Feuerstelle, und dann nahm er Burnum neben sich wahr. Er warf ein Stück Holz in Marlees Richtung, und sie hörten ein Aufjaulen.

Marlee hockte auf ihrer Schlafdecke, die Hände vors Gesicht geschlagen, und schluchzte. Jonathan setzte sich zu ihr und nahm sie in die Arme.

»Er … er hat mich gebissen«, stammelte sie, »der … der Dingo, er hat mich gebissen.«

In diesem Moment fühlte Jonathan etwas Klebriges an seiner Hand. Blut? Er untersuchte, so gut es im schwachen Feuerschein ging, Marlees tränenüberströmtes Gesicht, doch dann sah er Blut an ihrer Schulter.

»Der Dingo hat dich in die Schulter gebissen?«, fragte Jonathan entsetzt.

Er erschrak zu Tode. Hatte der Dingo sie … sie fressen wollen? Er verdrängte diesen furchtbaren Gedanken in die hinterste Ecke seines Bewusstseins. Das konnte doch sicher nicht sein.

»Dingos weg jetzt«, sagte Burnum. »Sie Hunger.«

Jonathan riss die Augen auf. Er hatte recht gehabt. Als ein Kind, das ganz allein und reglos im Dunkeln auf seiner Schlafmatte lag, war Marlee für die Dingos leicht angreifbar gewesen. Jonathan machte sich schwere Vorwürfe, dass er sie allein gelassen hatte. Er verband die Wunde, die glücklicherweise nicht groß war, mit einem provisorischen Verband, während Burnum das Feuer neu entfachte, dann legten sie sich hin.

In dieser Nacht hielt Jonathan Marlee fest in seinen Armen und ließ sie bis zum Morgen nicht mehr los.

24

Die ersten magischen Sonnenstrahlen fielen auf die Ostseite des Ayers Rock und ließen ihn in leuchtendem Rot erstrahlen. Jonathan wurde jäh aus dem Schlaf gerissen. Hörte er Stimmen? Wer sprach da? Im ersten Moment dachte er, er wäre auf den Opalfeldern und seine Nachbarn bereiteten sich auf einen weiteren Tag harter Arbeit in ihren Minen vor, doch er vernahm auch das heisere Kreischen von Papageien. Marlees schmächtige Gestalt, in seine Armbeuge gekuschelt, war es schließlich, die seine Illusion zerstörte. Dann fiel es ihm wieder ein. Der Angriff des Dingos! Nur so, nahe bei ihm, hatte Marlee sich sicher gefühlt.

Burnum hatte mit Bestimmtheit erklärt, die Dingos würden nicht mehr zurückkommen, doch Jonathan hatte versucht, die ganze Nacht wachzubleiben. Ein paar Stunden hatte er ausgehalten, ehe er völlig erschöpft in den Schlaf gesunken war.

Jetzt sah er den Aborigine. Er stand ganz in der Nähe und war in eine Diskussion mit drei jungen Männern vertieft, die genauso aussahen und genauso spärlich bekleidet waren wie die Jäger, die am Vortag ihren Wagen repariert hatten. Burnum versuchte offenbar, ihnen etwas zu erklären.

Jonathan rappelte sich auf, weckte Marlee und ging auf Burnum und die Männer zu. Er lächelte sie an und begrüßte sie, aber natürlich verstanden sie ihn nicht, sie starrten ihn kaum interessiert an.

»Gehören diese Männer zu einem der Anangu-Clans?«, erkundigte sich Jonathan bei Burnum.

»Ja«, antwortete Burnum. »Ich erklären, wieso wir auf Land von Anangu.«

»Können Sie sie fragen, ob sie mit Gedda aus Coober Pedy verwandt sind?«, platzte Jonathan heraus. Der Ausgang dieser Mission würde über Marlees künftiges Glück entscheiden. »Ich weiß nicht, wie Gedda mit Nachnamen hieß, ehe sie Andro Drazan heiratete.« Zu spät erinnerte sich Jonathan daran, dass er den Namen nicht laut hätte aussprechen dürfen.

Burnum sprach mit den Männern, der alte Mann nannte Geddas Namen nicht. Sie nickten, dann starrten sie Jonathan wieder an. In dem Moment wurde Jonathan klar, dass sie von Geddas Tod wussten und dass er sie beleidigt hatte.

»Tut mir leid«, entschuldigte sich Jonathan. »Ich weiß, ich hätte den Namen von Marlees Mutter nicht laut aussprechen dürfen. Aber wie hätte ich ihnen sonst verständlich machen können, dass Marlee mit ihnen verwandt ist?«

»Sie wissen, wer Mädchen ist«, erklärte Burnum.

»Woher wissen sie das?«

»Sie sagen, Marlee hat Aussehen wie ihre Mommy«, antwortete Burnum.

»Ja, das stimmt«, meinte Jonathan. Daran hatte er noch gar nicht gedacht. »Ist ihre Großmutter in der Nähe?«

Wieder redete Burnum mit den Männern.

»Sie mit viele andere von Stamm auf Walkabout, nach Alice Springs.«

»Alice Springs! Wie lange werden sie weg sein?«

Sie waren tagelang unterwegs gewesen. War die ganze Reise reine Zeitverschwendung?

Burnum fragte die jungen Männer, aber ihrer Körpersprache, dem Achselzucken und Füßescharren und den in die Ferne gerichteten Blicken konnte selbst er entnehmen, dass sie das nicht wussten, und das bestätigten sie dann auch.

»Ist einer dieser Männer mit Marlee verwandt?«

Burnum fragte sie. Der ruhigste der drei Aborigines ergriff das Wort.

»Er verwandt«, sagte Burnum. »Vetter … vielleicht.«

Jonathan hatte den Eindruck, dass der junge Mann sich mit dem, was er gesagt hatte, nicht ausdrücklich als Marlees Verwandter bekannte, er bedachte sie auch mit nicht viel mehr als einem flüchtigen Blick.

»Verstehen Sie alles ganz genau, was die Männer sagen, Burnum?« Er überlegte, ob es womöglich zu Missverständnissen gekommen war. »Ich frage das nur, weil Sie doch von einem anderen Stamm sind.«

»Ich schon lange hier, ich sprechen viel mit Clans. Ich verstehen. Diese Männer sagen, gut, dass Sie kleines Mädchen bringen her«, erklärte Burnum Jonathan. »Sie hier viel Familie. Ihre Großmutter haben viel Freude, wenn sie Mädchen bekommen zurück.«

»Aber wir wissen nicht, wann sie zurückkommen«, erwiderte Jonathan enttäuscht.

»Walkabout manchmal Tage, Wochen, manchmal Monate. Jeden Tag können kommen zurück.«

»Ich lasse Marlee nicht hier bei den jungen Männern, ich warte, bis ihre Großmutter und ihre Tanten da sind«, sagte Jonathan, ohne zu zögern.

»Warum nicht?«, fragte Burnum. »Sie gut beschützen kleine Marlee.«

»Ich habe sie hergebracht, damit sie bei ihren weiblichen Verwandten sein kann. Und ich will sicher sein, dass sie sich bei ihnen wohlfühlt, ehe ich fahre.«

Burnum zuckte mit den Schultern, er schien kein Verständnis für Jonathans Ängste zu haben.

Jonathan kam eine Idee, und er entschied ganz spontan. »Sagen Sie den Männern, dass ich mit Marlee nach Alice Springs fahre und ihre Großmutter suche.«

Sie packten alles zusammen, dann fuhren sie die Straße zurück nach Curtin Springs. Marlee war während der Fahrt ganz still, doch Burnum sang wieder seine Lieder und trank den Rest des Bieres. Der Aborigine bat darum, bei sich zu Hause abgesetzt zu werden, es sei nur einen kleinen Abstecher von der Hauptstraße entfernt. Jonathan folgte seinen Anweisungen, stellte aber bald fest, dass es zu Burnums Zuhause gar keine Straße gab, nur einen sehr holprigen, unbefestigten Pfad. Er stellte die Federung des Oldsmobile auf eine harte Probe. Die Siedlung erwies sich als eine kleine Ansammlung von Häusern, in denen ungefähr fünfzig Aborigines lebten. Wenn es stimmte, was Burnum erzählt hatte, waren die meisten seine Verwandten beziehungsweise seine engere Familie, darunter seine wesentlich jüngere Frau und zahlreiche Kinder.

Jonathan bedankte sich bei Burnum für seine Hilfe und fuhr dann weiter nach Curtin Springs, wo er den Edwards erzählte, was sich ergeben hatte. Bernie lachte herzhaft, als er hörte, dass Jonathan Burnum nach Hause gefahren hatte.

»Über die holprige Piste würde ich nicht mal mit dem Jeep fahren«, sagte er.

»Ich konnte Burnum seine Bitte kaum abschlagen, nachdem er sich für mich und für Marlee solche Umstände gemacht hat«, erwiderte Jonathan.

»Unsinn!« Bernie klopfte sich auf seinen dicken Bauch. »Sie haben ihm Bier spendiert und ihm zu einem Ausflug verholfen, den er auch so genossen hätte.«

Jonathan kaufte ein paar Vorräte für die Fahrt und tankte noch einmal. Dann füllte er seine Wasserbehälter für den Fall, dass er wieder Probleme mit dem Kühler haben würde.

»Wie weit ist es bis Alice Springs?«, fragte Jonathan.

»Zweihundertfünfundzwanzig Meilen«, antwortete Bernie. »In Anbetracht des Zustands der Straße bedeutet das ungefähr zwei Tage Fahrt.«

Jonathan war entschlossen, für Marlee diesen Weg auf sich zu nehmen. Dass Tillie und Bernie überzeugt waren, er tue das Richtige, bedeutete ihm viel. Wenn sie bei ihrer Großfamilie nicht bleiben wollte, oder falls ihre Verwandten sich weigerten, sie aufzunehmen, würde er über ihrer beider Zukunft neu nachdenken müssen.

»Ich hoffe bloß, mein Oldsmobile schafft es bis Alice Springs ohne weitere Pannen«, sagte Jonathan, ehe er sich mit der Kleinen auf den Weg machte.

»Wenn der Wagen es bis zu Burnum nach Hause geschafft hat, schafft er es auf jeden Fall auch bis Alice Springs.«

Bernies dröhnendes Lachen begleitete sie noch ein ganzes Stück die Straße entlang.

Zum Glück hatte Bernie recht. Das Auto bewältigte die Fahrt ohne Probleme. Jonathan musste sich auf die Straße konzentrieren, aber ihm fiel auf, dass Marlee ganz in sich gekehrt war. Sie hielt ihren Gula fest an sich gedrückt und starrte schweigend aus dem Fenster.

»Alles in Ordnung mit dir, Marlee?«, fragte Jonathan sie jedes Mal, wenn sie hielten, um sich die Beine zu vertreten und etwas zu trinken.

Sie nickte immer, blieb jedoch ungewöhnlich still. Sicherlich strengte die Reise sie an, aber irgendwie nagten Zweifel an Jonathan, ob das alles war.

Als sie sich am Abend des zweiten Tages hinten im Wagen schlafen legten, beschloss Jonathan, sich ein Herz zu fassen und mit Marlee zu reden, um herauszufinden, was sie so bedrückte.

»Du hast gehört, wie ich mit Burnum über deine Familie geredet habe«, sagte er.

Marlee antwortete nicht. Sie sah ihn auch nicht an. Sie umklammerte einfach nur ihren Teddy.

»Wir machen diese Reise, weil ich will, dass du deine Familie kennenlernst, Marlee.« Er suchte nach den richtigen Worten. Es war schwierig, ihr etwas über die Kultur ihrer Vorfahren zu erzählen, weil sie noch zu jung war, um das zu verstehen. »Ich glaube, es ist das Richtige für dich. Du willst sie doch auch kennenlernen, oder?«

Marlee presste die Lippen zusammen.

»Ich hab ja schon einmal versucht, dir zu erklären, dass deine Mommy Schwestern hatte, vielleicht auch Brüder. Die nennt man Tanten und Onkel. Ich hoffe, dass deine Tanten genauso sind wie deine Mommy und dich so lieb haben werden, wie deine Mommy dich lieb gehabt hat.«

»Die werden nicht sein wie meine Mommy«, erklärte Marlee. »Und sie werden mich auch nicht so lieb haben.«

Im Mondlicht, das zu den Fenstern zu ihnen hereinfiel, sah Jonathan, dass die Unterlippe der Kleinen zitterte.

»Und wenn du dich da vielleicht irrst, Marlee? Was, wenn sie doch so sind wie deine Mommy? Dann würdest du sie doch gern kennenlernen, oder?«

Marlee sagte kein Wort. Sie drehte den Kopf zur Seite.

Jonathan versuchte es erneut. »Wenn sich herausstellt, dass deine Großmutter und deine Tanten nicht so sind wie deine Mommy, oder wenn du sie nicht magst, dann werde ich dich nicht bei ihnen lassen, selbst wenn sie das wollen.«

Marlee drehte den Kopf und sah Jonathan an. So einsam und verloren hatte er sie noch nie gesehen.

»Magst du mich denn nicht, Jono?«, fragte sie ganz leise.

Jonathan musste schlucken. Er hatte nicht damit gerechnet, dass sie so etwas fragen oder überhaupt auch nur denken würde. »Natürlich mag ich dich«, flüsterte er und strich ihr sanft übers Gesicht.

Tränen stiegen ihr in die Augen. »Warum willst du mich dann nicht mehr?«, jammerte sie.

»So etwas darfst du nicht mal denken, Marlee. Niemals darfst du so etwas denken. Egal, was auch passiert, ich werde immer, immer und ewig Teil deines Lebens sein. Ich werde immer für dich da sein. Ich suche deine Familie, weil ich nicht deine Mommy sein kann, und ich denke, du brauchst in deinem Leben jemanden wie deine Mommy, weil du noch so klein bist. Eine Tante oder die Großmutter könnte so was wie eine Mommy für dich sein. Ich hab dich trotzdem sehr lieb. Wenn du unglücklich bist bei deinen Verwandten, dann nehme ich dich wieder mit, und du bleibst bei mir, für immer.«

»Dann mag ich sie nicht. Ich will bei dir bleiben, Jono.«

Wie sollte er einem kleinen Mädchen erklären, dass es offen sein sollte, dass Offenheit nur zu seinem Vorteil war? »Willst du mir etwas versprechen, Marlee?«, sagte er schließlich. »Versprich mir, dass du ihnen eine Chance gibst. Mehr will ich gar nicht.«

Marlee nickte, aber überzeugt wirkte sie nicht. Jonathan wusste, das Letzte, was sie in ihrem Leben brauchte, war noch mehr Aufregung. Er würde dafür sorgen, dass es dazu nicht kam.

Am nächsten Tag trafen sie noch vor der Mittagszeit in Alice Springs ein. Gleich machten sie sich auf die Suche nach einer Unterkunft. Dass dies nicht so leicht war, hatte Jonathan nicht erwartet. Er war schon kurz davor aufzugeben, doch die Begeisterung, wieder in einer größeren Stadt mit den verschiedensten Geschäften zu sein, hielt ihn davon ab. Besonders freute er sich, als sie an einem Friseurladen vorbeikamen. Er brauchte dringend einen Haarschnitt und eine Rasur. Vielleicht war ja sein ungepflegtes Äußeres der Grund für seine Probleme, eine Unterkunft zu finden. Jonathan kaufte Marlee ein Eis, und sie setzte sich draußen vor dem Friseurladen auf eine Bank, während er sich die Haare schneiden und sich rasieren ließ.

»Ich bin einigermaßen überrascht, dass es in einer Stadt wie Alice Springs so viele Besucher gibt«, sagte er zu dem Friseur.

»Besucher, hier?« Der Friseur war verwirrt.

»Egal, wo ich gefragt habe, in keinem Hotel, in keiner Pension sind noch Zimmer frei«, erklärte Jonathan.

Der Friseur warf ihm einen belustigten Blick zu.

»Stimmt was nicht?«, fragte Jonathan.

»Nein, nein«, meinte der Friseur und konzentrierte sich aufs Haareschneiden.

»Sag ihm schon die Wahrheit, Frank«, meinte ein Kunde, der gleich nach Jonathan hereingekommen war.

»Was für eine Wahrheit?«, wollte Jonathan wissen.

»Gehört die Kleine da draußen zu Ihnen?« Der Kunde legte seine Zeitung beiseite.

»Ja, sie gehört zu mir«, antwortete Jonathan.

»Sie ist der Grund dafür, dass Sie keine Unterkunft finden.«

»Das Kind!«, rief Jonathan ungläubig.

»Ein weißes Kind wäre kein Problem, aber ein Abo-Kind ist nicht gern gesehen hier. Keiner wird einem Mann ein Zimmer vermieten, der mit einem Abo-Kind oder einer Abo-Frau kommt.«

»Warum denn nicht?«

»Manche von den Abos hier in der Gegend machen Ärger«, antwortete der Mann.

»Die meisten«, fügte Frank, der Friseur, zynisch hinzu. »Wie oft sind mir schon die Fenster von jungen Schwarzen eingeworfen worden, die nichts Besseres zu tun hatten!«

»Jeder, der Sie und das Kind ins Haus nimmt, müsste mit Konsequenzen rechnen«, sagte der Kunde.

Jonathan war verstört. Zum Glück hatten sie den Wagen, in dem sie schlafen konnten. »Gibt es hier auch Campingplätze?«, fragte er.

»Ja, aber an Ihrer Stelle würde ich da nicht hingehen. Wenn die Schwarzen Sie mit einem Abo-Kind sehen, bekommen Sie mit denen Ärger.«

Als der Friseur mit seiner Arbeit fertig war, zahlte Jonathan, bedankte sich für die Ratschläge und machte sich mit Marlee Hand in Hand auf den Weg. Während sie durch die Stadt spazierten, achtete er genauer auf die Reaktionen der Leute, an denen sie vorbeikamen. Viele weiße Stadtbewohner starrten ihn an, manche machten sogar abfällige Bemerkungen. Die Aborigine-Bevölkerung war recht zahlreich, auch die Schwarzen sahen ihn herausfordernd an – als wollten sie ihn zur Rede stellen, weil er ein Aborigine-Kind bei sich hatte. Jonathan versuchte, ihnen aus dem Weg zu gehen. Ihm wurde nach kurzer Zeit schon bewusst, dass die Weißen und die Schwarzen von Alice Springs nicht in harmonischem Miteinander lebten.

Am späten Nachmittag hatte Jonathan alle Möglichkeiten, eine Unterkunft zu finden, ausgeschöpft. Er hatte sogar in den Randbezirken der Stadt Leute angesprochen, die privat Zimmer vermieteten. Die Reaktion war immer dieselbe. Eine Lady, die vorn am Haus ein Schild mit der Aufschrift ZIMMER ZU VERMIETEN angebracht hatte, fragte er schließlich, ob sie nur deshalb kein Zimmer frei habe, weil er in Begleitung eines schwarzen Kindes sei. Sie schlug ihm die Tür vor der Nase zu. Das bedeutete, sie müssten wieder im Wagen schlafen. Jonathan beschloss, das Auto außerhalb der Stadt zu parken, damit sie keine Schwierigkeiten bekämen.

Weil sie ihre Lebensmittelvorräte auffüllen mussten, machten sich Jonathan und Marlee aber zunächst auf der Todd Street im Herzen der Stadt auf die Suche nach einem Supermarkt.

»Jonathan!«, hörte er da jemanden seinen Namen rufen.

Jonathan drehte sich um und fand sich Auge in Auge mit Cornelius.

»Hab ich mir doch gedacht, dass Sie das sind«, rief Cornelius mit einem breiten Lächeln. »Was machen Sie denn in Alice Springs?«

»Mr. Wilder!« Jonathan war völlig überrascht. Und es war wunderbar, ein freundliches Gesicht zu sehen. »Dasselbe könnte ich Sie fragen.«

»Bitte nennen Sie mich doch Cornelius. Ich habe Erin auf einen kleinen Urlaub hierhergebracht«, erklärte er. »Es sah so aus, als sollten wir mit einem weiteren feindseligen Minenarbeiter Ärger bekommen. Nach dem, was wir mit Bojan Ratko durchgemacht hatten, dachte ich, es wäre eine gute Idee, eine Weile aus Coober Pedy herauszukommen.« Er begrüßte Marlee, die erfreulicherweise den Anflug eines scheuen Lächelns zustande brachte. »Was machen Sie denn nun hier?«, fragte er Jonathan wieder. »Erin hat mir erzählt, Sie wollten zum Ayers Rock fahren.«

Jonathan schaute auf Marlee hinunter. Sie ließ ihre kleine Hand in seine gleiten, drückte sie fest, dann ließ sie wieder den Kopf sinken. »Wir sind zum Ayers Rock gefahren, um Marlees Familie zu besuchen, aber sie hat sich zu einem Walkabout aufgemacht nach Alice Springs«, sagte er.

»Aha. Und wo wohnen Sie?«

»Das haben wir noch nicht ganz geklärt, wir werden wahrscheinlich gezwungen sein, ein Lager aufzuschlagen und im Wagen zu schlafen.«

»Gezwungen? Es gibt doch ganz bestimmt jede Menge leer stehende Zimmer hier in der Stadt«, erwiderte Cornelius. »Als wir nach Zimmern gesucht haben, hatten wir eine unbegrenzte Auswahl.«

»Das glaube ich gern, wir leider nicht.« Wieder schaute Jonathan auf Marlee hinunter.

Cornelius verstand sofort. Man musste nicht lange in Alice Springs sein, um zu erkennen, wie es um die Situation zwischen der weißen und der schwarzen Bevölkerung stand.

»Wir haben schon ein paar Nächte im Wagen geschlafen, und es war sogar recht bequem«, sagte Jonathan jetzt.

»Das kommt ja gar nicht infrage, dass Sie im Auto schlafen, wo Erin und ich ausreichend Platz haben«, sagte Cornelius.

»Aber ...«

»Das Haus, das ich gemietet habe, ist viel zu groß für zwei Leute. Wir haben zwei zusätzliche, wirklich schön eingerichtete Schlafzimmer. Übrigens wird Erin sich sehr freuen, Sie zu sehen. Sie hat sich ziemliche Sorgen gemacht.«

»Vielen Dank für das Angebot. Sind Sie denn sicher, dass wir Ihnen nicht zur Last fallen? Es wäre wirklich eine große Hilfe für uns.«

»Wo haben Sie Ihren Wagen? Ich bin zu Fuß in die Stadt gekommen. Dann fahre ich jetzt mit Ihnen und zeige Ihnen den Weg.«

Fünf Minuten später fuhren sie vor einem ausgesprochen hübschen, weiß gestrichenen Haus am Stadtrand vor, von dem aus man auf den Todd River schaute. Nicht dass der wie ein richtiger Fluss ausgesehen hätte. Im Sommer war er völlig ausgetrocknet. Das Haus war dennoch auf Pfählen erbaut, für den Fall, dass der

Todd River einmal über die Ufer trat, was tatsächlich von Zeit zu Zeit passierte. Es gab eine breite Veranda, schattige Bäume, grünen Rasen und einen hübschen Palisadenzaun.

»Rasen!«, rief Jonathan entzückt.

»Herrlich, endlich einmal etwas Grün zu sehen, oder?« Cornelius verstand Jonathan nur allzu gut.

»Ich glaube, so etwas werde ich nie wieder für selbstverständlich halten«, sagte Jonathan.

Als Erin draußen einen Wagen vorfahren hörte, kam sie auf die Veranda heraus. Cornelius stieg als Erster aus.

»Onkel Cornelius«, rief Erin. »Du hast doch nicht ...«

Cornelius strahlte. »Sieh mal, wen ich in der Stadt gefunden habe!«

Jonathan stellte den Motor ab, stieg aus dem Wagen und half Marlee vom Rücksitz.

»Jonathan!« Erin hielt die Luft an. »Und Marlee!« Sie war überglücklich, die beiden gesund und in Sicherheit zu sehen.

»Hallo, Erin«, sagte Jonathan lächelnd.

»Ich dachte, Sie wollten zum Ayers Rock fahren.« Erin kam die Stufen herunter auf ihn zu, um ihn zu begrüßen.

»Da waren wir auch, aber jetzt sind wir hier«, sagte Jonathan erschöpft.

»Hallo, Marlee!« Erin bückte sich, um mit dem kleinen Mädchen auf Augenhöhe zu sein.

Marlee senkte wieder ihren Kopf. Erin fand, die Kleine sah besorgt aus. Oder war sie nur müde?

»Kommen Sie, wir holen Ihre Sachen aus dem Auto«, bestimmte Cornelius.

Erin sah ihn fragend an.

»Ich habe Jonathan und Marlee gebeten, bei uns zu wohnen«, erklärte Cornelius.

»Oh! Wirklich?« Erin sah Jonathan irritiert an. Sein Haar ist geschnitten, und er hat sich rasiert, dachte sie. Er ist wirklich attraktiv.

»Sie haben keine Unterkunft gefunden, und dieses Haus ist sowieso viel zu groß nur für uns beide«, fügte Cornelius hinzu.

»Ja, das stimmt«, sagte Erin, konnte ihre Verwirrung aber nicht verbergen.

Jonathan missverstand ihr Zögern. »Wenn wir Ihnen zur Last fallen, können wir auch im Wagen schlafen«, sagte er. »Das ist wirklich in Ordnung.«

»Das kommt ja überhaupt nicht infrage«, erklärte Erin mit Nachdruck. »Wir haben zwei leer stehende Schlafzimmer hier, das Haus ist wirklich sehr geräumig. Und hinten gibt es einen Garten, in dem Marlee spielen kann.«

»Danke«, sagte Jonathan. »Sie und Ihr Onkel sind sehr freundlich.«

»Kommen Sie doch herein und trinken Sie einen Tee mit uns«, schlug Cornelius vor.

Eine Stunde später hatten sich Jonathan und Marlee in dem wunderschönen Haus eingerichtet. Es war einigermaßen kühl, denn es gab in jedem Raum Deckenventilatoren. Marlee konnte kaum fassen, dass sie ein großes Bett ganz für sich allein hatte, und das auch noch in ihrem eigenen Zimmer. Es schien ihr sehr zu gefallen. Ihre braunen Augen waren weit aufgerissen, als sie sich voller Ehrfurcht im Haus umsah. Jonathan vermutete, dass sie noch nie in einem Haus gelebt und noch nie in einem richtigen Bett geschlafen hatte. Sie hatte auch noch nie in einer Badewanne gebadet.

Sie tranken Tee und aßen Sandwiches, dann gingen sie mit Marlee nach draußen und zeigten ihr den Garten. Sie war außer sich vor Begeisterung. Auf der Rasenfläche stand ein weißer Jasmin in voller Blüte, aber was ihre Aufmerksamkeit erregte, war die Schaukel. Jonathan setzte sie darauf und stieß sie an, und ein breites Lächeln überzog ihr Gesicht, etwas, das er schon lange nicht mehr gesehen hatte. Ihre Freude rührte ihn zutiefst.

Während Marlee schaukelte, erklärte Jonathan, was am Ayers

Rock passiert war. »Ich konnte Marlee doch nicht bei diesen jungen Burschen lassen, die im Übrigen auch nicht allzu sehr an ihr interessiert schienen«, sagte Jonathan.

»Natürlich nicht«, erwiderte Erin. »Waren denn alle Frauen weg?«

»Keine Ahnung. Ihre Großmutter und ihre Tanten sollen hier in der Nähe von Alice Springs sein. Ich will ja nur, dass sie ihre Verwandten einmal kennenlernt. Ich habe ihr erklärt, dass sie nicht bei ihnen bleiben muss, wenn sie das nicht will, aber ich habe sie gebeten, der Familie eine Chance zu geben. Sie hat schon so viel durchgemacht. Ich möchte ja nur, dass etwas Ruhe und Regelmäßigkeit in ihr Leben kommt.«

»Und Sie glauben, wenn die Kleine bei Ihnen lebt, wird sie das nicht haben?«, fragte Cornelius, als könne er Jonathans Gedanken lesen.

»Ich kann sie nicht allein lassen, während ich arbeite. Und die Schule scheint sie nicht zu mögen. Weil ich nun mal meinen Lebensunterhalt verdienen muss, habe ich da ein Problem.« Schon bei der Andeutung, es könne ein Problem sein, dass er ihr Vormund war, bekam er ein schlechtes Gewissen.

»Als Mann allein mit einem kleinen Kind sind Sie wirklich in einer unmöglichen Situation«, sagte Erin mitfühlend. Sie konnte nicht anders, sie war wütend auf Andro Drazan, weil er Jonathan in solch eine Lage gebracht hatte. Trotzdem verstand sie, dass er keine andere Wahl hatte.

»Wenn Marlee nicht bei ihrer Aborigine-Familie bleiben will, nehme ich sie mit nach England«, erklärte Jonathan. »Der Gedanke stimmt mich nicht gerade froh, denn das bedeutet schließlich, dass ich sie von dem einzigen Ort wegbringe, den sie je gekannt hat. Aber wenigstens habe ich da Verwandte, die mir helfen können, mich um sie zu kümmern.«

»Was meint denn Ihre Verlobte dazu, dass Sie die Verantwortung für ein Waisenkind übernommen haben?«, wollte Erin wissen. Es war ein Gedanke, der ihr schon oft gekommen war.

»Das weiß ich noch gar nicht. Ich habe Liza geschrieben und ihr alles berichtet, eine Antwort habe ich allerdings noch nicht. Ich habe den Postmeister in Coober Pedy gebeten, meine Briefe bis zu meiner Rückkehr zurückzuhalten. Wenn ich länger hierbleiben muss, rufe ich Ted Silverman an und bitte ihn, meine Post nach Alice Springs weiterzuleiten.«

»So haben wir das auch gemacht, als wir von Coober Pedy wegfuhren«, sagte Cornelius. Erin hatte den Kontakt zu Bradley nicht verlieren wollen, weil sie sich Sorgen um ihren Vater machte.

Sie schraken zusammen, als es plötzlich an der Tür klopfte.

»Erwartest du jemanden, Erin?«, fragte Cornelius und stand auf, um zu öffnen.

»O ja!« Erin schaute auf ihre Armbanduhr.

»Guten Tag, Mr. Wilder«, hörten sie Will Spenders Stimme.

»Constable! Kommen Sie doch herein«, sagte Cornelius. »Wir sind in der Küche.«

Als Jonathan die sich nähernden Schritte hörte, stand er auf. Will und er waren sichtlich verblüfft, als sie einander nun gegenüberstanden.

»Mr. Maxwell!« Will ließ nicht die Spur eines Lächelns erkennen. »Sie hätte ich hier am allerwenigsten erwartet.«

»Damit, dass ich hier sein würde, habe ich selbst nicht gerechnet, Constable Spender. Und Sie? Sind Sie dienstlich in Alice Springs?«

»Ja, seit einigen Tagen. Der Prozess gegen Bojan Ratko beginnt demnächst. Und wieso sind Sie hier?«

»Ich will Marlees Aborigine-Familie finden. Man sagte mir, ihre Verwandten seien in der Gegend von Alice Springs.«

Erin sah Will an. »Vielleicht könnten Sie Jonathan ja behilflich sein«, sagte sie.

»Ich?«

»Ja. Haben Sie denn nicht Kontakt zu Fährtensuchern und Dolmetschern unter den Aborigines, die auch hier helfen könnten, Marlees Familie aufzuspüren? Ich habe gehört, dass die Polizei hier im Ort Aborigines als Verbindungsleute für die Eingeborenen, die nicht Englisch sprechen, einsetzt.«

»Das stimmt. Es sind Polizeihilfskräfte. Sie überbrücken die Kluft zwischen Polizei und Stammesmitgliedern. Ich will sehen, was ich tun kann. Wo in der Stadt wohnen Sie denn, Mr. Maxwell?«

Jonathan warf Erin und Cornelius einen unsicheren Blick zu. »Hier.«

»Hier! In diesem Haus?« Will war perplex.

»Genau«, warf Erin ein. »Jonathan und Marlee wohnen bei uns. Wir haben reichlich Platz.«

Will musterte Jonathan mit eisigem Blick. »Haben Sie denn keine annehmbare Unterkunft in der Stadt finden können?«

»Nein, ich hatte Schwierigkeiten«, gab Jonathan zu und wies mit dem Kopf auf Marlee, die an der Tür zum Garten hockte und die Katze des Nachbarn streichelte. Er wollte in ihrem Beisein nicht zu sehr ins Detail gehen.

»Ein Glück, dass ich Jonathan in der Stadt über den Weg gelaufen bin«, sagte Cornelius. »Marlee und er müssen ja nun wirklich nicht im Auto kampieren.«

Erin schlug die Hand vor die Stirn. »Vor lauter Aufregung über die ganzen Besucher habe ich völlig vergessen, dass wir vorhatten, heute Nachmittag zum Tee auszugehen, Will. Würde es Ihnen sehr viel ausmachen, wenn wir unser Treffen auf einen anderen Tag verschieben?«

»Aber tun Sie das doch bitte nicht meinetwegen, Erin!« Jonathan spürte die Anspannung des Constable, er wollte sich auf keinen Fall zwischen ihn und Erin drängen. »Wir haben Ihnen schon genug Umstände bereitet.«

»Unsinn. Wir haben uns viel zu erzählen, außerdem will ich mich davon überzeugen, dass Marlee es bei ihren Verwandten gut antrifft«, erklärte Erin.

Will war sichtlich enttäuscht. »Vielleicht könnten wir ja morgen Abend zusammen essen gehen«, schlug er hörbar gekränkt vor.

Erin wollte gerade sagen, dass sie doch alle zusammen ausgehen könnten, als ihr bewusst wurde, dass Will darüber alles andere als glücklich wäre. »Gut«, antwortete sie also.

»Dann will ich mal sehen, ob ich eine der Aborigine-Hilfskräfte der Polizei dazu kriege, bei der Suche nach Marlees Familie behilflich zu sein«, sagte Will. Wenn das bedeutet, dass Jonathan bald wieder auf dem Weg nach Coober Pedy ist, dachte er, lohnt sich die Mühe.

25

Constable Spender verschwendete keine Zeit. Er heuerte Jirra Matari an, einen der besten Fährtensucher und Übersetzer, der für die Northern Territory Police arbeitete. Er sprach einwandfreies Englisch. Will gab dem Aborigine die spärlichen Informationen, die er über Gedda hatte, und bat ihn, deren Verwandte zu suchen. Er sagte Jirra auch, dass Geddas Clan den Anangu Pitjantjatjara angehöre.

»Hier in der Gegend sind die Arrernte heimisch«, erklärte Jirra. »Und die geraten oft mit den Leuten der Anangu Pitjantjatjara aneinander. Also gut möglich, dass Geddas Leute nicht allzu nah bei der Stadt lagern. Wenn ich mich nach den Anangu erkundige, führt das vielleicht zu Unruhe und Ärger zwischen den beiden Stämmen.«

»Es ist mir wichtig, dass sie bald gefunden werden«, beharrte Will.

Jonathan durchkreuzte seine Pläne. Und das konnte er so gar nicht gebrauchen.

So vergnügt hatte Jonathan Marlee seit dem Tod ihrer Mutter nicht mehr gesehen. Innerhalb kürzester Zeit blühte sie auf. Erin und Cornelius waren mehr als freundlich zu ihr. Cornelius schien es zu genießen, sie mit Geschenken zu verwöhnen. Gleich am ersten Tag kaufte er ihr Bücher und einen Ball. Erin kochte leckere Kindergerichte für sie und war auch sonst sehr aufmerksam. Jonathan war dankbar für die Gastfreundschaft der beiden.

»Will hat mir erzählt, er habe Kontakt zu einem Mann aufgenommen, der nach Marlees Familie sucht«, erzählte Erin am Tag nach ihrem Abendessen mit dem Constable. »Soweit ich das verstanden habe, ist die Sache ein wenig heikel wegen der unterschiedlichen Aborigine-Gruppen hier in der Gegend. Man muss wohl mit großem Geschick vorgehen.«

»Ich sollte mich trotzdem an der Suche beteiligen«, entgegnete Jonathan schuldbewusst. »Wir möchten Ihre Gastfreundschaft nicht länger ausnutzen.«

»Unsinn, Jonathan. Wir beide, mein Onkel und ich, genießen Ihre Gesellschaft, und Marlee scheint sich doch wohlzufühlen.« Erin lächelte aufmunternd. »Außerdem, ohne Hilfe können Sie sich mit den Angehörigen des Clans gar nicht verständigen.«

Jonathan wusste, dass sie recht hatte. »Marlee geht es wirklich richtig gut hier, Erin«, sagte er. »Das freut mich so.«

Erin erkannte ohne jeden Zweifel, dass Jonathan das kleine Mädchen sehr lieb gewonnen hatte, ihr ging es inzwischen genauso.

Marlee verbrachte die kommenden Tage im Garten auf der Schaukel oder beim Spielen mit den Geschenken, die Cornelius ihr mitgebracht hatte. Jonathan unterrichtete sie wieder im Lesen und machte einfache Rechenaufgaben mit ihr, womit er die Schulstunden ausgleichen wollte, die sie versäumte. Wenn Erin Interesse zeigte, versuchte er manchmal, sie einzubinden, aber es war deutlich zu erkennen, dass sie zu viel Nähe nicht zuließ. Jonathan nahm an, Erin wollte keine engere Bindung zu der Kleinen aufbauen.

Seltsamerweise suchte Marlee dennoch mehr und mehr Erins Gesellschaft. Sie folgte ihr durchs ganze Haus, wenn sie ihre Arbeiten erledigte, stellte ständig Fragen und interessierte sich für alles, was sie tat. Erin gab sich oft reserviert, wenn Marlee ihr helfen wollte. Sie schlug dann vor, sie solle in den Garten gehen oder in ihrem Zimmer spielen. Jonathan half Erin, indem er Marlee bat, sie in Ruhe zu lassen.

»Es tut mir leid«, entschuldigte Jonathan sich bei Erin, als

Marlee eines Abends zu ihr auf den Schoß kletterte, während sie alle am Tisch saßen. »Komm, Marlee, es ist Zeit für dich, ins Bett zu gehen.« Er brachte sie in ihr Zimmer und sagte ihr gute Nacht, dann setzte er sich auf eine Tasse Tee zu Erin. Cornelius machte gerade einen Spaziergang. »Jetzt wissen Sie, weshalb ich glaube, dass sie ein weibliches Wesen in ihrem Leben braucht«, erklärte Jonathan.

»Ja. Offensichtlich vermisst sie ihre Mutter.«

»Das tut sie, und jetzt möchte sie die Aufmerksamkeit von Ihnen. Ich mache mir schon Gedanken darüber, dass es dadurch schwerer für sie werden könnte, sich mit ihrer Aborigine-Familie zu identifizieren.«

»Meinen Sie, das kann passieren?«, fragte Erin besorgt.

»Keine Ahnung. Unsere Welt und die Welt der Aborigines sind so verschieden. Nur eines ist sicher, nämlich dass Marlee sich nach einer Mutterfigur in ihrem Leben sehnt. Das bestärkt mich in dem Vorhaben, nach ihrer Familie zu suchen.«

»Ich kann nicht gut mit Kindern umgehen, Jonathan«, gab Erin traurig zu. »Ich hatte nie Gelegenheit, es zu lernen, weil ich kaum mit Kindern zusammen war. Die meisten meiner Freundinnen sind nicht verheiratet oder gerade erst frisch verheiratet, und wer ein Kunstwerk kauft, bringt seine Kinder nicht mit in die Galerie. Von den Kunden abgesehen habe ich nur mit Malern und Bildhauern zu tun gehabt, und die haben selten eine große Familie mit vielen Kindern. In der Kunstwelt gibt es nur Erwachsene. Ich habe gelernt, mit deren Eigenheiten umzugehen, nicht mit denen von Kindern. Ich bin irgendwie verlegen, wenn ich mit Kindern zusammen bin. Das ist Ihnen sicher schon aufgefallen. Ich war immer überzeugt davon, dass ich einfach nicht der mütterliche Typ bin.« Außer Bradley hatte Erin das noch niemandem anvertraut, aber sie hatte das Gefühl, Jonathan beinahe alles sagen zu können.

»Mir ist aufgefallen, dass Sie oft angespannt sind, wenn Marlee in Ihrer Nähe ist. Sie müssen einfach nur Sie selbst sein.«

»Ich glaube, dazu gehört schon noch mehr. Vielleicht bin ich ja eine der Frauen, die keine mütterlichen Instinkte haben. Das ist doch möglich, oder?«

Jonathan schüttelte den Kopf. »Nein, das kann nicht stimmen. Sie sind eine warmherzige, sensible und einfühlsame Frau. Das Gefühl von Mütterlichkeit wird sich von ganz allein einstellen, wenn die Zeit reif ist.«

»Sie wirken immer so natürlich, wenn Sie mit Marlee zusammen sind.«

»Ich bin mir mit Marlee anfangs auch merkwürdig vorgekommen.« Jonathan dachte einen Moment nach. »Sie müssen sich Kinder als kleine Erwachsene vorstellen und sie entsprechend behandeln. Sie sind erstaunlich klug.«

»Das merke ich mir«, sagte Erin. Sie war Jonathan dankbar dafür, dass er sie weder ausgelacht noch verurteilt hatte. Seine Verlobte muss eine sehr glückliche Frau sein, dachte sie. Hoffentlich weiß sie ihn zu schätzen.

»Wollen Sie später einmal eigene Kinder haben?«, fragte Jonathan sanft.

»Ich … ich denke schon, aber der Tag ist wohl noch sehr weit weg.« Andy hatte sofort nach der Hochzeit Kinder mit ihr haben wollen, und sie hatte mit der Idee nicht allzu viel anfangen können. »Die Arbeit hat in meinem Leben oberste Priorität.« Hörte sich das egoistisch an?

»Mit Opalen zu handeln ist ein eher ungewöhnlicher Beruf für eine Frau«, bemerkte Jonathan.

»Da haben Sie wohl recht«, gab Erin zu. »Aber es macht mir großen Spaß.«

»Vermissen Sie die Arbeit mit der Kunst?«

»Ja, allerdings. Die Galerie vermisse ich sehr. Ich hatte übrigens Gelegenheit, mir hier in der Stadt einige Kunstwerke der Aborigines anzusehen. Manches davon ist wirklich sehr gut.«

Jonathan fiel auf, dass Erin voller Leidenschaft sprach, wenn es um Kunst ging. »Mir sind ein paar Künstler aufgefallen, die draußen in der Nähe der Todd Street arbeiten. Ich muss zugeben, ich habe keine Ahnung von Malerei, ich fand ihre Arbeiten jedoch sehr reizvoll.«

»Ich habe vor, einige Bilder zu erwerben.«

»Das scheint mir eine gute Idee zu sein«, erklärte Jonathan begeistert. »Ich begleite Sie gern, wenn Sie zu dem Zweck in die Stadt wollen.«

»Schön. Um die Sachen nach Hause zu transportieren, kann ich Ihren Wagen gut gebrauchen«, erwiderte Erin begeistert.

»Es dürfte kein Problem sein, die Bilder nach England zu schaffen.«

»Ich … ich weiß nicht genau.« Ein Anflug von Panik überzog Erins Gesicht. Sie war nicht sicher, ob sie die Aufmerksamkeit der Medien schon ertragen konnte.

Jonathan spürte ihren Gefühlsaufruhr. »Stimmt etwas nicht, Erin?«

»Ach, es gibt gerade ein paar familiäre Probleme«, antwortete sie ausweichend.

»Sie erwähnten einen Bruder und Ihren Vater. Aber über Ihre Mutter haben Sie noch nicht viel gesagt.«

»Sie starb im Frühling ganz plötzlich«, sagte Erin. Schmerzliche Gefühle kamen in ihr hoch. Sie vermisste ihre Mutter schrecklich. »Sie war der Grund dafür, dass die Galerie gegründet wurde. Sie war eine äußerst talentierte Künstlerin, berühmt in ganz Europa und immer bescheiden. Durch ihre Gemälde wurde die Galerie so erfolgreich. Wie es jetzt weitergeht, weiß ich nicht, zumal mein Vater mit den Gedanken ganz woanders ist.«

»Er kann sicher nur schwer mit dem Verlust umgehen.«

Erin zögerte einen Moment. »Es gibt zwei Möglichkeiten, seine gegenwärtige Gemütsverfassung zu beschreiben. Entweder geht er erstaunlich gut mit dem Verlust um, so gut, dass er sich schon auf eine neue Beziehung einlassen konnte. Oder er hat völlig den Verstand verloren. Mein Bruder Bradley und ich halten die zweite Variante für wahrscheinlicher.«

Jonathan runzelte die Stirn. »Ich nehme an, Sie sind im Moment nicht sehr glücklich mit Ihrem Vater.«

»Ich bin enttäuscht, wütend, besorgt …« Erin seufzte. »Dad trifft sich mit einer Frau namens Lauren Bastion. Sie steht im Ruf, reiche Männer zu heiraten, nur um sich schnell wieder von ihnen scheiden zu lassen. Bradley und ich glauben, sie hat sich meinen Vater ganz bewusst zu einer Zeit als Opfer ausgesucht, in der er besonders verletzlich war. Das will er aber nicht einsehen. Er hält Lauren für einen Menschen mit einem guten Herzen«, fuhr sie sarkastisch fort. »Bradley und ich haben unsere Meinung ganz offen gesagt. Unsere Mutter war erst zwei Monate tot, als Lauren auf der Bildfläche erschien, was abgesehen von allem anderen einfach zu früh war. Anfangs behauptete Dad, sie sei nur eine gute Freundin, doch schon da schrieben die Zeitungen hämische Kommentare zu ihrer Beziehung. Das ignorierte Dad alles. Ein paar Wochen später fing er an, Lauren auf Wochenendreisen in teure Hotels mitzunehmen und ihr extravagante Geschenke zu kaufen. Seitdem kleidet er sich auch, als wäre er nur halb so alt, sogar die Haare frisiert er sich anders.« Erin verdrehte die Augen. »Er hat sich mit Onkel Cornelius, Moms einzigem Bruder, zerstritten und die Galerie vernachlässigt – ich musste mich allein um alles kümmern. Wenn er zur Arbeit kam, war Lauren immer bei ihm. Sie gab ihm Ratschläge und verdrängte mich von meinem Platz. Dad wollte sogar, dass sie zu meiner …« Gerade rechtzeitig verschluckte Erin noch das Wort »Hochzeit«, aber sie verriet sich, weil sie rot wurde.

Offensichtlich hat jemand sie sehr verletzt, dachte Jonathan. Aber er sah, dass sie sich unbehaglich fühlte, und wollte ihr nicht noch mehr Kummer bereiten. »Vielleicht ist es ganz gut, dass Sie sich eine Weile distanzieren von all dem«, erklärte er einfühlsam.

»Es ist tatsächlich gut für mich, nur muss mein armer Bruder jetzt ohne meine Unterstützung damit fertig werden. Und noch schlimmer ist, dass die Galerie Schaden nimmt. Die Filiale in Whitechapel ist schon verpachtet. Es dauert Jahre, sich in der

Kunstwelt einen guten Ruf aufzubauen, man kann ihn jedoch sehr schnell verlieren. Die Presse war da auch nicht gerade hilfreich.« Erin war klar, dass die Hochzeit für Ablenkung gesorgt hatte, fürchtete aber, dass dadurch alles nur noch schlimmer geworden war.

»Wenn Sie nach England zurückkehren, treffen sich Ihr Vater und Lauren ja vielleicht schon gar nicht mehr«, sagte Jonathan.

»Das würde ich mir sehr wünschen, ich glaube allerdings, dass ich da eine Enttäuschung erleben werde. Bradley hat ein Auge auf Lauren, er ist sicher, sie führt nichts Gutes im Schilde. Ich rechne täglich mit einem Brief von ihm, in dem er mir von den neuesten Entwicklungen berichtet. Ich hoffe bloß, dass noch etwas vom Geschäft da ist, wenn ich zurückkomme.«

Am nächsten Abend saß Jonathan vor dem Haus auf der Veranda und genoss die friedliche Stille des Abends, als Erin und Will von einem gemeinsamen Essen zurückkamen. Erin trug ein gelbes Kleid aus fließendem Stoff und dazu passende Pumps. Ihr dunkles Haar fiel ihr bis auf die Schultern, und er war hingerissen von ihrem Anblick.

Will brachte Erin noch zur Treppe der Veranda. Er hatte auf einen privaten, romantischen Moment gehofft und den ganzen Abend nur daran gedacht. So war er alles andere als glücklich, als er Jonathan sah.

Jonathan spürte die angespannte Stimmung. Er wusste, er hätte sich jetzt verabschieden sollen, aber irgendetwas in ihm verhinderte, dass er das tat. Selbst als Will ihm einen eindeutigen Blick zuwarf, rührte er sich nicht.

»Und wie war Ihr Abendessen?«, fragte Jonathan Erin.

»Gut, danke. Wir waren in der Todd Tavern, und es war wirklich sehr schön«, antwortete Erin höflich. Das Essen war gut gewesen, wenn auch Lichtjahre entfernt von einem Dinner im Hotel Langham. Sie wandte sich an Will. »Nochmals danke für den schönen Abend«, sagte sie.

Will merkte, dass Erin ihn verabschiedete, und das gefiel ihm ganz und gar nicht. »Ihre Gesellschaft ist mir immer eine Freude«, erklärte er aufrichtig.

»Hat der Prozess gegen Bojan Ratko schon begonnen, Constable Spender?«, fragte Jonathan.

»Er fängt morgen an«, antwortete Will mit zusammengebissenen Zähnen.

»Ich habe damit gerechnet, als Zeuge der Anklage geladen zu werden«, sagte Jonathan.

»Sie stehen auf der Zeugenliste«, erwiderte Will. »Also, wenn Sie gebraucht werden, wird man Sie laden.«

»Wissen Sie schon Neues über Marlees Familie?«

»Nein, noch nicht. Der Aborigine, den ich beauftragt habe, nach den Leuten zu suchen, hat bisher kein Glück gehabt. Leider.«

Jonathan spürte, dass Will enttäuscht war. »Ich weiß Ihre Hilfe zu schätzen«, sagte er.

Will nickte. »Was werden Sie machen, wenn wir die Leute nicht finden, Mr. Maxwell?«

»Das weiß ich noch nicht genau«, antwortete Jonathan wahrheitsgemäß.

»Gute Nacht«, sagte Will zu ihm. »Gute Nacht, Erin«, sagte er sanfter, ehe er zu seinem Wagen ging, der in der Einfahrt stand.

Erin winkte, als Will wegfuhr. »Trinken Sie eine Tasse Tee mit mir, Jonathan?«, fragte sie. Sie wusste, dass sie das auch Will hätte fragen sollen, aber sie wollte noch etwas mit Jonathan allein sein. Es behagte ihr nicht, dass Will manchmal sehr aufdringlich sein konnte.

»Ja, gern. Wenn Sie noch nicht zu Bett wollen.«

»Es ist so ein schöner Abend. Ich würde lieber noch ein Weilchen hier draußen sitzen.«

Erin ging in die Küche und erschien ein paar Minuten später mit einem Tablett. Als sie ihnen beiden Tee einschenkte, musterte Jonathan sie. In der warmen Abendluft roch er ihr Parfüm. Es war berauschend.

»Sie sehen wunderschön aus heute Abend«, sagte er.

»Danke. Es ist schön, mal wieder ein Kleid zu tragen und sich als Frau zu fühlen.« Sie lächelte. »Allerdings würde ich das, was man in Alice Springs kaufen kann, nicht gerade als Haute Couture bezeichnen.«

Jonathan war das auch schon aufgefallen. »Wenn das Kleid, das Sie heute Abend tragen, auch zauberhaft ist, gehören Sie doch zu den Frauen, die selbst in einem Kartoffelsack hübsch aussehen«, sagte er.

Erin lachte und machte es sich in einem Sessel neben Jonathan gemütlich. Eine Weile lauschten sie in geselligem Schweigen den Geräuschen der Nacht und bewunderten die Sterne. Es war so friedvoll. Wie wohl ich mich in Jonathans Gesellschaft fühle, dachte sie.

»Mögen Sie Constable Spender sehr?«, fragte Jonathan auf einmal.

»Ich bin gern mit Will zusammen, aber für mehr als eine Freundschaft bin ich noch nicht bereit«, sagte Erin.

»Jemand hat Ihnen sehr wehgetan, nicht wahr?« Jonathan wusste nicht, woher er den Mut nahm, diese Frage zu stellen.

Eine Weile war Erin sehr nachdenklich, dann beschloss sie, dass es der richtige Moment war, sich zu öffnen. Sie schaute Jonathan traurig an. »Es war Andy Stanford«, sagte sie. »Wir waren verlobt.«

Der Name kam Jonathan irgendwie bekannt vor. Dann begriff er, dass Andy Stanford der Mann war, der seinen Gehaltsscheck unterschrieben hatte, als er noch im Hotel Langham gearbeitet hatte. Plötzlich wurde ihm klar, warum auch Erin ihm so bekannt vorkam. Er hatte ihr Foto in den Gesellschaftsnachrichten der Zeitungen gesehen.

»Kurz vor unserer Hochzeit beschloss Andy, es sei eine gute Idee, ein paar Nächte mit einer anderen Frau in einem Hotel in Schottland zu verbringen. Sein Pech war, dass ich es herausfand.«

»Das tut mir leid.« Jonathan konnte nicht fassen, wie ein Mann etwas so Dummes tun konnte. »Sie müssen nicht darüber reden, wenn es zu schmerzlich für Sie ist. Allerdings würde ich gern eine Bemerkung dazu machen, wenn Sie erlauben.«

»Und die wäre?«, fragte Erin neugierig.

»Andy Stanford muss wohl einen ganzen Lattenzaun vor dem Kopf gehabt haben«, sagte Jonathan ernst.

Erin brach in schallendes Gelächter aus. Es tat so gut, wieder einmal unbeschwert zu lachen.

26

Als Jonathan hörte, dass Erin Will für den kommenden Sonntagnachmittag zum Essen eingeladen hatte, bot er großzügig an, mit Marlee einen Ausflug zu machen, damit sie mit dem Constable ungestört sein konnte.

»Das kommt gar nicht infrage, Jonathan. Ich möchte, dass wir alle zusammen essen«, beharrte Erin.

»Dann bestehe ich darauf, dass Sie mich bei den Vorbereitungen helfen lassen«, entgegnete Jonathan.

Erin riss die Augen auf. »Sie können kochen?«

»Auf den Opalfeldern musste ich das«, konterte Jonathan. »Und ehe Sie jetzt sagen, gebackene Bohnen aus der Dose heiß zu machen zählt nicht – ich habe auch Fleisch gegrillt und Fladenbrot gebacken, ich kann sogar Siruppudding kochen.«

Erin lächelte. »Ich weiß, Sie haben auf den Opalfeldern Essen über dem Lagerfeuer zubereitet, auf einem richtigen Herd zu kochen ist was anderes.«

»Natürlich ist es was anderes. Es ist einfacher«, feixte Jonathan. »Sie stellen das Essen drauf, und es kocht sich allein.«

Erin schaute skeptisch.

»War bloß Spaß!« Jonathan zwinkerte ihr zu und krempelte sich die Ärmel auf. »Andro war allerdings ein wirklich guter Koch, und ich habe einiges von ihm gelernt, unter anderem den Pudding zuzubereiten, den Marlee so liebt. Also, was steht auf der Speisekarte?«

Erin hatte die Essenseinladung an Will ganz spontan ausgesprochen, nachdem er sie gebeten hatte, ein weiteres Mal mit ihm in die Todd Tavern zu gehen. Schon bald kamen ihr allerdings

Zweifel, ob ihr impulsives Vorgehen so klug gewesen war, denn sie konnte wirklich nicht besonders gut kochen.

»*Spaghetti frutti di mare*«, erklärte sie.

Jonathan klappte die Kinnlade herunter.

Erin lachte. »Mein liebstes Nudelgericht kann ich kaum aussprechen, geschweige denn kochen«, sagte sie. »Ich habe eigentlich an ein Brathühnchen gedacht, und das Hilfsangebot weiß ich zu schätzen.«

»Einen Moment war ich wirklich besorgt«, sagte Jonathan. »Was ist denn *frutti spaghetti?*«

»*Spaghetti frutti di mare* sind Nudeln mit Krabben, Jakobsmuscheln und kleinen Tintenfischen in einer leichten Tomatensauce. Einfach köstlich!«

»Ach so, Spaghetti mit Meeresfrüchten und Tomatensauce. Warum sagen Sie das denn nicht gleich? Also das kann ich wirklich kochen.«

Wieder riss Erin die Augen auf. »Wirklich?«

Jetzt lachte Jonathan. »Lassen Sie uns mal schauen, wie wir mit dem Hühnchen klarkommen, ja?«

Erin und Jonathan hatten viel Spaß in der Küche, während Cornelius und Marlee auf dem Rasen hinter dem Haus Ballspiele machten. Wenn Jonathan und Erin nicht übereinander lachten, dann schauten sie aus dem Fenster und lachten über Cornelius und seine Späße.

Will nahm mit einem Anflug von Neid wahr, dass alle ganz besonders gut gelaunt waren, als er kam. Er hatte Wein mitgebracht, den sie zum Essen tranken, das wirklich gut gelungen war. Das Hühnchen mit der krossen Haut war saftig, und die Kartoffeln waren außen knusprig, auch Kürbis, Karotten und Erbsen waren herrlich.

»Das Hühnchen ist wunderbar«, sagte Jonathan zu Erin.

»Ja, tatsächlich«, stimmte Will zu.

»Mein Kompliment an den Küchenchef.« Jonathan hob sein Glas, und Erin lachte.

»Auf die Küchenchefs«, sagte sie und hob ebenfalls ihr Glas. »Wir geben ein gutes Team ab.«

»Ja, das stimmt, oder? Als Nächstes nehmen wir die *frutti spaghetti* in Angriff.«

Erin lachte wieder.

Will fühlte sich ausgeschlossen. Als er spürte, dass Ärger in ihm hochkam, wechselte er schnell das Thema. »Der Prozess hat übrigens begonnen.«

»Sind schon irgendwelche Zeugen gehört worden?«, fragte Jonathan.

»Noch nicht«, antwortete Will. »Ich habe ausgesagt. Die Zeugen werden in der kommenden Woche gehört. Bojan hat auf Unschuld plädiert und behauptet …«, er warf einen Blick auf Marlee, die jeden Bissen genoss, »… er behauptet, der ›Vorfall‹ sei ein Unglücksfall gewesen«, fuhr er fort.

»Was für ein Blödsinn!« Jonathan wurde wütend. Als er sah, dass Marlee ihn erschrocken anschaute, bemühte er sich, seine Gefühle unter Kontrolle zu bringen. »Ich habe gesehen, was passiert ist. Ich stand direkt daneben«, sagte er leise und sah die Kleine dann an. »Wie wär's, Marlee, möchtest du dich nicht eine Weile hinlegen? Du musst ganz müde sein nach der Toberei draußen in der Hitze. Du bist ja auch schon um sechs Uhr heute Morgen aufgestanden.«

Marlee war tatsächlich müde. Sie ging ohne zu murren mit Erin in ihr Zimmer und legte sich auf ihr Bett. Erin schaltete den Deckenventilator an und gab der Kleinen ein neues Bilderbuch, das sie anschauen durfte, bis sie eingeschlafen wäre. Ihr wurde bewusst, dass sie seit dem Gespräch mit Jonathan in Marlees Gegenwart deutlich entspannter war, und dafür war sie Jonathan sehr dankbar.

Am Esstisch bat Will Jonathan, genau zu beschreiben, was an jenem Abend an der Mine vorgefallen war. Er hatte die Geschichte bereits gehört, als er die Aussagen der Beteiligten aufgenommen hatte, aber er wollte sie noch einmal hören. Jonathan schilderte detailliert die dem Sturz vorausgegangenen Auseinandersetzungen zwischen Andro und Bojan.

»An dem besagten Abend dann hatte Andro viel getrunken«, sagte Jonathan. »Ich zog mich irgendwann zurück und schlief schnell ein. Dann weckte mich der Lärm der Menge, die die Kämpfenden anfeuerte. Männer trampelten grölend und schreiend über meinen Lagerplatz, um das Schauspiel nicht zu verpassen.«

»Wenn Andro so betrunken war, ist es doch gut möglich, dass er in seine Mine fiel«, bemerkte Will. Insgeheim vermutete er, dass Jonathan nicht objektiv war.

»Nein, so ist es nicht gewesen«, beharrte Jonathan. »Ich hab mir Sorgen gemacht, weil ich dachte, Andro könnte sich nicht mehr ordentlich gegen Bojan verteidigen, und bin aufgestanden. Ich habe zuerst nach Marlee gesehen, die von dem Lärm aufgewacht war, dann bin ich zu den Streithähnen gelaufen, um zu versuchen, die Sache zu beenden. Ich stand ganz in der Nähe, als Bojan Andro, der sich wirklich gut verteidigt hat, einen Stoß gab, sodass er fiel. Da war direkt die Öffnung zum Schacht, und die Schaulustigen verstummten plötzlich. Sie standen da wie unter Schock und starrten hinunter. Es dauerte einen Moment, bis ich begriff, dass Andro in den offenen Schacht gestürzt war.«

»Ist es möglich, dass Bojan nicht damit gerechnet hat, dass Andro das Gleichgewicht verlieren würde, als er ihn stieß?«, fragte Will. Er sah deutlich, dass seine Frage Jonathan erboste, aber sie mussten in Erwägung ziehen, dass Bojan gar nicht die Absicht gehabt hatte, Andro zu töten. »Genau solche Fragen wird Bojans Verteidiger stellen.«

»Nein. Er hat mehr als einmal versucht, Andro zu Boden zu werfen, um ihn endgültig zu besiegen. Andro war allerdings einer der stärksten Männer, die ich je getroffen habe. Bojan hat Andro aus dem Gleichgewicht gebracht, indem er ihm in einem unerwarteten Augenblick ein Bein stellte und ihn dann mit aller Kraft stieß.«

»Es war doch dunkel. Unter Umständen war es Bojan gar

nicht klar, dass sie sich direkt bei der Öffnung des Schachts befanden.«

»Er war am helllichten Tag oft genug an Andros Lagerplatz. Er muss gewusst haben, dass die Schachtöffnung direkt dort neben ihnen war«, beharrte Jonathan. »An dem Abend ist er mit mörderischer Absicht gekommen. Daran habe ich nicht den geringsten Zweifel. Und deshalb ist Marlee jetzt Waise.«

»Sie wissen doch, was für eine Angst wir alle vor Bojan hatten«, sagte Erin zu Will. »Selbst meinem Onkel und mir hat er gedroht, Andro eines Tages umzubringen. Da ist es doch wohl keine große Überraschung, dass er seine Drohung schließlich in die Tat umgesetzt hat.«

»Diese Art Drohung bekomme ich auf den Opalfeldern tagtäglich zu hören. Wenn ich bei jeder ausgesprochenen Drohung eingreifen wollte, gäbe es bald keine Minenarbeiter mehr, weil sie alle im Gefängnis säßen.«

»Aber Jonathan war Zeuge der Tat«, sagte Erin. »Das muss doch wohl ausreichen, um Bojan wegen Mordes zu verurteilen.«

»Ich habe über fünfzig Zeugenaussagen aufgenommen, Erin. Jonathan ist der einzige Zeuge, der behauptet, dass Bojan Andro mit voller Absicht in den Minenschacht gestoßen hat. Die anderen sagen alle aus, dass es ein Unfall gewesen ist oder dass Andro stolperte und dann rückwärts in seine eigene Mine fiel.«

Jonathan war fassungslos. »Wollen Sie damit sagen, dass tatsächlich keiner meine Version der Geschichte bestätigt? Das kann ich nicht glauben.«

»Ich hatte den Eindruck, einige der Befragten hätten das gern. Getan hat es schließlich keiner«, erwiderte Will. »Bojan hat viele kroatische Freunde auf den Feldern. Und wer nicht sein Freund ist, hat Angst vor ihm oder vor seinen Freunden.«

»Also, ich habe bestimmt keine Angst. Ich werde in den Zeugenstand treten und die Wahrheit sagen.« Jonathan wollte unbedingt, dass der Mann, der Marlees Vater getötet hatte, für seine Tat büßte. Das zu erreichen war er dem kleinen Mädchen schuldig.

»Tja, vielleicht sollten Sie aber Angst haben, Jonathan«, sagte Will. »Bojan ist überzeugt, dass Andro ihm den Olympic Australis gestohlen hat. Wahrscheinlich glaubt er, Sie hätten den Stein.«

»Ich habe den Stein nicht!«, erklärte Jonathan mit Nachdruck.

Erin hielt die Luft an. »Wenn Bojan glaubt, dass Sie den Stein haben, sind Sie und Marlee in Gefahr«, sagte sie entsetzt.

»Dann muss ich dafür sorgen, dass er wegen Mordes an Andro verurteilt wird«, beharrte Jonathan.

»Falls es nicht dazu kommt, sind Sie und die Kleine wirklich nicht mehr sicher«, warnte Will ihn.

Jonathan fürchtete nicht so sehr um sich, er machte sich große Sorgen um Marlee. »Dann sollten wir so schnell wie möglich Marlees Familie ausfindig machen.«

»Was, wenn Ihnen das nicht gelingt, Jonathan?«, fragte Cornelius. Je mehr Zeit verging, desto unwahrscheinlicher war es, dass sie Erfolg hatten.

»Das habe ich Erin schon gesagt. Wenn ich die Leute nicht finde oder wenn sie nicht bei ihnen bleiben will, dann nehme ich sie mit zurück nach England.«

Früh am nächsten Morgen fuhr Jonathan in die Stadt. Er erkundigte sich, wann an diesem Tag bei Gericht die Verhandlung weitergeführt wurde, und fand heraus, dass es um zwei Uhr nachmittags sein sollte. Mit dem Staatsanwalt hatte er nicht sprechen können, nahm sich das aber für später vor. Er war auf dem Rückweg zu seinem Auto und ganz in Gedanken, als er von einer Frau angehalten wurde, die ihm irgendwie bekannt vorkam.

»Hallo, Jonathan«, sagte sie.

»Hallo«, erwiderte er. »Kenne ich …«

»Ich bin es.« Sie sah sich um. »Clementine«, sagte sie leise.

Jonathan blinzelte. »Clementine!«

Er musterte sie von oben bis unten. Sie sah vollkommen verändert aus, fast nicht wiederzuerkennen. Die junge Frau hatte keinen Lippenstift und kein Make-up aufgelegt. Sie trug ein schlichtes, konservatives Sommerkleid und flache Sandalen, die Haare hatte sie hinten zusammengebunden, was sie viel jünger wirken ließ. Sie hätte das Mädchen von nebenan sein können. Auch an ihrem Verhalten hatte sich etwas verändert. Clementine wirkte selbstbewusster.

»Darf ich mich vorstellen«, sagte sie mit dem Anflug eines Lächelns und gab Jonathan die Hand. »Ich bin Carol-Ann Watson.«

»Freut mich, Sie kennenzulernen, Carol-Ann«, sagte er aufrichtig und mit anerkennendem Blick.

»Ich habe mein früheres Leben für immer hinter mir gelassen«, erklärte Carol-Ann.

»Das ist schön zu hören«, entgegnete Jonathan.

Nicht dass er glaubte, das Leben einer Prostituierten passte zu irgendeiner der Frauen, die auf den Opalfeldern von Coober Pedy ihrer Arbeit nachgingen, aber bei »Clementine« war es doch anders gewesen. Sie hatte es nicht wie ihre Kolleginnen geschafft, sich mit einem schützenden Panzer zu umgeben, sie hatte immer verletzlich gewirkt, als ob sie nicht nur ihren Körper, sondern auch ihre Seele verkaufte. Und es war genau so gewesen.

»Wie geht es Marlee?«, fragte Carol-Ann.

»Ihr geht es gut, ausgezeichnet sogar.«

»Lebt sie bei ihrer Aborigine-Familie?«

»Nein, bis jetzt noch nicht. Wir sind nach Alice Springs gekommen, um ihre Verwandten zu suchen. Erst waren wir am Ayers Rock, aber da sagte man uns, sie seien in der Gegend hier.«

Carol-Ann sah sich um. »Und wo ist sie jetzt?«

»Sie ist zu Hause.«

»Zu Hause? Wohnen Sie jetzt hier?«

»Nein. Wir wohnen bei den Edelsteinhändlern aus Coober Pedy. Sie machen hier ein wenig Urlaub. Ich bin heute in die Stadt gekommen, weil ich sehen wollte, um welche Uhrzeit der Prozess gegen Andro Drazans Mörder weitergeht. Ich will als Zeuge aussagen, wenn das möglich ist.«

»Oh«, meinte Carol-Ann. »Ich habe in der Zeitung davon

gelesen. Ich bin wirklich froh, dass ich Sie treffe, Jonathan. Ich möchte mich bei Ihnen dafür bedanken, dass Sie immer so nett zu mir waren.«

»Ach, das ist doch nicht der Rede wert«, winkte Jonathan ab.

»Doch, das denke ich schon. Sie hätten mich ja nicht so anständig behandeln müssen.« Dass kein anderer sie anständig behandelt hatte, sprach Carol-Ann nicht laut aus. Es war aber auch nicht nötig, denn im Allgemeinen gingen die Minenarbeiter mit den Prostituierten alles andere als höflich um. Sie schaute auf ihre Armbanduhr. »Haben Sie Zeit für eine Tasse Tee?«

»Ja, natürlich«, erwiderte Jonathan.

Sie gingen den kurzen Weg zu einem Café, vor dem man draußen im Schatten sitzen konnte. Es tat gut zu sehen, dass Carol-Ann nicht mehr so befangen war, dass sie auch keine Angst mehr davor hatte, ihn, Jonathan, durch ihre Gegenwart in Verlegenheit zu bringen.

»Wie schön, dass wir noch Gelegenheit haben, uns kurz zu unterhalten«, bemerkte Carol-Ann. »Ich wollte Ihnen längst schon einmal erzählen, wieso ich in Coober Pedy war und diese Arbeit da gemacht habe. Aber ich hatte nie den Mut dazu.«

»Sie schulden mir doch keine Erklärung«, sagte Jonathan nachdrücklich.

»Ich weiß, Sie müssen sich das dennoch schon gefragt haben.«

»Ich habe nur gefunden, dass Sie da nicht hingehörten«, gab Jonathan zu. »Sie wirkten immer so … so traurig und verletzlich.«

»Das überrascht mich nicht. Jeden einzelnen Moment meines Lebens dort habe ich verabscheut«, gestand Carol-Ann niedergeschlagen. »Ich war übrigens nicht zum ersten Mal in Coober Pedy«, fügte sie hinzu.

Sie sieht aus, als wäre sie gerade erst Anfang zwanzig, dachte Jonathan traurig. Wie furchtbar, dass sie womöglich schon als Teenager Prostituierte war.

»Vor fünf Jahren war ich dort mit meinem Mann. Er war Minenarbeiter.«

»Sie sind verheiratet!« Das verblüffte Jonathan.

»Ich habe Michael geheiratet, als ich kaum siebzehn war. Aber mit zwanzig war ich schon Witwe, mein Mann ist bei einem Unfall in der Mine umgekommen. Wir waren gerade erst sechs Monate in Coober Pedy, als Michael von ein paar Italienern angesprochen wurde, die eine große Mine hatten. Er sollte für sie arbeiten, sie boten ihm einen guten Lohn. Ich fand, dass er zu gefährliche Aufgaben verrichten musste. Michael vertraute jedoch immer allen. Er hatte sich vorgenommen, so viel Geld zu verdienen, dass wir nach Südaustralien an die Küste ziehen könnten. Er wollte so gern am Meer leben, unter einem weiten blauen Himmel. Stattdessen …« Carol-Anns Augen füllten sich mit Tränen. »Ich habe seine Asche, und eines Tages, wenn ich es mir leisten kann, fahre ich damit in den Süden und verstreue sie im Meer.«

Carol-Anns Geschichte machte Jonathan betroffen. Ihr Verlust war eine Erklärung für ihre Traurigkeit. Sie hatte Schlimmes durchgemacht. »Sie haben in Ihrem kurzen Leben schon so viel aushalten müssen«, erwiderte er.

»Ich vermisse Michael noch immer, jeden Tag, aber ich habe ein Andenken an ihn, eine süße Tochter namens Michaela«, fügte Carol-Ann hinzu. »Michael hat seine Tochter nie kennengelernt, denn als er starb, wusste ich noch gar nicht, dass ich schwanger war. Sie ist ganz genau wie ihr Daddy.«

Auf einmal verstand Jonathan, weshalb sie sich so zu Marlee hingezogen gefühlt hatte. »Wo ist Ihre Tochter denn jetzt?«, fragte er.

»Sie ist zu Hause bei meiner Mutter. Nach Michaels Tod bin ich zurück nach Alice Springs gefahren und wieder bei meinen Eltern eingezogen. Da erst stellte ich dann fest, dass ich schwanger war. Meine Eltern unterstützten mich, bis Michaela auf der Welt war. Als die Kleine von der Brust entwöhnt war, wollte ich mir Arbeit suchen, dann wurde mein Vater plötzlich schwer krank. Die Ärzte fanden die Ursache für seine Krankheit nicht, aber bald war er so schwach, dass er das Bett nicht mehr verlassen, geschweige denn arbeiten gehen konnte. Das wenige Geld, das meine Eltern gespart hatten, war rasch aufgebraucht, und ich fand keinen Job, bei dem ich so viel verdiente, dass ich uns alle hätte ernähren können. Mein Vater brauchte sehr kostspielige Medikamente. Da sagte ich zu meinen Eltern, ich könne Arbeit in Coober Pedy finden und ihnen Geld nach Hause schicken. Dass ich fortwollte, gefiel ihnen nicht gerade, doch ich hatte keine andere Wahl. Und so ließ ich dann Michaela bei meiner Mutter. Ich habe sie schrecklich vermisst.«

»Was haben Ihre Eltern denn gedacht, was Sie arbeiten?«, fragte Jonathan sanft.

»Sie dachten, ich arbeite in einem griechischen Restaurant und die Besitzer seien sehr nett zu mir und bezahlten mich gut. Meine Eltern glaubten mir, bis meine Mutter eines Tages bei einem Besuch Blutergüsse an meinem Körper entdeckte. Zuerst vermutete sie, der Restaurantbesitzer würde mich schlagen, und sie regte sich furchtbar auf. Sie wollte sogar die Polizei einschalten, also musste ich mit der Wahrheit herausrücken. Mein Vater hat es zum Glück nie erfahren. Es hätte ihn umgebracht. Sie müssen wissen, Jonathan, ich habe diese Arbeit verabscheut, ich war so verzweifelt.«

Jonathan verstand, dass sie sich in einer schrecklichen Notlage befunden hatte. »Das glaube ich Ihnen«, sagte er. »Sie haben getan, was Sie tun mussten. Geht es Ihrem Vater inzwischen wieder gut?«

»Ja, Gott sei Dank. Er arbeitet wieder, und ich habe einen Job im Supermarkt gefunden. Ich bin erst seit zwei Tagen zurück. Ich vermisse Michael immer noch, aber das Leben ist wieder schön.«

»Ich freue mich wirklich sehr für Sie, Carol-Ann.«

Sie sah, dass er das aufrichtig meinte. »Ich muss jetzt los, ich muss wieder zur Arbeit.« Sie stand auf, Jonathan ebenfalls. »Passen Sie gut auf sich auf, Jonathan. Ich hoffe, alles wird gut für Sie und Marlee.«

»Danke«, erwiderte Jonathan.

»Vielleicht laufen wir uns ja noch einmal über den Weg, ehe Sie die Stadt verlassen.«

»Wir könnten ja zusammen essen gehen«, schlug Jonathan spontan vor.

Carol-Ann strahlte. »Sehr gern«, sagte sie.

»Ich komme dann in den Supermarkt und sage Ihnen Bescheid.«

27

Als Jonathan das Gerichtsgebäude betrat, erkannte er einige Minenarbeiter aus Coober Pedy. Er nahm an, sie warteten auf die Öffnung der Zuschauergalerie, aber sie warfen ihm so feindselige Blicke zu, dass er begriff, dass man die Männer als Zeugen der Verteidigung geladen hatte. Einige von ihnen waren sicher auch gekommen, um Bojan Ratko zu unterstützen.

Jonathan war unbehaglich zumute, doch er ließ sich nicht verunsichern. Trotzdem war er froh, als er Will aus einem Büro kommen sah. Er fragte ihn unauffällig, ob es möglich sei, mit dem Staatsanwalt zu sprechen. Will versprach, sich zu erkundigen, und bat Jonathan zu warten. Einige der Minenarbeiter beobachteten ihn misstrauisch. Jonathan hörte sie miteinander reden, aber da sie Kroatisch sprachen, verstand er nichts. Er ignorierte so gut er konnte ihre feindseligen Blicke und gab durch nichts zu erkennen, dass er sich von ihnen einschüchtern lassen würde.

Eine halbe Stunde später sollte die Verhandlung beginnen. Als ein Constable die Zuschauergalerie öffnete und die Minenarbeiter hineinströmten, kam auch Will aus dem Büro der Staatsanwaltschaft. Gleich wurde er von einem Aborigine angesprochen. Sie unterhielten sich, dann warf Will Jonathan einen kurzen Blick zu, und der Aborigine verließ das Gerichtsgebäude.

Will kam auf Jonathan zu. »Der Staatsanwalt hat sich alle Zeugenaussagen angesehen. Er würde Sie gern als Zeugen für morgen Vormittag zehn Uhr laden«, sagte er.

»Das ist wunderbar«, erwiderte Jonathan erleichtert. Er sah sich schon im Zeugenstand, Auge in Auge mit Bojan Ratko, sah die Minenarbeiter auf der Galerie, die ihn alle anstarrten, aber er war entschlossen, Marlee und Andro Gerechtigkeit widerfahren zu lassen.

»Sie sind der Hauptzeuge der Anklage, Jonathan, der einzige Zeuge, der bereit ist auszusagen, dass Bojan Andro absichtlich gestoßen und dabei sehr wohl gewusst hat, dass ein Sturz in den Minenschacht ihn töten würde. Es hängt also sehr viel von Ihrer Zeugenaussage ab. Offenbar hat sich inzwischen noch ein weiterer Zeuge gemeldet, aber der liegt jetzt im Krankenhaus, weil er zusammengeschlagen wurde. Andere Zeugen haben vor Kurzem erklärt, dass Ihre Darstellung des Vorfalls korrekt ist, sie haben jedoch alle Angst davor, ebenfalls im Krankenhaus zu landen, also sind sie nicht bereit auszusagen. Es wäre sinnlos, sie in den Zeugenstand zu holen und zu einer Aussage zu zwingen. Die Verteidigung hat auch mehrere Zeugen benannt, die übereinstimmend behaupten, der Sturz sei ein Unfall gewesen. Der Staatsanwalt kann sich also nicht sicher sein, dass es zu einer Verurteilung kommen wird. Heute hört das Gericht eine Aussage zu Bojans Gemütsverfassung während der Zeit vor dem Abend, an dem Andro starb.«

»Dazu hätte ich auch etwas zu sagen. Erin und Cornelius könnten ebenfalls dazu gehört werden.«

»Ich möchte die beiden lieber keinem Risiko aussetzen. Bojan Ratko ist ein sehr gefährlicher Mann.«

»Das ist doch wohl umso mehr ein Grund, ihn auf unbestimmte Zeit hinter Schloss und Riegel zu bringen«, entgegnete Jonathan wütend.

»Ja, wenn es dazu allerdings nicht kommt, wird Bojan Rache üben. Ich bin jederzeit für Gerechtigkeit, nur nicht, wenn der Preis zu hoch ist.«

Will wollte nicht, dass Erin etwas geschah, er wollte auch nicht, dass sie nach England zurückreiste. Doch wenn sie blieb, konnte er sie nicht vierundzwanzig Stunden am Tag beschützen. Jonathan verstand das. Er wollte Erin und Cornelius nicht in Gefahr bringen, und Marlee schon gar nicht.

»Ich habe weitere Neuigkeiten für Sie. Jirra Matari hat Marlees Familie gefunden. Sie kampiert ein paar Meilen außerhalb der Stadt im ausgetrockneten Bett des Todd River. Offenbar wollen die Leute noch ein paar Tage bleiben.«

»Das sind gute Nachrichten«, sagte Jonathan. »Kann er uns zu ihnen bringen?«

»Ja, vielleicht bald. Er hat erzählt, dass sie Trauerzeremonien für Familienmitglieder abhalten, die vor Kurzem gestorben sind. Das können sie nicht unterbrechen, also müssen Sie sich ein wenig in Geduld fassen.« Seine Enttäuschung über die Verzögerung konnte Will kaum verbergen. Er hatte sogar versucht, Jirra zu überreden, Jonathan und Marlee trotz der Zeremonien zu dem Lagerplatz von Marlees Familie zu bringen. Aber in einigen Dingen wichen die Aborigines kein bisschen von ihren Traditionen ab. »Wichtig ist, dass wir jetzt wissen, wo sie sind. Ich sage Jirra, er soll Ihnen Bescheid geben, sobald es ihm möglich ist, Sie zu den Leuten zu bringen«, fügte Will hinzu.

»Danke. Sie sind eine große Hilfe gewesen, und ich weiß das sehr zu schätzen«, erwiderte Jonathan.

»Sie sind ja ganz in Gedanken versunken, Jonathan«, sagte Erin an diesem Abend und setzte sich zu Jonathan auf die Veranda hinterm Haus. Marlee und Cornelius spielten auf dem Rasen Ball. Die warme Abendluft duftete herrlich nach Jasmin, und in den Gummibäumen am Flussufer kreischten Kakadus. »Stimmt etwas nicht?«

»Ich muss über einiges nachdenken«, antwortete Jonathan geistesabwesend.

»Irgendetwas, worüber Sie reden möchten? Ich kann gut zuhören.«

Jonathan wusste ihre Unterstützung zu schätzen. Er hatte Erin sehr ins Herz geschlossen. Man konnte sich wohlfühlen in ihrer Gegenwart. Manchmal kam es ihm so vor, als würde er sie sein ganzes Leben schon kennen.

»Der Aborigine-Fährtensucher hat Marlees Familie gefunden. In ein paar Tagen wird er uns hinbringen.«

Erin verstand nicht, weshalb Jonathan so besorgt aussah. »Vielleicht kann er Sie ja schon morgen hinbringen. Oder ist er zu beschäftigt?«

»Die Mitglieder ihres Clans halten Trauerzeremonien ab, die nicht unterbrochen werden dürfen. Vielleicht auch für Marlees Mutter. Außerdem muss ich morgen Vormittag gegen Bojan Ratko aussagen.«

Erin hielt die Luft an. »Ich wünschte, Sie müssten das nicht tun, Jonathan«, gestand sie.

Er spürte, dass sie sich Sorgen um ihn machte. »Meine Zeugenaussage könnte darüber entscheiden, ob er wegen Mordes verurteilt oder auf freien Fuß gesetzt wird. Ich muss aussagen, für Marlee und für ihren Vater.«

Das verstand Erin, es nahm ihr jedoch nicht die Sorge. Sie bewunderte ihn so sehr für seine Stärke.

»Aber es sind doch gute Neuigkeiten, dass Marlees Familie gefunden wurde, oder? Das wollten Sie doch. Freuen Sie sich nicht darüber?«

»Genau das geht mir durch den Kopf. Ich fühle mich so hin und her gerissen, Erin.«

»Ich kann gut verstehen, dass Sie sich nicht von Marlee verabschieden wollen«, sagte Erin traurig. »Das wird sehr schwer werden.«

»Ich mag gar nicht daran denken. In dieser kurzen Zeit ist sie so viel ruhiger geworden, und das ist hauptsächlich Ihnen und Ihrem Onkel zu verdanken. Ich weiß, ich bringe sie zu ihrer Familie, weil sie bei ihr leben sollte. Sie soll alles über ihre Kultur, über ihr Erbe, ihre Vorfahren wissen. Aber wie wird ihr tägliches Leben bei diesen Leuten aussehen? Wo wird sie schlafen, wenn sie mit ihrer Aborigine-Familie unterwegs ist?« Jonathan fuhr sich durchs Haar. »Sie müsste ein Zuhause wie dieses hier haben. Hier hat sie ein Dach über dem Kopf und ein bequemes Bett in einem Schlafzimmer. Sie hat Spielzeug anstelle von Stöcken und Steinen und einen Garten, in dem sie in Sicherheit ist. Sie bekommt gutes Essen, keine Wildtiere in heißer Asche gegart. Hier hat sie sogar ein richtiges Bad. Ich sehe immer noch das Entzücken auf ihrem Gesicht, als sie zum ersten Mal eine Badewanne voller Wasser erblickte.«

Erin lächelte. Sie war dabei gewesen, auch sie hatte Marlee strahlen sehen.

»Wir sind keine richtige Familie«, sagte Jonathan. »Aber wir behandeln sie wie ein Familienmitglied. Ich wünschte für sie, es könnte so bleiben!«

»Mein Onkel und ich, wir freuen uns sehr, dass Sie hier bei uns sind«, sagte Erin. »Aber wir wissen, dass es für uns alle nur etwas Vorübergehendes ist. Wir müssen zurück nach Coober Pedy und schließlich wieder nach Hause nach England.« Sie würde sich eines Tages für immer von Jonathan verabschieden müssen, und darauf freute sie sich bestimmt nicht. Sie mochte ihn so sehr.

»Ich weiß, Erin. Aber ob Marlee das verstehen wird …«

»Sie weiß, dass Sie nach ihrer Familie suchen, Jonathan. Sie hat also bestimmt damit gerechnet, dass der Tag des Abschieds kommen würde. Das war doch schließlich das Ziel Ihrer Reise.«

Jonathan seufzte. Er hörte Marlees fröhliches Lachen aus dem Garten. Wie lange sie wohl noch so fröhlich war? Marlee wollte nicht von ihm getrennt werden, sie würde sich wahrscheinlich nicht darüber freuen, dass man ihre Familie gefunden hatte. Was sollte er nur tun?

Nach dem Abendessen nahm Marlee vergnügt ein Bad, dann setzte sie sich zu Jonathan auf die Hollywoodschaukel, die auf der Veranda stand. Die Kleine lehnte sich an ihn, wie sie das so oft tat, wenn er sich Zeit für sie nehmen konnte. Eine Weile schwiegen sie, genossen den Abend und die Gegenwart des anderen.

»Ich mag es hier, Jono«, sagte Marlee zufrieden. »Ball spielen mit Onkel Cornelius macht Spaß.« Cornelius hatte ihr angeboten, ihn so anzusprechen, wie seine Nichte es tat.

»Ich muss etwas mit dir besprechen, Marlee«, sagte Jonathan.

»Was denn, Jono?«, fragte sie unschuldig.

»Bald wird ein Mann herkommen, der uns zu deiner Familie bringt«, erklärte Jonathan.

»Ich will nicht dahin.« Marlee richtete sich auf. »Ich mag es hier.«

»Das weiß ich doch, aber du hast gesagt, es sei okay, wenn du die Familie deiner Mutter kennenlernst.«

Erin wollte gerade durch die Fliegengittertür auf die Veranda gehen, als sie ihren Schritt verhielt. Jonathan und Marlee schienen ein wichtiges Gespräch zu führen. Da wollte sie auf keinen Fall stören.

»Wieso können wir denn nicht hierbleiben, Jono? Ich mag es hier. Du magst es hier doch auch, oder?«

»Ja, mir gefällt es hier, Marlee. Aber wir sind hergekommen, um deine Familie zu finden, und für Erin und Cornelius ist das hier nur ein Urlaub. Sie wohnen ja nicht für immer in diesem Haus. Bald fahren sie nach Coober Pedy zurück und dann nach England.«

»Wo ist denn dieser Ort England?«

»Das ist ein Land weit weg von hier, man muss übers Meer, um dorthin zu kommen.« In diesem Moment wurde Jonathan klar, dass Marlee noch nie das Meer gesehen hatte. Und dann kam ihm ein noch traurigerer Gedanke. Wenn Marlee hier bei ihrer Aborigine-Familie blieb, würde sie das Meer niemals sehen. »Ich muss auch zurück nach England«, sagte er jetzt, mehr nicht. Er fand, sie war zu klein, um zu begreifen, dass er eine Verlobte hatte, die auf ihn wartete.

»Du willst mich hier allein lassen und in ein Land ganz weit weg gehen?« Marlee schaute zu ihm auf, und ihre riesigen braunen Augen voll vom Schmerz des Verlassenwerdens füllten sich mit Tränen.

»Wenn du bei deiner Familie nicht glücklich bist, dann kommst du mit mir, Marlee. Das verspreche ich dir. Aber wenn du bleiben willst, dann fahre ich weg und komme ganz oft zurück, um dich zu besuchen. Ich hab dir doch gesagt, ich werde immer in deinem Leben bleiben, und das meine ich auch so.«

Marlees Unterlippe zitterte, als sie mit den Tränen kämpfte. Sie stand auf und lief durchs Haus in ihr Zimmer. Erin, die an der Tür stand, bemerkte sie kaum.

Auch Jonathan stand auf. »Marlee«, rief er.

Erin trat auf die Veranda heraus. »Soll ich mal mit ihr reden?«

Jonathan nickte und setzte sich wieder. Er hatte keine Ahnung, wie er es fertigbringen sollte, Marlee bei ihrer Familie zu lassen. Dann dachte er wieder an Bojan Ratko und die Gefahr, die der Mann für das kleine Mädchen darstellte. Wenigstens würde er sie nie finden, wenn sie bei ihrer Aborigine-Familie lebte.

Einige Zeit später kam Erin auf die Veranda zurück. »Sie schläft«, sagte sie, sichtlich außer Fassung. »Ich habe versucht, mit ihr zu reden, aber sie war ziemlich aufgeregt. Ich habe ihr erklärt, dass Sie sie lieb haben und dass Sie nur das Beste für sie wollen. Marlee hat geschluchzt und gesagt, sie wolle bleiben, wo sie sei, mit mir und mit meinem Onkel und mit ihrem Jono.« Erin wischte sich eine Träne von der Wange. »Ich weiß, habe ich zu ihr gesagt. Aber Onkel Cornelius und ich fahren bald zurück nach Coober Pedy, und dann geht es heim nach England. Ich will nicht, dass ihr wegfahrt, hat sie weinerlich gesagt. Und dann hat sie ihre kleinen Ärmchen so fest um meinen Hals geschlungen, dass ich kaum atmen konnte. Ich hab sie gehalten und mit den Tränen gekämpft. Ich kann den Schmerz der Kleinen so gut nachempfinden. Auch ich werde Marlee vermissen.«

»Das ist einfach zu schwer, Erin«, sagte Jonathan. »Ich weiß nicht, wie ich damit fertig werden soll, wenn ich mich von ihr verabschieden muss.«

»Vielleicht sind Sie beide einfach dazu bestimmt, zusammenzubleiben, Jonathan«, erwiderte Erin. »Vielleicht müssen Sie sie mit nach England nehmen, und Ihre Verlobte wird dann wie eine Mutter für die Kleine sein. Ich bin sicher, sie wird Marlee genauso sehr lieben, wie Sie das tun.«

Jonathan hatte immer noch keinen Antwortbrief von Liza, aber Briefe waren lange unterwegs. »England ist so anders als Australien, Erin. Das Land wäre ganz fremd für Marlee. Jetzt ist es Winter dort und furchtbar kalt. Sie haben doch gesehen, wie gern sie draußen ist. Haben Sie eine Ahnung, wie sie sich fühlen würde, wenn sie monatelang ans Haus gefesselt wäre?«

Erin gab zu, dass sie sich das nicht vorstellen konnte. »Ich habe mich ja selbst an das warme Klima hier gewöhnt, auch ich habe Mühe, mir vorzustellen, wie kalt es in England im Moment ist. Und ich werde diese unendliche Weite vermissen.« Sie würde auch Jonathan und Marlee vermissen.

28

Die Zuschauergalerie war bis auf den letzten Platz besetzt. Am wütenden Gesichtsausdruck und dem rechthaberischen Gebaren derjenigen, die seitlich hinter Bojan Ratko saßen, war deutlich zu erkennen, dass es sich um seine treuen Anhänger handelte – Minenarbeiter aus der Gegend um Coober Pedy und Andamooka, wo Bojan vielen bekannt war, von einigen respektiert und von den meisten gefürchtet wurde.

Die Plätze auf der anderen Seite des Gerichtssaals waren von interessierten Zuhörern besetzt, darunter Einheimische aus Alice Springs, die über den Prozess in den Zeitungen gelesen hatten, und Minenarbeiter, die unparteiisch waren oder sich, aus Angst vor eventuellen Übergriffen durch Ratkos Anhänger, so gaben.

Da alle Plätze besetzt waren, stellte sich Jonathan ganz nach hinten und wartete darauf, in den Zeugenstand gerufen zu werden. Bojan Ratko saß auf der Anklagebank, flankiert von einem stämmigen Polizisten und seinem vom Gericht bestellten Verteidiger. Ratko trug Fußfesseln und Handschellen. Jonathan konnte nur seinen Hinterkopf sehen, doch einmal drehte der Angeklagte sich um, weil er wohl wissen wollte, wer alles ins Gericht gekommen war. Er war genauso furchteinflößend, wie Jonathan ihn in Erinnerung hatte. Sein schwarzer Bart war noch dichter, seine dunklen Augen wirkten bedrohlich. Er trug ein graues Gefängnishemd mit dazu passenden Hosen, dazu seine eigenen Stiefel. Jonathan fiel auf, dass Constable Spender in der ersten Reihe direkt hinter der Anklagebank Platz genommen hatte.

Bojans Verteidiger war nicht sehr groß. Neben dem Kroaten

wirkte er in seinem scheußlichen braunen Anzug wie ein Jugendlicher. Er rief mehrere Minenarbeiter in den Zeugenstand, die über die Schlägerei aussagen konnten. Manche erkannte Jonathan. Alle behaupteten, dass es am Abend der Schlägerei besonders dunkel gewesen sei, zu dunkel, um den offenen Minenschacht zu sehen, und dass Andro die Schlägerei angezettelt habe. Sie erklärten, er sei gestolpert und rücklings in die Mine gestürzt. Als Bojans Verteidiger und dann der Staatsanwalt die Zeugen befragten, wurde jedem klar, dass die Männer die Aussagen gut einstudiert hatten – eine Antwort ähnelte der anderen.

Schließlich wurde Jonathan in den Zeugenstand gerufen, und zwar als erster und tatsächlich einziger Zeuge der Staatsanwaltschaft. Als er durch den Mittelgang nach vorn trat, drehten alle die Köpfe und sahen ihn an – auch Bojan. Der kurze Weg kam Jonathan nicht wie zehn, sondern eher wie hundert Meter vor. Nachdem er vereidigt worden war, wagte er einen Blick hinauf zur Galerie. Wie erwartet schlug ihm Feindseligkeit entgegen, aber der aggressivste Blick kam von Bojan Ratko. Er bohrte sich in Jonathan hinein und nagelte ihn auf seinem Stuhl fest. Jonathan wandte den Blick ab und rief sich den Grund für seine Anwesenheit in diesem Saal ins Gedächtnis. Es ging darum, Andro und Marlee zu Gerechtigkeit zu verhelfen, er würde sich durch nichts davon abhalten lassen. In diesem Moment fiel sein Blick auf eine Frau, die gerade in den Saal schlüpfte – es war Carol-Ann. Sie lächelte beruhigend, und sofort spürte Jonathan, wie er ruhiger wurde. Wenigstens ein freundlicher Mensch war im Raum, der ihm beistand.

Der Staatsanwalt bat Jonathan, dem Gericht zu erzählen, was an dem Abend geschehen war, als Andro zu Tode kam. »Lassen Sie sich Zeit, Mr. Maxwell, und schildern Sie uns alle Einzelheiten, an die Sie sich erinnern können«, sagte er.

»Andro und ich hatten einen guten Fund gefeiert«, setzte Jonathan unsicher an. »Wir hatten Wein getrunken.«

»Wie viel Wein?«, fragte der Staatsanwalt.

Die Frage überraschte Jonathan, und er überlegte, welche Relevanz sie haben mochte. »Als ich gegen zehn Uhr zu meinem Schlafplatz ging, hatten wir drei Flaschen geleert, Andro öffnete gerade die vierte.«

»Gehe ich recht in der Annahme, dass Sie reichlich betrunken waren?«, fragte der Staatsanwalt.

»Hätte ich allein so viel getrunken, hätte ich das Bewusstsein verloren«, sagte Jonathan in die Unruhe, die sich im Saal erhob. »Aber Andro war geübt, den meisten Wein hatte er getrunken.«

»Hat er weitergetrunken?«

»Ja. Ich schlief eine Weile, wie lange, weiß ich nicht genau, dann wurde ich von wütendem Geschrei geweckt. Männer trampelten über meinen Lagerplatz.«

»Was ging da vor sich?«, fragte der Staatsanwalt.

»Anfangs dachte ich, es wäre nur ein weiterer Streit über einen Wettbewerb der Olympischen Spiele. Das passierte in der Woche oft, wenn Betrunkene aus dem Pub kamen, wo sie die Berichterstattung über die Spiele im Radio gehört hatten. Ich stand auf und fragte jemanden, was da los sei. Man sagte mir, dass Andro und Bojan sich prügelten.«

»Ist das vorher schon einmal passiert?«, wollte der Staatsanwalt wissen.

»Ich hatte sie schon öfter streiten sehen, zu einer Prügelei war es jedoch nie gekommen.«

»Und wer begann üblicherweise mit diesen Streitereien?«

»Es war immer Bojan, der zu Andros Lagerplatz kam. Jedes Mal beschuldigte er ihn, ihm einen Opal gestohlen zu haben.«

»Das war nicht nur irgendein Opal«, rief Bojan. »Das war der Olympic Australis, und er hat ihn mir wirklich gestohlen.« Von den Fußfesseln behindert mühte er sich aufzustehen, doch der Constable hinter ihm zog ihn wieder auf seinen Sitz zurück.

»Ruhe!«, befahl der Richter. »Noch solch ein Ausbruch, Mr. Ratko, und ich lasse Sie wegen Missachtung des Gerichts in Ihre Zelle zurückbringen.«

Bojan saß mit finsterem Blick da.

»Was haben Sie getan, während Bojan und Andro sich prügelten?«, wollte der Staatsanwalt von Jonathan wissen.

»Es waren so viele Männer um sie herum, dass es schwierig war, genau zu erkennen, was da vor sich ging. Ich habe versucht, mich durch die Schaulustigen zu drängen, aber das war unmöglich. Dann stellte ich mich auf einen umgedrehten Eimer, um über ihre Köpfe sehen zu können. Ich erblickte Bojan und Andro, die beim Lagerfeuer aufeinander einprügelten. Ich wusste, dass Marlee sich bei dem Lärm zu Tode ängstigen würde, deshalb ging ich um Andros Zelt herum und kroch hinein. Ich wollte nachsehen, ob mit ihr alles in Ordnung war. Tatsächlich fand ich sie zusammengekauert und verstört in Sorge um ihren Vater dort vor.«

»Marlee ist Andro Drazans Tochter, Euer Ehren«, erklärte der Staatsanwalt. »Meines Wissens ist sie sechs Jahre alt.«

»Das stimmt«, erwiderte Jonathan. Er schaute zum Richter, einem Mann mittleren Alters mit Brille, der eine gepuderte Perücke und eine Richterrobe trug und dessen strenger Gesichtsausdruck nichts von dem verriet, was er dachte.

»Was taten Sie als Nächstes?«, fragte der Staatsanwalt.

»Ich sagte zu Marlee, sie solle im Zelt bleiben, und dann ging ich hinaus mit der Absicht, die Schlägerei zu beenden. Doch es war ein wilder Kampf, der da tobte. Sie gingen aufeinander los wie zwei riesige Grizzlybären. Ich sah, wie einer der Schaulustigen durch einen einzigen Hieb bewusstlos geschlagen wurde. Als ich nicht näher herankam, rief ich den Gaffern zu, wir müssten den Kampf beenden, aber man ärgerte sich nur über meine Einmischung und beachtete mich nicht weiter. Viele hatten wohl Wetten abgeschlossen, und sie waren gespannt auf den Ausgang des Kampfes.«

»Bitte fahren Sie fort«, sagte der Staatsanwalt.

»Andro und Bojan prügelten wie von Sinnen aufeinander ein. Ich sah, wie Bojan versuchte, Andro zu Boden zu schleudern, doch es gelang ihm nicht. Er riss ihm nur das Hemd vom Leib. Ich nahm ein glimmendes Stück Holz vom Feuer, damit wollte ich den Kampf beenden, aber es wurde mir von einem wütenden Mann aus der Menge aus der Hand geschlagen.«

»Was passierte dann?«, drängte der Staatsanwalt.

»Ich dachte mir, dass ich vielleicht eher die Chance hätte, die Schlägerei zu beenden, wenn die beiden Männer ermüdeten, doch da sah ich, wie Bojan Andro ein Bein stellte und ihm einen kräftigen Stoß versetzte. Andro verlor das Gleichgewicht, und diesmal ging er zu Boden. Bojan stand reglos da, versuchte, wieder zu Atem zu kommen, während die Menge plötzlich ganz still wurde. Ich drehte mich um, rechnete damit, Andro hinter mir auf dem Boden liegen zu sehen, verletzt vielleicht oder zu erschöpft, um allein wieder aufzustehen, aber … er war verschwunden. Ich stand da und starrte in ein dunkles Loch, die Öffnung unseres Minenschachts. Ich brauchte einen Moment, ehe ich begriff, dass Bojan ihn in unsere Mine gestoßen hatte, und ich habe keinen Zweifel daran, dass er das mit Absicht tat.«

»Das ist eine Lüge!«, rief ein Mann von der Zuschauergalerie. Andere fielen verärgert mit ein, und binnen Sekunden kochte der Gerichtssaal.

»Ruhe im Saal«, rief der Richter und schlug mehrmals mit seinem Hammer auf sein Pult.

»Fahren Sie fort, Mr. Maxwell«, sagte der Staatsanwalt, als auf der Galerie wieder Ruhe eingetreten war.

»Ich stand unter Schock wie alle anderen auch. Jemand sagte, den Sturz würde Andro nicht überleben. Ich schrie, jemand solle eine Laterne bringen, dann kletterte ich in die Mine hinunter. Zu meiner Erleichterung lebte Andro. Ich sprach mit ihm, und er sprach mit mir. Aber noch ehe Hilfe eintreffen konnte, starb er.« Jonathan wusste, Andros letzte Momente würde er nie vergessen. Sie würden ihn ein Leben lang verfolgen.

Völlige Stille hatte sich über den Gerichtssaal gesenkt. Jonathan schaute in die Gesichter der Leute, die vor ihm saßen. Viele der Männer hatten Andro lange gekannt. Manche schauten zur Seite, andere wirkten, als wäre ihnen unbehaglich zumute. Nur

Bojans Gesichtsausdruck blieb unverändert. Reglos saß er da, das Gesicht hassverzerrt.

Der Staatsanwalt hatte keine weiteren Fragen, also erhob sich Bojans Verteidiger, um Jonathan zu befragen.

»Sie sagten, Sie schliefen, als die Schlägerei begann, Mr. Maxwell«, sagte er.

»Das ist richtig.«

»Dann können Sie gar nicht wissen, wer anfing.«

»Ich denke, das ist offensichtlich, da Andro an seinem Lagerfeuer saß, als ich schlafen ging. Zudem fand der Kampf auf seinem Lagerplatz statt.«

»Mr. Ratko hätte vorbeikommen können, vielleicht gut gelaunt, als Andro mit ihm Streit anfing.«

»Ich habe Bojan nie gut gelaunt gesehen, das ist also höchst unwahrscheinlich«, wandte Jonathan ein. Er warf einen Blick auf Bojan, der aussah, als wollte er ihn bei lebendigem Leib auseinanderreißen. Innerlich zuckte Jonathan zusammen, äußerlich stellte er Gleichgültigkeit zur Schau.

»Das ist Ihre Meinung, Mr. Maxwell. Keine Tatsache«, erklärte der Verteidiger. »Und ich würde sagen, Ihre Meinung als Mr. Drazans Partner ist nicht gerade objektiv.«

Bojans Verteidiger mochte neben dem Angeklagten wie ein junger Bursche gewirkt haben, doch Jonathan wurde klar, dass der Mann ihn in der Luft zerfetzen würde, wenn er seine Worte nicht mit Bedacht wählte.

»Es ist eine Tatsache, dass ein kleines Mädchen jetzt Vollwaise ist«, erklärte Jonathan wütend. »Nichts wird Marlee ihren Vater zurückbringen, doch das Allermindeste, worauf sie hoffen kann, ist, dass der Gerechtigkeit Genüge getan wird.«

Der Anwalt ignorierte seine Bemerkung. »Sie sagten, es sei sehr dunkel gewesen, und das bestätigen auch andere Zeugen.«

»Das stimmt.«

»Wissen Sie, wie nahe Sie bei der Öffnung Ihres Minenschachts standen, als Sie versuchten, in die Schlägerei einzugreifen?«

»Nicht genau«, erklärte Jonathan wahrheitsgemäß. »Ich weiß, ich war in unmittelbarer Nähe, weil ich neben dem Haufen mit dem tauben Gestein stand.«

»Gehe ich dann also recht in der Annahme, dass Sie selbst in die Mine hätten fallen können, wenn Sie ein paar Schritte rückwärts gemacht hätten?«, fragte der Anwalt.

Daran hatte Jonathan noch gar nicht gedacht. »Ich denke schon …«

»Und Ihr Tod wäre dann ein Unfall gewesen oder nicht?«

»Ja, aber Andros Tod war kein Unfall«, sagte Jonathan.

»Das zu entscheiden, Mr. Maxwell, ist nicht Ihre Aufgabe«, beschied ihn der Anwalt knapp. »Zwei Männer schlagen sich, versuchen, sich bis zur Bewusstlosigkeit zu prügeln, falls wir Ihrer Version Glauben schenken dürfen. Ich bezweifle, dass Sie an geografische Gegebenheiten dachten oder daran, wo in Relation zur Minenschachtöffnung Sie sich befanden. Mein Mandant hätte derjenige sein können, der in den Schacht stürzte, und dann würde Mr. Drazan hier auf der Anklagebank sitzen.«

»Nur wenn er ihn gestoßen …«

»Das ist alles, Mr. Maxwell«, unterbrach der Anwalt Jonathan mitten im Satz. »Keine weiteren Fragen, Euer Ehren.«

Jonathan war wie vor den Kopf gestoßen. Er wollte das Recht, dem Anwalt zu antworten, doch der Richter wies ihn an, den Zeugenstand zu verlassen.

Auf dem Weg durch den Gerichtssaal hörte Jonathan die Kommentare der Zuschauer, schneidende Bemerkungen und Drohungen. Er beschloss, den Saal zu verlassen, und nahm erfreut wahr, dass Carol-Ann ihm nach draußen folgte.

»Alles in Ordnung mit Ihnen, Jonathan?«, fragte sie.

»Ja, ja«, antwortete er geistesabwesend. Ihm war nicht bewusst, wie er sich fühlte.

»Lassen Sie uns einen Tee trinken. Sie sehen aus, als könnten Sie einen gebrauchen.«

Jonathan nickte.

In einem Café in der Nähe bestellten sie Tee und setzten sich nach draußen. Als Jonathan die erste Tasse getrunken hatte, fühlte er sich schon ein wenig besser. Er hatte damit gerechnet, dass es heftig werden würde, als Zeuge auszusagen, und doch hatte er den Eindruck, sich gut geschlagen zu haben. Nur dass das sicher noch nicht genügte.

»Was meinen Sie denn, wie ich mich als Zeuge gemacht habe?«, fragte er Carol-Ann schließlich.

»Sehr gut. Als Sie darauf hinwiesen, dass der Kampf unmittelbar bei dem tauben Gestein stattfand, haben Sie klargemacht, dass Bojan und Andro gewusst haben mussten, dass sie sich in der Nähe der Minenschachtöffnung befanden.«

»Meinen Sie?«

»Auf jeden Fall.«

»Aber Bojans Anwalt hat es trotzdem so dargestellt, als wäre es ein Unfall gewesen.«

»Das ist seine Aufgabe. Der Richter ist ein intelligenter Mann. Er durchschaut die Taktiken der Anwälte.«

»Ich hoffe, Sie haben recht. Bojan sollte bezahlen für das, was er getan hat. Ich meine, gehängt werden sollte er nicht, es war ja kein im Voraus geplanter Mord. Trotzdem, er hat einem Menschen das Leben genommen, und dafür sollte er für sehr, sehr lange Zeit hinter Gitter kommen.«

»Sie haben Ihr Bestes gegeben, Jonathan«, versuchte Carol-Ann Jonathan zu trösten. »Mehr können Sie nicht tun. Jetzt müssen Sie das Urteil abwarten.«

Jonathan nickte. »Es war sehr nett von Ihnen, dass Sie zur Verhandlung gekommen sind. Arbeiten Sie denn heute nicht?«

»Heute ist mein freier Tag. Meine nächste Schicht beginnt morgen um elf.«

»Dann lassen Sie uns heute Abend doch essen gehen.« Er war ihr dankbar für ihre Unterstützung, und er wollte sich irgendwie erkenntlich zeigen.

Carol-Ann lächelte erfreut. »Na schön, danke. Möchten Sie

vielleicht Michaela kennenlernen? Ich wohne nur ein paar Straßen von hier.«

»Ja, sehr gern«, antwortete Jonathan.

Erin war in der Stadt, um einzukaufen, denn sie plante ein besonderes Essen für den Abend. Sie wusste, dieser Tag würde schwer für Jonathan, und so wollte sie ihn überraschen. Vor einem der beiden Supermärkte der Stadt blieb sie wie angewurzelt stehen. Auf der anderen Straßenseite, in einem Café, saß Jonathan mit einer jungen Frau zusammen. Als sie aufstanden und das Café gemeinsam verließen, beobachtete Erin die beiden. Bekannt kam die Frau ihr nicht vor, aber das war nicht erstaunlich, denn Erin kannte niemanden in Alice Springs. Also wer war sie, und warum war Jonathan mit ihr zusammen?

Erin kaufte ein und ging nach Hause zu ihrem Onkel und Marlee, wenig später kam auch Jonathan zurück.

»Und, wie lief es im Gericht für Sie?«, erkundigte sich Cornelius, nachdem er Marlee in ihr Zimmer geschickt hatte. Sie spielte mit einem neuen Spielzeug, das Erin ihr mitgebracht hatte, einem Kreisel.

»Es war ziemlich hart, aber ich glaube, ich habe mich ganz gut gehalten. Ich habe ausgesagt, was wirklich passiert ist. Allerdings ist es schwer zu sagen, wie es ausgehen wird.«

»Wenn Sie Ihr Bestes gegeben haben, Jonathan, dann ist das alles, was Sie tun konnten«, sagte Cornelius. »Entspannen Sie sich ein wenig! Ich gehe jetzt spazieren. Das würde Ihnen sicher auch guttun.« Er verließ das Haus.

»Mein Onkel möchte uns gern glauben machen, dass er spazieren geht, um in Form zu bleiben, in Wirklichkeit geht er in die Stadt, um ein kühles Bier zu trinken«, sagte Erin und begann mit den Vorbereitungen für das Abendessen.

Jonathan lächelte. Dann merkte er, was Erin tat. »Ich werde zum Abendessen nicht hier sein, Erin, also bitte bereiten Sie nicht zu viel vor.«

Erin warf ihm einen überraschten Blick zu, schaffte es jedoch, ihre Enttäuschung zu verbergen. »Ach«, sagte sie. »Gehen Sie aus?«

»Ja«, antwortete Jonathan. »Ich schau mal nach Marlee.«

Erin fragte sich, wohin er gehen mochte und mit wem. Mit der Frau, mit der sie ihn in der Stadt gesehen hatte? Ob sie ihn einfach fragen konnte? Als Jonathan wieder in die Küche kam, wartete Erin auf den richtigen Moment, um ein Gespräch über seine Pläne für den Abend beginnen zu können, ohne indiskret zu wirken.

»Tut mir leid, Erin. Ich hätte vorher fragen sollen, ob es Ihnen etwas ausmacht, heute Abend auf Marlee aufzupassen«, kam Jonathan ihr zuvor. »Hätte ja sein können, dass Sie schon etwas vorhaben.«

»Habe ich im Moment nicht«, sagte Erin. »Aber falls sich noch etwas ergibt, wird Onkel Cornelius sich um Marlee kümmern.« Sie schwieg eine Weile. »Gehen Sie zum Essen mit jemandem aus?«

»Ja«, antwortete Jonathan. »Mit jemandem, den ich aus Coober Pedy kenne.«

»Ach …« Erins Gedanken rasten. »Kenne ich denjenigen?« Sie wollte nicht direkt fragen, ob es sich um die Frau handelte, mit der sie ihn in der Stadt gesehen hatte.

Jonathan erinnerte sich auf einmal daran, wie Erin sich peinlich berührt abgewandt hatte, als sie ihn mit »Clementine« getroffen hatte.

»Nein, ich glaube nicht«, sagte er ausweichend. »Ich werde dann mal ein Bad nehmen.«

Will behagte die Vorstellung, dass Erin womöglich Jonathan nach seiner Zeugenaussage tröstete, gar nicht, und so machte er sich gleich nach der Verhandlung auf den Weg zu ihr.

»Will!«, rief Erin erstaunt aus, als sie die Tür öffnete. »Ich hätte nicht gedacht, dass ich Sie heute noch sehe.«

»Ich habe gehofft, Sie gehen heute Abend mit mir essen«, sagte er. »Vielleicht ein abendliches Picknick auf dem Aussichtshügel? Die Sicht auf den Nachthimmel soll spektakulär sein.«

Er hatte einen jungen Constable nach dem romantischsten Ort in Alice Springs gefragt, und er hatte ihm den Aussichtshügel vorgeschlagen. Will plante, einen Picknickkorb mit kaltem Hühnchen, Brötchen und Pasteten, einer Flasche Wein und Kerzen mitzunehmen. Wenn er Erin so überrumpelte, würde sie in ihm, so hoffte er, endlich mehr als nur einen Freund sehen.

»Das wäre wunderbar, Will, aber … ich habe solch einen Appetit auf Fisch. Würde es Ihnen etwas ausmachen, wenn wir stattdessen in die Todd Tavern gingen?«

Erins Vorschlag kam für Will völlig überraschend. Er hatte den Eindruck gehabt, dass sie vom Essen in der Todd Tavern nicht gerade begeistert gewesen war. »Ach … na schön«, erwiderte er enttäuscht. Seine romantischen Pläne hatten sich binnen Sekunden in Luft aufgelöst. Doch dann hatte er eine Idee. »Vielleicht könnten wir ja anschließend zum Aussichtshügel fahren.« Er würde Wein mitnehmen und während sie die Sterne betrachteten, hoffentlich einen oder zwei Küsse bekommen.

»Vielleicht«, sagte Erin, ahnend, was Will vorhatte. Sie mochte ihn, aber sie war sich nicht sicher, ob sie sich in ihn verlieben könnte.

»Dann hole ich Sie um sieben ab.«

Will hatte damit gerechnet, dass Erin seine Einladung ausschlagen würde, so war er erleichtert, dass sie wenigstens zugestimmt hatte.

In der Todd Tavern drängten sich die üblichen Gäste – Einheimische, die sich ungehobelt ausdrückten und deutlich lässiger gekleidet waren, als es Erins Geschmack entsprach. Sie gingen gleich durch zum Speisesaal, wo es wenigstens den Anschein von Stil gab. Die Tische waren mit weißen Leinentischdecken und Silberbesteck gedeckt, womit das Essen allerdings nicht Schritt halten konnte.

Erin musterte die Gäste und stellte sofort enttäuscht fest, dass Jonathan und seine Begleitung nicht unter ihnen waren. Ein Kellner wollte sie mitten in den Saal setzen, doch Erin bat um einen Tisch in einer ruhigen Ecke. Auch das überraschte Will, zumal der Tisch, den sie dann aussuchte, bei Weitem nicht der beste war. Vielleicht wollte sie aber auch nur mit ihm allein sein, und das wäre nun etwas wirklich Positives.

Erin bestellte den Fisch, der tiefgefroren aus Darwin angeliefert worden war und auf der Speisekarte doch als »frisch« beschrieben wurde, doch sie hatte keine andere Wahl. Sie hatte ja behauptet, der Fisch sei der Grund, weshalb sie im Todd essen wollte. Will bestellte gegrilltes Steak. Sie hatten der Kellnerin gerade die Speisekarten zurückgegeben, als Erins Blick auf Jonathan fiel, der am anderen Ende des Speisesaals einer Frau den Stuhl zurechtrückte und sich dann setzte.

»Hat Jonathan von der Verhandlung erzählt?«, fragte Will. Er konnte Jonathan von seinem Platz aus nicht sehen.

»Äh … Verzeihung?« Erin war so in Gedanken, dass sie die Frage nicht verstanden hatte.

»Die Verhandlung«, sagte Will. »Hat Jonathan erwähnt, wie es gelaufen ist?«

»Ja«, antwortete Erin. »Ich habe ihn kurz gesehen, bevor er ausging. Er meinte, es sei recht gut gelaufen, doch schwer zu sagen, wie der Richter entscheiden werde. Wie war Ihr Eindruck?« Wieder schaute sie an ihm vorbei und sah Jonathan seine Verabredung anlächeln.

»Ich fürchte, die Chancen auf eine Verurteilung sind minimal, aber ich hoffe, ich irre mich«, sagte Will.

»Jonathan wird am Boden zerstört sein, wenn Bojan auf freien Fuß gesetzt wird.« Erin wusste, wie sehr sich Jonathan Gerechtigkeit wünschte, schlimmer war allerdings, dass man sich Sorgen um seine und Marlees Sicherheit machen musste.

Erin hörte nur mit halbem Ohr, was Will erzählte. Sie konnte die Augen nicht von der Frau lassen, mit der Jonathan zu Abend aß. Sie kam einfach nicht darauf, weshalb sie ihr so gar nicht bekannt vorkam, wenn sie doch aus Coober Pedy stammte. In einer derart kleinen Stadt war es unwahrscheinlich, jemanden nicht zu kennen, besonders eine der wenigen Frauen, die dort lebten.

»Stimmt was nicht, Erin?«, fragte Will schließlich. Er drehte sich um, weil er sehen wollte, was Erins Aufmerksamkeit so sehr fesselte.

»Oh, tut mir leid«, sagte Erin. »Ich habe nur gerade Jonathan da drüben entdeckt.« Das musste sie zugeben, denn Will hatte ihn jetzt bestimmt auch gesehen. »Ich wusste gar nicht, dass er heute Abend hier essen wollte.«

Will warf ihr einen skeptischen Blick zu.

»Er hat erzählt, er gehe mit jemandem aus, den er von Coober Pedy kennt, dass er hierher wollte, hat er jedoch nicht erwähnt.« Das stimmte sogar. »Die Frau, mit der er isst, kenne ich gar nicht. Sie vielleicht?«

Will drehte sich noch einmal um und sah zu Carol-Ann. »Nein«, sagte er zu Erins großer Enttäuschung. »Sie kann nicht aus Coober Pedy sein, sonst würde ich sie kennen.«

»Sind Sie sicher? Wenn Jonathan sie aus Coober Pedy kennt, ist es doch eigentlich ziemlich unwahrscheinlich, dass Sie sie nicht kennen.«

»Ich gehe zur Bar und hole eine Flasche Sekt. Von da habe ich eine bessere Sicht auf sie.«

Erin freute sich, dass Will das für sie tun wollte – die Neugier brachte sie um.

Will bestellte eine Flasche Sekt. Während der Barkeeper den Sektkühler mit Eis füllte, beobachtete Will verstohlen die Frau, die bei Jonathan saß. Die beiden waren in ein Gespräch vertieft, deshalb bemerkten sie ihn nicht. So wie er jetzt stand, sah er die Frau besser, und tatsächlich erschien sie ihm irgendwie vertraut. Aber noch kam er nicht darauf, wer sie war. Er entschied sich für den direkten Weg.

Mit dem Sektkühler im Arm ging er an Jonathans Tisch vorbei

und blieb dann stehen, um guten Abend zu sagen. Erin sah zu, verblüfft darüber, wie entschlossen Will zu Werke ging.

»Guten Abend, Jonathan«, sagte Will.

Jonathan schaute auf. »Will! Ich wusste gar nicht, dass Sie auch hier sind.«

»Ich esse mit Erin«, erwiderte Will und schaute Jonathans Begleiterin an. »Hallo«, sagte er. »Kennen wir uns, Miss …?«

Jonathan drehte sich um und winkte Erin zu.

»Miss Watson«, sagte Carol-Ann, entschlossen, Haltung zu wahren.

Der Name kam Will nicht bekannt vor, die Stimme schien ihm dennoch vertraut.

»Carol-Ann Watson«, ergänzte sie schon etwas sicherer. Ihr Selbstvertrauen wuchs allmählich.

»Das ist Constable Will Spender aus Coober Pedy«, sagte Jonathan. Natürlich wusste er genau, dass Carol-Ann den Constable kannte, ihr Geheimnis war bei ihm jedoch sicher.

»Freut mich, Sie kennenzulernen, Constable«, sagte Carol-Ann.

Obwohl er mit ihr in Coober Pedy nicht viel zu tun gehabt hatte, war er den Prostituierten auf den Opalfeldern stets mit Verachtung begegnet und hatte sie nie in Ruhe lassen können. Deshalb mochte Carol-Ann ihn nicht, lächelte aber doch freundlich.

»Ich hoffe, das Essen ist gut hier«, sagte Jonathan in dem Bemühen, die Aufmerksamkeit von seinem Gast abzulenken.

»Recht gut, für Alice Springs«, entgegnete Will. »Viel Spaß noch.« Er runzelte die Stirn, als er zu Erin zurückging, und plötzlich machte es klick in seinem Kopf.

»Nun?« Erin hatte Wills Gesichtsausdruck richtig gedeutet, er schien etwas herausgefunden zu haben.

»Sie werden es nicht glauben«, sagte Will. Er schaute noch einmal über die Schulter zurück, und genau in dem Moment sah Carol-Ann in seine Richtung. Schnell drehte er sich wieder zu Erin um. »Ihr Geheimnis ist gelüftet.«

»Was meinen Sie?«, fragte Erin neugierig.

»Jonthan ist mit ›Clementine‹ hier.«

»Clementine!«

»Sie war eine der Prostituierten in Coober Pedy«, erklärte Will. »Jetzt hat sie offenbar einen anderen Namen angenommen. Was macht Jonathan mit einer Frau wie ihr?«

Erin hielt die Luft an. »Sind Sie sicher?«

Sie schaute hinüber zu »Clementine«. Die Frisur war anders, die Kleidung war anders, aber sie hatte irgendetwas Vertrautes in ihren Bewegungen, und jetzt erkannte Erin, dass Will recht hatte. Jonathan saß hier mit der Prostituierten, mit der sie ihn in Coober Pedy gesehen hatte. Sie fasste es einfach nicht.

29

Erin konnte sich nicht vorstellen, was Jonathan sich dabei dachte, diese Frau als eine akzeptable Begleiterin für ein Essen zu wählen. Sie war so verstört, dass sie ihren Fisch kaum anrührte, das Wenige, das sie aß, schmeckte für sie nach nichts. Es hätte genauso gut Pappe sein können.

Will empfand eine heimliche Freude darüber, dass Erin sich so grämte. Er rechnete heimlich damit, es könnte zu seinem Vorteil sein, fand aber bald heraus, dass das nicht der Fall war. Als Erin ihn bat, sie nach Hause zu bringen, statt mit ihm zum Aussichtspunkt zu fahren, war er maßlos enttäuscht. An der Haustür bedankte sie sich höflich bei ihm für das Essen und ging dann hinein, ohne ihn noch eines Blickes zu würdigen.

Es war kurz nach neun, und Marlee war noch wach. Sie spielte mit Cornelius.

»Sie wollte erst ins Bett gehen, wenn du zu Hause bist«, sagte Cornelius zu Erin.

Erin war gerührt, weil das kleine Mädchen sie und das abendliche Gutenachtgeschichtenritual so lieb gewonnen hatte, doch sie war mit den Gedanken ganz woanders, als sie Marlee ins Bett brachte. Schließlich legte auch sie sich schlafen, wälzte sich aber fast die ganze Nacht herum und dachte an Jonathan. Sie verstand nicht, wie ein so wundervoller Mann sich mit einer Prostituierten einlassen konnte. Das ergab einfach keinen Sinn für sie. Erin überlegte, ob sie mit ihm darüber reden sollte, es fiel ihr allerdings keine Möglichkeit ein, wie sie das Thema zur Sprache bringen könnte.

Als Erin am nächsten Morgen aufstand, saß Jonathan mit Cornelius auf der Veranda hinterm Haus. Sie hatten schon gefrühstückt, Marlee saß vergnügt auf der Schaukel.

»Es würde mich nicht überraschen, wenn wir sehr bald ein Urteil hätten«, sagte Jonathan. Es war offensichtlich, dass er nicht mit einer Verurteilung Bojans rechnete.

»Wollen wir hoffen, dass die Gerechtigkeit siegen wird«, meinte Cornelius. Er sah Erin durch das Küchenfenster. »Guten Morgen, Schlafmütze«, zog er sie auf.

»Guten Morgen«, rief Erin zurück. Sie machte sich eine Tasse Tee und gesellte sich dann zu ihnen.

Sofort kam Marlee zu ihr gelaufen und umarmte sie liebevoll, ehe sie wieder zur Schaukel zurückrannte.

Jonathan sah, dass Erin müde war, und nahm an, dass sie nach der Verabredung mit Will erst spät nach Hause gekommen war. Er war sich noch nicht darüber im Klaren, ob er den jungen Constable mochte, aber eines wusste er sicher – für Erin war er definitiv nicht gut genug. Er selbst hatte nach dem Essen Carol-Ann nach Hause gebracht, hatte den Spaziergang in der kühlen Nachtluft und ihre Gesellschaft genossen. Sie hatten viel geredet. Carol-Ann schien ihr altes Leben mehr und mehr hinter sich zu lassen. »Clementine« existierte nicht mehr.

Cornelius wusste, dass Erin früh nach Hause gekommen war, deshalb machte er sich mehr als Jonathan Sorgen darüber, was sie die Nacht über wach gehalten haben mochte. Er fand, sie hatte vor dem Zubettgehen verstört gewirkt, und fragte sich, ob sie wohl einen Streit mit Will gehabt hatte.

»Ich fahre heute Vormittag in die Stadt. Mal sehen, ob wir Post aus England haben«, sagte Erin.

»Ich will auch in die Stadt. Ich fahre Sie hin«, bot Jonathan an.

»Danke«, sagte Erin. Ob er sich wohl mit »Clementine« trifft?, dachte sie.

»Wollen Sie ins Gericht, Jonathan?«, fragte Cornelius.

»Ja«, antwortete er. »Ich will sehen, wie die Sache sich entwickelt und wann mit dem Urteil zu rechnen ist. Ich nehme Marlee mit, wenn Sie heute etwas vorhaben.«

»Nein, sie kann bei mir bleiben. Unsere Ballspiele bringen mich allmählich wieder in Form«, sagte er und lächelte.

Auf der kurzen Fahrt in die Stadt unterhielten sich Jonathan und Erin nicht, beide waren mit ihren eigenen Gedanken beschäftigt.

Normalerweise kaufte Erin in dem Supermarkt bei der Todd Tavern. Aber es gab noch einen zweiten in der Nähe des Postamts, also beschloss sie, dort einzukaufen. Als sie zahlen wollte, bemerkte sie verblüfft, dass »Clementine« an der Kasse arbeitete. Erin überlegte, ob sie die junge Frau damit konfrontieren sollte, dass sie als Freundin von Jonathan, der Vormund eines leicht zu beeindruckenden Mädchens war, wohl kaum geeignet sein könnte. Da sie jedoch mit Jonathan nicht darüber gesprochen hatte, dass er sich mit einer Prostituierten traf, und sie nicht das Recht hatte, sich einzumischen, entschied sie sich dagegen. Erin verließ kurz entschlossen den Supermarkt. Wohl fühlte sie sich dabei allerdings überhaupt nicht.

Zwei Tage später, am letzten Verhandlungstag gegen Bojan, nahm Jonathan Marlee mit ins Gericht. Erin und Cornelius bezweifelten, dass das klug war, aber Jonathan erklärte ihnen, was er sich dabei dachte. Eines Tages würde Marlee Fragen stellen, und er wollte ihr sagen können, dass sie dabei gewesen war, als der Mann, der ihren Vater getötet hatte, für sehr lange Zeit, hoffentlich für den Rest seines Lebens, ins Gefängnis geschickt wurde.

»Ich hoffe, Sie verstehen, weshalb Erin und ich nicht dabei sein wollen«, hatte Cornelius mit schlechtem Gewissen gesagt, bevor sie sich auf den Weg machten.

»Natürlich verstehe ich das«, erwiderte Jonathan. Er wusste, dass Bojans Besuche in Coober Pedy die beiden zu Tode geängstigt hatten.

Der Gerichtssaal war bis auf den letzten Platz besetzt. Es waren wieder viele Minenarbeiter da, doch zu seiner Überraschung sah Jonathan noch mehr Stadtbewohner, darunter auch Frauen. Marlee setzte sich neben Jonathan und griff nach seiner Hand. Er hatte ihr erzählt, weshalb sie hier waren, und ihr erklärt, er hoffe, dass der Richter den Mann, der ihren Vater getötet hatte, ins Gefängnis steckte. Er wollte auch, dass Bojan das kleine Mädchen sah, das er zur Waise gemacht hatte, ehe man ihn wegführte und er seine Gefängnisstrafe absitzen musste.

Der Richter verlangte Ruhe im Saal, dann wurde Bojan gebeten, sich zur Verkündung des Urteils zu erheben. Jonathan hielt den Atem an, als sich Stille über den Gerichtssaal senkte.

»Mr. Ratko«, setzte der Richter an. »Das Gericht ist zu der Ansicht gekommen, dass Sie verantwortlich sind für die Schlägerei mit Andro Drazan an dem Abend, als er ums Leben kam. Es gilt als erwiesen, dass es zwischen Ihnen und dem Opfer seit Langem Auseinandersetzungen gab. Die Geschichte ihrer beider Bekanntschaft ist kompliziert.«

Jonathan wagte, auf das Urteil zu hoffen, das Bojan verdiente, aber von der Zuschauergalerie gab es ungläubiges Gemurre.

»Ruhe im Saal!«, verlangte der Richter und schlug mit seinem Hammer auf das Pult. »Sonst lasse ich die Galerie räumen.«

Ein fast greifbares Schweigen senkte sich nun über die Galerie.

»Nach Anhörung der Augenzeugenberichte und nach Würdigung von Mr. Drazans Rolle bei der Schlägerei ist das Gericht zu der Ansicht gelangt, dass Mr. Drazan für seinen daraus resultierenden Tod letztlich genauso viel Verantwortung trug wie Sie«, fuhr der Richter fort. »Deshalb befinde ich Sie des vorsätzlichen Mordes für nicht schuldig.« Jubelrufe erschallten überall im Saal, erneut verlangte der Richter Ruhe. »Es ist meine Überzeugung, dass keiner von Ihnen beiden sich der unmittelbaren Nähe zur Minenschachtöffnung bewusst war. Daher befinde ich Sie im zweiten Punkt der Anklage, der schweren fahrlässigen Körperverletzung, ebenfalls für nicht schuldig. Sie sind frei, Mr. Ratko, und dürfen den Gerichtssaal verlassen.« Ein weiteres Mal ließ er den Hammer aufschlagen, dann zog er sich in seine Räumlichkeiten zurück.

Die Menschen im Saal brachen in Jubelrufe aus und sprangen auf, doch Jonathan regte sich nicht. Sein Herz raste. Er war wie gelähmt, saß vollkommen still da und starrte vor sich hin. Er nahm kaum wahr, dass Bojan von seinen Anhängern umringt wurde, dass sie ihm auf die Schulter schlugen und ihm gratulierten.

Marlee schaute zu Jonathan auf, sie wusste kaum, was da geschah. »Jono«, sagte sie und zupfte ihn am Hemdärmel. »Gehen wir jetzt?«

»Ja«, sagte Jonathan leise, um Fassung ringend.

»Geht denn jetzt der Mann, der meinen Daddy umgebracht hat, ins Gefängnis?«, fragte Marlee, als sie aufstanden.

Jonathan bemühte sich, Worte zu finden, mit denen er es der Kleinen hätte erklären können, aber das war das Schwerste, was er je hatte tun müssen.

»Nein«, sagte er heiser flüsternd. Er räusperte sich. »Der Richter hat gesagt … es war ein Unfall.« Er hatte Andro im Stich gelassen. Und Marlees verwirrten Gesichtsausdruck zu sehen war ihm auch keine Hilfe.

»Komm, wir gehen«, sagte Jonathan und umklammerte Marlees Hand ganz fest.

Plötzlich wünschte er sich nur noch verzweifelt, aus dem Gerichtssaal zu kommen. Als Jonathan auf den Gang zwischen den Stuhlreihen trat, baute sich Bojan vor ihm auf. Ihre Gesichter waren nur Zentimeter voneinander entfernt, als sich die beiden Männer in die Augen sahen.

»Sie wollten erreichen, dass man mich wegen Mordes verurteilt, geschafft haben Sie das allerdings nicht«, zischte Bojan bösartig.

Jonathan blickte ihn finster an, in ihm brannte die Wut. »Der Gerechtigkeit wurde heute nicht Genüge getan«, sagte er in eisigem Tonfall. »Diese Kleine hat ihren Vater verloren wegen dem, was Sie getan haben.«

Bojan würdigte Marlee keines Blickes. »Andro war genauso

verantwortlich für das, was passiert ist. Und das hat das Gericht erkannt. Vielleicht hat er sogar noch mehr Schuld als ich, denn wir hätten uns nie im Leben geprügelt, wenn er mir nicht den Olympic Australis gestohlen hätte.« Sein Hass hatte sich nicht ein bisschen gemildert. Die Schlägerei und das anschließende Verfahren hatten ihn eher noch mehr verbittert.

»Gehörte der Opal nicht genauso ihm wie Ihnen?«, fragte Jonathan mutig.

Bojans dunkle Augen verengten sich. »Also … *Sie* haben ihn«, grölte er bedrohlich.

»Das habe ich nicht gesagt«, sagte Jonathan so ruhig er konnte.

»Nur damit Sie es wissen: Ich tue, was auch immer getan werden muss, um ihn mir zurückzuholen«, schwor Bojan kaltblütig. Seine Worte ließen keinen Zweifel daran aufkommen, was er damit meinte.

»Ich kann Ihnen nicht geben, was ich nicht habe«, gab Jonathan zurück.

»Andro hat Ihnen erzählt, wo er ihn versteckt hat, ja?«, beschuldigte ihn Bojan.

»Er hat mir erzählt, worüber Sie beide sich gestritten haben, davon abgesehen hat er nichts erwähnt«, erwiderte Jonathan wahrheitsgemäß.

»Ich glaube Ihnen kein Wort«, zischte Bojan. Er schaute Marlee auf eine Weise an, die Jonathan das Blut in den Adern gefrieren ließ. »Wenn Sie wollen, dass der Kleinen nichts passiert, geben Sie mir den Stein.« Er marschierte davon, und seine Anhänger folgten ihm.

Jonathan wurde kreidebleich. Er ging geradewegs zum Polizeirevier, wo Will mit Schreibarbeit beschäftigt war.

»Bojan wurde freigesprochen«, sagte er zu Will, kaum dass er ins Büro gestürmt war. Er hatte Marlee auf einem Stuhl vor dem Büro zurückgelassen, wo er sie sah, sie die Unterhaltung jedoch nicht mit anhören konnte. »Er wurde in beiden Anklagepunkten für nicht schuldig befunden.«

Will legte seinen Stift zur Seite. »Ich weiß. Ich war im Gericht. Ich vervollständige gerade die Berichte zu diesem Fall«, sagte er.

»Er hat Drohungen gegen Marlee ausgesprochen«, sagte Jonathan. »Ehe er das Gericht verließ, spie er mir ins Gesicht, sie sei nicht sicher, wenn ich ihm nicht den Opal geben würde. Er sagte, er werde tun, was immer er tun müsse, um den Olympic Australis zurückzubekommen.«

Will sah Jonathan an, ohne ein Wort zu sagen.

»Ich weiß schon, was Sie denken«, sagte Jonathan. »Ich schwöre bei Marlees Leben, dass ich den Stein nicht habe. Meinen Sie denn, ich würde für den Opal ihr Leben riskieren?«

»Ich weiß nicht. Vielleicht würden Sie das«, gab Will zurück. »Er ist ein Vermögen wert.«

»Natürlich würde ich das nicht«, ereiferte sich Jonathan. »Der Olympic Australis mag ja wertvoll sein, aber nichts ist mir so wichtig wie dieses kleine Mädchen. Ich würde Marlee niemals in Gefahr bringen. Bojan hat gedroht, die Kleine umzubringen. Ich will, dass er angeklagt wird. Es standen jede Menge Zeugen um uns herum.«

»Und keiner wird bestätigen, dass Bojan diese Drohungen ausgesprochen hat«, sagte Will beinahe selbstgefällig.

»Wo ist Jirra Matari? Ich möchte, dass er uns zu Marlees Familie bringt«, verlangte Jonathan. »Bei ihr ist sie sicherer als bei mir.

»Er hat einen der hiesigen Constables zu einem Wasserloch ein paar Meilen vor der Stadt gebracht, wo sich die Arrernte versammeln. Sie sind in einer offiziellen Angelegenheit unterwegs und werden frühestens morgen zurückerwartet.«

»Dann richten Sie ihm bitte aus, er soll so schnell wie möglich zu mir kommen«, sagte Jonathan.

Jonathan fuhr mit Marlee in ihr vorübergehendes Zuhause zurück und erklärte Cornelius, was vorgefallen war, nachdem Marlee an ihren liebsten Platz, auf die Schaukel, gehüpft war. »Ich muss Marlee so schnell wie möglich zu ihrer Familie bringen«, sagte er. »Wenn das nicht das Richtige für sie ist, muss ich direkt nach England. Hier können wir nicht bleiben. Das wäre zu gefährlich.«

Cornelius verstand das. »Bojan Ratko scheint nicht zu wissen, wo Sie hier wohnen. Das ist wenigstens etwas«, erwiderte er.

»Ich bin sicher, das findet er schnell heraus. Hoffentlich wird Marlee dann schon in Sicherheit sein. Leider wird dieser Spurensucher Jirra Matari frühestens morgen in die Stadt zurückkommen.«

In diesem Moment kam Erin ins Haus. Sie war wieder beim Postamt gewesen, und dieses Mal hatte sie Glück, ein Brief von Bradley hatte dort auf sie gewartet. Gelesen hatte sie ihn noch nicht, das wollte sie in Ruhe zu Hause tun, denn sie fürchtete, die Neuigkeiten könnten sie zu sehr aufregen. Kaum sah sie Jonathans Gesicht, wusste Erin, dass man Bojan freigesprochen hatte.

»Das tut mir leid, Jonathan«, sagte sie, als er ihr alles erzählt hatte. »Sie müssen ja unendlich enttäuscht sein. Sie sehen völlig niedergeschmettert aus.«

»Das wäre ja nicht das Schlimmste«, erwiderte Jonathan. »Bojan hatte die Frechheit, noch im Gericht auf uns zuzukommen und eine versteckte Drohung gegen Marlee auszusprechen.« Er sah Cornelius an. »Wir sollten ausziehen. Unsere Anwesenheit hier bringt Sie und Erin in Gefahr. Ich gehe gleich packen.«

»Nein, Jonathan, Sie gehen nirgendwohin«, erklärte Cornelius mit Nachdruck. »Sie werden bei uns bleiben, und wir finden gemeinsam eine Lösung.«

»Aber das ist mein Problem und nicht Ihres«, erwiderte Jonathan. »Sie wollten hier einen erholsamen Urlaub verbringen. Sich Sorgen zu machen, dass ein gefährlicher Typ wie Bojan Ratko hier eindringt, das ist nun wirklich das Letzte, was Sie brauchen.«

»Und in einem Auto zu kampieren, das ist das Letzte, was Marlee und Sie brauchen«, erklärte Erin. »Hier im Haus sind Sie weniger in Gefahr. Und im Übrigen ... besteht denn nicht die Möglichkeit, dass Bojan nur leere Drohungen ausgesprochen hat? Er hat jetzt einen Vorgeschmack darauf bekommen, was es heißt, im Gefängnis zu sitzen. Er dürfte nicht allzu versessen darauf sein, bald wieder hinter Gitter zu kommen. Außerdem kann ich nicht glauben, dass ein Erwachsener ernsthaft ein Kind verletzen würde.«

»Verstehen kann man das nicht. Aber hätten Sie erlebt, wie er die Kleine angesehen hat, hätten Sie keinen Zweifel mehr daran, dass er dazu fähig wäre.« Bis ans Ende seines Lebens würde Jonathan die Bösartigkeit in Bojans Augen und den Tonfall, in dem er gesprochen hatte, nicht mehr vergessen.

Erin war entsetzt. »Dann werde ich Will fragen, ob er nicht einen Constable abstellen kann, der das Haus bewacht. Ich bestehe darauf. Wir müssen die Kleine beschützen.«

Jonathan runzelte die Stirn.

»Stimmt was nicht?«, fragte Erin.

»Constable Spender ist überzeugt, dass ich den Opal habe, von dem Bojan denkt, Andro hätte ihn gestohlen. Er glaubt sogar, dass ich für diesen wertvollen Stein Marlees Leben aufs Spiel setzen würde«, sagte Jonathan wütend.

»Das tun Sie ganz sicher nicht«, beruhigte Cornelius ihn. »Er hat offenbar keine Ahnung, was für ein Mensch Sie sind und wie sehr Sie dieses kleine Mädchen lieben.«

Erin konnte kaum glauben, dass Will solch eine Anschuldigung vorgebracht hatte. Sie war maßlos enttäuscht. Doch dann versuchte sie, die Sache von seiner Warte zu sehen. »Als Polizist betrachtet Will eine Situation von allen Seiten, ohne sich von Gefühlen leiten zu lassen«, erklärte sie. »Bestimmt hält er Sie nicht für einen schlechten Menschen.«

Jonathan bemühte sich um Verständnis. »Dann hätte er das sagen sollen«, sagte er.

»Er ist eben bloß ein argwöhnischer Polizist«, platzte es aus Cornelius heraus. Er hatte Wills Benehmen Jonathan gegenüber schon miterlebt. Für ihn stand fest, dass der Constable eifersüchtig auf Jonathans Nähe zu Erin war. Und das war sein Motiv dafür, dass er Jonathan verdächtigte, unaufrichtig zu sein.

»Trotzdem glaube ich, dass er alles in seiner Macht Stehende tun wird, um für unsere Sicherheit zu sorgen«, sagte Erin.

»Verlassen sollten wir uns lieber nicht darauf«, entgegnete Cornelius. »Alice Springs ist nicht sein Einsatzgebiet, also kann er nicht einfach einen hiesigen Constable dafür abstellen, unser Haus zu bewachen. Die Machtbefugnis hat er gar nicht.«

»Und Drohungen werden offenbar nicht sonderlich ernst genommen«, sagte Jonathan frustriert.

»Das wissen wir nur zu gut, nicht, Erin? Als Bojan uns bedrohte, konnte Will auch nichts unternehmen.« Cornelius sah Erin an. »Hast du einen Brief von zu Hause bekommen?«, fragte er.

»Ja, von Bradley. Ich habe ihn noch nicht gelesen, das werde ich jetzt tun.« Erin nahm den Brief mit hinaus auf die schattige Veranda und öffnete ihn.

Liebe Erin,

ich hoffe, Dir geht es gut und Du verlebst mit Onkel Cornelius eine schöne Zeit im sonnigen Australien. Hier ist inzwischen der englische Winter hereingebrochen, die Kälte und die Trübheit spiegeln meine Stimmung in letzter Zeit.

Leider kann ich Dir, liebe Erin, nicht berichten, dass die Dinge hier sich zum Besseren gewandelt haben. Dad geht es neuerdings nicht so gut. Er versucht, das zu verbergen, aber ich sehe deutlich, dass er nicht mehr der Alte ist. Viel zu spät hat er begriffen, dass die Galerie in Knightsbridge kurz vor dem Ruin steht, wenn ich auch nicht weiß, wie er hat übersehen können, dass sie sich seit einer ganzen Weile schon auf dem Weg dorthin befunden hat – und dass es kein Zufall ist, dass die Krise eintrat, als diese schreckliche Frau, Lauren Bastion, in sein Leben kam. Natürlich sieht Dad immer noch nicht ein, dass sie die Verantwortung dafür trägt. Wann immer er zum Arbeiten in die Galerie geht, taucht sie auf und lenkt ihn ab.

Bisweilen scheint Dad nicht zu wissen, wo sich Lauren aufhält, und das macht ihm sehr zu schaffen. Sie kommt dann immer mit dürftigen Ausreden, die er akzeptiert, ich hingegen bin sicher, sie trifft sich mit einem anderen Mann, vielleicht sogar mit mehreren anderen Männern. Mehr als einmal bin ich ihr gefolgt. Sie nimmt sich Zimmer in Hotels und bleibt stundenlang. Es ist offensichtlich, dass sie dort nicht allein ist, doch selbst wenn ich sie in flagranti mit einem Mann erwische – Dad würde mir nicht glauben. In seinen Augen kann sie gar nichts falsch machen. Ich weiß nicht mehr, was ich machen soll, Erin. Wenn Dad nicht bald die Augen öffnet, wird sie ihm noch jeden einzelnen Penny aus der Tasche ziehen, den er besitzt, und wir werden die Galerien verlieren. Das macht mir wirklich große Sorgen.

Ich sollte mich dafür entschuldigen, dass ich Dich damit belaste. Ich weiß, Du bist fort, um Dein gebrochenes Herz zu heilen, aber ich kann sonst mit keinem reden. Ich brauche Deinen Rat, Erin.

Alles Liebe, Bradley

Erin ging verstört ins Haus zurück. »Ich werde bald nach England zurückmüssen, Onkel Cornelius«, sagte sie. »Bradley braucht mich. Die Sache mit Dad macht ihm wirklich schwer zu schaffen. Offenbar steht die Galerie in Knightsbridge kurz vor dem Ruin. Bradley ist überzeugt, Lauren Bastion treibt sich mit anderen Männern herum, und Dad geht es gar nicht gut.«

Sich nur vorzustellen, was Gareth da machte, brachte Cornelius' Blut zum Kochen. Natürlich verstand er, dass Erin sich um ihren Vater sorgte. »Fahr, wann immer du fahren musst, Erin«, sagte er.

»Und was ist mit dir, Onkel Cornelius?«

»Ich habe vor ein paar Tagen jemanden in der Stadt kennengelernt, Joe, der mir erzählte, ein Verwandter von ihm habe in Broome in Western Australia ein paar einzigartige Perlen zum Verkauf angeboten. Die würde ich mir gern noch ansehen, ehe ich nach England zurückreise.«

Erin hörte die Vorfreude in seiner Stimme. Ihr Onkel war schon einmal in Broome gewesen, und es hatte ihm dort sehr gefallen.

»Ich werde Joe heute Nachmittag treffen, um mit ihm über die

Fahrt nach Broome zu sprechen. Wir werden gemeinsam an die Küste fahren. Wenn du jetzt schon nach England musst, Erin, solltest du die nötigen Vorkehrungen treffen. Nach meiner Rückkehr aus Broome komme ich dann nach. Hoffentlich mit ein paar prachtvollen Perlen.«

»Natürlich, Onkel Cornelius. Du solltest unbedingt nach Broome fahren. Ich hätte dich gern begleitet. Aber Bradley braucht mich, und ich sollte nach Hause reisen, solange uns die Galerie noch gehört.«

30

Erin fuhr gleich ins Reisebüro und regelte alles für ihren Flug nach London, doch ihre Gefühle waren in Aufruhr. Sie wusste überhaupt nicht, wieso. Einerseits freute sie sich, wieder nach Hause zu reisen, andererseits fürchtete sie sich davor, Andy oder den Zeitungsreportern über den Weg zu laufen, die ihr Hochzeitsdebakel bestimmt immer noch nicht vergessen hatten. Ob das der Grund für ihre verwirrenden Gefühle war? Zum Glück ging ihr Flug erst in zwei Wochen. So könnte sie sich noch davon überzeugen, dass Marlee sich bei ihrer Aborigine-Familie einlebte und dass alles mit Jonathan in Ordnung kam. Und sie wäre dennoch rechtzeitig zu Weihnachten zu Hause.

Erin lief die Todd Street entlang und versuchte, Ordnung in ihre verworrenen Gedanken zu bringen. Da fiel ihr Blick zufällig auf eine Frau, die draußen vor einem Straßencafé saß – es war »Clementine«. Sie hatte einen verträumten Ausdruck in den Augen. Erin musste sich gar nicht erst fragen, an wen sie dachte, und wieder einmal erwachte ihre Abneigung gegen die Frau. Spontan blieb sie stehen, um sie zur Rede zu stellen.

»Verzeihung«, sagte sie kurz angebunden.

Aus ihren Gedanken gerissen sah Carol-Ann überrascht auf. »Ja?«, sagte sie mit gewinnendem Lächeln. Sofort erkannte sie in Erin Constable Spenders Begleiterin aus der Todd Tavern.

»Ich bin eine Freundin von Jonathan Maxwell«, sagte Erin schnell. »Tatsächlich wohnt er zurzeit mit der kleinen Marlee bei mir und meinem Onkel.«

»Ich weiß, Miss Forsyth«, erwiderte Carol-Ann. »Jonathan hat von Ihnen und Ihrem Onkel gesprochen. Offenbar haben Sie die beiden sehr nett aufgenommen.«

Die Tatsache, dass Jonathan über sie mit einer Frau wie »Clementine« gesprochen hatte, gefiel Erin gar nicht. »Ich wünschte, ich könnte sagen, es freut mich, Sie kennenzulernen, aber das kann ich nicht«, entgegnete sie kühl.

Carol-Ann war verblüfft. Sie stand auf und schaute Erin in die Augen. »Wenn Sie sich etwas von der Seele reden müssen, Miss Forsyth, bitte, tun Sie sich keinen Zwang an.«

Erin staunte über die unerwartete Selbstbeherrschung der jungen Frau. Sie hätte das Gegenteil erwartet. »Ich habe in der Tat etwas auf der Seele. Ich bin besorgt über Ihre Freundschaft mit Jonathan.«

»Unsere Freundschaft!« Carol-Ann war nun verwirrt. »Weshalb sollten Sie sich darüber Sorgen machen?«

»Ich denke, das ist offensichtlich«, sagte Erin, verärgert darüber, dass ihre Wangen glühten und »Clementine« durch nichts erkennen ließ, dass sie sich schämte.

»Tut mir leid, das ist es nicht.«

Carol-Ann war sicher, dass Jonathan Erin nichts davon erzählt hatte, dass sie einmal Prostituierte gewesen war. Doch da Erin und ihr Onkel in Coober Pedy arbeiteten, bestand die Möglichkeit, dass sie es wussten. Und trotzdem war ihr immer noch nicht klar, was ihre Freundschaft mit Jonathan mit Erin zu tun hatte.

»Jonathan ist ein guter Mensch, Miss ...« Erin wusste nicht, wie sie die junge Frau anreden sollte.

»Miss Watson, Carol-Ann Watson, und ich bin mir sehr wohl bewusst, wie nett und freundlich Jonathan ist.«

Sie fand, Erin hatte einen hochnäsigen Londoner Akzent und das entsprechende Benehmen gleich dazu. Sie machte definitiv nicht den Eindruck der reizenden Frau, als die Jonathan sie beschrieben hatte.

Erin zog die Augenbrauen hoch. »Dass Sie sich jetzt Carol-Ann statt Clementine nennen, ändert nichts an der Tatsache, dass Sie eine … eine Frau sind, die sich Männern für Geld anbietet«, sagte sie leise. »Oder an der Tatsache, dass Sie nicht die geeignete Freundin für Jonathan sind.«

»Worum geht es Ihnen wirklich, Miss Forsyth?«, fragte Carol-Ann ruhig.

Vor einiger Zeit noch hätte sie sich durch solch eine Bemerkung wahrscheinlich sehr gedemütigt gefühlt, aber Jonathans Freundschaft und Freundlichkeit sowie die Tatsache, dass sie ihr Leben hatte ändern können, hatten wahre Wunder gewirkt. Sie war eine selbstbewusste, starke Frau geworden.

»Jonathan ist ein sehr lieber Freund, und ich möchte nicht, dass jemand seine Gutmütigkeit ausnutzt«, sagte Erin, die plötzlich das Gefühl hatte, in die Defensive gedrängt worden zu sein. Sie wusste, dass sie sich sehr rüde benahm, und das sah ihr gar nicht ähnlich, sie konnte jedoch nicht anders.

Carol-Ann war fassungslos. »Und Sie glauben, ich nutze ihn aus?«

»Jonathan ist ein ausgesprochen mitfühlender Mensch, deshalb nehme ich an, dass er Mitleid mit Ihnen hat. Wieso sonst sollte er mit jemandem wie Ihnen zum Abendessen ausgehen?«

»Jonathan hat überhaupt keinen Grund, Mitleid mit mir zu haben«, erwiderte Carol-Ann. »Und wenn Sie ihn wirklich so gut kennen wie Sie vorgeben, würden Sie wissen, dass er Menschen nicht verurteilt.«

Deutete Carol-Ann an, sie harmoniere besser mit Jonathans Charakter als sie selbst?

»Das ist nur eines der Dinge, die ich an ihm so bewundere«, fügte Carol-Ann hinzu. »Und Sie, Miss Forsyth, sollten sich ganz ernsthaft etwas fragen.«

Erin fühlte sich mehr und mehr unwohl, und das gefiel ihr gar nicht. »Und das wäre?«, fragte sie schnippisch.

»Ist Jonathan für Sie wirklich nur ein guter Freund?«

»Was wollen Sie damit sagen?«

»Sind Sie vielleicht verliebt in ihn, Miss Forsyth? Ist Ihre sogenannte Sorge am Ende nicht eher Eifersucht, weil er mit mir befreundet ist?«

Erin fehlten die Worte. Sie war doch diejenige, die mit Anschuldigungen um sich warf, sie war nicht darauf vorbereitet, selbst mit Vorwürfen bedacht zu werden.

»Ich hätte alles Verständnis der Welt dafür«, sagte Carol-Ann. »Er ist warmherzig und rücksichtsvoll, hat einen köstlichen Sinn für Humor. Und er ist sensibel den Gefühlen anderer Leute gegenüber, was eine wunderbare Eigenschaft bei einem Mann ist.« Ihr Ehemann war sensibel und einfühlsam gewesen, und bis sie Jonathan begegnet war, hatte sie solch einen Mann nie wieder getroffen. »Außerdem ist er der attraktivste Mann, den ich je gesehen habe, und er ist sich dessen absolut nicht bewusst, was so liebenswert ist. Es wäre sehr leicht, sich in ihn zu verlieben, aber ich bin sicher, Sie wissen das.«

Erin war völlig durcheinander. »Na… natürlich bin ich nicht in ihn verliebt. Jonathan ist ein wunderbarer Mann, aber … aber er war … Barkeeper«, platzte es aus ihr heraus. »Ich bin nie mit einem Barkeeper ausgegangen …«

Carol-Ann warf Erin einen Blick zu, als hätte sie etwas wahrhaft Verabscheuenswertes gesagt. »Wir wollen mal sehen, ob ich Sie richtig verstanden habe, Miss Forsyth. Ich bin nicht gut genug für Jonathan, und er ist nicht gut genug für Sie.«

Erin war klar, dass sie etwas Schreckliches gesagt hatte. »So … so habe ich das nicht gemeint«, stammelte sie. »Er ist einfach nicht der Typ Mann, mit dem ich in London ausgegangen bin«, sagte sie. »Also habe ich gar nicht für möglich gehalten …«

»Sie sagen also, dass Barkeeper unter Ihrem Niveau sind?«

Erin schoss das Blut ins Gesicht, als sie merkte, wie schlimm das klang, was sie da gesagt hatte. »Nein, Sie legen mir da Worte in den Mund …«

»Genau diese Worte sind aus Ihrem Mund gekommen«, sagte Carol-Ann. »Und ich würde nur gern verstehen, wieso. Wenn er unterhalb Ihrer gesellschaftlichen Stellung steht, sollten Sie vielleicht einmal darüber nachdenken, weshalb Sie sich in sein Privatleben einmischen.« Damit wandte sie sich sichtlich angeekelt ab und marschierte davon.

Erin stand wie angewurzelt da und sah Carol-Ann hinterher. Ja, wieso mischte sie sich eigentlich ein? Jonathan war ein erwachsener Mann, der seine eigenen Entscheidungen treffen konnte. Sie konnte nicht leugnen, dass es ihr nicht gefallen hatte, ihn mit jemandem wie Carol-Ann zu sehen. Aber gab ihr das das Recht, diese Frau anzugreifen? Sie schämte sich, sie schämte sich so sehr. Mit klopfendem Herzen machte sie sich auf den Nachhauseweg.

Erin und Jonathan frühstückten auf der vorderen Veranda. Erneut sprachen sie über die Drohungen, die Bojan gegen Marlee ausgesprochen hatte. Sie stimmten weiter darin überein, dass es wichtiger denn je war, Marlees Familie zu finden und den Leuten das Kind zu übergeben, damit es vor Bojan geschützt war.

Erin hatte eine schlaflose Nacht hinter sich. Das, was Carol-Ann zu ihr gesagt hatte, war ihr noch lebhaft im Gedächtnis. Sie konnte zugeben, dass sie Jonathan sehr mochte, aber war sie verliebt in ihn? Sich Gefühle der Verliebtheit je wieder zu erlauben schien ihr unmöglich, da man ihr auf so üble Weise das Herz gebrochen hatte. Was sie noch mehr beschäftigte, war jedoch, dass sie glaubte, ein früherer Barkeeper und jetziger Minenarbeiter sei nicht gut genug, um mit ihr auszugehen. Der Gedanke war absurd, die wenigen Männer, mit denen sie sich vor der Verlobung mit Andy getroffen hatte, waren allerdings alles Geschäftsleute gewesen oder in der Kunstbranche tätig. Nur widerwillig mochte sie daran denken, dass sie möglicherweise ein klassenbewusster Snob war. Sie erweckte jedenfalls diesen Eindruck. Beim Frühstück hatte sie versucht, den Mut aufzubringen, mit Jonathan über Miss Watson zu reden. Aber da die Unterhaltung mit ihr so schlecht gelaufen war, hatte sie Angst, ihm gegenüber das Thema anzusprechen.

Ein Auto fuhr vor, und Constable Will Spender und Jirra Matari stiegen aus.

»Jirra ist gestern Abend zurückgekommen. Er kann Sie also jetzt zu Marlees Familie bringen«, sagte Will knapper, als er beabsichtigt hatte. Er spürte, dass es ihn ärgerte, Erin und Jonathan so vertraut miteinander auf der Veranda sitzen zu sehen.

»Jetzt?«

Jonathan hatte auf diesen Moment gewartet, aber nun, da er gekommen war, fühlte er sich wieder hin und her gerissen. Mit der Sorge um Marlees Sicherheit hatte er eine schlaflose Nacht verbracht, ihr seelisches Wohlergehen war ihm allerdings genauso wichtig.

»Ich weiß aus verlässlicher Quelle, dass Bojan die Stadt nicht verlassen hat«, warnte Will Jonathan, froh, seinen Kontrahenten um Erin bald aus dem Weg zu haben.

»Das bezweifle ich nicht«, erwiderte Jonathan. »Er scheint entschlossen, seinen verlorenen Opal zu finden, und er glaubt, wie gesagt, dass ich weiß, wo er ist.«

Will warf einen kurzen Blick auf Erin. »Durch Ihre Anwesenheit hier bringen Sie Erin und ihren Onkel in Gefahr, Jonathan«, sagte er.

»Das ist nicht fair, Will«, wehrte Erin ab. »Das ist doch nicht Jonathans Schuld.«

»Er hat recht, Erin«, stimmte Jonathan dem Constable schuldbewusst zu.

»Wir sollten jetzt gehen«, bemerkte Jirra, der sich so schnell wie möglich auf den Weg machen wollte.

Jonathan sprang auf. »Ich packe bloß ein paar Sachen für Marlee zusammen«, sagte er.

»Ich werde Sie begleiten.« Erin stand ebenfalls auf. Sie wollte Jonathan bei so etwas Schmerzlichem wie dem Abschied von Marlee nicht allein lassen.

»Ich denke, das ist keine so gute Idee«, erklärte Will. »Es könnte ein mehrstündiger Fußmarsch sein.«

»Wenn Marlee das durchhält, kann ich das ganz gewiss auch«, beharrte Erin. Sie würde stark für die beiden sein.

»Sind Sie sicher, Erin?«, fragte Jonathan.

Er machte sich erneut Sorgen darüber, wie sie alle die Begegnung mit Marlees Familie verkraften würden. Und Marlee würde ganz bestimmt sehr verstört sein. Auch er selbst sah dem Ganzen mit Schrecken entgegen.

»Ich bin sicher«, erklärte Erin bestimmt. Nichts und niemand würde sie von ihrem Vorhaben abbringen.

Jonathan, Erin und Marlee folgten Jirra Matari durch das trockene Flussbett des Todd River. Jirra genoss den Marsch in der heißen Sonne, doch Jonathan bestand darauf, dass sie sich auf der Seite des ausgetrockneten Flussbettes hielten, auf der Gummibäume mit ihren ausladenden Ästen Schutz vor der sengenden Sonne boten. Papageien kreischten, doch ansonsten waren ihre Schritte das einzige Geräusch, das sie hörten. Immer wieder einmal sahen sie Aborigines, die an den Ufern kampierten und ihnen neugierige Blicke zuwarfen. Jirra grüßte sie, blieb aber nie stehen, um mit ihnen zu reden.

Marlee lief an Erins Hand, ihren Teddy hielt sie fest an sich gedrückt. Sie trug einen Hut, den Erin ihr gekauft hatte, neue Sandalen und ein hübsches Kleid. Erin sagte sich wieder und wieder, dass es das Richtige war, Marlee zu ihren Aborigine-Verwandten zu bringen. Das war für sie die einzige Möglichkeit, mit dem bevorstehenden Abschied von der Kleinen fertigzuwerden. Sie konnte sehen, wie angespannt Jonathan war, und sie wusste, dass es ihm genauso ging. Der Weg zurück in die Stadt ohne Marlee würde unerträglich sein.

Anderthalb Stunden später gelangten sie zu einem Aborigine-Lager. Jirra sprach mit den Eingeborenen, die an einem Feuer saßen und eine Waraneidechse grillten.

»Das sind die Anangu-Leute, Marlees Verwandte. Sie haben euch erwartet«, sagte er zu Jonathan.

Marlee klammerte sich an Jonathans Hand, Erin legte ihr den Arm um die Schultern. Neugierig betrachtete die Kleine die Aborigines, hielt aber Abstand.

Jirra sprach mit zwei Männern, die sich an die Frauen in der Gruppe wandten. Zwei von ihnen standen von ihren Plätzen nahe beim Lagerfeuer auf. Sie kamen näher, Jonathan und Erin ignorierten sie. Die Ältere der beiden sprach mit Marlee, sie wirkte sehr traurig. Tränen strömten ihr die Wangen hinunter, als sie Marlees Gesicht in ihre abgearbeiteten Hände nahm. Jonathan musterte sie genau. Er entdeckte eine gewisse Ähnlichkeit mit Gedda. Doch die jüngere Frau sah ihr noch ähnlicher. Er nahm an, dass sie Geddas Schwester war.

»Sind diese Frauen Marlees Großmutter und Tante?«, fragte er Jirra Matari.

Jirra nickte.

Auf einmal sank die ältere Frau auf die Knie und zog Marlee in ihre Arme, hielt sie fest und wiegte sie schluchzend. Marlee sah sich verängstigt über die Schulter nach Jonathan um. Er wollte ihr helfen, wusste aber nicht, was er machen sollte. Schließlich war es Erin, die mit der Kleinen sprach.

»Die Frau, Marlee, ist deine Großmutter. Sie drückt ihre Freude darüber aus, dass sie dich kennenlernt.«

Marlees Großmutter klammerte sich an sie, ihre Tante strich ihr übers Haar und plapperte aufgeregt in der Anangu-Sprache vor sich hin. Das alles war zu viel für Marlee, doch Jonathan wusste nicht, wie er den Frauen das vermitteln sollte. Als die Tante versuchte, Marlee den Teddy aus den Armen zu zerren, geriet die Kleine in Panik. Sie riss sich aus der Umklammerung der Großmutter los und warf sich schreiend Jonathan in die Arme. Dann begann sie zu schluchzen, den Teddy eng an die Brust gedrückt.

Jonathan umarmte Marlee und versuchte, sie zu beruhigen. Er bemühte sich, Jirra Matari klarzumachen, dass Marlee ihren Teddybär liebte und immer und überall mit sich nahm. Er flehte den Fährtensucher an, den Frauen zu erklären, wie wichtig der Teddy für Marlee war. Das tat Jirra Matari. Die Frauen schienen verwirrt, aber sie akzeptierten Jirras Erklärung für Marlees Verhalten.

»Die Großmutter ist sehr froh, dass Sie das Kind gebracht haben«, sagte Jirra. »Sie dankt Ihnen. Sie sagt, sie kümmert sich um das Mädchen, wir können es jetzt hierlassen.«

»Moment«, rief Jonathan, als Jirra sich schon auf den Weg machen wollte. »Ich habe nicht gesagt, dass ich sie jetzt schon allein hierlasse.«

»Ihre Familie will sie«, sagte Jirra. »Sie sind nicht ihre Familie.«

»Ich bin ihr Vormund«, erklärte Jonathan entschieden, seine Stimme zitterte vor Gefühlsaufruhr. »Ich habe die Verantwortung für sie.«

Erin fasste Jonathan am Arm. »Wir müssen an ihre Sicherheit denken«, erinnerte sie ihn.

Jonathan fuhr sich durchs Haar. »Wir bleiben noch eine Weile und sehen, wie es Marlee hier bei ihrer Familie gefällt«, sagte er zu Jirra Matari.

Der Fährtensucher nickte.

Erin und Jonathan setzten sich in den Schatten eines Gummibaums ganz in die Nähe der Aborigines. Jirra hatte Jonathan erzählt, dass Marlees Verwandte noch eine Weile in der Gegend kampieren wollten, wie lange genau, konnte er nicht sagen. Es lag einfach nicht in der Natur der Aborigines, sich festzulegen.

Die Gruppe bestand aus etwa zehn Mitgliedern, drei Kinder waren dabei, zwei Mädchen und ein Junge. Die Mädchen schienen die Töchter von Marlees Tante zu sein, es wären dann also ihre Cousinen. Sie waren etwa in Marlees Alter. Es dauerte nicht lange, und sie brachten Marlee dazu, mit ihnen zu spielen, und sie schien das gern zu tun, doch erst, nachdem sie ihren geliebten Gula Jonathan anvertraut hatte. Sie gaben ihr von dem Eidechsenfleisch zu essen, offenbar schmeckte es ihr.

»Sieht aus, als wäre sie ganz gern hier«, sagte Erin zu Jonathan.

Sie wollte ihn trösten, aber von ihren wahren Gefühlen ließ sie nichts durchblicken. Sie war entsetzt über die Art und Weise, wie die Aborigines lebten, alles daran war ihr so fremd. Ohne irgendwelche Annehmlichkeiten in der Wildnis zu kampieren und dabei ständig von Fliegen belästigt zu werden schien ihnen nichts auszumachen. Für Marlee wünschte sie sich allerdings etwas anderes.

Jonathan schaute Erin an. »Das hier ist nicht so viel anders als das Leben, das sie mit ihren Eltern in Coober Pedy geführt hat. Außer dass sie damals ein Zelt hatte. Sie haben oft Wild gegessen. Sie haben über einem offenen Feuer gekocht. Ein Badezimmer hatten sie auch nicht. Daran gewöhnt sich Marlee mühelos. Ich will nur nicht, dass sie das Gefühl hat, ich hätte sie im Stich gelassen. Darüber würde sie im Leben nie hinwegkommen.«

»Ich verstehe Ihr Dilemma, Jonathan, aber Sie haben die Kleine hierher gebracht, damit sie in Sicherheit ist. Das dürfen Sie nie vergessen. Und ich darf das auch nicht, egal, wie ich mich fühle.«

Jonathan nickte. Er musste Marlee gegenüber ehrlich sein. Er durfte nicht zulassen, dass sie glaubte, er wolle sie nicht mehr haben. Also rief er sie zu sich.

»Setz dich, Marlee«, sagte er, und sie ließ sich neben ihn auf den Boden fallen.

»Weißt du noch, wie ich dich ins Gericht mitnahm und der Richter erklärte, dass das, was mit deinem Vater geschah, ein Unfall war?«

Marlee nickte.

»Und dass der Richter den Mann freiließ, der sich mit deinem Vater geprügelt hat?«

Wieder nickte Marlee.

»Das war der Mann, der nach der Verhandlung auf uns zukam«, sagte Jonathan. »Du weißt vielleicht noch, dass er kein sehr netter Mensch gewesen ist.«

Marlee sah Jonathan mit großen Augen an. Sie nahm ihren Teddy und klammerte sich wieder fest an ihn.

»Er glaubt, wir hätten etwas, das ihm gehört, obwohl das nicht stimmt. Fürs Erste ist es sicherer für dich, wenn du hier bei deiner Familie bleibst, denn der Mann sucht uns.«

»Aber ich will bei dir bleiben, Jono, und bei Erin und Onkel Cornelius.«

Jonathan schaute zu Erin und sah den Kummer in ihren Augen. »Ich hab dir doch schon erklärt, dass Onkel Cornelius und Erin nach Hause nach England fahren, Marlee.«

»Ich verspreche, wir kommen eines Tages zurück und besuchen dich«, sagte Erin, erstaunt über ihre eigenen Worte. Sie hatte es spontan entschieden, ohne darüber nachzudenken.

»Wirst du eine Weile bei deiner Familie bleiben, Marlee, bis sich alles beruhigt hat und du wieder zu mir kommen kannst?«, fragte Jonathan.

Vielleicht will sie gar nicht wieder zurückkommen, wenn sie sich erst einmal eingewöhnt hatte, dachte er. Und wenn doch, wird es ein harter Kampf werden. Darum würde er sich jedoch kümmern, wenn es so weit war.

Marlee ließ den Kopf sinken. »Kannst du nicht hier bei mir bleiben, Jono?«, fragte sie weinerlich.

»Das geht nicht, Marlee«, sagte er und spürte, wie es ihm ums Herz ganz eng wurde.

Marlee stand auf, legte ihm die Arme um den Hals und drückte ihn fest.

»Wirst du ein braves Mädchen sein, Marlee, mir zuliebe?«, flüsterte Jonathan. Tränen stiegen ihm in die Augen, und die Kehle wurde ihm so eng, dass er kaum atmen konnte.

Erin musste sich abwenden, sie wollte nicht, dass Marlee sie weinen sah.

»Wir sehen uns bald wieder«, sagte er. »Das verspreche ich dir.«

»Lass mich nicht allein, Jono«, flehte Marlee, und Tränen strömten ihr über das Gesicht.

»Das muss ich, Marlee. Ich will doch nicht, dass dir irgendwas passiert, weil ich dich so lieb habe.«

»Ich will bei dir bleiben, Jono«, schluchzte sie. »Bitte lass mich nicht hier.«

Jonathan hielt sie ganz fest, während sie weinte. Er wollte sie gar nicht mehr loslassen. Hilflos schaute er zu Erin auf, sah das Mitleid in ihren Augen.

»Sei tapfer, Marlee«, flüsterte er. »Ich komme zurück zu dir, ich gebe dir mein Wort darauf. Nichts wird mich daran hindern können.«

In dem Moment kam Marlees Tante mit ihren zwei kleinen Mädchen zu ihnen. Sie nahm Marlee an die Hand, hob ihre Tasche mit Kleidung auf und führte sie weg.

»Trag deinen Hut in der Sonne«, rief Erin. Es war dumm, so etwas zu sagen, aber es war einfach aus ihr herausgekommen.

Über die Schulter schaute Marlee zurück. Sie gab sich alle Mühe, tapfer zu sein. Jonathan konnte nur daran denken, dass sie keine Mutter und auch keinen Vater mehr hatte, und jetzt verließ auch er sie noch. Wie viel konnte solch ein kleines Mädchen aushalten? Nur mühsam holte er Luft.

»Vielleicht sollte ich sie einfach nach England mitnehmen«, flüsterte er Erin zu. Am liebsten wäre er ihr nachgelaufen und hätte sie in seine Arme gerissen.

»Eines Tages vielleicht, Jonathan. Wir dürfen sie nicht in Gefahr bringen. Nur hier bei ihrer Familie ist sie im Moment in Sicherheit.« Tief in ihrem Herzen war Erin überzeugt, dass Marlee zu Jonathan gehörte, sie hatte jedoch solche Angst um sie beide. »Sie tun das Richtige, Jonathan«, versuchte Erin ihn zu trösten. »Ich weiß, es fühlt sich nicht so an für Sie, aber es stimmt.«

In diesem Augenblick wünschte Erin, sie könnten alle zusammenbleiben. So glücklich wie seit dem Tag, als Jonathan und Marlee in ihr Leben getreten waren, war sie noch nie gewesen. Jonathan war der wunderbarste Mann, der ihr je begegnet war, und auf einmal wusste sie, dass er einen Platz in ihrem Herzen eingenommen hatte, einen großen Platz sogar. Sie hatte sich in ihn verliebt, das konnte sie nun endlich zugeben. Doch er liebte eine andere, seine zukünftige Frau. Liza musste die glücklichste Frau auf der Welt sein.

31

Schweigend gingen Jonathan und Erin nebeneinander her. Bald fielen sie hinter Jirra Matari, der sehr lange Beine hatte und weit ausschritt, zurück. Jonathan rief ihm zu, er solle ohne sie weitergehen, denn schließlich konnten sie sich ja nicht verirren, wenn sie dem ausgetrockneten Bett des Todd River folgten.

Erin und Jonathan ließen die Köpfe hängen, ihre Herzen lagen schwer wie Ziegelsteine in ihrer Brust. Erin versuchte, die Tränen zurückzuhalten, weil sie wusste, Jonathan würde sich noch schlechter fühlen, wenn sie ihre Traurigkeit so zeigte. Sie spürte deutlich, dass er seine Gefühle kaum unter Kontrolle hatte.

Als sie schließlich das Haus erreichten, trafen sie Cornelius dabei an, wie er seinen Koffer packte.

»Wo willst du hin, Onkel Cornelius?«, fragte Erin perplex. »Ist etwas passiert?«

»Ich fahre nach Broome«, sagte er aufgeregt. »Der Mann, von dem ich dir erzählt habe, macht sich heute schon auf den Weg nach Western Australia. Es sind mehr als tausend Meilen bis zur Küste, und wir werden uns mit dem Fahren abwechseln. Du hast doch nichts dagegen, oder?« Will hatte versprochen, nach ihr zu sehen, und er war sicher, dass auch Jonathan gut auf sie aufpassen würde.

»Nein«, antwortete Erin. »Fahr du nur, Onkel Cornelius.«

»Wo bist du gewesen?«, fragte er. »Du siehst so niedergeschlagen aus.« Er war spazieren gewesen, als die beiden das Haus verlassen hatten. Und Erin hatte ihm keine Nachricht hinterlassen. »Und wo ist Marlee?« Er mochte die Kleine so sehr, ihr Lächeln erhellte jeden Tag, und der Klang ihres ansteckenden Lachens brachte Leben ins Haus.

»Wir haben sie zu ihrer Aborigine-Familie gebracht«, antwortete Erin traurig. Sie warf Jonathan einen Blick zu, doch er wandte sich ab und ging nach draußen vors Haus auf die Veranda.

Cornelius traf die Nachricht hart. »Ihr habt sie wirklich bei ihr gelassen?«

»Ja. Tut mir leid, dass du dich nicht mehr von ihr verabschieden konntest, Onkel Cornelius, aber Will und Jirra Matari, der Aborigine-Übersetzer, tauchten unerwartet hier auf, also mussten wir sofort los.«

»Wie bitterschade, dass es so weit kommen musste«, sagte Cornelius aufgewühlt. »Ich weiß, es ist schwierig für Jonathan, ohne die Unterstützung einer Frau die Rolle ihres Vaters zu übernehmen, Marlee schien dennoch so glücklich bei ihm zu sein.«

»Es wäre ihm womöglich leichter gefallen, wenn er eine Frau hätte, die bereit wäre, für Marlee eine Mutter zu sein.«

»Er hat doch eine Verlobte, oder?«

»Ja. Es ist vielleicht immer noch möglich, dass sie eines Tages alle drei eine Familie werden«, erwiderte Erin, die an ihren Worten beinahe erstickte. Sie holte tief Luft, um den Schmerz in ihrem Herzen zu lindern. »Fürs Erste ist sie sicherer bei ihrer Aborigine-Familie.«

Cornelius nickte. »Ich werde sie und ihr Geplapper vermissen und unsere Spiele. Schon jetzt ist das Haus viel zu still. Du wirst sie auch vermissen, oder?«

»Mehr, als du ahnst«, antwortete Erin mit zitternder Stimme. »Ich habe nie gut mit Kindern umgehen können, Onkel Cornelius. Ich war so sicher, dass ich keinerlei mütterliche Gefühle hatte, aber Jonathan hat mich gelehrt, dass es nicht so ist. Er riet mir, mich zu entspannen und eine Beziehung zu Marlee zuzulassen. Ich hatte keine Ahnung, dass sie sich in mein Herz stehlen würde.«

»Habe ich vielleicht recht, wenn ich annehme, dass es nicht nur Marlee ist, die sich in dein Herz gestohlen hat, Erin?«

Erin wusste, dass ihr Onkel nicht Will Spender meinte, und wieder füllten sich ihre Augen mit Tränen. »Ist das so offensichtlich?«

»Für mich ja, ich kenne dich schließlich gut.« Cornelius nahm sie in die Arme. »Meine arme Kleine«, sagte er und drückte seine Nichte fest an sich.

»Das ist doch wohl mal wieder typisch für mich, dass ich mich in einen Mann verliebe, der schon vergeben ist«, schluchzte Erin.

»Das wird schon wieder«, tröstete Cornelius sie. »Die Zeit wird die Wunden heilen.«

Eine Stunde später war Cornelius zum Aufbruch bereit. Er verabschiedete sich von Erin und versprach, in ein paar Wochen wieder in England zu sein. Dann trat er auf die Veranda hinaus, um Jonathan Lebewohl zu sagen. Er erklärte ihm, die Miete fürs Haus sei noch für den ganzen Monat bezahlt und er sei herzlich willkommen, auch nach Erins Abreise zu bleiben. Jonathan war ihm sehr dankbar.

»Ich hoffe, alles wird gut für Sie, Jonathan«, fügte Cornelius hinzu. »Sie sind ein guter Mensch.«

»Danke, Cornelius. Ich wünsche Ihnen, dass Sie in Broome Erfolg haben mit Ihren Einkäufen.«

»Das habe ich vor«, sagte Cornelius. »Um ehrlich zu sein, ich bin mir nicht sicher, ob ich überhaupt fahren sollte, in Anbetracht der Sache mit Bojan Ratko. Aber ich habe Will in der Stadt getroffen, und er versprach mir, auf Erin bis zu ihrer Abreise ein Auge zu haben. Mir ginge es viel besser, wenn ich wüsste, dass auch Sie auf sie aufpassen.«

»Darauf gebe ich Ihnen mein Wort«, versprach Jonathan.

Cornelius fühlte sich erleichtert. Was Will betraf, war er nicht hundertprozentig überzeugt, er hatte jedoch keinerlei Zweifel daran, dass er sich auf Jonathan verlassen konnte.

Erin bereitete ein Erfrischungsgetränk zu und brachte es mit zwei

Gläsern auf die Veranda hinaus. »Darf ich mich zu Ihnen setzen?«, fragte sie Jonathan. »Im Haus ist es viel zu ruhig.«

»Es wird eine Weile dauern, bis wir uns daran gewöhnen«, sagte Jonathan und hielt die Hollywoodschaukel an, damit Erin sich neben ihn setzen konnte.

Erin beobachtete Jonathan verstohlen von der Seite. Es war deutlich zu sehen, dass er sich elend fühlte.

»Wieso fühle ich mich nur so miserabel?«, fragte er jetzt.

»Weil das Richtige manchmal auch das Schwerste ist«, antwortete Erin. »Sie haben wirklich keine Ahnung, was für ein wunderbarer Mensch Sie sind, oder?« Die Liebe, die sie für Andy empfunden hatte, erschien ihr so oberflächlich und wertlos verglichen mit der Liebe, die sie für Jonathan empfand, seit sie sich diese eingestand.

»Das kann ich nun wirklich nicht sagen, Erin«, erwiderte Jonathan. »Im Moment komme ich mir vor, als hätte ich Marlee und Andro verraten.«

»Das haben Sie doch nicht«, erklärte Erin mit Nachdruck. »Sie haben Marlee die Chance gegeben, ihre Familie kennenzulernen, und gleichzeitig beschützen Sie sie damit.«

»Tue ich das wirklich? Oder mache ich es mir nicht nur leichter?«

Erin riss die Augen auf. »Jetzt hören Sie mir aber mal zu, Jonathan Maxwell«, sagte sie verärgert. »Das ist eine durch nichts zu rechtfertigende Übernahme von Schuld. Sie sind der selbstloseste Mensch, der mir je begegnet ist. Sie würden alles für die kleine Marlee tun. Ihr Vater mag sie ja geliebt haben, ich habe allerdings den Eindruck, nach allem, was ich über ihn gehört habe, dass er keinerlei Gedanken an ihre Erziehung verschwendete, dass es ihn nicht interessierte, ob sie je ihre Aborigine-Verwandten kennenlernte, und dass er sich nicht allzu sehr darum scherte, dass sie kein ordentliches Dach über dem Kopf hatte.«

»Er hat sein Bestes gegeben«, verteidigte Jonathan Andro.

»Das mag sich jetzt grausam anhören. Doch als er sich mit

Bojan prügelte, hat er nicht wie ein Vater gedacht. Schauen Sie doch, was Sie in dieser kurzen Zeit alles für die Kleine getan haben. Sie haben ihr das Alphabet und das Rechnen beigebracht. Sie haben sie an Bücher und pädagogisch wertvolle Spiele herangeführt, ans tägliche Baden, an saubere Kleidung, gesunde Ernährung und gutes Benehmen. Und ich könnte noch ewig weitermachen.«

Jonathan sah sie an. »Ich weiß Ihren Trost zu schätzen«, sagte er. »Sie sind mir eine sehr gute Freundin geworden, Erin. Ich kann Ihnen gar nicht genug dafür danken, wie freundlich Sie zu Marlee gewesen sind.«

Erin spürte, dass es sie kränkte, dass er in ihr nur eine gute Freundin sah, wenn sie auch nicht das Recht hatte, mehr zu erwarten. »Sie müssen mir nicht danken, Jonathan. Ich hätte nie gedacht, dass ich mein Herz dem Kind eines anderen so öffnen könnte. Als es dann passierte, hat es mich ganz unerwartet getroffen, und dafür muss ich Ihnen danken.«

Jonathan brachte ein kleines, trauriges Lächeln zustande. Auch er hätte nie gedacht, dass er das Kind eines anderen so lieb gewinnen könnte. »Ich wusste, dass Sie Kinder lieben können, denn Sie haben ein gutes Herz und eine schöne Seele, Erin Forsyth.«

Die Tränen stiegen Erin in die Augen. Jonathan war der erste Mann in ihrem Leben, der mehr als nur die physische Schönheit an ihr sah. »Ich liebe Marlee«, flüsterte sie aufgewühlt. Am liebsten hätte sie hinzugefügt: Und Sie liebe ich auch. Doch Jonathan war mit einer anderen verlobt, sie durfte so etwas nicht sagen.

Jonathan hatte sich einer Frau nie näher gefühlt. Marlee war das Band, das sie beide für immer einen würde. Er legte Erin den Arm um die Schulter, und sie lehnte den Kopf an die seine. Lange Zeit saßen sie so da, und es fühlte sich richtig an.

Schließlich richtete Erin sich auf und sah Jonathan an. »Ich muss Sie noch etwas fragen«, sagte sie. »Diese Frau, mit der Sie neulich Abend in der Todd Tavern waren … Sie sagten, sie käme aus Coober Pedy, oder?«

»Sie hat dort gelebt«, gab Jonathan vorsichtig zu.

»Sie war eine der Prostituierten«, erklärte Erin.

Jonathan hatte geahnt, dass Erin Carol-Ann erkennen würde. »Ja, das war sie. Und sie ist ein wirklich netter Mensch.« Er hoffte, er hörte sich nicht so an, als wollte er sie verteidigen. Denn eine Verteidigung hatte Carol-Ann nicht nötig.

»Es geht mich ja nichts an, aber halten Sie es für klug, mit solch einer Frau zu verkehren? Die Leute werden denken, Sie nähmen ihre Dienste in Anspruch, und ich bin sicher, dass Sie das nicht tun.«

»Natürlich tue ich das nicht. Ich bin verlobt. Carol-Ann ist eine Freundin, Erin. Für eine so junge Frau hat sie schon viel Trauriges erlebt.«

»Die meisten Menschen machen in ihrem Leben Trauriges durch, Jonathan. Nur … sie wenden sich nicht … wenden sich nicht solch einer Arbeit zu.«

»Das stimmt. Keine Frau würde so etwas tun, es sei denn, sie wäre verzweifelt. Carol-Ann war verzweifelt. Sie hat ihren Mann bei einem Minenunglück verloren, und dann stellte sie fest, dass sie schwanger war, was bedeutete, dass sie ganz allein ein kleines Kind großziehen musste.«

Erin war verblüfft. »Hatte sie denn keine Familie, auf die sie zählen konnte?« Sie konnte sich nicht vorstellen, zu so etwas wie Prostitution gezwungen zu sein.

»Nach dem Tod ihres Mannes ist sie zu ihren Eltern gezogen, dann wurde ihr Vater schwer krank und konnte die Familie nicht mehr ernähren. Nach der Geburt des Babys sah sie sich in Alice Springs nach Arbeit um, fand jedoch nichts, wo sie genug verdient hätte, um sie alle zu ernähren und die Arztrechnungen zu zahlen. Und ihr Vater brauchte kostspielige Medikamente. Also ließ Carol-Ann die kleine Michaela bei ihrer Mutter und ging nach Coober Pedy.«

»Michaela?« Es überraschte Erin, dass Jonathan wusste, wie Carol-Anns Kind hieß.

»Ja. Sie ist ein hübsches kleines Mädchen mit üppigen blonden Locken und strahlend blauen Augen.«

»Sie haben sie kennengelernt?« Erin verspürte einen Anflug von Eifersucht.

»Ja. Sie war der Grund, weshalb sich Carol-Ann so zu Marlee hingezogen fühlte. Oft blieb sie morgens an unserem Lagerplatz stehen, nur um Marlee zu begrüßen. Offenbar hat sie ihre eigene Tochter schrecklich vermisst. Ich habe die Traurigkeit und Verzweiflung in ihren Augen gesehen. Es war klar, dass sie jeden einzelnen Moment in Coober Pedy verabscheute, genau wie das, was sie tat, während die anderen jungen Frauen ganz locker damit umgingen. Sobald ihr Vater sich erholt hatte und wieder arbeiten konnte, kam sie zurück nach Alice Springs und suchte sich einen Job in der Stadt. Alle verdienen eine zweite Chance auf ein gutes Leben, Erin. Meinen Sie nicht?«

Erin nickte, und wieder quoll ihr Herz über vor Liebe zu Jonathan. Er hatte Mitleid mit Carol-Ann empfunden, und das aus gutem Grund.

Die nächsten beiden Tage waren fürchterlich. Ohne Cornelius und ohne Marlee wirkte das Haus wie ein Mausoleum. Jonathan machte sich Sorgen um Marlees Gemütsverfassung und um ihr Wohlergehen. Immer wieder tröstete Erin ihn damit, dass es ihr gut ging und dass sie wahrscheinlich ganz vergnügt war. Doch selbst in ihren eigenen Ohren klangen ihre Worte schal, und leider wusste Jonathan genau, wie sie sich fühlte. In der Stadt erkundigte er sich nach Bojan. Keiner wusste, was er vorhatte, und die, die es wussten, hatten zu viel Angst, um zu reden. Anscheinend war er noch nicht nach Coober Pedy zurückgekehrt.

»Ich möchte gern in die Stadt und mir ein paar Kunstwerke ansehen«, sagte Erin am folgenden Morgen zu Jonathan. »Würden Sie mich begleiten?«

»Klar«, antwortete er, froh um jede Gelegenheit, aus dem Haus zu kommen.

Auf der Todd Street gab es eine Kunstgalerie. Erin wollte sich die Ausstellung dort ansehen.

»Dann werde ich nachschauen, ob ich Jirra Matari auf dem Polizeirevier antreffe. Ich möchte sehen, ob er irgendwelche Neuigkeiten über Marlee hat«, sagte Jonathan.

In der Galerie kam Erin mit einem Mann namens Felix Stowe ins Gespräch. Er prahlte damit, die Kunstgalerie eröffnet zu haben, um Aborigine-Künstlern zu helfen, ihre Werke zu verkaufen. Doch Erin gewann den Eindruck, dass er die Künstler für ein sehr geringes Honorar arbeiten ließ und selbst einen ordentlichen Profit machte. Sofort verspürte sie eine große Abneigung dem Galeristen gegenüber. Er redete mehr als abfällig über die Aborigines. Sie empfand es als Schande, wie er sie ausbeutete.

Felix Stowe bedrängte Erin, von ihm zu kaufen, aber statt etwas über die Forsyth-Galerien in London und über ihr beachtliches Wissen über Kunst preiszugeben, gab sie sich unwissend und desinteressiert. Als er merkte, dass ein anderer potenzieller Käufer mehr Interesse zeigte, ließ er Erin schnell stehen.

Sie verließ die Galerie und ging zu einer der Aborigines, die auf einer Grünfläche draußen malten. »Mir gefallen Ihre Arbeiten«, sagte sie zu der Künstlerin. »Aber ich möchte nicht von Felix kaufen, sondern direkt von Ihnen.«

Die Frau sah Erin an, als wüsste sie nicht, ob sie ihr glauben sollte oder nicht.

»Haben Sie noch mehr Bilder?«, fragte Erin und sah sich vorsichtig um, weil sie nicht wollte, dass Felix sie mit der Frau sprechen sah.

»Ja, Missus«, antwortete die Aborigine.

Erin schrieb ihre Anschrift unauffällig auf ein kleines Stück Papier. »Bringen Sie die Bilder später bitte zu mir nach Hause«, sagte sie. »Und erzählen Sie Felix nichts davon. Ich bezahle Sie gut.«

»He«, hörte sie da eine ihr bekannte Stimme. »Wollen Sie hier Kunstwerke kaufen?« Es war Will. Er hatte sie mit der Aborigine sprechen sehen. »Ich bezweifle sehr, dass das, was diese ›Künstler‹ verkaufen, Ihren Ansprüchen genügt.«

»Ich ziehe es in Erwägung«, antwortete Erin ausweichend. Sie ärgerte sich über seine Einstellung.

»Ist Ihr Onkel abgereist?«

»Ja«, erwiderte Erin.

Will war alles andere als glücklich damit, dass Erin jetzt mit Jonathan allein in dem hübschen gemieteten Haus wohnte. »Ich habe Ihrem Onkel gesagt, dass Sie meiner Meinung nach in einem der Hotels sicherer wären als in einem Haus am Stadtrand«, sagte er. »Ich empfehle Ihnen dringend, sich das Umziehen zu überlegen.«

Erin glaubte, Wills Tonfall eine Spur Missbilligung zu entnehmen. Und sie wusste auch, warum das so war. Will passte es nicht, dass sie allein mit Jonathan in dem Haus wohnte. »Ich fühle mich wohl da, wo ich bin«, erwiderte sie stur. »Es ist ja nur noch für ein paar Tage.«

Will wollte sie nicht bedrängen, denn er sah deutlich, dass Erin nicht leicht umzustimmen wäre. Er hatte gehofft, er würde sie von ihrem Plan, nach England zurückzugehen, abbringen können, aber solange Jonathan Maxwell in der Nähe war, würde ihm das nicht gelingen.

»Einer der jungen Constables auf dem Revier gibt heute Abend eine Party, und ich bin eingeladen. Ich hatte gehofft, Sie würden mich begleiten. Angus feiert seinen ersten Hochzeitstag, und es heißt, seine Frau sei ganz reizend.«

»Danke, Will, nein danke«, sagte Erin. Sie war entschlossen, Will nicht länger hinzuhalten und ihm keine falschen Hoffnungen zu machen.

»Ich dachte, es wäre nett für Sie, wenn Sie mal eine Frau aus dem Ort träfen, die in Ihrem Alter ist. Wäre das denn nicht schöner, als zu Hause mit einem Mann zu sitzen, der sich nach einem Aborigine-Kind verzehrt?«, drängte Will.

Erin spürte, wie plötzlich Wut in ihr aufstieg. »Ich vermisse

Marlee auch schrecklich«, sagte sie kurz angebunden. »Ich sehe keine Zukunft für uns, Will. Es ist also sinnlos, wenn wir uns weiter treffen. Ich hoffe, Sie verstehen das.«

Will fühlte sich wie vor den Kopf geschlagen, und das spiegelte sich in seinem Gesicht wider. »Sie haben uns nicht gerade eine große Chance gegeben«, bemerkte er voller Bitterkeit.

»Ich bin sicher, da draußen gibt es eine Frau für Sie, Will. Nur ich bin es nicht«, sagte Erin. Mit diesen Worten drehte sie sich um und ging fort.

Will sah ihr hinterher, und die Wut kochte in ihm hoch. Er war zu spät gekommen. Sie hatte sich in Jonathan verliebt.

Jonathan kam genau zur rechten Zeit. Jirra Matari hatte kurz vor ihm das Polizeirevier betreten, nachdem er drei Männer unten am Todd River aufgespürt hatte, die man verdächtigte, in der Todd Tavern mehrere Flaschen Schnaps gestohlen zu haben. Er war von einem knapp zwanzigjährigen Constable auf Probe begleitet worden, der seinem Vorgesetzten berichtete, sie hätten die Männer mit den leeren Flaschen um sich herum unter einem Baum liegend gefunden. Sie seien zu betrunken gewesen, als dass man sie aufs Revier hätte bringen können, da sie weder aufrecht stehen noch gehen konnten.

Jonathan nahm Jirra zur Seite. »Wissen Sie was Neues über Marlee?«, fragte er.

»Der Anangu-Clan ist weitergezogen«, antwortete er.

Sofort war Jonathan beunruhigt. »Wo sind sie denn hingegangen?«

»Vielleicht einen halben Tagesmarsch östlich von da, wo sie zuletzt waren«, erklärte Jirra und wies mit einem Finger vage in Richtung Osten.

»Sie wissen es nicht genau?«

»Ein paar Arrernte-Leute haben es mir erzählt.«

»Aber Sie sagten, sie würden noch eine Weile in der Gegend bleiben.«

»Sie sind ja auch noch in der Gegend. Nur ein bisschen unterwegs, um zu jagen.«

»Geht es Marlee gut? Wissen Sie, ob sie sich bei ihnen eingelebt hat?«

»Ich kann das nicht wissen«, sagte Jirra. »Doch sie ist immer noch bei ihnen.«

Erin war genauso erschüttert wie Jonathan, als sie erfuhr, dass Marlees Familie die Kleine noch weiter weggebracht hatte. Aber es gab nichts, was sie daran ändern konnten.

Am Abend brachten drei Aborigine-Frauen ihre Bilder, und Erin kaufte mehrere Werke. Sie waren glücklich mit dem Honorar, das sie erhielten, und boten an, Erin mehr zu verkaufen. Erin versuchte, ihnen verständlich zu machen, dass sie die Bilder nach England mitnehmen wollte und dass sie nicht zu viele transportieren konnte. Sie hoffte, richtig verstanden zu werden.

»Sie könnten die Arbeiten als Frachtgut verschicken«, riet Jonathan.

»Ich bin nicht einmal sicher, ob uns überhaupt noch eine Galerie gehört, wenn ich zurückkomme«, erwiderte Erin besorgt.

Da Jonathan und Erin in den letzten Nächten kaum Schlaf gefunden hatten, zogen sie sich an diesem Abend früher als gewöhnlich in ihre Zimmer zurück. Jonathan überzeugte sich davon, dass Fenster und Türen gut geschlossen waren. Es war wegen der Hitze eigentlich unerträglich, bei geschlossenen Fenstern zu schlafen, aber er wollte nichts riskieren.

Es war gegen Mitternacht, als Erin von einem Geräusch draußen aufgeschreckt wurde. Zuerst sagte sie sich, es sei wohl der Kater ihres Nachbarn gewesen, der mehr Zeit bei ihnen als nebenan verbrachte. Aber dann vernahm sie ein weiteres Geräusch, das zu laut war, als dass es von dem Kater stammen könnte. Sie setzte sich im Bett auf und horchte. Es klang, als rüttle jemand an den Fenstern in dem Versuch, sie zu öffnen. Tapfer stand sie auf, um durch einen Spalt in den Vorhängen nach draußen zu schauen. Und tatsächlich, da war jemand. Erins Herz krampfte sich zusammen.

Leise schlich sie in den dunklen Flur. Sie musste Jonathan warnen, musste ihm sagen, was da passierte. Im selben Moment stieß sie gegen etwas und schrie erschrocken auf.

»Pst«, hörte sie. »Ich bin es, Jonathan. Ich glaube, da draußen ist jemand.«

»Ich dachte auch, ich hätte etwas gehört«, flüsterte Erin in Panik. »Ich habe gerade aus meinem Fenster geschaut und einen Schatten gesehen.«

Sie schlichen ins Wohnzimmer, von wo man über die Veranda in den Garten hinter dem Haus gelangte. Durch die Glasscheibe sahen sie, wie sich eine massige, dunkle Gestalt näherte, und sie hörten, wie jemand am Türknauf rüttelte.

»Da versucht einer, ins Haus zu kommen«, flüsterte Erin. »Was sollen wir denn jetzt machen?« Ihr Herz raste, als wäre sie gerade eine Meile gelaufen, sie fühlte sich ganz schwach.

»Wir brauchen etwas, das wir als Waffe benutzen können«, raunte Jonathan. »Ich beobachte den, der da draußen ist, und Sie gehen in die Küche, suchen die schwerste Pfanne und bringen sie mir.«

Erin lief so schnell es im Dunkeln ging in die Küche. Zu Tode erschrocken sah sie, dass die Gestalt, die versucht hatte, die Verandatür zu öffnen, ums Haus herumgegangen war und jetzt vor dem Küchenfenster stand. Da stand auch schon Jonathan hinter ihr und legte ihr die Hände auf die Schultern.

»Wir können ihn sehen, er sieht uns aber nicht, wenn wir das Licht auslassen«, flüsterte er. Das Gesicht des Eindringlings erkannte er nicht, nur dass es sich um einen großen, kräftigen Mann handelte. Er glaubte zu wissen, dass es Bojan Ratko war.

»Holen Sie die Pfanne«, sagte er leise. Er öffnete eine Schublade und suchte nach einem Messer. Erin war wie gelähmt vor Angst, sie konnte sich nicht rühren.

»Machen Sie schnell, Erin«, zischte Jonathan mit Nachdruck.

Erin tastete in der Dunkelheit in einem Unterschrank nach einer Pfanne. Scheppernd fiel ein kleiner Kochtopf um. Entsetzt stöhnte sie auf. Jetzt war der Mann draußen gewarnt und wusste, dass sie nicht schliefen.

Jonathan beobachtete dessen Reaktion. Er sah, wie er etwas vom Boden aufhob, und es dauerte einen Moment, bis er begriff, dass der Mann mit einem Gegenstand auf das Fenster zielte. Zu spät merkte Jonathan, dass es ein Gewehr war.

Erin richtete sich auf. »Das hat er gehört, oder?«

Im selben Moment warf Jonathan sie zu Boden und ließ sich neben sie fallen. Sie hörten einen Knall und das Splittern von Glas, dann flog zischend eine Kugel über ihre Köpfe hinweg. Eilige Schritte entfernten sich. Jonathan wollte aufstehen, aber Erin hielt ihn zurück.

»Nicht aufstehen!«, flehte sie. »Sie könnten verletzt werden.«

»Er ist weg«, versicherte ihr Jonathan. Er richtete sich auf und lugte nach draußen, doch wer immer da gestanden hatte, war verschwunden. »Feigling«, spie er wütend aus.

Jonathan half Erin auf. Sie zitterte so sehr, dass sie kaum aufrecht stehen konnte. Er nahm sie in die Arme, hielt sie ganz fest. »Ist ja gut«, sagte er. »Ihnen passiert nichts.«

Erin hatte sich niemals in ihrem Leben so geborgen gefühlt.

32

Erin saß auf dem Sofa und umklammerte den Griff einer Bratpfanne, als hinge ihr Leben davon ab. Jonathan saß ihr gegenüber zusammengesunken in einem Sessel. Im schwachen Licht des anbrechenden Tages erkannte er, wie erschöpft Erin war. Er fand es furchtbar mit anzusehen, wie sie darum kämpfte, wach zu bleiben. Auch er war müde. Weit mehr als nur müde! In den vergangenen fünf Stunden war er regelmäßig durch alle Räume des Hauses gegangen, hatte Fenster und Türen überprüft. Wann immer er sich für ein paar Minuten gesetzt hatte, hatte er aufmerksam auf jedes Geräusch gehorcht. Nun war er vollkommen erschöpft.

Draußen warf die aufgehende Sonne sanfte Strahlen goldenen Lichts über den Rasen, ein weiterer Tag in sengender Hitze stand ihnen bevor.

»Sie hätten vor Stunden schon zu Bett gehen sollen, Erin«, sagte Jonathan. Das hatte er ihr im Laufe der Nacht mehrmals gesagt, aber sie hatte darauf bestanden aufzubleiben, um mit ihm Wache zu halten.

»Jetzt hat es sowieso keinen Zweck mehr, ins Bett zu gehen. Dann würde ich in der Nacht nur wieder kein Auge zubekommen«, erwiderte Erin.

»Sie sind so erschöpft, Erin, Sie könnten im Stehen einschlafen.«

»Ja, vermutlich, nach ein oder zwei Minuten wäre ich allerdings wieder wach«, antwortete sie.

»Die Wahrscheinlichkeit, dass Bojan noch einmal herkommt, jetzt, da es hell wird, ist verschwindend gering. Wieso legen Sie sich nicht ein paar Stunden hin?«

»Wir sollten uns eine Tasse Kaffee machen und dann zum Polizeirevier fahren«, beharrte Erin voller Wut auf Bojan. Sie stand auf, um den Kessel aufzusetzen. »Ich bin bloß dankbar, dass Marlee nicht hier war. Das beweist doch, es war richtig, sie zu ihrer Familie zu bringen.«

Jonathan stimmte ihr zu. Dasselbe hatte er mehr als einmal gedacht, seit Bojan das Gewehr auf sie gerichtet und abgedrückt hatte. Es hielt Jonathan allerdings nicht davon ab, die Kleine zu vermissen.

Sergeant Jackson war seit sieben Jahren der verantwortliche Leiter des Polizeireviers in Alice Springs. Er war berüchtigt für seine schlechte Laune und stand zu kurz vor der Pensionierung, um so zu tun, als wäre er tolerant. Seit er als junger Constable Ende der Dreißigerjahre aus Leeds nach Australien eingewandert war, hatte er in verschiedenen ländlichen Gemeinden gearbeitet. Damals hatte er gerade so viel Berufserfahrung gehabt, dass er kein blutiger Anfänger mehr gewesen war, doch immer noch jung genug, um mit Idealismus ans Werk zu gehen, und entschlossen, im Leben der australischen Ureinwohner etwas zum Besseren zu bewirken.

Bei seiner Ankunft in Australien hatte Jackson ausdrücklich einen Posten in einer Stadt mit einem hohen Bevölkerungsanteil von Aborigines verlangt. Seine Vorgesetzten hatten ihn nach Tennant Creek entsandt, einer Gemeinde mit dem denkbar schlimmsten Ruf, was Unruhen anging. Die Weißen waren mit Gewehren bewaffnet und schossen oft und gern in der Gegend herum, die Schwarzen waren ihnen zahlenmäßig bei Weitem überlegen und trugen Speere und die keulenartigen *nulla nullas* bei sich. Nach einigen Jahren in Tennant Creek war er für zwei Jahre nach Daly River versetzt worden. In dieser Zeit hatte er mehrfach bei Stammesstreitigkeiten einschreiten müssen und war zweimal am selben Bein von einem Speer verletzt worden. Sein Idealismus nahm ernsthaft Schaden.

Keiner konnte leugnen, dass Sergeant Jackson die denkbar besten Absichten gehabt und im Leben der Leute sowohl in Daly River als auch in Tennant Creek tatsächlich etwas zum Besseren gewendet hatte. Doch die Spannungen und sozialen Probleme zwischen den Aborigines und den Weißen waren zu komplex, als dass ein einzelner Mann hätte Abhilfe schaffen können. Und seine Anstrengungen wären beinahe sein Ruin gewesen. Nachdem er fast einen Zusammenbruch erlitten hätte, war er in einigen kleineren ländlichen Gemeinden ohne Probleme eingesetzt worden, damit er sich erholen konnte. Anschließend hatte man ihn nach Alice Springs entsandt, einer Stadt, in der sein Geschick im Beilegen von Rassenkonflikten dringend benötigt wurde.

In seinen vielen Jahren am Ort hatte er einige Erfolge erzielt und etliche Probleme bereinigt, nun hatte er jedoch wirklich genug von allem. Er war bereit, seinen Job an den Nagel zu hängen und sich in Queensland zur Ruhe zu setzen. Und er träumte davon, jeden Tag angeln zu gehen.

»Welche Hautfarbe hatte der Eindringling?«, fragte er Jonathan mit wenig Mitgefühl. Das war immer die erste Frage, die er für seinen Bericht stellte. Es half, die möglichen Verdächtigen einzugrenzen, von denen die meisten vorbestraft waren.

»Es war … Mitternacht«, erklärte Jonathan vorsichtig. »Aber wir …«

»Sie wissen es also nicht«, unterbrach der Sergeant, während er etwas auf ein Formular kritzelte.

»Wir sind sicher, dass es Bojan Ratko war«, fiel Erin ein. »Er ist von weißer Hautfarbe, Kroate.«

»Ich weiß, wer das ist, Miss. Ich hatte ihn wochenlang in einer Zelle hinten, als sein Prozess lief. Der konnte einen ganz schön auf Trab halten. Wollen Sie mir erzählen, Sie haben im Dunkeln irgendwas an ihm erkannt, irgendein besonderes Merkmal, mit dessen Hilfe Sie ihn identifizieren konnten?«

»Das nun gerade nicht«, antwortete Jonathan wahrheitsgemäß. »Der Mann draußen vor dem Fenster war groß und kräftig wie

Bojan Ratko, aber er hat kein Wort gesprochen. Als er uns in der Küche hörte, richtete er ein Gewehr auf uns und schoss durchs Fenster.«

Sergeant Jackson seufzte schwer. »Ich hatte heute Morgen erst *einen* Kaffee, und eine alte Beinverletzung macht mir Probleme, ich bin also nicht in der Stimmung, mich veralbern zu lassen«, erklärte er verärgert.

»Wir veralbern Sie nicht«, beharrte Jonathan.

»An dem Tag, als Bojan von der Anklage des Mordes freigesprochen wurde, hat er Jonathan und sein Mündel bedroht«, wandte Erin ein. »Deshalb wissen wir, dass er das da draußen vor dem Fenster war. Wir kennen kaum einen hier in der Stadt, und ganz bestimmt keinen, der auf uns schießen würde.«

»Wenn ich Leute einsperren wollte, bloß weil sie Drohungen aussprechen, müsste ich ein Gefängnis haben, das doppelt so groß ist wie diese Stadt«, erwiderte der Sergeant. »Also nehmen wir mal an, ich wäre überzeugt davon, dass der Angreifer Bojan Ratko war.«

»Es war Bojan Ratko«, unterbrach Erin den Sergeant, wurde jedoch durch eine erhobene Hand zum Schweigen gebracht.

»Nehmen wir mal an, er war es«, sagte Jackson ungeduldig. »Wenn Sie weder sein Gesicht gesehen noch seine Stimme gehört haben, können Sie ihn nicht ordnungsgemäß identifizieren«, fügte er hinzu.

»Wir wissen, dass er es war«, protestierte Erin entnervt.

Vor ihren Augen zerriss der Sergeant das Formular. »Ich kann Ihnen da nicht helfen«, sagte er. »Ich kann Bojan Ratko nicht dafür festnehmen, dass er in Ihr Haus hinein ein Gewehr abgefeuert hat, weil Sie ihn nicht als den Schuldigen identifizieren können. Und ehe Sie fragen – nein, auf den bloßen Verdacht hin kann ich ihn nicht verhaften.«

»Können Sie dann dafür sorgen, dass ein Constable in der Nacht vor dem Haus Wache steht?«, fragte Erin.

»Dafür habe ich nicht genug Leute«, erwiderte der Sergeant.

»Für so was kann ich keinen Mann abstellen. Die wenigen Constables, die ich hier habe, müssen Dienst in einem Gebiet tun, das mehrere Hundert Meilen umfasst.«

»Was ist denn mit Constable Spender?«, fragte Erin spontan. »Offiziell ist er doch keiner Ihrer Männer, oder?«

»Nein. Und abgesehen von einem Bericht, den er gerade fertigstellt, ist seine Arbeit hier beendet. Ich glaube, übermorgen will er zurück nach Coober Pedy. Wenn er seine verbleibende Zeit in Alice damit zubringen will, Ihr Haus zu überwachen, kann er das gern tun. Das steht ihm frei.«

Erin bat Jonathan zu warten. Sie fand Will in einem Büro, in dem er seinen Bericht schrieb.

Als Will aufschaute und Erin an der offenen Bürotür stehen sah, war er ehrlich verblüfft. »Erin! Was für eine Überraschung«, sagte er. Er hatte sie noch nicht aufgegeben.

»Hallo, Will«, sagte Erin leichthin. Sie erkannte das Aufflackern neu erwachter Hoffnung in seinen Augen und hatte sofort ein schlechtes Gewissen.

»Was kann ich für Sie tun?«, fragte Will. Ob sie es sich anders überlegt hatte und doch mit ihm ausgehen wollte?

»Ich weiß, ich habe nicht das Recht dazu, aber ich bin gekommen, um Sie um einen Gefallen zu bitten«, begann Erin kleinlaut.

»Sie sehen müde aus. Ist alles in Ordnung?«

»Nein. Gestern Nacht hat ein Mann versucht, in unser Haus einzudringen, und dann hat er durchs Küchenfenster einen Schuss abgegeben«, erzählte Erin.

»Haben Sie gesehen, wer der Mann war?«

»Sein Gesicht konnten wir im Dunkeln nicht erkennen, wir sind dennoch sicher, dass es Bojan Ratko war. Danach konnte ich natürlich nicht mehr schlafen.«

Will runzelte die Stirn. Er wusste, dass man nichts tun konnte, wenn Erin nicht in der Lage war, Bojan eindeutig zu identifizieren. »Sie sind aber nicht sicher …«

»Er hatte dieselbe Statur wie Bojan. Nicht viele Männer sind so groß und kräftig, und keiner sonst hat eine Drohung gegen Jonathan ausgesprochen.«

»Ich hoffe, Sie sind inzwischen zur Vernunft gekommen und gleich heute Morgen in ein Hotel gezogen.«

»Nein«, antwortete Erin. Sie fühlte sich in die Defensive gedrängt. »Gerade habe ich Sergeant Jackson gefragt, ob er einen Constable abstellen kann, der in der Nacht unser Haus bewacht, er meinte allerdings, er könne keinen Mann erübrigen.«

Wills Gesichtsausdruck verhärtete sich. Es war eindeutig, dass Erin entschlossen war, mit Jonathan im Haus zu bleiben. »Es gibt hier tatsächlich nicht genug Constables«, erwiderte er kühl. Sergeant Jackson hatte ihn gefragt, ob er in Erwägung ziehen würde, sich dauerhaft nach Alice Springs versetzen zu lassen, und er dachte ernsthaft über das Angebot nach. »Wenn Sie vernünftig wären, würden Sie nicht in dem Haus bleiben«, fügte er hinzu, stand auf und legte die Unterlagen Bojans Prozess betreffend zu einem ordentlichen Stapel zusammen.

Erin spürte, dass er ihren Sorgen gegenüber völlig gleichgültig war. »Kann man denn wegen Bojan Ratko überhaupt nichts unternehmen? Er ist der Verbrecher, nicht ich, und auch nicht Jonathan. Und er darf frei herumlaufen, darf Drohungen ausstoßen und auf uns schießen.«

»Offiziell ist er kein Straftäter, denn er wurde in allen gegen ihn im Zusammenhang mit Andro Drazans Tod erhobenen Anklagepunkten freigesprochen. Und Sie können nicht beweisen, dass er auf Sie geschossen hat.«

»Wir beide wissen, dass er das war«, erklärte Erin voller Wut.

»Gegen Sie hat er nichts, Erin. Also wieso sind Sie so stur und setzen sich einer derartigen Gefahr aus?« Er sah keinen Sinn mehr darin, seine Bitterkeit zu verbergen. Es war so töricht von Erin, ihr Herz an einen Mann zu verschenken, der mit einer anderen verlobt war. »Vielleicht sollten Sie sich ja einmal fragen, ob Jonathan Maxwell das alles wirklich wert ist.«

Zornig funkelte Erin Will an. »Darauf kann ich nur antworten:

Ja, allerdings«, sagte sie, drehte sich um und marschierte die Tür hinter sich zuknallend aus dem Büro.

»Will hilft uns nicht«, sagte Erin zu Jonathan, nachdem sie das Polizeirevier verlassen hatten. »Lassen Sie uns einen Kaffee trinken gehen.«

»Vielleicht sollten wir heute Nacht nicht im Haus bleiben«, bemerkte Jonathan. »Noch eine Nacht wie die vergangene möchte ich nicht unbedingt durchstehen müssen.«

»Was schlagen Sie vor? Ein Hotel?«

»Sie könnten in einem Hotel übernachten. Ich könnte irgendwo im Auto schlafen.«

»Will findet es dumm von mir, dass ich nicht in ein Hotel gehen möchte«, gab Erin zu. »Deshalb will ich das schon aus Prinzip nicht.«

»Ich würde es mir nie verzeihen, wenn Ihnen etwas passierte, Erin«, sagte Jonathan. Und er wusste, auch Cornelius würde ihm das nie verzeihen.

»Und ich würde mir große Sorgen um Sie machen, wenn Sie im Auto schliefen. Sie wären im Freien ein leichtes Ziel.«

Eine Weile war Jonathan sehr nachdenklich. Dann sagte er: »Ich habe eine Idee.«

Erin wurde neugierig. »Was denn für eine Idee?«

»Das zeige ich Ihnen, wenn wir zurück im Haus sind«, erwiderte Jonathan. »Aber erst bei Sonnenuntergang.«

»Können Sie es mir nicht jetzt schon sagen?«, fragte Erin neugierig, als sie sich auf den Weg zum Wagen machten.

»Sie werden sich gedulden müssen.«

Jonathan freute sich sichtlich über seinen Plan. Er setzte Erin beim Haus ab und bat sie zu warten, während er wieder wegfuhr. Eine halbe Stunde später kam er zu Fuß zurück. Unter dem Arm trug er zwei Schlafdecken, die hinten im Wagen gelegen hatten.

»Wo ist der Wagen?«, fragte Erin ihn. »Den haben Sie doch nicht verkauft, oder?«

»Ich habe ihn versteckt«, antwortete Jonathan. »Wenn der Wagen nicht hier ist, denkt Bojan vielleicht, wir sind auch nicht hier.«

»Das ist Ihre Idee?«, fragte Erin enttäuscht.

»Nur ein Teil davon«, erwiderte Jonathan.

Während Jonathan auf den Sonnenuntergang wartete, machte er Sandwiches und wickelte sie ein. Dann füllte er Wasser in zwei Flaschen ab. Erin sah ihm verblüfft zu.

»Gehen wir irgendwo zelten?«, fragte sie, nicht allzu versessen darauf, auf dem Boden zu schlafen. Beim Zelten wären sie doch auch sicher angreifbarer als im Haus.

»In gewisser Weise«, antwortete Jonathan ausweichend.

Er ging zu dem Schuppen am hintersten Ende des Gartens und kam mit einer Leiter zurück. Die hatte er eines Tages gefunden, als er nach einer Möglichkeit gesucht hatte, Marlees Ball vom Dach herunterzubekommen.

Vom Küchenfenster aus, oder von dem, was vom Küchenfenster noch übrig war, sah Erin ihm zu. Er wollte doch wohl nicht vorschlagen, dass sie auf einem Baum schlafen sollten! Sie lief nach draußen auf die Veranda.

»Was wollen Sie denn damit?«, rief sie Jonathan zu.

»Sie haben doch keine Höhenangst, oder?«

»Nein«, antwortete sie und musterte skeptisch den nächstgelegenen Gummibaum.

Jonathan holte die Schlafdecken, die Sandwiches und das Wasser und stellte alles auf die Veranda. »Ich klettere hoch. Reichen Sie mir das Zeug rauf, wenn ich oben auf der Leiter bin«, sagte er.

»Schlafen wir … auf dem Dach?«, fragte Erin ungläubig, während sie ihm beim Hochklettern zusah.

»Genau«, antwortete Jonathan. Er blieb stehen, als er die oberste Sprosse der Leiter erreicht hatte. »Aber wir gehen erst rauf, wenn es dunkel wird. Jetzt will ich nur schon mal den Proviant und die Decken raufbringen.« Er nahm alles entgegen, was Erin ihm reichte.

Als es fast dunkel war, kletterten Erin und Jonathan auf der

Leiter hoch bis zum Dach. Es war noch ganz warm, weil es sich den ganzen Tag über unter der sengenden Sonne aufgeheizt hatte. Der hintere Teil des Daches, der über dem Wohnzimmer und der Küche, war flach, während der vordere Teil über den Schlafzimmern und dem Bad mit einem Satteldach ausgestattet war. Jonathan erklärte Erin, er sei überzeugt, der hintere Teil des Hauses sei später angebaut worden.

»Ich glaube, das dritte Schlafzimmer ist ursprünglich das Wohnzimmer gewesen. Das heutige Wohnzimmer mit den Türen zur Veranda ist im Anbau untergebracht, und die Küche ist vielleicht vergrößert worden, um Tisch und Stühlen Platz zu bieten.«

Erin fand den Gedanken plausibel. »Ja«, sagte sie, »in der Decke in der Küche gibt es eine Nahtstelle, die darauf hindeuten könnte, dass man die Küche ausgebaut hat.«

Jonathan zog die Leiter aufs Dach hinauf, und Erin war froh, dass er auch diesen Teil seines Plans durchdacht hatte. Da die Leiter nun bei ihnen oben auf dem Dach lag, fühlte Erin sich sicher. Selbst wenn Bojan auf die Idee kommen würde, dass sie sich da oben versteckten, was höchst unwahrscheinlich war, gäbe es ohne Leiter keinen Weg hinauf.

Auf dem Dach zu schlafen hatte einen weiteren Vorteil. Es war viel kühler als im Haus bei geschlossenen Fenstern. Es ging sogar ein leichter Wind. Während Jonathan die Bettdecken zurechtlegte, bewunderte Erin die grandiose Aussicht. Sie sah die Lichter der Stadt und die dunklen Umrisse der MacDonnell Ranges – zwei parallel laufenden Bergkämmen aus rotem Gestein. Sie erkannte den Todd River, aber das machte sie nur traurig, da es sie an Marlee denken ließ.

Jonathan legte den Proviant in ihre Nähe, dann legten sie sich hin und schauten hinauf zu den Sternen und dem Mond.

»Der Himmel ist unglaublich«, flüsterte Erin voller Ehrfurcht. Sie seufzte tief. »Einen Himmel wie diesen bekommt man in London nicht zu sehen.«

Sie erinnerte sich an ihr Abendessen auf dem Dach des Hotel

Langham, an den Abend, als Andy um ihre Hand angehalten hatte. Es waren Sterne am Himmel zu sehen gewesen, aber nicht zu vergleichen mit diesem Schauspiel. Sie verspürte den Wunsch, die Hand auszustrecken und einen der funkelnden Sterne zu berühren, und gleichzeitig kam sie sich wie ein unbedeutendes winziges Wesen in einem grenzenlosen Universum vor.

»Den Himmel zu betrachten rückt das Leben in die richtige Perspektive, nicht?«, sagte Erin leise.

»Ja, allerdings. Und ja, Sie haben recht, solch einen Himmel bekommt man in London nicht zu sehen«, erwiderte Jonathan beinahe sehnsüchtig.

Plötzlich überlegte Erin, ob er wohl an Liza dachte. »Sie vermissen Ihre Verlobte, ja?«, fragte sie.

Jonathan fühlte sich auf einmal schuldig. Er hatte gar nicht an Liza gedacht. »Manchmal«, sagte er, enttäuscht, weil sie ihm immer noch nicht geschrieben hatte. Er hatte das Gefühl, als wäre das Band zwischen ihnen gerissen. »Freuen Sie sich schon auf zu Hause?«

»Ich vermisse meinen Bruder und meinen Vater«, gab Erin zu. »Aber ich werde auch das hier vermissen«, sagte sie und blickte zu Jonathan. »Und Marlee und Sie.«

Jonathans blaue Augen wurden ganz sanft. Er griff nach ihrer Hand und hielt sie, während sie zu den Sternen hinaufschauten. Er wusste, dass auch er Erin vermissen würde. Die Vorstellung, sie nie wiederzusehen, war schmerzlich.

»Vielleicht schaut Marlee ja auch gerade in den Nachthimmel hinauf«, sagte er leise.

»Und denkt an uns, während wir an sie denken«, sagte Erin. Sie wünschte, die Kleine wäre hier bei ihnen. »Es würde ihr hier oben gefallen. Für sie wäre das ein richtiges Abenteuer.«

Jonathan musste unwillkürlich lächeln, als er sich vorstellte, sie läge hier zwischen ihnen. »Ja, es würde ihr sehr gefallen«, sagte er, aber sein Lächeln verblasste schnell, weil er vermutete, dass sie niemals mit ihnen zusammen auf diesem Dach liegen würde.

Erin drehte sich um und sah Jonathan wieder an. »Was machen wir, wenn wir hören, dass Bojan ins Haus einbricht?« Bei dem Gedanken daran geriet sie gleich in Panik.

»Ich habe die Hintertür offen gelassen, er kann also hinein, wenn er will«, antwortete Jonathan. »Den Olympic Australis habe ich nicht, also soll er ruhig danach suchen und seine Zeit verschwenden. «

»Sie haben wirklich an alles gedacht ...«

Erin entspannte sich ein wenig. Sie war so müde, dass sie kaum die Augen offen halten konnte, und Jonathan ging es nicht anders. Hand in Hand lagen sie da und schliefen bald ein.

33

Die frühe Morgensonne weckte Jonathan und Erin um halb sechs. Sie hatten so tief und fest geschlafen, dass sie sich nicht geregt hatten. Sie hielten sich immer noch an den Händen.

»Guten Morgen«, sagte Jonathan und gähnte, dann lächelte er Erin verschlafen an.

Peinlich berührt ließ Erin seine Hand los. »Guten Morgen«, sagte sie verlegen. Er sollte nicht denken, dass sie sich an ihn klammerte, auch wenn sie das tat. Sie setzte sich auf und reckte sich, dann stand sie auf.

»Wie haben Sie geschlafen?«, fragte Jonathan und reichte ihr eine Flasche Wasser, ehe er einen großen Schluck aus der anderen nahm.

»Sehr gut«, antwortete Erin und nahm auch einen Schluck. »So tief und fest habe ich in meinem ganzen Leben noch nicht geschlafen. Ich habe mich nicht einmal gerührt.«

»Ich habe ebenfalls geschlafen wie ein Stein. Wir waren aber auch sehr erschöpft.«

»Ich habe mich so sicher gefühlt … hier neben Ihnen«, gestand Erin. Als Jonathan sie aufmerksam musterte, wurde Erin rot. »Hier oben auf dem Dach«, fügte sie hinzu. »Ich frage mich, ob Bojan in der Nacht wohl hier war«, wechselte sie rasch das Thema.

»Ich habe nichts gehört. Ich nehme an, das finden wir heraus, wenn wir ins Haus gehen.«

»Mir gefällt es hier oben«, sagte Erin und bewunderte die Aussicht im frühen Morgenlicht. Jonathans Blick wich sie aus. Es war kühl und sehr angenehm, aber so würde es nicht lange bleiben.

»Ich hätte nichts dagegen, jede Nacht hier oben zu schlafen, bis ich nach England zurückfliege.« Sie merkte, dass er das falsch verstehen könnte, und wurde wieder rot.

»Es hält Sie doch nichts davon ab«, sagte Jonathan. In diesem Augenblick wurde ihm klar, wie sehr er sie vermissen würde. »Wir haben unsere Sandwiches nicht gegessen«, fügte er rasch hinzu. »Wollen Sie eins?«

»Das esse ich im Haus zu einer Tasse Tee«, antwortete Erin. Sie wollte möglichst schnell ins Bad, um sich zu waschen und sich die Zähne zu putzen.

Jonathan stand auf und schob die Leiter über den Dachrand, während Erin ihre Bettdecken zusammenlegte. In dem Moment fiel Jonathans Blick in den Garten.

»Marlee!«, rief er. »Erin! Marlee ist im Garten.« Hastig lehnte er die Leiter an die Dachrinne und kletterte hinunter.

Erin lief an den Rand des Daches. Marlee saß auf der Schaukel, doch sie schien zu schlafen, sie hatte den Kopf auf die Brust gesenkt. Nur Sekunden später war Jonathan bei ihr.

Erin kletterte schnell hinunter und lief zu ihnen.

»Geht es ihr gut?«, fragte sie Jonathan drängend.

Die Kleine sah ein bisschen zerzaust aus, aber sie trug ihren Hut und ihre neuen Schuhe und dasselbe Kleid wie an dem Tag, an dem sie sie bei ihren Verwandten gelassen hatten. Ihr Teddy lag zu ihren Füßen. Erin bemerkte ein paar Kratzer und Schrammen auf ihren Armen und Beinen.

Jonathan kniete sich vor sie hin. »Marlee«, sagte er und schüttelte sie sanft.

Marlee schlug die Augen auf und sah ihn schläfrig an. »Jono«, flüsterte sie mit der Andeutung eines Lächelns, ehe ihr kleines Gesicht ganz traurig wurde und ihre Augen sich mit Tränen füllten. »Ich konnte dich nicht finden.«

Jonathan warf einen Blick zur Hintertür des Hauses, die offen stand. Sie musste im Haus gewesen sein und nach ihm gesucht haben.

»Ich dachte schon, du wärst nach England gefahren und hättest mich allein gelassen«, sagte Marlee.

»Nein, ich bin noch da. Aber wie kommst du hierher?«, fragte Jonathan. »Wer hat dich gebracht?«

Marlee schüttelte den Kopf.

»Wie bist du hergekommen, Marlee?«, fragte Jonathan noch einmal. Er mochte sich gar nicht vorstellen, was passiert wäre, hätte Bojan sie entdeckt.

»Es war ein langer, langer Marsch«, murmelte Marlee.

»Du bist … ganz allein gegangen?«

Marlee nickte und legte ihm einen Arm um den Hals und den Kopf an seine Schulter. Jonathan nahm sie hoch, und Erin hob den Teddy auf.

»Sie ist ganz erschöpft«, sagte Jonathan. »Ich bringe sie hinein und lege sie ins Bett.«

Erin folgte den beiden ins Haus. »Sie kann doch wohl nicht wirklich allein zu Fuß hierhergekommen sein«, sagte sie zu Jonathan, nachdem er die Kleine auf ihr Bett gelegt hatte.

Marlee rollte sich zusammen und sank sofort in einen tiefen Schlaf. Erin nahm ihr den Hut ab, während Jonathan ihr die Schuhe auszog.

»Wenn ihre Familie das Lager verlegt hat, muss der Fußmarsch Stunden gedauert haben, vielleicht den ganzen Tag und die ganze Nacht«, fügte Erin ungläubig hinzu. Sie konnte nicht fassen, dass ein kleines Mädchen solch einen weiten Weg bewältigt hatte.

»Das scheint wohl so«, sagte Jonathan. »Wie sonst sollte sie gekommen sein? Sie muss von dem Clan weggelaufen sein. Das heißt, die Leute werden jetzt wahrscheinlich nach ihr suchen.«

»Ach, die arme Kleine.« Erin kniete sich neben das Bett und streichelte Marlees Gesicht. »Sie muss furchtbar unglücklich gewesen sein, Jonathan.«

Jonathan zerriss es fast das Herz. Er hatte ein so schlechtes Gewissen, denn offenbar war die Kleine unglücklich bei ihrer Familie gewesen. Sie war den ganzen weiten Weg zurück in die Stadt gekommen, um ihn zu finden. Das war zu viel für Jonathan.

Plötzlich hörten Erin und Jonathan ein Geräusch aus einem der anderen Zimmer.

Erin geriet in Panik und sprang auf. »Bojan ist hier«, flüsterte sie mit weit aufgerissenen Augen.

Sie stellte sich schützend vor Marlee und schaute zu Tür. Jonathan sah sich nach etwas um, womit er sich verteidigen könnte, aber da war nichts außer Marlees Kreisel. Er nahm ihn hoch, bereit, Bojan den Kreisel über den Schädel zu ziehen, sobald er durch die Tür kam.

»Keiner zu Hause?«, rief eine männliche Stimme.

»Onkel Cornelius!«, gab Erin zurück.

»Erin! Wo bist du?«

Erin ging in den Flur, und Jonathan folgte ihr.

»Onkel Cornelius! Was machst du denn hier?«, fragte Erin völlig verblüfft.

»Joes Auto hatte eine Panne. Wir waren schon ein paar Hundert Meilen gefahren. Fast einen Tag und die halbe Nacht saßen wir auf der Straße fest. Zum Glück kam ein Lastwagen vorbei. Der Fahrer war sehr nett und bot an, uns zurück in die Stadt abzuschleppen«, erzählte er erschöpft. »Von einem Automechaniker am anderen Ende der Stadt bin ich zu Fuß hierher. Der Lastwagenfahrer ist der Schwager des Mechanikers, also hat er ihn für uns geweckt. Er hat seine Werkstatt hinterm Haus und sich bereit erklärt, das Auto zu reparieren. Allerdings wird es gut eine Woche dauern, ehe die Ersatzteile kommen. Die müssen sie sich nämlich aus Adelaide schicken lassen.«

»Was war denn los mit dem Wagen?«, fragte Jonathan.

»Irgendwas mit dem Getriebe«, antwortete Cornelius. Er schaute über Erins Schulter. »Was habt ihr denn in Marlees Zimmer gemacht?«

»Wir haben sie heute Morgen im Garten entdeckt«, erwiderte Erin. »Sprich nicht so laut, sie schläft jetzt nämlich.«

»Sie ist ganz allein zu Fuß zurückgekommen«, fügte Jonathan hinzu. »Dafür muss sie die ganze Nacht gebraucht haben. Der Clan war schon ein Stück weitergezogen.«

»Ganz allein?« Cornelius wusste nur zu gut, wie beängstigend es war, in der Nacht auf der Straße zu sein, dabei war er noch nicht einmal allein gewesen. Es war stockfinster draußen. Er konnte sich kaum vorstellen, wie Marlee es geschafft hatte, zu Fuß solch einen weiten Weg zurückzulegen.

»Ja«, erwiderte Jonathan. »Ganz allein. Kaum zu glauben, was?«

»Nicht zu fassen. Sie ist doch noch so klein«, sagte Cornelius.

Jonathan fragte sich, ob Marlee wohl krank vor Angst gewesen war. Offenbar waren die Schrammen auf ihren Knien ein Indiz dafür, dass sie viele Male gestolpert und gefallen war. Dann dachte er daran, wie herrlich er geschlafen hatte, und fühlte sich wieder schuldig.

»Sie ist total erschöpft«, sagte Erin und warf noch einen Blick ins Schlafzimmer. »Sie schläft jetzt wahrscheinlich ein paar Stunden.«

»Dann sind wir schon zwei total Erschöpfte hier.« Cornelius lächelte. »Ich gehe mich jetzt waschen und dann sofort ins Bett. Aber vorher brauche ich noch eine heiße Tasse Tee. Seit Stunden sehne ich mich danach.«

»Ich mache dir deinen Tee!«

Erin lief schnell in die Küche. Cornelius sollte das zerbrochene Fenster noch nicht sehen. Sie wollte ihm alles erzählen, wenn er ausgeschlafen hatte. Nachdem sie zusammen Tee getrunken hatten, badete Cornelius und ging ins Bett. Erin und Jonathan setzten sich mit ihren Sandwiches auf die Veranda hinterm Haus und unterhielten sich.

»Was werden Sie jetzt machen?«, wollte Erin von Jonathan wissen.

»Ich habe keine Ahnung«, antwortete er wahrheitsgemäß.

»Es überrascht mich nicht, dass sie sich nicht wohlgefühlt hat. Schließlich sind ihre Verwandten wie Fremde für sie«, sagte Erin.

»Ich habe versucht, mir vorzustellen, wie es für sie war, als wir sie bei dem Clan zurückgelassen haben, bei Leuten, die sie überhaupt nicht kannte. Das muss schwer für sie gewesen sein, Marlee muss Sie so vermisst haben.«

»Die Stunde, die wir noch bei ihr und dem Clan waren, hat nicht ausgereicht. In der kurzen Zeit hat sich kein Vertrauensverhältnis zwischen ihnen aufbauen können«, sagte Jonathan traurig. »Ich weiß wirklich nicht, was ich mir dabei gedacht habe, Erin. Ich mache einfach alles falsch.«

»Aber das stimmt doch nicht, Jonathan. Sie versuchen immer, Ihr Bestes zu geben, und das ist nicht so leicht«, erwiderte Erin. Sie wollte nicht, dass er sich noch schuldiger fühlte als ohnehin schon. »Die Kleine hat Sie einfach so lieb, Jonathan. Das ist doch offensichtlich.«

»Ich könnte sie mit nach England zurücknehmen, ich weiß allerdings nicht, ob das das Richtige wäre. Abgesehen davon, dass ich sie von allem Vertrauten wegreißen und sie in einen kalten Winter bringen würde, habe ich immer noch nichts von Liza gehört.«

»Also wissen Sie gar nicht, ob sie einverstanden wäre, mit Ihnen ein fremdes Kind großzuziehen?«

»Nein. Und ich habe Liza doch versprochen, bei meiner Rückkehr genug Geld mitzubringen, damit wir ohne alle Sorgen unser Eheleben beginnen können. Wenn ich stattdessen mit einem kleinen Mädchen zurückkomme … Ich weiß nicht, was für eine Reaktion mich erwartet. Ich hatte gehofft, sie hätte sich in einem Brief schon irgendwie dazu geäußert.« Sie schwiegen eine Weile, dann sah Jonathan Erin an. »Würden Sie mir einen Rat aus weiblicher Sicht geben, Erin? Ich wäre sehr dankbar dafür. Ich werde noch ganz verrückt, weil ich mich immer wieder frage, was Liza denken könnte.«

»Ich kann es versuchen.« Erin machte es wütend, dass Liza Jonathan so leiden ließ. »Aber bedenken Sie bitte, dass ich Liza nicht kenne und auch nicht weiß, was für ein Typ Frau sie ist.«

»Das ist mir schon klar«, erwiderte Jonathan. »Trotzdem würde ich gern Ihre Meinung hören.«

»Also gut. Zunächst einmal Folgendes: Ganz bestimmt liebt Liza Sie, sonst hätte sie Ihren Heiratsantrag nicht angenommen. Und in der Liebe stellt man keine Bedingungen.« Erin wusste, dass es jeder Frau leichtfallen würde, Jonathan zu lieben. Er hatte zahlreiche wunderbare Eigenschaften. »Ich weiß, Sie wollten genug Geld für einen sorgenlosen Start in die Ehe mit nach Hause bringen, aber ob man nun arm ist wie eine Kirchenmaus oder wohlhabend, sollte in einer Beziehung keine Rolle spielen. Sie lieben Marlee, und Liza wird sie auch lieben lernen, wenn Sie ihr nur die Chance dazu geben. Marlee wird Ihrer beider Leben bereichern, denn sie ist ein süßes kleines Mädchen, ein wahres Geschenk. Ich denke, Sie und Liza und Marlee werden die glücklichsten Menschen auf der Welt sein, eine wunderbare kleine Familie.«

Jonathan seufzte. »Danke, Erin«, sagte er. Wie gefühlvoll sie das gesagt hatte.

Jonathan nahm an, sie dachte an ihre gescheiterte Verlobung, er konnte nicht wissen, dass Erin Liza beneidete.

»Es scheint, dass Bojan gestern Nacht nicht hier war. Ich habe noch nicht gründlich nachgeschaut, aber soweit ich sehe, ist nichts in Unordnung. Allerdings glaube ich doch, dass er es noch einmal versuchen wird«, sagte Erin.

»Und ihre Verwandten werden nach Marlee suchen«, meinte Jonathan. »Man sollte sie wissen lassen, dass sie hier ist. Ich werde sie wieder zu ihnen zurückbringen, dieses Mal bleibe ich jedoch bei ihr, bis ich mich davon überzeugt habe, dass es ihr gut geht. Wir machen uns auf den Weg, sobald sie aufgewacht ist.« Er nahm sich vor, Marlee auf den Schultern zu tragen. »Ich schlage vor, Sie und Ihr Onkel ziehen in ein Hotel, Erin. Die Todd Tavern vermietet doch auch Zimmer. Ich wäre weniger besorgt, wenn ich wüsste, dass Sie nicht in Gefahr sind.«

Erin stimmte zu, etwas ganz anderes beschäftigte sie aber nun. »Wie werden Sie sich den Aborigines verständlich machen?«

»Jirra Matari kann mich sicher nicht begleiten. Ich schaffe es schon irgendwie allein.«

Erin fuhr in die Stadt, um Vorräte für Jonathan und Marlee einzukaufen. Sie ertrug den Gedanken nicht, dass sie einheimische Tiere essen würde, zubereitet in glühenden Kohlen, und Früchte, die in der Wildnis wuchsen. Ganz bewusst entschied sie sich für den Supermarkt, in dem Carol-Ann arbeitete, denn da war noch etwas, das sie erledigen wollte.

Carol-Ann bediente gerade einen Kunden, als Erin hereinkam, also suchte sie zuerst zusammen, was sie benötigte. Als sie zur Kasse kam, war Carol-Ann frei.

»Bitte, ich muss mich bei Ihnen entschuldigen«, sagte Erin verzagt. »Ich war sehr grob zu Ihnen. Mein Verhalten ist eigentlich unentschuldbar, und es tut mir sehr leid. Sie haben es nicht verdient, dass jemand so mit Ihnen spricht. Bitte nehmen Sie meine Entschuldigung an.«

Erins Worte kamen völlig unerwartet für Carol-Ann. »Danke, das werde ich«, sagte sie. »Aber woher kommt auf einmal dieser Sinneswandel?«

Erin wollte ihr nicht erzählen, dass Jonathan ihr Carol-Anns Geschichte anvertraut hatte. »Ich habe nachgedacht und bin zu dem Schluss gekommen, dass niemand das Recht hat, über jemand anderen zu urteilen«, sagte sie. »Das Leben ist nicht immer gerecht, wir alle tun so gut wir können, was wir tun müssen. In jeder Familie gibt es etwas, das verkraftet werden muss. Manchmal ist es der Verlust eines geliebten Menschen«, Erin dachte an ihre Mutter, »manchmal ist es die Krankheit eines Angehörigen oder eine Scheidung, Untreue oder ein Skandal. Meine Familie ist da keine Ausnahme, und ich hätte es gar nicht gern, wenn man mich danach beurteilt, wie ich mit diesen Dingen umgehe. Ich schäme mich dafür, dass ich über Sie geurteilt habe. Es tut mir wirklich leid.«

Carol-Ann ahnte, dass eine ganze Geschichte hinter Erins

Worten steckte. Sie hatte wohl großen Kummer gehabt. »Ich weiß Ihre Entschuldigung zu schätzen«, erwiderte sie. »Wie geht es Jonathan und Marlee?«

In diesem Moment kam ein Kunde zur Kasse und wartete darauf, bedient zu werden.

»Es geht ihnen … gut«, antwortete Erin deshalb. Sie hätte Carol-Ann gern anvertraut, was alles passiert war, doch so hatte sie keine Gelegenheit, ins Detail zu gehen.

Gegen Mittag wachte Marlee auf. Erin badete sie und zog sie an, während Jonathan ihr Eier und Würstchen briet. Als er und Marlee aßen, packte Erin eine Tasche mit Vorräten.

»Tut mir leid, Erin, ich habe vor, Marlee so oft es geht zu tragen, deshalb kann ich nicht auch noch Konserven mitnehmen. Ich nehme nur eine Tasche mit dem Nötigsten für mich mit und Wasser.«

»Aber was wollen Sie denn essen, solange Sie bei dem Clan leben?«

»Was immer die Leute dort essen.«

»Ihhh«, entfuhr es Erin. Sie konnte ihre Gefühle einfach nicht verbergen. »Ich habe für Sie eingekauft, damit Sie keine Schlangen und Eidechsen in schmutzigen Kohlen gegrillt essen müssen.«

»Ich weiß Ihre Mühe zu schätzen, ich kann das dennoch nicht tragen. Ich kann von Marlee nicht verlangen, dass sie noch einmal diesen weiten Weg zu Fuß geht.«

Erin verstand. »Werden Sie zurück sein, ehe ich mich auf den Weg nach England mache?«

»Ich weiß nicht«, antwortete Jonathan. »Ich bin bestimmt ein paar Tage weg, vielleicht auch länger.«

»Dann heißt es also jetzt Lebewohl sagen.« Erin war kurz davor, in Tränen auszubrechen. »Werden Sie mich in England besuchen? Ich würde so gern wissen, wie es mit Ihnen und Marlee weitergeht.«

»Natürlich besuche ich Sie«, antwortete Jonathan.

Erin küsste Marlee auf die Wange. »Auf Wiedersehen, mein kleines Spätzchen«, sagte sie. Das war ein Kosename, den sie schon oft benutzt hatte und der Marlee normalerweise zum Lachen brachte. Dieses Mal lachte sie nicht. Die Kleine schlang die Arme um Erins Hals und drückte sie ganz fest. »Ich hab dich lieb, Erin«, flüsterte sie unter Tränen.

»Ich hab dich auch lieb, Marlee. Ich werde dich immer lieb haben. Hoffentlich sehen wir uns bald wieder.«

Marlee nickte.

Jonathan nahm Marlee auf die Schultern und nahm seine Tasche. »Sagen Sie Cornelius von mir auf Wiedersehen, falls er schon weg ist, wenn ich zurückkomme?«

»Natürlich«, erwiderte Erin.

Jonathan sah ihr tief in die Augen. »Ich werde Sie vermissen«, sagte er voller Gefühl.

Jonathan nahm sie in die Arme und drückte sie, dann küsste er sie auf die Wange. »Passen Sie gut auf sich auf«, sagte er.

Erins Augen füllten sich mit Tränen. Sie wollte ihm so gern sagen, dass sie ihn liebte, aber sie konnte es nicht.

Als Marlee und Jonathan zur Tür hinausgingen, winkte das kleine Mädchen Erin zu, und Erin winkte zurück. Als sie fort waren, begann Erin, haltlos zu schluchzen. Ihr war, als wären Jonathan und Marlee für immer aus ihrem Leben verschwunden.

34

»Ich will nicht zurück, Jono.« Marlee zog Jonathan an der Hand. »Wieso kann ich nicht bei dir bleiben?«, quengelte sie.

Jonathan waren die Arme müde geworden, nachdem er die Kleine eine Stunde lang getragen hatte, so ging sie jetzt neben ihm her. Er war überzeugt, dass sie Bojans bösartige Aktionen noch nicht begriff, und schon gar nicht die Gefahr, die von ihm ausging. Um sie zu schützen, hatte er ihr eine weit harmlosere Erklärung dafür gegeben, dass sie nicht bei Erin und Cornelius im Haus bleiben konnten.

Im Schatten eines Gummibaums blieb Jonathan stehen und holte eine Flasche Wasser aus seiner Tasche. »Ich hab dir doch erklärt, wieso wir nicht bleiben können, Marlee«, sagte er und bot ihr zu trinken an. »Wenn Onkel Cornelius und Erin abreisen, wird jemand anderes in das Haus einziehen. Also bleiben wir eine Weile bei deiner Familie.«

Er hoffte, Bojan würde glauben, sie hätten die Stadt verlassen, wenn er sie nicht mehr fand, und nach Coober Pedy zurückkehren. Das Auto hatte er gut versteckt, das würde er auf keinen Fall entdecken.

»Aber als du mich das erste Mal zu ihnen gebracht hast, bist du auch nicht bei mir geblieben«, sagte Marlee und sah flehentlich zu ihm auf.

Jonathan wunderte sich nicht darüber, dass sie seinen Worten nicht traute. »Ich weiß, das hätte ich jedoch tun sollen«, sagte er schuldbewusst. »Diesmal verlasse ich dich nicht, Ehrenwort.« Er nahm einen Schluck Wasser, und sie machten sich wieder auf den Weg.

Jonathan und Marlee waren eine ganze Weile gegangen, als sie in der Ferne einen Aborigine auf sich zukommen sahen. Marlee wurde wieder müde, also nahm Jonathan sie hoch. Sie schlang die Beine um seine Taille und legte den Kopf an seine Schulter. Der Aborigine war offensichtlich ein Fährtenleser, denn er suchte den Boden nach Spuren ab. Als er Jonathan und Marlee sah, hielt er den Blick auf sie geheftet, bis er näher herangekommen war.

»Hallo«, sagte Jonathan, als der andere nahe genug war, um ihn zu hören.

Der Aborigine schaute ihn mit finsterem Blick an und sagte etwas, das Jonathan nicht verstand. Er deutete aggressiv auf Marlee. Jetzt erkannte Jonathan, dass er zu ihrer Familie gehörte. Er war sicher, dass der Mann die Kleine gesucht hatte.

»Sie ist zu mir zurückgekommen«, versuchte er zu erklären, obwohl er wusste, dass es unwahrscheinlich war, dass der andere ihn verstand. »Es war seltsam für sie, bei Verwandten gelassen zu werden, die sie nie zuvor gesehen hatte.«

Der Aborigine war jung, jedoch ziemlich einschüchternd. Er war größer als Jonathan, hatte lange, muskulöse Beine, eine breite Nase und zerzaustes, lockiges Haar. Er gestikulierte mit seinen Händen und redet auf Jonathan ein, dann wollte er ihm Marlee aus den Armen nehmen.

Jonathan machte einen Schritt zurück und hielt Marlee fest. »Nein, ich halte sie«, sagte er schützend.

Verängstigt klammerte sich Marlee an ihn.

»Wir gehen da lang«, sagte Jonathan und deutete in die Richtung, aus der der Aborigine gekommen war.

Er lief voraus, und der Mann folgte ihm. Jonathan spürte die Hitze des Flusssandes selbst durch die Sohlen seiner Schuhe hindurch, und der Sand war außerdem übersät mit Steinen. Der Aborigine ging dennoch barfuß. Er trug nur eine Art Lendenschurz, seine Haut glänzte in der Sonne. Jonathan wandte sich immer wieder um, den Blick auf das Messer gerichtet, das der Mann mit einer Lederschnur um die Taille gebunden hatte.

Etliche Meilen weit folgten sie dem ausgetrockneten Flussbett. Marlee war nicht schwer, jedoch groß für ihr Alter, sie längere Zeit zu tragen, ob auf den Armen oder auf den Schultern, strengte an. Immer wieder ließ Jonathan sie gehen, um sich auszuruhen, dabei hielt er sie fest an der Hand. Gegen Mittag waren sie so erschöpft, dass sie beide eine Pause brauchten.

»Ich hab Durst«, beschwerte sich Marlee.

Jonathan blieb unter einem schattenspendenden Baum am Ufer stehen. Er hatte zwei Flaschen mit Wasser mitgenommen, aber die waren beinahe leer, obwohl er das Wasser rationiert hatte. Sie setzten sich, und Jonathan gab Marlee, was vom Wasser noch übrig war. Der Aborigine wurde bald schon unruhig. Er begann, in seiner Sprache herumzubrüllen, und Jonathan hatte Angst, dass er gleich nach seinem Messer greifen würde. Als Marlee sich an Jonathan klammerte, versuchte der Mann, sie ihm zu entreißen. Die Kleine schrie, und Jonathan sprang auf.

»Lassen Sie sie in Ruhe«, sagte er und stellte sich zwischen Marlee und den Aborigine. »Wir müssen uns ausruhen. Wir sind erschöpft.«

Plötzlich hörten sie Rufe. Ein älteres Aborigine-Paar näherte sich. Sie begannen eine hitzige Debatte mit dem Fährtenleser. Dann wandte sich der ältere Mann an Jonathan.

»Was macht weißer Mann mit diese Kind?«, fragte er und deutete auf Marlee.

»Oh, Sie sprechen Englisch«, sagte Jonathan erleichtert. Jetzt konnte er sich endlich verständlich machen.

»Ja, bisschen. Was Sie machen mit ihr?«

»Marlee ist mein Mündel.«

Der Mann legte den Kopf auf die Seite. »Was das heißen?«

»Es heißt, ihre Eltern sind tot, und ich bin verantwortlich für sie.«

»Beide Eltern tot?«

»Ja«, antwortete Jonathan und sah Marlee an. »Vor ein paar Tagen habe ich sie zur Aborigine-Familie ihrer Mutter gebracht, aber sie ist weggelaufen und zu mir zurückgekommen. Also bringe ich sie wieder hin.«

Traurig schaute Marlee zu ihm auf, und er drückte ihr tröstend die Hand.

Der Mann schien das gutzuheißen. Er übermittelte dem Fährtenleser, was Jonathan gesagt hatte. Es entspann sich erneut eine Diskussion, begleitet von aggressiven Gesten vonseiten des Fährtenlesers. Die Frau musterte Marlee derweil aufmerksam und berührte ihr Kleid und ihren Hut.

»Yuka glauben, Sie haben Kind in Nacht gestohlen«, sagte der ältere Aborigine. »Er sagen, Sie jetzt gehen und er nehmen Kind mit.«

»Nein, ich gehe auf keinen Fall, und ich werde ihm Marlee nicht allein mitgeben. Sagen Sie diesem Mann, dass ich ihm bis zu seinen Leuten folgen werde und dann eine Weile dortbleibe.«

Der ältere Aborigine sah Jonathan stirnrunzelnd an, als ob er seine Motive ergründen wollte. Dann sagte er etwas zu Yuka, der Jonathan ebenfalls ungläubig anstarrte. Eine ganze Weile sprach niemand, und Jonathan begann sich zu fürchten vor dem, was geschehen könnte. Er legte den Arm um Marlees Schultern und beobachtete die beiden Männer. Schließlich redete Yuka.

Der ältere Aborigine übersetzte für Jonathan. »Yuka sagen, Älteste entscheiden, ob Sie bei Clan bleiben oder nicht.«

Jonathan erschrak. Er durfte das Versprechen, das er Marlee gegeben hatte, nicht brechen. Er musste bei ihr bleiben, auch wenn die Clanältesten etwas dagegen hatten.

»Du lässt mich doch nicht allein, oder, Jono?«, fragte Marlee.

Jonathan wusste, dass sie verstanden hatte, was gesprochen worden war. »Nein, natürlich nicht«, versicherte er ihr. Er sah den älteren Mann an. »Gehören Sie zum Anangu-Clan?«

Der Aborigine schüttelte den Kopf und sagte etwas zu der Frau. Dann machten sie sich ohne ein weiteres Wort wieder auf den Weg.

Jonathan und Marlee folgten Yuka schweigend etwa eine weitere halbe Stunde. Jonathan, der Marlee wieder trug, bemühte sich, Schritt zu halten. Plötzlich blieb Yuka am Rand des ausgetrockneten Flussbettes unter einem Baum stehen, kniete sich hin und begann zu graben.

»Was macht er da?«, fragte Jonathan atemlos, als er Marlee in den Schatten setzte.

»Er sucht nach Wasser«, erklärte sie ihm.

»Aber das Flussbett ist doch ausgetrocknet, und es sieht aus, als wäre das schon eine ganze Weile so.« Es schien einfach unmöglich, dass es hier Wasser geben sollte.

»Er findet Wasser da«, sagte Marlee ohne den geringsten Zweifel.

Jonathan war beeindruckt, wie zuversichtlich sie war. Dann fiel ihm wieder ein, dass sie ihm einmal gezeigt hatte, wie man unter der Erdoberfläche Wasser fand. Im nächsten Moment wurde ihre Zuversicht belohnt – Wasser sammelte sich in der kleinen Kuhle, die Yuka gegraben hatte. Er trank von dem Wasser, indem er seine großen Hände aneinanderlegte und damit schöpfte. Als sein Durst gestillt war, trat er zurück und gab Marlee mit Zeichen zu verstehen, dass sie auch trinken sollte.

»Trink du auch, Jono«, rief Marlee, nachdem sie sich mit dem Handrücken das Wasser vom Kinn gewischt hatte.

Jonathan fühlte sich wie ausgedörrt. Seine Lippen waren rissig, seine Zunge kam ihm vor wie ein trockener Schwamm. Die Sonne stand hoch am Himmel und brannte gnadenlos auf sie nieder, er hatte alle Flüssigkeit ausgeschwitzt. Vorsichtig kniete er sich hin, immer mit einem wachsamen Auge auf Yuka, dem er nicht traute. Er schöpfte Wasser mit den Händen und probierte es. »Ihhh«, jammerte er. »Das schmeckt ja furchtbar.«

»Wenn du es in ein Gefäß schüttest, sinkt der Schmutz auf den Boden, und das Wasser ist besser«, sagte sie.

Jonathan wusste, dass Gedda genau dasselbe gemacht hatte, wenn der Wasservorrat in Coober Pedy zur Neige ging. Es verblüffte ihn trotzdem, wie klug Marlee für ihr Alter war. Er wusste auch, dass ihm gar nichts anderes übrig blieb, als zu trinken, schließlich wusste er ja nicht, wann er wieder Wasser bekommen würde. Man trocknete sehr schnell aus in der Hitze.

Jonathan schöpfte mehr Wasser und trank und achtete nicht auf den Geschmack. Wenigstens war es kühl. Je mehr er trank, desto mehr wollte er. Als er schließlich aufstand und sich umdrehte, war Yuka fort. Verwirrt sah er sich um.

»Wo ist er hin?«, fragte er Marlee. Er kam sich angreifbar vor, nun, da Yuka nicht mehr in Sichtweite war.

Sie deutete weiter das Ufer hinauf, wo einige Bäume standen. Jonathan schloss, dass Yuka sich hinter den Bäumen erleichterte. Er war sicher, der junge Mann würde sie nicht verlassen. Also setzte er sich mit Marlee in den Schatten, lehnte den schmerzenden Rücken an die Uferböschung und seufzte. Es tat so gut, ausruhen zu können. Seine Füße brannten und waren aufgescheuert, und der Rücken tat ihm weh. Jonathan wunderte sich, warum Yuka so lange wegblieb. Ob er sich auf die Suche machen sollte?

Auf einmal sprang der Aborigine von der Uferböschung neben ihm ins ausgetrocknete Flussbett. Jonathan stand schnell auf. Zu seinem Entsetzen sah er, dass Yuka ein kleines, totes Känguru über der Schulter trug, sein Messer war blutbefleckt.

Jonathan half Marlee auf. Da erst merkte er, dass das Blut des toten Tieres an Yukas Armen hinunterlief und auf die Erde tropfte. Im Nu zog es Scharen von Fliegen an. Der Anblick, der Blutgeruch, die Fliegen und die Hitze überwältigten Jonathan plötzlich, und zum ersten Mal in seinem Leben wurde ihm schwarz vor Augen. Aus Angst, er könnte in Ohnmacht fallen, holte er tief Luft. Yuka beachtete ihn nicht. Er machte sich einfach wieder auf den Weg.

Es war schon später Nachmittag, als sie endlich auf den Clan stießen. Jonathan wäre beinahe zusammengebrochen, so erschöpft war er. Ihm fiel auf, dass die Gruppe größer geworden war, weitere Frauen und Älteste hatten sich zu ihr gesellt. Marlees Großmutter begann sofort zu jammern, als sie ihre Enkelin sah. Ihre Tante kam heran, um mit ihr zu sprechen. Es schien, als verstünde Marlee ein wenig von dem, was sie sagte, denn sie nickte.

Yuka sprach mit den Ältesten und deutete auf Jonathan. Einer der Männer kam auf ihn zu.

»Sie wollen bleiben hier?«, fragte er.

»Ich bin so froh, dass Sie Englisch sprechen«, erwiderte Jonathan müde.

»Ich sprechen bisschen«, sagte er.

»Ja, ich würde gern bleiben, eine Weile wenigstens«, bestätigte Jonathan.

»Sie können«, sagte der Älteste.

»Danke«, erwiderte Jonathan erleichtert.

Einige andere Clanmitglieder warfen ihm finstere Blicke zu. Offenbar waren sie nicht einverstanden, aber keiner widersprach dem Ältesten.

»Vielleicht Mädchen laufen nicht weg, wenn Sie bleiben«, sagte der Älteste.

»Nein, sie läuft nicht weg«, versprach Jonathan mit gequältem Lächeln.

»Großmutter Name Alba«, sagte der Aborigine. »Tante Name Carina.«

Dankbar nahm Jonathan das zur Kenntnis. Er bemerkte, dass die ältere von Marlees Cousinen eines ihrer Kleider trug. Marlee schaute das Mädchen unglücklich an. Aber sie sagte nichts.

Das Känguru wurde dankbar entgegengenommen und in die glühenden Kohlen des Lagerfeuers geworfen, ohne gehäutet oder ausgeweidet zu werden. Der Geruch nach versengtem Fell erfüllte bald die Luft. Jonathan glaubte, sich übergeben zu müssen. Allmählich drehte sich alles um ihn herum, und er musste sich unter einen Baum in der Nähe legen. Marlee setzte sich zu ihm.

»Ich will nach Hause«, jammerte sie in einem Tonfall, der Jonathan beinahe das Herz brach. Verzweifelt klammerte sie sich an ihren Teddy. »Ich will zu Erin und Onkel Cornelius.«

»Ich weiß«, antwortete er und legte ihr den Arm um die Schultern. Ihm war klar, dass das Leben mit ihrer Familie anders sein würde, doch er musste sich davon überzeugen, dass sie sich hier eingewöhnen könnte. Diese Chance wollte er ihr geben.

Nach einer Weile kamen Marlees Cousinen mit ihrer Tasche auf sie zu. Verblüfft sah Jonathan, wie Marlee ihnen ihre Tasche aus den Händen riss. Die kleinere der beiden begann zu quengeln. Als Marlee die Tasche nicht zurückgeben wollte, versuchte sie, ihr den Teddybären wegzunehmen. Marlee umklammerte ihre Habseligkeiten, und jetzt fing die Kleine an zu schreien. Jonathan hatte keine Ahnung, was er tun sollte, zumal die Clanmitglieder ihn anstarrten, als hätte er dem kleinen Mädchen etwas Furchtbares angetan. Das Gejammer rief Carina herbei. Sie sprach mit dem kleinen Mädchen in ihrer Stammessprache, aber Jonathan verstand dennoch, dass sie wissen wollte, was vorgefallen war. Als die Kleine es ihr unter Tränen erzählte, nahm Carina Marlee die Tasche aus der Hand, holte eines ihrer Kleider heraus und gab es dem kleinen Mädchen. Dann gab sie Marlee die Tasche zurück und zog die Kleine an der Hand mit sich fort.

Marlee drehte sich verwirrt zu Jonathan um. »Das war mein Kleid, Jono«, sagte sie gekränkt und unter Tränen. »Das hat Erin für mich gekauft.«

»Ich weiß«, antwortete Jonathan, der mit ihr fühlte. »Aber vielleicht hat deine Cousine ja keine hübschen Kleider.« Sicher hatte Carina ihre Vorgehensweise für fair gehalten. Er wusste, dass die Mitglieder der meisten Clans alles untereinander teilten. »Weißt du, wie deine Cousinen heißen?«, fragte er. Marlee tat ihm so leid, und wieder hatte er ein schlechtes Gewissen, weil er sie in diese Lage gebracht hatte.

Marlee zeigte auf die, die um die Tasche mit den Kleidern weinte. »Sie ist Kala, und die andere ist Jiba.«

Als es dunkel wurde, fühlte sich Jonathan schon etwas besser. Das Känguru befand man für gar, und einer der Aborigines zog es mit einem Stock aus den Kohlen. Er ließ es zum Abkühlen auf der Erde liegen, dann riss er es auseinander und teilte es in Portionen. Jonathan und Marlee bekamen je ein Stück. Sie waren beide völlig ausgehungert. Marlee machte sich deshalb gleich daran zu essen. Ihr Fleischstück war völlig verkohlt, weil es ein Außenstück war. An der Art, wie sie es kaute, erkannte Jonathan, dass es zäh wie Leder war, und ihre Zähne waren schnell ganz schwarz. Jonathans Fleisch war noch sehr rosa und blutig. Ihm drehte sich der Magen um. Das Wasser, das man ihnen zu trinken gegeben hatte, war ganz schlammig. Erneut wurde ihm übel, und er wünschte, er wäre wieder in Alice Springs. Er wusste, Marlee ging es genauso. Wenn er diese Art zu leben nicht zu ertragen glaubte, wie konnte er das dann von ihr erwarten?

Verstohlen warf Jonathan sein Fleisch weg. Er blieb ruhig sitzen, als Alba und Carina zu ihnen kamen und Marlee dazu bewegen wollten, mit ihnen zu kommen, doch er merkte, dass Marlee sich unbehaglich fühlte. Sie rückte näher an ihn heran und legte die Arme um ihn. Die Frauen wirkten gekränkt und kehrten ans Lagerfeuer zurück.

Als das Feuer langsam verlosch, legten sich die Aborigines ohne Decken auf den Erdboden zum Schlafen. Jonathan war so müde, dass er kaum die Augen aufhalten konnte. Er merkte nicht mehr, dass Marlee sich an ihn kuschelte und ihren Kopf auf seinen Arm legte, so schnell schlief er ein.

Jonathan fuhr aus dem Schlaf auf. Träumte er? Wasser spritzte auf sein Gesicht, klares Wasser. Er leckte sich die Lippen mit seiner trockenen Zunge und schmeckte etwas Süßes. Es dauerte eine ganze Weile, bis er begriff, dass es regnete. Rasch setzte er sich auf und hob Marlee hoch. Das Feuer war erloschen, deshalb war es stockdunkel. Vage erkannte er, dass die Aborigines Schutz suchten. Sie stellten sich unter Bäumen unter. Jonathan und Marlee gesellten sich zu ihnen. Die Bäume boten nur noch wenig Schutz, als der Regen heftiger wurde, so rückten sie eng zusammen. Jonathan nahm Marlee auf seinen Schoß und legte ihr die Arme um den Körper, um sie so gut wie möglich zu schützen. Das Wasser tropfte vom Laub und von den Ästen, und in kürzester Zeit waren alle vollkommen durchnässt.

Mehrere Stunden saßen sie so da, während es wie aus Eimern schüttete und der Regen den Sand im ausgetrockneten Flussbett in zäh fließenden Schlamm verwandelte. Jonathan bemerkte verblüfft, dass die Aborigines im Sitzen schliefen. Er konnte das nicht. Wieder und wieder fragte er sich, was er hier bei diesen Leuten machte. Es fühlte sich einfach nicht richtig an. Ob Marlee wirklich hierhergehörte? Ihr Vater war Europäer, ihre Mutter eine Aborigine gewesen. Wie konnte er von ihr erwarten, dass sie so lebte, während er selbst das nicht ertrug? Er hatte das Bedürfnis, sich bei ihr zu entschuldigen. So hielt er sie ganz fest und schwor sich insgeheim, dafür zu sorgen, dass sie ein besseres Leben bekommen würde.

Als die Sonne aufging und es heiß wurde, zog sich das Wasser aus dem Flussbett zurück und hinterließ eine morastige rote Masse, die an Jonathans und Marlees Schuhen haften blieb. Alle kletterten auf die Uferböschung. Während die Aborigine-Frauen Feuer machten, gingen drei der jüngeren Männer auf die Jagd.

Die Sonne trocknete allmählich ihre Kleidung, doch Jonathan hatte sich noch nie im Leben unwohler gefühlt. Für ein Bad hätte er dem Teufel seine Seele verkauft. Marlees Kleid trocknete recht schnell, aber es war ganz schmutzig, und auch sie brauchte ein Bad. Jonathan hatte ihre Haarbürste eingepackt, doch erst musste ihr Haar gewaschen werden. Er dachte daran, wie entsetzt Erin wäre, wenn sie die Kleine in dem Zustand sehen könnte.

Jonathan beschloss, dem Ältesten zu sagen, dass er Marlee zurück in die Stadt bringen wollte, ehe es zu heiß wurde. Er hatte keine Ahnung, wie er ihnen erklären sollte, dass weder er noch Marlee so leben konnten, und als er es versuchte, wurde der Älteste wütend.

»Sie gehen«, schrie er. »Mädchen bleiben.«

»Was? Nein«, widersprach Jonathan. »Marlee bleibt bei mir.«

»Nein, Sie gehen«, sagte der Älteste wieder.

Jonathan wollte protestieren, aber die männlichen Mitglieder des Clans hatten ihn umzingelt. Sogar Alba warf ihm einen bösen Blick zu.

»Lass mich nicht hier, Jono«, schrie Marlee, und wieder klammerte sie sich an ihn.

Jonathan nahm sie hoch. »Nein, ich lasse dich nicht hier«, gelobte er und drückte sie ganz fest.

35

Jonathan bat den Ältesten, ihn noch einen Tag bei dem Clan bleiben zu lassen, Marlee zuliebe. Der Mann lenkte schließlich ein, doch es war deutlich zu spüren, dass seine Entscheidung bei den anderen, vor allem den jüngeren Männern, nicht gut ankam. Er war froh, dass das Wort des Ältesten Gesetz war.

»Du hast versprochen, dass du mich nicht allein lässt, Jono«, flüsterte Marlee ihm unter Tränen ins Ohr, als er sie zu einem kleinen Felsen in der Nähe trug, wo sie sich in die Morgensonne setzten.

»Ich lasse dich nicht allein«, schwor Jonathan und betete, er würde sein Versprechen halten können.

Als die Sonne am Himmel immer höher kletterte und die Temperatur weiter anstieg, suchten Jonathan und Marlee den Schatten der Bäume auf. Man bot ihnen gekochtes Echsenfleisch an, was Marlee ohne Bedenken annahm, weil sie es kannte, doch Jonathan probierte nur sehr zögerlich. Zu seiner Überraschung schmeckte es ähnlich wie Hühnchen, und er aß dankbar, schließlich hatte er großen Hunger.

Bald kam Alba auf Marlee zu und redete in ihrer Stammessprache auf sie ein. Sie schien Marlee zu bitten, mit ihr zu gehen, um essbare Wurzeln und Beeren zu sammeln. Einige Wörter verstand er. Fragend sah die Kleine Jonathan an.

»Ich warte hier«, sagte Jonathan, »geh nur mit ihr.«

Marlee zögerte und schien besorgt zu sein. Er nahm an, sie hatte Angst, er würde verschwinden, während sie mit ihrer Großmutter unterwegs war.

»Ich werde hier sein, wenn du zurückkommst«, gelobte er feierlich.

Alba und Carina nahmen Marlee, Kala und Jiba mit. Bei der Suche nach essbaren Beeren, Obst und Yamswurzeln würde Marlee eine große Hilfe sein. Nach Yamswurzeln hatte Marlee viele Male mit ihrer Mutter gegraben. Sie erkannte auch mühelos die wilden Früchte und Beeren, die essbar waren.

Während Jonathan auf sie wartete, beobachtete er die anderen Clanmitglieder. Er versuchte, sich vorzustellen, wie es wäre, wenn Marlee bei ihnen aufwachsen würde. Sie war viel hellhäutiger als ihre Verwandten, und ihre Gesichtszüge waren feiner, aber es gab noch weit gravierendere Unterschiede. Sie interessierte sich sehr für Bücher und hörte gern Radio. Sie lag für ihr Leben gern in der Wanne und wollte Erin immer beim Kochen helfen. Das Schönste für sie waren Ballspiele. Cornelius hatte sie in Alice Springs auf den Tennisplatz mitgenommen und ihr beigebracht, wie man den Ball mit dem Schläger übers Netz beförderte. Er hatte zu Jonathan gesagt, sie habe eine gute Augen-Hand-Koordination und sei sehr sportlich. Sie zeichnete gern und sehr gut und war so wissbegierig. Das alles waren Dinge, die sie nie kennengelernt hätte, wäre sie bei ihrer Familie aufgewachsen.

Jonathan versuchte, sich Marlee als Teenager vorzustellen, als Mädchen, das ohne Schulbildung aufwuchs. Sie würde die Bräuche ihrer Familie und ihres Stammes erlernen und Kenntnisse über das Leben im Busch erwerben, doch Lesen und Schreiben würde ihr niemand beibringen. Die Realität des Lebens hier draußen machte ihm Kummer. Eines der Mädchen aus dem Clan sah aus wie etwa dreizehn oder vierzehn. Sie war still und reserviert. Als sie Feuerholz sammeln ging, beobachtete Jonathan sie. Sie war sehr schlank und trug ein verblichenes Hemdkleid. Als sie sich zur Seite drehte, bemerkte Jonathan ihren runden Bauch. Voller Entsetzen begriff er, dass sie schwanger war. Der Gedanke, dass Marlee in wenigen Jahren ein Kind bekäme, war für ihn unvorstellbar. Aber wenn sie beim Clan bliebe, war es mehr als wahrscheinlich, dass sie bald in derselben Lage sein würde wie dieses junge Mädchen.

Jonathan hatte sich für Marlee gewünscht, dass sie ihre Familie kennenlernte, und das war gut so gewesen. Aber nein, er wollte ihre Lebensweise nicht für Marlee. Nun verstand er endgültig, weshalb sie davongelaufen war. Und er hatte wieder einen Fehler gemacht. Aber konnte er den korrigieren?

Kaum war die Abenddämmerung hereingebrochen, ermunterte Jonathan Marlee, sich schlafen zu legen. Mit ihrem Teddy im Arm rollte sie sich neben ihm zusammen.

»Nach Hause«, murmelte sie, »ich will nach Hause.«

»Ich weiß«, tröstete Jonathan sie.

Um Mitternacht lagen alle Aborigines in tiefem Schlaf. Jonathan hoffte, dass sie fester schliefen als gewöhnlich, weil ihr Schlaf in der vergangenen Nacht durch das Unwetter arg gestört worden war.

Jonathan schüttelte Marlee sanft. »Steh auf«, flüsterte er und nahm seine Tasche. »Und sei so leise, wie du kannst.« Sie standen auf und schlichen davon.

Statt im Flussbett zu marschieren, das stellenweise noch sehr schlammig war, folgten sie der Uferböschung in Richtung Alice Springs. Sie waren schon ein ganzes Stück weit gegangen, ehe sich Marlee zu sprechen traute.

»Gehen wir nach Hause, Jono?«, flüsterte sie, Vorfreude in der Stimme.

Jonathan sah sich immer wieder um, weil er sicher sein wollte, dass man sie nicht verfolgte. »Wir gehen zum Auto zurück«, sagte er. »Wo wir dann hingehen, weiß ich noch nicht genau.«

»Können wir denn nicht nach Hause zu Erin und Onkel Cornelius?«

»Sie sind nicht mehr da, Marlee.«

Einen Plan hatte Jonathan nicht. Seine drängendste Sorge war, vom Clan fortzukommen, ohne eingeholt zu werden. Er hatte keine Ahnung, was sie ihm antun würden als Strafe dafür, dass er ihnen Marlee weggenommen hatte, und er wollte es auch nicht erfahren.

Der Mond leuchtete schwach, sie sahen also kaum, wohin sie gingen. Als Orientierungspunkt behielt Jonathan stets das Flussbett im Blick, damit sie sich nicht verliefen. Doch durch Gestrüpp zu wandern war anstrengender als durch das Flussbett zu marschieren, vor allem in der Dunkelheit. Sie mussten über herabgefallene Äste, dornige Büsche und Steinbrocken klettern, und das Gelände war nicht gerade flach. So kamen sie viel langsamer voran. Hin und wieder wurden sie von einem Tier aufgeschreckt. Manchmal war es ein Känguru, das vor ihnen hin und her sprang. Einmal kreuzte ein Wombat ihren Pfad. Die bärenartigen Tiere sahen possierlich aus, nachts jedoch war es unheimlich, ihnen zu begegnen. Immer wieder schreckten sie die in den Bäumen schlafenden Kakadus auf, die kreischend die Flucht ergriffen. Jedes Geräusch brachte Jonathans Herz zum Rasen. Auch hatte er Angst davor, dass sie auf andere Aborigine-Lager stießen. Dass es entlang der Uferböschung andere Lager gab, wusste er, weil sie auf dem Hinweg an ihnen vorbeigekommen waren. Er hatte keine Ahnung, was passierte, wenn sich ihm jemand vom Stamm der Arrernte in den Weg stellte.

Als Marlee müde wurde, trug Jonathan sie wieder. Das verlangsamte ihr Fortkommen noch mehr. Er versuchte, leise zu sein, und wenn er auf einen trockenen Zweig trat, der geräuschvoll zerbrach, blieb er still stehen und hielt den Atem an, darauf horchend, ob er wohl jemanden aufgestört hatte, ehe er vorsichtig weiterging.

Die Stunden zogen sich dahin, und Jonathan überlegte schon, ob er die Stadt wohl verfehlt hatte. Das schien unmöglich, doch er entschied, es sei an der Zeit, im Flussbett weiterzumarschieren, damit er sich orientieren konnte. Marlee schlief, den Kopf an seine Schulter gelehnt. Sacht weckte er sie auf.

»Du musst jetzt allein gehen, Marlee«, sagte er. Er setzte sie ab und streckte den Rücken. »Von jetzt an laufen wir im Flussbett.«

Marlee stöhnte verschlafen, und Jonathan führte sie durch die Bäume auf das Flussbett zu. Zum Glück war es nur am äußeren Rand schlammig, an dem Ufer, das stets im Schatten der Bäume lag, in der Mitte war es sandig. Das Wasser war fast vollständig in die Erde gesickert, was das Vorankommen bedeutend vereinfachte.

»Ich hab Durst, Jono«, sagte Marlee. »Und Hunger auch.«

»Ich weiß. Mir geht es genauso«, erwiderte Jonathan. »Sobald wir in der Stadt sind, werden wir etwas essen und trinken.«

Jonathan sah die ersten Strahlen des Morgenlichts den östlichen Himmel durchbrechen, daher wusste er, dass sie etwa sechs Stunden unterwegs gewesen waren. Sie kamen an zwei Gruppen von Aborigines vorbei, die am Flussufer lagerten und jetzt erwachten. Das bedeutete, Marlees Familie wusste inzwischen, dass sie fort waren. Sie mussten weiter. Sie mussten zum Auto kommen.

Als die Stadt endlich in Sicht kam, war Jonathan hochbeglückt. Er schaute noch einmal zurück, wie er das Hunderte von Malen getan hatte, aber niemand folgte ihnen. Nur noch ein kleines Stückchen, und sie wären in Sicherheit.

Weil niemand sie von Weitem sehen sollte, gingen sie nun am Rand des Flussbettes unter den Bäumen entlang. Als sie das Haus erreichten, tranken sie ausgiebig von einem draußen angebrachten Wasserhahn. Marlee setzte sich erfreut mit ihrem Teddy auf ihre Schaukel, während Jonathan sich davon überzeugte, dass die Türen verschlossen waren und keines der Fenster offen stand. Er wollte sicher sein, dass Bojan Ratko nicht am Haus gewesen war. Die Scheibe des Küchenfensters war noch nicht ersetzt, aber Bojan hätte nicht hindurchklettern können – er war zu korpulent. Rasch machten sie sich auf den Weg zu Jonathans Wagen.

»Wohin fahren wir?«, fragte Marlee.

Der Oldsmobile stand versteckt in einem alten Schuppen, in dem früher einmal ein Boot untergebracht gewesen war. Der

Schuppen gehörte zu einem leer stehenden Haus. Er war nicht allzu weit von dem Haus entfernt, in dem sie mit Erin und Cornelius gewohnt hatten.

Jonathan hatte noch nicht allzu intensiv darüber nachgedacht, wohin sie gehen sollten. Er hatte seine ganzen Sachen im Wagen. Bevor sie zu dem Clan aufgebrochen waren, hatte er alles, was er besaß, dorthin gebracht. Der Motor des Wagens sprang problemlos an, und sie fuhren los. Ohne dass er sich dessen bewusst war, lenkte Jonathan den Oldsmobile zu Carol-Anns Haus.

An diesem Morgen begann Carol-Anns Schicht erst um zehn Uhr. Als sie auf ein Klopfen hin die Tür öffnete, war deutlich zu sehen, dass sie entsetzt, gleichzeitig jedoch hocherfreut war.

»Jonathan!«, rief sie. »Marlee!«

Jonathan fühlte sich in seiner Aufmachung sehr unwohl. »Guten Morgen, Carol-Ann«, sagte er. »Tut mir leid, dass ich Ihnen so früh ins Haus falle, aber … ich wusste nicht, wo wir sonst hinsollten.«

»Kommen Sie herein«, bat sie, sicher, dass irgendetwas passiert war.

»Es tut mir leid, dass wir so schmutzig sind, die vorletzte Nacht haben wir im Regen verbracht«, erklärte Jonathan.

»Im Regen? Wieso?«, wollte Carol-Ann wissen und führte sie in die Küche. Ihre Eltern waren noch nicht aufgestanden. Sie hatte Michaela gerade Frühstück gemacht. »Möchtest du mir guten Morgen sagen, Marlee?«, fragte sie und beugte sich lächelnd zu der Kleinen hinunter. »Weißt du noch, wer ich bin?«

Marlee nickte. »Guten Morgen«, sagte sie schüchtern. Sie mochte die Dame, die immer so freundlich zu ihr gewesen war.

»Das ist mein kleines Mädchen. Michaela«, sagte Carol-Ann und zog den Stuhl am Küchentisch neben ihrer Tochter vor. »Du setzt dich hierhin, und ich gebe dir etwas zu essen und zu trinken.«

Carol-Ann sah, wie erschöpft Marlee war. Auch Jonathan wirkte sehr müde. Freundlich lächelnd nickte er Michaela zu.

In Carol-Anns sauberer Küche fühlte Jonathan sich noch unbehaglicher. »Wir waren ein paar Tage bei Marlees Aborigine-Verwandten«, sagte er. »Vorletzte Nacht hatten wir einen heftigen Regen.«

»Bei dem Unwetter waren Sie im Freien?«, fragte Carol-Ann ungläubig.

Jonathan nickte. »Die ganze Nacht. Wir können nicht zu dem Haus zurück, in dem wir bis vor Kurzem gewohnt haben, weil …« Er brach ab, weil er Carol-Ann vor Marlee nicht erzählen wollte, was geschehen war.

»Ich mache Ihnen etwas zu essen«, sagte Carol-Ann. »Später wird noch genug Zeit für Erklärungen sein. Möchten Sie beide sich etwas waschen?«

»Ich hätte furchtbar gern eine Dusche«, sagte Jonathan. »So schmutzig habe ich mich noch nie gefühlt, nicht mal, als ich noch in der Mine arbeitete.«

»Na dann, bitte«, sagte Carol-Ann und deutete auf das Badezimmer. »Während Sie sich frisch machen, gebe ich Marlee etwas zu essen, danach kann sie sich dann waschen.«

Nachdem sie sich gewaschen und saubere Kleidung angezogen hatten, fühlten Jonathan und Marlee sich bedeutend besser. Carol-Ann briet für Jonathan Eier und Speck und machte einen ganzen Berg Toast. Marlee hatte schon ein Ei und drei Scheiben Toast gegessen. Jetzt zeigte Michaela ihr ihre Puppen.

»Ich habe noch nie im Leben genüsslicher gefrühstückt«, sagte Jonathan. »Eier und Speck schlagen Echsen- und halb gegartes Känguruﬂeisch um Längen.«

Jonathan trank gerade seine zweite Tasse Kaffee, als Carol-Anns Eltern in die Küche kamen.

»Dachte ich doch, dass ich Stimmen gehört hätte«, sagte Carol-Anns Vater. »Hallo, Jonathan.«

Jonathan war Herbert und Silvia Watson vorgestellt worden, als Carol-Ann ihn mit zu sich nach Hause genommen hatte, um Michaela kennenzulernen. Er hatte einen guten Eindruck auf die

Watsons gemacht. Als Carol-Ann ihren Eltern später erzählte, wie es dazu gekommen war, dass er der gesetzliche Vormund eines kleinen Mädchens geworden war, waren sie umso beeindruckter.

Jonathan hielt Herbert und Silvia Watson für reizende Menschen. Als Michaela Marlee zum Spielen mit nach draußen nahm, erzählte Jonathan Carol-Ann und ihren Eltern, was in den letzten Tagen passiert war. Sie hörten, was Bojan getan hatte, und waren entsetzt. Natürlich verstanden sie, weshalb er Marlee zu ihren Aborigine-Verwandten gebracht hatte.

»Sie haben ziemlich was durchgemacht«, sagte Herbert. »Es ist ganz sicher am besten, Sie halten sich bedeckt, wenn ein Mann wie Bojan Ratko nach Ihnen und Marlee sucht.«

»Haben Sie Pläne für die Zukunft?«, fragte Carol-Ann.

»Aus verschiedenen Gründen kann ich nicht wieder in der Mine arbeiten. Marlee mit nach England zu nehmen ist das Einzige, was mir bleibt. Aber erst einmal muss ich ihr einen Pass besorgen.«

»Ich kenne jemanden in der Stadt, der diesen Prozess etwas beschleunigen könnte«, sagte Herbert.

»Das wäre ja wunderbar«, erwiderte Jonathan dankbar.

»Ich rede noch heute mit ihm«, versprach Herbert. »In der Zwischenzeit können Sie bei uns bleiben. Wir haben Platz genug. Und Ihr Auto können Sie in die Garage stellen, da sieht es keiner.«

»Das ist ein sehr großzügiges Angebot«, sagte Jonathan anerkennend.

»Sie sehen erschöpft aus, Jonathan«, bemerkte Carol-Ann. »Ich muss ein paar Stunden arbeiten, also wieso legen Sie sich nicht einfach eine Weile schlafen?«

»Ich bin müde und Marlee sicher auch, obwohl sie viel Spaß mit Michaela zu haben scheint.«

Die beiden waren immer noch draußen. Michaela war ein sehr liebes Mädchen, also wusste Jonathan, dass Marlee in guter Gesellschaft war. Die Kleine spielen zu sehen war für ihn die Bestätigung, dass es gut gewesen war, sie vom Clan fortzubringen.

»Haben Sie Erin und Cornelius in der Stadt gesehen?«, fragte Jonathan.

»Ja, immer mal wieder.«

»Ich glaube, die beiden haben sich in der Todd Tavern ein Zimmer genommen«, sagte Jonathan. »Ich weiß, Erin wird sich Sorgen machen, vor allem um Marlee.«

»Soll ich ihr sagen, dass Sie inzwischen wieder hier und in Sicherheit sind?«, bot Carol-Ann an. »Ich könnte gleich jetzt vor der Arbeit in die Todd Tavern gehen.«

»Das wäre wirklich großartig«, erwiderte Jonathan. »Wenn alles nach Plan läuft, fliegen wir vielleicht in ein paar Tagen zusammen mit Erin nach England.«

Carol-Ann ließ sich ihre Enttäuschung nicht anmerken. Sie wusste, sie würde Jonathan sehr vermissen.

Erin war völlig perplex, als Carol-Ann an die Tür ihres Zimmers oben in der Todd Tavern klopfte. »Miss Watson …«

»Hallo«, sagte Carol-Ann. »Ich weiß, ich bin die Letzte, die Sie hier zu sehen erwarten.«

»Ja, allerdings«, gab Erin zu. »Weshalb sind Sie gekommen?« Sie hatte nicht unhöflich klingen wollen, aber sie war einfach zu erstaunt.

»Ich habe eine Nachricht von Jonathan«, sagte Carol-Ann.

Erin riss die Augen auf. »Von Jonathan!« Sie begriff nicht, wie das möglich sein konnte. »Er ist doch … er ist doch … gar nicht in der Stadt …«

»Er ist im Moment bei meiner Familie«, entgegnete Carol-Ann. »Er und Marlee waren die ganze Nacht zu Fuß unterwegs, um in die Stadt zurückzukommen. Ganz früh heute Morgen sind sie angekommen.«

»Wieso sind sie denn wieder hier?«, fragte Erin.

»Das soll Jonathan Ihnen lieber selbst erklären. Im Moment schlafen er und die Kleine, aber Sie dürfen die beiden später gern besuchen. Hier ist die Adresse.« Sie reichte Erin ein Stück Papier, auf das sie die Adresse geschrieben hatte. »Ich muss jetzt zur Arbeit. Bis dann.«

Cornelius hatte ihr Gespräch mit angehört, sich aber nicht einmischen wollen. »Was ist da wohl passiert?«, fragte er nun Erin.

»Ich weiß nicht. Offenbar wohnen Jonathan und Marlee bei Miss Watson.«

»Wieso?«, wollte Cornelius wissen.

»Ich weiß nicht, das finde ich jedoch noch heraus.«

36

Erin fand es qualvoll, bis zum frühen Nachmittag zu warten, ehe sie an Carol-Ann Watsons Tür klopfen konnte, aber sie wollte Jonathan und Marlee die Möglichkeit geben, in Ruhe auszuschlafen. In der Zwischenzeit zermarterte sie sich das Hirn mit Spekulationen über den Grund dafür, dass die beiden wieder in der Stadt waren. Je länger sie darüber nachdachte, desto eifersüchtiger wurde sie auf die Freundschaft zwischen Carol-Ann und Jonathan. Sie wusste, dass das falsch war und beschämend noch dazu, aber sie konnte nicht anders.

In einem sehr hübschen Sommerkleid öffnete Carol-Ann Erin die Tür. Mit dem langen, seidigen Haar, das ihr auf die zart gebräunten Schultern fiel, sah sie aus wie ein Teenager. Sie lächelte unbeschwert und bat Erin und Cornelius ins Haus. Erin hatte Carol-Ann in Coober Pedy nicht gekannt, doch Jonathan hatte sie als traurigen Menschen beschrieben, der nicht dorthin gehörte. Ganz offensichtlich existierte diese junge Frau nicht mehr. Jonathan empfand die Verwandlung als wahrhaft bewundernswert, und Erin verstand, wieso. Wieder regte sich eine Spur Eifersucht, gleich gefolgt von Reue.

»Jonathan ist hinten auf der Veranda«, sagte Carol-Ann und ging ihnen über makellos saubere Linoleumböden voraus.

Erin schaute sich um und bewunderte den ordentlich geführten Haushalt. Und wieder schämte sie sich dafür, dass sie Carol-Ann so verurteilt hatte. Durch eine Glastür gingen sie auf die schattige Veranda. Jonathan saß in einem weißen Korbstuhl, umgeben von einer Ansammlung von Topfpflanzen – Farnen, Orchideen und Palmen. Blumenampeln mit bunten Fuchsien hingen an den Holzbalken.

Jonathan trank Tee. Er hatte ein paar Stunden geschlafen, wie Marlee auch, und so ging es ihnen bedeutend besser als am Morgen. Er beobachtete Michaela und Marlee, die im Garten lebhaft über ein halb fertiges Kinderhaus diskutierten, das Herbert für seine Enkelin baute. Für ein Spielhaus war es beeindruckend. Es stand unter einem großen Feigenbaum und hatte sogar ein Obergeschoss, das bis an die unteren Zweige des Baumes reichte. Jonathan verstand nicht, worüber die beiden Mädchen redeten, aber sie schienen eine hitzige Debatte über die künftige Nutzung des kleinen Cottages zu führen, und das brachte ein Lächeln auf seine Lippen.

»Jonathan! Warum sind Sie schon zurück?«, fragte Erin, als sie auf die Veranda hinaustrat. Sie konnte einfach nicht länger warten, sie musste es jetzt wissen. »Haben Sie Marlees Familie nicht gefunden?«

Jonathan freute sich, sie und natürlich auch Cornelius wiederzusehen, und strahlte bis über beide Ohren. Es kam ihm vor, als wären Wochen seit ihrer letzten Begegnung vergangen. »Doch, wir haben eine Nacht bei ihnen verbracht …«

Ehe Jonathan mit der Erklärung fortfahren konnte, kam Marlee mit ihrem Teddy auf Erin und Cornelius zugerannt und kreischte vor Begeisterung. Sie warf die Arme um Erin und Cornelius und drückte sie fest. Die beiden freuten sich genauso sehr, die Kleine zu sehen, denn sie hatten sie schrecklich vermisst. Marlee erzählte voller Stolz, dass Michaela ihre neue Freundin sei, und zeigte ihnen einige der Spielsachen. Zum ersten Mal sahen sie, wie glücklich Marlee mit einem anderen Kind zusammen war, und das freute sie.

Michaela war sehr offen. Sie plauderte mit den Gästen, als würde sie sie schon ihr Leben lang kennen. Erin und Cornelius fanden wie Jonathan, dass Michaela ein hinreißendes kleines Mädchen war. Sie merkten, dass sie für ihr Alter sehr klug war und dass sie einen positiven Einfluss auf Marlee hatte. Jetzt liefen die Mädchen zur Schaukel und stießen sich abwechselnd an.

Während Carol-Ann in die Küche ging und für Erin und Cornelius Tee aufbrühte, setzten die beiden sich zu Jonathan.

»Nun erzählen Sie, Jonathan. Was ist passiert? Warum sind Sie wieder da?«, fragte Erin.

»Ich habe schon wieder einen Fehler gemacht. Ich hätte Marlee nicht zu ihrer Familie zurückbringen dürfen«, erklärte Jonathan voller Bedauern.

»Wieso sagen Sie das?«

»Ich verstehe jetzt, weshalb sie vor dem Clan weggelaufen ist.«

»War ihre Familie nicht nett zu ihr?«, fragte Cornelius besorgt.

»Sie war nicht unfreundlich. Aber die Aborigines haben eine ganz eigene Art zu leben. Alles ist so anders. Und wenn Marlee auch Halb-Aborigine ist, hat sie das so doch nie kennengelernt. Sie hat in einem Zelt gewohnt, aber da hatte sie wenigstens Schutz vor dem Regen, und sie besaß ein Feldbett sowie Decken, mit denen sie sich warm halten konnte. Manchmal hat sie einheimische Wildtiere gegessen, die waren jedoch ordentlich zubereitet, weil Andro das Fleisch nicht anders hätte essen mögen. Sie bekam fast jeden Tag Gemüse, auch wenn das Gemüse meist aus der Dose kam, und Milch hatte sie auch.«

»Was haben Sie denn gegessen, solange Sie bei dem Clan waren?«, fragte Erin voller Neugier.

»Mir gaben sie ein Stück Kängurufleisch, das war so roh, dass das Blut noch herauslief.«

Erin rümpfte angeekelt die Nase.

»Den Geruch werde ich im Leben nie mehr vergessen. Marlees Stück war verbrannt. Die haben das komplette Tier ins Feuer geworfen. Und sie haben es vorher weder gehäutet noch ausgenommen.« Er verzog das Gesicht zu einer Grimasse. Allein schon der Gedanke an dieses Essen ließ Übelkeit in ihm aufsteigen.

Erin drehte sich der Magen um.

»Vorgestern Nacht hat es gegossen«, erzählte Jonathan.

Erin und Cornelius waren wach geworden, als der Regen angefangen hatte, auf das Wellblechdach des Hotels zu trommeln. Hätten sie gewusst, dass Jonathan und Marlee in diesem Regen draußen waren, hätten sie vor lauter Sorgen eine schlaflose Nacht gehabt.

»Wir haben mit dem Clan zusammen Schutz unter den Bäumen gesucht, aber wir wurden bis auf die Haut durchnässt. Der Regen hinterließ im Flussbett eine morastige Masse, die an unseren Füßen und an unserer Kleidung haften blieb, und wir hatten kein Wasser, um uns zu säubern.«

»Ich kann mir nicht mal vorstellen, wie das gewesen ist«, sagte Erin.

»Solange ich auf den Opalfeldern arbeitete, hat es nicht ein einziges Mal geregnet, aber selbst wenn, hätte ich mich hinterher mit Wasser waschen können. Marlee sagte immer wieder, sie wolle nach Hause. Natürlich meinte sie damit, zurück zu Ihrem Haus. Sie hat Sie beide so vermisst und das Baden und ihr bequemes Bett. Das hat mich richtig bedrückt. Marlee gehört zwei verschiedenen Welten an. Sie ist halb Europäerin und halb Aborigine. Ich habe endlich begriffen, dass sie nie in einer einzigen dieser Welten ganz heimisch werden kann.«

»Da haben Sie wahrscheinlich recht, Jonathan«, sagte Cornelius.

»Eines weiß ich allerdings sicher: Mit ihrer Familie und dem Clan kann sie nicht leben. Würde ich sie dort lassen, hätte ich keine ruhige Minute mehr.«

»Immerhin haben Sie es versucht, Jonathan«, sagte Cornelius. »Was Sie gemacht haben, dürfen Sie nicht als Fehler ansehen, es war etwas, das Sie tun mussten.«

Erin spürte, dass da noch mehr war, etwas, das Jonathan ihnen nicht sagen wollte. »Gab es einen besonderen Moment, der Sie zu dem Schluss kommen ließ, dass Marlee nicht zu ihrer Familie gehört?«

»Ja«, antwortete Jonathan und senkte die Stimme. »Ich sah,

dass ein heranwachsendes Mädchen schwanger war. Ehrlich, sie war nicht älter als dreizehn oder vierzehn. Ich mag mir Marlee in solch einer Lage gar nicht vorstellen. Nicht auszudenken! Ihr soll jede Möglichkeit im Leben offen stehen, einschließlich einer guten Erziehung und Bildung. Das verdient sie.«

»Und was jetzt?«, fragte Cornelius. »Nach Coober Pedy können Sie wohl nicht zurück.«

»Ich nehme Marlee mit nach England. Das ist die einzige Möglichkeit. Eines Tages kommen wir vielleicht zurück, wenn Liza einverstanden ist.«

»Marlee braucht einen Pass«, sagte Cornelius.

»Herbert, Carol-Anns Vater, ist gerade bei einem Freund, der uns hilft zu arrangieren, dass Marlee schnell einen Pass bekommt.«

»Wie schnell?«, fragte Erin.

»Wenn alles gut geht, hoffe ich, dass wir in einer Woche mit Ihnen fliegen können.«

»Haben Sie mittlerweile von Liza gehört?«

»Nein. Aber Carol-Anns Mutter ist in die Stadt gefahren. Sie geht beim Postamt vorbei und sieht nach, ob Post für mich angekommen ist.«

»Wieso sind Sie eigentlich hierhergekommen?«, wollte Erin wissen. »Sie hätten doch auch zu uns in die Todd Tavern kommen können.«

»Ich wollte nicht, dass Bojan Ratko meinen Wagen irgendwo in der Stadt sieht.«

»Es ist schon am besten, Sie halten sich bedeckt«, stimmte ihm Cornelius zu.

»Wir waren außerdem so schmutzig, dass wir sofort aufgefallen wären. Carol-Ann war so nett und hat uns ihr Bad benutzen lassen. Sie hat ein T-Shirt und ein paar Shorts von Michaela für Marlee gefunden, denn wir haben ihre Tasche im Lager gelassen. Ich selbst hatte ja meine Kleidung im Wagen. Carol-Ann und ihre Eltern sind wundervoll. Ich weiß ihre Hilfe wirklich zu schätzen.«

In diesem Moment kam Carol-Ann mit einem Tablett aus der Küche. »So, da wären wir«, sagte sie und stellte es ab. Sie hatte Tee gekocht und einen Teller mit Kuchen gebracht.

»Wir beide, mein Onkel und ich, sind sehr froh über die Hilfe, die Sie Jonathan und Marlee angedeihen lassen«, sagte Erin aufrichtig. »Vielen Dank dafür.«

»Dafür müssen Sie mir nicht danken. Jonathan hat sich in Coober Pedy mit mir angefreundet, was sonst keiner wollte«, erwiderte Carol-Ann. Ein Schatten von Traurigkeit überzog ihr Gesicht. »Es ist mir eine tiefe Freude, ihm seine Freundlichkeit vergelten zu können, und sei es auch auf sehr bescheidene Weise.«

»Was Sie tun, ist alles andere als bescheiden, Carol-Ann«, sagte Jonathan. »Ihre Großzügigkeit werde ich nie vergessen. Sie haben einen Freund fürs Leben in mir.«

Erin fühlte sich auf einmal besser. Carol-Ann war für Jonathan also wirklich nur eine gute Freundin.

Sie saßen zusammen und tranken Tee. Für Marlee und Michaela gab es Milch, und alle aßen von dem Kuchen. Erin, Cornelius und Jonathan fiel auf, wie gelöst Marlee wirkte. Sie war bei den Menschen, die sie liebte, und sie hatte eine Freundin zum Spielen gefunden.

»Machst du ein Ballspiel mit mir und Michaela, Onkel Cornelius?«, fragte Marlee, als sie ihren Kuchen aufgegessen hatte.

»Na schön«, antwortete Cornelius und stand auf. »Aber ihr Mädchen seid hoffentlich gnädig zu einem alten Mann wie mir.«

Marlee kicherte, sie war mit seiner Art Humor vertraut.

»Soll ich Gula für dich halten, Marlee?«, fragte Erin.

Marlee nickte und reichte ihr den arg mitgenommenen Teddybären.

»Den Bären legt sie wohl nie weg, was?«, fragte Carol-Ann.

»Nein. Gula ist ihr wertvollster Besitz«, erklärte Jonathan. »Sie vertraut ihn nur mir oder Erin an, sonst keinem. Sie hat ihn immer schon heiß und innig geliebt, und seit dem Tod ihrer Eltern hängt sie noch viel mehr an ihm.«

»Gula müsste mal gewaschen werden und genäht. Er verliert seine Füllung, weil hier am Hals eine Naht aufgeplatzt ist.« Erin versuchte, die herausquellende Füllung wieder in den Teddyhals zurückzustopfen.

»Ich hole meinen Nähkasten, wenn Sie mögen. Und wenn er genäht ist, kann ich ihn schnell waschen, solange Marlee spielt«, schlug Carol-Ann vor. »In der Sonne trocknet er rasch, und danach sieht er wieder wie neu aus.«

»Da scheint etwas Hartes drin zu stecken«, sagte Erin, als sie ihren Finger wieder aus der geplatzten Naht zog.

»Was ist es denn?«, fragte Jonathan.

»Ich weiß nicht«, meinte Erin verwirrt. »Sehen Sie mal nach.« Sie drückte ihm den Teddy in die Hand.

Jonathan tastete. »Da ist tatsächlich irgendwas drin«, kommentierte er stirnrunzelnd. »Es fühlt sich an wie … wie ein Stein.« Er zog immer mehr von der Füllung aus der Halsnaht, dabei behielt er ein Auge auf Marlee. Sie hatte einen Lachanfall, weil Cornelius mit dem Ball Späße machte. Je mehr Füllung Jonathan aus dem Teddybären herauszog, desto sichtbarer wurde der Inhalt. Als er begriff, was in dem Teddy steckte, hielt er die Luft an, und seine Augen weiteten sich.

»Was ist denn los, Jonathan?«, fragte Erin.

Er bog den Kopf des Teddys nach hinten und zog langsam heraus, was drinnen war. Dabei blieb ihm der Mund offen stehen. Er starrte den Gegenstand an, hielt ihn in der Hand und schaute zu Erin.

»Ist es das, was ich denke?«, fragte sie.

»Was ist das?«, fragte Carol-Ann. »Ein Opal?«

»Nicht bloß irgendein Opal«, flüsterte Jonathan heiser, während er den Stein begutachtete. Er war gerade so groß, dass er eingebettet in die Füllung in den Teddy passte.

»Das ist der … Olympic Australis, ja?«, fragte Erin. Es schien unmöglich, aber solch einen Opal hatte sie noch nie gesehen.

»Das … muss er wohl sein.« Voller Ehrfurcht prüfte Jonathan

den Opal. Er versuchte, sich an Andros Beschreibung des Steins zu erinnern. »Wochenlang hat Marlee ihn mit sich herumgetragen, und wir hatten keine Ahnung davon. Ist euch klar, dass der unglaublich wertvoll ist?« Er war wie vor den Kopf gestoßen. Nur davon, dass er ihn hielt, zitterten ihm die Hände. Jonathan stand auf und ging mit dem Opal in der Hand auf und ab. »Die ganze Zeit war er hier bei uns«, keuchte er. »Die ganze Zeit!«

»Also hatte Bojan Ratko recht«, sagte Erin enttäuscht. »Andro hat ihm den Opal tatsächlich gestohlen.«

Jonathan verspürte das Bedürfnis, Andro zu verteidigen. »Er hätte ihnen beiden gehören sollen. Schließlich waren sie Partner in der Mine. Aber Bojan hat Andro nicht erzählt, dass er den Stein gefunden hat. Andro fand das heraus, als Bojan einmal sehr betrunken war und zu jemandem im Hotel davon sprach, da war die Geschichte dann raus. Ich nehme an, Andro hat den Stein vor lauter Wut gestohlen. Ich bin sicher, er dachte an Marlee und daran, was der Stein einmal für sie bedeuten könnte.« Er reichte den Opal Erin, damit sie ihn genauer inspizieren konnte.

»Was werden Sie damit machen?«, fragte Erin.

Er wusste, woran sie dachte. Für den Opal würde Bojan über Leichen gehen. Jonathan stand unter Schock, versuchte dennoch, rational zu denken. »Das war ziemlich schlau von Andro, ihn in Marlees Teddy zu verstecken. Er wusste, darauf würde Bojan nie kommen. Also fürs Erste stecke ich ihn wieder zurück, bis ich weiß, was ich machen werde.« Er machte sich daran, Stein und Füllung wieder in den Teddy zu stopfen.

»Moment, Jonathan«, bat Erin. »Könnte Onkel Cornelius mal einen Blick darauf werfen? Einen derart außergewöhnlichen Opal bekommt man ganz bestimmt nur einmal im Leben zu sehen.«

»Natürlich, aber Marlee soll ihren Gula nicht mit herunterhängendem Kopf sehen.«

»Ich werde sie ablenken«, schlug Carol-Ann hilfreich vor. Sie ging zu den Mädchen, die sich gerade auf Cornelius stürzten und ihn kitzelten. Sie amüsierten sich prächtig. »Na kommt, Mädchen, lasst Onkel Cornelius mal Atem holen«, sagte sie. »Ich habe Eiscreme für euch in der Küche.«

Kreischend vor Freude folgten die Mädchen Carol-Ann ins Haus. Cornelius ging auf die Veranda zurück und setzte sich neben Erin.

»Puh«, sagte er und holte tief Luft. »Diese Mädchen schaffen es noch, dass ich mir so alt vorkomme wie die antiken Pyramiden.«

»Ich muss dir was zeigen, Onkel Cornelius«, sagte Erin. »Da fühlst du dich gleich wieder wie zwanzig.« Sie hielt den Opal hinter ihrem Rücken verborgen, dann streckte sie die Hand vor.

»Was hast du denn da?«, fragte Cornelius erwartungsvoll.

Erin hielt den Stein in der ausgestreckten Hand. »So etwas hast du doch bestimmt noch nie gesehen, oder?«

Cornelius starrte auf den Opal, als könnte er nicht glauben, was er da sah. »Herr im Himmel!« Er holte tief Luft und richtete sich auf. »Das ist das … das, was ich denke?«, fragte er. Auf eine Erklärung wartend, schaute er Jonathan an. Alle möglichen Gedanken gingen ihm durch den Kopf. Er war sicher, Jonathan hatte sie nicht absichtlich belogen, aber er war verwirrt.

»Ja, das ist der Olympic Australis«, sagte Jonathan. »Wir haben ihn gerade gefunden.«

»Sie haben ihn gefunden!« Cornelius starrte Jonathan verständnislos an. »Wo haben Sie ihn gefunden?«

Jonathan war klar, was Cornelius dachte. Dass er sie alle angelogen hatte, als es um die Frage ging, wo der Stein sein könnte.

»Er war in Marlees Teddybär, Onkel Cornelius«, sagte Erin leise, damit die Kleine sie in der Küche nicht hörte.

Jonathan zeigte Cornelius die aufgerissene Naht am Hals des Teddys. »Die Füllung guckte heraus. Erin steckte sie wieder hinein, und da fiel ihr auf, dass etwas Hartes in dem Teddy war. Wir entdeckten den Opal. Marlee hat ihn die ganze Zeit mit sich herumgetragen.« Er riss die Augen auf, als ob ihm plötzlich etwas eingefallen wäre. »Jetzt ergeben Andros letzte Worte auch einen Sinn.«

»Was hat er denn gesagt?«, fragte Erin.

»Kurz vor seinem letzten Atemzug nahm er mir das Versprechen ab, dafür zu sorgen, dass Marlee nie ihren Teddy verlor. Damals war mir klar, er würde bald sterben, was dann ja auch so kam. Ich fand es dennoch ziemlich mysteriös, dass er sich um einen Teddy sorgte.«

»Gut möglich, dass Sie nie erfahren hätten, dass der Stein in dem Bären steckte«, sagte Erin und versuchte sich vorzustellen, Marlee wäre eines Tages aus dem Teddybäralter herausgewachsen und hätte ihn weggeworfen.

»Ja, genau. Wenn die Naht nicht geplatzt wäre, hätten wir das nie herausgefunden. Wie konnte Andro nur glauben, dass wir den Opal finden?«

Hatte Cornelius nur den leisesten Zweifel an Jonathans Ehrlichkeit, verflüchtigte dieser sich jetzt. »Selbst im Rohzustand ist der Stein atemberaubend«, sagte er, die Intensität der Farben bewundernd. »Ich müsste raten, wie viel Karat wir hier haben, aber eines weiß ich sicher: Es ist zu neunundneunzig Prozent Edelstein, mit einem Prozent Schmutz vielleicht. So etwas habe ich wirklich noch nicht gesehen. Ich bezweifle, dass solch ein prachtvolles Stück je wieder gefunden wird.« Er schüttelte den Kopf und lachte vor Entzücken. »Ich fasse es einfach nicht, dass ich etwas so Einzigartiges und Kostbares in der Hand halte.«

Erin lächelte. Sie wusste, dass er als Edelsteinhändler gerade einen ganz besonderen Moment erlebte.

»Was machen Sie jetzt damit?«, fragte Cornelius. »Sie können den Opal nicht einfach so herumliegen lassen. Er sollte an einem sehr sicheren Ort verstaut werden.«

»Wir haben beschlossen, ihn wieder in den Teddybären zurückzustecken«, antwortete Jonathan. »Das ist der sicherste Platz.«

»Sind Sie vollkommen verrückt geworden, Jonathan? Sie können doch Marlee nicht die Verantwortung für diesen kostbaren Stein überlassen«, bemerkte Cornelius ungläubig. »Haben Sie überhaupt eine Ahnung, wie viel er wert ist? Tausende von Pfund müssen das sein.«

Er versuchte sich vorzustellen, dass Marlee ihren Gula mit dem Olympic Australis darin während der langen Reise von Coober Pedy über den Ayers Rock nach Alice Springs stets bei sich getragen hatte, dass sie ihn den ganzen weiten Weg zum Aborigine-Lager gehalten hatte und dass sie allein in die Stadt zurückgekommen war. Unzählige Male hätte sie den Teddy verlieren können.

»Sie wissen doch, dass Marlee Gula nie aus den Augen lässt, es sei denn, sie vertraut ihn einem von uns an. Er konnte also gar nicht sicherer aufgehoben sein als bei ihr.«

»Diesen Teddy werde ich nie mehr mit denselben Augen sehen«, sagte Cornelius.

Jonathan bugsierte den Opal in den Teddy zurück und stopfte die Füllung wieder hinein. »Könnten Sie uns Ihren Nähkasten bringen, Carol-Ann?«, rief er.

Carol-Ann wusste, das war das Zeichen, dass sie die Mädchen wieder hinaus in den Garten lassen konnte. »Ja, gut«, rief sie, schickte Marlee und Michaela nach draußen und holte ihren Nähkasten.

»Das muss unter uns bleiben«, sagte Jonathan. »Vielleicht hängt unser Leben davon ab«, fügte er feierlich hinzu.

Sie stimmten alle zu.

»Wird es dem Opal schaden, wenn ich den Teddy für Marlee wasche?«, fragte Carol-Ann.

»Aber nein«, antwortete Jonathan. »Opale brauchen Feuchtigkeit.«

Carol-Ann nähte den Teddy, dann wusch sie ihn behutsam. Alle zehn Minuten begutachtete Marlee ihren Gula, um zu sehen, ob er schon getrocknet war. Sie konnte es kaum erwarten, ihn wieder in den Arm zu nehmen und zu drücken.

»Ich hoffe, Herberts Freund kann Marlee rasch einen Pass beschaffen«, sagte Jonathan zu Erin. »Es wäre so viel besser für Marlee, wenn wir zusammen mit Ihnen reisen könnten.«

»Und ich würde mich über die angenehme Gesellschaft

freuen«, erwiderte Erin fröhlich. Sie würde ein paar weitere kostbare Stunden mit Jonathan und Marlee verbringen können.

Kurze Zeit später kehrten Herbert und Silvia aus der Stadt zurück.

»Mein Freund Patrick sagt, er tut sein Möglichstes, um Marlee einen Pass zu besorgen«, sagte Herbert. »Es wird nicht länger als drei Tage dauern.«

»Das ist ja wunderbar«, erwiderte Jonathan erfreut.

»Wir müssen nur noch mal in die Stadt und ein Foto von ihr machen lassen«, fügte Herbert hinzu. »Das können wir gleich morgen früh erledigen. Ach, ich habe übrigens meinen Nachbarn gefragt, ob er nicht den Oldsmobile kaufen möchte. Er sieht ihn sich später mal an, auf jeden Fall ist er interessiert, da er schon seit Längerem einen Wagen sucht.«

»Danke, Herbert. Ich bin sicher, er hat viel Freude damit.« Jonathan musste den Wagen verkaufen, denn er brauchte das Geld für die Flugtickets.

»Ich habe einen Brief für Sie, Jonathan«, sagte Silvia und zog den Brief aus ihrer Handtasche hervor. »Der Postmeister sagt, er sei heute mit der Frühpost aus Coober Pedy gekommen.«

»Oh! Vielen Dank!« Jonathan hatte die Hoffnung auf einen Brief von Liza beinahe schon aufgegeben, jetzt fragte er sich besorgt, was sie wohl darüber denken mochte, dass er Marlees Vormund war.

Erin sah Jonathan mit dem Brief in den Garten gehen. Die Mädchen schaukelten, also setzte er sich auf die Stufen des Spielhauses und öffnete den Brief. Sie hoffte inständig, dass Liza ihn unterstützte, damit er endlich den Seelenfrieden, den er so dringend brauchte, fand.

Lieber Jonathan,

es war so schön, von Dir und all Deinen Neuigkeiten zu hören. Entschuldige, dass ich nicht öfter geschrieben habe, aber ich habe nicht nur für Dads Firma die Bücher geführt, sondern auch Großtante Madge in ihrem Laden geholfen. Dad drängt sie, sich zur Ruhe zu setzen, doch davon will sie nichts hören. Tante Madge ist wunderbar, sie wird allerdings allmählich sehr vergesslich. Ich muss immer alles überprüfen, was sie tut, und dazu noch die Kunden bedienen. Ich komme kaum nach mit dem Verkauf von Mänteln, warmen Hüten und Handschuhen, da der Winter in diesem Jahr schon sehr früh eingesetzt hat. Es ist bitterkalt hier. Komplizierter wird alles noch dadurch, dass Tante Madge letztes Wochenende auf dem vereisten Bürgersteig ausgerutscht ist und sich das Knie ausgerenkt hat. Jetzt muss sie liegen, und ich muss mich ganz allein um den Laden kümmern. Einerseits ist sie nicht mehr ständig im Weg, andererseits hab ich noch mehr zu tun, weil ich natürlich auf dem Nachhauseweg bei ihr vorbeigehen und ihr berichten muss, wie das Geschäft gelaufen ist. Wenn ich dann endlich nach Hause komme, ist es spät, und ich bin erschöpft. Oft kümmere ich mich dann noch um Dads Buchhaltung und bestelle neue Ware für den Laden. Aber wenigstens füllt die viele Arbeit die einsamen Stunden ohne Dich.

Nun zu Dir. Ich war ganz entsetzt, als ich vom Tod Deines Partners in der Mine las und davon, dass Du vorübergehend der Vormund seiner kleinen Tochter bist. Ich hätte nie gedacht, dass Opale schürfen solch eine gefährliche Tätigkeit ist. Ich kann Dich nur dringend bitten: Sei vorsichtig, damit Du gesund zu mir nach Hause kommst. Ich weiß nicht, was ich ohne Dich täte, lieber Jonathan.

Ich weiß, wie sehr Dich der Wunsch antreibt, bei allem Erfolg zu haben, also bin ich sicher, dass Du inzwischen die Familie dieser Kleinen gefunden und sie in deren Obhut gegeben hast, damit Du in der Mine weiterarbeiten kannst. Hoffentlich vergehen die nächsten Monate schnell und es nähert sich der Tag unserer Hochzeit, damit wir unser Leben als verheiratetes Paar beginnen können.

Ich mache jetzt Schluss, denn ich kann kaum noch die Augen offen halten. Pass gut auf Dich auf, mein Liebster.

In Liebe, Liza

Schweren Herzens faltete Jonathan den Brief zusammen. Er hatte nicht mehr die Zeit, Liza zu antworten, sie vorzuwarnen, dass er bald nach Hause kommen und dass Marlee bei ihm sein würde. Ihm fiel ein, dass er ein Telegramm schicken könnte, er war jedoch nicht sicher, ob das die beste Möglichkeit war, solch Leben verändernde Neuigkeiten mitzuteilen.

»Alles in Ordnung, Jonathan?«, fragte Erin.

Er sah auf und sah sie vor sich stehen. »Ja«, erwiderte er. »Liza ist sehr beschäftigt gewesen, sie musste ihrer Großtante in deren Laden helfen.«

Zu beschäftigt zum Schreiben, dachte Erin. »Oh, aber sie ist doch sicher damit einverstanden, dass Sie Marlees Vormund sind, oder?«

»Das weiß ich wirklich nicht«, gab Jonathan zu.

Erin war verwirrt. »Hat sie sich dazu denn nicht geäußert?«

Statt ihr alles zu erklären, gab Jonathan ihr den Brief.

»Sind Sie sicher, dass ich ihn lesen soll?«

»Ja«, sagte er. »Vielleicht lesen Sie ja etwas zwischen den Zeilen, etwas, das ich übersehen habe.«

Erin setzte sich auf die Stufe neben ihn und las den Brief. Sie gewann den Eindruck einer Frau, die praktisch veranlagt und nicht allzu gefühlsselig war. Aber sie schien Jonathan sehr zu lieben und sich auf ihre gemeinsame Zukunft mit ihm zu freuen. Es war ganz offensichtlich, dass sie nicht einmal in Erwägung zog, diese Zukunft könne auch Marlee einschließen. Erin fand das enttäuschend.

»Haben Sie Liza geschrieben, dass Sie Marlee zu ihrer Aborigine-Familie bringen?«

»Nein, dazu hatte ich keine Zeit«, gestand Jonathan. »Ich bin ja ohne große Vorplanung zum Ayers Rock aufgebrochen.«

»Und trotzdem glaubt Liza, dass Sie Marlee zu ihrer Familie gebracht haben«, sagte Erin leise.

»Ja. Sie nimmt wohl an, dass ich das getan habe. Das bedeutet, meine Ankunft in England mit Marlee wird ein ziemlicher Schock für sie.«

Erin wusste nicht, was sie dazu sagen sollte. Einen Moment lang schwiegen beide.

»Es ist offensichtlich, dass Liza Sie sehr liebt, Jonathan«, sagte Erin schließlich. »Und deshalb müssen Sie auf diese Liebe vertrauen. Ich bin sicher, es wird sich alles klären.« Sie gab ihm den Brief zurück.

»Danke, Erin.« Jonathan griff nach ihrer Hand und drückte sie. »Das musste ich hören. Das habe ich gebraucht.«

37

Bradley Forsyth erkannte seine Schwester mühelos in der Menge, die aus den Türen des Passagierterminals am Flughafen Heathrow strömte. Sie war die einzige Frau, die eine dunkle Sonnenbrille trug, obwohl es eisig kalt war und nieselte.

Erin versuchte, ihre Anspannung zu verbergen, aber sie hätte es besser wissen müssen. Vor ihrem Bruder würde sie nie etwas geheim halten können.

»Du siehst erschöpft aus, Erin«, sagte er besorgt, als er sie auf die Wange küsste. »Falls du damit rechnest, dass sich jetzt Journalisten und Fotografen auf dich stürzen, liegst du falsch. In der schnelllebigen Welt des Zeitungsklatsches bist du Schnee von gestern, Schwesterchen.«

Im ersten Moment verwirrte seine Aussage Erin, dann zuckte sie mit den Schultern und nahm die Sonnenbrille ab. »Ich hätte nie gedacht, dass ich das einmal sagen würde, aber Schnee von gestern zu sein freut mich heute«, sagte sie und kletterte auf den Beifahrersitz des 1954er Commer Van, mit dem er sonst Kunstwerke auslieferte. Ihre Koffer stellte er nach hinten in den Wagen. In einem hatte Erin die Mehldose mit den Opalen, die sie und ihr Onkel in Coober Pedy gekauft hatten, verstaut. Cornelius hatte seine Nichte gebeten, die Steine schon mit nach England zu nehmen und sie in einem Banksafe aufzubewahren, bis auch er zurückkommen würde.

Gerade eben erst hatte Erin sich tränenreich von Jonathan und Marlee verabschiedet, ehe die beiden mit einem Taxi zum nächstgelegenen Bahnhof gefahren waren. Sie wollten zu Jonathans Mutter, die in North Finchley lebte. Die Reise von Alice

Springs nach London war überraschend angenehm verlaufen, trotz der Flugdauer, des mehrmaligen Umsteigens und der Aufenthalte in Darwin, Hongkong und der Türkei.

Für Marlee war die Reise ein einziges Abenteuer. Eine neue Welt eröffnete sich ihr, und das machte es auch für Erin und Jonathan zum Vergnügen. Die Aufregung überwältigte sie, als das Flugzeug abhob und sie durch das Fenster beobachtete, wie es durch die Wolken brach und immer höher stieg. Dass sie so hoch oben in der Luft waren und sich so schnell fortbewegten, war jenseits ihres Fassungsvermögens.

In der Woche vor der Abreise hatte Erin für Marlee Kleider, Söckchen und eine leichte Strickjacke gekauft. Wärmende Winterkleidung bekam man im Sommer in Alice Springs allerdings nicht, also hatten sie während des fünfstündigen Aufenthalts in Hongkong noch einige Einkäufe getätigt. Sie hatten einen fellbesetzten Anorak und Wollröcke gefunden, Pullover und lammfellgefütterte kleine Stiefel. Für Erin war es das größte Vergnügen überhaupt gewesen, und Marlee war außer sich vor Freude. Für die letzte Etappe der Reise hatte Erin die Kleine warm angezogen, sodass sie nicht frieren musste, als sie an diesem bitterkalten englischen Wintermorgen das Flugzeug verließen und über das Rollfeld in die Flughafenhalle liefen.

Jonathan war Erin mehr als dankbar für alles, was sie für ihn, vor allem aber für Marlee getan hatte, und er versprach, sich bald bei ihr zu melden. Dann war die Zeit für den endgültigen Abschied gekommen.

Ich werde Sie weit mehr vermissen, als Sie je ahnen werden, hatte er gesagt und Erin mit solcher Sehnsucht in die Augen gesehen, dass sie wagte zu hoffen, dass er sie genauso sehr liebte wie sie ihn. Eine halbe Ewigkeit hatten sie sich umarmt. Als es an der Zeit gewesen war, sich von Marlee zu verabschieden, hatte sie ihre Tränen nicht länger zurückhalten können. Sie hatte die Kleine fest in den Arm genommen und ihr gesagt, sie habe sie sehr lieb. Auch Marlee hatte geweint.

Erin hatte es fast das Herz zerrissen, als Marlee immer und immer wieder ihren Namen gerufen hatte. Sie hatte sich umgedreht und gewinkt, von Tränen geblendet, war aber weitergegangen. Bradley hatte sich zum Glück ein paar Minuten verspätet, und das hatte ihr Gelegenheit gegeben, die Fassung wiederzugewinnen.

»Es war eine lange Reise, Bradley«, sagte Erin, in der Hoffnung, ihm so ihre Müdigkeit und die geröteten Augen erklären zu können. Über Jonathan und Marlee wollte sie nicht sprechen, sie fürchtete, sie würde zusammenbrechen und schluchzen müssen. »Wie geht es Vater? Du hast ihm doch nicht gesagt, dass ich heute ankomme, oder? Ich möchte ihn überraschen.«

»Nein, ich hab ihm nichts erzählt. Wir fahren sofort in die Galerie, wenn du nicht zu müde bist«, erwiderte Bradley. »Dann kannst du gleich selbst sehen, wie es ihm geht.«

»In Ordnung«, sagte Erin. Sie war ohnehin zu aufgekratzt, um schlafen zu können.

Auf der Fahrt in die Galerie berichtete Bradley ihr alles, was in der Zwischenzeit passiert war, eine willkommene Ablenkung. Die Geschäfte in den Galerien liefen furchtbar schlecht.

»Und was mich auch sorgt, ist, dass Dad einen zu hohen Blutdruck hat. Er hat häufig Kopfschmerzen und fühlt sich schwindlig.«

»Das überrascht mich nicht«, bemerkte Erin. »Mom hat sich immer um Dads Gesundheit gekümmert, wahrscheinlich zulasten ihrer eigenen. Was ist mit Lauren? Ist Dad immer noch so fasziniert von ihr, oder hat das nachgelassen?«

»Nein, leider ist immer noch alles beim Alten, ich traue ihr nicht mehr als vor ein paar Wochen. Ich hatte dir ja schon geschrieben, dass ich sie ein bisschen überwache.«

»Ach, Bradley, ich hoffe, sie macht dir das Leben nicht allzu schwer«, sagte Erin besorgt.

»Ich bin ihr völlig egal. Sie behandelt mich wie einen geistig Behinderten, weil ich hinke«, erklärte Bradley.

Erin war entsetzt. »Das ist doch wohl nicht dein Ernst«, rief sie empört. Es verblüffte sie, dass ihr Bruder das nicht als schwere Kränkung empfand.

»Es hat einen Riesenvorteil«, erklärte Bradley mit einem kleinen boshaften Zwinkern.

»Wieso das denn?«, fragte Erin.

»Ich spioniere ihr bei jeder sich bietenden Gelegenheit nach. Manchmal folge ich ihr im Haus oder in der Galerie. Ich versuche mitzuhören, wenn sie telefoniert. Wenn sie mich dabei ertappt, spiele ich ihr vor, nicht zu wissen, was ich da tue. Sie wird dann wütend auf mich und schimpft mich aus, aber sie schiebt das auf meine ›Behinderung‹.«

»Wie kann diese Frau nur so dumm sein, Bradley?«

Bradley lachte. »Ich finde das witzig.«

Erin war nicht sicher, ob sie ihrem Bruder glauben sollte. »Was ist mit Dad? Das regt ihn doch sicher auf, wenn sie dich so behandelt.«

»Er weiß davon gar nichts. Vor ihm sagt sie nie ein unfreundliches Wort zu mir. Ist sie in seiner Gesellschaft, bin ich für sie unsichtbar.«

Erin spürte, dass sie Lauren noch mehr als zum Zeitpunkt ihrer Abreise aus London verabscheute. »Wieso sieht Dad denn nicht, wie hinterhältig sie ist?«

»Er ist ihr völlig verfallen. Aber mal etwas ganz anderes: Wann kommt denn Onkel Cornelius zurück?«

»Er ist noch nach Broome gefahren, um dort Perlen zu kaufen. Er wird also noch ein paar Wochen länger bleiben.«

»Dann ist er also Weihnachten gar nicht hier?«

»Nein.« Weihnachten ohne ihre Mutter und Cornelius konnte Erin sich gar nicht vorstellen. »Ich bin nur froh, dass die Zeitungsleute mich und meine katastrophale Hochzeit vergessen haben.«

»Ja, ein Glück. Auch von Dads Affäre mit Lauren hört man in der Presse nichts mehr.«

»Was ist denn mit Andy? Gibt es in den Klatschspalten irgendwas über ihn?«

Erin rechnete damit, beim Gedanken an Andy quälenden Kummer zu empfinden, vor allem jetzt, da sie zurück auf englischem Boden war, aber so kam es nicht. Jonathan hatte Andy in die Bedeutungslosigkeit verbannt.

»In letzter Zeit nicht. Allerdings haben sie ihm eine ganze Weile ziemlich übel zugesetzt. Erica Knight und ihr Mann Wendell waren für ein paar Wochen wiedervereint. Doch es stellte sich heraus, dass Wendell seiner Frau dieses Mal nicht wie sonst vertraute.«

»Wieso?«

»Er muss ihr einen Privatdetektiv auf den Hals geschickt haben. In der Zeitung erschienen Fotos von ihr auf dem Rücksitz ihrer Limousine, und auf den Fotos trug sie nichts außer hochhackigen Schuhen.«

»Ich nehme an, sie war nicht allein«, sagte Erin mit hochgezogenen Augenbrauen.

»Nein, der Chauffeur war auch noch da, und er trug nur seine Uniformmütze«, feixte Bradley.

Erin lachte. »Sie scheint ja vor gar nichts zurückzuschrecken«, sagte sie sarkastisch. »Der arme Mr. Knight.«

»Die Limousine parkte hinter einer ihrer Catering-Firmen, als das Foto aufgenommen wurde. Du weißt doch, die Knights arbeiten in der Gastronomie.«

»Ja.«

»Die Zeitung hat das Foto ganz schön gemein untertitelt.«

Wieder musste Erin lachen.

»Erica hat viel Schande über sich gebracht, und alle Welt hat davon erfahren. Deshalb wird Wendell auch damit durchkommen, ihr bei der Scheidung nur eine sehr kleine Abfindung zu zahlen.«

»Geschieht ihr recht«, sagte Erin. »Und Andy? Ist er in letzter Zeit mit irgendwelchen anderen Frauen in Verbindung gebracht worden?«

»Nein. Aber öffentlich als Fremdgänger entlarvt zu werden hat seinem Ruf als begehrenswertester Junggeselle Londons ziemlich geschadet. Zu Recht. Ich habe übrigens den Verdacht, dass da was läuft zwischen Lauren und Andys Onkel, Luke Stanford.«

Erin stutzte. »Im Ernst?«

»Ich habe sie zwar nie zusammen gesehen, doch immer wenn ich Lauren zu einem Hotel folge, ist ganz zufällig auch Luke da.«

»Könnte das nicht wirklich Zufall sein?« Erin wollte fair bleiben.

»Na ja, inzwischen ist es schon vier Mal passiert.«

»Dann ist es wohl kaum Zufall. Hat sie irgendwie zu erkennen gegeben, dass sie Luke kennt?«

»Im Gespräch mit Dad hat sie ihn mehr als einmal erwähnt. Als ich ihn fragte, ob sich Lauren und Luke schon gekannt hätten, ehe sie und Dad ausgingen, meinte er, das sei nicht der Fall. Er behauptete, er habe sie mal im Dorchester einander vorgestellt, als er mit Albert Howell dort zum Essen verabredet gewesen war. Tatsächlich habe ich ihr genau an dem Tag das erste Mal ein bisschen hinterherspioniert, deshalb weiß ich, dass eine andere Variante der Geschichte eher der Wahrheit entspricht.«

»Was meinst du damit?«, fragte Erin.

»Ich hatte ein Telefonat mit angehört. Lauren verabredete sich mit einem Mann im Dorchester. Dass es ein Mann war, weiß ich, weil sie wie verrückt geflirtet hat. Sie erzählte Dad, sie treffe sich mit einem ›Bekannten‹. Natürlich nahm Dad an, es handle sich nur um einen guten alten Freund der Familie. Dann hörte ich, wie Dad sich mit Albert im Dorchester verabredete. Ich konnte mein Glück kaum fassen. Ich dachte doch, Dad würde Lauren mit einem anderen Mann in flagranti erwischen, also bin ich auch hin, hielt mich aber versteckt. Als Lauren das Hotel betrat, ging sie hinauf in eines der Zimmer, und zwar mit einem kleinen Päckchen, in dem etwas war, das sie unterwegs in einem Dessousladen gekauft hatte. Als sie wieder herunterkam, hatte sie das Päckchen nicht mehr bei sich.«

»Merkwürdig«, meinte Erin und ging im Geiste die verschiedenen Möglichkeiten durch. Konnte in dem Päckchen ein erotisches Nachthemd gewesen sein oder knappe Dessous? Bei Lauren war alles möglich.

»Sie wartete in der Cocktailbar auf ihren ›Bekannten‹, als Dad sie entdeckte. Natürlich war sie geschockt, als sie ihn sah, doch sie muss sich irgendwie rausgeredet haben. Dann tauchte Luke Stanford auf. Von der Lobby her konnte ich nicht verstehen, was geredet wurde, ich nehme allerdings an, dass Dad Luke einlud, mit ihm, Albert und Lauren zu essen. Lauren hatte also Glück gehabt.«

»Und es ist kein anderer Mann aufgetaucht?«

»Nein«, antwortete Bradley.

»Lauren trifft sich also mit Luke.« Angewidert schüttelte Erin den Kopf. »Die hat wirklich mehrere Leben wie eine Katze. Aber früher oder später, mit unserer Hilfe, wird sie einen bösen Fehler machen«, erklärte sie.

Erin fühlte sich nicht wie erwartet, als sie vor der Forsyth-Galerie in Knightsbridge vorfuhren. Sie hatte immer so an der Galerie gehangen, jetzt spürte sie zum ersten Mal eine gewisse Distanz. Sie führte das auf die lange Reise zurück und auf das, was sie in Australien erlebt hatte. Sie hatte sich verändert.

»Ich warne dich noch einmal, Erin. Die Galerie ist nicht mehr, was sie einmal war.«

»Ich glaube, ich bin seelisch darauf vorbereitet, Bradley«, erwiderte Erin, als sie aus dem Van stieg und schnell unter die Markise über dem Eingang sprang. Inzwischen schüttete es wie aus Eimern, und sie wollte nicht völlig vom Regen durchnässt werden.

Gareth saß an seinem Schreibtisch, als sie hereinkamen. Er wirkte abgelenkt, ganz woanders mit seinen Gedanken, und eine Weile schien es, als habe er gar nicht bemerkt, dass jemand die Galerie betreten hatte.

Erin hatte mit dem Schlimmsten gerechnet, nun war sie dennoch entsetzt. In den vergangenen Wochen schien er um zehn Jahre gealtert. Sogar sein Haar war grauer geworden. Außerdem ließ sich nicht übersehen, dass an den Wänden kaum ein Bild hing.

»Hallo, Dad«, sagte sie. Ob die Sorge um sie die Anspannung noch erhöht hatte, unter der ihr Vater litt?

Langsam wandte Gareth den Kopf, und ganz kurz machte er den Eindruck, als sähe er einen Geist. Erin wusste, sie sah ihrer Mutter auf geradezu unheimliche Weise ähnlich, also überraschte sie Gareth' Reaktion nicht. Sie hatte Mitleid mit ihm. Zum ersten Mal verstand sie, wie einsam und verloren er ohne ihre Mutter gewesen war.

»Erin«, flüsterte Gareth heiser. »Du bist wieder da, mein kleiner Liebling.« Er stand auf, kam auf sie zu und schloss sie in seine Arme.

Als Erin ihn an sich drückte, spürte sie entsetzt, wie viel er abgenommen hatte. Er wirkte ganz schwach. »Wie geht es dir, Dad?«, fragte sie, mit den Tränen kämpfend.

»Mir geht es gut«, antwortete Gareth tapfer, doch seine Augen erzählten ihr etwas anderes.

»Du hast abgenommen, Dad.«

»Ach ja?«

»Ja«, sagte Erin. »Ziemlich viel sogar.«

»Das musste ich auch. Ich hatte ein paar Pfund zugenommen«, sagte Gareth und klopfte sich auf die Taille. Er musterte sie gründlich. »Und du siehst müde aus, Erin. War die Reise nach Hause anstrengend?«

»Sie war sehr lang, und ich komme gerade vom Flughafen.«

»Du hättest zuerst nach Hause fahren und dich schlafen legen sollen, mein Schatz«, sagte Gareth voller Zärtlichkeit.

»Ich wollte dich erst sehen, Dad.« Sie schaute sich um. »Ich habe die Arbeit in der Galerie vermisst. Wie gehen die Geschäfte?«

Einen Moment lang wirkte Gareth verlegen. »Etwa so wie zur Zeit deiner Abreise, aber ich bin sicher, es wird bald schon besser.«

Erin hätte ihren Vater gern gefragt, wie er da sicher sein konnte, doch sie wollte keinen Streit. »Es sieht so anders aus hier«, sagte sie taktvoll. Ihr fiel auf, dass einige Skulpturen versetzt worden waren und dass ihr Schreibtisch an einem anderen Platz stand. Dann bemerkte sie, dass Laurens persönliche Sachen auf ihrem Schreibtisch lagen, eine Puderdose, ein Lippenstift, Nagellack und eine Nagelfeile. Über der Rückenlehne ihres Stuhls hing eine ihr fremde Strickjacke. Lauren hatte ihren Platz eingenommen! Wut kochte in Erin hoch, sie versuchte jedoch, das nicht zu zeigen.

»Wir haben ein paar Änderungen vorgenommen«, sagte Gareth leise.

»*Wir?*« Sie wusste genau, wen er meinte.

»Lauren und ich.« In seinen Augen sah Erin ein Aufflackern von Schuld. »Lauren meinte, die Galerie sehe so einladender aus.«

Beinahe ängstlich sah er sie an, doch sie verkniff sich die Bemerkung, dass keine der Veränderungen eine Verbesserung gebracht und dass Lauren nicht das Recht hatte, Urteile über die Galerie zu fällen.

»Wo ist Lauren, Dad?«, fragte Bradley.

»Ich glaube, sie hat einen Friseurtermin«, erwiderte Gareth. Er schaute auf eine Uhr an der Wand.

Erin fiel auf, dass es das dritte Mal seit ihrer Ankunft war. Dabei war ihr Vater früher nie jemand gewesen, der oft auf die Uhr geschaut hatte.

»Es ist so schön, dass du wieder zu Hause bist, Erin«, sagte Gareth aufrichtig.

»Ich finde es auch schön, wieder zu Hause zu sein, Dad«, erwiderte Erin. »Ich habe dich vermisst. Entschuldige, dass ich dir nur einen kurzen Abschiedsbrief hinterlassen habe, aber nach meiner Glanzleistung an meinem Hochzeitstag war ich einfach in Panik. Ich wusste, die Klatschreporter würden mich aufs Korn nehmen, und das hätte ich nicht ausgehalten. Es tut mir wirklich leid, dass sie sich stattdessen auf dich gestürzt haben.«

»Ich habe die Galerie für ein paar Wochen geschlossen, bis sie das Interesse verloren«, entgegnete Gareth. Dass Lauren und er in Paris und in Monaco und wer weiß wo sonst noch gewesen waren, erwähnte er nicht. »Ich bin einfach nur froh, dass du Andy als fremdgängerischen Betrüger entlarvt hast, ehe er dir einen Ring an den Finger stecken konnte.«

»Darüber bin ich auch froh.« Erin empfand es als geradezu ironisch, dass ihr Vater so dachte. »Du siehst gar nicht gut aus, Dad. Warst du in letzter Zeit mal bei einem Arzt?«

»Nein. Lauren meint, der Arzt würde mir nur Pillen geben, und du weißt doch, wie ich über das Einnehmen von Pillen denke.«

Erin konnte ihren Zorn kaum zurückhalten.

»Es wird mir schnell wieder besser gehen, jetzt, da meine Tochter wieder zu Hause ist«, sagte Gareth lächelnd.

»Ja, ganz bestimmt. Und ich werde jetzt darauf achten, dass du dich um deine Gesundheit kümmerst. Und wenn der Arzt entscheidet, dass du etwas gegen Bluthochdruck nehmen musst, dann wirst du das eben tun.«

Gequält verzog Gareth das Gesicht. »Du hörst dich schon genau wie deine Mutter an«, sagte er, doch Erin wusste, es war ein Kompliment, keine Kritik.

Das Telefon klingelte, und Bradley nahm das Gespräch an. Erin fiel auf, dass ihr Vater erwartungsvoll schaute, als rechne er mit einem Anruf von Lauren. Bald bekamen sie mit, dass Bradley mit Phil, dem früheren Geschäftsführer und jetzigen Pächter der Galerie in Whitechapel sprach.

»Hast du noch *Mondlicht über dem See Valencia* von David Colbert?«, fragte Bradley seinen Vater, als er aufgelegt hatte. »Phil hat einen Käufer dafür.«

»Ich glaube, das Bild ist im Lager«, sagte Gareth vage.

Es war Erin klar, dass Gareth das Geschäft nicht mehr im Griff hatte. Lauren Bastion hatte ihm wirklich und wahrhaftig den Kopf verdreht. »Ich helfe dir suchen, Bradley«, bot Erin an.

Erin konnte kaum fassen, was für eine Unordnung in diesen wenigen Wochen im Lagerraum entstanden war.

»Was hat Dad hier drin denn angestellt?«, fragte sie Bradley.

»Lauren hat wahrscheinlich nachgesehen, ob es irgendwelche versteckten Schätze hier gibt«, antwortete Bradley, als sie Bilder und Skulpturen hin und her schoben.

»Tja, jetzt wo ich hier bin, wird sie nicht mehr hier hineinkommen«, gelobte Erin.

Aus der Galerie hörten sie auf einmal laute Stimmen.

»Was ist denn da los?«, fragte Erin verwirrt.

»Das sind vermutlich Lauren und Dad«, antwortete Bradley stirnrunzelnd.

»Streiten sie?«, erkundigte sich Erin ungläubig.

»Lauren macht ihm sicher wegen irgendetwas Vorwürfe, und er verteidigt sich. So geht das immer.«

Wieder kam der Zorn in Erin hoch. Sie verließ das Lager und ging leise auf den Galerieraum zu.

»Ich hab doch nur gesagt, deine Haare sehen gar nicht so aus, als kämst du gerade vom Friseur … wegen des Regens«, sagte Gareth kleinlaut. »Damit wollte ich doch nichts andeuten.«

»Ich denke, du wolltest mir unterstellen, dass ich gar nicht beim Friseur gewesen bin«, wütete Lauren. »Und noch eins – dieses Kontrolliertwerden, wenn ich mal weg bin, mag ich gar nicht gern.«

»Ich hab mich doch nur gewundert, dass du stundenlang weg warst. Ich weiß ja nicht so ganz Bescheid über das, was in Damensalons vor sich geht, aber …«

»Das stimmt, du weißt nicht Bescheid. Also solltest du auch nichts dazu sagen.«

In diesem Moment erschien Erin in der Tür. Aufgebracht funkelte sie Lauren an. »Seit wann ist es ein Verbrechen, eine Meinung zu haben?«, fragte sie bissig.

Lauren reagierte verblüfft, als sie Erin erblickte. »Erin! Sie sind wieder zurück«, sagte sie.

Erin stellte sich schützend neben ihren Vater. »Das stimmt. Ich bin zurück«, erwiderte sie. »Und nur damit das klar ist – wenn Sie gerade stundenlang in einem Friseursalon waren und sich die Haare haben machen lassen, sollten Sie Ihr Geld zurückverlangen.«

Lauren blieb der Mund offen stehen.

Gareth sah seine Tochter entgeistert an. Erin machte sich innerlich auf eine Rüge gefasst – immerhin war sie gerade erst fünf Minuten da und legte sich schon auf rüde Weise mit Lauren an. Dann passierte jedoch etwas denkbar Seltsames. Sie und ihr Vater brachen unerwartet in schallendes Gelächter aus.

Lauren schloss ihren Mund, schnell hatte sie sich wieder gefasst. Sie warf Erin einen bitterbösen Blick zu, dann starrte sie Gareth an. »Erlaubst du ihr etwa, so mit mir zu reden?«

»Sie hat … sie hat recht«, antwortete Gareth. Er lachte wieder, und es war so, als ob er eine große Erleichterung dabei verspürte.

Lauren schnappte ihre Handtasche und rauschte in Richtung Ausgang.

»Diesmal bitte keine Tränen«, rief Erin ihr nach, bevor die Tür zuknallte.

Gareth ließ sich auf einen Stuhl sinken, erschöpft rang er um Atem. Er stützte den Kopf in die Hände.

»Tut mir leid, Dad«, sagte Erin.

»Das muss es nicht«, entgegnete Gareth und schaute zu ihr auf. »Geh nach Hause und schlaf dich aus. Heute Abend werden wir schön zusammen essen. Wie hört sich das an?«

»Nur du, Bradley und ich?«, fragte Erin hoffnungsvoll.

»Ja, nur wir drei«, versprach Gareth.

Erin rieb sich den Bauch. »Ich werde Muriel bitten, uns Roastbeef und Yorkshire Pudding zu machen. Ich habe einen richtigen Heißhunger auf ein gutes Stück englisches Fleisch.«

Gareth lächelte. »Es ist so schön, dass du wieder zu Hause bist«, flüsterte er. »Hab ich das schon gesagt?«

Erin lächelte. »Ja, das hast du schon gesagt.«

In diesem Moment kam Bradley aus dem Lager, in der Hand hielt er das Bild, das er gesucht hatte. Er schaute sich um, wie um sich zu vergewissern, dass die Luft rein war.

»Lauren ist weg«, teilte Erin ihm mit. »Kannst du mich zu Hause absetzen, Bradley?«

»Ja«, antwortete er. »Ich lege das hier in den Van und bringe es dann später zu Phil.« Er wollte unbedingt hören, wie Erin es so schnell geschafft hatte, Lauren loszuwerden.

38

Laurens Einfluss auf Gareth war so groß wie eh und je. Wann immer Erin oder Bradley etwas Unfreundliches über sie sagten, verteidigte er sie heftig, und kaum schnippte sie mit dem Finger, tanzte er nach ihrer Pfeife. Es war richtig deprimierend. Schlimmer noch, sie schmollte, bis er dafür »büßte«, dass er am Tag von Erins Ankunft in England über sie gelacht hatte. Es kostete ihn ein sündhaft teures Abendessen in einem ihrer Lieblingsrestaurants und ein goldenes Armband.

Erin vergeudete keine Zeit. Sie nahm sofort wieder ihren Schreibtisch in Besitz und richtete sich in der Galerie ein. Laurens offensichtlichen Ärger ignorierte sie. Gleich am Tag nach ihrer Rückkehr packte sie ihre persönlichen Sachen in eine Papiertüre und überreichte sie ihr schweigend. Lauren ließ sich jedoch nicht abschrecken, sie kam trotzdem bei jeder sich bietenden Gelegenheit in die Galerie. Und sie war so bestrebt wie immer, ihren Einfluss geltend zu machen.

»Wir brauchen etwas, das wir Dad zeigen können, irgendeinen Beweis, der ihn, und sei es unter Schock, in die Realität zurückkatapultiert. Es muss etwas sein, das Lauren nicht mit einer einfachen Erklärung vom Tisch fegen kann, etwas so Verdammenswertes, dass kein noch so wagemutiges Dekolleté ihn dazu bringt, ihr zu verzeihen«, sagte Erin zu ihrem Bruder. »Wir sollten wie Mr. Knight einen Privatdetektiv engagieren.«

»Das finde ich auch, aber statt einen Außenstehenden einzuschalten, sollte ich ihr lieber weiter nachspüren. Du hast ja selbst erlebt, dass sie in mir keinerlei Bedrohung sieht.«

Erin war aufgefallen, dass Lauren Bradley tatsächlich wie einen geistig Zurückgebliebenen behandelte, und das machte sie fuchsteufelswild, doch sie stimmte ihrem Bruder zu. »Wir müssen unsere Bemühungen intensivieren. Weihnachten mit dieser Frau ertrage ich nicht.«

»Dass wir sie so schnell loswerden, Erin, bezweifle ich. Weihnachten ist doch schon in ein paar Tagen.« Tatsächlich stand das Weihnachtsfest vor der Tür, und ihr war kein bisschen nach Feiern zumute.

Gareth war gebührend beeindruckt, als Erin ihm aufgeregt die Aborigine-Kunstwerke zeigte, die sie als Frachtgut in Australien aufgegeben hatte und die sie am Morgen vom Flughafen hatte abholen lassen. Sie fand es wunderbar, einen Funken seiner früheren Begeisterung fürs Geschäft zu sehen.

»Es gibt begabte Künstler in Alice Springs, die von einem fürchterlichen Menschen dort ausgebeutet werden«, erzählte Erin ihrem Vater. Lauren wich ihnen nicht von der Seite, aber Erin beachtete sie gar nicht. »Die Künstler sitzen vor seiner Galerie und malen für ihn. Er zahlt ihnen nur sehr wenig für ihre Werke und verkauft die Bilder dann mit einem dicken Gewinn, und dabei macht er die ganze Zeit hinter dem Rücken der Leute herabwürdigende Bemerkungen über sie. Er ist voller Vorurteile. Seine Haltung hat mich so erbost, dass ich einige Künstlerinnen bat, mir ihre Bilder direkt zu verkaufen. Wir haben das Geschäft in dem Haus, das Onkel Cornelius und ich dort gemietet hatten, abgewickelt.«

»Aber Gareth, das gilt doch ganz bestimmt als unethisch«, mischte sich Lauren ein.

Gareth schaute erst Lauren, dann seine Tochter an. Einen Kommentar schien er nicht abgeben zu wollen.

»Na ja, so ist es doch wohl, oder etwa nicht?«, beharrte Lauren. »Was, wenn einer der Kunden den Künstler träfe, dessen Werke du an deinen Wänden hängen hast, ihn zu sich nach Hause einladen und dann direkt von ihm kaufen würde? Er brächte dich um deinen Gewinn. Glücklich würde dich das doch wohl nicht machen, was?«

»Na ja … nein«, erwiderte Gareth.

Erin starrte Lauren wütend an. Wie konnte ausgerechnet sie über Ethik reden? »Normalerweise gäbe ich Ihnen recht«, sagte sie. »Aber dieser Mann verhielt sich selbst weit unethischer. Es war eine Freude, den Künstlerinnen für ihre Werke zu zahlen, was sie verdienten. Und es war genau derselbe Preis, den der Galeriebesitzer von seinen Kunden verlangte. Es ging mir also nicht darum, Geld zu sparen.«

»Wenn das so ist, bin ich stolz auf dich, Erin«, sagte Gareth.

Erin bemerkte Laurens mürrischen Blick, und das verschaffte ihr eine tiefe Befriedigung. Laurens Kritik war ins Leere gegangen.

»Die Malerin war so begeistert, dass sie mir noch mehr Bilder anbot, aber ich wollte erst mal nur ein paar mit nach London nehmen. Ich habe ja keine Ahnung, wie etwas derart Außergewöhnliches sich hier verkauft. Es ist ein Experiment.«

Erin hängte die Bilder auf.

»Außergewöhnlich sind sie allerdings«, meinte Gareth nachdenklich und studierte die kontrastreichen Erdtöne und den einzigartigen Aborigine-Stil. »Ich bin sicher, so etwas hat man in England noch nicht gesehen, aber gerade das könnte gut sein. Was meinst du, Lauren?«

Erin sah, dass Lauren missgestimmt war. Es ärgerte sie, dass ihr Vater sie nach ihrer Meinung fragte, sie verkniff sich jedoch eine entsprechende Bemerkung.

»Ich glaube, die Bilder sind zu primitiv, um in der Galerie Forsyth ausgestellt zu werden«, erklärte sie mit einem Gesichtsausdruck, der keinen Widerspruch zuließ.

Erin sah, wie das Strahlen in den Augen ihres Vaters erlosch, und sie wäre am liebsten explodiert. »Was wissen Sie denn schon davon, Lauren?«, fauchte sie wütend. »Sie könnten einen Daffy-Duck-Druck nicht von einem echten Picasso unterscheiden.«

»Ihr Vater schätzt meine Meinung«, konterte Lauren mit funkelnden Augen.

»Dann wundert es mich wirklich nicht, dass die Galerie am Rand des Ruins steht«, zischte Erin, nahm ihre Jacke und stürmte hinaus. Sie brauchte jetzt einen Spaziergang, sonst hätte sie womöglich noch mehr gesagt und ihren Vater gekränkt.

Die Aborigine-Werke verkauften sich innerhalb weniger Tage, sehr zu Erins Erleichterung. Sie hörte, wie Lauren Gareth gegenüber die bissige Bemerkung machte, dass manche Leute eben keinen Geschmack hätten, als das letzte Bild die Galerie verließ.

»Oder vielleicht doch«, sagte Erin gerade laut genug, dass Lauren sie hören konnte.

Sie musste lange im Lager stöbern, ehe sie etwas halbwegs Anständiges fand, das sie an die leeren Wände der Galerie hängen konnte. Leider zeigte Gareth wenig Interesse an ihrer problematischen Lage. Er war ganz und gar damit beschäftigt, Lauren bei Laune zu halten oder sich darüber Sorgen zu machen, wo sie sein mochte, wenn sie nicht bei ihm war. Ganz sicher war er nicht mit den Gedanken beim Geschäft.

Lauren bestand darauf, am Weihnachtsabend zusammen mit Gareth ins Caviar House, ihr Lieblingsrestaurant in Mayfair, zu gehen. Erin und Bradley weigerten sich, die beiden zu begleiten. Wie sie es jedes Jahr an Weihnachten gemacht hatten, blieben sie zu Hause mit Muriel, ihrer Haushälterin, die längst zu einem Familienmitglied geworden war. Ihnen war ohne jeden Zweifel klar, dass auch ihrem Vater ein traditionelles, zu Hause zubereitetes Weihnachtsessen besser gefallen hätte, als ins Restaurant zu gehen, aber er hatte seine Wahl getroffen.

Erin und Bradley vermissten ihre Mutter schrecklich. Sich an Weihnachten zum Essen zu setzen und ihren leeren Stuhl zu sehen war eine Qual. Dass sie auch den Stuhl ihres Vaters leer sahen, machte es nicht besser. Muriel arbeitete seit zwanzig Jahren für die Forsyths. Ihre einzigen Verwandten lebten in Amerika, und so betrachtete sie Erin und Bradley als die Kinder, die sie nie gehabt hatte. Sie weinte und lachte mit ihnen, als sie sich an die vielen wunderschönen Weihnachtsfeste erinnerten, die sie gemeinsam verbracht hatten. Schließlich wurde das Essen zu einem vergnügten Schwelgen in wunderbaren Erinnerungen, für die sie sehr dankbar waren – eine Flasche Portwein tat ihr Übriges. Es gab Puter mit verschiedenen Beilagen, den Plumpudding mit Brandysauce aßen sie auf Forsyth-Weise aus großen Schüsseln vor dem Kamin im Wohnzimmer. Immer wieder einmal dachte Erin an Jonathan und Marlee, stellte sich vor, wie sie den Weihnachtsabend mit Liza und ihrer Familie verbrachten. Ein wehmütiger Gedanke, aber sie hoffte, dass sie alle glücklich waren.

Als Gareth nach Hause kam, wirkte er erschöpft. Er sagte nichts, doch man merkte ihm an, dass er sein Essen nicht genossen hatte. Er setzte sich zwischen Erin und Bradley an den Kamin, und sie tranken Eierpunsch. Gareth hatte nicht mal einen Blick für die Schneeflocken, die vor dem Fenster tanzten. Traurig starrte er in die flackernden Flammen des Kaminfeuers. In dem Bemühen, ihn aufzuheitern, erzählten Erin und Bradley von den schönen Erinnerungen, die sie während des Essens mit Muriel geteilt hatten.

»Die schönste Zeit meines Lebens war die, in der ihr zwei hier bei uns aufgewachsen seid«, sagte Gareth wehmütig. »Und es tut so weh zu bereuen.«

»Was bereust du denn, Dad?«, fragte Erin neugierig.

»Ich hätte nie geglaubt, dass diese Tage zu Ende gehen würden, ich wünschte, ich hätte mir mehr Zeit genommen. Zeit, um wirklich schätzen zu lernen, was für ein wunderbarer Mensch eure Mutter war.«

Er legte seinen Kindern die Arme um die Schultern, und dann saßen sie schweigend da. Und Erin spürte plötzlich die Gegenwart ihrer Mutter, als säße sie bei ihnen. Ein ganz klein wenig fühlte sie sich getröstet.

»Ich brauche etwas, um das Geschäft richtig anzukurbeln, ehe wir pleitegehen«, sagte Erin zwei Tage nach Weihnachten zu Bradley. Gareth war wieder einmal mit Lauren ausgegangen. »Ich habe mit allen Künstlern Kontakt aufgenommen, deren Werke wir in der Vergangenheit verkauft haben, aber ich habe nichts erreicht. Die meisten haben behauptet, ihre Werke hingen in anderen Galerien, es würde mich jedoch nicht überraschen, wenn sie uns wegen der schlechten Publicity in letzter Zeit einfach nur meiden.«

»Wieso werben wir nicht in einer Ausstellung für junge Künstler?«, schlug Bradley vor. »Die brauchen die Öffentlichkeit, und für unseren Ruf würde es wahre Wunder wirken – wir täten etwas Positives, um junge Künstler zu fördern, ohne groß Kapital investieren zu müssen.«

»Das ist eine gute Idee«, erwiderte Erin nachdenklich. »Ich könnte mir mit Albert ein paar Werke ansehen. Schaden kann es ja nicht. Unter Umständen entdecken wir ein aufregendes junges Talent wie Christian Rothschild. Auf den sind wir ja auch ganz durch Zufall gestoßen.« Sie spürte einen Anflug der vertrauten Hochstimmung. »Wir brauchen etwas, das wir an die Wände hängen können. Ach, Bradley, du bist genial!«

Die nächsten beiden Tage verbrachten Erin und Albert damit, sich die Werke einiger angeblich aufstrebender junger Künstler anzusehen. Leider hatten sie keinen Erfolg.

»Ich habe kaum etwas gesehen, das es wert wäre, bei Forsyth zu hängen«, erklärte Albert am Abend des zweiten Tages. »Tut mir sehr leid, Erin. Da ist nichts wirklich Umwerfendes dabei.«

»Das ist die Untertreibung des Jahrhunderts, Albert«, erwiderte Erin mutlos.

Sie war es gewohnt, exzentrische Typen in Künstlerkreisen zu treffen, aber besonders dieser Abend war einer, den sie nicht so schnell vergessen würde. Die letzten beiden Künstler, bei denen sie zu Besuch gewesen waren, hatten sie auf den Boden der Tatsachen zurückgeholt.

Valerie Shillabeer, die sich selbst als nicht von dieser Welt beschrieb, hatte behauptet, sie sei nahe verwandt mit den boshaften kleinen Kobolden der irischen Sagenwelt. Das hätte Anlass für Erin und Albert sein sollen, zum raschen Rückzug zu blasen, doch sie hatten sich die Werke angesehen, schließlich wussten sie ja, dass einige der berühmtesten Künstler der Welt komplett verrückt gewesen waren. Michelangelo beispielsweise hatte seine Statuen angebrüllt und nur dann gegessen und getrunken, wenn es unbedingt nötig war. Vincent van Gogh hatte oft mitten in der Nacht herumkrakeelt und sich schließlich ein Ohr abgeschnitten. Erst als Valerie behauptet hatte, sie male nur, wenn der Planet Mars nicht retrograd sei, und ihnen dann groteske Bilder von babysfressenden Hexen zeigte, waren Erin und Albert geflüchtet.

Der nächste Künstler, dem sie einen Besuch abstatteten, war ein französischer Bohemien, der Mülltonnen und Toilettensitze bemalte und beim Arbeiten vorzugsweise nackt war, vorausgesetzt, es war nicht zu kalt. Fertige Werke auf Leinwand hatte er nicht anzubieten.

»Also darüber, dass es heute Abend bitterkalt ist, beschwere ich mich nun definitiv nicht mehr«, sagte Erin auf der Heimfahrt. Hätte er ihnen bei der telefonischen Kontaktaufnahme bereits erzählt, welche Art von Kunstwerken er schuf, wären sie nicht im Schneesturm die zwanzig Meilen zu seinem »Atelier« gefahren, einem schmuddligen Dachboden über einer Wäscherei.

»Ich bin sicher, dass wir irgendwann mehr Glück haben«, erwiderte Albert in dem Versuch, Erin aufzuheitern.

»Ich hoffe, du hast recht.« Erin seufzte. »Ich hätte nie gedacht, dass einmal der Tag kommt, an dem wir die Türen der Galerie schließen müssen.«

Er drückte ihr die Hand. »So weit ist es noch längst nicht.«

»Aber schon so weit, dass wir Grund zur Sorge haben«, erwiderte Erin, der sich das Herz verkrampfte.

»Hab Vertrauen«, riet Albert ihr.

Den ganzen Silvesterabend verbrachte Erin allein in ihrem Zimmer und dachte an Jonathan und Marlee. Sie überlegte, wo die beiden sein mochten und was sie gerade taten. Vom Fenster aus sah sie den nächtlichen Himmel und das Feuerwerk über dem Hyde Park, und sie versuchte, sich Marlees erstauntes Gesicht vorzustellen, wenn sie zum ersten Mal im Leben die Leuchtkörper in der Luft explodieren sah. Erin wünschte so sehr, sie könnte dabei sein. Wieder und wieder fragte sie sich, ob Liza schon eine Beziehung zu Marlee aufgebaut hatte. Würde Marlee eines Tages Mommy zu ihr sagen? Es tat so weh, auch nur daran zu denken.

Am ersten Januarmorgen wollte Bradley gerade das Haus verlassen, um in die Galerie zu fahren, als er stutzte. Lauren war in der Küche, und sie schien zu telefonieren. Sie dachte offenbar, sie wäre ungestört, da Muriel Einkäufe erledigte. Erin war schon seit dem frühen Morgen in der Galerie, und da der Heißwasserbereiter rauschte, musste Gareth oben im Badezimmer sein. Bradley war froh, dass er seinen Van am Abend zuvor in einer kleinen Seitengasse geparkt hatte, so konnte Lauren auch nicht wissen, dass er noch zu Hause war. Bradley blieb auf der untersten Treppenstufe stehen und lauschte.

»Morgen Abend kann ich weg«, flüsterte Lauren aufgeregt. Dann ließ sie ein mädchenhaftes Kichern hören, sodass Bradley keinen Zweifel daran hatte, dass der Mann am anderen Ende der Leitung etwas sehr Herablassendes über seinen Vater gesagt hatte. Bradley schäumte innerlich vor Wut.

»Treffen wir uns im Dorchester?« Es entstand eine Pause. »Im Savoy. Na gut. Wirst du wieder der schneidige Mr. Camden Foster sein?«

Laurens »Verabredung« kam also unter einem anderen Namen, die beiden liebten offenbar Rollenspiele. Ihm wurde schlecht.

»Na gut. Ich frage an der Rezeption nach der Zimmernummer. Bis morgen Abend dann, Mr. Foster.« Sie legte auf.

Obwohl Bradley Lauren nicht sah, konnte er sich das Grinsen auf ihrem Gesicht lebhaft vorstellen. Sie war wirklich abscheulich. Er schlich in sein Zimmer zurück, einmal mehr froh, dass die Stufen mit Teppichboden ausgelegt waren, und wartete, bis Lauren und sein Vater das Haus verließen. Lauren durfte keinen Verdacht schöpfen, vor allem wollte er nicht, dass sie als Vorsichtsmaßnahme ihre Pläne änderte.

Kaum waren sie gegangen, fuhr Bradley in die Galerie.

»Morgen Abend werden wir Lauren in flagranti erwischen«, sagte er aufgeregt, als er durch die Tür stürmte.

Erin schaute von den Büchern auf, an denen sie gearbeitet hatte. Kein einziger Kunde war an diesem Vormittag in die Galerie gekommen, also sah sie die Geschäftsbücher durch. Was sie entdeckte, war deprimierend.

»Was passiert denn morgen Abend?«, fragte sie voller Vorfreude.

»Ich habe gerade gehört, wie Lauren sich mit einem Mr. Camden Foster verabredet hat. Im Savoy«, antwortete Bradley.

»Sie hat einen anderen!« Erin konnte es kaum fassen.

»Der Name ist falsch. Ich bin sicher, sie trifft sich mit Luke Stanford. Ich habe einen Plan, aber ich brauche ein bisschen Hilfe von Christopher Hardy. Erinnerst du dich noch an den?«

»Meinst du etwa Hering-Hardy? Das war doch der seltsame Junge aus deiner Klasse, oder?« Er hatte immer nach Fisch gerochen, daher der Spitzname.

»Ja, genau. Er ist inzwischen der Geschäftsführer vom Savoy«, sagte Bradley.

»Das ist doch wohl nicht dein Ernst!« Erin mochte es kaum glauben. »Ob er wohl immer noch jeden Tag zu Mittag Hering-Sandwiches isst?« Sie lachte. »Erzähl schon, was hast du für einen Plan? Und was um alles in der Welt spielt Hering-Hardy darin für eine Rolle?«

Bradley und Erin mussten bis zum Frühstück am nächsten Morgen warten, ehe sie Gareth für sich allein hatten.

»Dad, ich habe einen aufregenden jungen Künstler entdeckt«,

sagte Erin so begeistert sie konnte. »Ich glaube, er könnte die Galerie retten.«

»Ach ja?« Gareth zeigte deutlich weniger Leidenschaft.

»Ja«, antwortete Erin. »Ich habe gehört, seine Werke sind beeindruckend, und die Wahrscheinlichkeit ist groß, dass er London, wenn nicht ganz Europa, im Sturm erobern wird.«

»Wo hast du von ihm gehört, und wieso hat ihn sich noch keiner geschnappt?«

»Bradley hat über einen unserer Kontakte von ihm erfahren«, erwiderte Erin. »Er lebt offenbar sehr zurückgezogen und spricht mit kaum jemandem. Bradley hat es dennoch geschafft, ein Treffen mit ihm zu arrangieren.«

Gareth warf seinem Sohn einen erstaunten Blick zu. »Dann lass Albert seine Werke prüfen. Er wird sofort wissen, ob was dran ist an dem Trubel um seine Arbeit.«

»Das ist ja gerade das Problem, Dad«, sagte Bradley. »Er weiß von deinem ausgezeichneten Ruf in der Kunstbranche und will sich nur mit dir treffen.«

Gareth fühlte sich sichtlich geschmeichelt, wurde aber gleich wieder skeptisch. »Bist du sicher, dass er nicht ein bisschen seltsam ist?« Er schaute Erin an. »Albert hat mir erzählt, ihr hättet kürzlich ein paar junge Künstler getroffen, die wirklich merkwürdig waren.«

»Du kennst doch diese Typen«, sagte Erin leichthin. »Die meisten sind ziemlich exzentrisch.«

»Exzentrisch sind sie nur, wenn sie zu Geld gekommen sind. Wenn sie erfolglos sind, dann sind sie einfach nur verrückt«, behauptete Gareth. Genau dasselbe hatte er schon oft zu Erin gesagt.

»Dieser Künstler sieht allerdings vielversprechend aus. Kommst du mit, wenn wir uns seine Arbeiten ansehen?«

»Wann?«

»Heute Abend.«

Gareth wirkte hin und her gerissen. »Ich bin nicht sicher. Ich will mal sehen, was Lauren geplant hat. Sie erwähnte eine Einladung irgendwann diese Woche. Das könnte heute sein.«

Er war es schnell leid geworden, die vielen Abendgesellschaften zu besuchen, auf die sie ihn zerrte. Stets stellte sie schamlos sich selbst und ihre Beziehung zu ihm zur Schau. Er traute sich dennoch nicht, sich zu weigern mitzukommen oder sich zu beklagen. Es war schmerzlich deutlich geworden, dass Lauren Zugang zur Londoner Elite finden wollte, und wenn sie auch behauptete, ihn aufrichtig zu lieben, hatte er doch manchmal das Gefühl, für sie nur eine Sprosse auf der Leiter nach oben zu sein. Liebend gern tratschte sie über das Leben der feinen Gesellschaft und machte bissige Kommentare über sie hinter deren Rücken. In der Öffentlichkeit verstellte sie sich. Die Einladung zu einer Party lehnte sie niemals ab, er dagegen saß lieber gemütlich zu Hause vor dem Kamin, wie er das früher immer getan hatte, während Jane in ihrem Dachbodenatelier in aller Ruhe gemalt hatte. Anfangs hatte er sich durch Lauren wieder jung und lebendig gefühlt. Sie hatte ihn in einen Wirbel aus Aufregung und Vergnügungen gezogen, allmählich fand er das Zusammensein mit ihr ermüdend.

»Das ist wirklich wichtig, Dad, bitte komm mit«, bat Erin. »Ich will, dass die Galerie wieder erfolgreich wird. Das willst du doch auch, oder?«

»Das weißt du doch«, erwiderte Gareth.

Erin fand, er sah immer so aus, als trage er das Gewicht der Welt auf seinen Schultern. Als ihre Mutter noch am Leben war, hatte er nie so ausgesehen. »Also bitte komm mit.«

»Na schön«, sagte Gareth. Wenigstens hatte er so eine plausible Ausrede, die ihm den Besuch einer ermüdenden Abendveranstaltung ersparte.

»Ich habe ein Zimmer im Savoy gebucht, Dad, damit der Künstler die Privatsphäre hat, die er verlangt«, erzählte Bradley seinem Vater, als er sie alle in Gareth' Aston-Martin-Limousine zum Savoy chauffierte.

»Im Savoy? Ein seltsamer Ort für einen, der Abgeschiedenheit will. Es ist das bestbesuchte Hotel Londons.«

Bradleys Gesicht glühte. »Stimmt schon, aber das Personal dort wacht sehr über die Privatsphäre der Gäste. Deshalb fühlt sich mein Künstler ganz sicher dort.«

»Ich hoffe, das ist er wert«, erwiderte Gareth und schaute in seine Gedanken versunken aus dem Autofenster.

Als er Lauren gesagt hatte, er wolle mit seinem Sohn und seiner Tochter einen Künstler aufsuchen, hatte sie sich gefreut, ihn sogar ermutigt – was völlig untypisch für sie war. Er hatte angeboten, sich anschließend mit ihr zu treffen, doch sie hatte erklärt, sie wolle früh nach Hause, was ebenfalls sehr untypisch war. Er wusste nicht, was er davon halten sollte.

»Das ist er bestimmt«, antwortete Bradley und schaute über die Schulter zu Erin, die hinten saß.

Er war schon im Savoy gewesen und hatte sich mit seinem ehemaligen Mitschüler getroffen. Er hatte die Situation geschildert, und Christopher hatte viel Verständnis gezeigt, weil sein eigener Vater einmal in einer ähnlichen Lage gewesen war. Er hatte Bradley den Generalschlüssel für die Hotelzimmer gegeben, allerdings erst, nachdem Bradley ihm versichert hatte, es sei ausgeschlossen, dass Luke Stanford das Hotel wegen Verletzung der Privatsphäre verklagen würde. Bradley hatte Hardy davon überzeugt, dass Luke so etwas viel zu beschämend finden würde.

»Ich habe das Zimmer unter dem Namen Camden Foster reserviert«, erzählte Bradley seinem Vater. »Der Künstler wird dort auf uns warten.«

Im Hotel ging Bradley an die Rezeption, während Erin mit ihrem Vater in der Halle wartete. Bradley bat um die Zimmernummer von Camden Foster, doch für Gareth sah es so aus, als erhalte er den Schlüssel. Erin und Bradley waren nervös, jedoch auch voller Ungeduld, als sie mit ihrem Vater den Hotelkorridor in Richtung Zimmer 53 entlanggingen. Es war neun Uhr, sie waren also sicher, dass sie Lauren und Luke in einer verfänglichen Situation antreffen würden.

»Ich meine immer noch, Albert hätte mit uns kommen sollen«,

beschwerte sich Gareth. »Er ist der Experte, wenn es um Kunst geht.«

Bradley sagte nichts darauf, und auch Erin schwieg. Beiden war es zuwider, ihren Vater anzuschwindeln, aber sie wussten keinen anderen Weg. Sie hofften nur, er würde ihnen verzeihen.

Bradley steckte den Schlüssel ins Schlüsselloch und drehte den Türknauf. Er stieß die Tür auf, und Gareth machte einen Schritt ins Zimmer. Es lag in völliger Dunkelheit.

Gareth vermutete sofort, der Künstler habe sie versetzt, und das überraschte ihn nicht. »Er ist nicht hier«, sagte er verärgert, doch Bradley tastete im selben Moment nach dem Lichtschalter.

Das Licht durchflutete den Raum. Zwei Gestalten lagen eng aneinandergekuschelt im Bett. Sofort lösten sie sich voneinander und setzten sich auf. Lauren griff nach der Bettdecke, um ihren nackten Busen zu verhüllen. Auf ihrem Gesicht spiegelte sich reines Entsetzen.

Gareth riss die Augen auf. Ein paar Sekunden lang starrte er die beiden Menschen an, von denen er geglaubt hatte, sie so gut zu kennen. »Lauren!«, keuchte er dann. »Was hat das … was hat das zu bedeuten?«

39

Lauren wurde so weiß wie das Laken. Obwohl sie so gedemütigt wurde, wählte sie den Angriff als vermeintlich beste Verteidigung. »Was macht *ihr* denn hier?«, fragte sie dreist, schlang die Decke um ihren nackten Körper und stieg dann aus dem Bett, um Gareth voller Empörung gegenüberzutreten.

»Was *wir* hier machen?«, stieß Gareth ungläubig aus. Er merkte verblüfft, dass sie plötzlich wie eine unattraktive Fremde für ihn aussah. Fragen gingen ihm durch den Kopf, aber er war zu durcheinander, um sie zu ordnen.

Beschämt starrte Luke Stanford die Besucher vom Bett aus nur an. In dieser Situation war er bereits mehr als einmal gewesen, und meist mit einer verheirateten Frau. Das hier war allerdings anders. Er kannte Gareth seit gut zwanzig Jahren, also war es ihm besonders peinlich.

Bestürzt drehte Gareth sich zu Erin um. »Wusstest du über das hier Bescheid?«

Er mochte kaum glauben, dass sie und Bradley ihm eine Geschichte über einen Künstler aufgetischt hatten, der die Privatsphäre liebte. Seine Tochter und sein Sohn hatten ihn angelogen. Es kam ihm so unwirklich vor.

»Es tut mir leid, Dad«, flüsterte sie und legte ihm sanft die Hand auf die Schulter. Es war ihr zuwider, ihn zu verletzen. Sie wünschte, es hätte eine andere Möglichkeit gegeben.

Lauren erkannte, dass Gareth wahrhaft schockiert war. Dagegen sah sie deutlich, dass dies für Erin und ihren dümmlichen Bruder keineswegs galt. Sie hatten ihr eine Falle gestellt. Da war sie sich ganz sicher. Sie schämte sich schrecklich, aber dieses Gefühl wurde schnell von flammender Wut überschattet.

»Natürlich wusste sie das. Sie haben auf diese Gelegenheit gewartet, was?«, spie sie Erin giftig entgegen, fest entschlossen, diejenige zu spielen, der man Unrecht getan hatte.

Eine Frage brannte in Gareth' Hirn. »Wie lange treibst du hinter meinem Rücken schon dieses falsche Spiel, Lauren?«

Lauren warf Luke einen Blick zu, sie hoffte auf Unterstützung. Für einen Mann, der normalerweise sehr redselig war, gab er sich jetzt sehr schweigsam. »Das ist das erste Mal, dass wir miteinander im Bett waren«, behauptete sie mit gekränktem Gesichtsausdruck.

»Ach, kommen Sie schon«, sagte Erin ungläubig. »Sie lügen doch.«

»Halten Sie den Mund«, kreischte Lauren hasserfüllt, und die Röte stieg ihr ins Gesicht.

»Sprich nicht so mit meiner Tochter«, zischte Gareth.

Laurens Gesichtsausdruck veränderte sich von hasserfüllt zu flehentlich, als sie Gareth ansah. Sie kam näher, ließ die Bettdecke tiefer gleiten. »Das musst du verstehen, Gareth. Luke und ich, wir haben uns von dem Moment an, als wir uns kennenlernten, zueinander hingezogen gefühlt, aber ich bin dir immer treu geblieben.«

Luke sah sie verblüfft an.

»Wir hätten unseren Gefühlen vermutlich nie nachgegeben, hätte ich gewusst, woran ich mit dir bin, doch du hast nie zu erkennen gegeben, dass du es ernst mit mir meinst. Du hast nie etwas davon gesagt, dass du eine gemeinsame Zukunft mit mir willst. Hätte ich gewusst, dass du die Absicht hattest, mich zu heiraten …«

Gareth musterte Lauren von oben bis unten, und auf einmal empfand er körperliche Übelkeit. »Wie hätte ich über eine gemeinsame Zukunft reden können, da doch erst ein paar Monate zuvor meine Frau gestorben war«, sagte er. »Wir sind sowieso viel früher zusammengekommen, als es hätte sein sollen. Wir hätten überhaupt nie zusammenkommen sollen. Das war der größte Fehler meines Lebens.«

»Du kannst doch nicht ewig in der Vergangenheit leben oder das Vergangene als Ausrede dafür benutzen, dass du dich nicht in die Zukunft bewegen willst«, erklärte Lauren ungeduldig. »Ich hätte wissen müssen, woran ich mit dir bin. Ich hatte ein Recht darauf.«

»Wie können Sie es wagen, den Tod meiner Mutter als eine Ausrede zu bezeichnen«, brach es aus Erin hervor. »Und versuchen Sie jetzt ja nicht, meinem Vater die Schuld für Ihren schamlosen Mangel an Anstand zu geben«, fügte sie aufgebracht hinzu.

Lauren funkelte sie wütend an, ihre Gesichtszüge verhärteten sich wieder, was sie um Jahre älter machte. »Vielleicht sollte ich Ihnen und Ihrem Bruder die Schuld geben. Sie haben mich nie akzeptiert. Sie haben versucht, mich bei jeder nur denkbaren Gelegenheit in ein schlechtes Licht zu rücken.«

»Das war nun wirklich nicht schwer. Von Anfang an hatten wir recht, was Sie anging, und jetzt haben Sie bewiesen, dass man Ihnen nicht trauen kann.« Erin warf Luke einen Blick zu, sie fühlte sich auf unangenehme Weise an Andy erinnert. Er hatte immer noch kein Wort gesagt. »Wenigstens haben Sie sich für Ihre Affäre einen von Ihrer Art gesucht, einen Mann mit einem Ruf, der sogar noch schlimmer als Ihr eigener ist.«

Luke versuchte erst gar nicht, sich zu verteidigen. Er wusste, Erin empfand es immer noch als tiefe Kränkung, was sein Neffe ihr angetan hatte.

»Lukes schlechter Ruf ist völlig ungerechtfertigt. Er ist ein wunderbarer Mann«, beharrte Lauren.

Sie war sich nicht bewusst, dass sie Gareth nur noch mehr verletzte, wenn sie ihren Liebhaber verteidigte, aber vielleicht war es ihr auch egal. Wenn sie Gareth schon verlor, schien sie wenigstens ihn retten zu wollen.

»Er mag ja etwas von einem Clown an sich haben, er ist jedoch sehr ehrlich und grundsolide«, fügte sie hinzu.

Wäre Gareth nicht so schockiert gewesen, hätte er über diese Einschätzung womöglich gelacht. »Er ist ungefähr so ehrlich und solide, wie du es bist«, sagte er, am Ende seiner Geduld.

Luke ließ den Kopf sinken. Er wusste, er verdiente Gareth' Zorn. Was er getan hatte, war niederträchtig.

»Wie findest du denn, dass dein ach so ehrlicher Liebhaber vor Kurzem wieder zu Hause eingezogen ist und die ehelichen Beziehungen zu seiner tapfer leidenden Frau wieder aufgenommen hat?«

»Was?« Lauren mochte es nicht glauben. »Das stimmt nicht.« Wütend funkelte sie Luke an und wartete auf ein Dementi.

»So ist es doch wohl, oder, Luke?«, fragte Gareth.

Wieder sagte Luke kein Wort. Er sah nicht einmal auf.

»Natürlich stimmt das nicht«, sagte Lauren, als Luke dem nicht widersprach, was Gareth gesagt hatte. »Luke hat eine Wohnung in Mayfair, stimmt's?« Allmählich ärgerte es sie, dass er weder sich selbst noch sie verteidigte.

»Wenn das wahr ist, wieso sind Sie dann hier?«, fragte Erin.

Darauf hatte Lauren keine Antwort. Wieder sah sie Luke an. »Um Himmels willen, jetzt sag doch was«, verlangte sie.

»Es tut mir wirklich leid, Gareth«, sagte Luke verlegen. »Bitte glaub mir das.«

Gareth hielt seine Entschuldigung für wertlos. Alle wussten, dass Luke ein notorischer Schürzenjäger war. Die meisten Männer nahmen hin, dass er so war, manche beneideten ihn sogar darum. Doch was Gareth nicht akzeptieren konnte, war die Tatsache, dass Luke ihn hintergangen hatte, obwohl sie beide sich seit vielen Jahren kannten. Das war unverzeihlich.

»Mehr hast du dazu nicht zu sagen?«, kreischte Lauren. »Es tut dir leid! Bist du nun wieder zu deiner Frau zurückgegangen oder nicht?« In letzter Zeit hatten sie nicht mehr über seine Situation gesprochen, doch zu Anfang hatte er ihr von seiner Trennung und bevorstehenden Scheidung erzählt. Soweit sie wusste, hatte sich daran nichts geändert. »Du willst dich doch immer noch scheiden lassen, oder?«

Luke warf ihr einen Blick zu, und sie konnte die Wahrheit in seinen Augen lesen. Wieder wich ihr die Farbe aus dem Gesicht.

»Ich wollte dir ja erzählen, dass Margaret und ich uns wieder versöhnt haben«, gestand er leise.

»Das wolltest du mir erzählen … Und wann bitte schön? Nachdem wir stundenlang Sex gehabt hatten?« Ironischerweise bekam sie gerade eine Ahnung davon, wie Gareth sich im Moment fühlte. »Du Schwein!«

»Ich hab dir nie gesagt, dass ich in dich verliebt bin, Lauren. Ich hab nie gesagt, wir hätten eine gemeinsame Zukunft«, erwiderte Luke kühl.

Lauren kam sich vor, als habe man sie geschlagen. Und die Anwesenheit von drei anderen Leuten, die Zeuge von allem wurden, machte die Demütigung nur umso schlimmer.

»Es ist doch nicht mehr als eine Affäre, Lauren«, sagte Luke. »Ein bisschen Spaß im Bett. Lass uns nicht so tun, als wäre da mehr gewesen. Und hab den Anstand zuzugeben, dass unsere Beziehung lange vor dem Essen mit Gareth und Albert Howell angefangen hat.«

»Du elender Mistkerl!«, schrie Lauren voller Entsetzen über seinen Verrat. »Warum tust du mir das an?«

Wieder sah Luke Gareth an. »Es tut mir sehr leid, wenn ich dir Kummer gemacht habe«, sagte er aufrichtig. »Aber ich glaube, in Wirklichkeit habe ich dir einen Gefallen getan.« Er zog sich, geschützt von der Bettdecke, die Hose an, hob sein Hemd vom Boden auf und ging ins Badezimmer.

Lauren sah, wie ihr Traum von der Heirat mit einem reichen Mann platzte. Ihre ganzen Tricks und Intrigen waren nach hinten losgegangen, und sie wusste ganz genau, wem sie dafür die Schuld zu geben hatte.

Sie wandte sich Erin zu, in ihren Augen glitzerten Tränen. »Sie haben das angezettelt«, rief sie und deutete anklagend mit dem Finger auf sie.

»Tatsächlich bin ich das gewesen«, mischte sich Bradley nun

ein. »Ich spioniere Ihnen seit Wochen schon nach. Ich habe Ihre Telefonate mit angehört. So wusste ich ganz genau, dass Sie meinen Vater schamlos hintergehen. Wir mussten nur noch darauf warten, Sie in flagranti erwischen zu können.« Er sah seinen Vater an. »Entschuldige, dass wir dir Kummer machen, Dad, aber eine andere Möglichkeit gab es nicht. Du hättest uns nie im Leben geglaubt, dass Lauren dich belügt und betrügt. Das hier ist der Beweis, dass sie es auf reiche Männer abgesehen hat und nur daran interessiert ist, sie auszunehmen.«

»Das stimmt nicht«, widersprach Lauren heftig.

»Doch, das stimmt«, sagte Bradley.

Gareth hob die Hand, um seinen Sohn zum Schweigen zu bringen. Er wollte nichts mehr hören.

Das gab Lauren ein Fünkchen Hoffnung. Er wollte sich das alles nicht mehr anhören, weil er es für Lügen über sie hielt. Sie tat, als ob sie schluchzte, in der Hoffnung, wie sonst auch auf diese Weise sein Mitleid zu erregen.

»Keine Krokodilstränen, Lauren, bitte«, sagte Erin völlig unbeeindruckt. »Darauf fällt mein Vater nicht mehr herein.«

»Sie weinen doch nur, weil Sie aufgeflogen sind«, fügte Bradley hinzu. »An dem Tag, an dem sich Dad mit Albert Howell zum Essen traf, habe ich gehört, wie Sie sich mit Ihrem Liebhaber verabredet haben. Sie wussten nicht, dass Dad auch dort sein würde, also wären Sie beinahe damals schon aufgeflogen. Sie können froh sein, dass er den vagen Ausreden, die Sie stets angebracht haben, nie richtig nachgegangen ist.«

Gareth erinnerte sich noch an den Tag. »Du hast behauptet, du seist wegen mir da«, sagte er zu Lauren und mochte kaum glauben, dass sie so mühelos und geschickt lügen konnte. Er musste ein kompletter Narr gewesen sein, dass er ihr geglaubt hatte.

Lauren tupfte sich die Krokodilstränen ab. »Ich war tatsächlich deinetwegen da. Diesem Bradley darfst du doch kein Wort glauben«, spie sie hasserfüllt aus. »Der ist so zurückgeblieben, dass er nicht mal weiß, was für einen Tag wir heute haben.«

Gareth verlor die Fassung. »Halt dein gemeines Mundwerk, du dummes Flittchen«, brüllte er sie an. »Sprich niemals, niemals wieder so über meinen Sohn. Hast du mich verstanden?«

Lauren schreckte zusammen, bisher hatte sie nur Gareth' sanfte Seite gekannt.

Auch Erin und Bradley hatten ihren Vater nie so reden hören, und so waren auch sie erschrocken. Erin machte sich Sorgen, dass Laurens Betrug zu einem Zusammenbruch ihres Vaters führen konnte.

»Bradley ist hochintelligent, sehr viel intelligenter als ich, wenn du es wissen willst«, sagte Gareth und machte zwei Schritte auf Lauren zu, während sie weiter zurückwich. »Ich habe deine ganzen Lügen geglaubt. Ich will dich verlogenes Weib nie wiedersehen.«

»Aber Gareth …«, jammerte Lauren.

»Nie mehr, hast du mich verstanden? Komm ja nie mehr in mein Haus. Und lass dich bloß nicht mehr in der Galerie blicken. Tust du das doch, werde ich dich eigenhändig hinausbefördern.« Er drehte sich auf der Stelle um und verließ gefolgt von Bradley das Zimmer.

Plötzlich wusste Erin ohne jeden Zweifel, dass mit ihrem Vater alles wieder in Ordnung käme. Mit einem Fünkchen Mitleid schaute sie auf Lauren. Sie sah das zerzauste Haar, den verschmierten rosa Lippenstift, den nackten, in ein verknittertes Betttuch gewickelten Körper.

»Wenn Sie sich nur ansehen könnten«, sagte sie mit Hohn in der Stimme. »Sie sehen aus wie eine Straßenhure. Meinen Vater verletzen, das war nun wirklich das Letzte, was ich wollte, aber er musste Ihr wahres Ich endlich selbst einmal sehen. Ich bin bloß dankbar dafür, dass alles rausgekommen ist, ehe Sie Teil unserer Familie wurden.«

»Raus hier«, kreischte Lauren und brach in Tränen aus. Dieses Mal waren sie echt. Sie hob einen Schuh auf, um ihn nach Erin zu werfen.

»Mit Vergnügen!« Erin drehte sich um und schlug die Tür

hinter sich zu. Sie hörte noch den Knall, als der Schuh die andere Seite der Tür traf.

Auf dem ganzen Heimweg im Auto sagte Gareth kein einziges Wort. Niemand sagte ein Wort. Als sie wieder im Haus waren, schenkte Gareth sich einen starken Drink ein. Erin und Bradley warteten, bis er ausgetrunken hatte. Sie wussten, er brauchte die Stärkung, um über den Schock hinwegzukommen, den er gerade erlitten hatte.

»Dad«, sagte Erin sanft. »Es gab keine andere Möglichkeit, als dich so mit der Wahrheit zu konfrontieren. Wir wollten dir nicht absichtlich wehtun. Du hättest nie geglaubt, dass Lauren …«

Wieder hob Gareth die Hand. »Erwähne nie wieder den Namen dieser Frau«, sagte er heftiger als beabsichtigt.

Erin und Bradley sahen einander besorgt an. Eine ganze Weile sprach keiner ein Wort.

»Bist du sehr böse mit uns, Dad?«, fragte Erin verzagt.

»Ich verstehe, weshalb ihr das getan habt«, sagte Gareth. Er sah sie nicht an.

Erin wünschte, sie könnte ihrem Vater seinen Kummer nehmen. »Doch du bist wütend auf uns, weil wir dich belogen haben«, sagte sie und verstand. »Ich weiß, zur Unehrlichkeit sind wir nicht erzogen worden …«

»Ich sollte wütend sein, aber ich bin froh, dass ihr das gemacht habt«, unterbrach Gareth seine Tochter, womit er sie völlig überraschte. »Tief in mir wusste ich, dass etwas nicht stimmte. Seit Wochen schon. Andauernd ist sie für mehrere Stunden abgetaucht, hat irgendeine fadenscheinige Ausrede vorgebracht. Den Grund für all das wollte ich einfach nicht sehen. Ich wollte nicht glauben, dass sie …« Er stützte den Kopf in die Hände. »Im Grunde bin ich erleichtert darüber, dass sie aus meinem Leben verschwindet.«

»Erleichtert siehst du allerdings nicht gerade aus«, erklärte Bradley wahrheitsgemäß.

Gareth schaute auf. »Das ist nur, weil ich mir wie ein Idiot vorkomme. Werdet ihr mir je verzeihen, dass ich so dumm gewesen bin?«

Erin und Bradley hatten ihren Vater nie so reden hören. Sie setzten sich alle drei aufs Sofa. »Da gibt es nichts zu verzeihen, Dad«, sagte Bradley mitfühlend.

»Du warst nach Moms Tod verletzlich, und in dieser Zeit bist du auf eine Frau getroffen, die viel Erfahrung darin hat, die Leute zu täuschen«, fügte Erin hinzu.

»Euch konnte sie nicht hinters Licht führen«, sagte Gareth. Er schämte sich, war aber gleichzeitig stolz auf seine Kinder.

»Du bist nur ein Mensch, Dad«, sagte Erin. »Verzeih dir selbst und lass es einfach hinter dir.«

»Ich weiß, ich habe das Geschäft vernachlässigt. Ich hätte es beinahe ruiniert. Ich war sehr abhängig von eurer Mutter, was das Geschäftliche anging. Ihr künstlerisches Talent und ihr menschliches Geschick haben die Galerie am Leben erhalten.«

»Mom wollte immer, dass du glaubst, du würdest ihren Rat annehmen, in Wirklichkeit war sie nur der Resonanzboden für deine Ideen«, sagte Erin.

»Das stimmt doch nicht«, protestierte Gareth.

»Doch, Dad. Mom hat immer darüber gelacht. Sie hat mir oft erzählt, dass die besten Ideen, für die du ihr dankbar warst, in Wirklichkeit von dir kamen. Du musst eben einfach nur wieder an dich glauben.«

»Wenn es nur so leicht wäre!« Gareth seufzte.

»Wir sind doch da und helfen dir«, erinnerte ihn Erin.

»Ich weiß, und ihr beide seid mir so lieb und teuer, wie ihr das wohl nie ahnen werdet. Aber wir brauchen ein paar gute Kunstwerke, damit die Galerie wieder Erfolg hat.«

»Wir werden ein junges Talent finden, Dad«, sagte Bradley. »Ich habe da schon einen Hinweis auf jemanden, der richtig aufregend sein könnte.«

»Dann machen wir eine Ausstellung, und die kündigen wir ganz groß an«, sagte Erin voller Begeisterung. Sie freute sich schon darauf, wieder an die Arbeit gehen zu können – ohne sich mit Lauren herumärgern zu müssen.

Gareth spürte, dass eine Veränderung in seiner Tochter vorging. Sie war schon fast wieder die Alte, voller Begeisterung und Leidenschaft. »Es wird doch alles wieder gut, ja?«, fragte er und legte die Arme um seine Kinder.

»Ja, Dad, alles wird gut«, sagte Erin.

40

»Ich dachte, ich sollte mir Kunstwerke ansehen, Bradley. Wieso treffen wir uns hier in dieser Seitengasse an deinem Van?«, fragte Albert und ging auf Bradley zu, der neben seinem Wagen stand.

»Der Künstler, dessen Bilder du dir ansehen sollst, will unbedingt anonym bleiben«, erklärte Bradley.

»Aha«, meinte Albert. »Ist er im Van?«

»Natürlich nicht.« Bradley lachte. Albert hatte schon immer einen trockenen Humor gehabt. Oft wusste man nicht, ob er etwas ernst meinte oder nicht. »Die Bilder sind im Van.« Er öffnete die Hecktür.

»Auf dich mag das ja seltsam wirken«, sagte Albert. »Aber ich habe schon Künstler an ganz anderen bizarren Orten getroffen.«

»In schäbigen Dachbodenateliers?«

»Wenn es nur das wäre. Ein Künstler, ein Flüchtling aus Transsilvanien, behauptete, ein Abkömmling von Graf Dracula zu sein. Er verlangte von mir ein Treffen in einem Kaktusgarten auf der Dachterrasse seines Hauses in Gravesend. Er arbeitete mitten in einem Miniwäldchen der stachligsten Kakteen, die ich je gesehen habe. Wohin ich mich auch drehte, überall bohrten sich scharfe Dornen in meine Haut. Am ganzen Körper hatte ich rote Pusteln, die wochenlang juckten. Ich wäre beinahe wahnsinnig geworden!«

»Wieso hat der Künstler denn inmitten von Kakteen gearbeitet?«, fragte Bradley verwirrt.

»Er sprach nicht besonders gut Englisch, aber wie ich verstanden habe, schützten die Kakteen seine Kunstwerke vor Dieben. Seine Bilder waren durchaus interessant, ich hatte allerdings kein

Interesse, je wieder diesen Kaktusgarten zu betreten. Einen anderen Künstler traf ich in einem Badezimmer im Metropolitan Hotel. Du kannst dir sicher vorstellen, wie das aussah, zwei Männer, die sich in einem Hotelbadezimmer treffen. Reichlich merkwürdig.«

Bradley zog die Augenbrauen hoch.

»Der Mann hatte einen ganzen Monat lang schon da gemalt. Er war nämlich aus seinem Haus geworfen worden, weil er die Miete nicht gezahlt hatte. Ziemlich tragisch, vor allem als die Hotelangestellten ihm Hausverbot erteilten. Ein anderes Mal bat mich eine höchst seltsame Frau zum Schimpansengehege in den Zoo. Beinahe wäre ich nicht hingegangen, schließlich gewann die Neugier die Oberhand. Sie wollte, dass ich die Ähnlichkeit der Schimpansen mit ihren auf den Bildern dargestellten Primaten erkannte. Während ich mich mit ihr zu unterhalten versuchte, machte sie Geräusche wie ein Schimpanse. Sie behauptete, sie könne sich mit ihnen verständigen. Es war wirklich grotesk.«

Bradley lachte.

»Einmal habe ich mich sogar mit einem Künstler in einem Abstellraum getroffen – er war Hausmeister in einem kleinen Hotel. In dem Raum verwahrte man Farben, Besen, Eimer, Wischmopps und Ähnliches zur Reinigung und Instandhaltung des Gebäudes. Da arbeitete er bei Kerzenlicht. Es gab eine Lampe, er hatte jedoch die Glühbirne herausgeschraubt. Der Mann behauptete, diese Art Licht zerstöre seine Kunstwerke. Leider wurde das Hotel eine Woche nach unserem Treffen durch einen Brand zerstört. Zum Glück kam niemand um. Die Bilder waren allerdings ruiniert.«

Bradley schüttelte den Kopf. »Hatten die Kerzen den Brand verursacht?«

»Ganz ohne Zweifel«, antwortete Albert. »Ein paar ziemlich seltsame Leute leben unter uns, Bradley«, sagte er mit einem Seufzer. »Zum Glück sind nicht alle Künstler so exzentrisch, aber wäre dein Künstler da hinten in dem Van gewesen, hätte mich das nicht weiter schockiert. Und jetzt lass sehen, was du da hast.«

Bradley zeigte Albert drei Acrylgemälde. Zwei davon waren Landschaftsbilder, eines ein Stillleben. »Was denkst du?«, fragte er, ungeduldig Alberts Einschätzung erwartend.

Albert ließ sich Zeit, begutachtete jedes Bild ganz genau. Während er das tat, musterte Bradley Alberts Gesicht. Seinen Gesichtsausdruck hatte er noch nie deuten können, er hatte ein echtes Pokerface. Das erwies sich als nützlich, wenn es um die Kosten für ein Bild ging, das die Galerie erwerben wollte. Doch auch wenn er sich Gemälde berühmter Künstler ansah, gab er keinerlei Gefühlsregung zu erkennen.

»Die sind gut«, sagte Albert schließlich.

»Wirklich?« Bradley war entzückt, brauchte aber eine weitere Bestätigung.

»Ja, wirklich. Ich bin sehr beeindruckt. Eine ganze Weile schon habe ich etwas so Gutes von einem unbekannten Künstler nicht mehr gesehen. Bist du sicher, dass er anonym bleiben will?«

»Ja, leider. Irgendwann bringe ich ihn vielleicht dazu, seine Meinung zu ändern, vorläufig will er es noch nicht.«

»Was weißt du über ihn?«

»Nicht allzu viel«, antwortete Bradley entschuldigend. »Ich habe den Eindruck, dass er nie Vertrauen in sein Talent hatte.«

»Das ist schade, denn er ist zweifellos sehr begabt«, sagte Albert zuversichtlich.

Bradley schloss die Hecktür des Vans. »Ich werde sehen, ob er genügend Bilder hat, sodass wir ihn in einer Ausstellung zeigen können.«

»Frag zuerst lieber deinen Vater, was er von diesen Bildern hält«, schlug Albert vor.

»Wenn sie dir gefallen, wird auch Dad sie mögen«, erklärte Bradley zuversichtlich.

»Dann hoffe ich, dass du Erfolg hast.«

Bradley brachte die Bilder in die Galerie, wo Erin und Gareth schon auf ihn warteten. Während der ganzen Woche hatten sie unbekannte Künstler aufgefordert, ihnen ihre Werke zur Begutachtung in die Galerie zu bringen. Einige Stücke hatten sie gekauft, trotzdem war nichts dabei, was eine Ausstellung wert gewesen wäre. Langsam wurden sie mutlos.

Bradley hatte ihnen erzählt, der Künstler, den er aufgetan hatte, wolle zuerst Albert seine Werke zeigen. Er versprach, die Bilder in die Galerie zu bringen, sobald Albert sie für vielversprechend befunden hätte.

Als Bradley nun die Galerie betrat, wurden Erin und Gareth ganz aufgeregt.

»Albert haben die Bilder also gefallen«, sagte Erin vergnügt. Was Kunst anging, irrte Albert sich nie. Wenn er ein Werk für vielversprechend hielt, ließ es sich in der Regel mit beträchtlichem Gewinn verkaufen.

»Ja. Er meinte, es sei das Beste, was er in letzter Zeit von einem noch unbekannten Künstler gesehen habe«, antwortete Bradley aufgekratzt.

»Dann wollen wir sie uns mal ansehen«, sagte Gareth.

Bradley nahm die Tücher von den Bildern und lehnte sie an die Wand, damit Gareth sie begutachten konnte. »Er hat recht, Bradley. Die sind gut. Was meinst du, Erin?«

»Sie sind wundervoll«, erwiderte Erin.

»Die kaufen wir auf jeden Fall«, fügte Gareth hinzu. »Wie viele Bilder hat der Künstler noch fertiggestellt?«

»Das werde ich herausfinden, aber ich glaube, für eine Ausstellung reicht es«, antwortete Bradley. Er freute sich, dass sein Vater sich offenbar wieder für etwas begeistern konnte.

»Wunderbar«, rief Erin entzückt. »Geh die Bilder gleich holen, Bradley. Die Ausstellung soll so bald wie möglich stattfinden. Ich bereite alles vor.«

Die Ausstellung wurde zwei Wochen darauf eröffnet. Fünfzehn Gemälde des anonymen Künstlers wurden gezeigt, die meisten Landschaftsbilder, jedes auf seine Art einzigartig und ganz außergewöhnlich. Es war ein Samstagnachmittag und eisig kalt draußen, doch die von der Wettervorhersage angekündigten Schauer blieben aus.

Die Zeitungen waren benachrichtigt worden und hatten einen Sonderbericht gebracht, auf die Ausstellung wurde zudem in mehreren Zeitschriften hingewiesen, die sich mit dem Thema Kunst befassten. Erin ließ Wein und Canapés servieren. Drei Zeitungsjournalisten waren erschienen.

Es war schon eine ganze Weile her, seit in der Galerie Forsyth eine Ausstellung stattgefunden hatte, und deshalb war Erin nervös, vor allem, als sich das Ganze recht langsam anließ. Doch ehe sie sich darum zu sehr sorgen konnte, befanden sich über siebzig Besucher in der Galerie. Das waren weit weniger als auf früheren Ausstellungen, aber es wunderte Erin nicht. Sie hatten nämlich gehört, dass Lauren Bastion auf übelste Weise über die Galerie und ihre drei Betreiber hergezogen hatte.

Nach und nach zeigten die Besucher mehr Interesse an den Bildern, Fragen wurden gestellt, ein Kauf in Erwägung gezogen. Erin und Gareth waren voller Hoffnung, doch vor allem Bradley war nervös, da er sich für den Erfolg des Künstlers verantwortlich fühlte.

Gareth war in Höchstform. Er plauderte über die Bilder, warb für sie und pries sie an. Potenziellen Käufern erzählte er, der junge Künstler werde bald ein gefeierter Star in der Londoner Kunstszene sein.

»Wann wird seine Identität preisgegeben?«, fragte ein Journalist vom *Herald*.

»Den genauen Zeitpunkt kann ich Ihnen nicht angeben«, erwiderte Gareth. »Wir hoffen, dass es bald geschehen wird.«

»Ist das Geheimhalten seiner Identität ein Werbegag?«, fragte jemand vom *Enquirer*.

»Gewiss nicht«, versicherte Gareth dem Journalisten. »Die meisten Künstler sind für ihre Schrulligkeit bekannt. Manchmal ist es das, was ihre Werke so interessant macht. Ich gebe Ihnen mein Wort, dass ich versuchen werde, den Mann sehr bald in die Öffentlichkeit zu lotsen.«

Ein Bild wurde verkauft, was Gareth' Stimmung hob. Als es bei dem einen blieb, war er jedoch bald recht niedergeschlagen.

Erin wusste nicht, was sie tun sollte. Sie mischte sich unter die Besucher und sprach über die Bilder, was schwierig war, weil sie nichts über den Künstler wusste. Die Besucher verließen nach und nach die Galerie. Zu ihrer großen Überraschung entdeckte Erin plötzlich zwei vertraute Gesichter in der Tür.

»Jonathan! Marlee!«, rief sie und lief ihnen aufgeregt entgegen.

Marlee schlang die Arme um sie, und Erin drückte sie unter Tränen. Marlee und ihr Teddy waren ganz nass vom Regen, doch das machte ihr nichts aus. »Ach, ich hab dich ja so vermisst«, sagte sie voller Freude.

»Ich hab dich auch vermisst, Erin«, wisperte Marlee ihr ins Ohr. »Und auch Gula und Jono haben dich vermisst.«

»Wirklich?«

Jonathan stellte seinen nassen Schirm in eine Ecke.

»Guck mal, Erin, mir ist ein Zahn ausgefallen«, sagte Marlee und deutete auf die Lücke in ihren Vorderzähnen.

»Hat die Zahnfee dir einen Penny unters Kopfkissen gelegt?«, fragte Erin.

Marlee nickte. »Ja«, sagte sie fröhlich.

»Wie schön!«

Erin lächelte und schaute Jonathan an. Er begrüßte sie mit einem Kuss auf die Wange. Sein Blick war so warmherzig, dass Erin überzeugt war, er habe sie genauso sehr vermisst wie sie ihn. Aber vielleicht war das auch nur Wunschdenken.

»Ich freue mich ja so, Sie hier zu sehen. Was machen Sie hier?«, fragte Erin.

»Ich habe in der Zeitung von der Ausstellung gelesen und dachte, es wäre eine nette Überraschung, wenn wir kommen«, antwortete Jonathan. Dass Marlee ihn jeden einzelnen Tag gefragt hatte, ob sie Erin nicht besuchen könnten, erzählte er ihr nicht.

»Die Überraschung ist Ihnen allerdings gelungen«, rief Erin. Sie konnte nicht aufhören zu lächeln. »Ich kann es noch gar nicht glauben, dass Sie mit Marlee hier sind.«

»Sie sehen gut aus.«

So hübsch wie an diesem Tag, dachte Jonathan, hat sie noch nie ausgesehen. Sie trug einen Rock und eine klassische Strickjacke in Marineblau, dazu Pumps. Mit dem aufgesteckten Haar wirkte sie so professionell.

»Wie kommst du mit der Kälte hier zurecht, Marlee?«, fragte Erin und sah zu Marlee. Jonathans intensiver Blick verunsicherte sie plötzlich.

»Ich mag nicht, wenn es kalt ist. Dann kann ich nicht draußen spielen«, antwortete Marlee, und ihr Lächeln verblasste. »Ich mag die warme Sonne.«

»Sie vermisst die Sonne und den blauen Himmel«, sagte Jonathan. »Andauernd fragt sie mich, warum wir in England keine Sonne haben und keine Kängurus.«

»Du wirst die Sonne im Sommer sehen«, versprach Erin. »Aber keine Kängurus. Nur Eichhörnchen.« Sie sah Jonathan wieder an und fügte hinzu: »Hoffen wir, dass die Sonne sich bald zeigen wird.«

Er lachte, denn der Sommer in England konnte unberechenbar sein und er kam spät, aber es war ein trauriges Lachen. Marlees Heimweh machte ihm zu schaffen.

»Letzte Woche hast du doch Eichhörnchen im Park gesehen, nicht, Marlee?«, sagte Jonathan.

Marlee nickte. »Jono hat gesagt, wir können die nicht essen.«

»Nein, das könnt ihr nicht«, erwiderte Erin lachend. Dann wurde sie wieder ernst. »Lebt sie sich nicht gut ein?«, fragte sie leise.

Er schüttelte den Kopf. »Sie will nicht in die Schule.«

Das machte Erin Sorgen. »Wie geht es Liza?«, fragte sie, um das Thema zu wechseln.

»Ihr geht es gut«, antwortete Jonathan. Mehr schien er nicht erzählen zu wollen.

»Wollte sie nicht mitkommen?«

»Sie hatte etwas anderes vor«, antwortete er ausweichend.

Erin hätte gern gewusst, ob Liza schon eine Beziehung zu Marlee aufgebaut hatte, doch sie wollte nicht neugierig erscheinen.

Bradley beobachtete seine Schwester vom anderen Ende des Raumes und war vollkommen fasziniert. Sie hatte ihm von Jonathan und Marlee erzählt und auch davon, wie die Kleine ihre Eltern verloren hatte und Jonathan ihr Vormund geworden war. Bei den wenigen Gelegenheiten, bei denen sie von ihnen erzählt hatte, war ihm klar geworden, dass sie die beiden mochte, aber sie zusammen zu sehen, war noch etwas anderes.

Erin hatte sich nie zu Kindern hingezogen gefühlt. Nicht ein einziges Mal hatte Bradley gesehen, dass sie ein Kind umarmt oder geküsst hätte. Sie so ungezwungen und liebevoll mit Marlee zu sehen verblüffte ihn daher sehr.

In diesem Moment eilte Gareth an die Seite seiner Tochter. »Wir haben zwei weitere Bilder verkauft, Erin«, sagte er aufgeregt. »Oh, Verzeihung«, fügte er entschuldigend hinzu, als er Jonathan und Marlee bemerkte. »Ich wollte nicht stören.« Ganz offensichtlich war er ein wenig durcheinander.

»Das ist ja wunderbar, Dad«, erwiderte Erin. »Ich würde dir gern Jonathan und Marlee vorstellen. Ich hab dir doch von ihnen erzählt, weißt du noch?«

»O ja«, meinte Gareth. »Freut mich, Sie kennenzulernen.« Er schüttelte Jonathan die Hand und sagte Hallo zu Marlee.

Erin rief Bradley herüber und stellte auch ihn vor. »Das ist meine Familie, Marlee«, erklärte sie der Kleinen. »Mein Bruder und mein Vater.«

Marlee lächelte scheu und umklammerte Erins Hand. Als ein Journalist vom *Telegraph* auf sie zukam und Erin fragte, ob sie bereit sei, ihm ein Interview zu geben, überließ sie es ihrem Vater und ihrem Bruder, mit Jonathan zu plaudern.

»Kann ich mitkommen?«, fragte Marlee.

»Aber natürlich«, erwiderte Erin und nahm Marlee mit in eine ruhige Ecke, wo sie die Fragen des Journalisten beantwortete. Auch ein Fotograf war anwesend.

»Was ist denn mit Erin passiert, Dad?«, fragte Bradley seinen Vater, als er seine Schwester beobachtete.

»Ich erkenne sie auch nicht wieder«, antwortete Gareth. »Die drei scheinen sich gut zu verstehen.«

»Ja, nicht wahr? Ich glaube, Erin hat in Australien mehr getan, als nur mit Edelsteinen zu handeln«, fügte Bradley hinzu. Er schmunzelte.

»Was meinst du damit?«

»Ich glaube …«, antwortete er, »… sie hat sich verliebt.«

Am frühen Abend verließ der letzte Besucher die Galerie, nur Jonathan und Marlee waren noch da. Der Tag war nicht so erfolgreich gewesen, wie die Forsyths es sich erhofft hatten.

»Also, ich hatte gedacht, wir würden mehr als nur drei Bilder verkaufen«, sagte Gareth zu Erin und Bradley. »Das ist wirklich enttäuschend.«

Bradley war betroffen. »Die Bilder hatten tatsächlich nicht die Zugkraft, mit der wir gerechnet haben«, sagte er.

»Es ist ja nicht so, dass sie schlecht sind, im Gegenteil«, tröstete Gareth ihn. »Manchmal braucht man einen besonderen Anreiz, der die Leute zum Kauf in großem Stil anregt. Wenn wir so etwas hätten, wären die Bilder nur so zur Tür hinausgeflogen.«

»Was wäre in der Kunstszene denn ein besonderer Anreiz?«, fragte Jonathan neugierig. »Ich habe keine Ahnung von Kunst, aber die Arbeiten, die Sie ausgestellt haben, gefallen mir unglaublich gut.«

»Manchmal ist es der Künstler«, erklärte Erin. »Er kann aus irgendeinem Grund berühmt sein oder berüchtigt. In unserem Fall ist er anonym.«

»Manchmal ist es eine effektvolle Spielerei oder etwas Kontroverses«, fügte Gareth hinzu. »Etwas Skandalträchtiges oder etwas, das gerade in Mode ist.«

»Wie gesagt, ich kenne mich in der Kunstszene nicht aus, wenn Sie jedoch ein Motiv oder etwas Ungewöhnliches brauchen, dann hätte ich eine Idee, wenn Sie die gern hören würden«, sagte Jonathan.

»Was ist es denn?«, fragte Erin gespannt.

»Weshalb stellen Sie hier nicht den Olympic Australis aus?«

»Den Opal?«, fragte Gareth. Erin hatte ihrem Vater von dem Stein erzählt, wenn auch nicht die ganze Geschichte. Er hatte seinerzeit auch in den Zeitungen über den besonderen Fund gelesen.

»Wieso denn nicht? Die Öffentlichkeit hätte Gelegenheit, den größten Opal, der je auf der Welt gefunden wurde, zu sehen. Das würde sie doch in die Galerie locken, oder?«

»Ja, allerdings«, erwiderte Gareth, der vor seinem geistigen Auge schon die Reaktion der Leute sah. »Ist der Stein denn in England? Erin sagte, er sei verschwunden.«

»Er ist gefunden worden. Marlees Vater ist der rechtmäßige Besitzer. Als er starb, erbte sie den Opal. Er befindet sich hier in London.«

»Wollen Sie damit sagen, Sie würden uns den Olympic Australis für eine Ausstellung überlassen?« Erin konnte es kaum fassen.

»Aber natürlich«, erwiderte Jonathan, ohne einen Moment zu zögern.

»Das ist sehr großzügig von Ihnen, Jonathan«, sagte Gareth. »Wir würden natürlich Wachleute zum Schutz des Steines anstellen.« Gareth war schon ganz aufgeregt bei der Aussicht auf solch eine Ausstellung.

»Wäre der Galerie damit geholfen?«

»Und ob«, rief Gareth begeistert.

»Dann müssten Sie mir nur noch sagen, wann Sie den Stein brauchen«, sagte Jonathan.

Erin fand es mehr als aufregend, dass der Opal bereits in diesem Moment hier bei ihnen war und dass nur sie und Jonathan davon wussten. »Wir werden uns überlegen müssen, wie wir ihn am besten präsentieren.«

»Ich hätte da einen Vorschlag«, sagte Bradley. »Wir könnten den Opal auf ein Podest platzieren und dahinter ein Wandgemälde. Vielleicht eine Szenerie mit den Feldern, auf denen der Opal gefunden wurde, und einem Minenarbeiter an einem Lagerfeuer.«

»Was für eine großartige Idee.« Erin war beeindruckt.

»Wem könnten wir den Auftrag geben, so eine Arbeit anzufertigen?«, fragte Gareth.

»Wieso nicht dem Künstler, dessen Arbeiten wir heute ausgestellt haben?«, schlug Bradley vor.

»Das ist ein guter Vorschlag. Meinst du, er macht das?«

»Ja, ganz bestimmt.«

»Könntest du ihn dazu bewegen, hierherzukommen?«

»Vielleicht nach Geschäftsschluss, damit wir ihm seine Privatsphäre garantieren können«, sagte Bradley.

»Ich bin sicher, das lässt sich machen«, erwiderte Gareth.

»Ein Wandgemälde. Wirklich eine wunderbare Idee«, sagte Jonathan, der sich von der Aufregung anstecken ließ.

»Können Sie mir die Opalfelder beschreiben? Ich leite die Informationen dann an den Künstler weiter«, wandte Bradley sich an Jonathan.

»Klar.«

Die beiden zogen sich in die Sitzecke zurück.

Marlee wich Erin nicht von der Seite. Erin verwöhnte sie mit Bratwürstchen im Teigmantel und kleinen Tortillahäppchen, gab ihr ein Glas Milch und erklärte ihr, dass die Galerie ihr Arbeitsplatz sei. Als Marlee gegessen hatte, führte Erin sie herum. Es war so schön, sie wieder bei sich zu haben. Sie hatte sie weit mehr vermisst, als sie für möglich gehalten hatte.

Marlee erzählte von Jonathans Mutter, einer Dame namens May. Sie meinte, sie sei sehr nett, es schien, dass Marlee sie schon ins Herz geschlossen hatte. Liza erwähnte sie seltsamerweise nicht.

»Granny May backt Schokoladenmuffins für mich. Die mag ich richtig gern«, sagte Marlee. »Sie macht eine Glasur obendrauf.«

»Mmmm. Schokoladenmuffins esse ich auch gern«, erwiderte Erin.

»Und Granny May liest mir Geschichten vor.«

»Das freut mich«, sagte Erin.

»Wo ist denn Onkel Cornelius, Erin? Ich würde so gern mal wieder Ball mit ihm spielen.«

»Er ist noch in Australien«, antwortete Erin.

»In unserem Haus?«, wollte Marlee wissen.

»Nein, im Westen Australiens, an einem Ort namens Broome. Da kauft er Perlen, die er in England verkaufen will.«

»Mir gefällt Australien besser als England«, sagte Marlee und ließ den Kopf sinken.

Erin fühlte mit ihr. »Es dauert eine Weile, bis man sich an einen Ort gewöhnt hat, Marlee. Ich hatte großes Heimweh, als ich in Australien war, ich habe England und die Galerie vermisst und meine Familie. Aber ich habe mich dann doch gut eingelebt.«

»Ich mochte das Haus, in dem wir gewohnt haben. Das Haus, in dem ich mit Onkel Cornelius gespielt habe. Ich vermisse meine Schaukel. Ich wünsche mir, wir könnten immer noch dort wohnen.«

Erin wäre beinahe in Tränen ausgebrochen. »Das war wirklich schön da, nicht?«, sagte sie gerührt. Auch sie vermisste die Zeit dort. Marlee verstand nicht, dass sie nicht mehr alle zusammen sein konnten, dass Jonathan Liza heiraten und mit ihr in England leben würde.

Jonathan und Bradley kamen zurück.

»Ich glaube, wir müssen uns jetzt mal wieder auf den Weg machen«, sagte Jonathan.

»Ich kann Ihnen gar nicht genug danken für das, was Sie für uns tun«, sagte Erin.

»Ich würde noch viel mehr … Ich bin froh, dass ich überhaupt etwas für Sie tun kann«, sagte er. »In zwei Wochen bringe ich den Olympic Australis.« Er nahm Marlee an die Hand. »Ihr Bruder meinte, in der Zeit könnten Sie die Ausstellung gut organisieren.«

»Ja, das hoffe ich«, erwiderte Erin. Sie wollte die beiden nur ungern gehen lassen, freute sich aber darauf, sie bald wiedersehen zu können.

Erin winkte noch einmal durch die große Fensterscheibe, als die zwei die Straße hinuntergingen, und ihre Augen füllten sich mit Tränen. Sie hörte nicht, dass Bradley hinter sie getreten war.

»Du liebst die zwei, was, Schwesterchen?«, fragte er.

Erin wischte sich die Tränen weg. »Ich … natürlich hab ich sie lieb.«

»Ich glaube, es ist mehr als das. In Jonathan bist du *ver*liebt«, beharrte Bradley. »Und es ist offensichtlich, dass du die Kleine liebst, als wäre sie dein eigen Fleisch und Blut.«

Erin überlegte, ob sie ihre Liebe zu Jonathan leugnen sollte, aber das konnte sie nicht. »Ich habe Marlee lieb, als wäre sie mein Kind, aber ich werde nie eine Mutter für sie sein können, weil Jonathan mit einer anderen verlobt ist«, entgegnete sie. »Also spielt es keine Rolle, was ich für die zwei empfinde.«

»Ich habe gesehen, wie er dich angeschaut hat. Er liebt dich auch«, sagte Bradley.

Erins Herz schlug schneller. »Er ist ein anständiger Mensch. Ein wunderbarer Mann. Seine Verlobte hat wirklich viel Glück.«

»Das Leben geht manchmal seltsame Wege, Erin. Ich finde, ihr drei gehört eindeutig zusammen.«

»Und doch darf das nicht sein«, meinte Erin. »Vielleicht ist es mir einfach nicht vergönnt, das wahre Glück zu finden.«

Bradley legte ihr den Arm um die Schulter. »Das glaube ich nicht«, tröstete er sie. »Warte nur ab.«

41

»Am Freitagabend können wir das Wandgemälde enthüllen«, sagte Bradley zu Gareth und Erin, kurz bevor sie zur Galerie aufbrachen. Es war Mittwochabend, und die Ausstellung sollte am folgenden Samstag stattfinden. »Heute und morgen Abend bekommt es noch den letzten Schliff«, versicherte er ihnen und lächelte zuversichtlich.

Gareth und Erin hatten sich Sorgen gemacht, das Wandgemälde wäre nicht rechtzeitig fertig, deshalb waren sie über Bradleys Neuigkeit erleichtert. Der Künstler hatte sehr entschieden über seine Privatsphäre gewacht. Die Fenster zur Straße hin hatten verhängt werden müssen, während er malte, und er hatte auf Bradleys Anwesenheit in der Galerie bestanden. Auch das Gemälde selbst war mit einem riesigen Tuch abgehängt, was bei Passanten und Kunden der Galerie Spekulationen auslöste.

»Danke euch beiden, dass ihr euch so zurückgehalten habt und bereit wart, das Bild nicht vor der Fertigstellung anzuschauen«, sagte Bradley. Er warf Erin einen Blick zu. »Ich weiß, das war besonders für dich schwer, da du doch so neugierig bist.«

»Ist das die höfliche Art zu sagen, dass ich meine Nase überall reinstecken will, kleiner Bruder?«

»So habe ich das nicht gemeint.« Bradley grinste.

»Ich gebe zu, ich musste meine ganze Willenskraft aufbringen, um nicht mal kurz zu schauen«, gestand Erin. »Aber ich habe versprochen, dass ich das nicht tun würde, und ich habe mein Versprechen gehalten.«

»Den Künstler würde ich nun allerdings gern mal kennenlernen«, sagte Gareth zu Bradley. »Besteht die Aussicht, dass du das vor der Ausstellungseröffnung arrangieren kannst?«

»Also eigentlich, Dad, ist die Wahrscheinlichkeit groß, dass er zur Ausstellung kommen wird«, erwiderte Bradley.

»Wie wundervoll!«, rief Gareth.

»Ich habe überwältigende Reaktionen auf die Ankündigung der Ausstellung bekommen«, erzählte Erin. »Alle sind schon ganz aufgeregt. Ich wage die Vorhersage, dass die Ausstellung ein phänomenaler Erfolg wird.«

»Ich fürchte, die Galerie ist gar nicht groß genug, um all die Leute zu fassen, die kommen wollen«, sagte Gareth. »Das werden wir zum ersten Mal erleben.«

»Ich hatte schon befürchtet, die Publicity würde den Künstler abschrecken. Aber wenn du sagst, er kommt zur Eröffnung … Das ist wirklich großartig.« Erin lächelte.

»Wie gesagt, er hatte kein Vertrauen in sein künstlerisches Talent. Deshalb hat er seine Identität geheim gehalten. Vielleicht ändert sich das ja durch die Ausstellung.«

»Da bin ich mir ganz sicher.«

Am Freitagabend um sechs Uhr war Bradley mit Albert in der Galerie verabredet. Erin und Gareth warteten mit einer Flasche Champagner.

Gareth hatte gehofft, Bradley würde den Künstler schon mitbringen, und er war enttäuscht, als er nicht erschien.

»So, da wäre nun das Werk«, sagte Bradley und zog das riesige Tuch weg, das das Wandgemälde verdeckt hatte.

Gareth, Erin und Albert starrten auf das Bild, doch keiner von ihnen sagte etwas.

Eine Weile musterte Bradley die Gesichter der anderen. »Also«, sagte er. »Würde jemand bitte endlich etwas sagen! Ich sterbe vor Neugier.«

»Mir … mir fehlen die Worte. Es ist … es ist einfach unglaublich, Junge«, sagte Gareth und betrachtete ehrfürchtig die Wand.

»Ganz und gar wunderbar«, fügte Erin hinzu. »Der Künstler hat die Atmosphäre der Opalfelder von Coober Pedy eingefangen, als wäre er selbst da gewesen. Ich fasse es nicht.«

»Wirklich?«, fragte Bradley aufgeregt. Er hatte sich noch einmal mit Jonathan getroffen und an seinen Lippen gehangen, als der ihm von den Opalfeldern erzählt hatte, und er hatte so viele Fragen gestellt, bis er vor seinem geistigen Auge ein lebhaftes Bild hatte.

»Ich komme mir vor, als wäre ich wieder dort«, flüsterte Erin. Sie dachte daran, wie sie mit ihrem Onkel zwischen den Lagerplätzen umhergegangen war und wie er mit den Minenarbeitern geredet hatte. »Ich rieche fast den umherwehenden Staub und das brutzelnde Fleisch über den Lagerfeuern. Ich spüre sogar die Hitze.«

Der Sonnenuntergang vor dem weiten Himmel war in warmen Rot- und Goldtönen gehalten. Überall auf dem Feld sah man die Gesteinshaufen neben den Schächten und die kleinen Zelte der Minenarbeiter. Ein einsamer Mann saß an seinem Lagerfeuer. Er trug ein offenes, kurzärmliges Hemd und eine Moleskinhose. Das Kochgeschirr – eine Blechbüchse gefüllt mit dampfendem Tee – hing über den rot glühenden Flammen. In einer Hand hielt der Minenarbeiter einen Becher, in der anderen ein Stück Opal. Er begutachtete erschöpft seinen Fund. Sein sonnengebräuntes bärtiges Gesicht war schmutzig, die Stiefel waren abgetragen und staubig. Aber da glomm ein Funken Hoffnung in seinen Augen.

»Wie schade, dass wir die Wand nicht auch verkaufen können«, sagte Albert. »Die würde uns ein kleines Vermögen einbringen.«

Gareth ließ den Korken knallen und füllte vier Gläser mit Champagner. »Ich wünschte, der Künstler wäre hier und könnte mit uns anstoßen. Lasst uns auf die beste Ausstellung, die die Galerie Forsyth je auf die Beine gestellt hat, trinken.« Sie hoben die Gläser. »Auf den Erfolg«, sagten sie im Chor.

Am Samstag kamen Jonathan und Marlee schon früh in die Galerie. Erin konnte ihre Freude kaum verbergen. Gareth, Bradley und Albert kamen aus dem Staunen nicht heraus, als Jonathan den Olympic Australis hervorholte und ihnen den Stein zeigte. Zwei stämmige Wachposten stellten sich auf jeweils eine Seite des Podests, auf dem der Opal ausgestellt werden sollte.

»Lassen Sie dieses wertvolle Stück keine Sekunde aus den Augen«, wies Gareth die Männer an, als er den Stein auf das Podest legte. »Sollte er verschwinden, ist Ihr Leben keinen Pfifferling mehr wert«, fügte er scherzhaft hinzu.

»Ich habe einen wertlosen Stein in den Teddy gesteckt, damit Marlee sich nicht wundert, warum ihr Gula auf einmal so leicht ist«, flüsterte Jonathan Erin zu.

Um zwei Uhr nachmittags wurde die Ausstellung eröffnet. Innerhalb kurzer Zeit drängten sich zweihundertfünfzig Menschen in der Galerie. Viele standen draußen und warteten darauf, hereingelassen zu werden. Alle wollten den größten je gefundenen Opal fotografieren. Das Podest war vom übrigen Galerieraum durch ein Seil getrennt, damit niemand den Stein berühren konnte. Viele erkundigten sich nach dem Künstler, der das Wandgemälde geschaffen hatte.

Gareth hielt eine Rede und teilte den versammelten Besuchern mit, dass der Schöpfer des Wandgemäldes auch der Künstler sei, dessen Werke in der Galerie an den Wänden hingen. Was dann geschah, kam für alle völlig unerwartet. Ein hektisches Feilschen um die Bilder begann, und innerhalb von Minuten verkaufte sich jedes einzelne Werk für weit mehr als den vorgeschlagenen Preis. Bestellungen für weitere Bilder wurden aufgegeben.

»Ist der Künstler schon hier, Bradley?«, fragte Gareth aufgeregt. »Er sollte seinen Erfolg wirklich miterleben.«

Bradley führte seinen Vater in Richtung Lagerraum.

»Hat er sich da drin versteckt?«, fragte Gareth.

»Nein, er ist hier, Dad«, sagte Bradley zu seinem Vater.

»Wo denn?«, fragte Gareth und sah sich im Menschengedränge um. »Sag jetzt nicht, dass er beschlossen hat, doch weiter anonym zu bleiben. Ich würde ihn wirklich gern kennenlernen.«

»Das wirst du jetzt auch«, sagte Bradley. Er holte tief Luft und streckte seinem Vater die Hand hin.

Gareth schaute auf Bradleys Hand. Dann sah er seinen Sohn an. »Ich verstehe nicht«, sagte er.

»Ich bin der Künstler, Dad«, erklärte Bradley.

»Bradley! Jetzt ist nicht die rechte Zeit für Scherze, wirklich nicht.«

»Das ist kein Scherz, Dad«, erwiderte Bradley gekränkt. »Ich habe das Wandgemälde geschaffen und auch die anderen Bilder.«

Gareth runzelte die Stirn und bemühte sich, den Sinn von dem zu erfassen, was sein Sohn ihm da gerade sagte. »Aber du malst doch gar nicht, Bradley.« Er wusste, dass Bradley als Junge seiner Mutter beim Malen zugesehen hatte, doch das hatte vor langer Zeit schon aufgehört.

»Doch, Dad. Ich habe das Wandgemälde gemacht und alles, was du hier ausstellst.«

Einen Moment lang war Gareth sprachlos. »Wieso … wieso hast du uns denn nicht erzählt, dass du malst?«

»Weil ich dachte, ich hätte kein richtiges Talent. Jedenfalls keins, das sich mit Moms Begabung vergleichen ließe.«

Gareth war vollkommen verblüfft. »Du hast gedacht …« Es dauerte eine Weile, ehe er das Ganze endlich begriff. »Wo hast du denn gearbeitet?« Er konnte kaum glauben, dass er nichts davon geahnt hatte, dass sein Sohn malte. Es war einfach nicht zu fassen.

»In Moms Atelier im Dachgeschoss.« Bradley hatte gewusst, dass er dort ungestört war, weil Gareth seit Janes Tod keinen Fuß mehr in ihr Atelier gesetzt hatte. Er hatte behauptet, es sei zu schmerzlich für ihn. »Ich stehe in aller Frühe auf und male. Manchmal male ich auch in der Nacht, wenn ihr schlaft. Da Acrylfarben kaum riechen, habt ihr nichts bemerkt. Sie sind in Amerika schon seit Längerem populär, ich habe sie mir von dort schicken lassen. Ich habe auch tagsüber zwischen den Lieferarbeiten, die ich für Phil erledige, etwas Zeit zum Arbeiten gehabt. Und du warst in den letzten Monaten ja beschäftigt mit …«

»… mit Lauren«, beendete Gareth schuldbewusst Bradleys Satz. Jetzt verstand er. »Dann hast du mich also wieder belogen. Das scheint allmählich eine Gewohnheit von dir zu werden.«

»Ja, ich weiß. Ich gebe dir mein Ehrenwort, dass es das letzte Mal ist. Hätten Albert meine Bilder nicht gefallen, hätte ich keinem etwas davon erzählt. Ich wollte immer nur, dass du stolz auf mich bist, und die Botenarbeiten, die ich für die Galerien erledige, sind nicht unbedingt etwas, auf das man stolz sein kann.«

»Mir ist doch egal, was du arbeitest, Bradley. Ich bin immer stolz auf dich gewesen. Es tut mir weh zu denken, dass du das anders empfunden hast.«

»Tut mir leid, Dad. Mir fehlte einfach völlig das Selbstvertrauen. Mom war so begabt. Vielleicht hatte ich Angst, dass der Vergleich mit ihr zu meinem Nachteil ausfällt.«

»Komm mit«, sagte Gareth ernst.

Bradley konnte die Stimmung seines Vaters nicht einschätzen, aber er folgte ihm ohne ein weiteres Wort.

Gareth stellte sich vor den Olympic Australis. »Darf ich um Ihre Aufmerksamkeit bitten!«, sagte er so laut, dass die Besucher ihn verstehen konnten.

Stille senkte sich über die Galerie.

»Ich weiß, Sie alle würden gern etwas über den Schöpfer dieser wunderbaren Werke erfahren. Nun, ich kann Ihnen jetzt sagen, dass er sehr begabt ist, doch das sehen Sie ja mit eigenen Augen. Viel wichtiger ist, er ist ein Mann, auf den ich sehr stolz bin. Es ist mir eine große Freude, Ihnen den Künstler heute endlich vorstellen zu können, den Künstler, der die Bilder geschaffen hat, die wir heute ausstellen, sowie das prachtvolle Wandgemälde, das Sie hinter mir sehen.«

Erin riss die Augen auf. »Er ist hier? Und Dad kennt ihn. Wer ist es?«, fragte sie Albert, der neben ihr stand. Sie reckte sich, um zu sehen, wer den Platz neben ihrem Vater einnehmen würde. Direkt neben ihm stand ein Mann. Er war groß und trug einen teuren Anzug. Wie ein Künstler sah er nicht aus.

»Ich weiß nicht, wer es ist«, sagte Albert, der genauso verblüfft war wie Erin.

»Der Künstler ist kein anderer als mein Sohn, Bradley Forsyth«, rief Gareth.

»Was?«, sagte Erin.

Sie verstand nichts mehr. Tat Bradley aus irgendeinem Grund so, als wäre er der Künstler, um die verständlicherweise neugierigen Besucher nicht zu verärgern? Nein, das war nicht möglich. Ihr Vater sah so stolz aus, dass sie wusste, es handelte sich nicht um einen Scherz. Bradley war wirklich der Künstler! Niemand hatte geahnt, wie begabt er war.

Bradley stellte sich neben seinen Vater, während alle Anwesenden applaudierten und Bravo riefen. Erins Gedanken rasten. War das der Grund dafür, dass er sich an so vielen Abenden außergewöhnlich früh zurückzog? Sah er deshalb morgens oft so erschöpft aus? Jetzt ergab alles einen Sinn. Sie erinnerte sich daran, dass sie manchmal den Eindruck gehabt hatte, im Haus rieche es nach Terpentin. Sie hatte sich gefragt, ob sie sich das womöglich nur einbildete, weil sie ihre Mutter so sehr vermisste.

Gareth bat die Anwesenden um Ruhe. »Wie viele von Ihnen wissen, war meine verstorbene Frau Jane Forsyth eine der talentiertesten Künstlerinnen Englands, wenn nicht gar die Beste ihrer Zeit. Voller Stolz kann ich sagen, dass mein Sohn ihr wunderbares Talent zum Malen geerbt hat, und vielleicht sogar noch etwas ganz Besonderes, etwas, das nur ihn allein auszeichnet.« Voller Liebe sah er Bradley an, seine Augen waren feucht. Dann legte er seinem Sohn den Arm um die Schulter. »Für den Erfolg des heutigen Abends ist außerdem meine Tochter Erin Forsyth verantwortlich, die diese Ausstellung organisiert hat. Ihr Engagement und ihre harte Arbeit haben die Forsyth-Galerie wieder zu dem Erfolg geführt, den sie heute erlebt. Applaus für meine Tochter, bitte.« Er bat Erin, vorzutreten und sich neben ihn zu stellen.

»Du wirst mir einiges erklären müssen«, flüsterte sie ihrem Bruder lächelnd zu, ehe sie ihren Platz auf der anderen Seite ihres

Vaters einnahm. So glücklich hatte sie weder Bradley noch ihren Vater je gesehen.

Wieder bat Gareth die Menge um Ruhe. »Einen großen Dank schulden wir außerdem Jonathan Maxwell, einem früheren Minenarbeiter aus Coober Pedy, der uns erlaubte, den Olympic Australis auszustellen. Ich glaube, Sie alle stimmen mit mir darin überein, dass dieser Opal einer der faszinierendsten und wertvollsten Edelsteine ist, die je entdeckt wurden. Und ich hoffe, keiner von Ihnen hat vor, ihn sich beim Hinausgehen in die Tasche zu stecken.« Gelächter ging durch den Raum, während Gareth Jonathan, der Marlee auf dem Arm hielt, zu sich winkte. »Vielen Dank, Jonathan«, sagte Gareth und schüttelte ihm die Hand. »Bitte Applaus für Jonathan.«

Wieder klatschten die Anwesenden Beifall, und die Journalisten begannen, um Interviews zu bitten. Bald wurden Bradley und Jonathan von beflissenen Vertretern der Presse belagert.

»Ich kann gar nicht glauben, dass Bradley der Künstler ist«, sagte Erin zu ihrem Vater.

»Ich auch nicht. Dabei sollte ich nun wirklich nicht überrascht sein. Er war oft im Atelier deiner Mutter, wenn sie gemalt hat. Deine Mutter hat immer gesagt, dass er gern male, sie hat seine kleinen Werke in einer Mappe gesammelt. Aber ich habe seine Versuche nie ernst genommen. Das war ein großer Fehler.«

Marlee kam auf Erin zu und schmiegte sich an sie. Sie hatte noch kaum Zeit gehabt, sich um die Kleine zu kümmern, jetzt, da es ruhiger wurde, sah sie, wie müde Marlee war. Aber sie schien viel Spaß gehabt zu haben. Alle Erwachsenen hatten mit ihr geredet, da sie das einzige Kind war, das die Ausstellung besuchte. Sie waren auch an ihr als Aborigine interessiert.

»Für Marlee war es ein ganz großer Abend«, sagte Erin zu Jonathan.

»Ja, das stimmt allerdings. Ihre Schüchternheit war schnell vergessen, kaum dass sie ein gebanntes Publikum für ihre Geschichten über Australien und die Erlebnisse auf den Opalfeldern von

Coober Pedy gefunden hatte. Sie hat die Leute ganz in ihren Bann gezogen«, erklärte Jonathan stolz.

»Sie vermisst Australien sehr, oder?«, fragte Erin mitfühlend.

»Deshalb bringe ich sie ja auch zurück«, kündigte Jonathan an.

Erin erbleichte. »Sie bringen sie zurück?«

»In etwa einem Monat reisen wir wieder nach Australien. England ist einfach nicht das Land, in dem sie aufwachsen sollte.«

»Aber was werden Sie dort machen, Jonathan?« So viele Fragen schossen Erin durch den Kopf.

»Ich werde vielleicht irgendwo in Alice Springs Arbeit finden. Ich muss außerdem Frieden schließen mit Marlees Aborigine-Familie. Ihre Verwandten sollen begreifen, dass Marlee sie gern ab und zu besuchen würde, doch nicht bei ihnen leben möchte. Ich habe lange darüber nachgedacht. Es ist einfach am besten so.«

Erin wollte fragen, was Liza davon hielt, in Australien zu leben, und ob Bojan Ratko möglicherweise noch immer eine Gefahr darstellte, doch in diesem Moment schloss Gareth die Galerie und kam dann mit dem Olympic Australis zu ihnen.

»Ich kann Ihnen gar nicht genug dafür danken, dass Sie uns dieses kostbare Juwel geliehen haben«, sagte er und gab den Stein zurück. »Die Sicherheitsleute, die ich engagiert habe, fahren Sie nach Hause.«

»Das ist doch nicht nötig«, erwiderte Jonathan. »Wir sind ja auch mit dem Bus hergekommen.«

»Sie können doch solch einen kostbaren Edelstein nicht mit dem Bus nach Hause befördern«, sagte Gareth ungläubig.

Jonathan sah Erin an, und sie lachten beide. Gareth verstand nicht, was so komisch daran war. »Keine weiteren Diskussionen. Meine Versicherungsgesellschaft hätte kein Verständnis dafür, wenn Sie mit etwas so Kostbarem allein nach Hause führen«, beharrte er.

»Na schön, einverstanden«, lenkte Jonathan ein und nahm Marlee auf den Arm. Er sah, dass sie sehr erschöpft war. Eine Fahrt nach Hause im Auto wäre also viel besser für sie.

Die Sicherheitsleute traten vor. »Hier lang, Mr. Maxwell«, sagte einer der beiden.

Jonathan sah Erin an. »Ich schreibe Ihnen und lasse Sie wissen, wie es weitergeht«, sagte er und wünschte, er hätte etwas mehr Zeit, um sich von ihr zu verabschieden.

»Ja bitte, tun Sie das«, erwiderte Erin. Sie küsste Marlee, die den Kopf an Jonathans Schulter gelehnt hatte. »Onkel Cornelius fährt vielleicht noch einmal nach Alice Springs, ehe er heimkommt. Suchen Sie ihn auf, wenn Sie da sind. Und passen Sie gut auf sich und Marlee auf«, sagte sie zu Jonathan. »Nochmals danke für das, was Sie heute für uns getan haben.«

»Das war doch nichts im Vergleich zu dem, was Sie für mich und Marlee getan haben«, entgegnete Jonathan. »Wir werden Sie nie vergessen.«

Erin spürte einen Kloß im Hals, als sie seine Worte hörte. Sie sah Jonathan mit Marlee auf dem Arm durch die Tür gehen. Auf der anderen Straßenseite stieg er auf den Rücksitz einer dunklen Limousine. Die Sicherheitsleute stiegen vorne ein, dann waren sie verschwunden. Völlig unerwartet brach sie in Tränen aus.

Bradley legte ihr den Arm um die Schultern. »Hab Vertrauen. Eines Tages wirst du sie wiedersehen«, tröstete er sie.

42

Die Tage verstrichen ereignislos. Erin arbeitete hart für die Galerie, aber ihre Stimmung entsprach dem dichten Nebel, der London beinahe täglich einhüllte. So elend hatte sie sich noch nie gefühlt. Es fiel ihr schwer, sich vorzustellen, dass sie Jonathan und Marlee nie wiedersehen sollte. Der Gedanke war ihr unerträglich. Eifersucht kam in ihr auf, wenn sie sich vorstellte, dass die beiden mit Liza in Australien ein neues Leben als Familie beginnen würden. Dann kam das schlechte Gewissen, weil sie missgünstig war, ohne ein Recht darauf zu haben.

Sie würde nicht nur Jonathan und Marlee vermissen, sie vermisste auch den weiten blauen Himmel Australiens und die weitläufige Landschaft. Sie vermisste das Keckern der Kookaburras in den Bäumen und das Kreischen der Galahs. Als sie anfing, die Hitze und die Fliegen zu vermissen, überlegte sie, ob sie womöglich verrückt geworden war.

Nachts war Erins Einsamkeit am größten. Wenn sie nicht schlafen konnte, musste sie an die Nacht denken, die sie mit Jonathan auf dem Dach des Hauses in Alice Springs unter den Sternen verbracht hatte. Sie war noch niemals in ihrem Leben so verzaubert gewesen.

Die Geschäfte liefen wieder ausgezeichnet. Täglich kamen potenzielle Käufer, um sich das Wandgemälde anzusehen und Bilder zu bestellen. Bradley malte nun von morgens bis in die Nacht, aber dass Erin traurig war, entging ihm nicht. Auch Gareth war schon krank vor Sorge.

»Du solltest mit Jonathan reden, ehe er wieder nach Australien fährt«, sagte Bradley eines Abends zu ihr, als er aus dem Atelier kam und sie allein in der dunklen Küche vor einer Tasse Kakao sitzen sah. »Sag ihm, was du empfindest«, schlug er ihr vor. »Ich bin sicher, er fühlt genauso.«

»Ich habe die Adresse seiner Mutter gar nicht, Bradley«, erwiderte Erin ungehalten. »Aber auch wenn ich mit ihm Kontakt aufnähme und er mich wie durch ein Wunder genauso sehr liebte, wie ich ihn liebe, würde ich mich nicht zwischen ihn und seine Verlobte drängen. Wie könnte ich, nach allem, was mir zugestoßen ist, in eine Beziehung einbrechen und sie zerstören? Da müsste ich schon eine ziemliche Heuchlerin sein, oder meinst du nicht?«

»Wenn du nicht irgendetwas tust, verlierst du ihn für immer, Erin«, sagte Bradley. Er wollte sie davon überzeugen, dass ihr Glück davon abhing, dass sie zur Tat schritt, ehe es zu spät war. »Wenn er wüsste, dass du ihn liebst, könnte er seine Wahl treffen. Ich will doch bloß, dass du glücklich wirst.«

»Er hätte nur die Wahl, entweder mich oder Liza zu verletzen. Und in solch eine schreckliche Lage möchte ich ihn nicht bringen. Er hat schon genug Sorgen damit, die richtigen Entscheidungen für Marlee zu treffen. Wir sind eben einfach nicht dazu bestimmt, zusammen zu sein, und das muss ich akzeptieren.«

In dem Bemühen, sie aufzuheitern, nahm Bradley Kontakt mit Erins bester Freundin Emma Dickinson auf, die sich sehr freute, von ihm zu hören. Zuvor hatte er schon versucht, mithilfe des Telefonbuchs von North Finchley eine Familie Maxwell ausfindig zu machen, doch ohne Erfolg.

»Wir haben dich bei unserer letzten Ausstellung vermisst, Emma. Hast du in der Zeitung nicht darüber gelesen?«, fragte er.

»Terry und ich sind gerade von unserer Hochzeitsreise aus Paris zurückgekommen, Bradley«, erzählte Emma mit der freudigen Aufregung der Frischvermählten in der Stimme. »Aber Mom hat mir alles von der Ausstellung erzählt. Offenbar war sie ein riesiger Erfolg. Wir waren alle ganz verblüfft, als wir erfuhren, dass du ein

Künstler und genauso talentiert wie deine Mutter bist, wenn man den Zeitungen glauben darf. Gut gemacht!«

Bradley fühlte sich noch immer unwohl, wenn man ihn als Künstler mit seiner Mutter verglich. »Bei allem, was hier passiert ist, habe ich ganz vergessen, dass du geheiratet hast, Emma«, sagte er. »Herzlichen Glückwunsch. Ist alles gut gelaufen?«

»Ja, alles lief nach Plan. Es gab keine Dramen«, sagte sie, auf Erins Debakel anspielend. »Wie geht es Erin? Ich habe lange nichts von ihr gehört.«

»Sie ist erst seit Kurzem aus Australien zurück.« Bradley hatte Erins Aufenthaltsort geheim gehalten, ihre Freunde wussten lediglich, dass sie das Land verlassen hatte. Sie nahmen an, dass sie irgendwo in Europa unterwegs war.

»Australien! Was hat sie denn da gemacht?«

»Sie hat mit unserem Onkel Edelsteine gekauft – an einem Ort namens Coober Pedy. Das klingt so ziemlich nach dem Ende der Welt. Bestimmt würde sie dir liebend gern alles darüber erzählen, also wieso rufst du sie nicht mal an und schlägst ein Treffen vor? Und lad doch auch Carmel dazu ein. Erin hat seit ihrer Rückkehr nur gearbeitet, deshalb täte es ihr richtig gut, sich mal wieder mit ihren besten Freundinnen zu treffen. Sie würde sicher gern alles über deine Hochzeit hören.«

»Nach dem, was mit Andy passiert ist, hätte ich gedacht, meine Hochzeit wäre das Letzte, worüber Erin etwas wissen will. Ich war erleichtert darüber, dass sie im Ausland war und nicht die Tortur ertragen musste, meine Brautjungfer zu sein.«

Bradley wurde klar, dass Emma recht hatte, aber nicht wegen dem, was mit Andy vorgefallen war. Über Hochzeiten zu reden würde sie daran erinnern, dass Jonathan bald eine andere heiraten sollte.

»Du bist jetzt nun mal verheiratet, also wird Erin sich daran gewöhnen müssen. Dennoch hast du recht, es ist sicher besser, ihr nicht noch Salz in die Wunden zu reiben, also redet lieber über was anderes«, riet er.

Emma rief Erin in der Galerie an und schlug ein Treffen vor. Erin freute sich sehr, von ihrer Freundin zu hören. Und dass sie deren Hochzeit vergessen hatte, war ihr sehr peinlich.

»Ach, Emma, das tut mir ja so leid, dass ich nicht da war, um dich an deinem großen Tag zu unterstützen. Ich hätte wenigstens eine Karte oder ein Geschenk schicken sollen, aber ich war am anderen Ende der Welt, und furchtbar viel ist da auf mich eingestürmt. Tatsächlich hatte ich alles andere total vergessen.«

»Ich weiß doch, dass du mit den Gedanken woanders warst, Erin, also, vergeben und vergessen. Ich möchte unbedingt alles über deine Abenteuer in Australien erfahren. Lass uns doch morgen zusammen essen gehen.«

»Woher weißt du, dass ich in Australien war? Wer hat dir davon erzählt?«

»Ich habe neulich rein zufällig Bradley getroffen«, log Emma. Er hatte sie gebeten, Erin nichts davon zu sagen, dass er sie aufgesucht und ein Treffen vorgeschlagen hatte. »Er erwähnte, du seiest gerade aus Australien zurückgekommen. Also, wie wäre es mit dem Mittagessen? Ich werde dann auch Carmel Bescheid sagen. Das wird wie in alten Zeiten.«

Erin war nicht in der Stimmung für ein Treffen, bei dem sie so tun musste, als wäre sie unbeschwert und fröhlich. »Emma, seit unserer letzten Ausstellung haben wir furchtbar viel zu tun. Ich kann morgen nicht mit euch essen gehen.«

Gareth hatte das Gespräch mit angehört. »So viel ist nun auch nicht zu tun«, rief er ihr zu. »Triff dich nur mit deinen Freundinnen. Ein paar Stunden komme ich hier auch allein klar.«

Erin zögerte.

»Carmel und Frank hätten in zwei Wochen heiraten sollen, aber sie haben sich getrennt«, erzählte Emma Erin. »Ihre Mutter sagt es allen Verwandten und Freunden, weil es Carmel zu peinlich ist, mit dir würde sie jedoch sicher gern reden. Es täte ihr gut, wenn mal nur wir Frauen uns träfen. Sie ist ziemlich verstört. Bitte, geh mit uns essen, ja, Erin?«

Erin wusste nur zu gut, wie Carmel sich fühlte. »Na gut«, sagte sie. »Dann sehen wir uns morgen.«

Sie hatten sich in einem Restaurant auf der Regent Street verabredet. Carmel war am Boden zerstört.

»Wie kann er so was bloß zu mir sagen, Erin? Wir waren fast achtzehn Monate verlobt, dann plötzlich, einen Monat vor der Hochzeit, fällt ihm ein, dass er mich nicht genug liebt, um mich zu heiraten. Alles war schon organisiert und bezahlt. Meine Eltern sind untröstlich!« Ihre Stimme war plötzlich ganz schrill geworden, was die Aufmerksamkeit der anderen Restaurantgäste erregte. »Meinst du, er trifft sich womöglich mit einer anderen? Nach dem, was dir mit diesem Mistkerl Andy Stanford passiert ist, müsstest du die Anzeichen doch wohl erkennen.«

Sofort begann Getuschel um sie herum. Erin wäre am liebsten unter dem Tisch in Deckung gegangen.

»Kannst du dich vielleicht auf ein leises durchdringendes Kreischen beschränken, Carmel?«, schlug Emma sarkastisch vor.

»Tut mir leid.« Carmel schluchzte in ein Taschentuch.

»Womöglich war es keine so gute Idee ausgerechnet hierherzukommen«, sagte Emma zu Erin und schaute sich in dem gut besuchten Restaurant um.

Erin rief den Kellner und bestellte drei Gläser Cognac.

»Du weißt doch, ich bin abstinent, ich trinke keinen Alkohol«, schluchzte Carmel und schnäuzte sich auf höchst undamenhafte Weise in ihr Taschentuch. Sie klang beinahe wie ihre bigotte Mutter. Das war Erin früher nie aufgefallen.

»Heute trinkst du«, erklärte Erin entschieden.

»Vielleicht macht das alles nur noch schlimmer«, wagte sich Emma besorgt vor, als der Kellner den Cognac brachte.

»Wohl kaum«, gab Erin zurück. Sie ermunterte Carmel, das ganze Glas auszutrinken, was sie mit einer angeekelten Grimasse auch tat.

»Und? Geht es dir besser?«

»Ja«, antwortete Carmel und atmete tief durch. »Dieses ... dieses Zeug ist ... abscheulich.« Sie spürte, wie ihre Beine schwer wurden und der Kopf auf einmal ganz leicht war. Ihre Wangen röteten sich. »Aber ... aber danke«, keuchte sie.

»Gern geschehen. Und jetzt reiß dich zusammen. Kein Weinen mehr. Kein Geschrei mehr. Wir werden wie zivilisierte Menschen zu Mittag essen und nicht mehr im Mittelpunkt der Aufmerksamkeit stehen.«

Zerknirscht sah Carmel ihre Freundinnen an.

Emma hatte versucht, ihr zu erklären, dass Frank wahrscheinlich eines Tages gemerkt hatte, dass er nicht mehr in sie verliebt war, sondern dass sie eher wie Bruder und Schwester geworden waren. Dass dies eine andere Art von Liebe war. Ohne Leidenschaft. Carmel hatte den Unterschied nicht verstanden – im Gegensatz zu Frank, der nicht den Rest seines Lebens in einer Ehe verbringen wollte, der es an körperlicher Anziehungskraft fehlte.

Erins Eltern und sie hatten häufig Veranstaltungen besucht, auf denen auch Franks Vater Morris zu Gast gewesen war. Morris war ein netter kleiner Mann mit guten Manieren, aber er trank ganz gern mal zu viel. Leider redete er dann auch zu viel. Regelmäßig brachte er seinen Sohn in Verlegenheit, denn seine Themen drehten sich um das Intimleben mit seiner Frau Ivy beziehungsweise um dessen Mangel. Jedem, der es hören wollte, erzählte er Dinge, die lieber ungesagt geblieben wären. Fazit seiner langen Reden war die Erkenntnis, dass die Beziehung zu seiner Frau rein platonischer Art war. Es gab eine tiefe Freundschaft und große Loyalität, aber keine Spur von Leidenschaft.

Frank sei das einzige Kind, gezeugt in Morris' und Ivys Hochzeitsnacht. Bei einer Silvesterparty, zu der sie alle eingeladen waren, hatte Ivy diese Information plötzlich wie aus heiterem Himmel zum Besten gegeben, und auf ihrem Gesicht hatte sich unverhohlener Ekel für den »Akt«, wie sie es nannte, widergespiegelt. Sie waren alle total perplex gewesen. Morris zufolge hatte nach ihrer Hochzeitsnacht kein Liebesleben in ihrer Ehe mehr stattgefunden, und möglicherweise hatte Frank begriffen, dass seine Zukünftige seiner Mutter ziemlich ähnlich war.

Erin trank ihren Cognac aus. Am Morgen hatte sie nicht viel gegessen, also stieg ihr der Alkohol direkt in den Kopf.

»Männer haben Bedürfnisse«, sagte sie zu Carmel. »Ein erfülltes Liebesleben ist sehr wichtig für sie.«

»Das weiß ich doch«, erwiderte Carmel unter Tränen, während ihre Wangen glutrot wurden. »Schließlich leben wir in den Fünfzigern, ich bin also nicht … unwissend.«

»Stimmt das, Carmel? Oder hatte Frank vielleicht doch Grund zu der Annahme, dass es anders sein könnte?«

»Ich … ich weiß gar nicht, was du meinst«, stammelte Carmel.

»Hast du ihn mal zurückgewiesen, als er intim mit dir werden wollte?«, fragte Erin unverblümt. Sie wusste, dass Carmel sich sichtlich unwohl fühlte, wenn über so etwas wie Sex auch nur geredet wurde.

»Nein. Frank ist immer ein vollendeter Gentleman gewesen. Natürlich … habe ich darauf bestanden, dass wir bis nach der Hochzeit warten, ehe wir … Du weißt schon. So machen das anständige Frauen nun mal. Aber natürlich hätte ich meine ehelichen Pflichten erfüllt, wenn wir erst verheiratet gewesen wären«, flüsterte sie.

»Das ist genau der springende Punkt, Carmel. Es sollte keine Pflicht sein«, sagte Erin. »Die Dinge haben sich verändert. Wenn Frank davon ausgehen musste, dass du beim Sex nur deine Pflicht erfüllen würdest, um ihm eine Freude zu machen, und dabei überhaupt kein Vergnügen empfändest, dann hat ihn das womöglich abgeschreckt.« So direkt hatte Erin eigentlich nicht reden wollen, aber sie war nicht in der Stimmung, taktvoll zu sein. »Ich bin ledig, ich spreche also nicht aus Erfahrung, aber du kannst ja Emma fragen, wie die Männer so sind, sie ist doch jetzt verheiratet.«

Emma wurde rot, grinste jedoch. »Sie hat recht, Carmel. Männer erwarten von ihren Frauen … die Bereitschaft, ein bisschen zu experimentieren.«

Carmel sah ihre Freundin mit weit aufgerissenen Augen an. Dann brach sie in Tränen aus und verließ im Laufschritt das Restaurant. Erin und Emma waren total verblüfft, sich aber auch der Tatsache bewusst, dass die anderen Gäste wieder zu ihnen herüberstarrten.

Erin stöhnte. »Wir waren wohl nicht dezent genug für die arme Carmel, was?«

»Wohl nicht. Sie ist allerdings auch hypersensibel«, sagte Emma.

»Ich kann gar nicht glauben, dass mir das früher nie aufgefallen ist … Ich meine, dass sie so zugeknöpft ist. Sie ist ja genau wie Franks Mutter. Ich glaube, wir haben ihre empfindsame Seele verletzt.« Erin verzog das Gesicht zu einer Grimasse, doch dann lachten sie beide.

»Ich denke, wir haben richtig vermutet«, bemerkte Emma. »Carmel hat kein großes Potenzial als Verführerin im Schlafzimmer, und der arme Frank hat Reißaus genommen.«

Erin hätte am liebsten noch einmal laut herausgelacht, aber sie spürte, wie sich erneut eine düstere Wolke vor ihre Gedanken schob.

»Alles in Ordnung mit dir, Erin?«

»Ja, mir geht es gut. Geh du lieber Carmel suchen, ehe sie noch ins Kloster eintritt. Ich glaube, ich trinke noch einen Cognac.«

»Iss erst mal was«, riet ihr Emma. »Ein richtiges Mittagessen holen wir bald einmal nach. Ehrenwort.« Sie verließ das Restaurant und lief die Straße hinunter, um Carmel noch einholen zu können.

Erin bestellte sich einen weiteren Cognac, dann saß sie da und starrte aus dem Fenster. Es war stürmisch und kalt, doch der Cognac durchwärmte sie und betäubte wenigstens zum Teil ihren Schmerz. Menschen in Wintermänteln, Hüten und Stiefeln gingen am Fenster vorbei. In der Ferne erkannte sie die oberen Stockwerke des Hotel Langham über den anderen Gebäuden. Dem Hotel so nah zu sein weckte Unbehagen in ihr.

»Hallo, Erin«, hörte sie da eine vertraute männliche Stimme. Für den Bruchteil einer Sekunde hatte es etwas Unwirkliches, das Hotel Langham zu sehen und diese Stimme zu hören. Dann traf sie die Realität.

Erin brauchte gar nicht erst aufzuschauen, um zu wissen, dass Andy neben ihr stand. Durch die Vordertür war er nicht gekommen, er musste also irgendwo in dem überfüllten Restaurant gesessen haben. Sie zuckte zusammen. Wie alle anderen hatte also auch er Carmel gehört. Sein Ton war so eisig wie das Wetter. Wieso sollte es auch anders sein?

»Ich habe dir absolut nichts zu sagen«, erklärte sie mit einem ähnlichen Mangel an Wärme im Tonfall. Sie konnte sich nicht dazu überwinden, Andy anzusehen. »Also geh einfach weiter.«

Er achtete nicht auf das, was sie gesagt hatte, sondern setzte sich ihr gegenüber an den Tisch, nun war sie gezwungen, ihn anzusehen.

»Hast du es dir zur Gewohnheit gemacht, Menschen zu demütigen?«, fragte er.

»Nur die Menschen, die es verdienen«, erwiderte Erin. Sie war recht ruhig in Anbetracht der Umstände, das hatte sie dem Cognac zu verdanken.

»Also mich, meinen Onkel und jetzt die brave Carmel«, sagte Andy anklagend. »Es überrascht mich übrigens gar nicht, dass der arme Frank zur Vernunft gekommen ist.«

Erin empfand nichts als Verachtung für Andy. Der Mann, der ihr gegenübersaß, war nicht der, in den sie sich verliebt hatte, sondern ein völliger Fremder. Sein forsches Auftreten machte deutlich, dass er keinerlei Reue wegen der Sünden empfand, die er in der Vergangenheit begangen hatte. Ganz im Gegenteil.

»Dein Onkel macht seine Sache gut, wenn es darum geht, sich selbst und seine arme Frau zu demütigen. Wie oft ist er schon bei einem Seitensprung ertappt worden?« Sie hatte die Stimme erhoben, sodass die Leute wieder anfingen, zu ihr hinüberzustarren. Wie traurig, du bist genauso geworden wie er, dachte sie.

Andy beugte sich vor. »Ich werde dir nie verzeihen, dass du mich so gedemütigt hast. Du hättest unsere Verlobung vor dem Hochzeitstermin auflösen können. Vor der ganzen Presse und unseren versammelten Hochzeitsgästen hättest du keinen Narren aus mir machen müssen.«

»Du erwartest, dass ich deswegen ein schlechtes Gewissen habe«, spie Erin ihm entgegen. »Du hast nur bekommen, was du verdient hast. Und wenn du damit nicht leben kannst, ist das dein Pech.«

»Du hast dir zwei Feinde in dieser Stadt gemacht, Erin«, sagte Andy mit drohendem Unterton.

»Zwei?« Erin war verwirrt.

»Die Ehe meines Onkels ist wieder am Ende, diesmal für immer, dank dir.«

»Was? Wie kann das meine Schuld sein, wenn er mit Lauren Bastion ins Bett geht?«, fragte Erin.

»Du hast ihre Affäre publik gemacht.«

»Um meinen Vater vor Lauren zu retten.«

»Und damit hast du die Ehe meines Onkels ruiniert.«

Erin sah rot. »Wenn seine Frau ihm auf die Schliche gekommen ist, dann nur deshalb, weil Lauren sich in dem Versuch, über meinen Vater herzuziehen, an die Presse gewandt hat.« Sie stand auf und schaute auf Andy hinunter. »Es scheint, in deiner Familie gibt es ein Problem mit der Treue«, sagte sie laut genug, um ihn gehörig in Verlegenheit zu bringen. »Ihr beide, sowohl du als auch dein Onkel, ihr übernehmt keine Verantwortung für euer Tun, und genau deshalb werdet ihr beide auch nie das wahre Glück finden.« Damit rauschte Erin aus dem Restaurant.

Hocherhobenen Hauptes ging sie zu ihrem Auto. Es hatte sich gut angefühlt, Andy einmal in aller Deutlichkeit zu sagen, was sie von ihm dachte, doch innerlich zitterte sie. Ihr war nicht klar gewesen, wie sehr sie die Szene im Restaurant mitgenommen hatte, bis sie im Auto saß. Die Tränen strömten ihr die Wangen hinab. Ihr Leben verlief kein bisschen so, wie sie das geplant hatte, und es war nicht abzusehen, dass es irgendwie besser würde.

Gareth machte sich mehr und mehr Sorgen um Erin. Sie behauptete, es sei alles in Ordnung mit ihr, aber er glaubte ihr nicht. Sie war nur noch ein Schatten jener glücklichen, selbstbewussten jungen Frau, die sie ein paar Monate zuvor noch gewesen war. Und wer dafür die Verantwortung trug, das wusste er sehr wohl. Andy Stanford!

Erin hatte ihrem Vater und ihrem Bruder von ihrem zufälligen Treffen mit Andy erzählt, weil sie kaum verbergen konnte, wie aufgewühlt sie war. Mit der Schilderung von Einzelheiten hatte sie sich zurückgehalten, nur gesagt, es sei unangenehm gewesen. Was sie damit meinte, wussten Gareth und Bradley nicht genau, und sie weigerte sich, mehr zu erzählen. Auf jeden Fall reagierte Erin mit völligem Rückzug. Wenn sie viel zu tun hatten in der Galerie, schien alles normal, aber wenn es ruhiger wurde, ertappte Gareth seine Tochter tief in Gedanken versunken, eine traurige, einsame Gestalt. Es brach ihm das Herz. Weder er noch Bradley wussten, wie sie ihr helfen konnten.

Die Galerie Forsyth war wieder erfolgreich, und das freute Gareth sehr, aber natürlich wollte er, dass es so blieb. Nach wie vor kamen die Kunden, um Bradleys Bilder zu kaufen. Er arbeitete unermüdlich. Viele besuchten die Galerie auch nur, um das Wandgemälde anzuschauen. Gareth bat Erin dann oft, von Australien zu erzählen, weil sie in Coober Pedy gewesen war.

»Ich habe eine Idee, Erin«, sagte er eines Abends, als sie gerade die Galerie schlossen.

»Was denn, Dad?«, fragte Erin geistesabwesend.

»Ich hätte gern, dass du für die Galerie auf Einkaufstour gehst. Bradley wird der steigenden Nachfrage kaum gerecht, wir sollten also ein paar neue Werke kaufen.«

Erin wirkte nicht, als ob sie sich über den Vorschlag ihres Vaters freute. »Und woran hast du dabei gedacht? Paris, Rom oder eine Großstadt im Baltikum?«, erkundigte sie sich. Meist suchten sie nach neuer Kunst in Europa, doch für eine Reise in eine weitere kalte und einsame Großstadt konnte sich Erin nicht begeistern.

»Tatsächlich habe ich etwas anderes im Sinn. Ich finde, wir sollten mehr Aborigine-Kunst kaufen. Das würde wunderbar zu dem Wandgemälde passen.«

Erin war überrascht.

»Das ist eine großartige Idee, Dad«, rief Bradley. »Ich frage mich, wieso *ich* nicht schon daran gedacht habe.«

»Ich meine auch, wir sollten weitere Edelsteinausstellungen organisieren. Bestimmt werden wir so etwas Spektakuläres wie den Olympic Australis nicht noch einmal zeigen können, aber ich glaube, Edelsteine, die die Leute sich tatsächlich leisten können, hätten eine große Anziehungskraft, und das Ganze könnte sich finanziell lohnen.«

Cornelius war noch in Australien. Er hatte Erin geschrieben, dass er einige fantastische Perlen in Broome und einige hübsche Opale in Lightning Ridge gekauft hatte. Jetzt wollte er sich noch ein wenig in Alice Springs erholen. Durch Zufall war es ihm gelungen, dasselbe Haus zu mieten, in dem sie zusammen gewohnt hatten.

»Onkel Cornelius ist noch in Alice Springs«, sagte sie. »Er könnte einige Aborigine-Werke für uns kaufen und sie nach England verschiffen lassen«, schlug Erin vor.

Gareth war entsetzt. »Was weiß Cornelius denn schon über Kunst, Erin? Ich möchte, dass du die Einkäufe tätigst.«

»Ich soll nach Australien reisen … und Kunstwerke kaufen?«, fragte Erin ungläubig.

»Ja. Ich finde, das ist eine großartige Idee.«

»Das finde ich auch«, stimmte Bradley zu.

Erin fühlte Panik in sich aufsteigen. »Jonathan und seiner frisch angetrauten Frau will ich nun wirklich nicht über den Weg laufen«, sagte sie.

»Das dürfte wohl ziemlich unwahrscheinlich sein, oder?«, fragte Gareth. »Australien ist ein riesiges Land.«

»Aber Alice Springs ist eine Kleinstadt«, erwiderte Erin.

»Wahrscheinlich ist er gar nicht in Alice Springs«, sagte

Bradley, in der Hoffnung, sie zu beruhigen. »Du hast uns doch erzählt, dass Marlees Familie aus der Gegend um den Ayers Rock stammt. Vielleicht ist er ja dahin gegangen.«

»Er meinte, er wolle zurück nach Alice Springs«, erwiderte Erin, die allmählich Aufregung verspürte.

»Trotzdem, wie groß ist die Wahrscheinlichkeit, dass ihr euch in einer Stadt mit mehreren Tausend Einwohnern über den Weg lauft?«, fragte Gareth. »Ich sehe, dieses furchtbare Wetter deprimiert dich«, fügte er hinzu, obwohl er wusste, dass das nicht die Hauptursache für ihre Niedergeschlagenheit war. »Ganz bestimmt möchtest du doch wieder die warme Sonne auf deinem Gesicht spüren.«

Das stimmte tatsächlich. »Vielleicht könnte ich ja auch in einer anderen Stadt Aborigine-Kunst kaufen«, überlegte Erin.

»Das wäre eine Möglichkeit«, sagte Gareth. Er warf Bradley einen Hilfe suchenden Blick zu. »Aber du erwähntest einen Galeristen, der vielversprechende Künstler in Alice Springs ausbeutet.«

»Felix Stowe«, erwiderte Erin, und ihr fielen wieder die Männer und Frauen ein, die den ganzen Tag in der Sonne saßen und für ein geringes Honorar für ihn arbeiteten.

»Wäre das nicht die Gelegenheit, ihnen zu helfen?«, fragte Gareth.

»Ich glaube schon«, entgegnete Erin. »Ich werde darüber nachdenken, Dad.« Sie wusste, dass Bradley recht hatte. Jonathan war wahrscheinlich zum Ayers Rock aufgebrochen, um Marlees Familie zu suchen.

Schließlich war es die Vorstellung, den begabten Künstlern in Alice Springs helfen zu können, die Erins Entscheidung besiegelte. Sie schickte ein Telegramm an Cornelius und kündigte an, dass sie auf dem Weg zu ihm sei.

43

Erin traf um zehn Uhr an einem Sonntagmorgen in der Stadt Darwin an der Nordküste Australiens ein. Die Temperatur lag bereits bei dreißig Grad, und die Luftfeuchtigkeit hatte beinahe einhundert Prozent erreicht. Trotz ihrer Müdigkeit stieg sie seufzend vor Freude aus dem Flugzeug. Es war so herrlich, wieder den blauen Himmel zu sehen und die Wärme zu spüren. Sofort suchte sie das nächstgelegene Hotel auf, von dem aus man einen Blick auf den malerischen Hafen hatte, und buchte ein Zimmer für die Nacht. Ihr Schlafrhythmus war völlig durcheinandergeraten, und so wachte sie nach einem kurzen Nickerchen unter einem surrenden Deckenventilator wieder auf. Auf der Veranda des Hotels, von der aus man aufs Wasser schaute, aß sie zu Mittag, doch es fühlte sich an, als hätte es das Frühstück sein müssen.

Erin entschied, einen Spaziergang entlang des Hafendamms zu machen, wo sie auf eine kühle Brise hoffte. Draußen über der See brauten sich dunkle Wolken zusammen. Es war Regenzeit, und so drohte ein nachmittägliches Unwetter. Trotzdem konnte sie nicht anders, sie seufzte, weil es so herrlich war, die Sonne wiederzusehen.

»Sie müssen ein Pom sein«, sagte ein Angler, der auf dem Hafendamm saß, in breitem australischem Englisch, als sie an ihm vorbeiging. Seine gebräunten Beine baumelten über dem Wasser. Neben ihm schlugen in einem Eimer glücklose Fische mit den Flossen.

Erin sah ihn an, erst dann wurde ihr klar, dass er mit ihr gesprochen hatte. »Was heißt das?«, erkundigte sie sich.

»Pom? Prisoner of Mother England, Sträfling, den das Mutterland hierherschickte«, erklärte der Angler voller Ernst.

Die Haut seines wettergegerbten Gesichts war wie braunes Leder, was ihn sicher älter erscheinen ließ, als er war. Er trug ein offenes, kurzärmliges Hemd, das seinen gebräunten Körper zeigte, Shorts, die in die Lumpensammlung gehört hätten, und er war barfuß. Erin staunte einmal mehr über die Lässigkeit, mit der die Australier sich kleideten.

»Ich bin kein Sträfling von irgendwo«, sagte sie genauso ernst.

Der Angler lachte. »Das ist so ein Ausdruck, mit dem wir die Engländer meinen. Mir ist ja bloß aufgefallen, wie weiß Ihre Haut ist. Ich schätze also, Sie sind gerade erst angekommen.«

»Ja, vor ein paar Stunden. Es ist wunderschön hier.«

»Tja, Darwin ist gar nicht so übel, wenn man bedenkt, dass die Stadt schon ein paarmal zerstört wurde. Aber wir hier sind ein Völkchen, das sich nicht unterkriegen lässt.«

»Zerstört? Wie denn?«

»Mehr als einmal sind wir von mächtigen Zyklonen von der Karte ausradiert worden. An den Zyklon von 1937 erinnere ich mich noch, als wäre es gestern gewesen. Zur Welt gekommen bin ich tatsächlich auch während eines Zyklons.«

»Ihre arme Mutter. War der Wirbelsturm verantwortlich für das Auslösen der Wehen?«

»Vielleicht. Offenbar lag sie auf dem Fußboden in der Waschküche, als das Auge des Zyklons über unser Haus hinwegzog. Es heißt, alles wurde ganz still, und heraus kam ich und brüllte mir die Seele aus dem Leib. Diesen Zyklon hat meine Mutter seither für alle meine Missetaten verantwortlich gemacht.« Er lachte.

»Was tat Ihre Mutter denn in der Waschküche?«, fragte Erin verwirrt. »Sie hat doch nicht während eines Zyklons Wäsche gewaschen, oder?«

»Nee. Es war bloß der einzige Raum im Haus, wo man eine Chance hatte zu überleben, und so kam es dann auch. Das Holzhaus, auf Pfählen gebaut, wurde mit allem darin weggerissen, nur die Waschküche, die aus Backstein war, widerstand dem Zyklon. Und so kann ich jetzt hier mit Ihnen reden.«

»Wie faszinierend!« Erin fand es schwer, sich vorzustellen, wie eine Familie so etwas durchstand.

»Im Februar 1942 haben die Japaner mehr Bomben auf uns geworfen als auf Pearl Harbour. Ihr Ziel waren die Hafenanlagen und die zwei Luftwaffenstützpunkte, damit die Alliierten von dort aus nicht Timor und Java schützen konnten. Sie töteten an die zweihundertfünfzig Menschen und zerstörten die Stadt. Ich hatte das Glück, dass ich zehn Meilen weiter die Küste rauf auf der Jagd nach Krokodilen war. Sogar aus der Entfernung hörte ich die Bomben.«

»Kaum zu glauben, dass die Bombenangriffe schlimmer waren als die auf Pearl Harbour«, sagte Erin skeptisch. Sie wusste nicht, ob sie dem Mann glauben sollte oder nicht. »Davon habe ich noch nie gehört«, sagte sie.

»Das wollte die Regierung auch nicht gerade an die große Glocke hängen«, behauptete der Angler. »Sie meinten, das wär rein psychologisch für uns Aussies ein heftiger Schlag. Die unten im Süden hätten womöglich ordentlich am Rad gedreht, wir hier im Northern Territory dagegen sind zäher als Krokodilleder. Aber jetzt beeilen Sie sich mal, Miss«, er wies zum Himmel. »Oder würden Sie gern ins Hotel zurück schwimmen?«

Kaum eine Stunde später strömte der heftigste Regen auf Darwin herab, den Erin je erlebt hatte. Die Rinnsteine konnten die Wassermassen nicht fassen, die Straßen verwandelten sich im Nu in Flüsse. An der Hotelrezeption erfuhr sie, dass Flüge nach Alice Springs in der Regenzeit nur sporadisch gingen, in den folgenden zwei Tagen würde sie sicher nicht fliegen können. Erin blieb nichts anderes übrig, als eine Fahrkarte für den Bus zu kaufen, der am nächsten Morgen in aller Frühe abfahren sollte.

Ohne zu wissen, dass die Fahrt über die gut neunhundert Meilen beinahe dreißig Stunden dauern würde, begab sie sich mit einem Gefühl von Abenteuer auf die Reise. So ermüdend, heiß und staubig hatte sie sich das Ganze nicht vorgestellt, aber wenigstens sah sie unterwegs etwas von der Landschaft und einige Städte. Wie sich herausstellte, hatte der Busfahrer die Gabe, jedes Schlagloch auf der Straße zu treffen, und drei Mal hatte der Bus eine Panne.

»Vielleicht wäre es ja gar keine so schlechte Idee, den Schlaglöchern auszuweichen«, schlug Erin dem Fahrer vor, als die Fahrgäste ihm in der sengenden Sonne dabei zusahen, wie er den dritten Reifen wechselte.

Für diese ungebetene Information wurde sie mit einem vernichtenden Blick gestraft. Danach gab der Mann sich mehr Mühe, den Schlaglöchern auszuweichen, woraufhin allen übel wurde.

Noch nie war Erin so dankbar gewesen, ihren Onkel wiederzusehen, als er sie in der Stadt vom Busbahnhof abholte. »Ich brauche dringend ein Bad«, war das Erste, was sie ausrief, bevor sie ihn begrüßte.

Cornelius lachte.

Erin fühlte sich gleich heimisch, als sie das Haus betrat, aber sie sehnte sich nur noch mehr nach Jonathan und Marlee. Sie nahm ein Bad, dann aßen sie Sandwiches und tranken Tee auf der Veranda. Der Anblick der leeren Schaukel war so schmerzlich.

»Es war nicht leicht, hier in dem leeren Haus zu wohnen, ständig habe ich Marlees Lachen im Ohr. Deshalb bin ich so froh, dass du gekommen bist«, sagte Cornelius.

»Du vermisst sie also auch …« Erin sah ihren Onkel traurig an. »Sie hat so eine Art, die Herzen der Menschen zu erobern.«

»Jonathan aber auch«, erwiderte Cornelius. Als er sah, dass Erin von ihren Gefühlen übermannt wurde, wechselte er schnell das Thema. Er erzählte ihr, was er auf seinen Reisen nach Broome und Lightning Ridge erlebt hatte. »Warte nur, bis ich dir zeige, was ich gekauft habe«, sagte er und holte die Perlen und Opale.

»Sie sind wunderschön, Onkel Cornelius«, bemerkte Erin.

»Dad hat die Idee, in der Galerie auch Edelsteine zu verkaufen. Wenn du uns einige verkaufen würdest, wären wir dir sehr dankbar.«

Cornelius war sich nicht sicher, ob er Gareth schon verzeihen konnte. »Ich denke darüber nach«, sagte er ungehalten.

»Dad ist nicht mehr mit Lauren zusammen, und er bedauert, dass er sich jemals auf sie eingelassen hat«, versicherte ihm Erin.

Cornelius steckte die Edelsteine in die kleinen Samtbeutel zurück, in denen er sie aufbewahrte. »Er hätte sich erst gar nicht mit ihr einlassen sollen«, erwiderte er.

»Ich weiß, ich verstehe jedoch auch, wie das passieren konnte. Dad war sehr verletzlich nach Moms Tod, und Lauren ist mehr als geschickt in dem, was sie tut. Er kommt sich so dumm vor, dass er auf ihre verführerischen Tricks hereingefallen ist. Es hat eine Weile gedauert, ehe ich begriff, wie einsam und verloren er ohne Mom war.«

»Du hast schließlich auch getrauert, Erin«, konstatierte Cornelius.

»Das stimmt. Aber Dad war emotional so abhängig von Mom. Er kommt erst allmählich wieder auf die Beine. Seine Begeisterung für die Galerie ist wiedererwacht. Also ich denke, er wird wieder ganz der Alte.«

»In deinem Telegramm erwähntest du, dass du für die Galerie Aborigine-Kunst erwerben willst.«

»Ja, Bradley hat das denkbar fantastischste Wandgemälde von den Opalfeldern in Coober Pedy gemalt, als wir den Olympic Australis ausstellten. Die Kunstwerke, die ich hier gekauft habe …«

»Moment mal. Hast du gesagt, Bradley hat ein Wandgemälde angefertigt?« Cornelius war vollkommen verblüfft.

»Ja, genau, Onkel Cornelius. Es hat sich herausgestellt, dass er ein großartiger Künstler ist. Seine Werke verkaufen sich so schnell, dass er mit dem Malen kaum nachkommt.«

»Seit wann malt denn Bradley? Und wie kommt es, dass ihr den Olympic Australis ausgestellt habt?«

»Offenbar malt Bradley seit Moms Tod, ohne dass irgendjemand es ahnte. Er arbeitete in ihrem Atelier im Dachgeschoss, und das zu ganz merkwürdigen Zeiten, damit wir ja nichts davon erfuhren. Wir waren …« Erin erzählte Cornelius, was sich in den vergangenen Wochen zugetragen hatte. »Dass *er* der Künstler war, sagte er Dad erst, als sich die Ausstellung als riesiger Erfolg erwies«, endete sie.

»Das ist ja unglaublich.« Cornelius schüttelte verwundert den Kopf.

»Dad stellte Bradley den Ausstellungsbesuchern vor und erkärte, er habe das Talent seiner Mutter geerbt. So stolz habe ich ihn noch nie gesehen. Es war ein sehr bewegender Moment«, sagte Erin.

Cornelius war gerührt, als er das hörte. »Das ist wunderbar, Erin. Ich freue mich so für Bradley. Er ist ein bewundernswerter junger Mann.« Er sprach es nicht laut aus, aber er hatte das Gefühl, dass Gareth alles wiedergutgemacht hatte. Endlich hatte er begriffen, was wirklich wichtig war im Leben. Seine Familie.

Erin und Cornelius fuhren noch am Nachmittag desselben Tages in die Stadt. Wieder saßen etlich Aborigine-Künstler auf der Rasenfläche vor dem Eingang der Galerie und malten. Vorsichtig näherte sich Erin einer der Frauen, von denen sie seinerzeit gekauft hatte. Felix beobachtete sie von der offen stehenden Tür aus.

»Bitte, Onkel Cornelius, sei so nett und lenk den Galeriebesitzer ab«, zischte Erin ihrem Onkel zu, ehe Felix sich auf sie stürzen konnte. »Sag ihm, du möchtest in großem Stil kaufen.«

»Guten Tag«, rief Cornelius theatralisch und ging auf Felix zu. »Ich suche Ware für mein Geschäft in London. Würden Sie mir zeigen, was Sie in Ihrer Galerie anzubieten haben?«

Die Augen des Galeriebesitzers leuchteten auf. »Natürlich, kommen Sie doch bitte herein«, bat er übertrieben höflich.

Erin setzte sich zu der Aborigine-Künstlerin und tat, als ob sie ihr beim Arbeiten zusähe. »Ich möchte gern noch einige Ihrer

Bilder kaufen«, flüsterte sie der Frau zu. »Sie erkennen mich doch wieder?«

Die Frau nickte unauffällig.

»Würden Sie heute Abend einige Ihrer Bilder zu mir nach Hause bringen?«

»Gern, Missus«, erwiderte die Künstlerin zaghaft lächelnd.

Erin sah, dass ihr mehrere Zähne fehlten. Felix Stowe beutete diese Künstler offenbar so sehr aus, dass sie sich nicht mal einen Besuch beim Zahnarzt leisten konnten.

»Und wie beim letzten Mal: kein Wort zu Felix«, bat Erin. »Ich werde Sie gut bezahlen.«

»Danke, Missus«, sagte die Frau glücklich.

Erin stand auf. Sie warf einen Blick durch die Tür der Galerie und sah, dass Felix ihren Onkel von einem Bild zum nächsten führte. Sie war sicher, dass er dabei tief in die Trickkiste seiner Verkaufsstrategien griff.

»Erin?«

Erin schrak zusammen. Sie drehte sich um und fand sich Auge in Auge mit Constable Will Spender. Er war in Uniform.

»Will«, sagte sie atemlos. »Ich hätte nie damit gerechnet, Sie hier in Alice Springs wiederzusehen.«

»Das kann ich nur zurückgeben«, erwiderte er. »Was machen Sie denn hier?«

»Ich sondiere ein wenig den Kunstmarkt, weil ich für unsere Galerie in Knightsbridge einkaufe. Und Sie?«

»Ich bin hierher versetzt worden«, antwortete Will.

Erin fand, dass er deutlich gelöster wirkte. »Sie scheinen froh darüber zu sein.«

»Das bin ich auch, und zwar aus mehr als einem Grund.« Will lächelte. »Alice Springs ist eine nette kleine Stadt. Ein paar Probleme gibt es, aber die Leute sind offener als die auf den Minenfeldern. Auf der Party, zu der ich Sie damals einlud, habe ich außerdem eine wirklich nette Frau kennengelernt. Wir lassen es langsam angehen, ich mag sie jedoch sehr.«

Erin hatte nicht den Eindruck, dass er ihr das erzählte, um sich an ihr zu rächen, weil sie ihn zurückgewiesen hatte. Er schien sich wirklich verändert zu haben.

»Ich hoffe, Sie können sich für mich freuen«, fügte Will hinzu.

»Das kann ich. Es sind wunderbare Neuigkeiten. Ich wünsche mir für Sie, dass Sie glücklich werden, Will. Bitte glauben Sie mir das.«

Will fand, dass Erin nie reizvoller ausgesehen hatte, aber das sagte er nicht. Es hatte Wochen gedauert, bis sein gebrochenes Herz wieder geheilt war. »Ich hörte, Jonathan sei wieder in der Stadt.«

»Ach, tatsächlich?«, fragte Erin. Ihr Herz begann, heftiger zu schlagen.

»Haben Sie ihn noch nicht gesehen?«

»Nein. Ich bin allerdings auch gerade heute erst angekommen«, sagte sie. »Ich habe Jonathan in London gesehen. Er meinte, er wolle Marlee zurück nach Australien bringen, weil sie sich in England nicht einleben könne. Ich glaube, seine Verlobte und er wollen sich in Alice Springs niederlassen.«

»Hat er Ihnen auch erzählt, dass er Marlee zu Besuch zu ihren Aborigine-Verwandten bringen will?«

Erin sah, dass Will besorgt wirkte. »Ja, das hat er erwähnt. Wieso fragen Sie? Stimmt was nicht?«

Will zögerte.

»Was ist denn, Will? Bitte sagen Sie es mir«, drängte Erin.

»Ich habe gerade einen Bericht über einen Weißen bekommen, der weiter unten am Todd River mit einem Speer getötet wurde. Ich glaube, es ist in der Gegend passiert, in der Marlees Familie ihren Lagerplatz hatte.«

Erin hielt die Luft an, alles um sie herum fing an, sich zu drehen.

»Erin!«, rief Cornelius. Er kam auf sie zugelaufen, und ein Blick auf seine Nichte genügte, um zu sehen, dass etwas nicht stimmte. »Was haben Sie zu ihr gesagt?«, fuhr er Will an.

»Mir geht es gut, Onkel Cornelius«, sagte Erin. »Wie können wir feststellen, ob es sich bei dem Mann um … um Jonathan handelt?«, fragte sie Will.

»Jonathan!« Cornelius sah den Constable verständnislos an. »Ist er wieder in der Stadt?«

»Er ist hier gesehen worden«, erklärte Will.

»Ein Weißer wurde getötet. Wahrscheinlich von Aborigines«, sagte Erin zu Cornelius. Sie stand wie unter Schock.

»Ich sage ja nicht, dass es Jonathan ist«, beruhigte Will sie. »Es wäre allerdings möglich. Der Leichnam wird gerade im Moment in die Stadt gebracht. Sobald ich den Toten offiziell identifizieren kann, melde ich mich bei Ihnen. Haben Sie Zimmer in der Todd Tavern?«

»Nein. Wir sind wieder in dem Haus, das wir schon einmal gemietet hatten«, antwortete Cornelius. Er legte den Arm um Erin, denn sie war immer noch weiß wie die Wand. »Ich werde Erin nach Hause bringen. Bitte schicken Sie jemanden zu uns, sobald Sie den Toten identifiziert haben, ja?«

»Natürlich«, antwortete Will.

»Es ist nicht sicher, dass es Jonathan ist«, sagte Cornelius zu Erin, als sie nach Hause fuhren.

Erin konnte nicht aufhören zu weinen. »Er hätte dich besucht, wenn alles mit ihm in Ordnung wäre. Das weißt du ganz genau.«

Besorgt runzelte Cornelius die Stirn. Dass er ihr nicht widersprach, machte Erin umso mehr Angst. Sie mochte einfach nicht glauben, dass die Dinge solch ein schreckliches Ende für Jonathan nehmen würden. Nicht, nachdem er sich so sehr bemüht hatte, für Marlee das Richtige zu tun.

»Als Jonathan mit Marlee fortlief, sind die Aborigines bestimmt sehr wütend auf ihn gewesen, vielleicht wütend genug, um …« Sie konnte den Satz nicht zu Ende sprechen, geschweige denn sich vorstellen, wie furchtbar es sein musste, mit einem Speer getötet zu werden.

»Das heißt doch nicht, dass sie ihn töten würden«, sagte Cornelius, doch seine Worte klangen weniger überzeugend, als ihm lieb gewesen wäre. Verzweifelt wünschte er sich, glauben zu können, was er gerade gesagt hatte, oder es wenigstens Erin glauben zu machen.

»Wer weiß schon, zu was sie fähig sind, Onkel Cornelius. Jonathan hatte jedenfalls ziemliche Angst vor ihnen.«

»Uns bleibt nichts, als in Ruhe abzuwarten«, sagte Cornelius, als sie vor dem Haus vorfuhren. »Ich werde uns jetzt erst einmal einen starken Tee kochen.«

Die Zeit verging, und immer noch kam keine Nachricht von Will.

»Ich halte das nicht mehr aus«, sagte Erin schließlich.

»Ich werde in die Stadt fahren und nachhören, ob es auf dem Polizeirevier schon Neuigkeiten gibt«, sagte Cornelius. »Kannst du eine Weile allein hierbleiben?«

»Ich komme mit«, sagte Erin.

»Nein. Besser, jemand wartet hier, für den Fall, dass ein Constable kommt.«

Erin wusste, dass das sinnvoll war. »Dann beeil dich, Onkel Cornelius. Ich ertrage das nämlich nicht viel länger.«

Von der Veranda aus sah sie zu, wie Cornelius sich auf den Weg in die Stadt machte. Dann wanderte sie durch das stille Haus, und das Herz wollte ihr schier brechen vor Schmerz. Sie stand da und schaute von der offenen Tür der hinteren Veranda aus auf die Schaukel, und sie wünschte, Marlee mit ihrem schönen Lächeln säße darauf. Wenn sie mit angesehen hatte, wie Jonathan mit einem Speer getötet wurde … Erin stöhnte auf. Sie mochte sich gar nicht vorstellen, wie grausam das für die arme Marlee sein musste. Wenn Jonathan tatsächlich tot war, dann würde sie Marlee suchen und vor den Aborigines beschützen, das gelobte sie sich in diesem Moment. Sie würde sie nicht unter Wilden aufwachsen lassen. Jonathan hätte gewollt, dass sie sich um die Kleine kümmerte.

Erin ging ins Wohnzimmer, setzte sich und ließ den Tränen freien Lauf. Erschöpft schloss sie die Augen.

»Cornelius!«

Erin sprang auf. Ein Constable mit Neuigkeiten? Sie betete, dass er die Nachricht brachte, die sie hören wollte. Sie wollte zur Haustür laufen, dann blieb sie jedoch wie angewurzelt stehen. Jonathan stand in der offenen Tür, die zur Veranda führte. Sie sah Marlee auf der Schaukel sitzen, genau, wie sie sich das eine halbe Stunde zuvor vorgestellt hatte. Einen Augenblick überlegte Erin, ob sie wohl eingeschlafen war und träumte.

»Jonathan! Sie leben«, keuchte sie.

»Erin!«, rief Jonathan überrascht. »Was machen Sie denn hier?«

Als sie ihn sprechen hörte, wusste sie, dass sie nicht träumte. Ohne zu zögern, rannte sie zu ihm, schlang ihm die Arme um den Hals und drückte ihn fest an sich. Auch er legte die Arme um sie, und es fühlte sich wunderbar an, beinahe zu schön, um wahr zu sein. Erin hörte, wie Marlee ihren Namen rief. Nur wenige Augenblicke später hatte die Kleine die Arme um ihre Taille geworfen.

»Sie haben ja keine Ahnung, wie erleichtert ich bin, Sie hier zu sehen«, flüsterte Erin unter Freudentränen.

»Wieso ist es so überraschend, dass ich am Leben bin?«, fragte Jonathan.

»Will erzählte mir, ein Weißer sei getötet worden … Sie sind in Sicherheit und Marlee auch.« Sie kniete sich hin und umarmte die Kleine. »Ich hab dich ja so vermisst«, sagte sie und küsste Marlee auf die Wange.

»Ich hab dich auch vermisst, Erin«, erwiderte Marlee und legte ihr die Arme um den Hals.

»Geh noch einen Moment raus auf die Schaukel, Marlee«, sagte Jonathan. »Ich will etwas mit Erin bereden.«

Fröhlich lief Marlee zurück zur Schaukel, während Jonathan und Erin in die Küche gingen und sich setzten.

»Wir kommen gerade von Marlees Familie«, sagte Jonathan düster.

Verwirrt sah Erin ihn an. »Dann waren Sie also doch da. Dass ein Weißer mit einem Speer getötet wurde, war wohl eine Falschmeldung.«

»Nein, das stimmt. Es war Bojan Ratko.«

Erin riss die Augen auf. »Bojan!«

»Ein paar junge Hitzköpfe vom Stamm der Anangu dachten offenbar, er wolle ein Kind entführen. Ich glaube, er war tatsächlich auf der Suche nach Marlee. Irgendwer muss ihm gesagt haben, dass wir zu ihrer Familie wollten. Wahrscheinlich wusste er gar nicht, dass wir inzwischen in England gewesen waren. Er hat sicher die ganze Zeit in Australien nach uns gesucht. Vielleicht hat er gedacht, ihr Clan versteckt uns, und hat deshalb Ärger gemacht. Wie auch immer, sie haben ihn getötet.«

»Sie waren doch nicht Zeuge seines Todes, oder? Marlee hat das doch hoffentlich nicht mit angesehen?«

»Nein. Es passierte, als Marlee und ich mit ihrer Großmutter, ihrer Tante und einigen anderen Verwandten unterwegs waren. Alba und Carina brachten uns an einen Ort, der für Marlees Mutter eine ganz besondere Bedeutung gehabt hatte, als sie noch ein kleines Mädchen war.«

»Was für ein Glück«, sagte Erin erleichtert. »Das hätte sie ewig lange verfolgt.« Die Kleine hatte schon genug traumatische Erlebnisse gehabt.

»Es war wirklich ein großes Glück. Ich habe den Constable am Tatort getroffen. Er war aus einem ganz anderen Grund in der Gegend und bekam den Mord nur zufällig mit. Ich erklärte ihm, weshalb ich glaubte, Bojan habe dort Ärger gemacht. Es wird eine Untersuchung geben, aber der Constable meinte, es sei unwahrscheinlich, dass gegen die Aborigines Anklage erhoben wird, weil Bojan versucht hat, sich einem Aborigine-Kind zu nähern – was auch immer er geplant hatte.«

»Was hatte er wohl geplant?«

»Ich glaube, er wollte das Kind benutzen, um Druck auf die Stammesmitglieder auszuüben. Sie sollten ihm sagen, wo wir sind. Dass wir nicht dort waren, wollte er offenbar nicht glauben. Bojan wurde anscheinend gewalttätig, worauf zwei der jungen Leute ihn töteten.«

»Ich schätze, Bojan hat endlich bekommen, was er verdient hat«, sagte Erin. »O mein Gott, ich bin so erleichtert. Aber wie hat Marlees Familie denn reagiert, als Sie sie erneut zu ihr gebracht haben? Verstehen die Leute ihres Clans inzwischen, dass die Kleine nicht bei ihnen leben will?«

»Ja. Ich habe versprochen, dass wir sie ab und zu besuchen kommen, und damit waren sie zufrieden. Sie haben wohl auch gespürt, dass ich sie nicht beeinflusse, sondern dass sie selbst entschieden hat, nicht bei ihnen zu bleiben. Das war ihnen wichtig.«

»Das ist gut.« Erin seufzte. »Und wo ist Liza?«, fragte sie. »Ich würde sie gern kennenlernen.« Sie wusste, es würde ihr wehtun, sie war jedoch so dankbar dafür, dass Jonathan am Leben war, dass sie ihn nur glücklich sehen wollte.

»Sie ist in England«, antwortete Jonathan. Ihm war sichtlich unbehaglich zumute.

»Oh! Ich dachte, Sie drei würden von jetzt an in Alice Springs leben.«

»Ich werde mit Marlee hier leben. Liza und ich haben die Hochzeit abgesagt. Wir beide, sie und ich, sehen keine gemeinsame Zukunft für uns.«

Erin war verwirrt. »Keine gemeinsame Zukunft? Aber wieso denn nicht?«

»Liza wollte nicht in eine schon fertige Familie einheiraten. Ich sollte Marlee zur Adoption freigeben, doch das wäre für mich nicht infrage gekommen.«

»Natürlich nicht«, rief Erin entsetzt.

»Liza konnte Marlee nicht akzeptieren, also sagte ich ihr, ich könne sie nicht heiraten. Sie war wütend, weil ich Marlee ihr vorzog, aber ich kann niemanden lieben, der Marlee nicht gernhat. So einfach ist das.«

»Das tut mir leid, Jonathan«, sagte Erin. »Ich weiß, wie

schmerzlich es ist, eine Beziehung zu beenden, auch wenn es der richtige Schritt ist.«

»Schon seltsam. Da denkt man, man liebt jemanden, und dann erlebt man etwas, das viel tiefer geht. Man fragt sich, wie man je glauben konnte, diesen Menschen geliebt zu haben.« Jonathan sah Erin verlegen an. »Ich weiß nicht, ob Sie das verstehen. Aber es war die richtige Entscheidung. Und Marlee und mir gefällt es hier in Alice Springs.«

»Wohnen Sie wieder bei Carol-Ann? Sie haben sich doch so gut mit ihr verstanden.« Erin ertappte sich dabei, dass sie Eifersucht spürte. Ob Carol-Ann wohl eine Beziehung mit Jonathan beginnen würde, nachdem er nun frei war? Sie wischte den schmerzlichen Gedanken schnell beiseite.

Jonathan ahnte, was sie dachte. »Ich war wirklich überzeugt davon, dass Bojan keine Gefahr mehr darstellte. Ich dachte, er würde zurück in seine Mine nach Coober Pedy gehen, deshalb haben wir unter freiem Himmel kampiert. Also nein, wir wohnen nicht bei ihr. Aber ich werde Carol-Ann bald mal besuchen. Marlee freut sich schon auf das Wiedersehen mit Michaela. Carol-Ann ist allerdings nur eine gute Freundin, Erin. So etwas wie Liebe empfinde ich nicht für sie.«

Erin konnte die Erleichterung, die sie verspürte, kaum verbergen.

»Ich habe gehört, Will Spender ist nach Alice Springs versetzt worden. Gehen Sie wieder mit ihm aus?«

»Nein. Aber ich war am Nachmittag in der Stadt und traf ihn da zufällig. Er war es, der mir erzählte, ein Weißer sei getötet worden. Übrigens hat er eine nette junge Frau kennengelernt, die hier lebt, und er ist sehr glücklich.«

»Sind Sie enttäuscht?«

»Kein bisschen. Ich habe mich nie zu ihm hingezogen gefühlt. Wir sind zu verschieden. Ich bin wieder in Australien, um Kunstwerke von den Aborigines zu kaufen. Mein Vater meint, sie würden gut zu dem Wandgemälde passen, das Bradley angefertigt hat.

Und nach dem Erfolg, den wir mit dem Olympic Australis hatten, würde er außerdem gern weitere Edelsteine ausstellen.«

»Dann werden Sie also gar nicht lange bleiben …«

In diesem Moment tauchte Marlee an der Küchentür auf und nahm ihre Aufmerksamkeit in Anspruch. »Werden wir wieder alle hier wohnen?«, fragte sie fröhlich. »Das wäre so schön. Und einen Hund hätte ich auch gern.«

Es war so offensichtlich, dass die Kleine sich ein sicheres Zuhause wünschte, und genau das verdiente sie. Erin warf Jonathan einen Blick zu, und er sah sie an. In beider Augen lag so viel Sehnsucht. Sie wussten, was Marlee brauchte. Sie wussten, was sie wollten, doch keiner von ihnen fand den Mut, seinen Gefühlen Ausdruck zu verleihen.

»Das sieht doch ein Blinder, dass ihr zwei euch liebt und dass ihr zusammengehört«, hörten sie auf einmal eine aufbrausende Stimme. »Gebt dem Kind endlich eine Antwort!«

»Onkel Cornelius«, rief Marlee und flog ihm in die Arme.

»Da ist ja das Lächeln, das ich so sehr vermisst habe«, sagte er zu dem kleinen Mädchen.

Jonathan und Erin saßen da, keiner sagte ein Wort. Es war offensichtlich, dass sie beide Angst davor hatten, zu erfahren, was der andere empfand.

»Also«, half Cornelius. »Ihr wisst doch, dass ihr euch liebt. Oder irre ich mich?«

Jonathan sah erst Erin, dann Marlee an. »Wir könnten alle hier zusammen wohnen«, sagte er. »Ich habe allerdings eine Bedingung. Erin muss damit einverstanden sein, meine Frau zu werden, denn ich liebe sie von ganzem Herzen. Nichts würde mich glücklicher machen, als wenn wir drei eine Familie würden.«

Erin schlug die Hände vors Gesicht, und Jonathan erschrak.

»Erin«, sagte er sanft und nahm ihre Hände in seine. »Es tut mir leid, wenn ich dich in Verlegenheit gebracht habe. Sicher war ich zu voreilig. Du musst nicht …«

»Ich würde dich so schrecklich gern heiraten«, unterbrach sie

Jonathan, stand auf und ließ sich von ihm in die Arme nehmen. »Ich liebe dich mehr, als du je glauben wirst. Dich und Marlee. Und das Schönste, was passieren könnte, wäre, dass wir eine Familie würden.«

»Das ist ja wunderbar«, flüsterte Jonathan überwältigt von seinen Gefühlen. Er drückte sie fest an sich und küsste sie.

Marlee schaute zu Cornelius auf. »Heiraten sie jetzt?«, fragte sie.

Cornelius sah seine Nichte und Jonathan einen Augenblick nachdenklich an. »Scheint ganz so«, antwortete er dann lächelnd.

»Juchhu«, rief Marlee und sprang von seinem Arm. »Komm, wir spielen Ball, Onkel Cornelius!«

Cornelius nahm Marlee an die Hand und ging mit ihr auf die Tür zu, die in den Garten führte. Unauffällig sah er sich um. Erin und Jonathan sahen aus, als wollten sie sich nie mehr voneinander lösen. »Das wäre dann wohl erledigt«, sagte er. Er freute sich von Herzen für seine Nichte. »Mir scheint, du hast jetzt eine neue Mommy und einen neuen Daddy.«

»Und einen neuen Onkel«, sagte Marlee und lächelte ihn an. »Und bald werde ich auch noch einen Hund haben.«

Oder vielleicht einen kleinen Bruder oder eine kleine Schwester, dachte Cornelius.

»Ich werde heiraten«, rief Erin am Telefon. Es war Nachmittag in Alice Springs, aber früher Morgen in England. Bradley und Gareth waren noch zu Hause.

»Heiraten?«, fragte Bradley ungläubig. Er hatte gehofft, es würde sich alles finden, aber diese Neuigkeit hatte er so schnell nicht erwartet.

»Ja, ich heirate Jonathan, und ich werde Marlees Mutter sein. Ist das nicht herrlich?«

»Das ist die beste Neuigkeit, die ich seit Langem gehört habe«, erwiderte Bradley. Sogar am Telefon und über Tausende von Meilen nahm er die unverhohlene Freude in Erins Stimme wahr. »Ich wusste, dass ihr zwei zusammengehört. Dad, komm her, Erin wird heiraten!«

Gareth war außer sich vor Freude. Sein Plan war aufgegangen. Er hatte gewusst, dass Erin und Jonathan zusammenfinden würden, wenn er sie nur in dieselbe kleine Stadt bekäme. Und irgendwie war er sich sicher gewesen, dass Jonathan in Alice Springs sein würde.

»Dad gratuliert dir, Erin«, sagte Bradley. »Ich freue mich ja so für dich, Schwesterchen. Du hast einen guten Mann gefunden.«

»Als ob ich das nicht wüsste.«

Erin küsste Jonathan wieder. Er stand neben ihr, hatte ihr die Arme um die Taille gelegt. Sie benutzten den öffentlichen Fernsprecher im Hotel der Todd Tavern, wo sie miteinander angestoßen hatten. Marlee war bei Carol-Ann und spielte mit Michaela.

»Ich glaube, ich sollte die Galerie in der Stadt erwerben«, sagte Erin. »So kann ich gleichzeitig hier arbeiten und Aborigine-Werke für unsere Galerie in England kaufen. Ich könnte sie per Flugzeug oder Schiff zu dir und Dad schicken. Was hältst du davon?« Schon hatte sie großartige Pläne für die Galerie und die Künstler.

»Hört sich wirklich gut an«, sagte Bradley.

»Ihr könnt euch die Galerie ansehen, wenn ihr zu meiner Hochzeit kommt. Sag Dad, ich brauche meinen Vater hier, damit er mich zum Altar führt«, sagte Erin.

»Sieht ganz danach aus, als ob wir alle bald zu einer Hochzeit nach Australien führen«, rief Bradley seinem Vater und Muriel zu.

Gareth hatte sich zur Feier des Tages schon Cognac in seinen Kaffee gegossen. So glücklich hatte er sich seit Janes Tod nicht mehr gefühlt. Rasch setzte er Muriel über die Neuigkeiten in Kenntnis. Sie weinte vor Freude.

»Wir werden kommen«, rief Gareth. Er hatte den Eindruck, dass Jane ihm ganz nah war.

ENDE

Nachwort

Anmerkung zum Olympic Australis

Der Olympic Australis wurde 1956 auf dem Opalfeld Eight Mile in Coober Pedy, Südaustralien, gut neun Meter unter der Erdoberfläche entdeckt. Er ist knapp achtundzwanzig Zentimeter lang und gut elf Zentimeter breit und wiegt fast dreitausendfünfhundert Gramm. Seinen Namen verdankt er den Olympischen Spielen, die in dem Jahr in Melbourne etwas später als in unserer Geschichte stattfanden. Der Name des Bergarbeiters, der den Opal fand, ist nirgends verzeichnet.

Ich habe mir die Freiheit genommen, den Stein für meine Geschichte etwas kleiner zu machen. Bojan Ratko und Andro Drazan sind fiktive Personen.

In heutiger Währung beträgt der Wert des Olympic Australis zweieinhalb Millionen australische Dollar. Er wurde im Originalzustand belassen und wird in einem speziellen Safe der Altmann and Cherny Ltd. in Melbourne verwahrt.

Liebe Leserin, lieber Leser,

wenn Sie mehr von unserer Australien-Bestsellerautorin lesen möchten, empfehlen wir folgende Leseprobe aus ihrem Roman IM HAUCH DES ABENDWINDES.

I

Australien

Sommer 1968

Es hatte den Anschein, als würde sich die Mundi-Mundi-Ebene bis ans Ende der Welt erstrecken. Während die Schatten der Nacht allmählich zurückgedrängt wurden, hüpften Riesenkängurus mit großen, mühelosen Sprüngen durch die uralte Landschaft, und ein leiser Windhauch trug das Versprechen eines weiteren sengend heißen Tages heran.

Über der scheinbar endlosen Weite rüttelten Falken, Keilschwanzadler segelten auf der Suche nach Beute anmutig durch die Lüfte. Es war der ewige Kreislauf des Lebens, der sich seit Jahrtausenden unverändert vollzog.

Ein einsamer Reiter verharrte in den ersten Sonnenstrahlen, die sich über den Horizont tasteten. Pferd und Reiter zeichneten sich dunkel gegen den Morgenhimmel ab, der mit den unglaublichsten Farben bebändert war. Das Pferd schnaubte ungeduldig, warf den Kopf nach hinten und stampfte mit dem Vorderhuf. Der Reiter beugte sich vor und schloss seine Hände fester um die Zügel. Ein Schuss aus einer Startpistole krachte. Der Knall hallte meilenweit in der Stille wider und verlor sich dann in der Unendlichkeit.

Angetrieben von Ehrfurcht gebietender Kraft schoss das Pferd davon. Eine Wolke aus rostrotem Staub wurde aufgewirbelt. Der Reiter lächelte. Die kühle Morgenluft wirkte belebend und befreiend. Das Donnern der Pferdehufe auf dem steinigen Boden der Geröllwüste war das einzige Geräusch in der vollkommenen Stille des australischen Outbacks.

Tausendfünfhundert Meter entfernt stand ein Mann mit einer

Stoppuhr und wartete. Als Pferd und Reiter auf ihn zupreschten, hielt er unwillkürlich den Atem an, den Daumen auf dem Stoppknopf, bereit, ihn herunterzudrücken. Der Zauber dieses Ortes hatte ihn gefangen genommen, und er spürte, dass er Zeuge von etwas ganz Außergewöhnlichem werden würde. Es war, als hätten sich die Geister der Mundi-Mundi-Ebene eingefunden, um diesem Pferd ihren Beistand zu gewähren und es zur Höchstleistung anzutreiben.

Wie ein silberner Blitz schoss es an dem Mann vorbei. Er drückte die Stoppuhr. Sein Herz klopfte, als er den Blick senkte und auf das Ziffernblatt schaute. Er traute seinen Augen nicht. Langsam verzog er sein von einem struppigen Bart überwuchertes Gesicht zu einem Lächeln, das immer breiter wurde. Dann warf er den Kopf zurück und stieß ein lautes Freudengeheul aus. Das Pferd verlangsamte sein Tempo und kehrte schnaubend, in lockerem Trab und mit weit aufgerissenen Augen zu ihm zurück.

Atemlos und innerlich aufgewühlt von dem wilden Ritt sprang der kleine, zierliche Reiter aus dem Sattel.

»Hey, Jed, mir scheint, Silver Flake hat heute Flügel gehabt. Ich dachte schon, sie würde gleich abheben!«

»Ja, du bist geflogen wie eins von diesen Düsenflugzeugen, Kadee!« Der Trainer lachte und ahmte mit einer Handbewegung ein vom Boden abhebendes Flugzeug nach. »Wir sind bereit für den Alice Springs Cup! Silver Flake wird alle um zehn Längen schlagen. Ich sage dir, sie wird Geschichte schreiben! Du wirst noch an meine Worte denken.«

2

Am gleichen Tag in Lane Cove, einem kleinen Vorort von Sydney. Es war einer dieser typischen hektischen Samstagvormittage in Barbie McKenzies Frisiersalon in der Burns Bay Road. Barbie, ihre Angestellte Ruby Rosewell und das Lehrmädchen Marissa Kendal hatten alle Hände voll zu tun. Die Damen einer Hochzeitsgesellschaft waren gekommen, um sich die Haare machen zu lassen. Haartrockner und Trockenhauben dröhnten und brummten, in der Luft hing der Geruch von Shampoo und Haarspray, und alle plapperten wild durcheinander.

Im Hintergrund lief das Radio. Elvis Presley sang Blue Suede Shoes. Barbies Vorbild in puncto Mode und Frisur war zwar Dusty Springfield, aber sie war ein großer Elvis-Fan, und so summte sie gut gelaunt mit. Ruby und Marissa standen mehr auf die Beatles, die Rolling Stones und die Animals. Als ein paar Minuten später House of the Rising Sun gespielt wurde, stellte Ruby das Radio lauter und sang mit Eric Burdon mit. Barbie warf ihr einen finsteren Blick zu, doch das war nur Spaß. Ihre Kundinnen störte die Musik nicht im Geringsten, und sie selbst liebte die junge, beschwingte Atmosphäre in ihrem Salon.

Barbie trug ebenso wie ihre Angestellten einen schwarz-weiß gestreiften Kittel, der ein ganzes Stück über dem Knie endete, und schwarze Lacklederschuhe mit einem kleinen Absatz. Der Fußboden war schachbrettartig in Schwarz und Weiß gemustert, und große Poster jener Modeikonen, die gerade im Trend waren, schmückten die weißen Wände. Zum Angebot des Salons gehörten neben den neuesten Haarpflegeprodukten auch Perücken und Haarteile in den unterschiedlichsten Farben sowie übergroße Handtaschen. Es war ein junger, dynamischer Laden, und Ruby und Marissa liebten es, dort zu arbeiten.

Die meisten Frauen waren Stammkundinnen, die Barbie und ihre Angestellten sehr gut kannten. Sie blätterten in den aktuellen Modemagazinen, deren Titelseiten bekannte Models wie Twiggy oder »The Shrimp« Jean Shrimpton zierten, und plauderten fröhlich über alles Mögliche miteinander, angefangen von Miniröcken und kniehohen Schnürstiefeln – der letzte Schrei – bis hin zu Lippenstiften in Pastellfarben und falschen Wimpern.

Während Marissa ihrer Kundin die Lockenwickler herausdrehte und ihr dann die Haare toupierte, unterhielten sie sich über ein Mädchen, das sie beide kannten.

»Ich hab gehört, dass Chrissie schon wieder einen neuen Freund hat«, sagte die Frau. Es klang ein bisschen neidisch. Sie ließ sich ihre blonden Haare im Jean-Shrimpton-Look frisieren: üppiger Pony und viel Toupieren.

»Im Ernst? Da kommt man ja kaum noch mit dem Zählen nach«, bemerkte Marissa boshaft. Sie nebelte den Kopf ihrer Kundin mit Haarspray ein. »Wer ist es denn dieses Mal?«

»Wie er heißt, weiß ich nicht, aber vielleicht kennen Sie ihn ja; er soll nämlich oft im Longueville Hotel sein, wo er Darts spielt. Mehr weiß ich nicht.«

Marissa dachte sofort an Gavin, Rubys Verlobten. Er spielte für sein Leben gern Darts, und Ruby sah ihm oft dabei zu. In letzter Zeit hatte sie allerdings wenig Gelegenheit dazu gehabt, weil Barbie sich einer Blinddarmoperation hatte unterziehen müssen und Ruby daher länger arbeiten musste.

Ruby kehrte mit ihrer Kundin vom Haarwaschbecken zurück. Als sie Platz genommen hatte, frottierte sie ihr die Haare und kämmte sie aus. Das dauerte nicht lange, weil sie ihre Haare so kurz wie Twiggy trug.

»Sharon hat gerade erzählt, dass Chrissie Williams einen neuen

Freund hat«, sagte Marissa zu Ruby. »Dieses Flittchen hat schon mehr Männer vernascht als warme Mahlzeiten!«

Ruby verdrehte die Augen. »Wen hat sie sich denn diesmal geangelt?«

Kein Mann konnte Chrissie, einer vollbusigen Blondine mit großen babyblauen Augen, widerstehen, nicht einmal jene, die in festen Händen waren. Chrissie hatte einen Teilzeitjob als Kellnerin im Longueville Hotel und arbeitete außerdem in einer schicken Modeboutique ganz in der Nähe.

»Keine Ahnung, ich kenne ihn nicht«, antwortete die Frau, die Sharon hieß. Sie sah eine der anderen Kundinnen an. »Weißt du, wer es ist?« Die Angesprochene schüttelte den Kopf. »Sie hat es ja nicht lange ausgehalten mit Phil McMahon, diesem Fußballspieler, der von Leeds nach Sydney wechselte«, fuhr Sharon fort. »Sie hat ihn Pam Squires ausgespannt, habt ihr das gewusst? Na ja, wahrscheinlich hat er nach seinem anstrengenden Training nicht mehr genug Puste für sie gehabt«, fügte sie gehässig hinzu.

Die Mädchen lachten über diese Bemerkung. Dann wechselten sie das Thema und unterhielten sich über die Monkees, die amerikanische Popgruppe, die später in diesem Jahr nach Australien kommen würde.

»Davy Jones ist ja so süß«, schwärmte eines der Mädchen. »Also, ich werde mir auf jeden Fall eine Karte für ihr Konzert kaufen, sobald sie erhältlich sind.«

»Ich finde Micky Dolenz viel niedlicher«, erwiderte eine junge Frau. »Mein Freund Kevin sieht ihm zum Verwechseln ähnlich, findet ihr nicht?«

Die Mädchen guckten sie verblüfft an. Dann brachen sie in Gelächter aus. »Na ja, wenn du meinst …«

Barbie nahm ihrer Kundin die Trockenhaube ab und drehte ihr die Lockenwickler heraus.

»Hey, Sheryl«, rief eines der Mädchen der Frau zu, die unter der Trockenhaube gesessen hatte, »wie heißt noch mal Chrissie Williams' neueste Eroberung? Wir haben gerade darüber gesprochen, dass sie die Männer häufiger wechselt als ihre Unterwäsche.«

Ruby, die ihre Kundin frisierte, hörte nur mit halbem Ohr zu.

»Gavin«, antwortete Sheryl. »Er heißt Gavin. Einer von den Typen, die regelmäßig im Longueville Hotel Darts spielen. Wieso fragst du?«

Zwei Stammkundinnen warfen Ruby verstohlene Blicke zu. Im Gegensatz zu Sheryl wussten die beiden, dass Rubys Verlobter Gavin hieß und ein leidenschaftlicher Dartsspieler war.

»Bist du sicher?«

»Ja, ganz sicher«, erwiderte Sheryl mit Nachdruck. »Er ist Lackierer von Beruf. Ich weiß das, weil er in Roy's Autolackiererei arbeitet und den Wagen meines Bruders neu lackiert hat. Ihr wisst doch, wie pingelig Freddie mit seinem Cortina ist.«

Ruby, die den letzten Teil der Unterhaltung mit angehört hatte, fuhr herum und starrte Sheryl offenen Mundes an.

»Das ist bestimmt ein anderer Gavin«, sagte Sharon peinlich berührt.

Barbie achtete nicht auf das Gespräch, aber Marissa sah Ruby beunruhigt an.

Sheryl, die sich keinen Reim auf Rubys Reaktion machen konnte, blickte verwirrt von ihr zu Sharon.

»Rubys Verlobter heißt Gavin«, erklärte die. »Er ist auch Autolackierer und spielt gern Darts. Das ist sicher nicht der Typ, mit dem Chrissie was hat, oder?«

Sheryl war blass geworden. »N-nein, sicher nicht«, stammelte sie.

Ruby funkelte sie finster an. Sie war im Begriff gewesen, ihre Kundin zu kämmen, hatte aber mitten in der Bewegung innegehalten. Ihre Hände zitterten. »Haben Sie ihn schon mal gesehen?«

»Äh … ja«, antwortete Sheryl vorsichtig.

»Und, wie sieht er aus?«

Sheryl zögerte. »Na ja, er ist durchschnittlich groß und hat rote Haare.«

Sie beobachtete Rubys versteinerte Miene und kam zu dem Schluss, dass das keine guten Nachrichten waren.

Ruby wandte sich ab und verharrte einen Augenblick regungslos. Gavin hatte rote Haare, und alle Stammkundinnen wussten das. Sheryl war die Einzige, die Rubys Verlobten nicht kannte.

Einen Moment später hatte sich Ruby so weit im Griff, dass sie weiterarbeiten konnte. Die jungen Frauen wechselten betroffene Blicke.

»Was ist denn?«, flüsterte Sheryl kaum hörbar. »Das ist doch nicht ihr Gavin, oder?«

Der Vormittag zog sich scheinbar endlos hin. Ruby arbeitete rein mechanisch, mit ihren Gedanken war sie ganz woanders. Dann war es endlich geschafft. Begleitet von den guten Wünschen Barbies, Rubys und Marissas verließen die Kundinnen den Laden.

Ruby und Marissa begannen mit dem Aufräumen und Saubermachen.

»Vielleicht hat sich Sheryl ja geirrt«, flüsterte Marissa, während sie den Boden aufwischte. Sie konnte Ruby ansehen, wie bedrückt sie war und dass sie sich nur mühsam zusammenriss.

»Ich bezweifle stark, dass es zwei Gavins mit roten Haaren gibt, die beide Autolackierer sind und öfter im Longueville Hotel Darts spielen«, fauchte Ruby, die die feuchten Handtücher einsammelte. Sie tat einen tiefen Atemzug, um sich zu beruhigen. »So viele Zufälle gibt es nicht.«

Sie war völlig außer sich, versuchte aber, es sich nicht anmerken zu lassen. Ihr Gavin und Chrissie Williams? Sie durfte sich das gar nicht vorstellen! Er habe an diesem Tag noch länger in der Lackiererei zu tun, hatte er gesagt, und werde nicht vor ein oder zwei Uhr fertig sein. Ob er sie angelogen hatte? Ruby musste sich zusammenreißen, um nicht in Tränen auszubrechen.

Barbie, die telefoniert hatte, legte den Hörer auf und wandte sich langsam um. »Ruby, bleib bitte noch einen Moment da, ich muss mit dir reden«, sagte sie dumpf.

Ruby blickte kurz auf und nickte. Es war ein heißer Februartag gewesen. Jetzt wurde es schwül. Dunkle Wolken zogen über den Himmel. Ruby war immer schon abergläubisch gewesen, das hatte sie von ihrer Mutter, und sie war überzeugt, dass gewitterschwüle Tage wie dieser schlechte Nachrichten brachten. Es schien, als sollte sie Recht behalten.

Marissa hatte den Eimer samt Putzlappen an seinen Platz zurückgestellt, griff nach ihrem Regenschirm und ging zur Ladentür.

»Wenn ich mich beeile, kriege ich noch den Bus um halb eins«, rief sie den anderen zu.

Es war ihr ein bisschen unangenehm, dass sie nicht dablieb, um Ruby zu trösten, aber sie wusste nicht, was sie ihr sagen sollte. Normalerweise gingen sie nach der Arbeit zusammen ein Stück die Straße hinauf, wo Marissa in den 421er stieg, der nach Chatswood, den angrenzenden Vorort, fuhr. Ruby ging von dort aus zu Fuß nach Hause.

»Geh nur«, sagte Ruby. Sie wollte selbst so schnell wie möglich nach Hause und sich bei ihrer Mutter ausweinen. »Wir sehen uns dann Montagmorgen.«

»Okay. Ruf mich an, wenn du jemanden zum Reden brauchst.« Marissa winkte ihr kurz zu und huschte hinaus.

Ruby drehte sich zu Barbie um, die, wie sie jetzt erst bemerkte, ein betretenes Gesicht machte. Eine düstere Vorahnung überkam sie. Sie wartete, aber Barbie schwieg. Sie arbeitete seit achteinhalb Jahren in diesem Salon, in dem sie auch ihre Lehre gemacht hatte, und kannte Barbie als strenge, anspruchsvolle und kritische, zugleich aber auch gerechte Chefin.

»Stimmt was nicht?«

»Das war mein Vermieter, der gerade angerufen hat«, erwiderte Barbie stirnrunzelnd. »Mein Mietvertrag läuft aus, und wir hatten schon einige Male eine kleine Diskussion wegen der Miete.«

»Oh.«

Ruby nahm an, Barbie wollte wie so oft, wenn sie etwas bedrückte, ihre Meinung dazu hören. Barbie versicherte ihr immer wieder, dass sie ausgezeichnete Arbeit leiste und sie gar nicht wisse, was sie ohne sie machen würde.

»Letzte Woche meinte er, er werde meine Miete möglicherweise um fünfzig Prozent erhöhen müssen, und das wäre ein schwerer Schlag für mich, Ruby. Gerade eben hat er mir die Mieterhöhung bestätigt. In den nächsten Monaten sollen zwölf Läden hier in der Straße grundlegend renoviert werden, und selbstverständlich werden die hohen Kosten dafür auf die Mieter umgelegt.«

»Aber der Laden läuft doch gut, oder?«

Ruby hoffte, dass Barbie nicht etwa daran dachte, den Salon zu schließen. Sie hatten eine treue Stammkundschaft und waren normalerweise von Montag bis Freitag ausgebucht. Und samstagvormittags hatten sie meistens eine Hochzeitsgesellschaft, die sich für die Trauung hübsch machen ließ.

Rubys Traum war ein eigener Frisiersalon, aber sie und Gavin hatten beschlossen, erst einmal für die Autolackiererei zu sparen, die er nach der Hochzeit eröffnen wollte. Das heißt, er hatte das beschlossen. Immerhin werde er derjenige sein, der die Brötchen verdiene, sobald sie verheiratet seien, hatte er argumentiert, und Ruby musste ihm Recht geben. So hatte sie ihren Traum zwangsläufig zurückgestellt. Doch das hatte sie nicht davon abgehalten, sich einen leer stehenden Laden anzusehen. Sie hatte sogar mit der Eigentümerin gesprochen, die in dem Anbau nebenan wohnte, und die war ganz angetan gewesen von dem Gedanken, ihr das Geschäft zu vermieten. Sogar einen Namen für ihren Salon hatte sich Ruby schon ausgedacht: Creative Hair by Ruby. Der Laden lag an einer Hauptstraße nicht weit von ihrer Wohnung entfernt, aber weit genug von Barbies Salon, sodass sie ihr keine Konkurrenz machen würde. Als sie mit Gavin darüber gesprochen hatte, hatte er sich taub gestellt und darauf bestanden, dass sie sich zuerst nach einem geeigneten Platz für seine geplante Werkstatt umsahen.

»Na ja, im Großen und Ganzen kann ich nicht klagen, Ruby«, antwortete Barbie, »aber ich kann nicht dein Gehalt und gleichzeitig so viel mehr Miete zahlen. Das musst du verstehen. Es tut mir wirklich leid.«

Ruby starrte sie entgeistert an. »Was? Sie wollen mich entlassen?«

»Ich habe es genau durchgerechnet. Ich kann unmöglich ein volles Gehalt und einen Lehrling bezahlen, und Marissa kann ich nicht kündigen – sie hat einen Ausbildungsvertrag, an den ich mich halten muss. Das heißt, ich muss mich von dir trennen.«

Ruby wurde blass. Eine Sekunde lang fehlten ihr die Worte. Dann sagtc sic: »Wic hätten Sie das alles heute ohne meine Hilfe geschafft, mit nur einem Lehrling? Marissa wäre niemals imstande gewesen, mich zu ersetzen!«

»Das weiß ich doch. Mir wird nichts anderes übrig bleiben, als weniger Kunden anzunehmen. Aber Marissa befindet sich bald im dritten Lehrjahr, sodass ich ihr auch mehr Verantwortung übertragen kann. Es tut mir wirklich leid, Ruby«, fügte sie bedauernd hinzu. »Du wirst mir fehlen.«

Ruby war am Boden zerstört. Zwei schwere Nackenschläge an einem Tag waren mehr, als sie verkraften konnte. Sie schüttelte langsam den Kopf und flüsterte fassungslos: »Ich kann nicht glauben, dass Sie mich einfach so rauswerfen.«

»Genau genommen werfe ich dich ja nicht raus. Ich lasse dich gehen. Und du kriegst ein hervorragendes Zeugnis von mir. Eine gute Friseurin wie du findet schnell wieder eine Stelle. Wäre die Sache mit der Renovierung und der Mieterhöhung nicht dazwischengekommen, hätte ich dich gern behalten, aber es ist weiß Gott kein Luxus, dass die Häuser hier auf Vordermann gebracht werden.«

Ruby hörte nur mit halbem Ohr zu. Im nördlichen Sydney gab es nicht allzu viele Frisiersalons, bei denen sie sich bewerben konnte, und das bedeutete, dass sie lange Arbeitswege in Kauf nehmen musste, was wiederum bedeutete, dass sie weniger Zeit für ihre Mutter und für ihren Verlobten hatte – falls Gavin überhaupt noch ihr Verlobter war. Von den zusätzlichen Kosten für Bus oder Bahn einmal ganz abgesehen. Täglich öffentliche Verkehrsmittel benutzen zu müssen lief ins Geld, und es würde viel länger dauern, bis sie sich ihren eigenen Salon würde leisten können.

»Komm Montag vorbei, dann zahle ich dir dein Restgehalt aus«, sagte Barbie. Draußen hupte jemand. Sie warf einen raschen Blick aus dem Fenster und sah ihren Mann im absoluten Halteverbot stehen. »Das ist Freddie, ich muss los.«

Sie griff nach ihrer Handtasche und stellte das Radio ab. Lulu hatte gerade To Sir with Love gesungen, einer von Rubys und Marissas Lieblingssongs. Marissa gefiel der Schlager so gut, dass sie die Haare jetzt genau wie Lulu trug.

Barbie hatte es eilig. Sie schob Ruby zur Tür hinaus und schloss hinter ihnen ab. Fred McKenzie wartete in einem nagelneuen Holden Monaro Sportcoupé auf seine Frau. Er lächelte und winkte. So schlecht kann es ihnen ja nicht gehen, wenn sie sich so ein schickes neues Auto leisten können, dachte Ruby bitter. Es fiel ihr schwer, die Hand zu heben und zurückzuwinken.

»Wir sehen uns dann Montag. Du brauchst nicht in aller Frühe herzukommen, schlaf ruhig aus.« Barbie zögerte und fügte dann hinzu: »Mach dir keine Sorgen, Ruby. Du bist gut in deinem Beruf, und du hast den jungen, modischen Look, der bei den trendigen Salons gefragt ist. Du kommst schon klar.« Damit eilte sie zu dem wartenden Auto.

Ruby stand wie angewurzelt auf dem Bürgersteig und starrte ihr nach. Einige Passanten musterten neugierig die schlanke, attraktive junge Frau mit den kurzen, fast schwarzen Haaren und dem üppigen Pony, der so groß in Mode war. Sie hatte wunderschöne tiefblaue, schwarz umrandete Augen, die jetzt allerdings in Tränen schwammen.

Als der Wagen der McKenzies sich in den dichten Samstagsverkehr einfädelte, fielen die ersten Regentropfen.

Der Himmel schien mit Ruby zu trauern.

Dieser Roman ist im Buchhandel erhältlich:
ISBN 987-3-404-16757-9

Ein weites Land, eine große Leidenschaft – eine ergreifende Liebesgeschichte über Jahrzehnte und Kontinente hinweg

Elizabeth Haran
DER GLANZ DES SÜDSTERNS
Roman
Aus dem australischen Englisch von Isabell Lorenz
496 Seiten
ISBN 978-3-431-03853-8

England, 1918. Vom ersten Augenblick an fühlen sie sich zueinander hingezogen: die junge italienische Krankenschwester Elena und der Arzt Lyle Macallister. Doch dann erfährt Lyle, dass seine einstige Freundin Millie ein Kind von ihm erwartet, und er muss sie heiraten. Elena ist sie am Boden zerstört. Wenig später merkt sie, dass sie schwanger ist. Um keine Schande über ihre Familie zu bringen, wahrt sie ihr Geheimnis und heiratet den Italiener Aldo, mit dem sie nach Australien auswandert. Als viele Jahre später Lyle eine Stelle bei den Fliegenden Ärzten im australischen Outback annimmt, kreuzen sich ihre Wege erneut ...

Lübbe Ehrenwirth

Grandios und unvergleichlich – das neue Neuseelandepos von Bestsellerautorin Sarah Lark

Sarah Lark
DIE ZEIT DER FEUERBLÜTEN
Roman
912 Seiten
ISBN 978-3-7857-6071-0

Mecklenburg, 1837: Der Traum von einem besseren Leben lässt Idas Familie die Auswanderung nach Neuseeland wagen. Auch Karl, der seit Langem für Ida schwärmt, will sein Glück dort machen. Doch als das Schiff *Sankt Pauli* endlich die Südinsel erreicht, erwartet die Siedler eine böse Überraschung. Das zugesagte Land steht nicht zur Verfügung ...
Idas Schicksal nimmt einen Lauf, den sie nicht erwartet hat, und ihre heimliche Liebe Karl wird für sie unerreichbar. Einzig bei der exotischen Außenseiterin Cat, die bei den Maori aufwuchs, findet sie Freundschaft und Unterstützung – bis die Nacht der großen Flut kommt ...

Lübbe Paperback

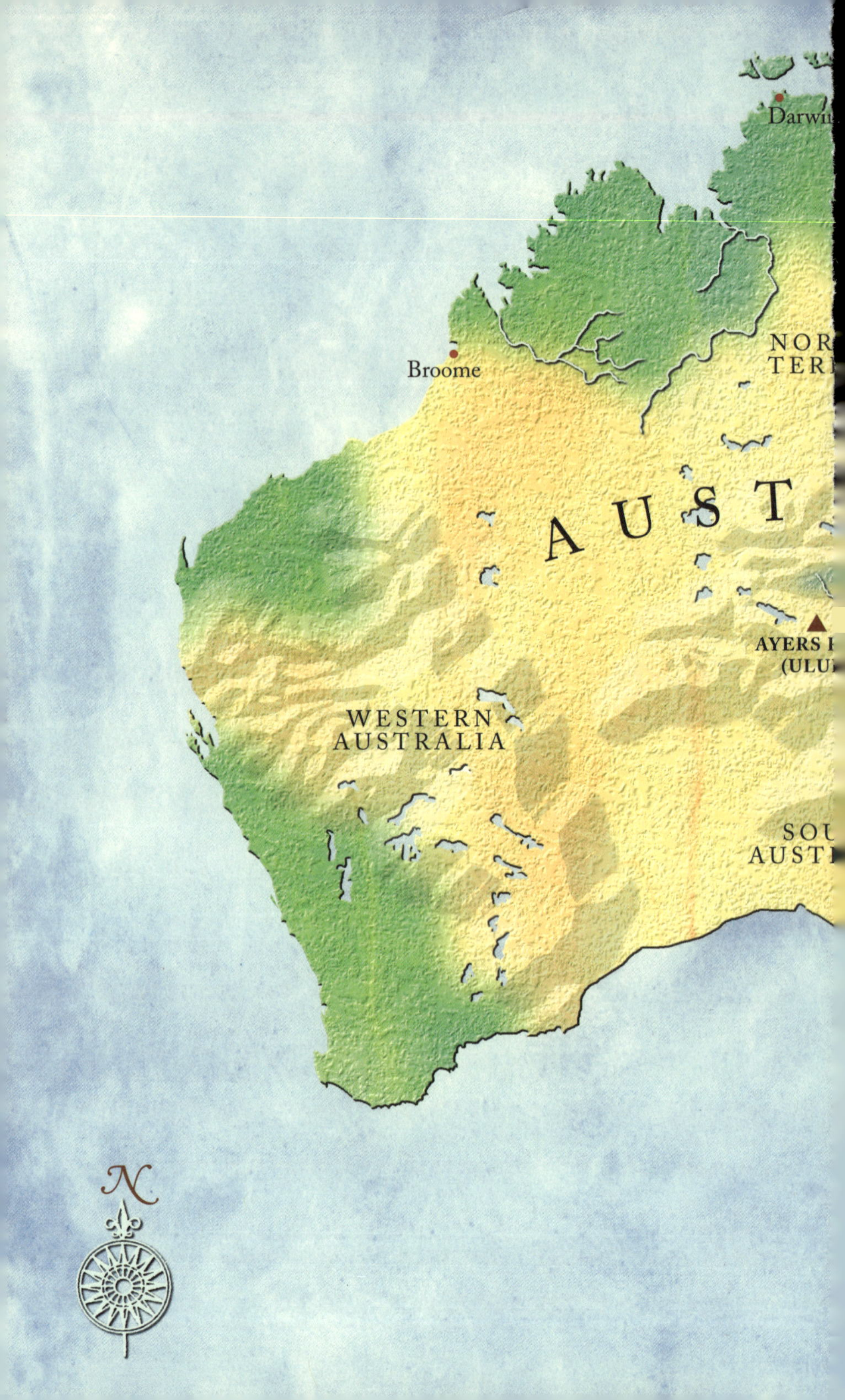
Darwi
NOR
TER
Broome
A U S T
AYERS
(ULU
WESTERN
AUSTRALIA
SOU
AUST
N